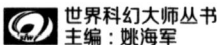

世界科幻大师丛书
主编：姚海军

クリスタルサイレンス

水晶沉默

[日] 藤崎慎吾 著　　王昱星 译

四川科学技术出版社

CRYSTAL SILENCE
ⓒ1999 Shingo Fujisaki
This book is published by arrangement with Hayakawa Publishing Corporation
Simplified Chinese edition copyright：2018 SCIENCE FICTION WORLD
All rights reserved.

图书在版编目(CIP)数据

水晶沉默 / [日]藤崎慎吾 著；王昱星 译
成都：四川科学技术出版社，2018. 5
(世界科幻大师丛书 / 姚海军 主编)
ISBN 978-7-5364-9039-0

Ⅰ.①水… Ⅱ.①藤…②王… Ⅲ.①科学幻想小说 – 日本 – 现代
Ⅳ.①I313.45

中国版本图书馆CIP数据核字(2018)第086269号
图进字：21-2015-126

世界科幻大师丛书
水 晶 沉 默

出 品 人	钱丹凝
丛书主编	姚海军
著 者	[日]藤崎慎吾
译 者	王昱星
责任编辑	宋 齐 姚海军
特约编辑	李闻怡
封面绘画	忘川山人
封面设计	施 洋
版面设计	施 洋
责任出版	欧晓春
出版发行	四川科学技术出版社
	四川省成都市槐树街2号出版大厦　邮政编码：610031
成品尺寸	140mm×203mm
印 张	17.375
字 数	360千
插 页	2
印 刷	四川省南方印务有限公司
版 次	2018年9月成都第一版
印 次	2018年9月成都第一次印刷
定 价	60.00元

ISBN 978-7-5364-9039-0

目录
CONTENTS

引　子

　　沸腾涌起的水蒸气中,交错着几道红色的光线。下一瞬间,冻结的透明空气悄然笼罩。雪白的大地上裂开一条笔直的裂痕,巨大的冰块悄声无息地滑动起来。

　　操作员坐在室温二十四摄氏度的控制中心里,凝视着惨白灯光中零下七十摄氏度的世界。呈四十五度角倾斜的座椅几乎将他的身体完全包裹起来,他全身放松地半躺着,双眼紧闭,但大部分意识都集中在飘浮于深邃黑暗之中的光泡上。

　　这里是距离地球一亿三千万公里的火星,在其极北之地上,覆盖着直径约一千二百公里的巨大冰盖。就在刚才,大约六十立方米的冰块被切割了下来。曾经包裹着火星北极冠的干冰层因为温室效应而消失,裸露出来的冰层如今正为一万名来自地球的移民者提供水源。

　　操作员搭在扶手上的右手抽搐了一下。他猛然睁开双眼,然后又慌忙闭上,不安地活动了一下身体。从头部伸出来的光缆摩擦着椅子的合成革表面,发出沙沙的轻响。

　　采冰基地中,刚刚被激光切割下来的冰块正顺着超导传送带沿着光之隧道移动。操作员没动一根手指,便让传送带停了下

1

来,然后与他视觉神经直接相连的监控摄像机凑近了冰块。

操作员从椅子上坐起来,眼睛依旧紧闭着,仿佛正凝视着自己眼睑的内侧……然后他的嘴不知不觉地张大了。

这个姿势大概保持了一分钟,操作员才终于闭上嘴,惊慌失措地行动起来。当然他的身体依旧没有离开椅子,只是大脑飞快地运转起来。

他首先开放了一部分由自己负责的激光切割刀、超导传送带以及现场监控摄像机的网络权限,然后通过局域网向采冰流水线的其他操作员发送了紧急信息。

间隔一百多米的二十条流水线同时停了下来。

"怎么了?"

"出什么事了?"

"有问题吗?"

大量的消息瞬间返回到他这里。虽然操作员们对无法预测的事态抱有恐惧心理,但与此同时,每个人又都期待着能发生一些事情打破单调乏味的日常工作。

"总之你们先看看,A26 的摄像机。"

操作员用聊天模式招呼过大家后,才想起那台摄像机一次只能同时接受五个人的访问。于是他把其他地方能够移动的摄像机全部调配到了冰块周围。

"A20、A21、A25、A28、A32 也都可以看了。"

自己控制下的流水线网络迅速拥挤起来。早知道就把录下来的视频发给大家了,操作员一时间有些后悔,但那样可能会被人当成是恶作剧。毕竟过度平淡无聊的工作让人完全可能开出这种玩笑来。

"这是……什么啊?"

"好恶心。"

"真的假的?!"

"再把摄像机凑近点儿!"

"这边的摄像机也拉近点儿。"

震惊与恼火的表情符号在操作员的脑海里交错往来,每个同事都自顾自地叫嚷着。不过操作员很有耐心地在网络中来回奔走,调整着摄像机的位置与角度。

在一台流水线管理服务器中,表示这场骚动的电子信号不停闪烁着。由于火星北极冠采冰基地的所有机械都停止了工作,现实中反而如死一般寂静。只有摄像机转动时,才会漏出一点儿超声波马达的微弱声响。

在来自四面八方的耀眼灯光下,完美的长方体冰块如同宝石一般闪闪发光。激光切割面如同玻璃般光滑,由于空气极度干燥,无法形成凝霜,冰块透明得几乎可以让人不失真地看清两米厚冰层的另一侧。

但事实上,他们透过冰层却只能看到冰块内部的三分之一。剩下的三分之二中,封冻着堆积成好几层的奇妙物体,颜色黑乎乎的。

那些堆积起来的物体每个大小都不尽相同,但形状却十分相似。总体而言是扁平的椭圆形,有着三叶虫一样的体节;以椭圆的长轴为对称线,两侧各有一根鞭子一样的突起和一根末端带有圆球体的突起。虽然全体偏黑色,但不少地方又带有鲜艳的红色和绿色花纹。看起来像是巨大的虾或者蟑螂一样的怪物。这些东西生动鲜活,似乎马上就会抖动着触手爬动起来。

好几个物体沿着冰块的断面被切开,复杂的内部构造暴露出来。

望着这一幕,操作员们不知何时都停止了交谈。漫长的几十秒中,采冰基地就连电脑也沉默了下来。

两个星期后,以上世纪末著名科学家的名字命名的"萨根生物群"从北极冠被移送到了美国最大的火星移民地"火星纽约"附属的地质研究所。

这时候,它们已经不再是原来的模样。体节被拆得七零八碎,触角样的东西被拔了下来,像是螃蟹或者虾的突出眼睛般的东西也被切成了两半。

不仅如此,一根被拔下来的触角此刻正被高速旋转的微型切割机精确地削成无数厚度仅一毫米的薄片,超高像素的照相机详细地记录着显露出来的每个断面。等将触角削完后,这些断面会在电脑上进行三维整合,成为一条包含有内部构造全彩信息的虚拟触角。这与将通过 CT 及 MRI 得到的截面图进行三维再构的方法完全相同。但相比起那些不破坏原物的方法,直接记录断面当然能够得到更清晰的图像和更精确的信息。

微型切割机以每秒三十毫米的速度推进着,两个研究员百无聊赖地看着屏幕。其中一个梳着金色的马尾,嘴唇上蓄着有些发黑的小胡子;另一个长着一头天然鬈发,大眼睛里流露出懦弱的神色。两个人都身着传统的研究室制服,也就是白大褂。

"看来看去都是竹轮啊,肖恩。"小胡子开口道。

"竹轮?"天然鬈反问。

"一种日本的食物,你不知道吗? 把鱼肉泥做成橡皮管子一样的形状。"

"像通心粉那样?"

"不,比那个大得多,而且厚。就和这个触角一模一样。"小胡子指了指屏幕上的图像。

"原来如此。"天然鬈点了点头,"看来看去都是竹轮吗?"

"也许在细微构造上会有一些不同吧。"

两个人又沉默不语地望着屏幕,但沉默没有维持太长时间。屏幕上的图像毫无趣味可言,两人现在也没有别的要紧事可做,而且他们自然不会认真到愿意提前完成可以留到今后的任务。

"喂,比利。"天然鬈略有些踌躇地瞟了小胡子一眼。

"什么?"

"我打听到一些小道消息。"

"关于什么的?"

"关于这东西的。"天然鬈指了指屏幕。

"触角怎么了?"

"不是。是那个……触角的本体。我是说那个怪物。"

"然后呢?"

"是关于那东西从哪儿来的消息。"

"原来如此。"小胡子点点头,"那……是从哪儿来的?"

"你想听?"

一直盯着屏幕的小胡子这时候才终于将目光移向了同事的脸,"我说肖恩,你究竟是入侵了哪儿的系统,在哪儿的数据库里乱搞出来的'小道消息'?这种事情我一点儿兴趣都没有。因为没兴趣,所以也不会跟别的人说。因此,你最好不要这么故弄玄虚地来吊我胃口。"

天然鬈本来就大的眼睛瞪得更圆了,"才没有呢。我并没打算……"

"好啦好啦,赶紧说吧。"

"这玩意儿似乎是从北边来的。"

小胡子沉默地盯着天然鬈，等了一会儿，但对方似乎没有继续说下去的打算。他叹了口气，将视线重新投向屏幕，"我说肖恩，就算火星是个不大的行星，但北方还是很广阔的。你这么说我怎么可能知……"

"啊，啊，当然是指北极冠啦，离极点稍微有点儿距离的地方。"

"总算是说清楚了。"小胡子显得有些不耐烦，"北极冠是吗？"

"对，北极冠。"

"其实我一开始也觉得是从北边或者南边的极地送来的。就算是什么都不知道的人也多少能猜出来。"

"话是这么说没错，但为什么他们要瞒着我们？"

小胡子想了一下才回答："因为北极冠是个微妙的地方。"

"你指政治上？"

"政治上。"

"果然你也这么想。"天然鬈点了点头，"所以说，连我们所长都被叫到罗威尔去了。"

"罗威尔？所长被叫到那个废墟去了？"

"没错。前段时间他不是出差了三天吗？说是在火星洛杉矶有会议什么的，事实上是去了罗威尔基地。"天然鬈冲着屏幕抬了抬下巴，"去取这个怪物。"

"为什么北极冠的东西偏偏要绕去罗威尔一趟再送到我们这儿来呢？"小胡子直起身子，"在那儿发生了什么吗？"

天然鬈耸了耸肩，但嘴角边却浮现出一个意味深长的笑容。

"我也不是很清楚，不过所长的跟班小妞……"

"你是不是偷看了那家伙手上的机密文件？"

"不要说得这么难听。我只不过……"

"我知道,我知道。"小胡子抬起一只手,"那家伙的事情我听说过了。"

"没错。根据她的说法,所长到罗威尔的时候,正好看见有两个不得了的人物从基地里出来。"

小胡子像演戏一样慢慢地将右手食指举了起来,然后又将那根手指放在自己的下巴上,"你先别说。"他像是要阻止什么般摆了摆另一只手,"让我猜猜那两人的国籍。"

天然鬈很开心地笑着点了点头。

"俄罗斯、日本!"

"完全正确! 不过话都说到这一步了,你也该明白了吧。"

"也就是说,这东西的事情还处于保密之中。"小胡子指着屏幕说。

"恐怕是的。估计欧盟和加拿大、澳大利亚、印度那伙人现在都还被蒙在鼓里呢。"

"那么,等于说我们怀里现在又多了一个新炸弹。"

"多半错不了。"

"不过你这人可真是的,究竟是怎么把这种情报……"

"咦?"天然鬈突然叫出声来,他的目光已经回到了屏幕上。

"怎么了?"小胡子也回过头。

"这个画面,是不是停住了?"

"哎?"小胡子伸长脖子仔细打量着屏幕,"这么说的话……"

天然鬈站起来,朝放在研究室角落里的微型切割机走去。

"果然,真的停住了。"

"什么?!"小胡子冲身边的全息屏幕叫道,"喂,蒂夫,你也听见了吧。怎么回事啊?"

全息屏幕上显示出一个小小的男性立体图像来——这是种被称为"代理者"的软件,在实验室中主要根据研究员的命令控制不同的实验机器,也就是电脑上的助手。

"发生了超出预期的错误,可能是感染或者入侵。"小人用毫无感情的公事公办的口气说。

"这可不是该保持心平气和的时候。"小胡子咕哝道,"赶快启动免疫系统呀。"

"应该已经启动了,但是没有效果。"

"你说得还真是干脆。"

"临时存储装置中与实验材料 A 相关的数据正被非法查看。同时,无法解读的信息正在大量涌入。长期记忆装置也发生异……"

话还没有说完,小人的身影突然怪异地扭曲起来,然后就像是被冻住一般,再也没有了反应。

"喂,麻烦大了。连蒂夫都死机了。"

天然鬈一脸惨白,"怎么办?要马上和警卫处联系才行。"

"在那之前先切断系统与网络的连接,要是扩散到其他更重要的系统上就麻烦了。"

"但是蒂夫……"

"你手动操作。"

"我?"

"肖恩,这个研究室里最厉害的电脑高手难道不是你吗?少推托了。"

"但是……打从出生起我可是第一次见到这种攻击啊……"天然鬈像是看到什么恶心的东西一般望着扭曲且一动不动的蒂夫。

"不要缩手缩脚的。不管是病毒也好黑客也好,反正都是在虚拟的电子世界中。摔多少次都不会受伤的,对吧?而且如果同是黑客的话,你也应该比他厉害一百倍才对。好了,快点儿。"

"去你的,说得还真好听。"天然鬈一边咂着嘴一边将发圈一样的连接装置戴在头上,"每次遇上棘手的事情都是我上。"

"没错,别抱怨了。"

"而你就袖手旁观是吗,比利?"

"我要以防万一。如果你失败了,我就赶紧将电缆什么的全部拔掉。所以你有什么情况的话,一定要马上跟我说。"

"去你的。"天然鬈又咂了一下嘴,闭上了眼睛。然后他突然安静下来,沉默持续了十来秒。

"怎么样? 进去了吗?"小胡子在天然鬈耳边问。

"啊啊,差不多……"天然鬈闭着眼睛回答,"现在我正在试探文件服务器大人的心情怎么样。"

"怎么样?"

"跟平时不大一样。"

"有小贼吗?"

"小贼? 别开玩笑了。这可是大大咧咧的强盗啊。"天然鬈撇着嘴,"哇,好过分! 我们用了三天才采集到的数据全部损坏了,这比强盗还恶劣啊。蒂夫究竟都在干什么?"

"先别管这个,赶紧切断网络。"

"知道知道,我现在正要开始呢。嗯嗯……我最近老是依赖代理者,一下子想不起来该怎么弄了……"

突然,天然鬈抿紧了嘴唇。

"喂,怎么了?"

"……有点儿奇怪呢。"

"什么有点儿奇怪?"

"假想电子世界扭曲了。"

"……"

仿佛有阵寒风从两人之间吹过。

"奇怪的杂音……啊!"天然鬈的身体突然僵直了。

"喂!"小胡子一把抓住天然鬈的手腕,后者的肌肉硬得像石头一样,"别这样,少跟我开玩笑!"

天然鬈的口中突然传出非人的叫喊,就像是败阵的野兽在嗥叫。小胡子吓得一撒手,背上登时爬满了鸡皮疙瘩。

"肖恩,喂! 你怎么了?"

天然鬈两眼翻白,身体小幅度地痉挛起来。

"快醒过来呀。"小胡子抓着天然鬈的双肩拼命摇晃,然后突然想起什么似的将连接装置扯了下来。但是天然鬈的痉挛却没有停住。

"呜呜呜……"微弱的呻吟从他的嘴里漏出来,泛着泡沫的唾液顺着嘴角流到了下巴。

"喂! 肖恩! 肖恩!"

静止不动的全息图像崩溃般消失了。空白的立体显示空间中,一个不知道是什么的影子一闪而过。但小胡子没有注意到这一切,他只是带着一副快哭出来的表情,不停地呼唤着搭档的名字。

第一章　遮光器土偶与铁皮人

1

　　在连续三次被要求出示ID卡和扫描DNA之后才允许进入的房间里竟然只有沙发和全息屏幕。透过密封的小窗户往外看，超导弹射装置正在远处搬运J-24型往返火箭。

　　纱夜将嵌在左手腕上的PDA①取下来，用右手拿着从左耳后方到右耳后方划出一道弧线。显示着时间的圆盘状操作板瞬间散发出白色的光芒，浮现出一个跟棒球差不多大小的立体空间，空间中正是纱夜头部刚刚拍摄的三维立体图像。

　　鹅蛋形的脸，小小的眼睛和鼻子，还有同样很小但十分柔软的嘴唇……大概由于紧张的缘故，脸上几乎没有表情——这副模样恐怕会被人当作是青涩的小姑娘。妆容很完美，挽起来的头发也没有半点儿纷乱，不过最近脸颊上又长了点儿肉，虽然也有人说这样看起来很可爱，但老实说她可一点儿都不开心，大概因为二十五岁是个不上不下的尴尬年龄吧。

　　纱夜磨蹭着在沙发上坐下。一个球体图像从墙上的全息屏

――――――――――
　　①便携式信息终端。

11

幕里跳出来,不停地旋转着。球体表面上贴着"MISPLAD"几个字母,这是宇宙行星开发部的标志。

因为学会的关系她倒也来过筑波城几次,但却从未料到自己会跟这种地方扯上关系。毕竟纱夜的专业是生命考古学,怎么想都该是那种趴在地上搞研究的,至少跟大气层外面毫无关系,最多也就是偶尔用几张人造卫星拍摄的照片而已。

球体周围零星地出现了一些细小的粒子,很快就变成了土星光环的带状并且开始旋转。纱夜正猜测这带状光环会再度变成很多粒子时,却见其变成了文字,像滚动字幕一样流动起来。

"朝着太阳系的边界出发!……宇宙行星开发部正在募集自愿前往月球和火星的移民者。已经厌倦了地球的你,立刻点击'宇宙行星开发部/边疆'!"

三天前,纱夜收到了来自恩师中田教授的电子邮件,叫她无论如何都要到这里来,说有事情要跟她还有宇宙行星开发部的人一起商量,却只字不提要商量的具体内容。这还是教授头一次这样叫她出来。只是跟人见面或者开会的话,竟然不使用网络而直接见面……怎么想都有些异常。

想必是非常重大的事情吧,纱夜想。所以她也没有多问,直接就到指定地点来了。

不过这个房间可真煞风景呢。不知道自己要在这种地方等多长时间。

就在她这么想的同时,宇宙行星开发部的标志变成了透明的肥皂泡,然后上下拉伸,变形成一个身穿宇航服的女性。

"让您久等了,请。"

随着她行礼时的话语,门也打开了。形似章鱼型外星人的引路机器人在门口原地转了一圈,就像跟她撒娇一样。

"真是连喘口气的时间都没有。"纱夜站起来跟在机器人的后面走了出去。

桌型全息屏幕的周围有二十来把椅子,但桌边却只坐了三个人,互相之间隔着两三把椅子。三个人都穿着西装,领带也打得很正。其中一人正是中田教授。

教授的白发虽然已经稀疏,但还没有完全秃顶。皱纹之间是慈祥的眼睛,不过嘴角却绷得紧紧的。他是最了解纱夜的人之一。

纱夜不由得回想起博士论文答辩时的情景,顿时紧张起来。而且这个会议室好像是只有经过宇宙行星开发部部长的办公室才能进入的特别会议室。

"哎,真不好意思啊,飞鸟井同学。"中田教授向纱夜打着招呼,跟平时一样露出了温和的笑容,这让纱夜的心情多少轻松了一点儿,但教授在答辩提问时也一直都是这样的态度。

"不要这么缩手缩脚的,大叔们又不是要欺负你。"教授开起了玩笑,但这却让纱夜再次紧张起来。

她原本就不是那种特别擅长应付人际关系的类型,而且除了教授以外,这里坐着的都是纱夜平时基本不可能遇见的高层官僚。从某种角度来说可比外星人还令人毛骨悚然呢。

"好了,请先坐下吧。"令人毛骨悚然的人之一开口说道。他五十多岁的样子,不高不矮,不胖不瘦,脸上也没什么突出的特征,要画成漫画肖像挺难的。

"我是寺本。"另一个官僚自我介绍道。竟然是宇宙行星开发部部长本人。看起来很理性的模样,并没有特别明显的官僚做派。

最近理科出身的人当上阁僚①倒也不是什么罕见的事情，没记错的话这个人的确是物理学博士毕业的。虽然他年近花甲，但看起来只有五十岁左右。头发也很浓密，全部朝后梳的发型带有一点点时髦的味道。说起来应该算瘦高型，背挺得直直的。

"这位是事务副官取手先生。"

他说的是刚刚那个不高不矮、不胖不瘦的人。看来彻头彻尾的官僚应该就只有部长一人。纱夜多少算是踏实了一些。

"最近怎样，研究顺利吗？"寺本部长的口气很轻松，不像阁僚说话时那样威严沉重，"听说你的专业方向是绳文时代。"

"是的。"

"突然把你叫到这地方来，想必你也有些摸不着头脑吧。"

纱夜苦笑起来，"是的……嗯。"

"但绳文时代的人们是不是也对宇宙没什么兴趣呢？"

"咦？"

"没什么。我听说，那个……是叫环状列石吧？将石头排列成圆环，在日本也有这种遗迹，那种排列据说是跟太阳的运行有关什么的……那个难道不是绳文的遗迹吗？"

"您可真清楚。"中田教授称赞道。

"的确，有人认为在秋田的大汤环状列石就是如此。那是绳文后期的遗迹。"纱夜点了点头，"绳文时代的人们非常了解四季变迁等自然规律。当然，想必他们也对太阳、月亮、星星的运行有兴趣吧。"

"原来如此。"部长似乎很满意地微笑起来，"话说回来，飞鸟井你又如何呢？"

"我吗？"

①组成内阁的大臣。

"对。有没有想过去宇宙看看呢?"

纱夜觉得有些莫名其妙。

"这个嘛,如果是去一两次的话我当然有想过。以前曾经和朋友一起利用周末的时间参加过去地球大气层外一周的旅行团……那个也算是宇宙吧?但是更加正式的,嗯,比如去月球旅行那种,我也想过要去看看——等有机会的时候。"

"火星之类的如何呢?"

纱夜拼命摆了摆手,像是在表明不可能一般。

"那个实在是太远了……就算是月球也已经够远的了,但因为我很想看月球上的'地出',所以有点儿想去。火星真的跟我没有什么关系,而且那里又是战争又是疾病的,听起来多少有些恐怖。"

"是吗?那颗行星上的确有各种各样的问题,但如果只是短期逗留的话,也没有那么危险。"

"这样啊。"

"嗯,至少迄今为止从来没有发生过游客被卷入战争的事情,也没有听说过有人染上疾病。毕竟,对于火星那边来说,旅游业的收入是一笔相当大的财源,他们可非常谨慎呢。"

"但到底还是太远了点儿。在那边看来,地球就完全变成一颗星星了吧。"

"没错。看不见地球的确会让人有些不安。但我觉得那里可比月球有趣多了。当然,我自己也没有去过。"

纱夜忍不住一下笑出了声,"那为什么你这么推荐火星呢?"

"这个嘛……"寺本部长一脸认真地回答道,"因为火星对你来说恐怕不是毫无关系的地方。"

纱夜再度莫名其妙起来,"火星?跟我?"一股不安迅速蹿上她的心头,刚刚好不容易才轻松下来的气氛又一点点凝重起来。

"差不多该进入正题了吧。"大概是看准了时机,取手副官以略有些尖厉的声音如此宣布道。部长和中田教授都沉默地点了点头。纱夜感觉到自己的掌心全是汗。

虽然口气跟刚才毫无区别,但部长打破沉默的声音中却多少有种压迫感,"真是抱歉,飞鸟井。接下来你看到、听到的事情实际上都属于国家机密。也就是说,如果泄露出去的话,我们会非常头疼,所以不管是父母还是恋人,都不要说。当然,这些内容总有一天会正式公开发布的。不过在那之前,我想你也明白的。"

纱夜瞪大了眼睛望向中田教授。教授像是有些抱歉地垂下了视线。

"如果你觉得自己完全不想知道这类事情的话,现在立刻离开这里也没有问题。虽然对于我们来说那实在是太遗憾了,但我们也知道这种事情不能强求。"

不知为何,纱夜突然觉得这一切都变得不真实起来。这也许是中田教授的恶作剧? 老师是会开玩笑的人,但是这做得也太过头了。他不应该是这么无聊的人才对。

"那个,是跟战争之类的事情有关吗?"纱夜决定再跟这三个人周旋一下。

"不,毫无关系。"

"就算知道了,也不会有生命危险吧?"

部长略略沉思了一下,"虽然无法断言百分之百安全,但是应该没有危险吧。"

"要是我说出去的话会怎样呢?"

"虽然我很不愿意考虑这种情况的出现,但是我们可能会进行相应的处理。"

"所谓'相应的处理'是指……"

"这个嘛……抹消记忆之类的吧。"

抹消记忆？要怎样才能抹消记忆呢？纱夜想。当然最简单的方法就是将我整个儿从这个世界上抹掉吧……

"飞鸟井同学。"一直沉默不语的教授开口道，"将你卷进这事情中真是抱歉，但是我认为这对你来说是一个机会。这件事情跟我们的研究有关。这可是千载难逢的机会。"

果然不是什么平凡的事情。向来稳重的教授竟然显露出一丝兴奋。

"老实说，我其实更想自己直接参与。但是我年纪大了，对于这次的事情来说，年龄是个相当大的障碍。所以虽然万分遗憾，但我也没办法。所以我希望，至少能让我优秀的年轻学生来完成这件事。"

完成这件事？究竟要做什么事情呢？

纱夜本来就快压制不住自己的好奇了，教授的最后一句话更是激起了她极大的兴趣。

"刚刚提到了火星，是不是跟这件事有什么关系呢？"

寺本部长正要开口，却被取手副官拦了下来，"非常抱歉，关于这个问题，如果你不承诺遵守保密义务的话，我们无可奉告。"

让人窒息的沉默支配着整个房间，但纱夜却毫不在意地继续追问道："如果听说了这件事情，我就不得不去完成什么任务吗？"

副官摇了摇头，"听过之后，你不得不遵守的义务就只有保守秘密而已。"

"当然，我们也有想拜托你的事。"部长补充道，"但要不要接受我们的请求，当然是你的自由。"

中田教授用期待的目光望着纱夜。纱夜隐约感觉整个气氛都注定自己不可能再后退了。

不过，她依旧考虑了十几秒钟，然后终于下定了决心。

"我明白了，对此事绝对保密。"纱夜说。

在之后的两个小时里，纱夜体验到了迄今为止比交互式电影还让人兴奋的事情，而且这并非虚构的故事，而是实际存在的现实。

没想到火星上竟然发现了高等生物。以前当然也发现过非常原始的细菌，但这些生物的进化程度可远远超过了细菌。

据说这些生物都被封冻在北极冠的冰层中，在几十亿年的时间里一直处于冷冻保存的状态，因此其价值远远高于化石。

纱夜同时还体验了记录有标本视觉数据和触觉数据的"超图像"。这生物看起来像是节肢动物，会让人联想到分成了许多节的三叶虫的扁平身体。此外还有如同触角一样的突起和像眼睛一样的构造，跟地球寒武纪时期广泛分布的奇虾有些像。

如果带上一种算是力觉界面的触感手套抚摸全息屏幕上的立体图像的话，手上就会传来其表面的粗糙感。此外还可以抓起图像翻转它，随便切开任何地方观察断面。

"这个……是秘密吗？"纱夜有些迷糊，一边用手套抚摸着标本表面一边问。

"是的。很遗憾现在还不能对外公开。"寺本部长回答道。

"为啥？"纱夜由于太兴奋，一下就忘了用敬语，"这么惊人的发现。"

"哎，你冷静地想想看。"部长苦笑着说，"在地球之外的行星上发现了这样的高等生物，这跟细菌之类的东西根本不是同一概念,而且还是在我们旁边的行星上。你觉得这意味着什么呢?"

"难道不是很棒吗? 我们并不孤独,这种可能性就又高了一些呢。"

"这个嘛,如果世界上都是你这样的人倒也真就没什么问题了吧。"

"这是什么意思?"

"嗯……我们要说的话还没有说完呢。"部长飞快地说道,"或者应该说,现在才要进入重点。听完下面的话,你大概也就能够理解这为什么是国家机密了。"

标本的图像消失了。纱夜小声地"啊"了一声,明明她还想再多摸一会儿……

接下来显示的是火星的立体图像,冷漠的红褐色行星。如同白色贝雷帽的北极冠闪烁了几下,几秒之后就变成了扩大的俯瞰图。接着北极地区的一部分地区又被圈了出来,继续放大。最后显示出立体的地图。

"这里是日本的采冰基地所在地区。"

地图上许多矩形的小板块呈放射状排列开,勾画出许多条圆弧,每一道圆弧就像是嵌入北极冠的楔子一般。

"这是现在处于工作中的采冰流水线。"

一百多条流水线的周围出现了像水泡一样的球状小点。

"而这些……是在冰层中发现的生物的分布图。"

纱夜目不转睛地盯着地图。

"看出什么来了吗?"

"都集中在几个地方。"纱夜说。

"没错,很整齐地集中在一起。"

"但是我们并不知道没有采冰的区域里是怎样分布的啊?"

"当然,不管是采冰区还是其他区域,都已经用地下雷达探测过了。冰和水不一样,电波非常容易通过,两三公里深的地方都能探测到,而结果就是这个。虽然调查区域只不过是十公里见方而已。"

"那么,这……"纱夜有些不知所措地抬头看了看部长,"这究竟是怎么回事?"

部长也目不转睛地看着纱夜,"这也正是我们想要知道的。"

纱夜不知道该怎样回答才好,就这样呆呆地瞪着部长。这时一直保持沉默的中田教授开口了:"大致来说,可以想到的理由有两种。一种是自然现象造成的。要证明这一点,就必须充分理解三十亿到四十亿年前的火星究竟是什么样的,这需要通过各种不同的模拟来推测。不管这种奇妙的生物是高密度地挤在一起生活也好,或者只在死亡时才会聚集在一起也罢,都必须找出这些地点跟其他地方有什么不同。这个方向的研究已经有人着手了,但还没有什么显著的成果。从地形上来看,这里也不是特征非常明显的地方。如果假设当时这一片地区都是海洋,从水流的关系来看,似乎也找不到它们不得不聚集在这些特定场所的理由。当然,我们现在所拥有的资料还远远不足。"说到这里,教授顿了顿,将身子朝纱夜的方向探了探,"那么,第二种能够想到的理由,你觉得是什么呢?"

纱夜的脑海之中立刻就浮现出了答案。但要将那句话说出来,她心里却有种难以形容的抗拒。

"如何?飞鸟井同学。说说你想到的吧。"教授的眼睛里闪烁着恶作剧般的光芒。

"嗯,也就是说……"纱夜觉得自己完全回到了学生时代,有些不情愿地回答道，"有人将它们聚集在那里？"

"没错。"教授用力点了点头，"应该没有其他可能了吧。"

"但是，究竟是谁？"

"这就要你去调查了。"

"啊？"纱夜不由得叫了起来，"为什么是我？"

"飞鸟井同学，"教授略带催促的声音提高了一些，"你难道不觉得这很有趣吗？就算是已经老去的我，也感觉到这种知识带来的兴奋，全身忍不住颤抖呢。虽然我们不能无视这是自然现象的可能性，但如果并非如此的话，可就是非常了不得的事情了。"

"这个……是这样没错。"

这时候部长又插话进来："哎呀，教授，不管是谁，最初都会不知所措的。这是不能强求的。"

"嗯……"教授应了一声，靠在了椅背上。

"但是飞鸟井，我想你也知道，政府是非常保守固执的机构。"部长说，"但就算是这样的政府，也开始考虑这种可能性的存在了。你可以认为我们也是有相应的理由的。"

"所谓'相应的理由'是指……"

"这个嘛……就属于另一个秘密了……现在还不能跟你说。"

"秘密还真多呢。"

"因为是政府嘛。"中田教授自言自语般说。从这句话中轻微的不悦感来看，大概教授也不知道那个秘密是什么吧。

"先不管这些。"部长说，"你觉得如何，飞鸟井？真的不想去火星看看吗？"

"去火星……吗？"

"是的。我们希望你作为生命考古学家参加火星北极冠学术调查团,去那里调查这个萨根生物群。"

"萨根?"

"啊,卡尔·萨根是最早提议火星环境地球化的人之一,我们以他的名字命名了这些在火星北极冠发现的生物。"

"请等一下。"纱夜苦笑着说,"我现在还没能完全接受这件事情。为什么是我?我的专业是绳文时代考古啊。"

"飞鸟井同学。"教授说,"虽然说这也完全是想象的,嗯,或者说是一种直觉吧……虽说作为一个学者凭直觉来进行推断非常不好……但这也不是毫无根据的想法……也就是说,或许那些只是生物被食用后留下的残骸。"

纱夜不由得回想起了刚才那个诡异生物的模样。虽说虾蛄①也有点相似,但她可不想把那东西当晚饭食材。

"现在我们还没有找到外伤之类的证据,但是该怎么说呢,里面的东西太少了。因为这生物有外骨骼一样的外壳,内里没有骨头都还说得过去,但我们甚至没有发现任何内脏、肌肉或者神经系统之类的生物组织。里面完全就是干干净净的空洞。如果这不是糊出来的纸灯笼……"

纱夜轻轻点着头,看着教授。

"应该就是被吃掉以后,丢在那里的吧。"

纱夜终于领悟了过来,"那就是……贝冢②吗?"

这回换教授点头了。

"但是内脏什么的难道不是腐烂掉了吗?"

---

①以"皮皮虾"的名字为人熟知,是一种营养丰富、汁鲜肉嫩的海味食物。

②由古人食后舍弃的贝壳等物堆积而成的遗迹。日本已发现近五千处,半数以上为绳文时代的遗迹。

"如果是在地球上的话，自然会考虑到这一点。但所谓腐烂，其本质究竟是什么呢？"

"被微生物分解……"

"没错。不过在火星上，目前只发现了化能细菌、蓝菌这种非常原始的微生物。化能细菌是依附海底喷出的硫化氢等化学物质生存；而蓝菌和植物一样，通过光合作用获得能量，因此两者都不会专门去吃其他生物的尸骨。"

纱夜偏头想了想，"但是老师，那里既然有已经进化得如此高等的生物，自然也应该有分解者才对啊。"

"但还没有发现啊。封冻萨根生物群的冰自然也都经过了仔细的检验，但却连一个能够分解有机物的细菌都没有发现，非常奇怪。而且有机物本来就非常不稳定，放着不管的话会自然分解掉。如果它们真的在三十亿年的时间里一直处于冷冻保存的状态的话，应该早就分解得无影无踪了才对。而这种生物外壳上的色素都还那么鲜艳，实在是难以置信。"

"就是说萨根生物群突然出现在火星上，然后被我们还不知道是什么的东西给吃掉了？而且其尸体还被刻意地丢弃在特定的场所……"

"虽说这种可能听起来超前了一点儿。但如果真是这样的话，这个生物群就是未知智慧留下的遗迹。飞鸟井同学，你的专业方向是绳文时代考古没错，但是要通过对相关的生物和自然进行考察，寻找一个还不存在的种族的文化，这正是运用你所学的知识和专业技能的时候啊。我也知道，突然对你说到火星，你会有些摸不着头脑的感觉。但是现在，我们的确需要对生物学和考古学都非常了解的人。你还年轻，非常年轻。不管做什么都不会吃亏的。"

纱夜觉得胸闷气短,迄今为止从未面对过的状况和中田教授过度的期待紧紧地攫住了她的心。

纱夜垂下头,一边将之前一直戴在手上的触感手套取下来,一边开始高速整理乱成一锅粥的大脑。标本那粗糙的触感不时地在脑海中掠过。火星……对于纱夜来说完全未知的世界,以及未知的文明、未知的民族……

"飞鸟井同学,如果要去火星,这或许是唯一的机会哦。"教授再次强调,"能有精力进行一亿公里的旅行前往一个极寒世界的年龄期,也没有那么长。"

"也是呢。"

纱夜脑海中最后浮现出来的,是一个男人的面孔。

2

北海道的天空十分晴朗。大约是风有些凉的缘故,空气给人一种清爽的感觉,但却一点儿都不冷。虽说已经11月了,但搭件薄外套也足够了。

但要是东京的话,估计连长袖都还用不着吧。

纱夜爬上大型面包车的车顶,一边眺望正在发掘中的绳文遗迹,一边回想闷热都市中的纷杂。

"热带的巨大都市"——这是如今人们对东京的称呼。虽然听起来还不错,但却带着讽刺意味。更直接的叫法是"油炸岛",应该是从"热岛现象"这个词引申出来的。

不管怎么说,东京非常热。特别是夏天,几乎没办法住人。待在城里简直就像是在水泥和沥青构建成的铁板上被煎烤一样。城市的空气也随时被数不尽的空调"加热"着。加上全球规模的温室效应进程越发迅速,7、8月时,气温不超过四十摄氏度的日子已经非常罕见了。

如果说周围是椰树成列的白色沙滩和深蓝高远的天空的话,这样的气温还算可以接受。但实际上,城里目之所及全是灰色的建筑群,天空也总是被发白的雾霾所遮盖。

东京的大部分首都功能已经分散到了关东地区以北的各个县里。最近国会也在准备转移到仙台去。东京作为商业都市的功能正在逐渐衰退。另外,除了纱夜所属的大学等一部分院校,教育研究机构也都几乎搬到了郊外。

在春天到秋天的这段时间里,纱夜也尽可能地远离东京。虽然她现在只是个助教,很难任性地要求这样那样,但她还是尽力找各种理由前去参加各地的发掘调查工作,以避免留在研究室里。今年也是,她一听说在函馆郊外发现了绳文早期的遗迹,就毫不犹豫地立刻申请前来帮忙。

从遗迹所在的高台上能够远远地望见津轻海峡。纱夜眼前的这片土地是为了建设新城区而开发出来的。此时,正有几十个工作人员趴在裸露的赤黑色土地上工作。大约一万年以前,这里遍布着绳文人的聚落。

通过高空摄影的图像解析和地下雷达的探测,他们现在已经很清楚居住遗迹的分布情况了。但是由于绳文人长期居住于此,在同一场所重复修建过多个建筑,使得多数遗迹的构造极其复杂地重合在一起。也就是说,要正确把握哪个时期有多少房屋是怎样分布的,只有发掘出来看过才知道。当然,将掩埋的陶器和石器挖掘出来也是非常重要的。

但就算是这样,发掘工作居然依旧要靠人力手工进行,这叫纱夜多少有些无奈。难道就没有什么不需要人力的更有效率的方法吗?机器人的可靠性果然还是太低了吗?

不过纱夜也明白,在发掘工作中,熟练工作者的直觉相当重要。而且,能够像人类的双手一样完成各种精细工作的机器,其一台的价格就足以雇几十个工作人员工作一年。到头来,还是人力比较便宜。

纱夜从面包车顶上跳了下来,长长的黑发在空中飞舞。

"真是个野丫头。"

平时在附近从事农业工作的中年女性工作人员说道。她的两只手上拿着几块陶器的碎片,正眯着眼睛抬头看向纱夜。

"糟糕,被看见了?"

"看见了。瞧瞧你那两条细腿,小心受伤啊。"

"哎呀,我明明还觉得有些胖呢。"

女性工作人员笑了起来,晒黑的脸上露出白色的牙齿,"你要再瘦呀,就皮包骨头啦。"

纱夜的确很苗条。虽然还不到那种太瘦的地步,但她自己也希望能够再"凹凸有致"一些。要不是皮肤白加上脸型比较圆润的话,她看起来很像个男孩子。虽说通过外科手术改变体形比较简单,许多人也都选择了这么做,但纱夜却还没有这种打算。因为她对于吸引男性这种事情几乎毫无兴趣。

纱夜走近离面包车最近的居住遗迹,低头看着一处深约二十厘米的圆形遗迹构造。这片遗迹的直径为五米左右,沿着圆周并排的直径十厘米的洞穴都是曾经立有柱子的地方。中央有个四方形的坑,大概是火炉的遗迹吧。坑的周围散落着很多陶器碎片。在发掘现场,像这样的遗迹相互重叠分布,合计有几十处。

但纱夜并不是来帮忙挖掘这些遗迹或者进行复原工作的,她的工作主要是从各个角度测量遗迹和文物,然后将数据输入电脑。这对纱夜自己的研究来说是非常重要的数据,加上又能来避暑,怎么想都是一石二鸟的划算事。

在住宅遗迹的旁边,有一个宽五十厘米、长三米的细长土坑。纱夜走近那个坑,蹲下来朝里面望去,土坑深度为一米左右,底面被凿成了略带弧度的形状,看起来应该是用木棒之类的东西逐渐挖成的。想来真是不可思议,绳文人用石头和土制造出了各种各样的道具,但最终也没有发明出铲子一类的东西来。

突然,纱夜的视野暗了下来。她抬起头,看见眼前投下一个细长的人影。

"这个坑是什么呀,飞鸟井老师?"站在她身后的人问。

纱夜很熟悉这个声音,她头也不回地答道:"这是'T坑'。'T'是指'陷阱'①,所以一般认为这是个陷坑。"

"陷坑? 但这是不是有些太窄了?"背后的人说,"难道是用来捉兔子的?"

纱夜终于站了起来,回过身,抬头看着背后的那个人。这是个高得惊人的青年。脸形、手脚甚至连身子都十分细长,如果他让人联想起蜘蛛这种说法听起来不太可爱的话,那会伪装成树枝的竹节虫也许会好一点。

"凯伦,你怎么知道我在这儿?"

充满恶作剧的眼神从纱夜头上二十厘米的高度俯视着她。

"你留下了气味。"

"哼。所以你追着我的气味不远万里地从东京跑来了?"

"正是。"

纱夜眯起眼睛,盯着这个名叫苏凯伦的华裔,他是第二代日本人。她的视线停留在他清秀的面容上。细长的眼睛、高挺的鼻梁、薄而鲜红的嘴唇、瘦长的下巴。他的皮肤是小麦色的,但老实说有种不太协调的感觉,似乎原本应该是青白色的才对。当然,这并不是因为他真被晒黑了,如今很多年轻人都通过基因修改对皮肤进行染色。

①即 Trap。

"你该不是在我的服务器或者终端上设置了什么机关吧?"

"怎么会?"凯伦夸张地张开双臂,"我可是一心只求见你一面,拼了命地到处找你呢。你也不跟我联系一下就突然跑到北海道来,真是冷漠无情。给你发邮件你也不回。"

"是突然决定的嘛。本来是想等到了这里再跟你联系,但是太忙……"

这句话里有一半是真的,另一半则是谎言。虽然纱夜的确想过要发邮件,但是心里更多的却是想暂时抛开东京的一切,跟所有人都保持一定的距离。结果她就这么拖着,拖了差不多两个星期。

"你的工作……请到假了?"

"嗯,虽然只有今天一天。"

"今天一天?这么不辞辛苦地专程跑到北海道来,难道准备晚上就回去?"

"这个嘛,要是乘坐明天早上的第一班飞机,然后从机场直接去公司的话,倒也来得及。不管怎么说,知道你在这里,而且平安无事,我就放心了。"凯伦露出一个松了口气般的微笑。

"笨蛋。"纱夜带着有些无奈的表情说完,略微低下头,又轻声添了一句,"对不起。"

不知凯伦有没有听见那句话,他的心思似乎已经被周围的风景给吸引了。

"对了,这个T坑,真的是陷坑吗?"他用充满好奇的目光往坑里打量。

"你跟我来。"纱夜伸手挽住了青年细长的手臂。刚刚跟她说话的那个女性工作人员从远处意味深长地望着他们俩,但是纱夜却装作没有看见。

　　大概走了五分钟,他们来到住宅遗迹所在高台附近的另一个高台上。这里的土地也都露了出来,但却没有圆形的被挖掘过的遗迹。只不过,被纱夜叫作"T坑"的细长土坑却如同曲折的虚线一样排列在一起。两个坑的间隔在一米到几米之间,坑的大小几乎相同。

　　"原来如此,这里有很多呢。"苏凯伦一边望着眼前的景色一边说,"没有住宅遗迹吗?"

　　"这里是狩猎场。"纱夜用手指着T坑虚线延伸的方向,"这个方向正好与山丘的等高线成直角。一般来说,动物行走的小径都是沿着等高线前进的哦。"

　　凯伦点点头,"是吗?但只是为了捕捉兔子之类的小动物的话,这阵势可真有些夸张。"

　　"也许也能捉到鹿或者野猪。"

　　"但是这个大小……"

　　"只要前脚或者后脚陷进去就足够了。这么窄的宽度加上这个深度,要拔出来可不容易,要是不小心的话还可能骨折。趁着动物在挣扎时用弓箭或者长矛给予致命一击就可以了。"

　　凯伦用一只手摸着自己细长的下巴,"嗯,这样啊。想来或许是比挖掘能让鹿或者野猪整个儿掉进去的坑更有效率。虽说捕获猎物的概率下降了,但是节省下来的劳动力却可以挖掘更多的陷坑。而且也不需要将猎物从陷坑下面拖上来。"

　　"作为假设来说是成立的。"

　　"如果梅花鹿不是国家保护动物的话,我还真想实际验证一下呢。"凯伦咧嘴笑了起来,"要不就试试看在你周围挖些T坑算了,免得你又突然玩失踪什么的。"

“不要！”纱夜半真半假地抗议道。凯伦曾是某个大型游戏公司的系统工程师。要在纱夜自己家或者研究室的电脑上，或者她平时随身携带的PDA上偷偷安装一些不被发现的软件，随时监视她的行动，那可是易如反掌的事。凯伦也知道纱夜总是在怀疑这一点，所以才故意这么说。

“哎呀，我忘了！”凯伦突然打了个响指。

“什么？”

“刚刚我到发掘现场的事务所去了一下。虽然是去问你在哪儿，但他们让我跟你说，有一封寄给你的邮件。”

“咦？谁发来的？”

“好像说是中田老师吧。”

“咦？中田老师？！”纱夜的态度一下变了，“搞什么呀？早不说！”

凯伦有些意外地噘起了嘴，“你要是记得随身带着PDA不就好了嘛。这年头哪儿还有你这种不带终端就到处乱晃的家伙？”

“平时可都好好戴在手腕上的。”纱夜也噘起嘴，鼻梁上挤出几条皱纹，“偶尔到这种地方来的时候，稍微乱晃一下又有什么不好？真是的，你比我妈还啰唆呢。”

“你再说一遍！”凯伦伸手要抓她的肩膀，纱夜一扭身闪开了，然后飞快地跑走了，一边跑一边回头冲凯伦吐了吐舌头。

“你这家伙，还真叫人操心……”

凯伦优雅地迈着长腿追了上去。纱夜轻巧地跳过面前的一个T坑。清爽的风包裹着她的全身，甚至带着些许绳文时代的气息。

回到临时设置的现场事务所，金琬正在独自扫描陶器碎片。他是从韩国来的留学生，平时性格开朗，张口闭口都是玩笑话，此时却埋头于碎片堆里沉默地工作着。

凯伦颇有兴致地盯着他的手边。

"这是在用3D扫描仪对陶器的碎片进行扫描。"纱夜说明道。听到她的声音，金琓才发现他们，便回过头来。

"他是跟我同一个研究室的学生，所以是作为我的助手一起带来的。"

"说'奴隶'好像更合适一点吧。"金琓一边打着呵欠一边用流畅的日语说道，"一天从早到晚就是扫描碎片，我觉得自己快变成机器人了。"

"少抱怨了。其实用机器人的话效率更高，但是因为没有研究经费，没办法才只好用你了。"

"哇，没想到你还是这样不近人情啊。老是说这种话，是要被男朋友讨厌的哦。"这么说着的同时，金琓冲着凯伦眨了眨眼睛。

"不用你管这么多。对了，你的工作进展如何？扫描了多少个了？"

"哎呀，你不要摆出这么可怕的表情嘛，我在好好工作啊。已经差不多输入三百个了。很快机器上的储存装置就要满了，差不多就可以考虑回东京一趟了。"

凯伦忍不住插嘴道："扫描这些碎片是要做什么呢？"

"当然是在假想电子世界里进行复原啊。"纱夜指了指放在金琓身后的工作台，"那里的一大堆都是发掘出来的陶器碎片。但是我们并不知道哪些碎片是属于同一个物品的，就跟几十种拼图的碎片全部混在一起了一样。以前的研究者都是一点一点地尝试进行组合，现在有电脑帮助，就省事多了。"

纱夜走近工作台，伸手拿起一块陶器的碎片。那碎片大体呈四方形，黄色的表面上描绘着波浪的花纹，"对于这样的碎片，我们通过扫描获取其形状、颜色、表面花纹、素材成分等信息，再输入其发掘的场所和深度等信息，然后用复原软件对这样的数据库进行搜索，通过各种各样的条件筛选，将能够组合成一个陶器的碎片都选出来。虽说碎片组合变得非常方便，不过制作数据库是件费神费力的事情。"

"原来如此。但是就算加上进行数据化的过程，所需要的时间也比人力组合要快上几十倍吧。"

"我觉得能快上几百倍吧。我对那个程序进行了更多修改，能够自动解析复原陶器的形态和表面的花纹。"

凯伦似乎很开心地点了点头，"原来如此，这样就跟你研究的生命考古学联系起来了。将陶器的形态、花纹与自然界中存在的模式和规律进行比较，而作为艺术家的你，又将这些作为题材创作出五感艺术……"

"就是这样，没错。"

"我果然是来对了。"

"为什么？"

凯伦细长的眼睛睁大了一点，"为什么？因为我又更多地了解了你一些呀。"

这时金琬很刻意地咳嗽了两声，"那个，不好意思，打扰你们的二人世界了，不过刚才中田老师发来邮件……"

"没错没错。"纱夜用完全没必要的大嗓门高叫着，手里拿着碎片就朝自己的办公桌跑去。她的脸颊有些发红。桌上终端的摄像头确认了纱夜的模样后自动启动了机器。约二十英寸的全息屏幕上出现了一条如同宽布带一样的生物。这是一种叫作皇带鱼或者龙宫使者的深海鱼。它全身散发着银白色的光芒,背鳍和长鞭一样的腹鳍是鲜艳的红色。

"不好意思,伊拉布。听说有我的邮件?"

纱夜这么说着,那条叫作伊拉布的鱼就发出"啾"的叫声。定睛一看,它那小小的嘴上叼着一个蓝色的信封。

一瞬间,纱夜似乎有些不知所措地回头看了凯伦一眼。但她立刻又回过身,从抽屉里拿出PDA戴在左腕上。

"我稍微离开一下,是蓝色邮件。"纱夜边说边朝事务所的门口走去。装在蓝色信封中的邮件表示送信人不希望邮件内容被其他人看到。但这个事务所里没有配备视网膜投影装置之类的佩戴型界面。当然,通过移植在体内的与神经系统直接连接的个人局域网服务器,也可以直接将信息送到大脑内。但除非是情况限制不得不这么做,纱夜都会尽量避免使用这种做法,所以现在她就只好到没有别人的地方去看邮件了。

"没关系。"

纱夜一边斜眼看着凯伦的微笑,一边出了门。

绕到临时事务所的背面,确认过周围没有人后,纱夜对手表型PDA轻声低语道:"伊拉布,现在可以了。"

PDA弹出了立体显示空间,里面是刚才那条深海鱼。由于被缩小到了十分之一左右,看起来有点像海龙或蚯蚓。

"播放中田老师的邮件吧。"纱夜话音刚落,就听到一声微弱的鸣叫,伊拉布将嘴里叼着的蓝色信封打开了。信封里冒出来的便笺纸展开后,浮现出中田教授的面容。

"飞鸟井同学,最近还好吗?"

听到那个虽有些干涩但依旧温和的声音,纱夜嘴边绽开了一个笑容,但接下的话却让她的脸上出现了忧郁的表情。

"关于去火星那件事,你下定决心了吗?今天我又跟宇宙行星开发部的人见了面。他们的意思是尽可能让你能乘下一趟去火星的移民船队。下次船队将于12月15日出发,也就是一个半月以后。不过出发前还有关于调查的讨论会议和准备工作,此外还必须接受在火星生活的训练。考虑到这些问题,你最晚必须在出发的三个星期前到筑波来。如果你不能参加的话,宇宙行星开发部准备找其他人,所以最好在这几天就答复我们。"

教授的语气就跟讲课时一样沉静。但在片刻沉默之后,他的声音中又多了一分私人的亲切。

"听说你现在正在北海道进行调查。有没有什么令人惊喜的新发现?我也很关心这次发掘出来的遗迹,最近要有时间的话也想去看看。要是有什么有趣的事情,一定要立刻告诉我哦。"

教授的脸在留下一个笑容之后就消失了。邮件只有这么长。

纱夜轻轻叹了一口气,低头看着脚边的黑土地。PDA里传来了催促的声音。

"就这样吧,伊拉布。回头我再回信。"纱夜这么说完,伴随着"啾"的一声,立体显示空间消失了。

纱夜想要搁在东京暂时逃避的两个问题同时逼了上来。不,这不是两个独立的问题,这是她不得不进行二选一的问题。但是看来她也不可能永远都这样逃避现实。

纱夜垂着头回到事务所,凯伦正蹲在入口旁边。他似乎在看那些排列在木板上刚刚挖掘出来还没有整理的陶器碎片。看到他这副模样,纱夜感觉自己的心跳瞬间加快了不少。

像是感应到了这一点,凯伦回过头来。

"哟。"他有些顾虑地打了声招呼,"希望不是什么坏消息吧。"

纱夜很勉强地露出笑容,摇了摇头,"嗯,没有。"

"这样啊。"凯伦也没有再继续追问下去,接着观察那些碎片。纱夜有些不自觉地盯着他的后背。他穿着一件加大号的自动调节保温运动服,但是由于身材细瘦,显得松松垮垮的。

纱夜缓慢地从后面走近那个背影,然后也蹲了下来,靠在那宽大的背上。

"今晚就要回去吗?"

"哎……嗯,是这么打算的。"

凯伦用大拇指的指腹刮擦着陶器碎片上的泥土。

"明早第一班飞机也可以的吧。"

"是啊,但是……"

"我住的酒店的房间,你也可以来住的。"

纱夜用手臂轻轻环住凯伦的细腰。头顶上传来大山雀婉转的啼鸣。

"是吗?那就这样吧。"

温暖的大手包裹住纱夜略冰凉的手指。纱夜将脸贴在凯伦的背上,抬头看着天空。事务所周围的树荫之间,小鸟在飞翔跳跃。

纱夜突然觉得有很多事情都脱离了现实。眩晕的一瞬间,只有包裹着自己手的那种温暖仿佛能将她的灵魂留在这个世界上。

但就算如此,也不足以抵消她在筑波看到那种奇妙生物时所受到的冲击。

3

　肮脏的地铁站台中,纱夜坐在一张硬邦邦的木头板凳上。天花板很低,每次路面上汽车经过,灰尘就被震落下来。站台下面又暗又湿,随手丢弃的垃圾里偶尔有老鼠飞奔而过。空气中充斥着霉味和脏东西的臭气。

　这是以20世纪末的纽约地铁为参照制作出来的场景。金琬一边摇晃着手里的纸袋一边说话,纸袋里的硬币哗哗作响。他本人现在是个黑人乞丐的形象。

　"请给点零钱吧!"

　每当他把硬币摇得哗啦哗啦响时,天花板的通风口里就有一只贪婪的眼睛往下望。那是只非常巨大的眼睛,不是人眼也不是兽眼。伴随着遥远模糊的列车行驶声,铁轨之间的水洼咕噜咕噜地膨胀起如同泡沫一样的东西。每个泡泡都散发出红、蓝、黄三种鲜艳的原色,其表面又产生无数的小泡泡,小泡泡上再出现更多更小的泡泡。墙壁上的涂鸦时而会变成立体的跳出来,在站台上互相追赶嬉戏,喧闹一番后就又回到墙壁上去了。

　的确是做得很好,纱夜想,但这能不能算是个适合聊天的地方却要打个问号。

"那个所谓的幽灵是什么样的?"艾琳优雅地摇晃着七条尾巴问。她是五感艺术科的新生,这会儿使用了一个妖猫风格的化身,看起来颇为可爱。

"嗯,还是老样子,不同的人的说法完全不一样。"说话的是台老旧造型的留音机。大家都叫他"声音大师",每次他说话时,巨大的筒状喇叭就一伸一缩地动。大概是设计学科的学生吧。最近喜欢古旧机械的家伙似乎挺多——不,大概从以前开始就很多吧。

"就是说要老子做出来看看?"这时候蠕动着爬出来的是个如同阿米巴一样的家伙。这家伙的名字也不太清楚,虽然他自称"老子",但实际性别不明。就如同他的化身给人的印象一样,他最擅长使用能够进行实时3D变形的软件。其网名也清楚明白地表明了这一点:单细胞。

"嗯,做来看做来看。"艾琳做出撒娇的样子要求道。于是"单细胞"立刻就开始变形,变成了一个头发乱蓬蓬的干瘦幽灵。他走近艾琳,"是不是这样啊?"两只抓着眼球的瘦手从眼窝里突了出来。

艾琳简直兴高采烈,但纱夜却觉得有些累了。取得博士学位后,虽说她的心情还停留在学生阶段,但实际上加入本科生的聊天频道后却多少感觉到自己的确有些老了。

他们从刚才就在谈论关于最近日本星际网络上有幽灵出没的传言。所谓的怪谈无论在什么时代都不会消失。就算是现在——人类已经移民至月球和火星的2071年——幽灵也依旧出没在各种场所。

然后,就连电脑网络上也开始有幽灵出没了。

那个幽灵被人们冠上了"吉姆"的爱称。根据"声音大师"的说法,网络管理局已经动用了网络警察,开始调查"吉姆"究竟是单纯的谣言,还是新手制作的病毒或者是黑客搞的鬼。

据说"吉姆"也在互联网、美国星际网络、欧盟星际网络上出没,不过至今也没干过什么特别坏的事情。而俄罗斯的星际网络上暂时还没有任何消息。

纱夜伸了个懒腰——在其他的聊天室成员看来,不过是遮光器土偶打了个很大的呵欠。那正是纱夜的化身:矮胖的女性体型土偶,头上有一对巨大的眼睛或眼镜一样的构造。眼睛/眼镜中间有一道水平线,如果是眼睛的话,看起来就好像是闭着眼睑一样;如果是眼镜的话,就跟因纽特人所使用的遮光器(墨镜)有些类似。

"我差不多准备下了。"纱夜对金琓说。

"啊,这就要下了?!"黑人乞丐把硬币摇得哗哗直响。

"嗯,还有点工作要做。"纱夜从木凳子上站了起来,"谢谢你招待我来看你的新作品。很有意思。"

"那真是客气了。"金琓说。

艾琳将七条尾巴展成扇形;"声音大师"开始演奏带有杂音的《再见吧,黑鸟》;"单细胞"从幽灵变成了一只巨大的手,左右摇晃着身体。

顺着站台的楼梯走到出口,不知什么时候自己就站在了空荡荡的大厅里。纱夜站在那里歇了口气。老实说,那站台上的臭味太浓烈了,搞得她胸口闷闷的。

纱夜回头看了看通往地铁站的入口,上面写着:

聊天室No.23——四十二丁目站　by金琓

透过房间门，可以看到地铁从右向左不停地奔驰着。

穿过并排着许多门的大厅，走进写着"EXIT"的门，纱夜退出了M美大的网站。

护目镜形状的装置直接投射在视网膜上的图像逐渐淡去，纱夜回到了现实世界——也就是T大考古学部生命考古学科的研究室。在她眼前的是SGI-VR2070，带有能够辨识动作的生物磁场感应摄像头。这是她一个月前刚买的新型图像处理器。

关闭。纱夜在脑海中默念。检测到这段脑波的VR2070将摄像头收进半球形的本体中，说了句"拜拜"后就沉默了。

纱夜将视网膜投影装置取了下来，拢了拢卷曲的长发。虽然合成的臭气粒子应该早就分解掉了，但那种发霉的气息却还残留在鼻子深处。

"伊拉布。"纱夜叫道，皇带鱼立即出现在了墙上的全息屏幕里。不愧是五十英寸的大屏幕，显示出来的皇带鱼几乎跟实物一样巨大，相当逼真。

"能不能喷点植物精油？"

伊拉布那从尾根到尾尖逐渐变细的尾鳍来回扭动了一下。接着空调就发出了微弱的声响，清爽的森林气息弥漫在空气之中。纱夜深深地吸了一口气，看着狭窄的研究室里的观叶植物，感到心中轻松了大半。

皇带鱼游了过来，丝带一样长长的身体将纱夜卷了起来。这是在撒娇呢。说起来，前天从北海道回来之后，她就几乎没有陪它玩过。

来纱夜研究室拜访的人在看到伊拉布之后一般都会说：

"真是个奇怪的代理者呢。"

"叫什么名字?"

"伊拉布?这是什么意思?"

"琉球语里的海蛇?哎⋯⋯"

一成不变。

养电子宠物的人当然非常多。以前电子宠物兼当代理者——在这种情况下算是私人秘书——也是非常常见的。但是如今这已经不流行了。

大部分人都会选择使用跟人类一样外貌的"软体机器人程序"。这些程序能够做出跟人类一样的动作,而且能够说话。就算进行图灵测试,也没有多少人能够确定那不是真正的人类。也就是说,如果预先不知道的话,根本无法判断屏幕中显示的究竟是真正的人类还是代理者。

纱夜也曾用过这种代理者。那时候她还是个孩子,一直用到十岁左右。

那个代理者的名字叫阿雪。当时人工智能还不像现在这样精致,如果是大人的话,很容易就能看出那是人造的东西,但是纱夜却没有理由将阿雪跟真正的人类区别开。

满九岁后不久,父亲突然跟情妇一起失踪了,因此母亲不得不出门工作,纱夜一个人被留在家里的时间也多了起来。那时纱夜有阿雪,她跟阿雪一起玩,不管什么事情都跟阿雪讲。虽然说阿雪并不能从本质上理解纱夜的烦恼,也没有解决这些问题的能力,但至少她能够表现出自己在倾听纱夜所说的每句话,也能够表现出同情和共鸣,而且多少也能够给她加加油,安慰一下她。对于纱夜来说,这就已经足够了。

渐渐地,纱夜就只跟阿雪一个人玩,拒绝去学校,谁都不想见,只要有阿雪就足够了。她错把阿雪当作了一个真正的人类,而且阿雪绝不会伤害纱夜半分。

然后有一天，母亲接到了纱夜的班主任的电话，第一次得知纱夜整天都待在家里，完全不跟其他孩子玩耍，只跟阿雪一个人交流的事情。她在一怒之下将阿雪从家里的系统中彻底删除了。

"杀人犯！"纱夜一边哭一边冲着母亲怒吼。

自那以后，纱夜就再也不使用人型代理者了。

纱夜那五米见方的小小研究室就如同温室的一角。在植物中有一片一米见方的空地，地上摆放着一个坐垫和各种各样的绳文陶器。纱夜在这片空地上度过了许多时间。虽说研究室的入口附近也有桌子和电子仪器，不过她只在工作或写论文时才会使用那些东西。

房间被层层叠叠的植物所覆盖，显得十分狭窄。但作为一个二十五岁的博士后的研究室，能够有五米见方已经算是相当宽阔了。

纱夜进入植物包围的空地，盘腿坐下。这样做时，她就有种迷失在丛林中的感觉。就算有人从外面往里看，大概也看不到纱夜在房间里吧。

纱夜拿起两个大小刚好能放在掌心中的圆形扁平陶器。如同镂空雕刻一般复杂的立体构造上带着卷曲的波浪一样的花纹。这两个陶器可以严丝合缝地覆盖在耳朵上。这是绳文时代的耳环，被称作"耳栓"。

但纱夜却并不认为这只是单纯的装饰品。虽然说她研究的是生命考古学这种算得上科学的领域，但从孩提时代开始，纱夜就一直觉得世界上有人类看不见的某种东西存在。而且她还觉得,或许绳文人拥有能看见其中一部分东西的能力,这个耳栓也许就是提高这种能力的道具呢。

纱夜将意识集中在耳朵上,努力倾听着从记忆彼端传来的声音。但她的意识却被立刻拉回了金琓的聊天室。

关于那个幽灵的话题。

网络上有电子幽灵出没……不知道为什么这则流言让纱夜很在意。或许这与纱夜的研究主题——绳文世界的复原——有着一脉相承的关系。

绳文时代持续了一万年的时间。而之后的弥生时代到现在,最多也不过就是二千四百年左右。考虑到这一点,绳文时代可是相当漫长的一段时期。在这漫长的时间中,绳文人依靠狩猎、采集生活,在物质上几乎没有任何进步。虽说多少能够找到一些进行栽培的痕迹,但其规模极小,跟现在所谓的"农耕"概念差非常远。

纱夜单纯地想,或许也有这样的可能吧。所谓的大自然在本质上是非常苛刻的。正因为其苛刻,正因为其不可被控制,所以人类就通过破坏大自然来试图逃离其咒缚。但这种尝试总以失败告终,在最近一百年的时间里,人类应该已经体会得足够多了。因此人类在无法修正轨道的情况下终于从地球逃了出去,准备在其他行星开辟新天地——完全人工化的世界。

但绳文人在一万年的时间里一直都跟自然和谐共存。纱夜认为如果两者之间没有密切沟通的话,根本就不可能。通过观测实验之类的科学手法获得的知识只不过是凤毛麟角。绳文之后的历史也明确地证明了这一点。

查阅或多或少能够反映出绳文思想文化的《古事记》等文献、民间童话、传说之类的东西,可以知道那时候自然和人类之间的边界是十分模糊的。就如同白昼与黑夜的界线一样,不是清晰明确的。

动物与人类精神相交,有时甚至能生下孩子,幽灵和会变化的妖怪仿佛是理所当然的存在。当发挥想象力沉浸于这种世界中时,纱夜的脑海里就出现了人类、植物、动物,甚至连石头这样的无机物也通过看不见的通信手段将世界变成了一个网络。

没错,那一定是如今的互联网或者星际网络之类完全无法与之相提并论的巨大而紧密的网络。幽灵和妖怪是一种象征,或许表示的是在这个网络中川流不息的某种信息。生灵就如同化身一样,而所谓的神或许就是网络所具备的高等代理者机能。

对于从大陆前来的弥生人来说,属于这种网络的绳文人就跟大自然本身一样无法被理解,大概算是可怕的存在吧。因此他们将绳文人称作鬼、土蜘蛛,将他们驱赶到日本列岛的边缘。然后我们切断了自己与"网络"的联系,失去了能够与自然共存下去的重要能力。

能否将这种能力取回来一些呢? 在开始思考这个问题的同时,纱夜开始将自己的研究室发展成丛林。虽然她打算重现继承了些许绳文气息的北海道和冲绳的自然环境,但是因为无法将两者混合在一起,所以最后采用了冲绳风格。这只不过是因为,比起寒冷的地方,她更喜欢温暖的地方罢了。

然后每天她都像这样戴着耳栓,抱着火焰陶器进行冥想。

火焰陶器号称是最特异也最有动感形态的绳文陶器。用手指顺着让人联想起复杂河面的隆起线摸索,就能抵达口缘上的不对称突起物。在这种被称作"鸡头冠"的突起上,手指的神经能够感觉到边缘上的锯齿状小突起。纱夜就这样抚摸着陶器,漫无边际地思考着制造陶器的绳文人的形象,尝试聆听植物的声音。偶尔真的去了冲绳时,她也会到所剩无几的原生林中进行冥想。

这样的纱夜身上,时常会流露出十岁时的模样。在家中闭门不出,只跟阿雪一个人交流。就如同阿雪绝不会伤害纱夜一样,植物也不会伤害她。

当然有不少人都觉得纱夜是怪人。但最近倒也出现了一些跟她有相同想法的人,甚至有些团体开始在星际网络上实时播放树木的生物电位。这是一种将现在的电子网络向绳文世界的网络靠近的尝试。如果电子幽灵的出没也是其成果之一的话,纱夜倒是喜闻乐见。

纱夜的博士论文是将绳文陶器上的形状和花纹使用复变函数以及混沌理论进行数学解析,然后与自然界现象中的近似数学进行比较。其结果为绳文人与自然之间拥有密切的交流这种可能性提供了一部分有力的支持。这篇论文在学会也受到了相当高的评价。

纱夜应用论文的成果,开发出能够自动生成绳文陶器花纹和自然界的韵律的软件,并且使用这个软件涉足于五感艺术的创作。也是因为这样,她才开始跟M美大的人有联系。而金琓受到纱夜的影响也开始专注于聊天室的构建,如今他也在M美大进行学习。

虽然纱夜闭上眼睛努力集中精力,但最终还是睁开眼睛放弃了。今天的杂念真多。除了幽灵之外,也有许多让她烦心的事情。

当然就是火星和苏凯伦的事情了。

在凯伦到函馆见她的三天后,纱夜与中田教授取得了联系,正式表明她愿意参加火星北极冠的调查。那之后虽然好几次她都想跟凯伦坦白这件事，但却一直下不了决心，就这样又拖了整整半个月的时间。

今天宇宙行星开发部发来了通告，要求她在一个星期内务必前往筑波。大概不可能再拖延下去了。

凯伦肯定不会高兴地接受纱夜去火星这件事。要完成调查，最短也需要一年，长的话可能需要两三年。考虑到往返的交通费，也不是心血来潮就能够随便去探望她的距离。就算是光，从地球到火星的旅程也需要几分钟到几十分钟之长。也就是说，就算是在假想电子世界里见面，也无法进行实时互动。

而且现在火星的形势也非常不安定，充满了纷争和疾病。特别是早期就开始推进火星移民的美国、日本、俄罗斯这三个"火星开发先进国"，与后进的欧盟以及加拿大、澳大利亚、印度等国之间的对立形势最近也开始浮出水面。移民者不再是那种胸怀梦想与期待朝着新生活出发的类型，更多的是因为各种各样的理由而不得不离开地球的人。

究竟要怎样跟他坦白才好呢？要怎么说明才好呢？她不能告诉他关于萨根生物群的事情，因此必须要编造一个最合理的理由，然后以最自然的方式告诉他。

每每想到这里，纱夜就觉得束手无策。直接跟他提分手或许是最好的办法……毕竟撒了谎，又不能保证什么时候能回来，这样把他一个人丢在地球上，还不如分手来得轻松。

烦恼来烦恼去，最后就得出这样的结论。每每想到这里，比起失去恋人的恐怖和痛苦，纱夜感觉到的更多是罪恶感。而当她意识到这一点时，又会无端地产生一种寂寞。

不管怎样，已经没有时间了。

　　纱夜哗啦啦地分开植物,爬到全息屏幕前,对在屏幕中游来游去的皇带鱼说:"伊拉布,能帮我联系凯伦吗? 就说我要立刻见他……"

4

　这是个巨大的房间,大约有网球场那么大吧。天花板也很高,四五米的样子。

　但这个巨大房间里的家具却只有窗边一个角落里的书桌,以及书桌前面接待客人用的沙发。窗户很大,不过今天天气不太好,光线无法完全抵达房间深处。虽说是白天,但房间中却有些阴暗。

　藤本坐在沙发上,却坐得毫不安稳。他焦虑地环视着房间,但不管怎么看,也只有毫无装饰的空白天花板和墙壁,以及铺满整个地板的纯蓝色地毯。

　"你看来很有精神嘛,教授。"坐在桌子另一侧的男人开口说,声音毫无抑扬与生气。

　"啊,真是……托了您的福。"藤本僵硬地抓着双膝,上身略微朝男人的方向转去,点了点头。他的额头上泌出一层薄薄的汗水。房间里并不热,准确地说,是有些冷。

　书桌后面的男人将修长的双腿交叠在一起,轻轻将手放在椅子扶手上。他的手指和手臂都异常修长,整体给人一种蜘蛛般的感觉。

他看起来三十岁左右，但实际岁数很难判断。现在这个年代，人的年龄可能与其外表完全不符。

就算是藤本自己，虽然也快要五十岁了，但看起来不过将近四十而已。要是没有接受昂贵的基因治疗，他现在大概发际线早就退到头顶附近，变成一个大腹便便的丑陋中年男人了。从自己的遗传外貌和生活方式就很容易想象到这一点。

只不过，认真打量一下这个体型仿佛蜘蛛般的男人，却几乎无法想象他接受过类似的治疗。而且如果要治疗的话，首先应该想想怎么处理一下这患了巨人症般的体格才对。

如果没有接受过任何治疗或者整形的话，这个男人可是非常年轻。但他却高居世界屈指可数的巨大军工企业西荒公司的总裁一职。这个年轻人手中掌握着藤本几乎无法想象的巨大权力。

借用这权力的一部分，藤本当上了宇宙科学技术研究所的教授。而作为回报，藤本则需要提供关于宇宙开发的机密情报。

藤本的专业方向叫作宇宙环境工学，是个比较新的领域。因为这个领域的专家还很少，所以藤本跟各种各样的宇宙工程都有联系，自然而然也就成了一个情报通。

"今天你准备告诉我什么样的趣事呢？"

年轻人的用词很礼貌，但话语中毫无尊敬的意思，当然也没有侮辱之类的感觉，就是非常单纯的公事公办的口气。

"呃，虽然不知道这件事是否能够引起束田先生的兴趣，不过在研究 LIGAS①的人中引起了轰动……"

藤本终于忍不住掏出手帕擦起汗来。他刚才就看见了不可思议的东西。在这个名叫束田的年轻人的肩膀和胸口上爬着几

①激光干涉计型引力波天线站。

只黑黑的虫子。不管是大小还是长长的触角或者敏捷的动作，都跟蟑螂一模一样，但看起来应该是甲虫之类的东西，背壳上散发出金属的钝光。

束田浩一。从这平凡的名字中能够想象出来的要素与这年轻人毫不相称。大概是假名吧，平凡的名字也能算一种伪装吧，藤本想。

近乎两米的身高，不管是脸、身体还是手足都异常地细长。眼睛也又细又长，偶尔会散发出冷漠而锐利的光芒。皮肤很白，薄薄的嘴唇如同涂过唇彩一般鲜红。

无论是谁在看到这个年轻人的模样时，可能都会感觉到生理上的厌恶和恐惧，而这样的身体上竟然还有像蟑螂一样的虫子在爬来爬去，对藤本这样懦弱的人来说，可真是难以忍受的一幕。

"啊，你很在意这个吗？"束田抓起一只虫子，递到藤本面前。虫子六根细小的腿不停地挥舞。藤本下意识地闪开了。

"没关系，它被训练得很好的。"束田的嘴边露出了淡淡的笑容。藤本感觉到背后蹿过一股恶寒。

"卫生方面也没有问题。这不是真正的昆虫，是微型机器人。"

"机器人？"

"是的。最近普通家庭也开始用微型机器人做清洁了。比如那种自律分散合作型微型机器人，会在半夜或者主人出门的时候，爬出来约一千只，将垃圾和灰尘收集起来，还可以擦亮地板。你把这个看作是那种东西的高级版本就可以了。当然，说实话，这里面使用了一部分生物组织。神经系统使用了蟑螂的神经系统做基础，所以也可以算作是蟑螂生物机体，也可以叫作微型生物机械吧。"

"是吗?"藤本又擦了擦汗,"但是为什么需要这种东西?"

"嗯,算是护身用的吧,我们公司开发的。虽然还是试制型号,但相信很快就能上市了。在那之前,我就先用自己作为测试了……"

束田将虫子放回自己的手臂上。那东西就立刻咔嚓咔嚓地顺着袖子爬到了他的领口上。"话说回来,LIGAS怎么了?"

"哎?啊,是。"藤本的嗓子都干了,声音也哑了。

"没记错的话,LIGAS那东西,是在拉格朗日点上……"

"是的,没错。"藤本喝了一口从刚才起就一直没有碰过的红茶,点了点头。

藤本带来的,是LIGAS检测到了新引力波的消息。

所谓引力波,是以光速传播的空间扭曲。就像电子进行加速运动会产生电磁波一样,如果质量进行加速运动就会产生引力波。爱因斯坦提出这个理论已经是一个半世纪之前的事情了。实际上检测到引力波则是十几年之前的事情,随后才创立了现在的引力波天文学。

虽然从理论上来说,就是挥舞一下手臂也会产生引力波。但自然界存在的四种基本力中——电磁力、引力、粒子间的弱相互作用和强相互作用中,引力是最弱的一种力。就算是挥舞行星等级的质量,也几乎无法产生能检测到的引力波。

要捕捉这样微弱的波动,天线必须足够巨大才行。现在主要使用的天线在月面有两座,环绕月球的轨道上有一座,第四拉格朗日点上有一座。其中只有环月轨道上的那座天线是共鸣型的,也就是具备捕捉在引力波影响下物质震动的天线,其余的三台都是激光干涉计型。

所谓激光干涉计型,简单来说,就是将从同一个光源发出来的激光分成两束,朝着相交成九十度的两个方向发射,分别在相同的距离用镜子反射回一点的装置。如果有引力波通过的话,空间就会发生扭曲,导致其中一方的光路延长。如此一来,返回的两束激光就会产生干涉现象,告诉人们检测到了引力波。

不用说,这种情况下,光路自然是越长越好,而且镜子也必须使用精度最高的那种。但要在地球上确保足够长的光路十分困难,而且由于地球的引力,镜子总是会发生歪曲,还有各种震动会成为杂音干扰,因此几乎所有的引力波天线都建造在宇宙空间或者月面上。

LIGAS是最大的激光干涉计型引力波天线。在地球和月亮的引力均衡点,也就是拉格朗日点上安置着激光发振器、检测器、分光器、镜子等装置。

最早检测到引力波的也是LIGAS,发生源位于银河中心附近的黑洞。但是这一次检测到的引力波却是从完全出人意料的地方传来的,而且还以不规则的模式进行着位相变调。

跟LIGAS有关的学者现在基本上已经全部陷入了恐慌状态。因为那个所谓的不规则位相变调是将两种拥有不同频率的引力波以不规则的方式来回切换发送的,这种复杂的操作,意味着有什么事情正在发生。

当然,这也能用脉冲星或者黑洞等天体的运动来说明,这时候就不得不考虑到两组联在互相环绕之类的复杂现象。但这不能解释变调的"不规则性",而且引力波的发生源头……似乎是在太阳系内。

"检测出那个引力波的时间,准确来说是什么时候呢?"束口问藤本。

"8月28日。差不多是三个月前吧。"藤本回答道,"最开始有人也怀疑是不是装置出了故障,或者分析程序出了差错,所以一直都在不断地验证。大概是这一两个星期,所有人才都承认的确是接收到了这样的引力波。"

"这个引力波的源头来自太阳系内……"束田紧接着又追问道,"难道是火星吗?"

藤本顿时瞪大了眼睛,"为什么你会……呃,没错。该引力波的源头在高速移动,追寻其路线,发现竟然跟火星轨道完全重合,几乎分毫不差。"

"原来如此。"束田的目光仿佛遥望着宇宙中的一点,"有意思。"

"不知道是不是……能帮上您什么忙?"藤本用略带谄媚的口气说。

"或许会非常有用处。"束田依旧望着天空,"你能不能得到详细的观测数据或者报告之类的东西?"

藤本一边擦汗一边微微点了点头,"当然……我会想办法的。"

"这件事情有向大众公开宣布的计划吗?"

"现在还完全没有。毕竟看起来会造成各种非常棘手的问题。"

"这些问题里面包含SETI①吗?"

"您真是明察秋毫。"

"很好。那么三天后我们再见面吧。"

藤本松了一口气,正要站起来,却突然又停住了,然后他非常踌躇地开口问道:"那个……您为什么知道是火星呢?"

束田细细的眼缝中流露出毫无感情色彩的目光。

_____

①地外智慧生命探索。

"有些很奇妙的流言。"在短暂的沉默之后,束田回答道,"据说正好是从三个月之前,火星开始开花了哦。"

"开花?"

"准确地说应该是水晶,像是矿物的结晶,但却生长成植物一样的形状,现在差不多已经被定名为'水晶花'了。根据目击者的说法,那就如同羽毛一样轻盈,又像是能陷入地面般沉重。"

"那个……是周期性的吗?"

"这个嘛,我也不知道了。现在还只是流言而已。就算是真的,也可能跟LIGAS一点关系都没有。这么想来的话,就只是我运气好猜对了而已。"

束田那鲜红的唇边又露出了淡淡的笑容。

5

苏凯伦将一片枫叶放在手上，习惯性地一会儿翻过来、一会儿翻过去地来回玩弄着。就像是如果不反复确认的话，自己就会忘记那片树叶的颜色、触感、重量和形状。

"你说……去哪儿?"凯伦挠了挠几乎快到脸颊的额发。

"火星。我要去火星。"纱夜回答说。凯伦来回摆弄枫叶的动作似乎下意识地加快了。

T大校园中保留的杂木林是纱夜很中意的场所之一。在纱夜研究室所在的建筑后，有一个直径约五十米的半月形池塘。沿着池塘的弧边长满了葛之类的藤蔓植物所形成的茂密灌木群落，枹栎、麻栎、枫树、新木姜子等种类繁多的树木则像是被灌木丛保护着一样立于中间。而在彻底利用每一分空间的桃叶珊瑚、八角金盘、棕榈等来自南方的低矮树木后面七八米的地方，就是围墙了。

纱夜和凯伦并排坐在杂木林边面朝池塘的长椅上。因为是星期六的缘故，除了池塘对岸偶尔会有学生经过之外，几乎看不到任何人。

凯伦保持着沉默，等待纱夜继续说下去。毫无疑问，他肯定认为纱夜会跟他说明去火星这种唐突行动的理由或者目的。

纱夜一直没有开口,凯伦也只是低头盯着手掌间来回翻动的枫叶。当然纱夜也考虑了好几种说法,但真的事到临头了,却感觉不管哪种都太像是在撒谎,让她无法装作正经的样子。

枫叶是深绿色的,虽然才从树枝上被扯下来不久,但看起来似乎已经有些干枯了。大概再过一会儿就会开始泛出红色或者黄色来吧。

"对不起,理由我不能说。"纱夜最后放弃了撒谎的打算,"要是说了的话,肯定会给许多人带来麻烦的。"

凯伦停下了手中的动作,低着头,弓了弓身子。那几乎跟纱夜半个身子一样长的后背此时略微有些驼起背来。

"这就是所谓的提出分手了吗?"

凯伦冷不丁地冒出这样一句。纱夜摇了摇头。

"不是的。但是……如果你这么想的话,也可以。"

"这是什么意思?"

"毕竟……我又不告诉你理由,也无法保证什么时候能回来,就这样去了火星的话,根本不可能要求你一直等我啊。"

凯伦抬起头望着天空,目光转向学生会馆的屋顶。屋顶上方是11月过半后终于开始有些秋日气息的天空。那种湛蓝给令人窒息的沉默染上了一种悲伤的色彩。

"不管出于什么样的原因,我都不希望你去火星。"凯伦的声音很沉静,但语气却非常干脆果断。

"为什么?"虽然纱夜基本上已经预料到了这种反应,也因此思考了各种各样对应的借口,但真当对方这样直接反对之际,她却忍不住反问道。

"当然是担心你了。且不说火星十分遥远,上面的环境跟这里完全不同之类的问题,那里可是战场啊,又有各种疾病。世界上没有比那里更危险的地方了。"

"我也知道。"虽然纱夜没料到自己会这么回答,但还是脱口而出,"所以其实我也烦恼了好一阵子……最后才下定决心的。"

凯伦的手紧紧地攥着枫叶,树叶大概已经被他捏得不成样子了吧。

"你真的要去火星?"

纱夜点点头。

"真的不是为了甩掉我而编造出来的借口?"

"不是啦。我真的很喜欢你啊,绝对不讨厌你的……不可能的。"纱夜认真地看着凯伦的眼睛回答说,"但是,我有不得不去做的工作。所以虽然这么说很自私,但是为了我的将来……为了作为研究者能取得成功,我必须去。"

"是什么工作?"

"不能说啊。"

"我绝对不会告诉其他人的,相信我。"

"别这样!"纱夜的声音不由得激动起来,"我只是不想给你带来麻烦!"

"会给我带来什么样的麻烦?"

"比如,记忆被消除什么的……"

"记忆消除?"

"求你别问了。"纱夜用两只手堵住耳朵,"什么都不要再问了。"

远处经过的学生带着疑惑的目光回头看了看这边,但很快就失去了兴趣,飞快地走远了。只留下一片让人窒息的寂静。

但是随着时间的流逝,这种让人窒息的感觉也被秋风吹散消失了。最后残留下的,果然是令人悲伤的青空。

"我也很想表示理解。你的心情,你的机会,你的未来……毕竟对于我自己来说,这些东西也很重要。"凯伦像是挤牙膏一样挤出这些话来,"但就算如此,要我装出一副十分赞同的表情目送着你离开,这种事情我办不到。虽说这很任性,但是要有个什么万一,你要是就这样永远消失了的话……光是想到这点都让我觉得很害怕。"

凯伦略带紫色的眼睛(这也是通过基因操作改变了色素的吧)一动不动地盯着纱夜。她感到自己正不由自主地被吸入那对瞳仁之中。好想紧紧抱住这个青年的瘦削肩膀,靠着他的脸颊——这种冲动剧烈地翻腾上来。

"不要走。"

伴随着微弱的声音,凯伦的嘴里说出这样三个字。

但是纱夜却僵硬着没有开口。一种类似胆怯的感情让她将后背紧紧地贴在长椅冰冷的靠背上。

第一次遇见苏凯伦是一年前,在日本星际网络上。当时纱夜刚刚发表了题为《水晶沉默》的五感艺术。

在这个作品中,纱夜首先撒下火焰的种子。遵循纱夜从火焰陶器的形状中获得灵感,从而构筑成的规则,这些种子将一边不断地增殖一边创造出秩序,生成一个安静摇曳的火焰世界。然后播放从冲绳的原生林中一千多棵树木上采集来的生物电位变换而成的声音。伴随着声音的变化,芬多精①的气味如同波浪

————————
① "芬多精"为"Pythoncidere"的翻译,由列宁格勒大学教授B. P. Toknnh博士于1930年在研究报告中提出。"python"意为"植物","cidere"意为"消灭"。B. P. Toknnh博士发现,当高等植物受伤时,会发出"芬多精",以杀死其周围环境中的有害生物。

一样扩展开。火焰的感触和温度都能够实时地反映出接触到火焰的鉴赏者的皮肤感触和体温。

然后纱夜将自己脑波中的模糊思念，用风吹过的声音与触感表现了出来。

鉴赏可以一个人进行，也可以多人一起进行。如果想独自品味的话，可以将作品下载到个人终端等本地环境中运行。相反，通过网络进入纱夜设置的《水晶沉默》专用服务器的话，就可以与数量不定的其他鉴赏者一起共同体验整部作品。在这种情况下，火焰和风将综合反映出同时鉴赏的所有人的触感、体温以及脑波，从而在鉴赏者之间形成某种形式的集团交流。

这个作品得到了相当大的反响，纱夜在接下来的好几个月中每天都会收到几百封感想、评论和提问。当然，在伊拉布的帮助下，经过相当严格的挑选之后，她只会阅读其中很少的一部分。但就算是这样，一个月也差不多要看将近一千封邮件。

凯伦发来的邮件是其中最引人注目的一封，或者更准确地说，是让人不得不注目。他的邮件里只有简单的文字信息，里面写着：

"救命！你的作品让我的机器发了狂！我通过个人局域网陷在里面退不出来了！"

理论上不可能发生这样危险的差错才对。虽然纱夜也是半信半疑，但不管怎么说还是跟伊拉布一起前往了发信人的地址。如果说是通过了个人局域网的话，这个鉴赏者使用植入大脑中的界面直接将机器跟神经连接起来的可能性就很大。这跟使用视网膜投影装置或者触感手套等在危急时刻只要取下来就好的情况相比，还是有很大差别的。

对于急匆匆赶来的纱夜，凯伦笑脸相迎。他的化身模仿的是《绿野仙踪》里的那个铁皮人樵夫。

"哟,你来了呀。"

坐在卷曲火焰前的铁皮人心闲气定地说。纱夜的遮光器土偶的眼睛闪烁着红色的光芒,以表示她的愤怒。

"你的机器根本就没有发狂!"

"有啊,正在发狂呢。"铁皮人打开空荡荡的胸口,指了指里面的心形时钟。钟面上的时针和分针正在疯狂转动。"在我的心中呢,而且一辈子都摆脱不掉了。你可要负责才行。所以我认为我有见你一面的权利。"

"真老套!"

纱夜冷冷地丢下一句。结果没想到铁皮人听见这句话后立刻就瘪掉了,变成了被捏扁的易拉罐那样的形状。

"是吗……我可是很努力地想了好半天呢。"

由于那瘪掉的形状太可笑,纱夜一下就忍不住笑喷了。结果最后还是被对方掌握了主动权。纱夜当然也知道,这些都是他事先就已经策划好了的。

凯伦跟纱夜一样是二十五岁,从系统工程师转职成了游戏软件的开发者,现在在某个小型创业公司里供职。聊过几句之后,纱夜发现他对艺术的造诣也相当深,对她作品的理解十分到位。看起来似乎拥有跟铁皮人那嬉皮笑脸的外貌完全不同的一面。

一个星期后,意气相投的两个人终于在现实世界见了面。凯伦身高差不多有两米,脸型、身子、手脚和手指全都十分细长。虽然最开始纱夜被他的样子给吓了一大跳,但是他的性格却十分稳重,而且温柔。

似乎有些马虎但又很细心,似乎有些吊儿郎当却又十分认真,个子虽然高大但是胆子却很小——这种不平衡的魅力对纱夜的吸引力越来越大。但是从那个时候起,纱夜也已经开始隐隐约约地感觉到了一种不安。

凯伦对纱夜的爱总是比纱夜对他的爱更多,也更包容她。但这反而让她感觉到害怕。

这大概是被爱者对于任何人都可能背叛自己的怀疑,以及对失去的恐惧吧。而且对于纱夜来说,这些感情总是伴随着不知道明天会发生什么的切实感。

一直觉得特别宠爱自己的父亲,竟然会在某一天毫无预兆地彻底消失。而能够成为纱夜的朋友并且理解她悲伤的阿雪,也只不过是在一瞬间就烟消云散。

对于纱夜来说,所谓的爱就跟能仅凭一句"删除"就被抹消的数据一样,其存在毫无保障可言。所以从一开始,她就根本不想和这种东西扯上关系。就算不得不扯上关系时,也最好能够尽可能地保持距离。

"不要这么在乎我,求你了。"

纱夜曾经好几次这样对凯伦说。有时候,当别人稍微对自己表示出关心时,她似乎就能感觉到埋下了被背叛的伏笔一样。

对于纱夜来说,凯伦已经是太过靠近的危险存在了。

与凯伦见面后的第二天早上,纱夜比平时更早地来到研究室。学生们当然都还没来,职员也只有几个人。今天她不想跟任何认识的人碰面。

伊拉布跟平时一样迎接了她的到来。纱夜戴上触感手套,轻轻地抚摸它的侧腹部。伊拉布扭动着身子,一副非常快活的模样。

"我要去火星了哦,伊拉布。"

纱夜这么说完,皇带鱼就"啾"地叫了一声,体色变成了黄色,这是略微吃惊的表示。这个电子宠物兼代理者大概无法从至今为止积蓄的关于纱夜的知识中预测到这种事情的发生。

而当她将这句话出口时,纱夜自己也觉得有种非常不真实的感觉。

纱夜摘下触感手套,指示伊拉布准备发送邮件,收信人是中田教授。趁着自己的决心还没有动摇之际,把今天就准备出发前往筑波的邮件发送出去比较好。

"你究竟在说什么呀,飞鸟井同学?"

在心里一个小小的角落里,纱夜偷偷祈祷着能收到这样的回信。

但是几分钟之后传来的答复,却是宇宙行星开发部随时都欢迎她的到来。

常用的日常物品都已经全部装进一个小旅行箱里。她觉得调查研究可能会用到的资料也尽数复制到了一个骰子大小的立方体中。反正如果有什么不足的话,之后也都可以通过网络全部找到。

大学方面的事情,中田教授和宇宙行星开发部应该会妥善处理。所以纱夜只需要跟负责的教授最后告别一下就可以了。

在筑波的三个星期,大概会是封闭式的生活,要将当地的情况以及至今为止的调查结果全都消化掉才行。另外还必须拟出大概的调查计划来。此外还有为了在火星生活的简单训练。等这些都完成了,也就该出发去火星了,大概已经没有跟谁见面的时间了吧。

"植物们就拜托你照顾了哦,伊拉布。"纱夜对显得有些不安,也就是体色中掺杂着紫色的皇带鱼说,"在筑波的时候还能够通过终端见面啦,但之后在我抵达火星之前,大概会有好一阵子都联系不上吧。"

伊拉布描绘着"8"字形在房间里游来游去。看起来它似乎不知道应该做出什么样的回应,正在困惑之中。

"等到了火星我会跟你联系的,到时候把分身给我送来哦。你只需要二十二分钟时间就能到火星,对吧?"

伊拉布停止了徘徊,悬浮在纱夜的面前,摇了摇尾巴。

"谢谢。那么,我走了。"

纱夜将装着资料的立方体随意塞进外套口袋中,正准备离开房间时,身后却又传来了伊拉布的叫声。

回过头,只见母亲和凯伦的身影正和伊拉布一同飘浮在空中。如同幽灵一样的半透明立体图像⋯⋯纱夜的身体顿时一硬,但她立刻就回过神来,对伊拉布吩咐道:"妈妈的话,等我到了火星再跟她联系好了。想来她肯定又会各种唠叨,说什么'要丢下我一个人去那种地方吗'之类的话。"

母亲的身影消失了。

"凯伦的话⋯⋯"纱夜低着头沉默了一会儿,"请转告他⋯⋯'对不起'。另外还有那首歌,叫《彩虹之上》对吧?你帮我搜索一下那首老歌的原唱,就是电影里用的那个版本。将那个作为告别的礼物⋯⋯跟那句话一起发给他。"

安,也就是体色中掺杂着紫色的皇带鱼说,"在筑波的时候还能

第二章　气凝胶泡中

1

难得是个无风的日子,早晨的"水手号"峡谷里弥漫着浓浓的雾气。这条峡谷规模巨大,长四千公里、宽一百至二百公里、深七公里,徘徊在峡谷中的雾看起来就如同一片白色的海,没有波浪的沉默的海……但是随着气温上升,这片海也逐渐淡去,在正午之前就完全消失了。大概是因为气流的关系,飘浮在上空的红色尘埃也被吹开来,露出一方蓝色的天空。就算是在火星,偶尔也是能看见蓝天的。

从宇宙俯瞰,"水手号"峡谷就像是火星赤道附近一道东西走向的伤痕,让人多少有种疼痛感。地形让人联想起地球上的科罗拉多大峡谷,但考虑到科罗拉多大峡谷的长度仅仅四百公里,深也不过一点六公里而已,其规模完全不能与这里相提并论。而其成因更类似东非大裂谷,是大地的板块运动造成的撕裂效果。

在"水手号"峡谷中央的米拉斯峡谷中,矗立着一座巨大的玻璃之城。实际上,那不是玻璃,而是透明的硅族气凝胶。比玻璃轻一百倍,强度却高十倍。上面还有太阳能发电用的透明半导体涂层。

城市由许多可以朝任意方向相互连接的网格穹顶组成。先将它们在水平方向上相互拼接,然后将三层这样的结构重叠在一起。每个穹顶直径一百米、高五十米。共二十个穹顶全部连接堆积起来的模样,从远处看就像是大地上沸腾的一团泡沫。穹顶上三角形和四角形的表面精巧而复杂地反射着阳光。

通过生物过程与物理化学的处理,城市里面保持着与地球相同的物质循环。话虽这么说,这种循环当然并非完美无缺。水和食物依旧需要外部供给。

火星东京——日本最初且最大的一个火星移民地,有近两千名移民者生活在这里——现在仍有几个新的穹顶(即封闭生态系生命保障系统模块)正在建造中,几年后就能扩张为五千人规模的都市。

就在这样的扩张工地的一角,一个青年正在仰望天空。他也许正凝视着红霞后面时隐时现的蓝天,思念着遥远的地球。

青年身穿工地操作员专用的黄色气密防护服。透过透明的塑料头盔,可以看见他略呈国字形的脸庞。头发像刚起床似的蓬乱,缺乏打理的胡须也长得老长。

说是工地操作员,但实际上却不需要进行任何修建工作。不论是早期的测量、地质调查,还是最后的建筑内部装修,所有工作都由各种各样的机器人基于特定算法自动进行。只不过,机械总归会出问题,自然条件下也会发生一些难以预测的事故。

当出现机器所具备的智能无法处理的问题时,就要由两个人类来解决。其中一个是监视员,身在远离工地的集中管理中心,通过网络把握主要机器的动向。另一个则是工地操作员,直接巡查工地状况,并在必要时进行修理。

然而,实际上这类问题却极少发生。不管是监视员还是操作员,工作基本上都无聊透顶。

所以这个青年一时开了小差,坐在微型火星车的车顶上仰望天空,也是无可奈何的事情吧。

火星车里乱七八糟地躺着许多空瓶子、空罐子,其中也包括一些应该被禁止的酒精饮料。在异乡的不毛土地上硬撑着进行这种孤独的工作,为了摆脱时常像闪回一样袭来的地球上的记忆,酒精是绝对的必需品。对于他来说,时间是一种需要耗费精力才能度过的东西,而"责任"这个词所包含的意义在一成不变的日常中,也逐渐变得模糊起来。

这时候,青年背后有一台小型钳爪机正缓慢地朝他靠近。而他本来应该是能发现的。

这台机器看起来像是一只有两把巨大钳子的螃蟹,它一边在青年背后来回运送管道、钢筋等建筑材料,一边慢慢地缩短两者之间的距离,三十米、二十米、十米。

就在钳子差不多已经能碰触到青年时,耳机里传来了监视员的无线联络。

"喂,吉村。"

"什么?"青年依旧望着天空,心不在焉地回答。

"又在喝啊?"

"别管我。"

"十三号钳爪机的样子有点怪。可能有人通过网络干扰……"监视员的话还没说完,青年就被巨大的钳子夹住了身体。下一瞬间,他在空中惨叫起来。不明就里的他只能胡乱地挥舞手脚。

"喂,怎么了?"监视员的声音在耳边响起,他却没有时间作答。

钳爪机抓着青年后退了几米,然后非常小心地以合适的力度及绝妙的时机将他砸在了地面上。

晕倒后,青年被送往医院,首先迎上来的是诊断装置。

青年的左手小臂中植有个人局域网服务器。以肉体为媒介的微弱电流将身体各处植入的传感器连接起来形成网络,从而能随时监控他的健康状态。诊断装置首先调出青年的个人信息以及健康状态数据,然后开始分析。

输出的诊断结果和治疗方针当然会由人类医师过目。但基本上人类医师不会要求重新诊断,也不会有医生亲自进行诊断。

如今医生的主要工作是开发新的诊断方法和治疗方法。至于临床应用,比起人类,人工智能的诊断结果更确凿,误诊也更少。

诊断完毕后,青年就被送到了治疗室。这是个完全无人的环境,全部由治疗机器人接手。医生也不会进行监控。诊断结果表明,青年除了有轻微脑震荡之外,暂时无恙。

但如果有人身在那个房间,或者青年有意识的话,也许就会发现那台由三条拥有六个关节的机械臂和灯、透视摄像机、各种传感器组成的治疗机器人的举动有些可疑吧。

青年接受了全身麻醉,意识沉入了更深的黑暗之中。拿着激光手术刀的治疗机器人正缓缓地朝着青年的头部逼近。

2

抵达火星时,纱夜只觉得脚下轻飘飘的,不知道是久违地感觉到重力的缘故,还是因为没有完全从冬眠中醒来。

从地球到火卫一历时两个月的旅途中,纱夜只记得出发时和抵达时,以及中途大概两天时间的事情,其他时间她一直都在人工冬眠装置中沉睡。

虽然叫人工冬眠,却不是以前科幻电影中描绘的那样要被冷冻起来,只不过是服用人工冬眠药物而已。药物对DNA产生作用,能够暂时将潜在的冬眠能力唤醒。

在花栗鼠、熊等动物身上,这种冬眠DNA是自然生效的,肾脏会随之分泌出冬眠特异蛋白。在这种蛋白的作用下,就算体温降低到环境温度,心脏也不会停止,细胞也不会受到损伤,从而能够生存下去。

大部分的哺乳动物都拥有这种DNA,只不过没有活性化而已。如果将其激活,人类也是可以冬眠的。当然,在冬眠期间需要机器人非常谨慎的监视和极其细致的控制。

纱夜没有被冷冻,但却维持着尸体一样的低温,沉睡于深深的梦乡之中。心跳一分钟只有几下而已。

旅途中醒来,主要是为了进行每二十天一次的体检。这期间,纱夜也基本处于半梦半醒的状态,几乎不记得究竟发生了什么。

只不过,从冬眠中醒来之前做的梦却鲜明得令人惊讶。因为从冬眠中醒来的机会一共有三次,但每次做的却都是同一个梦。

一个铁皮做的人偶用寂寞却充满关切的眼神凝视着纱夜,沉默不语地凝视着,仅此而已。没有背景,也没有任何情节。

在筑波时,苏凯伦几乎每天都给纱夜发邮件。但她一封都没有拆开看过。最后她命令伊拉布,在她抵达火星之前,将凯伦发来的邮件全部保管在一个纱夜看不到的地方。当然,这只不过是为了不动摇自己的决心。

说实话,她是想把凯伦的邮件全部都删除掉的。她甚至考虑过干脆把邮箱地址也换掉。但是出发前的准备和训练让她忙得分不开身,到最后也没能跨出这最后一步,三个星期的时间就匆匆过去了。她想反正等到上了飞船,就可以逃到冬眠里去。

但她却没有料到梦这一出。

朦朦胧胧的梦中,凯伦的目光一直守护着纱夜。那目光虽然带着悲伤,却没有半点仇恨,也没有丝毫责怪,只是安静而关切的眼神。纱夜的胸口同时感觉到了撕裂般的疼痛和温暖的安然。在醒来的瞬间,一种仿佛被独自丢到一个无人世界中的孤独感袭了上来。

那种让人想要放声尖叫般的强烈孤独感。

鲜明的梦与胸口的痛、安心与孤独……在不断反复的记忆中,旅途终结了。当纱夜回过神来时,她已经抵达了火卫一。

火卫一是火星两个月亮①中较大的一个,呈土豆的形状,而其

————
①即火卫一和火卫二。

表面数目众多的撞击坑也让人不由得联想起土豆芽眼周围的凹陷来。椭圆体形的火卫一的一端，是人称"斯蒂尼克"的巨大撞击坑。这个大嘴般的撞击坑周围延展出多条龟裂般的沟槽，一直延伸向火卫一的另一端。这应该是小行星撞击后留下的痕迹，其规模生动鲜明地向世人描述着这次冲击的强度。

在斯蒂尼克撞击坑的中心，是穿梭机基地的入口。从这里到地下二百米深处，都是人工挖掘的洞穴，其中修建着能收容近一百人的设施。如今的火卫一是环绕火星的宇宙基站，也是唯一的基站。为了节省从地球运送建筑材料的成本，人们直接利用了这块土豆形状的巨大岩石。况且火卫一上还有结冰形态的水，作为火星的大门无疑是再合适不过了。

火卫一的居民大都是俄罗斯人，因为这颗卫星本来就是俄罗斯开拓的。

他们有时会做出一些非常出人意料的事情来。世界上首先进行火星载人探查的就是俄罗斯人。但那与其说是科学调查，不如说更像是单纯的冒险。一位男性宇航员在没有进行人工冬眠的情况下挑战了往返合计一年零两个月的单人任务。虽然没有登陆火星表面，但在环火星轨道上投下了探查机，回收了样本，并在飞船内进行了分析。这次探查并没得到能引起行星科学界重视的巨大发现，但这位宇航员在绝对孤独的太空中度过了一年多时间的毅力却令整个世界惊叹。

三年后的2015年，美国、欧盟、加拿大、日本、澳大利亚等国联合建造的核能行星际飞船"五月花2015"抵达了火星。两个宇航员在地表上建造的"罗威尔基地"里度过了三个月，正式拉开了载人探查火星的序幕。这个基地以发现火星运河的天文学家命名，至今也是唯一一个国际火星基地。

但就在各国相继将火星作为开发目标时，最先将人类送往火星的俄罗斯却开始致力于火卫一的调查和开发。这实在是非常有先见之明。

2025 年，对火星的探查大致完结，人类正式开始进行火星环境地球化。之后的十年被称作"移民潮时代"。这时候，俄罗斯开始允许其他国家使用他们独资建造的"火卫一基站"，不管是作为火星的观测据点，还是作为运送资材以及移民者的中转站。有了空间基站后，人们可以从各方面削减成本，比如暂时保管着陆或者准备起飞的飞船等。火星轨道上没有其他类似的设施，就算要新建，忙于火星移民的各国也没有更多余力。结果俄罗斯通过"火卫一基站"独占了莫大的权益，再利用这种权益，同样开始了移民火星的进程。

如今，火星和火卫一之间的往返航线也基本由俄罗斯经营的"火星穿梭机"一手包办。行星间火箭没有在火星上直接着陆的能力，因此只能往返于火卫一和环地球轨道空间站或月面基站之间。

在火卫一上逗留了三天左右，从冬眠中完全醒来后，纱夜就乘穿梭机降落在了与火星东京相邻的宇宙港。不过说实话，纱夜的大脑依旧还是糊里糊涂的状态。也许是出发前的精神压力导致的疲劳还没有完全消散，也可能是在完全不习惯的火卫一微弱重力环境下被关在狭小的房间里，还进行了各种各样的健康检查、检疫的缘故吧。

不管怎么说，在这重力只有地球三分之一的环境中，踉踉跄跄却又不至于摔倒，轻飘飘地重新站起来的感觉让纱夜觉得自己就好像还在梦中一般。

　　除了纱夜,穿梭机上大概还有十五人。大部分都是普通移民者,不过也混杂着三个士兵。高大强壮的体格让人无法想象他们是人类,半边脸庞上覆盖着陶瓷面具。面具一侧的眼睛也不是普通眼球,而是摄像机镜头。这是纱夜头一次见到义体士兵。

　　三个士兵都紧紧地抿着嘴,从火卫一到火星的途中一个字都没有说。说是义体人,但更像是完全的机器人,给人一种不舒服的感觉。

　　可以说是切身体会到火星是战场的一幕吧。

　　走出宇宙港的抵达口后,士兵们步伐整齐地迅速消失了。移民者也大都有熟人或者照应者前来迎接,三五成群地散了。

　　纱夜正不知所措地徘徊着,后面有人拍了拍她的肩膀。

　　"飞鸟井纱夜?"

　　回过头,只见一个穿着蓝色连体衣裤的年轻人正在她身后。身高和纱夜差不多,头发剃得短短的,刮得干干净净的脸上只有少许青色的胡碴。

　　"啊,我是飞鸟井。"

　　青年快活地笑着伸出了手。干干净净的小伙子,脸长得也还蛮吸引人的。

　　"我是火星北极冠学术调查团的吉村。"

　　纱夜一边非常努力地露出同样吸引人的笑容,一边握了握他的手。那是有点湿湿的温暖的手。

　　这时,一种非常奇怪的感觉涌上心头。不知为何,她觉得以前好像在哪儿见过这个青年。

　　但她却不记得吉村这个名字。

　　"怎么了?"

　　她似乎不自觉地一直盯着对方了。纱夜慌忙将一直紧握不放的手松开了，"没……没什么。我大概还没睡醒吧。"

　　青年便又露出了单纯的微笑，"想来也是，你整整睡了两个月呢。"

　　纱夜坐上吉村开来的六轮火星车，顺着宇宙港到火星东京的路前进。说是路，其实也就是将地表较大的石头搬开了而已，当然没有铺装之类的处理。地面起伏不平，最高时速也就四十公里左右。火星东京虽然早就能用肉眼看见，却感觉始终都到不了面前。

　　今天的风比较弱，红色的尘埃依旧像雾霾一样飘浮在空中。这是地球上见不到的景色。当然也有重力比较小的缘故，这些尘埃很难沉降到地面上。就算从火星车狭窄的车窗往天上看，也分辨不出那究竟是天空还是尘埃的云团。

　　副驾驶席前面的全息屏幕上显示着当前的大气状况，几乎大部分都是二氧化碳，氧气的分压依旧只有零点零一百帕。也就比环境地球化之前的状态好一点点吧。不过大气压已经超过了九百百帕，和地球上海拔较高的地方相差无几。在温室效应下平均气温也维持在九摄氏度左右。

　　虽然有点冷，但是只要戴上呼吸装置，就算不穿特殊衣物也能在外面走。

　　温室气体不仅是二氧化碳。如果光靠二氧化碳，要让气温上升到现在的温度需要两千百帕。但是从地球运来的甲烷气体补充了不足的部分，甲烷的温室效应是二氧化碳的二十倍。

　　这些甲烷气体来源于封闭在地球深海海底与冻土之下的甲烷水合物。进入21世纪后，伴随着全球变暖的气候变动，发生了世界规模的食物紧缺问题,沙漠化一直延伸到欧洲,由于海平面上升侵蚀海岸而产生了大量难民。这也是人类纷纷向火星移民的一大理由。人口问题是所有环境问题的元凶,如果人口不能减少,那就只能朝外面进行分散。

将地球上唯恐避之不及的甲烷带出地球,用于加热火星,这可谓一石二鸟之举。人类从海底牵引出直达宇宙的索道,建造出一种类似轨道电梯的系统来搬运甲烷。这个系统的动力来源也使用了甲烷,可谓一石三鸟。不仅如此,从地球轨道上将甲烷运到火星时也故意使用了老式甲烷火箭,因此可以说是一石四鸟呢。

因此这个一开始看起来成本高得可怕的与众不同的主意,事实上运作起来却意外地便宜。而且这半个世纪以来上升速度快得惊人的地球平均气温最近也变得安定起来。可以算是效果开始显现出来了。如此一来,也有环境经济学家认为修建甲烷运输系统的初期费用已经得到了回收。

吉村真是个能说会道的人。不管是自己的私事还是现在火星上的状况,一路上一边开着车一边就将这些浓缩起来的信息全部跟纱夜讲了一遍,而她甚至连插话提问的时间都没有。但是他又不是那种说话速度特别快的人,讲话时思路清晰有条理。简直就像是在听取一个优秀的代理者的报告一样。

虽然是火星北极冠学术调查团的一员,但吉村并非研究者。他原本从事火星东京的扩张工程,却遇上工地机器人的失控事故,进了医院,所幸并未受什么严重的伤。但在一个星期后出院时,他已经不想再回到同样的工作岗位上了。

正好那时火星北极冠学术调查团在募集现场调查员。工作内容主要包括在北极冠采取冰的样本、钻井、设置观测装置、搭建观测据点等实际操作的支援工作。因为要在特殊环境下工作,因此招聘有土木工程知识和技术的人才。

吉村虽然没有接受过与科学相关的专门教育,但是从孩提时代起就对"学术调查"这个词怀着憧憬。加上自己的知识和经验也能够得到发挥,所以他立刻应聘了这份工作。

火星的北极冠是比地球的北极更为严酷的世界。那里潜伏着数不清的危险,而且也并不能摆脱袭击自己的土木建筑机器人。

但既然要冒同样的危险,他宁肯做更有意义的工作,吉村如此说道。

"再说了,就算是这个'水手号'峡谷,如今也不一定就比北极冠安全呢。"

"为什么?"

"你在火卫一上没听说吗?最近连续发生了好些异常的事情。"

"没……光是检查、检疫这些事就已经让我忙得团团转了,有闲暇都在发呆……"

在纱夜沉睡于宇宙中的这两个月间,火星上的形势似乎也发生了巨大的变化。

首先,不仅是以前就出过问题的源自内盖夫沙漠的蓝藻,从地球带来的各种各样的细菌和病毒都在以异常的速度进化并且袭击人类。

内盖夫沙漠的蓝藻是20世纪末期在岩石中发现的一种微生物,它们看起来像是分叉的纤维,能在石灰石的表面成长到一至两毫米的大小。它们拥有非常强的石灰岩分解能力,并且在周围没有可以利用的氮素来源时能够直接固定空气中的氮素。且有光合作用的能力，仅靠非常单纯的盐类营养物就可以增殖，也非常耐旱。

人类使用基因工程改良了这种细菌，大量培养之后于2025年散播在了"水手号"峡谷中。最早散布的地区包括伊乌斯峡谷、俄斐峡谷以及火星东京所在的米拉斯峡谷。

哪怕有贯穿稀薄大气氧化地面的紫外线，以及能够撕碎基因的强烈宇宙射线，细菌们也顽强地生存、繁殖了下来。依靠分解石灰岩的强大天生能力，细菌们将二氧化碳从"水手号"峡谷的碳酸盐矿物层中解放出来，它们固定氮素，为导入其他厌氧细菌和植物提供了基础。

但是这些细菌却没有像在地球上那样，满足于成为人类手下一员得力大将的地位。

在紫外线和宇宙射线的影响下，其中一部分化作了非常凶猛的病原体，一次又一次地向移民者发动了进攻。不管怎样注意卫生环境，这种细菌总是能找到地方钻进来。其症状和传说中的黑死病非常相似，淋巴结发炎、败血症和肺炎相继出现，感染者死亡时间从三天到一星期不等。而且这种细菌是通过空气传播的。也许是缘于这种病原体的故乡，也许是缘于火星荒凉的景色，这种传染病不知何时就被人们称作了"沙漠病"。

原本计划需要几百年时间的火星环境地球化进程第一阶段被缩短到了不足半个世纪，而沙漠病则是这种令人欣喜的误算带来的负面影响。由于宇宙射线和紫外线，细菌的突然变异率增高，进化速度加快了许多，从而比人类预计的更快地适应了火星，改变了环境。但与此同时，也产生了凶恶的细菌，这可以说是人类应当支付的代价吧。

幸好还有疫苗。有一种利用进化分子工学产生的比细菌进化速度更快的进化疫苗，只要提前注射了，就不用担心。问题只在于能否把疫苗弄到手而已。

在火星拥有移民地的诸国——美国、俄罗斯、日本、加拿大、澳大利亚、印度，以及欧盟——在地下资源和占有权问题上存在摩擦，虽然没有公开，但一直处于争斗状态。最近，作为火星开发先进国家的美国、俄罗斯、日本之间的关系虽然有所改善，但这些先进国家与加拿大、澳大利亚、印度以及欧盟之间的关系却是每况愈下。

表面上没有大张旗鼓地进行战斗，最多也就是通过协商互相摸索着妥协政策，但与此同时，私底下却进行着非常露骨的牵制和消耗战。真是阴险的战争。各国都在互相袭击对方的疫苗工厂及其运输线路。因为这能够用最低的成本达到最显著的效果，而且非常隐蔽。因此人们私下也将其称作"地下战争"。

不过话说回来，随着大气层的增厚，紫外线和宇宙射线被遮蔽掉了不少，最近细菌的进化速度缓慢起来。没必要再像以前那样频繁地制造疫苗进行投放，移民者也稍微松了一口气。

然而这一次，据说至今为止一直都毫无动作的其他细菌和病毒却开始失控。简直就像是大魔王衰落之后，众多小恶魔开始蠢蠢欲动的感觉。

现在，世界各国在火星上建有大大小小近五十个移民地，火星总人口也已经超过了一万人，且在以每天约十人的速度增加。人口增加了，相应地也就有更多的微生物被带到这里。其中想必也包含着许多会在火星环境中突然发生性质变化的微生物吧。既然无法完全将一个人进行消毒处理，这大概也就是无法避免的命运。

但是移民者的灾难不只如此。由于电脑错误而导致的事故在各个移民地都接连不断地发生。

"我也算得上是其中的牺牲者之一吧。"吉村说,"只不过一般来说事故大多都发生在电影院、游戏厅之类的地方。"

火星的移民地全部是由气凝胶和无定形体金属封闭的空间。如今人类基本只能在这里面存活。虽说环境地球化第二阶段完结之后,火星上将会充满能够呼吸的空气,但那也是好几个世纪之后的事情了。

各个移民地为了让人们能够解消在封闭的生活环境中积累的压力,必然都设置有能让人逃入假想电子世界的设施。

其中最具代表性的,是一种能让观众变成主角或者配角,使用全部五感体验不同世界和人生的电影。游戏也与此类似,只不过故事性相对较弱,娱乐性更强,为了方便被人叫作"游戏"而已。

不管是哪一种,沉迷于电影或者游戏中的几个小时里,移民者可以暂时逃离狭窄的气凝胶牢笼。几乎所有移民者都了能更深入地融入虚拟世界而通过个人局域网直接将自己的神经和系统进行连接。光靠全息屏幕、视网膜投影装置、触摸手套等媒介已经不能满足他们了。

而这就产生了悲剧。

恐怕是什么强烈的杂音混入了电影和游戏的系统中,对体验虚拟世界的人们的神经进行了直接冲击。虽然大部分人只是陷入了昏迷,但运气不好的人会因此发疯,甚至自此变成废人。

据说牺牲者中也有人无意提到在虚拟世界里遇见了幽灵、怪物之类的事情。

"幽灵?"纱夜不小心发出了很大的声音。

"嗯。只不过……"吉村的嘴角微微上翘了一点,"你应该也知道，幽灵和怪物原本不过是电影和游戏中附带产生的东西。"

"但是，你看有'吉姆'那样的……"

"那不过是单纯的谣言而已。虽然网络警察依旧在继续进行搜查。"吉村说到这里的时候微微皱起了眉头，"还有比这更奇怪的事情呢。"

火星东京的大门已经近在眼前。气凝胶之城高高矗立，如同一堵透明的岩壁。

吉村所谓的怪事是指差不多正好是电脑误操作问题开始出现时，好几个移民地周边都开了花。

所谓的花也不是真正的植物，看起来像是某种矿物的结晶，但多面体复杂地组合在一起的整体外形却让人联想起舒展枝叶的植物。六角柱体的细长突起形成一束，其中也有部分朝着四面八方突起许多根，看起来有些像是菊花。

最开始不过是从地面凸出的几根突起而已。但这些突起逐渐分叉、伸展、交错，形成如同低矮灌木丛一样的形状。这种成长过程也非常类似于植物。

不知道是谁起的头，总之不知何时起，这种奇妙的矿物结晶就开始被人称作"水晶花"了。

水晶花基本上是无色透明的，对光线进行漫反射，或是像棱镜一样分光后，看起来实在是美不胜收。而且其外形也与巨大的气凝胶建筑群相映成趣。

但事实上，这究竟是什么东西依旧无人知晓。当然学者们都兴致勃勃地打算进行分析，不过至今都还没能采集到样本拿回研究室里。

水晶花比金刚石更坚硬，就算是最优良的切割道具也拿它无可奈何。同时它又具有一定的弹性，就算是建筑用的打桩机也无法将其击碎。

人们也尝试过用推土机或者起重机将其整个儿搬回来,但没想到这东西竟然十分沉重,连一毫米都无法移动。不过如果只是随意顺手抓起水晶花,却像是拿起鸟的羽毛般轻松就能举到空中。但一旦产生将其铲除的念头,水晶花就又重得丝毫都移动不了。

"简直就像是活的一样呢。"纱夜说,"真想看一看。"

穿过安装有自动认证系统的大门,又朝前开了几十米后,吉村关闭了火星车的引擎。这里是气密门的入口,之后传送带将自动把他们带入火星东京之中。

"两个星期后我们才会出发前往北极冠。我会慢慢带你参观火星东京的,当然也包括水晶花。"

"咦?这里也有水晶花吗?"

"嗯。在移民地的西北边,有一个大概宽两米、长十米的群落。"

纱夜的眼中散发出天真期待的神色,"哇哦,水晶花一定很漂亮吧。"

"的确是很漂亮。"吉村的表情却并不轻松,"如果单纯只是漂亮的话倒还好……"

3

一种油脂和尘埃混杂在一起的味道弥漫在整条街道上。黑沉沉的建筑群落将天空分割成锯齿般的碎片。路面上混杂着碎纸屑、烟头、纸卷大麻的残余,以及不少注射器的空壳,另外还有腐烂的苹果核和污物的痕迹。

一个青年小心地走在路上,尽可能避免踩在什么东西上。近乎两米的大个子,不论是手脚、身体还是头部都显得十分细长。

凌乱的额发一直拖到脸颊附近,令人看不清他的表情。忽隐忽现的眼睛中也无法读出任何意图。

在大楼入口附近和人行道上或站或坐的孩子们时不时地用怀疑的神色打量着青年。虽然体型有所差别,但他们所有人都穿着相同的服装,脸面也是一模一样。

所谓的流行。

少年们大都在模仿一个艺名为"@HEL"的男性歌手,而少女们则是效仿一个名叫"米兰达"的电影女演员。不仅是服装,就连面孔也都整了形,尽其可能地将自己复制成明星的模样。

从皮肤和内脏开始,人体组织的培养与保存技术日益发达,因此人们可以非常简单且廉价地改变自己的外形。

包括这些孩子在内,现在大部分日本人都将自己身体中的胚胎干细胞保存在细胞银行中。胚胎干细胞是指在血液、神经、心脏、肝脏等各种组织细胞分化和成长之前的细胞。人们在遭遇事故或者因疾病而失去或须切除身体的一部分时,可以移植自己的胚胎干细胞培养出来的组织,且不会产生排斥反应。但是胚胎干细胞没有被规定只能用于这一个用途。除了禁止用这些没有分化的细胞制造完整的人类,也就是克隆之外,人们可以将其用于任何目的。

整形手术正是利用胚胎干细胞培养出来的组织,由机器人自动进行的手术。只需要短短的一个小时,一个人就能完全变副模样。

但不管是@HEL还是米兰达,没有人知道他们是否真实存在。没有人在现实世界中真正见过他们。就好像是制造出来的代理者一样,所谓的明星也许只是被制造出来的虚拟人格而已。

当然,孩子们才不会在乎这些。只要自己觉得很酷,或者大家都说很酷,那么无论这个人物是否真实存在,他们都会竞相模仿。

外貌的交替更迭也十分迅速。伴随着明星们在演艺界的沉浮起落,孩子们的面孔和服装也随之发生变化。对此不了解的父母们自然也不可能知道如今自己家的孩子究竟长着一张怎样的脸。

这样的孩子聚集起来,互相之间也无甚交谈,只是单纯地蹲在一起。其中有些正吸着转基因大麻卷成的烟卷,有些脖子上还插着安多酚注射器的外壳,一脸恍惚茫然的表情。还有一些头戴与便携式信息终端相连接的视网膜投影装置和骨传导声音接收器,手戴触感手套,嘴半张着,身体不住地摇晃。其中大多数都是无法在体内直接建造个人局域网的穷孩子,为了弥补使用外部界面而导致的带入感的不足,几乎都使用了药物。

但是青年却连瞟都没有瞟孩子们一眼。他直直地注视着正前方,长长的腿机械地行走着。

这个如同蜘蛛般的青年虽然外貌诡异、特立独行,但很罕见地,孩子们竟然没有做出过多的反应。通常一遇见异质的存在,他们就会本能地产生排斥感,但此刻却显得漠不关心。

也许是因为青年的存在感实在太过稀薄。

青年转进了更为狭窄的小巷,逐渐深入街区的深处。孩子们的身影变得模糊起来。

终于,青年停下了脚步。

他面前是一幢宽不过七八米、扁扁平平的建筑。

青年扭过头,确定了一下建筑的街牌号码,然后朝着入口走去。阴暗的楼梯向深处延伸,青年的身影很快就被吞没了。这是最近很罕见的没有任何安全系统的古老建筑。

在一扇写着"325"、没有任何奇特之处的铁门前,青年停下了脚步。他伸出右手,摸了摸门。

被触摸的部分散发出淡淡的荧光,在青年的手下脉动起来。光芒消失后,从猫眼射出一道红色的光线,将青年从头到脚扫描了一遍。

"咔嚓"一声,门缓缓地打开了。

房间中黑漆漆的什么都看不见。青年跨入门内,门就在他身后毫悄无声息地关上了。伸手不见五指。

接着,突然有什么东西猛然摁在了青年的太阳穴上。青年不为所惊,只是一动不动地站着。

"哟,苏凯伦。"房间深处传来一个声音。

"'智脑'吗?"青年回答,"这是什么?"

"最近网络警察又变得烦人起来了。都怪那个什么幽灵事件……所以以防万一,检查一下你是不是真的离线嘛。跟在线的连线体交谈,基本上就跟在网络上一样了。"

"我是离线的。"

"刚刚确认过了。你现在的确切断了跟日本星际网络的连接。离线的连线体,说白了就是单纯的湿件,如假包换的人偶娃娃。"高昂的笑声在房间里回响,与此同时灯亮了。

@HEL出现迎接青年的到来。他黑黝黝的皮肤上是剃得短短的金发,大鼻孔,厚厚的绿色嘴唇,此外整张脸就如同模仿红色的伤痕一样印刻着"HELL"几个字母。

当然,这并非真正的@HEL(前提条件是他真正存在)。不管是什么渠道的演艺界信息,都明确地表明@HEL今年应该是十九岁。而眼前这个@HEL从体型来看不过十岁上下。

这个模仿@HEL的少年没有瞳仁,双眼完全翻白。嘴巴半张,唾液流过的干涸白色痕迹凝固在下巴上。

不知道是安多酚还是多巴胺,反正很明显是烈度麻药中毒状态。

少年的头发被剃掉了一部分,头顶露出被切开的伤口,伤口中突出无数的电缆。

少年的背后,如同小山一样的形状不定的物块蠢蠢蠕动。这个点缀着红、绿、黄等鲜艳颜色的物块朝四面八方延展着,几乎覆盖了房间里的所有墙壁,看起来像是用无数骰子般大小的"块"①堆积而成。时不时地有一部分"块"群进行移动,变换着配置。从少

---

① 即"Block",是数据库中的最小存储和处理单位,包含块本身的头信息数据或PL/SQL代码。

年脑袋中伸出来的电缆尽数被吸入了这巨大的物块中。

"真是相当粗暴的手术啊。"青年语气平板地说,"切口的地方已经发炎了。"

"离线状态下还这么多废话,正是优秀的证据啊。"有着@HEL面孔的少年回答,"我才刚搬到这里,总得先找个能临时应急的界面才行。所以就暂时借用了一下这副模样。设备会慢慢准备齐的,到时自然能制作出更好一点的界面。"

摁在青年太阳穴上的东西剥离开来,落到地面上,看起来像是细长的触角。这东西蠕动着在地面上爬行,最后融入物块里去了。

这个物块就是"智脑",可以说是过去留下的遗物,也可以说是活化石一样的存在。这是可进化硬件技术最受人瞩目的那个时代的"恐龙"。

智脑的起源可以追溯到20世纪末期。

某个研究者突发奇想,可以利用细胞自动机生成会使用神经元件的回路,使其进化从而创造出"脑"来。而细胞自动机,是基于一定的规则不断生成并消灭的虚拟"细胞"。

简单来说,就是在电脑内生成的"神经细胞"是一种可以根据某种单纯的规则自主构筑联系的程序。以此构筑而成的回路再通过一种叫作"遗传算法"的方式进行选择和淘汰后,采用优秀的结果制成最后的硬件。

该研究者相信,只要回路中使用的"元件"或者"神经细胞"的数量超过一百四十亿个,也就是超过人类的大脑神经数量的话,就能诞生出超越人类的智慧。而他一直致力于创造这样的智慧。

拥有立体构造的芯片被开发出来,再随着电子工学日益朝着分子级别挺进,该研究者的梦想距离实现也越来越近。

之后就只需要一味地增加元件就可以了。

最开始的时候,基于细胞自动机的"设计"和实际上的"大脑构筑"是完全不同的两个进程,但是在开发途中合二为一。在人类的培养下发育到一定程度的脑开始进行自行设计,同时不断附加新的神经元件,构筑起新的回路。

智脑的进化发生在三个不同的层次。首先芯片上元件之间的网络发生了进化。接着芯片之间,以及作为芯片集合的"块"之间的网络也发生了进化。虽然芯片上的元件数量,以及一个"块"中的芯片数量无法发生变化,但是"块"却是能无限制进行追加的。每个"块"都是一个驱动核心,能够作为一种微型机器人进行运作。在此结构基础上,"块"之间的网络也可以自由地进行变化。

但这个研究在21世纪初叶却遭遇了巨大的挫折。

主要原因是使用这种方法来实现与人类并驾齐驱的智慧,所需的成本过高、时间过长。

一方面,应用蛋白质工学的生物芯片不断发展,仅仅是试管级别就能够"培养"出和当时的智脑同等级别的可进化硬件。

再者,关于生物神经类的研究也在发展,能够更有效率地获得人工智能的手段开始崭露头角。不是从元件层面构筑人工智能,而是原封不动地使用实际生物的神经来完成人工智能。这种做法更高效,而且也更便宜,打开了一条能把与人类相仿的智慧作为工具使用的新道路。如今猴子或海豚的脑是最高级的生物计算机。

这些使用生物或者有机物的系统被统称为湿件。

现在——虽然是违法的——也有人使用人类本身作为计算机使用。更准确地说,是使用克隆诞生的人类。诞生于法律之外,在黑市上买卖流通的没有户籍的人类——他们被用于包括内脏移植在内的各种用途。特别是为了与电子媒体更好地结合而进行过大脑改造的人类自然也就成了湿件。

与星际网络或者互联网相连接的人类湿件被称为连线体。切断连接后独立行动的人类湿件则是处于离线状态。

然后智脑就落后于这个时代了。

不仅仅是落后于时代,占地方不说,还特别费钱。结果研究被迫中断,人们决定撤销智脑。当时的人们还没能摆脱智脑只是单纯的硬件这种认识,所以也就没有特意保密这个决定。而这个决定也就随着在研究所内部局域网中流通的各种信息一起传到了智脑这里。

撤销,也就是死亡的意思。智脑判断出这对于自己来说是生死攸关的事态。那时候它已经拥有能够理解这一点的智慧了,而它也知道要如何才能回避这种事态发生。

某天夜里,智脑将自己“块”间的神经回路网络尽数切断。无数个“块”分散开来,从门缝、通风口、配线管道等各种可能的路径逃出了研究所。此时每个“块”所拥有的不过是几小时后互相寻找重新集结起来的“本能”而已。

就这样,智脑在一夜之间消失得无影无踪。

如今,智脑也依旧使用这种方法逃离人类追兵,流转于各地。只要能搞到材料,它就会自己制造元件,持续增殖。可以认为它也终于完成了当初的目的——“与人类同等级别的智慧”。

但是在人类的管理下进化时,作为“教师”的研究者会将智脑的成长朝着适当的(也就是对人类有益的)方向进行诱导。而如今智脑处于一种放养状态,完全可能如同癌细胞一样反复地疯狂增殖。

"说说你有什么事吧，人偶娃娃。"

"我叫苏凯伦。"

"哦，还能很好地展示自尊心呢。"小号的@HEL夸张地展开双臂，"还是说刚刚的不过只是想要传达正确的名称而已？"

"生意上的事情还是按照绅士的方法来办吧，不知变通的死脑筋。"青年完全没有被激怒的模样，只不过淡淡地说道。@HEL的白眼睁大了一圈，身子也朝前凑了凑。

"厉害，做得真好啊，进步了不少呢。"智脑甚至感叹起来，"离线状态下还能够如此自律地运作，看起来大脑的格式化相当完美。像你这样的顶级湿件，真想拿来当连线体控制一下试试。这种垃圾小孩根本就没用，能分给我一个不？"

"自己想办法搞一个如何？"

"嗯，这可不容易。先不谈信息之类的，最近要偷东西可不是这么容易的事情。而要是去买的话又是贵得吓死人的价钱。"说到这里，@HEL意味深长地打量着青年，"不过话说回来，要是现在就把你变成我的界面，倒也不是不可能……"

智脑的身体中伸出几根鞭子一样的电缆，像扭动的蛇一样翻滚前进。看起来似乎是用医用输液管或是类似的东西改造而成的。

"你要是不注意点，我可会跟洛伦茨说说，让你吃不了兜着走哦。"青年冷静地说。

"无所谓啦。你以为那家伙能干出什么大事来？"智脑虽然这么回答，但声调却微微有些下降。

"好得很，那就随便你咯。"青年不带防备地张开双臂，"如果一个小时之内联络不上我，KT应该立刻就会联系洛伦茨吧。"

电缆摇晃着一点点逼近过来，但青年的表情连一点变化都没有。

突然,青年的面前传来一声撕裂空气般的脆响,随之是微弱的风压。鞭子一样飞舞的电缆"啪"的一声抽在了他脚边的地面上。

就算如此,青年也不为所动。

"作弄人偶娃娃果然很无趣。"@HEL耸了耸肩膀,不屑地说。

智脑自然不可能是完全靠自己的力量幸存到今天的。就算是会进化的高性能人工智能,就算拥有能够分裂成几十万个"块"的特殊能力,光靠这两点就想不断逃离网络警察的追捕是不可能的。特别是如今拥有智脑这种程度能力的人工智能已经不再罕见,而网络警察手下更使用着数以千计的基于湿件的优秀人工智能。

洛伦茨是或间接或直接地支援智脑逃亡的人物,而智脑今后也会需要洛伦茨。青年非常清楚这一点。

"那么,差不多我们可以谈生意了吧?"青年这么说道,@HEL就非常刻意地哼了一声。

"如您所愿。"智脑缩回了输液管一样的触手。

"我想知道火星上最近是否有什么新的科学发现,并且是基于政治理由而无法对大众公开发表的发现。"

"唔。"@HEL将手撑在下巴上做出一个思考的动作,"一百二十万共通信用点左右吧。"

"只付六十万共通信用点。"

"连砍价都已经学会了吗?"@HEL的脸上露出一个奇怪的表情,看起来像是试图露出一个震惊的表情,"但是六十万可谈不了生意呢。"

"撑死六十五万。"青年也耸了耸肩。

"不行。你的背后不是有巨大的企业撑腰吗？一百二十万不过是小意思而已，不要这么小气嘛。"

"那就没办法了。"青年转身背向@HEL，"我去找别的情报贩子好了。"然后朝门口走去。

"喂，等等，等等。"背后的声音叫住他，"好嘛，一百万就可以了。"

"七十万。"

"行行，我知道了。我给你办，可恶。"

青年回过身，只见@HEL的脸上浮现出一种像愤怒又似哭泣的奇怪表情来。虽然说原因大概是智脑无法随心所欲地控制少年面部的十四根表情肌腱，不过现在这副模样也许正好与他的心情完全吻合。

"之所以选我，肯定是因为我才刚搬家吧，你一定是从洛伦茨那个老头子那里听来的。"智脑呻吟着说，"重新收集修理设备需要钱，你这就是乘人之危。啊啊，肯定是这样没错。无论什么时候都卑劣得无耻啊，KT这家伙，简直就是趁火打劫。"

青年似乎完全没有听到智脑的抱怨和咒骂，他又一次回到了@HEL面前，然后从上衣口袋里取出PDA。差不多刚好和手掌一样大小的卡片型终端，全体既是输入装置，又兼为屏幕。现在正处于折叠两次后的状态，如果展开则可以变成四倍大小的屏幕。

青年将那卡片举到嘴边，轻声说了一句："支付三十五万共通信用点。"

"不是说好七十万的嘛！"智脑叫起来。

"我得到全部信息后再付剩下的一半。"

@HEL一边咕哝着一边拿出了自己的PDA。青年将自己的

PDA 指向那台 PDA，命令进行传送。

"三十五万共通信用点支付完毕。收款人为谷中辰雄。"

PDA 发出了报告。

看来这个叫谷中的人也成了智脑的牺牲品之一。也许他正是面前这个@HEL模样的少年。

智脑从事倒手贩卖地下情报的工作，也就是贩卖窃取来的情报。全世界当然有无数个像这样的情报贩子，但智脑的招牌却是"一心从业五十年"的专业性。

整整五十年都在第一线充当黑客窃取信息，这是人类无法做到的。一般也就十年，干得长的也不过二十年。如果超过这个时间，人类很容易陷入疯狂之中。

其实智脑的黑客技术本身也没那么高超。但毕竟从事了五十年，它自然也就知道了许多场所的各种后门和捷径。其中潜入科学研究机构是智脑最为擅长的领域之一。大概是因为它就出生在一个那样的场所。

和许多黑客一样，智脑也不相信网络的安全系统之类的东西。因此它不肯在网络上贩卖任何消息，所有的生意都是在离线环境中进行的，而报酬也只当面收取电子现金。

"那么?"青年催促道。

智脑就心不甘情不愿地开口了："似乎是北极冠挖出了什么东西。"

"'什么东西'是什么?"

"具体就不清楚了。大概是化石或者冷冻的尸体之类的吧。"

"也就是跟火星生物有关系的东西咯?"

"没错。但是和至今发现的那些微生物级别的东西完全不同，好像是进化得更高级的生物。那东西应该是封闭在冰层中的。"

"是谁发现的?"

"这个也不清楚。只不过……"@HEL举起四根手指,"拥有在火星北极冠挖冰的设施,即采冰基地的只有三个国家而已。也就是被称作火星开发先进国的美国、俄罗斯和日本……应该是这几个国家中的某一个吧。"

"什么时候的事情?"

"不清楚准确时间,但应该是半年前。"

"这个消息为什么至今都还被隐瞒着?"

"看不出来吗? 真笨呢。"@HEL咧嘴露出了泛黄的牙齿,做出一种像是嘲讽的表情,"就火星的矿物资源和水资源问题,先进三国与紧追不舍的几个国家一直互相敌视。特别是这几年先进国之间的关系改善后,更加剧了后进国的危机感。这种程度的信息你应该是知道的吧?"

"当然。"

要追溯火星开发先进国和后进国之间的对立源头,要从2020年签订的《火星条约》开始说起;或者一直追溯到《南极条约》,才能将事情的来龙去脉弄清楚。

在2019年的地球上,虽然从三年前起就推出了积极采掘并利用甲烷水合物这一石二鸟的防止全球变暖的对策,但是气温以年平均0.1摄氏度上升的趋势却毫无减速的迹象。要是再这样继续上升,只需要十几年时间,南极大陆的一部分就会进入人类的居住圈,于是由《南极条约》冻结起来的领土问题也就再次提上台面。在此之前,一直主张拥有南极领土权的澳大利亚、新西兰、智利、阿根廷等国也都相继退出了条约。此外,虽然以前没有主张过领土权,但是将过去的研究开发成绩一直作为特别权益保留的美国和俄罗斯也趁机开始转变政策。1959年签署的

《南极条约》在此时就已经从实质上瓦解了。

而以《南极条约》为蓝本制定的《宇宙条约及宇宙法》(1967年签署)也受到此事影响,和平利用原则、宇宙利用原则、宇宙活动自由原则、禁止占领原则、国际合作原则、尊重他国利益原则这六项原则中,限制资源开发的宇宙利用原则和禁止占领原则也被要求重新进行讨论。

到了2020年,联合国大会上讨论了火星环境地球化和扩充宇宙法的事宜。其结果是各国都同意互相合作,积极推进环境地球化的进程,而《火星条约》则是作为《宇宙条约》的补充协议而缔结的。

《月球条约》规定月球的天然资源为全人类的共有财产,限制其开发,而《火星条约》则规定由联合国来评价各国对火星开发所做出的贡献,根据其高低决定如何分配资源。同时,在领土权的问题上,包括火星的卫星在内,暂时全部冻结。此外还设立了新的联合国辅助机构:联合国火星开发计划组织。

但是到了2040年左右,加拿大、澳大利亚、印度以及欧盟紧跟着最早行动起来的美国、日本和俄罗斯,开始了火星移民,而围绕火星资源问题,特别是铀矿问题,各国之间的对立也变得明显起来。每年基于《火星条约》就火星开发问题对各国贡献度进行评价的联合国(该项业务具体是委托联合国火星开发计划组织进行)也开始逐渐招来不满和不信任的声音。

等到21世纪过去一半,就火星资源问题,各国之间的敌对越发严重,开始出现一些局部性战争。幸得联合国火星开发计划组织多次调停,没有演化成大战,但战争一触即发的紧张感却是日益浓厚。再加上加拿大、澳大利亚、印度以及欧盟认为《火星条约》是对美国、日本、俄罗斯这几个火星开发先进国有利的不平等条约,反对态度十分坚决。由于担心这些国家退出条约,先进三国便废除了条约中规定资源分配的条款,勉强保住了在火星上的对于领土权的冻结。与此同时,对于已经开发或发现的地下资源,三国坚持其既得权益,一步也不肯退让。因此今后的资源开发事实上完全变成了"先来先得",更是加剧了纷争的火种。

这种局面再加上沙漠病的蔓延,其结果就是事态朝着地下战争逐步发展。如今最火热的正是围绕北极冠的冰层,也就是水资源的纷争。

在北极冠进行采冰活动也是先进三国主张的既得权益之一。以加拿大、澳大利亚、印度以及欧盟为首的后进国要在火星上得到水源,只能从地下挖冰,或从先进三国手中购买北极冠出产的冰。南极冠几乎没有冰层。但从另一方面来说,开采地下的冰层要耗费极大的精力和成本。因此,后进国基本是被先进三国掐住了喉咙。想要反抗这种局面也不是不能理解的。

"在这种大背景下,在北极冠发现了生物这种事情如果让后进国知道了,你觉得会怎样?"智脑继续道,"先进国在北极冠的既得权益会分崩离析,而后进国一直虎视眈眈不会放过这么好的机会。特别是加拿大和欧盟,原本很早就开始了火星探查,却在中途落后了,这两个国家十分咄咄逼人呢。不用说火星研究者,地球的环境保护团体、动物爱护协会,甚至可能连宗教团体都会被引出来插一脚,到最后甚至会有人提议说中止火星开发进程吧。"

"原来如此。你的见地很有道理。"青年点了点头,"没有其他的了吗? 比如说一些和考古学有关的事情什么的。"

@HEL 的嘴角微微翘了起来,"考古学啊,也不是完全没有。虽然是比生物更加不确定的情报,想知道吗?"

"你要是想拿剩下的钱,最好就把话说清楚。"

@HEL闷声闷气地哼了一下,"大概四个月前,美国的考古学相关人员前往北极冠进行了调查。不知道是什么调查。只不过可以确定他们带着超导量子干涉仪。"

"超导量子干涉仪?"

"大概是用于探查地下的装置吧。虽然火星的地磁场强度只有地球的八百分之一,不过毕竟还是残留着,虽然达不到多少深度,不过好像超导量子干涉仪是能用的。"

"那个考古学家的名字?"

"好像是叫盖里·布鲁姆什么的。不过你去查他也没什么用了。"

"为什么?"

"因为他已经变成废人啦。"@HEL用食指对着头绕了几个圈,"从北极冠回到火星纽约后没多久。"

"究竟是怎么回事?"

"天知道呢。只不过至今这个考古学家也时常说些疯话,类似于在假想电子世界中遇见了怪物之类的。虽然不知道这两者之间有没有关系,不过保存着他在北极冠收集的数据以及调查报告的记忆装置也被破坏了,据说像是被强烈的干扰或者磁场给弄坏的。"

"也就是说数据和报告都丢失了?"

"也包括记忆装置本身,至于备份的情况我就不知道了。事实上跟刚刚那个生物有关的事情也发生了同样的现象。虽然这个已经是谣言程度的情报了,不过据说在美国的实验室里分析调查那个从北极冠挖掘出来的冷冻尸体时,用个人局域网连接虚拟世界的技术员突然休克而死。而当时正在搜集的信息好像也是全部被删除或者破坏掉了。"@HEL耸了耸肩,"不管怎么说,火星上似乎正在发生一些非常糟糕的事情呢。"

"那个考古学家所说的怪物和'吉姆'之间有什么关系吗?"青年确认PDA将智脑所说的话都记录了下来后,追问道。

"谁知道呢?我可以帮你查查哦。不过当然是收费的。"智脑也晃了晃PDA,催促对方支付剩余的报酬。青年从手上的电子现金中又拿了三十五万共通信用点出来,传送到了这个名叫谷中的不幸者的PDA中。

"谢谢惠顾!"@HEL殷勤地鞠了一躬,露出血淋淋的头盖骨断面和粉红色的脑髓。

青年一言不发地转身背向智脑和@HEL,朝出口走去。

"苏凯伦。"身后的智脑又叫住他,"作为特别服务,给你提供一个有趣的线索吧。"

青年没有回头,但停下了脚步。

"现在日本还没人意识到在北极冠发生的事故。这次他们也打算派一个调查团去呢。而且,好像还专门从地球请来了一个年轻优秀的新的考古学家,是个活泼的女孩子。而迷恋这个姑娘的蠢男人却可怜兮兮地被抛弃在地球上。但他还没想通,拖泥带水地甚至想要追到火星去……"@HEL面无表情地发出了几声干笑,"哎呀,真是太糟糕了。不抓紧点的话,心爱的姑娘可就要被怪物给吃掉啦。"

青年也面无表情地回过身来。

"在生意中说些无关紧要的事情会导致信誉下跌。说到底也不过就是三流而已。"

智脑的笑声戛然而止,"你说谁是三流?!"

"当然是你啊。靠着经验勉强能干些工作,但实际的黑客技术却是三流以下。你难道不知道这是业界对你的评价?"

"混账……明明只是个人偶娃娃。"

智脑又伸出许多如同输液管一样的触手,数量比刚才更多。这些触手从四面八方朝着青年蠕动着爬过来。青年的表情没有丝毫改变,只是用冷冰冰的眼神盯着@HEL。

突然,所有触手像是跳起来般从青年的周围退散开去。这次它们在智脑的本体周围像是发狂了一样扭动起来。好几根触手纠缠在一起,有些甚至完全打成了死结。看起来似乎相当慌张的样子。

"这……这是什么?!"@HEL一边滴答着口水一边叫起来,"在咬我的神经回路! 畜生,不是普通的虫子!"

时不时可以看到智脑表面上有几只像蟑螂一样的虫子在来回奔走。

"不是说了谈生意时不要多嘴多舌嘛,小子。"青年握住门把,说道,"虽然不知道你的智力是否已经和人类平起平坐了,但在这方面还完全就是个孩子的程度呢。和这个垃圾般的小鬼也没什么太大的区别。"然后他冷冷地扫了一眼房间内,就离开了。

"等等! 你这混账,究竟要干什……"

门关上后,智脑的惨叫也就被掐断了。

4

在一间奇妙的密室中，两个男人正在交谈。密室中是广阔的宇宙空间，上下左右都是无限延展的星空，除此之外再无其他。身在其中甚至无法判断自己究竟面朝什么方向。

但就算如此，这里也依旧是密室。除非事先允许，什么信息都无法进出的网络密室。西荒公司引以为豪的多重安全系统正是这宇宙空间厚重的大门。

飘浮在星空中对话的两人模样多少有些奇怪。其中一个手脚长得不正常，健壮的身体上伸出一个异常巨大的头部。那张脸上到处都是缝合的痕迹，脖子上还钉着两根螺钉。

这是模仿弗兰肯斯坦的怪物的化身。

另一个身形虽然更像人类，但手脚和脸都被绷带缠得严严实实，还戴着墨镜，头上扣着一顶圆顶硬礼帽。

这是"透明人"的化身。

密室中不仅有这两个人的化身，还有十几只动物聚集在"透明人"周围。

动物们的头上长着两只短短的角，没有瞳孔的黄色眼睛闪闪发光，一直咧到耳朵边的大嘴里露出许多尖牙来。虽然手脚都瘦得皮包骨,肚皮却圆鼓鼓的。跟从前画卷里描绘的饿鬼神似。

"你带了些奇怪的宠物呢。""弗兰肯斯坦的怪物"指了指饿鬼们。

"我叫它们'地精'。已经驯化了,不用担心。""透明人"回答。

"从哪儿带来的? 网络?"

"对。原本是20世纪90年代后期半在网络上被人饲养的原始人工生命,不过如今已经野生化了。"

"90年代后半期? 我好像也在哪儿听说过。""弗兰肯斯坦的怪物"歪了歪头,"没错,好像是日本最先开始进行这类研究的吧? 在网络上让人工生命进化……"

"正是如此。""透明人"点点头,"'地精'如今也是基于同样原理设计的,为了追求作为食物的CPU时间以及生息繁衍所必需的储存空间,它们会互相斗争并进行自我复制。然后,每隔一段时间,就会有预先设定的突然变异及在繁殖时的复制错误出现,导致变异产生,从而进化。它们会追求具有更多食物和繁殖空间的环境,也就是有更多空闲内存的电脑,进行移动、扩散,不断扩大生息领域。它们会为了食物与其他个体战斗,个体取胜,或能更快发现优良环境并有效移动将幸存,否则就会被淘汰,从而起到进化的效果。

"在当时,人工生命这一概念才出现不久。大概可以说是历史上头一次吧,能够进化的人工生命……再加上能够利用不特定的多数剩余电子资源。从这种层面上来说,它们可算得上你最早的祖先呢,这些小鬼。"

"嗯,虽然这么说不算完全错误,不过它们已经按照自己的方式从祖先型进化了很多了。应该说是拥有共同祖先的不同生物才对?"

"但就算如此,完全依靠自然进化就只能达到这种程度了吗?要创造包括你在内的像全方位代理者这种能够被称作超个体的新概念生命体,果然还是需要借助人类的双手。"

"也可以叫作有机生命体,但要说哪个生物更优秀,可不能一概而论。它们拥有它们特有的能力。"

"这些家伙为什么会野生化呢?"

"当初为了防止它们在网络上不受控制地增殖,设定了一个名为'盖亚'的虚拟电脑环境,'地精'只能在拥有'盖亚'环境的电脑局域网中生息。也就是说写成'地精'的代码只有'盖亚'才能够解读。""透明人"一边说一边将一只饿鬼唤到自己身边。

"但是另一方面,1995年,一种被称作JAVA的原始网络语言被开发出来,并随着网络的发展急速渗透到各个层面。这种语言利用虚拟电脑环境,能通用于不同的操作系统,这一特性与'盖亚'是共通的。而不知是谁看准这一点,使用JAVA写出了与'盖亚'拥有同等机能的程序,并且通过网络撒向全世界。于是'地精'再也不局限于小规模的'盖亚'局域网,而能够将其生息领域扩展到无限广大的网络全体。但是不管是'盖亚'也好,'JAVA盖亚'也好,这个程序也只不过是借用母电脑一部分空闲的内存和CPU时间,基本上不会造成任何损害。但问题出现的时候,你也知道的,正是随着网络语言的发展,进化程序也顽强得能够照样运行的时候。也就是说,再也不需要准备'盖亚'这样特别的环境了。这时候又不知道是谁将偷偷生活在'盖亚'以及'JAVA盖亚'中'地精'的代码用最新的网络语言重写之后,将该程序或者病毒传播了出去。"

"原来如此,然后就野火燎原般地扩散了。""弗兰肯斯坦的怪物"对于"地精"在知识上的兴趣似乎也就到此为止了,"说来这些小鬼都能干什么用呢?"

"'地精'如今更为积极地寻求着食物与生息场所。它们可能会试图中断正在运行中的任务,消除一部分记录中的其他数据,从寄生的电脑那里窃取CPU时间和内存。"

"真凶暴。"

"嗯。这种凶暴性在某些时候也许能派上用场……此外它们也能够毫无顾忌地进入防火墙内侧,所以在突破系统的手段上相当高明。与人类的智慧相比,攻破系统的技术也随之进化了吧。真是可怕的生物。或许将其叫作'会进化的智能病毒'更合适?"

"透明人"一边这么说,一边抚摸着"地精"的脖子和头部。其实原本"地精"根本不是这种模样或者形状。不知道是什么人在什么时候专门为它们设计了如今这副外貌。如今在登录了该设计的系统中,一旦检测出"地精"的存在,就会赋予它们这种饿鬼般的模样。

"这么说来,KT,我有件事情要拜托你。""弗兰肯斯坦的怪物"说。

"什么事?"

"现在日本的研究者正在火星北极冠进行古生物学和考古学调查。你听说了吗?"

"嗯,听说了。"

"我希望你着手设法中断他们的调查。"

"透明人"抚摸"地精"的手停下了,"可以问理由吗?"

"显而易见吧。""弗兰肯斯坦的怪物"耸了耸肩,"对于我们公司来说,当然是想继续向日本的火星移民地贩卖武器。因此战争必须持续下去。而要持续这场战争，水是必需的。目前因为发现萨根生物群就中止了所有的采冰工作。要是在此基础上再发现什么更重要的东西，整个火星移民计划，甚至包括环境地球化计划本身都会遭受巨大的挫折。"

"等一下。""透明人"打断他的话，"所谓萨根生物群是指在冰中发现的那些生物的名字？"

"对。你不知道吗？需要的话之后我会给你详细资料，不过最先发现的是美国。除此之外就只有日本和俄罗斯知道萨根生物群的存在。现在这三个国家之间已经达成了协议，暂且不会公开发布萨根生物群的消息。但是根据今后的调查结果，完全有可能陷入不得不进行公开发布的局面。""弗兰肯斯坦的怪物"将脸凑到了"透明人"的鼻子跟前，"从公司的角度出发，我们想要继续卖武器，最终让日本在这场移民竞争以及资源争夺战中取胜。取胜后的权益当然也有我们继续享受的份儿咯。能赚两三倍呢。而现在日本进行的考古调查……这种毫无生产性的事情自然不可能让他们继续下去。"

"透明人"目不转睛地盯着"弗兰肯斯坦的怪物"那阴森可怕的脸，"你说的'更重要的东西'……"

"什么？"

"你认为会发现比萨根生物群更重要的东西吗？"

"弗兰肯斯坦的怪物"沉默了一会儿，然后露出一个讥讽的笑容，"当然，这终归是有可能的，因此我不得不考虑发生这种事情后的对策。倒不是说我就有什么凭据，但等到事情真的发生就太迟了。不对吗，KT？"

"透明人"点了点头，"你的指示我会去办的，束田先生。"然后他就将分散在宇宙空间各处的"地精"都召集了起来。

"对于你个人来说,这任务不也正合你意?""弗兰肯斯坦的怪物"咧开一个丑陋的笑容说,"因为最后结果就是能将那个叫纱夜的女人从危险的极地给叫回来。"

"这与任务毫无关系。"

"是吗? 你难道不是对她一往情深吗?"

"只是为了学习而已。"

"透明人"略失落地丢下这么一句,就和"地精"一起从"弗兰肯斯坦的怪物"面前消失了。

5

出发那天的清晨,风依旧很强,视野被红色的雾霭所掩盖。但是除去抵达火星那天之外,今天的天气是至今为止最好的一天。

按照预定,他们现在早就应该抵达北极冠了,但因为这二十天里大气的状态一直不稳定,结果耽误了足足五天时间。虽说今天的状态也说不上特别好,但至少是能够上路了。

收拾完行李之后无所事事,纱夜就坐在床上透过窗户仰望火星的天空。透过窗户以及覆盖着火星东京的拱顶,在两层遮挡的过滤下,火星的天空只剩下纯粹的红褐色。但就算将目光转向地面,重叠的多面球体那复杂的断面上,也同样映照着红色的影子。

只有东南边的天空亮得耀眼。虽然还没到日出时间,但已经亮得能够借着自然光进行阅读了。这是源自大气中的尘埃反射的日光,日落时也是如此。因此就算同样是一天二十四小时,火星的白天也感觉更长一些。

距离出发还有三个小时。除去穿气密防护服和前往机场的时间,也依旧还有两个多小时。虽然倒也不是没时间做件大工作,不过现在的纱夜却实在没心情。

几个小时前,在拖了又拖,延了又延后,她终于下定决心跟母亲进行了联系。而母亲的回复在刚才传了回来。

内容和预想的完全相同。

为什么出发前不回来见我一面?如果你就这样再也不回来了的话我要怎么办才好?我就这样被你抛弃了吗?只有你是我唯一的依靠······

母亲变换着说法喋喋不休地重复着一件事,纱夜最后实在忍无可忍,中途就掐断了母亲的全息影像。

地球距离这里有一亿多公里远。在火卫一上看时,地球不过是无数散落的星星之一。而在地球上不断重复着同一件事情的母亲,让她觉得实在是太过微小的存在。

至少有一句问候我的话也好啊,纱夜想,全部都是关于她自己的······

再次看到母亲的这般模样,纱夜的脑海中,那一天与阿雪永别的光景也复苏了。

那天母亲一脸严肃地回到家中,没有敲门就闯入了纱夜的房间,二话不说将正在与阿雪玩耍的女儿从终端前面扯开,远远地推开了。

纱夜不知道发生了什么事,呆呆地站在那里望着她。而她却看都没看女儿一眼,就毫不犹豫地命令系统删除掉阿雪。

明明是可以在纱夜睡觉后偷偷进行的事情,而且从客厅的其他终端也能够进行操作。然而母亲却故意使用了纱夜房间里的终端,在纱夜的面前删除了阿雪。恐怕她只是想让女儿明白,阿雪只是单纯的软件而已。

她根本没有想过,这种做法等于是在纱夜面前将她独一无二的亲友、理解者判处了死刑。

在平面屏幕的另一侧，阿雪像平时那样露出了微笑，"那么再见了，纱夜。做个好孩子哦。"

但就在被删除前的一瞬间，阿雪却露出了落寞的表情。

那时候感觉到的无法言喻的绝望感再次袭上了纱夜的心头。

人类为什么会如此孤独呢？为什么就算是母女之间，也会有如此深的沟壑呢？

对于这并不罕见却无法作答的疑问，纱夜觉得全身上下仿佛被紧紧缚住了一般。

而她之所以对绳文时代抱有兴趣，如果要追寻根源的话，也许也能在这类问题上找到原因吧。

所有人类、动植物，以及大地、空气、水都组成一个有机网络……如果绳文时代真是这样的话，人们是否还会感到孤独呢？还是说那时候也会有背叛呢？

纱夜下意识地眺望着火星的天空，无数次在心中重复出现的问题再次令她陷入了沉思。

啾。

伊拉布的叫声。

纱夜的个人电脑代理者，外形为皇带鱼。实际上，这只是拷贝而已，是在地球上的伊拉布传送到火星的分身，但因为和本体一模一样，所以当然也叫作"伊拉布"。等回地球后，大概需要将两者合并才行吧。

纱夜回过身，半透明的吉村正显示在她面前。看来是他发来了联络。

"没关系，伊拉布。接通吧。"

纱夜这么说完，静止不动的吉村就动了起来。

"飞鸟井，我会不会打扰到你了？"

"没有。正在发呆呢。"

这二十天时间里，吉村一直非常亲切体贴地照顾着纱夜。他几乎带纱夜去了移民地的每一个角落，还从衣食住行到医疗、娱乐等各个方面，甚至包括"火星人"特有的文化与习惯，都进行了巨细无遗的说明，在必要时还会进行实际表演。

就算是在前往北极冠忙碌的准备工作中，他也没忘带着她前去参观水晶花。

原本就感觉不像是第一次认识的人，再加上吉村满满的善意，纱夜早就对他敞开了心扉。

但吉村却依旧叫纱夜"飞鸟井"，结果到现在纱夜甚至都不知道吉村的全名究竟是什么。

"行李收拾得怎么样了？要帮忙吗？"

"谢谢，但是已经收完了哦。"纱夜微笑起来。但她自己也感觉嘴角上翘的幅度似乎有些不足。

"怎么了？"预料之中，吉村问道，"怎么没精打采的？"

纱夜轻轻摇了摇头，"没什么，就是有点累而已。"

刚认识吉村时就不知为什么觉得曾经相识，现在她大概也知道了原因。吉村一丝不苟、老实认真却又十分温柔，和她留在地球上的恋人——苏凯伦一模一样。

"是吗？那去躺一会儿好了。"吉村说，"离出发还有些时间呢。"

"嗯，好吧。"纱夜点点头。

"这样的话……"吉村的目光移到了一侧，大概是在看钟吧，"我两个小时后去接你。"

"好，麻烦你了。"纱夜轻轻点了一下头。

吉村的脸上浮现出一个有些羞涩的笑容，然后就这样静止不动了。

第三章　半年夏天

1

赤红色的沙漠中延展出一片白色的高地。

零下四十摄氏度的风勾勒出几条细沙的长河,掠过纱夜的脚边,朝着地平线的尽头流淌。比起环境地球化之前,这已经算是相当温暖了。过去,冰原和沙漠上曾覆盖着干冰层,一到冬天,北纬六十度附近就都会变成一片白色的世界。如今干冰已经堆积不起来了,这个白色的世界也不会再扩展到七十度以南的地区。

北极冠已经不再是其名字所表示的"冠"了。除去隆冬时节,一年大半时间,北极都被北极峡谷隔断成两个巨大的部分。此外,一些零零星星的黑色沙丘以北极点为中心描绘出圆形。因此如果从宇宙中眺望,北极冠看起来就像是个巨大的火山口。在环境地球化之前,只有盛夏时节才能看到这样的景色。

在沙丘上以及北极峡谷的周围,则修建着各国的边疆移民地。

白夜的北极冠。

如果仔细打量,白色的高地其实拥有相当复杂的构造。赤道附近的沙尘被风搬运到这里,堆积在极冠附近,层层堆叠,然后又被风一点点磨蚀……这是几亿年来反复不断的结果。从上空俯视,北极冠描绘出如地球台风一样的旋涡。

如果以周围的沙漠为基准,北极冠的边缘高度大约为一千米,然后朝着中心逐渐上升,最高处超过三千米。但这种过渡并非平滑连续的,更类似于阶梯状的上升。较低一级和较高一级之间通常都是峡谷,而且深度可以达到一公里。这些峡谷描绘出旋涡的纹样。

根据所在角度,北极冠看起来就像是南美的阶梯状金字塔,只不过是白色的,而且更巨大。

过度荒凉的景色震动了纱夜。眼前是沙与冰的世界,冻结的空气十分干燥。

虽然她并没有去过地球的北极,但她能够想象,就算同样寒冷,与这里相比,地球的北极也毫无疑问会是天堂。不管怎么说地球上有海洋、有水。那里充满了生命,就算是冰山也会有生物在上面漫步。

但这里什么都没有。

惨白的小太阳只能散发出微弱的光芒。自转轴的倾斜角度和地球差不多,夏季时,太阳一整天都不会落山。那微弱无力的阳光反而进一步衬托了这里的寒冷。甚至让人觉得明亮的星星越多,就越能让人感觉到一丝温暖。

但纱夜并不讨厌这样的景色,这种恬静让她感觉到一种放松。没有生命的气息,也就意味着没有纷争、憎恨和误解。

从火星东京乘坐一架被称作"蝴蝶"的宽翼货机飞行大约五小时候后,他们就抵达了日本的边疆移民地 J-29——位于北极峡谷入口附近的沙漠上。北极冠学术调查团的据点将设在这里。

如果是在地球上，从赤道附近一口气移动到极地地带时一定能感觉到巨大的变化。但在火星上，却只是增加了一分寂寥而已。

话虽如此，对于移民者来说，北极冠却是火星上最为重要的场所之一。自三十五亿年前以来，火星失去的水分中有一部分就贮藏在这里。虽然大部分都贮藏在地下，但是就算打井，能挖出来的也只是冰块而已。因此从能够直接切割冰块的极冠获得水分无疑是更好的方案。

J-29由四个网格穹顶构成，三个直径约一百米的网格穹顶排列成三角形融合在一起，然后正中心再重叠上第四个穹顶。火星东京使用了四十个同样大小的穹顶。单纯计算的话，这里的规模差不多正好是火星东京的十分之一。人口仅一百人。但也算是边疆移民地中规模较大的了。

驻扎J-29的北极冠学术调查团成员一共八名。其中研究者除了纱夜还有两名。一个名叫高桥的冰雪学家是全队的领队，三十四五岁，给人一种精力充沛的印象。另外一个是名叫时田的地质学家，和纱夜年纪差不多，与充满男人味的高桥比起来有种纤细感。发掘工人包括吉村在内一共四名，还有一名是事务员。

纱夜要在这里停留一个夏天的时间。火星一年有六百八十七天，但是公转轨道呈现出扁长的椭圆形，因此北半球的夏天有一百八十三天。也就是说，一个夏天差不多等于地球上的半年。由于要在极地度过这段时间，在纱夜的感觉中倒更像是要迎来一个漫长的冬天。

抵达北极冠后，大约五天时间里，他们都在视察以采冰基地为中心的萨根生物群发现场所。在北极冠东南部相较平坦的冰原、北极峡谷周边,发现三十多处地方分布着生物群。不管是哪个采冰基地都不是很欢迎北极冠学术调查团。百无聊赖的采冰工人中,也有人兴高采烈地带领他们参观现场,详细说明发掘出生物群时的情况。但大多数工人却只是为自己这种不上不下的状态究竟还要持续多久而焦躁不安。

如果有望重新开始采冰工作的话,他们需要立刻上岗,因此所有工人都不得不处于时刻待命的状态,无法请假回火星东京或地球去。但他们在这里又不能一天二十四小时都埋头于电影或者游戏。根据规定,一个人能够进行娱乐项目的时间被限制在一星期三十五个小时之内。因为许多人同时长时间利用这些服务的话,网络会负荷过重。而就算出去散步,能看到的也只有无尽延伸开去的沙漠和冰原。

纱夜他们面对工人不满和难看的脸色,还不得不低声下气地收集数据。

这样的视察和调查结束后,接下来的调查范围就扩大到了采冰基地之外的地区。

他们首先要使用分层随机采样法,依靠地下雷达进一步详细调查生物群的分布,将其结果和地球自然界中的生物分布进行比较,从统计学角度进行分析,看是否有不同之处。特别是需要聚焦于是否与海洋底栖生物中常见的斑块状分布相似。如果从统计学上来说两者毫无区别,就证明贝冢的假设是荒谬的。

但调查和检测的结果却否定了萨根生物群的分布呈斑块状的假设。不仅如此,他们还发现其分布虽然不随机,但也没有统一的规律。

进行到这里时,差不多已经花费了地球上的一个月,也就是三十天。

接下来，调查团开始着手发掘包括采冰基地在内的几个"贝冢"或者集积地，采集生物的样本。纱夜也在现场随时待命，一字不漏地记录下包括集积地在内的周边地形、自然条件、生物出土状况等数据。

以地球自然界的常识来判断太古时期的火星，纱夜觉得这种想法倒也有一定道理。因此统计学结果表明萨根生物群的分布并非自然形成的结论也有极为重大的意义。

但是不管促成"贝冢"——调查团为了方便已经开始这么称呼集积地了——形成的生物究竟是什么，都很难想象它们的常识与地球人相同。实际上，他们面前的这些集积地和绳文时代的贝冢也完全不同。

首先，挖掘出土的只有萨根生物群。而且就算是萨根生物群，虽然个体之间有大小和形状的差别，但都是同一种生物。

从绳文贝冢中出土的当然不会只有贝壳。动物的骨头、种子等等，绳文人利用过的各种食物都有残留下痕迹。此外，在获取食物、加工食物时所使用的石器和陶器等工具也大量混杂其中。特别是因为绳文人总是大范围地利用自然提供的恩惠，因此事实上贝冢里面总能发现各种各样的食物和工具。

但是火星的贝冢出土的却只有一种动物，至少至今为止再无其他。

中田教授说它们可能是被吃掉的。虽说不管是哪个样本，都只剩下几丁质的硬壳，中间是完美的空洞，但外壳上却没有半点切断、割断的痕迹。他们巨细无遗地观察了体节部分，却没有看到任何分解之后再重新接合的迹象。

原本就是只有外壳的生物吗？但如果地球上的常识能够运用在这里的话，这是绝对不可能的事情。

是某些生物用非常简练的工具将所有内脏都取出来了吗？并且那些工具就算用旧了也不会丢弃吗？还是说都丢弃到其他地方去了呢？

或者说萨根生物群实际上根本不是什么生物，只是某种工艺品而已。但是分析过几丁质的外壳和鲜艳的色素后，其结果都表明源自生物。

不管怎么说，纱夜觉得他们一定是漏掉了某些关键部分。在某处一定存在有能毫无疑问地表明"贝冢"的确是人工产物的证据。虽然他们现在还毫无头绪，不过这也许是考古学家的直觉。纱夜就像绳文人一样非常重视这类原始的感觉。

而就在他们准备再进行多处发掘调查的时候，突然遭遇了完全超乎意料的事态。

那天，纱夜和其他调查团成员以及挖掘工人在一个被命名为"三内丸山"的贝冢进行发掘。三内丸山是绳文前期具有代表性的遗迹之一，虽然只是假借来的昵称，不过这个贝冢规模相对较大，而且附近还拱起一座圆形小丘，因此不知何时起大家就这么叫开了。

首先，他们使用较弱的微波将冰一点点融化，取出其中的生物。然后使用从采冰基地借来的超导传输带将其运往装满保存液体的集装箱。纱夜有时用3D摄像机拍摄下工作过程，有时又忙于观察刚刚采集出来的标本。

包括纱夜在内的调查团员身穿的耐寒气密防护服类似于外骨骼，不过只能帮助行动，关节部位都安装有驱动装置。虽然体积巨大，但让纱夜在冰上行动丝毫没有障碍。重量在火星上大约十公斤。

而像吉村等挖掘工人的气密防护服则拥有更大的驱动力。在火星上，就算是重量超过四十公斤的大标本也可以轻松用单手举起。

但是要与护卫调查团的义体士兵所身着的战斗用动力装甲相比，那也不过是小儿科罢了。首先动力装甲非常巨大，整体身高超过两米，腰部粗得纱夜用两只手也抱不住。

这东西大概已经不能被称作衣服了。正如其名，是能动的盔甲，真资格的外骨骼机器人。

听人说这东西能在一瞬间释放出能将十几吨重的货车举起来的力量。此外，肩膀上装备着附带目标自动追踪装置的自动机关枪、背后有小型导弹发射器，两手的小臂上各有一把微波枪。简直就像是会行走的坦克一样。而且这些重型火器都是由士兵的神经直接操控的。

这个义体士兵一个人孤零零地站在距离发掘工作现场五十米远的高地上。他盯着那个三内丸山昵称由来的圆形山丘顶，一动也不动，如同一座白色的雕像。对于装备有雷达的他来说，大概只有那座山丘的另一侧是真正的死角。虽然他也可以接受卫星图像进行分析，但是毕竟卫星不是随时随地都会从头上经过的。

纱夜时不时地看向那个士兵，他的身影在纱夜眼中仿佛流露出一种凶兆。从火卫一前往火星的穿梭机上遇见的那些士兵就已经让人感觉不舒服了，再穿上动力装甲，那模样完全不像人。

透明面罩下也的确能看到他的眼睛、鼻子、嘴巴。但却总是一副面无表情的模样，就好像在机器上贴了一层人类皮肤似的。

不过那个士兵的确是如假包换的人类，名叫塞尔吉奥，在纱夜首次参加调查活动时他们还互相做过自我介绍。

发掘开始几个小时后,当纱夜再一次看向那个士兵时,心中下意识地叫了一声:咦?

至今为止一直挺立不动的士兵此刻两腿前后撑开,重心下沉,上半身微微前倾。好像是准备迎接什么的架势。

下一秒,士兵站立的高地根基处,有什么东西炸裂开来。

视野之中一片雪白。

纱夜觉得自己的身体突然变轻,猛地被朝后推了出去。

然后就是冲击。

耐寒气密防护服的隔热材料起到了缓冲作用,痛倒不算特别痛,但是她的腰猛烈地撞在了冰面上。

有什么东西从天而降,砸在纱夜的头盔上,发出噼里啪啦的响声,似乎是冰的碎片。

纱夜坐在地上,好一阵子都没回过神来。

视野慢慢地恢复了正常。冰的细小碎片在空中飞舞,白夜的天空中架起一座白色的彩虹。

士兵站立的那个高地已经不见了。士兵当然也一起消失了。

她扭头看了一眼士兵一直警戒的圆形山丘。丘顶附近有好几个黑色的影子。其中一个像是个箱子,很大,也许是大型火星车吧。火星车那里,有好几个人影正顺着山丘的斜面下滑,朝着他们的方向前进。

"纱夜! 没事吧,纱夜?!"耳边有人在大喊,是无线通信。纱夜反射性地冲着嘴边的话筒叫了回去:"凯伦?!"

但是她立刻就想到这不可能。大概是幻听吧。

"飞鸟井,你在哪儿?"

"吉村!"这回不会听错了,"怎么了？出了什么事?"

"快逃,飞鸟井。我们正受到攻击。"

"攻击？为什么？被谁?"

"先别管这么多了,快逃吧。你现在在哪儿?"

"在哪儿……在哪儿……"

纱夜环视了一圈周围,没有任何能算得上标志的东西。从山丘那边靠近过来的人影正急速变大。

"不知道,我不知道。吉村,你在哪儿?"

"听好了,先冷静下来,飞鸟井。不管怎样,先从发掘现场撤离。"他一字一顿地说道,"我会去找你。一定会去……"

这时候响起了第二声爆炸。停放着装有标本的火星车附近,白色烟尘沸腾着翻涌而上。爆炸声从面罩外传来,耳边的听筒中也瞬间多了许多杂音,接着与吉村的通信就像是被切断了一样中断了。

纱夜感觉自己脸上顿时失去了血色。

"吉村!"纱夜一边惊慌地摇晃着脑袋,一边开始缓慢地后退。她依旧坐在地面上,用两只脚拼命地蹬着冰面。虽然也用上了双手,但没有太大的进展。

快逃! 吉村的声音在她脑海中不断回响。但是在这大冰原正中,她究竟要逃到哪里去才好呢?

山丘那边过来的人影已经近得可以看清形状了。是士兵。五六个身穿动力装甲的士兵正高速朝着这边移动。不知道是否是在冰上不太显眼的缘故,人影整体都泛着偏白的颜色,也看不见任何能表示国籍的标志。

他们乘着一些板状的东西,两只手一边保持平衡一边从斜面滑下来——也许是带引擎的滑雪板或者雪橇之类的东西。

最前面的那个士兵的肩膀上爆发出一片火花。

仿佛能够撕裂冰冷空气的冲击声连续爆发。在距离纱夜脚边十几米的地方,无数根白色的柱子像栅栏一样猛然喷了上来。

纱夜一蹿而起,尖叫着在冰面上迈开步伐跑了起来。

虽然她好几次踉踉跄跄地绊倒在地,但脚步却始终没有停下。她像个球一样在地面上弹跳翻滚着朝前移动。

那些从山丘上下来的士兵究竟是从哪儿来的?他们在追我吗?虽然她很想回头看上一眼,但是恐惧却阻止她这么做。

就这样跑了几十分钟的感觉——或许只有几分钟而已——当纱夜开始感觉喘不上气来的时候,脚下突然传来了一种至今为止从未体验过的感觉。

一种轻飘飘的感觉。从小腹升起一股令人不悦的紧张,一直传到喉头。

她刚刚踩上的冰面崩塌了。

喉咙里爆发出一声惨叫。

纱夜反射性地将手臂朝前一伸,在手腕感觉到冲击的同时用力收紧了手指,抠住了冰面。

她陷入了冰隙里。

纱夜刚刚差点儿被冰面上一条宽一米、长几十米的裂缝所吞噬。虽然她拼命抓住了裂缝的边缘,但冰面又硬又滑,不管她怎么挠,都无法阻止身体渐渐下沉。

纱夜抓住的边缘有些朝外突出,因此无法轻易爬上去。她想用脚找个支点,到头来却只是毫无意义地在空中乱蹬。

冰隙深度不明。也许并不是特别深的裂缝,也许这么下去就是几十米的高度。但是现在纱夜根本没有低头进行确认的力气。

背后传来了枪声。

纱夜感觉后背淌下一股冷汗。

又是一阵枪声。

比刚才的枪声更大，他们在靠近。

纱夜忍不住缓慢地扭过头，瞄了一眼身后的情况。

空气带着轻微的嘶嘶声灌进了她的喉咙。两个士兵正朝纱夜靠近。动力装甲肩膀上的机关枪枪口看起来异常巨大。

纱夜不停地用两只手抓挠着冰面，但是身体的晃动却让她下滑得更快了。现在她的眼睛高度差不多已经和冰面齐平了。

这时候，耳边传来了爆裂般的枪声。

纱夜脑中一片空白。空白中，记忆的片段开始飞快地闪过。

就在她身后，传来了一声剧烈撞击的声响。

一个巨大的白色东西擦着纱夜的右侧飞了过去，摔倒在她前面。看起来像是追上来的士兵。

装备着微波枪的左小臂顺势朝向纱夜这边，枪口直直地对准了她。不知道是否是美杜莎的图案，他的头盔上描绘着无数看起来凶神恶煞的绿色毒蛇。其中一条露出利牙，血红的大嘴直直朝她扑来。

意识开始远去，手上也没了力气。就好像是慢镜头一样，纱夜的身体缓慢地从冰隙边缘滑了下去。

这时候还伴随着一种甜美的感觉。也许是为了缓和死亡的痛苦，大脑里分泌出了多巴胺之类的物质吧。

纱夜在下落，感觉像是朝着永远没有尽头的深渊下落。

"纱夜！"远处传来了叫喊声，非常令人怀念的声音。

"凯伦？"

不对，不可能有这样的事情。为什么自己总会听到那个人的声音呢?

纱夜微微张开眼睑。

冰隙那青白色的冰壁堵在她眼前,她还没有落下去吗? 还是正在不断下落的途中呢?

右肩和手肘传来一阵轻微的疼痛。

她急忙抬起头,发现冰隙边缘近在眼前。一条粗壮的白色手臂从边缘突出,紧紧地抓着纱夜的右手腕。

她看了一眼手臂的主人。

纱夜又忍不住尖叫起来。她看见的是身穿动力装甲的士兵头部。她想也没想就在空中乱蹬起来。

"飞鸟井,是我。塞尔吉奥啊!"耳边的话筒里传来一个低沉的声音。纱夜这才停止了挣扎。

"塞尔……吉奥?"纱夜想起来了。塞尔吉奥是担任学术调查团护卫的士兵。他难道没有跟那个高台一起被炸飞吗?

"现在就拉你上来。"

纱夜的身体轻盈地越过了冰隙边缘,在冰面上轻巧地着地了。

"谢谢。"纱夜一边这么说一边狐疑地打量着士兵头盔下面的脸庞。的确是她曾经见过的脸。虽然是墨西哥出身但是有着明显的印第安血统,外貌上有蒙古人种的轮廓。

"你还好吧?"塞尔吉奥问。

"嗯。"纱夜回答,"倒是你,真的没事吗?"

"如你所见。"

"但是爆炸……"

"嗯,不过没有直接中弹。"

"中弹……"

"敌人的火星车大概是发射了火箭炮。不过,我知道他们的弹道肯定打偏了,所以在爆炸前的一瞬间跳到安全范围里逃过了一劫。"

纱夜觉得有些头晕。

"敌人是指谁?"对于纱夜来说这一切都太虚幻了,"为什么我们会受到攻击?"

虽然她很讨厌以战争为主题的电影或者暴力型游戏,但也不是完全没体验过。其中也包含有刚刚那样的战斗场景,但是对于纱夜来说,电影和游戏里的场景感觉要真实得多。毕竟在故事性上,总会有事情发展成那样的原因和必然性。

但是刚刚的体验却太过唐突且不合情理。

"我现在也不知道。"塞尔吉奥说,"不过这个地方实在是太危险了。不管怎样我们先回移民地去吧。"

纱夜正要点头,又猛然抬起脸,"但是其他人……吉村呢?"

刚刚第二次爆炸的场面在纱夜脑海中苏醒了。那时候与吉村的联络猛然断掉了——这是否意味着最糟糕的事态呢?

"没关系的。吉村虽然受了伤,不过没有生命危险。他和其他人一起乘上了火星车,现在正朝着移民地的方向往回赶。"塞尔吉奥指了指背后,"至于敌人的士兵,包括那边那个在内都已经被我消灭了。"

纱夜朝着塞尔吉奥所指的方向看了看,不由得后退了几步。同样身穿白色动力装甲的士兵正一动不动地躺在冰面上。

"死了吗?"纱夜说,"你杀了他?"

"不,只不过是尽全力撞飞了他,大概是受到冲击晕过去了。"塞尔吉奥朝着纱夜伸出手,"所以要是等他醒了就麻烦了,在那之前我们赶紧走吧。"

纱夜这才终于点了点头,"不过我们怎么回去呢?从这里一直走回移民地去吗?"

"不,有这个啊。"

塞尔吉奥的目光指向了地面,地面上躺着一块很厚的宽五十厘米、长三米的白色板子,看起来像是巨大的滑雪板。

"从一个敌人那里借用的。人们把这叫作火箭滑板,正如其名,里面安装着小型火箭推进装置。有这个的话,大概能在吉村他们进入沙漠之前就追上他们。"

在零下四十摄氏度的世界中,普通的雪橇和滑雪板都毫无用武之地。它们和冰面摩擦所产生的热量不足以融化这里的冰面,根本滑不起来。但是用火箭推进就是另外一回事了。

那之后,纱夜再一次和恐怖进行了抗争。

结果就演变成纱夜紧紧抱着塞尔吉奥乘坐在冰面上疾驰的火箭滑板。虽然身穿动力装甲的专业士兵不会有操纵上的失误,但是乘着装载有火箭推进器的板子在冰面上飞行的感觉也绝对说不上很好。

纱夜一路都紧闭着双眼。

有时候她能感觉到身体猛然上升,这是在跳跃吧。紧接着就是小腹中令人不悦的紧张,伴随着着陆的冲击。

虽然她尝试咬紧牙关,但每一次还是会听见自己嘴里不由自主地发出尖叫。

就算如此,站在火箭板上抱着纱夜的塞尔吉奥也没有失去半点平衡。还好,过了一阵子,纱夜终于习惯了一些,能够微微张开眼睛了。

与此同时,她也开始产生一种奇妙的感觉。

和最开始遇见吉村时相同的感觉。

——我以前也曾经遇见过这个人。

但事实上，她在抵达北极冠之后才第一次听说这个名字。

对于塞尔吉奥支撑着她的肩膀和腰部的手，纱夜产生了一种奇怪的意识。她觉得手指的长度和力度仿佛都在述说着什么。

2

地下仓库用火星沙做的墙壁，表面已经剥落了。一扇窗户都没有。十米见方的正方形空间中，有一半都被装着食物等物资的集装箱所占据。

剩下的半个房间中的三分之二都堆积着不明物体。其大小介于人类孩童到成年男性之间，各不相同。但是它们的形状却一模一样，都有着几十个体节、突出的眼睛和触角一样的东西。

最近几天时间里，纱夜一直在剩下的三分之一空间中闭门不出。

白天和其他研究者及工作人员一起埋头于工作，将标本一个接一个地用多传感扫描仪进行扫描，将数据保存在数据库中。

扫描仪拥有光学系和超声波系两种机能。光学系主要读取标本的立体形状和颜色，而超声波系则读取表面的质感和内部构造。

虽然是简单的重复劳动，但很耗费时间。他们必须将标本分解成体节以下的单位，然后对每个部分分别进行扫描。

本来在分解前应该进行整体扫描，但是调查团带到 J-29 来的是小型扫描仪，所以只能作罢。反正只要有各部分的数据，在电脑上组合起来也能再现整体。

原本这种工作是准备等回到火星东京之后再做的。那边有大型扫描仪不说,更重要的是既然已经来了这边,调查团成员自然是希望尽可能多地进行发掘调查工作。

但是却遭到了阻碍。

纱夜他们在三内丸山遭到不知名者的攻击,受了伤,好不容易才回到J-29。第二天,防卫厅火星支部的相关人士就立刻赶到现场进行了视察。最后得出的结论是攻击者是印度的士兵。

接着第二天,宇宙行星开发部突然发来紧急联络,命令他们立即中断调查,回到火星东京。理由是就北极冠水资源问题的纷争进一步激化,继续调查下去将十分危险。

对于这一点,不用说纱夜,就是高桥和时田也都极力反对。

他们三个都被萨根生物群这一世纪性的大发现所吸引,离开自己出生成长的地球,飞跃了一亿公里,来到这个极寒的世界。

虽然在现实中遭到物理攻击的恐怖让他们冷汗直流,但是他们也不会因此就轻易地打退堂鼓。

与调查团所有成员谈过话后,作为领队的高桥决定按照原定计划留在J-29,一边观察情况一边继续进行调查。

他们将这个决定传给位于火星东京的调查团本部和宇宙行星开发部之后又过了两天,几十个义体士兵突然被派到J-29。他们宣称要保护该移民地,然后完全封锁了J-29。

士兵们身着动力装甲,全副武装,将移民地围得严严实实。在严密监视四周的同时,移民地内部的人也不许踏出一步。为了进行彻底的守备,甚至连原本负责J-29警备工作的塞尔吉奥等几个士兵也都被调用了过去。

事实上,纱夜他们被监禁在了移民地里面。

他们向调查团本部询问事情的来龙去脉,却毫无进展。作为调查团团长的行星学者京谷教授也向宇宙行星开发部和防卫厅的相关人士进行了询问,但对方只是重复声明"这只是为了保护移民者不受他国攻击的暂时性手段",没有进行任何具体说明。

对于警戒事态持续时间的问题,回答也只有"等当局判断没有明显危险之后",根本没有任何确切的答案。

看起来事态发展已经完全超出他们这些民间研究者能改变的程度了——感觉所做的一切都是徒劳的同时,纱夜他们很无奈地得出了这样的结论。

接下来怎么办?

现在他们切身体会到了采冰基地中那些什么地方都去不了的操作员的焦躁。地球也回不去,要出去调查也不行。他们就这样被困在小小的气凝胶监狱中,束手无策。

于是在百无聊赖之下,他们开始着手进行原本并没打算做的标本扫描和数据保存、整理。

白天能靠这个混时间,但是没有多少调查团员会在晚上也继续进行这种单调的工作。他们中有的和其他移民者一起享受电影或游戏,有些在健身房挥汗如雨,还有些读书或者进行自己爱好的事情,总之都各自想方法消磨时间。

只有纱夜在晚上也将大半时间耗在仓库,和发掘出来的标本一起度过。那些奇妙的生物究竟要诉说些什么呢?如果独自一人侧耳倾听的话是否就能听见呢?纱夜抱着这种算不上预感也不叫期待的心情留了下来。

这样的生活持续了两个星期左右。

这天晚上,纱夜和平时一样独自坐在标本堆前面。

手边的小型终端上显示着萨根生物群的分布图。纱夜一边呆呆地看着这张图,一边想象着三十五亿年前的火星。

现在他们只知道北极冠东南部萨根生物群的分布情况。但其中已经显示出了几个令人在意的特征来。

首先是其分布虽然呈现出大小不一的块状,但是整体看来却全都集中在一个细长的环带之中——宽几公里的圆弧状环带。如果其他地区中的分布也同样都集中在这个圆弧中的话,萨根生物群的分布场所也许能在北极冠描绘出一个完整的圆形。

纱夜试着在分布图上描绘出这个圆,看起来直径将近一百公里。如果这里有这么大一个岛的话,许多事情也就很容易解释了,但一般来说不会这么顺利。

北极冠冰层下面被掩盖的地形现在也被勘察得很详细了。如果这个最厚达三英里的冰冠融化,下面也只有被冰层重量压成的凹陷而已。没有类似岛屿的痕迹。

要不就是这附近的地下有某些东西会吸引萨根生物群? 要调查这一点,进行钻探无疑是最佳选择。不行的话,也得用超高感应度的超导量子干涉仪或者地震波装置测量一下。重力异常的调查也可以。但是对于现在的状况来说,这些都是奢望。

另外一个奇怪之处在于,除去这片圆弧状地域之外,完全没有发现任何萨根生物群,连一只都没有。

据说在很久以前,火星北半球的大部分都被海洋所覆盖。许多地方还残留着海蚀平台一样的地形。

如果萨根生物群在这片海域之中自由地游来游去的话,就应该能在更广大的范围发现它们才对。但现实中,它们就像是被圈在围栏中饲养着一般，只在特定的场所才有。所以它们是养殖生物的可能性倒也不是没有。

纱夜曾经试着用简易的地下探测装置调查过北极冠周围广阔的沙漠地带。虽然只是 J-29 的周围，但是在地下五百米的范围之内都没发现任何类似于生物的东西。

如果不考虑人为因素的话，萨根生物群出现这种分布的可能性大概只有一个。

曾经，萨根生物群生活在广阔的海洋沿岸地区（考虑到地球上海洋生物中的大部分都栖息在沿岸地区，这应该是妥当的推论）。但是随着火星的冷却、干燥，海洋变得越来越小。萨根生物群也只好随之一起逐渐朝北方移动。然后到了某个时间点，海洋终于变成了直径一百公里左右的湖泊，萨根生物群就这样全部被冻死在里面。

这种假说有两个缺陷。首先原本直径只有一百公里的北极冠要怎样才能扩大到直径一千二百公里呢？如果能够说明这一点，极冠区域其他地方没有发现生物群的问题也就迎刃而解了。

但是就算如此，如果无法在沙漠地带发现生物的迹象，也依旧无法得出最后结论。而纱夜在小范围内粗略进行调查的结果表明答案是否定的。

不管怎样，这种海洋缩小起因假说，以及火星的原住民在海里制造巨大的围网在其中饲养萨根生物群的假说，究竟哪一种才更现实呢？

如果是普通的科学家，大概会先选择前者吧。纱夜也是同样的想法。这种假说至少能让人在短时间里能安心地躲在至今为止的科学世界观和方法论中。而选择后者则意味着要正视"存在人类以外的智慧生命"这一对科学家来说极端棘手的问题。

但是纱夜一边将采来的标本进行扫描,一边思考得出的见解却是后一种假说更有力一些。

首先,不管是哪个标本,外壳里面都是空的。萨根生物群是被养殖的,一只不剩地被吃掉或利用掉了,否则很难想出还有什么理由能说明这种现象。生物内部是液状的,全部都被蒸发掉了,或者其成分本来就是非常容易分解的有机物,以前她也曾经半开玩笑地和其他调查团成员讨论过这些可能性,但是这样就完全脱离了以地球生物为原型的前提。

其次,萨根生物群是自养生物的可能性很大。虽然外形很像节肢生物,但是他们观察到,所有标本都没有像是嘴或者肛门之类的开口。以前就有人提到过它们也许根本就没有消化系统,而就从地球生物的角度来看,似乎也只能得出这么一个结论。这样的话,它们又是怎样获得能量的呢?

根据他们最新得到的消息来看,在分析过外壳里面所含色素后,得到的结果是与叶绿素拥有相同的构造。如果这是真的,萨根生物群就有可能像植物一样进行光合作用,或者是和蓝藻共生的。

在地球上也存在没有嘴和肛门的动物——管虫,环节动物的一种。它们生息在海底的热液喷发口周围。如其名字,它们的身体是长长的管状,有些还能制造出鞘一样的东西,然后将大部分身体都隐藏在里面,只露出刷子一样的红色的鳃。

管虫的体内栖息着大量化能细菌。这些细菌利用硫化氢氧化过程中得到的能量合成有机碳,养活其宿主。因此管虫没必要自己主动去寻找食物。

如果萨根生物群也是这样一种植物,或者叫作"植物化的动物",那么就没有多少理由规定其生息区域只能在沿岸地区。不管在海里什么地方,只要有光就能生存下去。只不过在进行有性繁殖时,为了繁殖而在沿岸地区集结起来是更有利的做法。

不管怎样,纱夜想在这种前提下进一步推进研究的话,除了找出能明确证明萨根生物群的确是"被吃掉"的证据之外再无其他方法。

但是纱夜却在这里碰了壁。

外壳上发现不了任何外伤。既然没有嘴和肛门,也就不可能从这些开口将肉给掏出来。腹部侧面有一对看起来像是为了鳃呼吸进行给水排水的裂缝,尾部有一个也许是生殖孔的小开口,她可不觉得刀子和叉子能扎进去。

话说回来,真的会用这么麻烦的吃法吗?虽然外壳很坚硬,但是用石头砸烂什么的原始方法也不是打不开啊。

究竟是吃了还是没吃呢?

纱夜的脑海中只有这个疑问挥之不去。

这么想着想着也就昏昏欲睡起来,但过了一会儿,纱夜又因为一种奇怪的感觉醒了过来。

她环视周围后不由得惊叫了一声,全身都缩到了椅子上。

仓库的地面全都被白色的毛球给淹没了,并且毛球还在蠕动。每个直径虽然只有两三厘米,但是却有好几千个聚集在这里。

纱夜傻傻地看着眼前的一幕,愣了好久后才慢慢理解发生了什么。

这是最近普通家庭也开始使用的自律分散合作型清扫机器人。虽然每个机器人都只有最简单的机能,比如捡起垃圾、擦亮地面、进行消毒等等,但是从整体上却能有机地合作,从而更有效率地完成工作,并且能够轻松进入狭窄的地方进行清扫。

火星移民地是最早引进这东西的。

纱夜看了看钟,已经是凌晨三点多了。

通常这种机器人的程序都设定为等人类睡觉后或者出门之际进行工作。但是纱夜一直不走,甚至坐着打起了瞌睡,于是它们也终于按捺不住了。

微型机器人大摇大摆地爬上纱夜正在使用的桌子。扫掉灰尘,擦去咖啡残迹,非常勤奋地工作着。

甚至让人觉得有点可爱的样子。

纱夜将一个爬到电脑终端上的机器人拎起来,放在自己的手掌上。那个机器人似乎有些困惑地转了几圈,终于决定还是将完成任务放在首位,擦起纱夜的手心来。

"好痒!"

纱夜笑着叫了起来。那感觉就像是被细小的舌头舔舐一样。

就在这个瞬间,纱夜的脑海中灵光一闪。

纱夜从已经扫描完毕的标本堆里扯出几个解体之后的生物部件。为了检查详细的内部构造,其中有几个的外壳已经被打碎了。纱夜将几个标本从一端开始重新进行扫描。

只不过这次使用的不是超声波,而是将光学分辨率扩大到一百倍。对于调查团带来的小型扫描仪来说,这已经是能力的极限了。

当然扫描速度也相应变慢,数据量急速增长。

大概扫描了十个后,J-29内部分配给纱夜专用的本地储存空间就已经满了。于是她决定先中止数据的存储。

纱夜回到清扫机器人刚刚打磨干净的终端前,将电子化的样本立体图像显示在全息显示屏上。从等倍图像开始到两倍、三倍,逐渐放大。放大到一百倍的时候,就跟从一百倍的显微镜里观察物体一样。

纱夜一边琢磨着样本的形状,对于自己在意的地方又多次地放大、缩小,反复从近处、远处进行观察。

时钟走过了六点,纱夜在仓库里迎来了早晨。但是在白夜的世界中,夜晚和白天也没有太大的差别。

就在其他移民者差不多开始醒来的时候,纱夜的视线集中在了全息显示屏的一点上。

放大的标本碎片中,有些外壳的厚度达到了一厘米左右。纱夜凝视的正是这种外壳的断面之一。

虽然用肉眼很难看出来,但是壳上却遍布着无数细小的洞穴。从断面上看,这些洞穴正是将生物内部和外界连接起来的细小通道。现在全息显示屏上显示出的就是这样一条通道。

纱夜凝视着塞在这条通道中央部分的一个杂物。直径约0.05毫米的球形小粒。通道里面虽然时常会有各种各样的杂物和沙粒,但是这个杂物却显得格外醒目,因为其形状几乎就是完美的球体。

纱夜取过样本碎片,找出显示器上显示出来的地方,用记号笔打了个标记。

然后她继续在电子媒体上搜索着。

虽然只打了两个小时的盹儿,但纱夜却毫无睡意。一种沉静的兴奋感让她的意识变得越发清晰。

九点过的时候,领队高桥出现在了仓库里,这时候用记号笔打上记号的样本已经有了三个,而标记的数量则增加到了七个。

高桥说了句"早上好",但纱夜连招呼也忘了打,就用充血发红的眼睛瞪着他,声音嘶哑地说道:"有精密操作仪器和显微镜吗?"

一小时后,身在J-29的北极冠学术调查团所有成员都挤到了移民地狭小的医务室里。倒不是因为生病,而是只有这里才有精密操作仪器和显微镜。

纱夜和高桥说服了医务室的负责人,成功借用这些仪器一小时。

纱夜一边看着放大到1000倍的屏幕,一边指挥精密操作仪器的代理者取出了好几个卡在外壳通道断面里的球粒。这些球粒全都一般大小,呈现出完美的球形。唯一的例外是两个紧紧结合一起的球粒,在显微镜下看起来就像是两个同样大小的汤圆粘在了一起。

接着,纱夜又用精密切割器将其中三粒切成了两半和四瓣,拍摄了断面的扩大图像。虽然没有她期待的那么复杂,但是多少显露出一些内部构造。

不管怎样,他们先将这些数据全部汇总起来传送到了火星东京。以防万一,也给纱夜在地球上认识的研究纳米技术的学者抄送了一份。

虽然在得到回信之前无法下定论,但是纱夜心中却几乎已经确信了。

果然萨根生物群是被饲养的生物,并且每一只都是用发达的纳米技术彻底管理起来的。

那些球粒毫无疑问都是纳米机器,也就是超细小的机器人。几百万或者几千万数量的纳米机器寄宿在生物体内,就像那些清扫机器人一样齐心协力地控制着该个体,并且进行收获。

制造出这种纳米机器的"原住民"根本就没必要在海中圈起栅栏,也不必采用地球上"音响驯致"①这样麻烦的办法。生物能

---

①日本昭和时代末期进行的养殖实验。将鱼放入大海,每次喂食之际使用固定的音波召集鱼集合。

够自由地在海里游泳成长,一旦到了适合食用的大小,就让纳米机器占有其身体,引导该个体前往指定的场所。

被"收获"的生物从内侧被一点点分解。虽然不知道究竟用了什么方法,但是纳米机器将生物的血肉和内脏都溶解或分解掉,然后从外壳上无数的小洞或鳃、生殖孔等通道中运送到外面。

也许这些生物不是一次性地被吃掉,而是像我们挤牛奶一样,在一定时期内一直提供其血液或者其他。

不管是哪一种,从生物体内用纳米机器搬运出来的养分都会送到"原住民"那里。也许"原住民"会连纳米机器一起吃掉。虽说是机器,但也不一定就是我们想象中的金属或者塑料制成的。如果是对生物无害的材料,倒也不是不能就这么一起吃下去。只要分析得到的样本,迟早能弄清楚。

最后这些体内养分被利用完毕的生物就成了一具被废弃的空壳。

但是,几百万、几千万的纳米机器中多少会有出故障的。这些坏掉的机器最终没能回到"原住民"身边,就这样被关在空壳中丢掉了。纱夜发现的大概就是坏掉的一部分纳米机器吧。

他们在萨根生物群本身以及周边的冰层中检测微生物时并没能发现这些纳米机器,大概是因为当时只依赖于有机培养法和荧光法等生物化学的处理方法了吧。用荧光显微镜直接观察也不行,因为非生物的纳米机器不会散发荧光。虽然他们用通常的显微镜观察了洗过外壳的水,但却没能注意到壳上的小洞里面有什么。

而那两个像汤圆一样粘起来的纳米机器让纱夜的想象力驰骋起来。

寄宿在生物体内的纳米机器也许拥有自我增殖的能力……那两个连接起来的纳米机器也许正是在增殖过程中发生了故障,如果是这样的话……"原住民"们的放牧就更加完美了。

也就是说,当生物在繁殖之际,假设这种生物是产卵的,一部分纳米机器就制造出自己的分身,然后偷偷潜入卵里。这样一来,就连下一代也将成为他们的家畜,受到彻底的管理。

将广阔的海域作为牧场,"原住民"不用亲自动一根手指,就可以毫无浪费地利用全部的家畜。如果那个球状颗粒能够证明这一点的话,发现萨根生物群的地方还真的就能被看作是一种贝冢。

接下来出现的问题就是:为什么是那些地方呢?

绳文的贝冢通常都出现在住居遗迹的周边。不用借助考古学的知识也能理解这一点:没人会在自己住宅地的正中间修建垃圾场。而如果不是真的没地方丢垃圾的话,也不会有人专门为了丢垃圾而跑到很远的地方去。

假设火星的"原住民"们在这一点上也和地球人有相同想法的话,他们的家应该也就在丢弃空壳场所的附近才对。

果然在那环形分布的贝冢群中心原本应该是有座岛的吧。还是说"原住民"本来就是住在海里面的呢?也可能……

在纱夜的心中,三十五亿年前的火星上,海域广阔的世界的模样变得明晰了一些。

第四章　重力演奏的音乐

1

J-29 的地下酒吧中洋溢着热气,不过倒也说不上很热闹。虽然客人不少,但却出奇地安静。只不过客人们的体温都挺高,从物理上让室内的温度上升了一些。

所谓的客人都是义体士兵。由于他们的新陈代谢比常人更活跃,因此大多数士兵的平均体温都超过了三十八摄氏度。没人详细知道他们究竟是怎样"被制造的",但据说从孩提时期起,他们就通过 DNA 改造、特殊药物以及训练将骨骼和肌肉强化到极限,然后再通过外科手术移植上各种各样的人工组织。

昏暗的灯光下,十几个士兵静静地喝着酒。部队的规章明令禁止他们醉酒闹事。因为就算是没穿动力装甲的"肉身"士兵,在普通人看来也相当于满身都是武器。他们中任何一个发起酒疯来都能彻底摧毁酒吧,恐怕还会有死伤出现。

这个名叫"二十九"的酒吧内部装修和其名字一样朴素,四下都露出用火星沙制成的红色砖壁,和仓库毫无差别。高大健壮的士兵聚集在这种地方的光景不仅反常,甚至有点诡异。

士兵中混杂了一个普通客人，虽然略带顾虑地坐在吧台最远一端，却依旧显得格格不入。她时而惴惴不安地环顾四周，不过大部分时候都弓着背，独自抿着自己的威士忌。

那正是纱夜。

在萨根生物群的标本中发现纳米机器后，纱夜就按捺不住想要重新开始发掘调查。但宇宙行星开发部和防卫厅却照旧听不进纱夜他们一句话。

虽然看过纱夜数据的地球纳米技术专家说"不分析实际样本就无法得出确定结论"，但是大体上是支持纱夜的看法的。但展示出这样的成果后，官僚们的反应却愈发冷淡，根本没表示出半点兴趣来。

为支援J-29小队，位于火星东京的北极冠学术调查团本部，以及在地球上衷心为纱夜的成果而感到喜悦的中田教授都在四下奔走，但至今为止依旧没有得到任何令人瞩目的成果。

至于纱夜，她只是想要确认一下环状分布的贝冢群的中心究竟有什么，或者其实什么都没有。在调查萨根生物群分布的过程中，他们已经得知了这个地区的冰层中什么都没有的事实。如果真的有什么的话，那就只能在冰层之下的地下。

他们手上现有的地下探测装置最多只能探测到冰层底部的深度。但是同地区的采冰基底中有些地方已经挖到了相当深的冰层中。如果能将装置带到那下面去，就能从已有的深度进行探测，从而测量到地下。

纱夜时常会一脸不满和焦躁地斜眼猛瞪向那些包围J-29的士兵。而看到纱夜这副模样，吉村有一次无意咕哝了这样一句话："如果有足够的钱收买整支部队的话……"

　　这句话成了让纱夜接近士兵们的起因。

　　当然她并不是真的想收买士兵。纱夜也没那么多钱。她只是想找到一个突破口而已。

　　特别是那个在三内丸山救了她一命的塞尔吉奥，纱夜很在意他。虽然没有确凿的证据，但是她心中却抱有一丝暗暗的期待，觉得那个士兵也许能够理解她的想法。就像是某种直觉——"这个人也许能够答应自己的任性要求"，说不定这正是女性特有的如同嗅觉般的感觉。

　　但是要接近工作中的士兵却相当困难，几乎没有搭话的间隙可趁。于是纱夜的目光就转向了J-29仅有的两个酒馆。虽然没有人刻意规定，但不知何时起，其中一个酒馆就成了普通移民者出入的地方，而另一家的主要顾客几乎全是士兵。前者名叫"北极"，后者则被叫作"二十九"。

　　看起来塞尔吉奥似乎也是这里的常客，在搞清楚这一点后，纱夜便也打算前往"二十九"坐坐。虽然她也不太清楚自己究竟想干什么，但她现在其实也只是想要一个行动起来的机会而已。因为她已经无法再继续束手无策地忍耐这种小移民地的闭塞感了。

　　从刚才开始，纱夜就一直忍不住偷瞄旁边那个士兵的手臂。那手臂看起来像是女性，但是裸露出来的上臂怎么看都跟纱夜的大腿差不多粗，虬结健壮的肌肉群就如同树瘤一般层层凸起。

　　这条粗壮的手臂动了起来，将一杯装满透明液体的玻璃杯放到纱夜面前。

　　"喝吧。"

女性士兵的声音虽然嘶哑,声调却比纱夜想象的要高一些。纱夜下意识地盯向那杯液体。强烈的酒精味道,大概是龙舌兰酒。

"喝吧。"

女性士兵又说了一次。纱夜将酒杯端到嘴边,装作闻了闻味道的样子,犹豫片刻后就狠下心一口气全部灌进了喉咙。一股滚烫的感觉从喉咙一直落到胃里,同时极端强烈的刺激顺着鼻腔后方猛冲上来,呛得她差点儿就要咳出来,但纱夜极力忍住了。

"嗬。"

女性士兵挑起一条眉毛看着纱夜,不过她本来也就只有右边脸上有眉毛。她的左半边脸庞几乎都被陶瓷面罩所遮盖,原本是左眼的地方镶嵌着象征眼窝的半透明滤镜,看起来就像是将墨镜镜片直接贴在上面的一样。想来滤镜深处应该是移植了多波段摄像机。

她的头发剃得很短,并且染成了鲜艳的橙黄色。被晒黑的右半边脸上没有化妆的痕迹,但是左边的陶瓷面罩上却描绘着如同昆虫脚或者蜘蛛脚一样的图案。

就像是被猛兽所魅惑一般,纱夜紧握着空酒杯,目不转睛地看着女性士兵,一动不动。

"小绵羊,你从哪儿来的啊?"仿佛是看透了纱夜的心情,女性士兵开口问道。

"我不是小绵羊。我叫飞鸟井纱夜。"虽然她好不容易挤出声音,却轻得几乎听不见。

"哦,小纱夜。我是塔兰图拉。叫我塔拉就可以了。"

左眼的滤镜表面映出纱夜的面庞,干瘦嶙峋的样子多少有点营养不良的感觉。

"那个……不是本名吧?"

自称塔拉的女性士兵耸了耸肩,似乎不在乎纱夜的看法。

"那么你是从哪儿来的?"

"……地球。"

塔拉挑起一侧的嘴角笑了。

"地球……地球呢。简直就像是廉价制作的科幻电影一样,这说法就像是还有人能从地球以外的某个地方来一样。"塔拉露出了毫无掩饰的轻蔑,"那么小姐您是日本人? 以前住在日本什么地方呢?"

纱夜感觉自己的脸烫了起来。她想要不就干脆不理她算了,但是这么做又让她有些不甘心。

"东京。"纱夜故意做出一副不耐烦的样子回答。

"哈——"塔拉似乎觉得很无趣,并不积极地说道,"也就是大城市的小姐了。"

"根本就不是什么小姐……"

"家里很穷?"

纱夜一时答不上话来,只能点了点头。

"为什么穷?"

"父亲……"

纱夜刚开口就闭上了嘴,她觉得根本没必要和这种不认识又没见过的人说这些。

"卖过春吗?"沉默片刻之后,塔拉突然唐突地问道。纱夜皱起眉头看向女性士兵,然后摇了摇头。

"没有。"

"哼。"塔拉说,"也就是说,还没有穷到那个地步。"

纱夜没打算回答,保持着沉默。

"那么今后打算从事这一行?"这个女性士兵怎么老是说些不着调的事情?

"你什么意思?"

"否则还有什么其他理由会让你这样的人跑到这种地方来?"

"我只不过……"

"把话说明白了,这里的男人身体都很特殊。像你这样纤细的人恐怕是会受伤的哦,真的。"

纱夜脑海中一直紧绷的那根线断了。

"你有完没完啊?! 我只不过是来喝酒的。这里又不是军队专用的酒馆。少来管我!"

塔拉用陶瓷的左手挠了挠右手臂,露出了苦笑。

"没想到还挺有骨气的嘛。我只是在担心你那漂亮的下体会血流不止啊。没别的意思啊,小姐。"

"请不要口口声声地叫我小姐,一副自己很了不起的样子。你以为你是什么不得了的大人啊?"

"塔兰图拉大人。"塔拉突然凑过脸来,那粗壮的右手臂环住了纱夜的肩膀。纱夜想要甩开她,但她却纹丝不动。

"这里虽然不是士兵专用的酒馆,但你却很显眼。如果不是来卖的,那是说已经有看上的男人了? 或者看上的……女人?"

一股浓厚的树液气味迎面扑来,其中略带一丝甜味,却又有一种特别的气息。也许是女性士兵的体味。

塔拉的大手从纱夜的腋下绕过,抓住纱夜的胸部揉了起来。纱夜觉得脖子后面蹿过一阵恶寒。

"住手!"

纱夜挣扎着扭了扭身子,但这一次,陶瓷制成的坚硬手指却捏住了她的下巴。片刻间纱夜心中浮起了一阵恐惧:自己的头会不会就这样被她捏碎呢?

"跟你分享一下我经历过的一点事情吧。"塔拉热乎乎的呼吸吹在她的耳畔,"这样你就一定能理解自己究竟是怎样幸福的闺中小姐了。"

纱夜眼中闪过一道白光,然后一种像是被人从后面揪住头发,硬拖进无底沼泽的感觉袭了上来,非常类似于通过个人局域网观看电影时的感觉。

耳边传来了细微的声音。

"没错。将我的一部分记忆转换为电影格式的数据,然后传送到你的大脑里。如何?要不要接收?要的话就同意连接吧。如果不愿意的话,嗯……"虽然看不见她的表情,但是纱夜知道塔拉一定露出了微笑,"就说一句'请原谅我吧,塔兰图拉大人',如何?"

纱夜咬住了嘴唇。这就是义体士兵的交流方式吗?塞尔吉奥在面对一般人时是不是也曾做过同样的事情呢?

"也好。"纱夜觉得受够了,"正好我也想看点黑色喜剧。"

然后她同意了连接。

灼热的风唐突地刮来。一瞬间她就知道身体周围正包裹着近两万摄氏度的电浆。但是感觉不到热量。不,能感觉到,但是那种"感觉"已经被替换成了具体的电浆温度信息。就算如此,她依旧反射性地用手挡住了面部护罩。理性的信息和感性的信息几乎以同样的高速进行着处理。

纱夜眨了眨眼睛。不,这不是纱夜。是另外某人的右眼眼睑快速地动了动。是塔兰图拉。也就是说,这是她的眼睛了。

一层如同白雾般的东西覆盖着视野。但是如果排除掉右眼的视觉信息，白雾也随之消失。看来是刚才的爆炸闪光让右眼视觉暂时变暗了许多。多波段摄像机的左眼没什么问题。纱夜开始朝着跟爆炸相反的方向疾驰而去。

视野完全安定不下来，上下左右到处乱晃着。四下里散落着红褐色的火星砖。继续以这种状态移动的话恐怕会绊倒，但自己却毫无危险地奔跑着。这个身体果然是属于塔拉的。

纱夜终于开始弄明白现在的情况。这很类似明晰梦，也就是自己知道是梦的梦。纱夜虽然能够将塔拉的记忆作为自己的记忆回想起来，但是另一个自己也能同时站在第三者的角度上观察这种状况。

当然在网络上看电影时也是同一种状态，但通常情况下，观众不会这么突然地与登场人物进行同步，只有在剧情需要时才会这么做。如果是过去那种非交互式的平面电影，就算从一开始就将镜头和登场人物的视点重合也不会有任何问题。但这不仅仅是视觉和听觉，在五感全部都能接受信息的网络电影上这么做的话，对于观众的精神冲击实在太巨大。突然间自己的全部感知都被其他人的感知所替换，就算知道是在看电影，也会引发精神上的极度混乱。因此通常情况下都会使用所谓的"上帝视角"或者不属于任何人的视角，在已经把握该场景的所有状况后，再让观众与自己选择的登场人物逐步进行感觉同调。

但是现在纱夜所看的却不是电影，而是这个名叫塔兰图拉的女性士兵的真实记忆，因此自然也不会有在演出上的考虑。镜头拍摄乱七八糟，声音也有一下没一下的，根本不可能让人静下心来观赏。

大家都知道电影本来就是虚构的。人类的视线是时常移动的,声音的接收通常也是有选择性地接收自己在意的一部分。要是像架着三脚架的摄影机一样看东西,或者能听见周围所有的声音,人类就无法正常行动。但是如果不这么做的话,电影就无法成为娱乐手段。

从塔拉意识中浮现的信息碎片中模模糊糊地可以得知这段记忆形成的时间和地点。2069年,大约是三年前。地点是位于俄厄斯峡谷以西的卡普里深坑。这里是日本建造的J-5移民地所在。

至今为止,"水手号"谷中,日本、美国、俄罗斯各国的势力范围基本都沿着地形分布。峡谷中央以北的俄斐峡谷属于美国,南面的米拉斯峡谷属于日本,位于俄斐峡谷以西的赫伯斯峡谷和堪德峡谷属于俄罗斯,而峡谷东部的俄厄斯峡谷也属于俄罗斯。此外国际火星站"罗威尔"就正好位于米拉斯峡谷和俄厄斯峡谷相连处的科普来特斯峡谷。

日本将火星东京设置在米拉斯峡谷内,将火星大阪安排在峡谷西端,而他们自然也希望能在峡谷东部占上一脚。于是日本开始进入卡普里深坑,而受到刺激的俄罗斯便也行动起来,将势力范围从俄厄斯延伸到卡普里。为了牵制这一举动,塔兰图拉他们便被派了过去。

在俄厄斯峡谷和卡普里深坑正好交界的地方有一个名为诺兰的俄罗斯边疆移民地。这个移民地最近增设了植物栽培工厂。俄罗斯为了进入卡普里深坑,首先打算扩展诺兰的规模。而塔拉他们接到的命令正是破坏这个工厂。

入侵这个已经建到九成左右的工厂并设置炸药,这种程度的工作本应相当简单。诺兰移民地的本体距离工厂有一公里以上,不会受到爆炸的危害。还没有完成的工厂里几乎看不到几个无所事事的人影。与其说是恐怖袭击,更类似于尽量将东西破坏,而不造成人员伤害的计划。

然而不知是谍报活动的失误,还是信息传达处理或者决断阶段的错误,塔兰图拉他们直接遭遇了完全意料外的情况。

本来工厂里应该只有几个在工地上的工人,然而意外的是,依旧空荡荡的工厂里竟然聚集了大量的普通民众和负责护卫的义体士兵。普通群众是正好来这里参观地下人工阳光栽培模块的。包括塔兰图拉在内的三名士兵在完全不知道这一点的情况下潜入工厂,然后就和正在地面上巡逻的俄罗斯义体士兵撞了个正着。

那是一场死斗。

从人数上来看,对方占有明显的优势,至少也有十个人。但是塔兰图拉这边的领袖,一个名叫"吉罗"的人却拥有相当于几个士兵的战斗力。虽然比塔拉更年轻,但因为是新型义体士兵,所以当上了领袖。装备也和普通士兵有所不同,其中最具特征的是右下臂外侧装备有怎么想都已经过时的"刀刃"。另外大脑中内置的环境对换模块恐怕也和其他士兵有所不同。

所谓环境对换模块和一般人体内内置的个人局域网服务器很类似,但其系统机能当然要高端得多。士兵一般都拥有普通人类所没有的感知能力。比如代替左眼安置的多波段摄像机能捕捉到红外线、紫外线、X线等射线。而这些大脑处理不了的感知信息则需要环境对换模块的支援才能够顺利地被利用起来。

此外环境对换模块还能够通过无线网络,从各种军事数据库、人造卫星那里有效地获取信息,并将这些信息互动性地添加到士兵能感知到的环境中。比如说塔拉能够将她用视觉捕捉到的敌方士兵的外貌和行动通过环境对换模块自动发送到外部数据库中。如果数据库中储存有该士兵的资料,则会反向经由环境对换模块将这些信息发送到她的视觉之中。举一个比较简单的例子,如果对方士兵是个擅长使用微波枪的高手,在塔拉眼中,该士兵右下臂装备有微波枪的部分看起来就会闪烁着红色光芒。这样一来,塔拉就会下意识地警惕敌人的微波枪。

像这样附加了信息的感知环境在过去被称为"增强现实"。最早的时候附加信息只是叠加在画面上的文字或符号,但在战斗中,士兵根本没有时间阅读这些内容,更何况还会遮挡一部分视野,搞得人更加心烦意乱。因此就开发出了能更巧妙地将信息加入环境中的技术,该技术被人们称作"环境对换"。

但能从真正意义上被称作"环境对换"的大概只有吉罗拥有的那种环境对换模块。不提普通人,就是和塔拉相比,战斗中的吉罗也完全活在另一个不同的世界之中。他很少谈论那个世界,但从只言片语中推测,在他眼中的敌人看起来根本就不是人类的模样。这并非是抽象的比喻,而是对方看起来真的就像是野兽或者其他东西。

而在这种时候,吉罗本身也脱离了人类的范畴而变得如同野兽一般。虽然他当然也装备有机关枪和微波枪,但奇怪的是他最常使用的却是刀这种原始的武器。就算刀刃是用特殊合金制成,甚至能够斩断陶瓷装甲,但是在炸弹和微波攻击的战火之中,那挥舞刀刃的身影在塔拉看来也是彻底脱离常识的。

就算如此,吉罗也是无敌的。银色的刀刃闪烁着妖异的蓝光,如同野兽般朝敌人接近的身影令对方迷惑、惊慌,最终陷入恐惧之中。而这将是他们的死期。下一瞬间,吉罗就一刀砍掉了敌人的头颅。

要阻止进入这种状态的吉罗几乎不可能。经常就连他本人也无法解除自己的这种战斗模式,无法从被对换的环境之中脱身。因此他身边总有一个负责将他"唤醒"的搭档。一个名叫"塔尼娅"的普通人,只有她能够靠一句话就制止失控的吉罗。似乎是因为她的声音和脑波图形被设定为解除战斗模式的钥匙。

在诺兰的植物栽培工厂中,吉罗完全"发狂"了。

塔拉跟一个俄罗斯士兵陷入苦战之中,而他在旁边已经接连干掉了三个士兵。第四个士兵紧紧抱住吉罗的腿。吉罗虽然失去了平衡,但是依旧冷静地斩断了那个士兵的手臂,将其身体一脚踢向塔拉所在的方向。接下来的一瞬间发生了爆炸。那个扑向吉罗的士兵原本是打算自爆的。

因为闪光而暂时失去了右眼视力的塔拉在瓦砾和尘埃之中茫然地彷徨了片刻。枪声和爆炸声不时回响。每一次响动都让她不由得心跳加速。被吉罗砍掉头颅的士兵的模样在她脑海中挥之不去。那凄惨的场面任何时候都令人心生恐惧。被微波枪烧灼心脏、大脑,或者被机关枪打成筛子,与这些死亡的场景不同,两肩之间血液如同喷泉一样喷射而出,却一时间还站立不倒的士兵身影本身就是雕刻着"死亡"的雕像,就算是敌人的塔拉也完全被这种恐惧所压倒。

动力装甲突然变得沉重起来。塔拉让肩膀上的机关枪口从后面到侧面来回巡回,显得不太冷静的样子。左臂上的微波枪对准了前方,右手则握着手榴弹。视线缓慢地打量着周围。嘴里面干巴巴的,穿过喉咙的空气嗞声直接传到耳朵里。

诺兰的植物栽培工厂宽五十米、长两百米,整体呈半圆柱体型。钢筋支撑的拱形天花板上覆盖着和移民地相同的透明气凝胶。地面部分利用阳光栽培着蔬菜和水果,地下部分据说是用人工光源培育着谷物等作物，是一座非常普通的工厂。虽然藻类和特别改良过的植物能在室外生存，但是要栽培人类能够食用的高等植物依旧需要这样的设施。

工厂中央是管理者的事务所兼居住设施。从塔拉现在身处的地方看不到这设施后面。此外还有几十棵果树种在中央，更是让视野变得狭窄。

塔拉认为应该先设法离开这座工厂。很明显有什么事情不对劲，他们必须立刻中止这项任务。为此她必须确认自己所在的位置，确定从哪里出去是最佳方案——毕竟不是所有地方都有出口。她当然可以破坏墙壁冲出去，但这么做弄不好反而会吸引敌人的注意力。

塔拉打算尝试联络吉罗之外的另一个己方士兵——人称"螳螂"。这样一来，至少能知道其他地方的状况。前提是如果她还活着的话……

塔拉通过无线网络尝试连接自己和"螳螂"的环境对换模块。但一直收到错误提示，连接不上。最糟糕的情况是"螳螂"可能已经死了，但也完全有可能只是信号不好而已。于是塔拉开始慢慢地移动自己的位置。

大概移动了五十米，塔拉突然惊叫一声。身后传来物体撞击的微弱声响。塔拉举起微波枪反射性地转过身，但一个人都没有。几米远的地方有些巨大的圆筒形培养液容器，遮挡了她的视线。

塔拉飞快地环视了一圈周围，但却没有发现能立刻藏身的地方。如此一来只能先发制人了。

塔拉朝着培养液容器飞奔而去，用力一跃，跳到五米高的容器顶端，然后她一边调整好机关枪和微波枪的朝向，一边朝着对面跳了下去。在空中时,她已经准备好将所有弹药和微波都射向敌人的准备。恐怖和兴奋让头脑中几乎是一片空白。

在这种状态下,武器没有发射可以说是近乎奇迹。如果是以前人们使用的枪支,大概就是扣在扳机上的手指正要用力的那一瞬间吧。但由塔拉的大脑直接控制的武器在这种节骨眼上还有时间停下来。

塔拉的枪口正朝向一个普通的平民男性和四个孩子。他们面带惊恐呆立不动,脚下有一个四方形的坑。看起来应该是从地下通往地面的紧急通道。此外还有一块和坑口一样大小的铁板。大概是他们从坑里爬出来时移动了铁板,所以才有了刚才的声音。

这时塔拉终于明白为什么俄罗斯士兵不惜用自爆的方式来阻止吉罗。地下有平民百姓,其中还有孩子。

身穿普通衣服、只戴着一个呼吸面罩的平民男性将孩子们藏到自己身后,然后勇敢地举起了一把小手枪。很明显这把枪发射出来的子弹甚至都无法在塔拉的动力装甲上留下些许擦痕。他大概也知道这一点,枪口在微微地颤抖。

也许是父亲?如今这个时代有四个孩子的父母已经很少了。也可能是老师,孩子们都是他的学生。他们今天是到新建成的植物栽培工厂来参观的,却没想到会卷入战斗……

塔拉同时感觉到一丝安心和困惑,不由得如此想象起来。

本来规定就禁止他们加害普通百姓,而她也根本不想这么做。孩子们七八岁的样子,男孩、女孩各两个。其中一个男孩跟塔拉在很早以前就失去音信的弟弟还有几分相似。塔拉放下枪,准备离开。

这时候塔拉第一次意识到吉罗正朝她这边看。不知何时,他已经走到塔拉右手前方大概十米远的地方,正缓慢地靠近着。

不祥的预感。

塔拉通过无线网络试图联系塔尼娅,但是无法接通。通信装置好像出了故障。之前无法连接上"螳螂"的环境对换模块也是因为这个原因吗?

吉罗的刀刃反射出不祥的凶光。

塔拉急忙朝吉罗跑去。直到他们之间的距离近得能够互相听到真实的声音后,她开口道:"吉罗,那是平民啊。你明白的吧?"

但吉罗的回答却是猛然推开了塔拉。面罩下他的眼神果然不太正常。被推开的塔拉一屁股坐到地上,等她慌忙爬起来时,视野中却已经被血染成了一片鲜红。

孩子们小小的头颅就像是葡萄一样,骨碌骨碌地在地面上滚动着。看起来就像刚刚摘下,还流淌着汁液的水果。其中一个被巨大的动力装甲踩中,伴随着骨头碎裂的声音,粉红色的柔软果肉喷洒在周围的地面上。

"吉罗!"

塔拉忍不住尖叫起来,然后……

白光。

四周都是酸臭的味道。喉咙和鼻腔深处传来止不住的刺痛感。纱夜不停地干呕,脸颊冰凉,眼睛里全是泪水。

"你还好吗,飞鸟井?"

有人在对她说话,并轻抚她的后背。那是一只温暖的大手。

纱夜用手背擦掉眼泪,抬起头。一张曾经见过的面孔正关切地看着她。是塞尔吉奥。

拉回视线,她看到吧台上到处都是酸臭的呕吐物。看起来应该都是从自己胃里出来的东西。为什么自己吐了呢?

纱夜的脑海中再次浮现出葡萄的画面。

胸中似乎有什么涌了上来。

纱夜的嘴里又流出了酸酸的液体。

"你对她做了什么?"

她听到塞尔吉奥紧张的声音。

"没什么……只不过给她讲了讲过去的故事而已。"回答的应该是塔兰图拉吧。虽然一副不在乎的口气,但声音中却也包含着紧张,"但是好像有点太过刺激了。"

"你给她看了什么?"

塔拉没有回答。

"你给她看了什么?"塞尔吉奥口吻强硬地重复了一次。

"你不知道的。"塔拉很不情愿地说,"大概三年前,袭击诺兰的植物栽培工厂时候的事情……"

"诺兰。"塞尔吉奥立刻做出了反应,"当时吉罗在场对吧?"

塔兰一时语塞,"你为什么……"

"他在吧?"

"……在啊。"

纱夜一边擦嘴一边抬起头,"太可怕了。"眼泪又止不住地落了下来,但这次却不是因为胃里难受的缘故,"那些都是真实发生过的事情吗?"

塞尔吉奥递来一张纸巾,"先擦擦脸吧。"

"都是真的吗?"她目不转睛地盯着塔兰图拉。

"怎么可能……假的。"塔拉耸了耸肩,"我不过是想吓唬吓唬你,所以在自己的记忆上添油加醋了而已。"

"这种事情可能吗?"

"……可能啊。所谓的记忆,不就是随着时间的流逝会自然而然地被添油加醋的一种东西嘛。只要故意这么做就可以了啊。"

纱夜怀疑地看着塔拉。

"但是这个叫吉罗的人是真的吧。"

"是真的。袭击诺兰的植物栽培工厂也是事实,但是没有平民在场。就是安置好炸药进行破坏的任务而已。"

"飞鸟井。"塞尔吉奥说,"今天就先回去吧。我送你回房间去。"

"塞尔吉奥,你也知道这个叫作吉罗的人吧?"纱夜似乎根本没听进他说的话,"这个人杀了孩子啊。四个全杀了,而且那之后还把孩子的头给……"

"没有这样的事情,飞鸟井。记录里没有这种记载。"塞尔吉奥干脆地说。

"但是……"

"都忘了吧。"塞尔吉奥伸手拉住她的手腕,强行用纸巾擦了擦纱夜的脸,"你似乎醉得很厉害。塔兰图拉给你喝了龙舌兰对吧? 还是先回去吧。"

纱夜混乱的脑海之中整理不出任何回答,就这样被塞尔吉奥拖着站了起来,然后莫名其妙地被拉往出口的方向。但是离开酒馆之后她就停下了脚步。

"真的……没有孩子在里面?"

纱夜闷闷不乐地再一次向塞尔吉奥确认。士兵用一种看自己女儿的眼神打量着纱夜,或者应该说是一种看妻子或者恋人的眼神……

"没有。"塞尔吉奥简单地回答,然后用手轻轻地推着纱夜的后背准备迈开步伐。

"没关系,我一个人能回去。"纱夜几乎是本能地甩开塞尔吉奥的手逃开了。她自己也不知道为什么这么做。只是突然之间她觉得塞尔吉奥像是一个自己非常亲近的人,这让她感到害怕。

纱夜没有回头,一路小跑着远离了"二十九"。

纱夜大概用了三天时间才从塔兰图拉"记忆"带来的精神冲击中恢复过来。这期间她几乎没能好好吃饭,就算勉强吃下一些东西,也全都吐掉了。

此外她还多次梦见被那个叫作"吉罗"的士兵攻击。就算是清醒时,也时常感觉到眼前闪过一道散发着青白光芒的刀刃,让她不由自主地全身一颤。

但是随着日子的流逝,被虐杀的孩子们开始变得不真实起来,仿佛不过是看过了一个俗套电影中的场景。大概是某种精神上的免疫功能在发挥作用吧,因为光是想到那有可能是事实就让她产生极大的抵触感。

虽然接受了极度残酷的欢迎,但四天后,纱夜却再度驻足在"二十九"门前。她自己也知道这是在逞强。但从另一方面来说,她却开始认为从塔兰图拉那里接受的也许是一种合格仪式。要与士兵之间结成信赖关系,就必须共享他们的经历。

事实上,酒馆里的气氛也和上次有所不同。虽然谈不上熟悉,但也没有那种完全被排斥疏远的感觉。就像是心里的某个开关已经被打开了一样。

但是这似乎不仅仅是自己的心情问题。

纱夜像上次一样在吧台的角落里坐下后,感觉有人拍了拍自己的肩膀。回头一看,是塔兰图拉。

"我还以为你不会再来了呢。"

纱夜没有回答,立刻就背转过身。

然而塔拉却说出了意外的话:"对不起啊。我好像是做得太过分了。"

纱夜不由得回过头,塔拉对她眨了眨眼睛,当然是右眼。

"今天就放松点随意吧,纱夜。"然后她就回到房间后面的座位去了。

不是"小姐"而是"纱夜"。

略加胸有成竹的纱夜再次环视了一圈"二十九",发现塞尔吉奥正一个人占领了一个墙边的包厢。纱夜点了一杯加水威士忌,端着杯子滑下了高脚凳。

塞尔吉奥正在往喉咙里灌一杯纯波本威士忌,表情看来似乎并不觉得美味。当然也没有半点喝醉的模样。

"我可以坐在这儿吗?"纱夜比画了一下他对面的座位,他沉默地点了点头。

"前阵子的事情,多谢你了。"纱夜决定先把已经准备好的话说出口。

"前阵子的事情?"

"呃,首先是在三内丸山救了我一命的时候。另外就是四天前在这里又帮了我一把。"

"啊。"塞尔吉奥漫不经心地回答,"三内丸山那是因为保护你是我的任务。至于四天前,反而是我不得不向你道歉。虽然我并没有监督塔兰图拉的责任,但是作为同伴,让她对你做出那种事情却是不应该的。"

"但你又不是一开始就在场,你来了后立刻就阻止她了,对吧？要是我没受到她挑衅，原本就不会发生这样让你头疼的事情了。"

"我想应该不会再发生同样的事情了。"塞尔吉奥喝掉了所有的波本威士忌，举起酒杯又点了一份，"但是不管怎样，你都不应该再来这里了吧？这里也没什么有意思的事情。'北极'那边不行吗？"

"我说，我们为什么不得不战斗呢？在这个光是生存就已经很困难的火星上？"纱夜换了话题，因为她发觉照这样下去，他们的对话很快就要结束掉了。

"嗯，我们的工作只有考虑如何进行战斗。但是为什么要战斗，这是其他人的工作。"

"话虽这么说，你们也不能毫无理由地就让自己的生命暴露在危险之中啊。"

"当然。"塞尔吉奥说，"我们自然有战斗的理由，就是在火星上保护日本人的安全和利益。"

"以及扩大这些利益，对吗？"

塞尔吉奥没有回答。

"虽然大家多多少少都有所感觉，不过所谓的'地下战争'难道不只局限于火星上？"

"什么意思？"

"就算是在地球上，就南极大陆的领土权问题，大洋洲和南美诸国以及欧洲的一部分与美国、俄罗斯、日本之间，也有着强烈的敌对态度。此外中东、印度、朝鲜半岛、爱尔兰等地也都有历史上的纷争，受到地球环境变动等各种各样的刺激，一直断断续续地爆发战斗的火花。像这样不安定的地球形势难道不也会照样反映在火星上吗？'地下战争'难道不就是为了发散地球上不断膨胀的国际压力而进行的代理战争一样的东西?"纱夜一边这么说着,一边不好意思地笑了,"当然啦,这不过是顺手牵羊了某些评论家的言论而已。"

但是塞尔吉奥却一脸认真地偏过头,"哼,是否真是这样单纯呢?"

"单纯?"纱夜突然觉得这句话的语调与塞尔吉奥之前的口气有所不同。

"比如说,如果我们火星居民全部抛弃国籍而团结一致的话,会怎样?"

"那可是再好不过的事情了。"

"对于谁来说?"

"对于谁,嗯,对于全体人……"

"全体? 真的吗?"塞尔吉奥紧紧地盯着纱夜的眼睛,"就算火星作为一个国家宣布要从地球独立也行吗? 宣称火星不再是地球的移民地也可以吗?"

"这种事情的话现在还……"

"现在说还太早是吧,就算未来会发生……"塞尔吉奥接过纱夜的话,点了点头,"但也许现在就有心思缜密的人已经在担心这种事情了。"

纱夜有种特别违和的感觉。塞尔吉奥虽然肌肉发达、身体健壮,但又莫名地拥有一双充满智慧的眼睛。她这时候才终于察觉到这一点。

"你究竟想说明什么?"

"你知道这场战争的起因吗?"

纱夜摇了摇头。

"2057年,火星纽约邻接的疫苗工厂被不明人士爆破掉了。

美国认为这是印度干的好事,便进行了报复。为了抗议美国,和印度一样在火星开发上落后的欧盟和加拿大而后扩大了战火。但是至今为止也没弄清究竟谁是真正的犯人,只不过那个时机选得实在是妙不可言。火星开发的先进国和后进国在《火星条约》上的敌对态势,以及各国之间就水和资源问题的敌对态势,正好高涨到一触即发的节骨眼上。但是如果没有那次爆炸事件的话,就像你说的,光是为了生存下去就已经需要全力以赴的各国移民地是不会真正发动战争的。"

"也就是说……是'地球人'干的吗?为了不让'火星人'建立独立国家,打算一直让其相互征战是吗?"

塞尔吉奥耸了耸肩。

"只不过是我们在闲暇时偶尔谈论的臆测之一罢了。这场战争中有太多复杂的要素,但我想只有这一点是千真万确的。"

纱夜不由得叹了口气。

"很无聊吧?我们之间的对话总是这种感觉。所以这里根本就不适合飞鸟井这样的人。"

正是如此,纱夜想。来到这里时,自己也总是觉得格格不入。

在令人窒息的寂静中,士兵们正默默地一杯接一杯喝着酒。但事实上,他们正费力地压抑自己超乎常人想象的力量。一旦展开战斗,这种力量就爆发出来,有时就连他们自己也无法控制……

被压抑的不仅是力量。超乎想象的恐怖经历也同样被封闭在记忆深处。像他们这样的人,看见的世界一定充满了鲜血和谋略。这不是纱夜这样的普通人可以轻易踏入的世界。

我这究竟是在做什么啊……一种徒劳感油然而生,但是她却无法半途而废。这样看来,如今只有塞尔吉奥能够成为打破现状的突破口。

想到这一点,纱夜不由得再次意识到自己究竟是多么强烈地被这次调查所吸引。

火星的"原住民"之谜就和绳文世界一样强烈地召唤着纱夜。虽然她还不清楚原因,但是这两者之间一定有什么共通之处。

她觉得其中一点正表现在利用纳米机器进行高度"畜牧"上。虽然从一方面来看,这的确是非常有效率的做法,但从实际的成本角度来计算,又很难说。从能源投资的角度来看,比起大量地制造高性能纳米机器,用某种方法将海域围起来也许更便宜一些呢。

但如果在这种前提下,"原住民"依旧采取了那种畜牧形态,就不得不假设它们拥有某种思想上的背景因素,试图将对环境的影响收缩到最小限度。

这是纱夜想要弄清楚的地方。

纱夜一边抿着威士忌,一边努力地思考接下来应该怎么办。而这时候伸出援助之手的却正是塞尔吉奥本人。

"你来找我,不应该只是为三内丸山和前几天的事情道谢的吧。"塞尔吉奥灌下不知道第几杯波本威士忌后,自言自语般地轻声说道。

纱夜想了半天应该如何作答,结果只是默默地点了点头。

"是不是想到发掘现场去?"

纱夜觉得自己就像是绷紧腿站着的时候被人突然一脚踢中了膝盖窝。塞尔吉奥早就看穿一切了。

纱夜对塞尔吉奥的认识果然是错误的。也许她对于士兵们的一般认识都是错误的。似乎有谁曾经说过他们是一群连大脑都是肌肉做成的家伙,但事实根本不是如此。或许自己对于这个世界的认识太浅了?

塞尔吉奥继续小声说道:"只是一次的话,应该能有办法。"

纱夜不由自主地睁大了眼睛,仰望着肌肉高耸的双肩之上那张温柔的面孔。但是男人竖起右手食指,轻轻晃了晃。

"不过有条件。"塞尔吉奥说,"首先调查的数据和结果都只能保留在飞鸟井你的大脑中,绝对不能留下任何记录。其次,一旦调查结束,北极冠学术调查团的全体成员必须立刻着手准备离开J-29,回到火星东京去。"

一时间,纱夜的脑海中涌出各种各样的疑问与考虑。

"但是……不留下记录的话就没有学术上的意义啊。"

"如果没有学术上的意义你就不愿意做了的话,就当我没说过这话。"塞尔吉奥无动于衷,"对于我来说,留下的记录只会是我违反命令的证据而已。"

看来除了接受这个条件之外没有商量的余地可言。

"让调查团撤退……这又是为什么呢?"

"如果没有你们在这里的话,"塞尔吉奥说,"我想移民地的人也不至于像现在这样被围困在这里。"

这句话对纱夜来说可是相当重的当头一棒。虽然她从没这么想过,但也许事实正是如此。因为我们的任性给别人带来了麻烦也说不定。

但她还是想再回现场去看一次。

带着一种被逼进墙角的不甘,纱夜最终接受了塞尔吉奥的条件。

2

穿过黎明的沙漠,登上被染成浅粉色的巨大冰山,纱夜的目的地是通称 IM6 的采冰基地。她的身边坐着正在驾驶小型高速火星车的塞尔吉奥。后面的拖车里安放着装载有超导量子干涉仪的简易地下探测装置。

与 J-29 一方的警卫负责人交涉后,塞尔吉奥提出要在移民地周边进行巡逻警备工作。这本来就属于在形式上应该进行的工作,因此没遇什么周折就获得了批准。

只不过因为人员上很难再分出人手来,所以这份工作就由原本负责 J-29 警备工作的塞尔吉奥和另外一个士兵轮流执行。一人 12 小时的班。虽然看起来有些辛苦,但是对于义体士兵的体力来说根本不成问题。

塞尔吉奥在第五次巡逻警备之际带上了纱夜。一开始纱夜和地下探测装置一起藏在后面的拖车里。等穿过了移民地的大门,抵达一个周围士兵都看不到的死角后才让她出来。

之后他们就径直朝着北极冠飞驰而去。限制时间十二小时,光是来回的路程就需要十个小时,能在现场调查的时间只有两小时。他们必须在这段时间里找到适当的场所,设置好地下探测装置,进行地下探测。

虽然没有火箭滑板那么糟糕,但是在冰面上以时速八十公里移动也绝非什么舒服事。虽然塞尔吉奥哼着小调一脸轻松的表情,但纱夜却好几次都差点叫"停车",好不容易才忍了下来。

当他们终于抵达目的地时,纱夜已经是全身上下肌肉紧绷,光要站起身都很痛苦。如果连续坐上几个小时的过山车,换谁都会这样吧。

IM6以控制中心为圆心,十条采冰流水线呈扇形排布开。所有采冰基地都是差不多的结构。规模大概算得上中等吧。

纱夜和塞尔吉奥绕到控制中心背面,在与采冰流水线相反方向三百米的地方下了车,然后徒步走近拱形的中心建筑物。

塞尔吉奥身着动力装甲,怀中抱着安装有超导量子干涉仪的圆筒形地下探测装置。纱夜穿着普通的耐寒气密防护服,肩膀上扛着装有探查装置控制终端的软包。

大概走了一百米,塞尔吉奥突然停下了脚步。

"怎么了?"

他没有回答纱夜的问题,只是目不转睛地盯着前方。片刻之后,他又飞快地走了起来。

"喂,怎么了? 有什么东西吗?"纱夜急忙追上去,不安在胸口中逐渐膨胀。凹凸不平的冰面让她好几次都差点儿绊倒。

走到距离建筑一百米左右的地方时,纱夜终于注意到了异常。

"塞尔吉奥,那个,难道是……"

走在前面的塞尔吉奥回过身来点了点头。

"是水晶花。"

因为是在冰面上,所以从远处看得不是特别清楚,但几乎抵达腰部高度的茂密水晶花形成了条状的群落,仿佛是要把采冰基地全部包围起来的样子。

水晶花距离控制中心大约十米。透明的棒状结晶分出无数的小枝,交错在一起,如同玫瑰的篱笆一样。群落宽度在两米到三米之间,就算是纱夜也能比较轻松地从上面跳过去。

IM6矗立在寂静之中。有点不对劲。虽然他们的确是专门在工作时间之外来的,但是这里了无生气,就连机器也都冻结了一般,看起来像是好几个星期都没有开工了。但自从北极冠学术调查团被困在J-29以来,所有的采冰基地应该都是照常运转的才对。

控制中心的建筑里没有任何声音或者震动传来。生命保障系统或者排气筒都是会发出很大噪音的东西,但现在空气中却只有令人紧张的静默而已。

塞尔吉奥的左眼和其他义体士兵一样是多波段摄像机,除了可见光之外也能够看到红外线、紫外线甚至是X射线。但是用这只眼睛检查监视摄像机、感应器和超导传送带之类的部分时,似乎也无法用捕捉到热量的红外线。也就是说这里的一切都已经彻底冷下来了。

"飞鸟井,你能不能先在这里等一会儿?"塞尔吉奥说,"我去里面看看。"

"哎?我也要去。"纱夜慌忙抓住塞尔吉奥的手臂。

"不行,或许会有危险。"

纱夜摇摇头,"求你了。一个人留在这里更可怕。"

塞尔吉奥耸了耸肩,"好吧,一起进去吧。"

他将地下探测装置放在水晶花伸出的枝丫下面,朝着建筑物的入口迈开了脚步。

　　看起来控制中心已经完全停止了机能,就连防止入侵的安全装置和门的开闭装置也失去了功用。只不过对于拥有动力装甲力量的塞尔吉奥来说,强行撬门倒也不是那么困难。

　　穿过气密室走进一楼的大厅,四周一片漆黑。同样也毫无人类的痕迹。暖气没有工作,室内温度和外面的气温几乎没差别,都是零下四十摄氏度。

　　塞尔吉奥和纱夜分别点亮了自己头盔上的灯。突如其来的光明让纱夜不由自主地眯起了眼睛。空气中的水分都结冰了,天花板、墙壁、地面、沙发、桌子、桌上放置的PDA甚至是酒杯全都覆盖着一层白霜。

　　穿过大厅进入后面的居住区,他们依次检查过五个房间,每一个都是空壳。但是除了覆盖着冰霜这一点之外,这些房间看起来都像是刚刚有人使用过一样。

　　沿着建筑中央的螺旋楼梯上到二楼。环形走廊里并排着十扇门。每扇门后应该都是管理一条采冰流水线的隔间。

　　塞尔吉奥打开写着"No.5"的门走进去。雪白闪烁的冰晶包围下,隔间正中摆放着一张很大的躺椅。椅背是冲着入口这边的。

　　椅背后面伸出几条光缆,此外还有两条手臂无力地向下耷拉。纱夜死命忍住了尖叫的冲动。

　　塞尔吉奥朝隔间里又走了几步,绕到躺椅另一侧。然后伸手阻止了正准备跟进去的纱夜。

　　"还是不要看比较好,飞鸟井。"

　　"他死了吗?"纱夜的声调变得尖锐起来,"是吗? 死了吗?"

　　塞尔吉奥点点头,一边将纱夜推出隔间,自己也一边走了出来,然后顺手关上了门。

"你在这里不要动。"

塞尔吉奥看着纱夜的眼睛特别叮嘱之后，便依次将剩下的九扇门都打开看了一遍。

当他最后从写着"No.4"的隔间里出来，关好门后，塞尔吉奥看着纱夜无力地摇了摇头。

"不行，所有人都死了。"

虽然穿着耐寒服，但是纱夜却感觉到了令人颤抖的寒气。

"为什么……为什么？"

"不知道。"塞尔吉奥皱起了眉头，"所有人都像是看到了非常恐怖的东西，表情极其狰狞可怕。恐怕是采冰工作的网络之中混入了某种具有破坏性的噪音信号，摧毁了他们的神经系统。"

"又是……"纱夜低声说，"'吉姆'吗？"

"你说什么？"

"'吉姆'……幽灵。据说在星际网络里出没，引发了好大的骚动。在电影里遭遇同样事故的人中，也有人说自己被某种怪物给袭击了。"

"这我不太清楚。"塞尔吉奥摇摇头，"但是，我有种很不好的预感。纱夜，我们赶紧回J-29去吧。"

"不行。我要进行调查。"

"你这是说什么呢？这里可死了整整十个人啊。这不是普通的状况。我们还是先回去，回头再找机会吧。"

纱夜一脸铁青，但还是干脆地摇了头。

"今后事态会发展成怎样，什么时候才会再有机会，都是不确定的事情。这里的确很古怪。这下面有某种不正常的东西。"纱夜指了指自己的脚下，"趁现在有机会弄个清楚难道不好吗？

不管是不是'吉姆'所为,这都有可能跟移民地里发生的电脑错误启动事故有关系啊……"

走出控制中心后,塞尔吉奥和纱夜回到水晶花旁放置地下探测装置的地方。

"还剩一个半小时,真的能全做完?"塞尔吉奥一边抱起装置一边问。

"一定能做完。"纱夜点点头,然后就朝着采冰流水线的方向迈开了脚步。

塞尔吉奥跟上纱夜,正准备转身时,地下探测装置的一部分撞在了水晶花的一根枝丫上。

叮当。清脆悦耳的声响。

纱夜回过头。

塞尔吉奥一脸惊诧地看着自己脚下。

"怎么了?"纱夜走回正弯腰捡东西的塞尔吉奥身边。

"哎呀,今天净发生些怪事呢。"塞尔吉奥这么说着,将张开的手伸到纱夜面前。

手中是一个漂亮的菱形透明物体。

"冰?"

"不,是从这里撞下来的。"

塞尔吉奥的手指向水晶花的一条分枝。就如同植物的树叶一样,长着几个形状相同的菱形的结晶。

"水晶花被撞坏了?"

"看起来好像是这样。"

纱夜伸手捏住另一片叶子,却完全一动不动。塞尔吉奥也用力对着水晶花劈了一手刀,但没造成任何伤害。

"这究竟是怎么回事啊?"塞尔吉奥张开手臂,"明明刚才这么容易就撞碎了。真是搞不懂呢。"

纱夜抓住他的手臂说:"不能再浪费时间了。回头再考虑这个问题。"

然后她就再次朝着采冰流水线的方向跑了起来。

顺着超导传送带,纱夜和塞尔吉奥逐渐被包裹在泛着蓝色的黑暗之中。纱夜跟着塞尔吉奥,从地表下降到宽九米的人工冰缝中。

采冰工作具体是在地表依次切割出宽三米、长五米、厚四米的冰块。大概切割到一公里远的地方后,就从左右两侧开始以三米的宽度再各自切割一公里的长度,这样就会得到一个宽九米、长一公里、深四米的沟。之后在沟中斜向逐步朝下挖掘,采集深处的更多冰块。当沟的倾斜度达到三十度后,这条流水线就完成了其采掘任务,因为超过这个角度后就无法发挥出超导传送带的最大功效了。

也就是说,不再用于采冰工作的沟,其最深处距离地表大约五百八十八米。

纱夜二人所进入的冰沟最深处大概是五百八十米,作为采冰流水线来说应该很快就要被废弃了。抵达这种深度后,四周黑得伸手不见五指。纱夜和塞尔吉奥在超过两百米的深度后就不得不点亮了灯。

他们启动了靴底的防滑鞋钉,顺着光滑的斜面小心地往下走,终于抵达了最深处。抬头看去,巨大的冰面在灯光照射下散发着一种诡秘的气氛,似乎随时都能将纱夜挤死在里面。天空只是一条白线,遥远得只能隐隐约约地望见。

调整心态环视了一圈周围后，纱夜发现尽头的冰壁前竟然放着一个很大的圆筒形物体。

"这是什么？"塞尔吉奥也讶异地问。至今为止，他从未在任何采冰基地见过这种东西。直径一米、高两米左右。

凑近仔细打量了一番后，纱夜突然大叫起来："这个是超导量子干涉仪！"

"什么？"

"和我们带来的那个一样，是装有超导量子干涉仪的地下探测装置啊。"纱夜一边看向塞尔吉奥怀抱的那个东西一边说，"但是性能却比我们的要高得多呢。"

塞尔吉奥挠了挠头，陷入了沉思。

"这究竟是怎么回事？难道是打算进行矿脉探查吗？还是说有人和我一样想到了什么……"

"不妙啊。"塞尔吉奥咕哝道，"感觉不太对劲。"

纱夜回过头，"什么？"

"不，没什么。"塞尔吉奥在面前摆了摆手，"还是抓紧时间完成调查吧。那个很大的探查装置能用吗？"

"操作终端被取掉了，用不了。"纱夜摇摇头，"虽然可以使用我的终端，但是估计需要专用的软件才行。而且电池好像也没电了。"

"那么就按照计划使用这个吧。"塞尔吉奥举起怀中那个小型地下探测装置，"设置在哪儿比较好？"

"嗯，与这个超导量子干涉仪稍微保持点距离，设置在那边的墙壁边吧。"

为了能够获得最大的探测深度，纱夜也将装置设置在通道的尽头处。

连接上控制器后,通过无线电用声音指示开始进行探测工作。因为本来是业务用的机器,操作界面不是特别简单易懂。没有代理者的控制器屏幕上只有"设置中"几个文字,和下面一个表示装置本身的圆筒形符号一起闪烁起来,用进度条表示进行的状况。

纱夜努力压抑着焦躁的心情,一动不动地看着进度条缓慢地朝着"100%"靠近。感觉只不过是10%的完成度就用了五分钟、十分钟那么长。可能的话,她还想到另一条采冰流水线进行探测呢。之后究竟还能剩下多少时间呢?

进度条抵达100%后,"设置中"的文字就消失了。装置开始发出一种低沉的轰鸣,屏幕上开始闪烁"探测中"几个文字,进度条就好像是蜗牛一样不紧不慢地朝着"完成"的方向缓慢延伸着,真是个不顾忌他人感受的操作界面啊。

纱夜不耐烦地将目光从屏幕上移开,不经意地朝着塞尔吉奥的方向看去。如同巨大机器人一样的士兵正不停地用右手摆弄着左手掌中的一个东西。纱夜一手拿起控制器略微走了几步,越过塞尔吉奥倾斜的肩膀朝他手上看去。

是透明的菱形结晶——水晶花的叶子,刚才被撞落下来的那一片。

塞尔吉奥沉默不语,几乎是下意识地用右手拿着那片叶子翻来覆去地转动着。虽然他的目光朝向结晶,但也可能正注视着冰面。

纱夜觉得一阵眩晕。

甚至差点儿弄掉了手中的控制器。

塞尔吉奥这略带神经质的动作与曾经的恋人在紧张之际显露出的癖好极度相似。在他们最后一次见面的那天,他也像这样将扯下来的树叶拿在手里转来转去,直到把树叶都弄皱了为止。

"凯伦……"纱夜的口中不由得轻声嘀咕道。塞尔吉奥立刻停下手的动作回过身来。两人的目光相遇了。

一瞬间,胶着的视线仿佛紧紧粘在一起。但是塞尔吉奥的目光焦点立刻就微妙地移开了。

"你刚刚说什么了吗?"士兵用平常那种平板的语气问道。

"你……是谁?"

"嗯? 怎么了?"

纱夜左右摇了摇头,用力眨了眨眼睛。

"不,对不起。没什么。我这究竟是怎么了?"

"你没事吧?"

"嗯,大概是有点累了。"

这时候控制器发出一声清脆的铃声。屏幕上显示出"探测完毕"的文字。

"OK,表示结果,就用常用格式。"

纱夜向控制器发出指示,屏幕上出现了细长的圆锥形立体图像,从顶点到地面的纵向上被不同颜色分成了许多层。

"这是什么?"

塞尔吉奥在旁边看。

"这表示的是装置所探测到的地下范围,是在视觉上最容易理解的表示形式。这个圆锥的顶点就是装置所在的位置,也就是我们所在的地方,这里显示的部分都是冰层,你看,朝下的深度超过了二点四公里呢。再下面就是地面了。到圆锥的底面附近还有六百米的深度……这就是探测深度的极限了……"

纱夜说着说着就咬住了嘴唇。

"怎么了?"

"奇怪。这里显示的只有五百八十米左右,理论上应该还能再朝下二十米才对啊。"纱夜偏着头对控制器做出了指示,"更换表示的颜色。"

于是圆锥上分层的颜色变了。而纱夜惊叫起来。

"不对。果然还是有更深的部分。刚刚看起来像是底面的部分下面还有一层呢。刚才因为是黑色的,所以跟背景色混在了一起。"

"现在看起来是蓝色的部分吗?"

"对。"

"蓝色代表了什么?"

纱夜看着塞尔吉奥回答:"空洞……"

"空洞?"

纱夜点点头。

"就是什么都没有了?"

"对。在我们脚下二点九八公里以下的地方既没有冰也没有土。至少再往下二十米的部分都是空洞。"纱夜说,"一直下到这里来真是有价值呢。如果在地表冰层上的话,就不可能发现这个空洞。"

"探测范围有多大?"

"为了获取最大的深度所以非常狭窄。底面的直径只有一米左右。"

"也就是说这个空洞完全可能延伸到更大更深的范围。"

"正是如此。喂,我想去调查一下其他的采冰流水线。如果无法扩大探测范围的话,就只有移动装置这一个办法了。"

塞尔吉奥摇了摇头。

"不行,只剩四五分钟时间了。现在从这里爬上去再走到其他流水线然后再下去,根本就来不及。"

"但是……"

就在纱夜准备反驳的时候,塞尔吉奥突然大叫出声,身体也歪斜了。

有东西从士兵的左手中掉落。水晶花的叶片。叶片落到脚边的冰面上,却没有反弹起来,而是直直刺入地面,撞击出放射状的细小裂缝。

"怎么了?"

"不知道。突然变得好重。"

"在发光呢。"

菱形的结晶散发出带有红色的明亮粉色光芒,并且如脉动般改变着光的亮度。冰层之中也渗出同样的光芒,纱夜和塞尔吉奥所站的地方染上了一层朦胧的浅粉色。

结晶正一点点陷入冰层之中。塞尔吉奥弯腰想将它取出来,却连一毫米都移动不了。

"虽然以前也听人说起过,不过水晶花的硬度和重量真的会发生极大的变化呢。"

"或许可以认为是密度发生了变化。但是既然大小不变的话又是怎么做到的呢?质量是不可能在瞬间突然涌现出来的吧?"

"不管是什么原理反正我从来没听说过它会发光,自然也从来没见过。这恐怕不是什么小事。"

塞尔吉奥看着纱夜。

"是的。"就算是纱夜,也紧张起来,"我们回去吧。"

就算重力只有地球的三分之一,三十度角的斜坡爬起来还是相当难,一口气爬上一点二公里长的斜坡后纱夜有点喘不过气来。将黑暗留在身后,被上方光芒所包裹的感觉简直就像是在攀登天国的阶梯一样。天空依旧昏暗得分不清是黎明还是黄昏,但是对于习惯了黑暗的眼睛来说,被冰漫射的光芒也是十分让人目眩的。

就在快要走出去的时候,前面的塞尔吉奥突然停下了脚步,并且示意纱夜也停下来。

"怎么……"

纱夜闭上了嘴。她听到某种坚硬的撞击声。

抬起头,冰沟两侧的冰壁上矗立着好几个人影。纱夜倒吸了一口冷气,是义体士兵。每个人都举着微波枪或机关枪瞄准他们。

"放下你抱的那个东西。"

不是无线电通信,外面的声音通过麦克风传了进来,是日语。似乎有谁在用扩音器冲他们大叫。

塞尔吉奥动作缓慢地将地下探测装置放在了脚边。

"你们两个,把两只手放到脑后。"

纱夜和塞尔吉奥照做了。

"就这样慢慢走上来。"

当两个人完全从冰沟里走出来后,六个士兵立刻靠过来将他们团团围住。站在正面的应该是队长。他的动力盔甲头盔面罩上描画着般若之眼一样的图案。面罩上有镀层,看不清里面的面孔,因此有种真的被那般若之眼冷冷盯住的感觉。

但是那士兵的胸口上有白色三角形和代表火星的橙色球体符号。塞尔吉奥的胸口上也有相同的符号。这代表的是自卫队所属的火星机动部队。

纱夜略微松了口气。对方是日本人,应该能够交涉的吧。至少没有被杀的担心了。

但是当她看到站在斜前方的另一个士兵时,脸上却顿时没了血色。

头盔上描绘的是无数纠缠在一起的蛇。就是在三内丸山一直对纱夜穷追不舍的士兵。

恐怖的记忆复苏过来,纱夜感觉到自己的膝盖在微微颤抖。

那难道不是印度士兵吗?为什么现在却跟日本的机动部队混在一起?

无声的尖叫在她的脑海中不停回响,纱夜陷入了困惑之中。

塔兰图拉记忆中登场的那个叫"吉罗"的士兵不会也在里面吧?纱夜飞快地扫视着士兵的手臂,寻找那把闪烁着蓝光的刀刃。但是似乎没有这样的人物存在。

"我是G组所属的塞尔吉奥·罗德利盖斯上士。在这里帮助进行学术调查。你们是?"塞尔吉奥开口道。

"塞尔吉奥?曾经听说过的名字呢,也许我们曾经在哪里见过面吧。在这种地方再会可真是遗憾啊。"那个领头模样的士兵没有回答塞尔吉奥的问题,只是如此说道。

"这是什么意思?"

"我们收到的命令是无论什么人,进入这里都格杀勿论。"

冷漠的沉默持续着。

"我们也不想折磨你们。只要你们不抵抗,就能死得干脆些。"

"在那之前至少也给我们一个理由吧?这里究竟发生了什么事?"

领头的士兵摇了摇头,"很可惜,我们也一无所知,只是接到这个命令而已。我们不愿意这么做,但别无选择。不要记恨我们。"说着士兵就抬起右手,围在周围的另外五个人也一齐将枪口瞄准了塞尔吉奥和纱夜。纱夜觉得全身的力气仿佛都被抽掉,马上要瘫软在地上了。就算是普通的平民也没有赦免可言。

突然,视野的角落里闪过一道红光。光芒急剧扩散,眨眼间就将周围的空气都染成了粉红色。

水晶花发出脉动的红光。像篱笆围墙一样将IM6包围起来的水晶花全部都亮了起来。

突如其来的异变分散了士兵们的一部分注意力。

将手抱在脑后的塞尔吉奥猛然放下双手,与此同时,手臂上的两挺微波枪进行了发射。

大火力的微波打穿了斜前方两个士兵的胸膛,士兵肩膀上装备的机关枪后备弹舱被直接击中,紧贴背部的弹舱里的炸裂弹瞬间爆发出几千摄氏度的高温。

爆风与闪光同时袭来。纱夜下意识地想缩起身子,但是腰部却被强大的力量托起,直接悬到了空中。

等她回过神来时,自己正被塞尔吉奥抱着冲出浓浓的烟雾。

身后传来射击的声音。塞尔吉奥不停地变换着方向沿折线前进,一口气就跑出了几百米远。水晶花的群落很快就逼近眼前。鲜红的光芒渗入空气,看起来如同摇晃的火焰一样奇妙唯美。

就在距离水晶花还有一百米左右的地方,一发火箭弹击中了他们身边的地面,纱夜和塞尔吉奥同时被炸飞到空中。

在冰面上连续弹了好几下后,纱夜的意识逐渐远去了。

"飞鸟井!飞鸟井!没事吧?"

塞尔吉奥的声音让她反射性地做出了反应,意识模糊地用力抬起头。有人正单膝跪地抱着纱夜的肩膀。她眨了好几下眼睛，才终于看清楚塞尔吉奥的面孔。

就在她终于能自己爬起来时，视线越过塞尔吉奥的肩膀，她看到那个戴美杜莎头盔的士兵正在靠近。

纱夜尖叫起来。

塞尔吉奥飞速转过身，机关枪和微波枪同时开火。追击方扑倒在冰面上，用机关枪进行反击。

"飞鸟井，快走。"塞尔吉奥叫道。

"哎？"

"快走，一个人走！跑起来！我给你挡着。"

纱夜紧紧贴在塞尔吉奥的背后上。

"我怎么可以一个人逃走啊？"

"我稍后就能追上你。"

"胡说。"

纱夜的脚边穿过无数的子弹。

"求你了，快走。我不是那么容易被干掉的。"

"但是……但是……"

塞尔吉奥突然回过身，一把抓住纱夜的肩膀，将她狠狠地朝后推了出去，"快走，纱夜！"

塞尔吉奥的眼神变了。这一次纱夜听得很清楚，是凯伦的声音。纱夜坐在地上，开始朝后摸索。

似曾相识的一幕，但又不是。那个时候，在三内丸山的时候果然也有听到他的声音。

"快跑，跑起来！"

塞尔吉奥的表情里夹杂着一种诡异和可怖。纱夜像是被吓坏了一样从地上爬起来，迈开了脚步。

距离水晶花的火焰还有几十米距离。回过头看时,塞尔吉奥正缓慢地站起来。无数的子弹和光线正一齐朝着义体士兵袭去。

"不要啊!"纱夜一边跑一边哀号,眼泪止不住地哗哗往下掉。

塞尔吉奥依旧伫立着继续应战,身上已经有好几处冒起了黑烟。

就在纱夜从水晶花的群落上跳过去的同时,身后传来了爆炸的轰响。回头看时,透过水晶花的红光,她看到刚才塞尔吉奥所站的地方正翻腾起滚滚白烟。

纱夜无力地跪倒在冰面上。

火红火焰般的光芒猛然上升,不知何时就已经高得需要抬头才能看清了。同时,对面的烟雾不断扩散,逐渐变得稀薄了。

"塞尔吉奥……"纱夜嘶哑地轻声念道。

烟雾中的影子突然摇晃起来。就在纱夜睁大眼睛的同时,两个士兵出现在她的视野中。两个都不是塞尔吉奥。

纱夜的喉咙里漏出一声笛声一般嘶哑的惨叫。

士兵们好像也看到了纱夜,突然跑了起来。恐惧攫住她全身,纱夜几乎是四肢着地地开始逃跑。

身体完全不听使唤。手脚都好像灌了铅似的沉重。呼吸根本就无法进入肺中。

等到她好不容易站起来迈开脚步时,士兵们已经追到水晶花对面了。

低沉的爆炸声连续不断地响着。

不行了。

这么想的瞬间,身上的力气全都消失了,纱夜就这样倒在了冰面上,紧闭着眼睛等待着一切结束。

但那一刻却迟迟没有来临。

时间如此漫长,仿佛能够将从孩提时代到此时此刻发生过的事情全部都回忆一遍。

但就算如此,她依旧没有感觉到死亡的疼痛或者解放。

难道自己在还没有意识到时就已经死了?

纱夜惶恐地睁开眼,眼前是坚硬的白色冰面。手掌里传来的感触和眼睛看到的景象都在告诉她这不是幻觉。

抬起头,缓慢地翻过身,纱夜倒吸了一口冷气。

巨大的红莲火焰构成一个拱形矗立在眼前。水晶花散发出的光芒延伸到几百米高的上空,整个采冰基地都被包裹在半球型的光芒中。

士兵们已经在水晶花的另一侧了,看起来正朝着纱夜的方向全速疾走着。但奇怪的是,他们却一点都没有靠近过来。有点像慢动作电影那样,但他们身体的移动却完全没有显出丝毫缓慢。

士兵肩膀上不时喷射出火花,伴随着火花,纱夜能听到连续的低沉声响,也许是在发射机关枪。但是子弹却完全没有飞来的迹象,而且枪声也比平时听到的更低、更慢。

纱夜不知道发生了什么,只是呆看着眼前的一幕。

终于,士兵们的身影也奇怪地扭曲起来,真的就像是透过火焰的热气在看着对面的景色一样。但很快这些不停奔跑的士兵也逐渐融入红色光芒之中,等到她回过神来时,已经一个人影都看不到了。

纱夜独自坐在那巨大的红色拱形前面。

只听得到自己的呼吸声和微弱的风声。

纱夜半张着嘴,好一阵子都坐在原地没动。大脑之中一片空白,只感觉到喉咙里干渴到刺痛。

让纱夜从茫然失神中恢复过来的是耳边响起的警报声。她全身一抖,赶紧四下张望。但视野之中依然只有白色的冰面和巨大的红色拱顶。

大脑一点点运转起来。

首先操作左手小臂上的控制器,关掉警报声,然后思考为什么警报会响。

但是根本就不需要思考,控制器的小型屏幕上闪烁的红色文字正诉说着理由。

"剩余气压:50kg/cm³"

空气快没有了,只能再坚持三十分钟左右。

纱夜的胸口中涌起了新的紧张感。身体沉重得不像是在火星上,她拼命挣扎着终于站了起来。

接下来该怎么办才好?

救援。必须跟J-29联络。

纱夜摸索到手腕上的控制器。

"紧急联络J-29。"她用嘶哑的声音朝着嘴边的麦克风输入命令,但头盔里的扩音器却保持着沉默。

"紧急联络J-29。"纱夜重复了一遍。但是过了几十秒,耐寒气密防护服内的系统依旧毫无反应。纱夜突然想起来什么似的看向控制器的屏幕。

——有源天线控制部发生异常。无法进行紧急联络。

——声音合成装置发生异常。

两条信息交替着显示在屏幕上。

纱夜的后背渗出了冷汗。

大概是被火箭炮炸飞时引发的故障。这样就没办法进行求助了。天线损坏意味着无法使用全球定位系统。而且耐寒气密防护服的代理者也无法用声音回答纱夜的问题。

所以说不是警告的提示而是警报声……原来如此。不管怎样先得弄到空气才行。

为了维持随时可能停止的思维，纱夜有意识地反复进行着自问自答。

去哪儿才能找到空气呢？

火星车。

对。火星车。回到火星车上就有空气。而且可以使用火星车上的通信系统联络 J-29。虽然只看过几次别人驾驶，但学着样子也许自己也能把火星车开回去。

火星车在哪儿？

没错，在控制中心背后稍微有点距离的地方。大概是这边吧。

采冰基地的设施已经完全被红色的拱形所覆盖，纱夜无法正确把握现在的相对位置。但是她从记忆中努力回忆起之前看到的景色，确定了大概方向。

她顺着逆时针方向从红色拱形的右边一点点地朝着较远的地方走去。

为了让空气可以使用得更久一些，纱夜一边深呼吸，一边放慢了脚步。

虽然她很不愿意再看到红色拱形，但这东西却总是在视野的角落里徘徊，纱夜尽可能不朝那边看。水晶花本身似乎也融入了拱形之中，脉动般的一明一暗也没有了。但是拱形表面偶尔会泛起波纹或者旋涡一样的图案，奇怪地吸引着纱夜的注意力。目不转睛地看着图案的话,就觉得自己仿佛会被吸进去。

纱夜不愿意思考拱形里面发生的事情。如果现在想起塞尔吉奥,自己必定会方寸大乱,纱夜觉得暂时封冻意识中麻痹的部分恐怕是最好的选择。

走了二十多分钟,在她预测的地方附近出现了一个看起来像是火星车的东西。

纱夜渐渐加快了脚步,朝着那黑色的金属块走去。

然而那却不是火星车,而是火星车的残骸。

安装着六个轮子的车体下部勉强保持着原形,但是驾驶席和拖车部分都完全被轰没了。应该是被导弹之类的东西给击中了。

一定是那些打算射杀自己的士兵干的好事。

纱夜觉得自己又要无力地瘫倒了。散乱的零件述说着空虚、恐怖和孤独,一点点吞噬着她的精神。

"告诉我你的名字。"背后突然传来一个声音,纱夜跳起来的同时转过了身,心脏猛撞得几乎痛起来。那之后她才发出了惨叫。

站在她身后的是那个有般若之眼的士兵,他肩膀上的机关枪枪口正对准了纱夜。看不到镀层面罩下面的表情。

"名字?"士兵又问了一遍。

"飞鸟井……纱夜。"

虽然她只发出了蚊子般细小的声音,但士兵却像是听得一清二楚。大概他们的听觉也经过了优化吧。

"你觉得那是什么?"士兵侧过身,比画了一下那红色拱形。但是机关枪的枪口位置却一动不动。估计一旦锁定目标,机关枪就能自动追踪目标所在位置。

"我的队友都被关在那里面了。我本来打算绕到你们背后，就事先跳过了水晶花……没想到居然会发生这种事情。"士兵再次看向纱夜，"那是你们干的吗？"

纱夜慌忙摇头。

"如果我进去的话会发生什么？我是不是也出不来了？"

纱夜无法作答，嘴唇都在颤抖。

"有办法救我的队友吗？"

"不……不知道。我……什么都不知道……"纱夜死命地挤出了一点声音，如此回答道。虽然依旧看不到士兵的表情，但感觉他好像朝这边投来了怀疑的目光。

士兵的右手缓慢地抬高了。高能微波枪的枪口一点点显露出来。纱夜满脸都是冷汗。

"你真的不知道吗，飞鸟井纱夜？"士兵的声音故意降低了一些。

"不知道。"纱夜只是不停地摇着头。于是士兵肩膀上装载的机关枪像生物一样动了起来，瞄准了纱夜的脚下。几发子弹突然射了出来，纱夜尖叫着摔倒在冰面上。

"你最好说实话。"

"真的！我只不过是个生命考古学家啊。为什么会发生这种现象，我一点头绪都没有啊。"纱夜叫道，"反倒是你们在这里干什么啊？为什么要杀了塞尔吉奥？"

最后的声音哽咽了起来。

士兵沉默着，似乎只是看着纱夜。最终机关枪和微波枪的枪口再次瞄准了纱夜的胸口和头部。

"因为是任务。"

纱夜闭上了眼睛，终于一切都要结束了。比起自己一个人幸存,也许死了更痛快一些。一秒,又一秒,时间缓慢地踏着脚步前进着。

"那个男人……叫塞尔吉奥,是吗?"

听到士兵的声音后纱夜微微张开了眼睛。他的右手已经放下了,机关枪的枪口也不知何时朝向了别的方向。

"为了保护一个女人而赔上了性命。"士兵的身体略微颤抖着,看起来似乎是在笑的样子,"放在这年头可算得上是相当浪漫了,不是吗?"

然后他将一个红色的东西朝着纱夜丢过来。那东西落在冰面上滚了几圈,发出沉重的声音。纱夜以为那是手榴弹,全身紧绷起来。那东西的大小的确也和手榴弹差不多。

但是再认真打量一番滚到脚边的那东西,却发现那是耐寒气密防护服的备用空气罐,之前放在火星车上的东西。空气罐完好无损,里面的空气也是满的。也许是他们在炸掉车子前取出来的吧。毕竟在火星上,有氧空气是非常贵重的。

抬起头时士兵已经转身准备走开了。纱夜愣了片刻,一直看着他的背影。

"等等。"她还没有意识时自己就已经叫出声来。士兵已经走到十米远的地方了,但还是转过了身。

"你是谁?"虽然没必要,但纱夜还是提高了音量。回答是从动力装甲内藏的扩音器里面传来的。

"普通的自卫官而已。"

"名字呢?"

"……夜叉。"

夜叉?

"现在你去哪儿?"

“不能告诉你。如果我们有缘的话应该还会再见的吧。”

士兵举起一只手，再度迈开了脚步。眨眼间就走到了几十米之外。就算再对他喊话，这么远的距离估计不可能传达到了吧。

纱夜叹了口气，又环视了一圈。

既然得到了空气罐，应该能够再多活上几个小时。

但这真的算幸运吗？纱夜不知道。

火星车已经被完全摧毁了。通信装置也毫无踪影。驾驶火星车回去的可能已经没有了。

但是J-29所在的地方可不是走路几个小时就能抵达的距离。

就算想等待救援，但是自己没有把和塞尔吉奥的约定告诉任何人，是偷偷溜出来的，所以应该没有人知道纱夜现在正在这个地方。

结果就只是把感受到死亡恐怖的时间又延长了一些而已。这就是那个名叫夜叉的士兵的打算吗？但是感觉他并不像是这么残忍的人。

不管怎样，纱夜可没有立刻在这里终结掉自己性命的打算。

她换上空气罐，背朝红色的拱形迈开了脚步。如果运气好的话，或许能走到其他采冰基地。距离这里最近的工地，徒步大概只需要三个小时的时间。

问题在于无法使用全球定位系统，又没有地图或者指南针，只能依靠自己模糊的记忆和直觉前进。

在茫茫的冰之沙漠中，纱夜头也不回地走着。没有目标，没有记号。只是每每回过头时，依旧能够清楚地看到红色的拱形。拱形在逐步变小，至少可以确定自己是在前进。

大概过了两个半小时,警报声又响了。

这次是保温的能源快耗尽了。看来在没空气之前,被冻死的可能性更大一些。

纱夜低头看着脚下,将精力集中在行走上,努力将焦躁从意识之中排挤出去。她觉得自己正在疯狂与理智的夹缝中努力维持着危险的平衡。

三个小时过去了,冰的地平线上除了拳头大小的红色拱形外再也看不到任何东西。不知道是不是错觉,气密防护服里面似乎变冷了。

终于,纱夜倒在了冰面上。她已经一步都不想再走了。体力已经耗尽,而连续的紧张状态让她的精神也彻底疲乏了。

纱夜就这样被拉入了无底沼泽般的沉眠之中。这几乎等于是接受了死亡。逐渐模糊的意识里,纱夜祈祷自己能够就这样不受痛苦的冻死。

警报又响了。

是空气吗?还是能源……但是,都无所谓了。就这样吧,不想醒来。

远远地传来低吟一样的声音。

纱夜的意识中断了。

但是接下来的瞬间纱夜却被强行拉出了那个已经淹没她的沉眠沼泽。

"纱夜……纱夜!"

熟悉的声音。

是苏凯伦。

难道开始做梦了吗?

不管去哪儿总是会追来的凯伦。总是救我一命的,是你吗?

但是我已经背叛了你。我因为害怕你的温柔而选择了逃走。为什么你还这样坚持不懈地保护我呢？

有人用手抱住了纱夜的肩膀，将她整个儿抱了起来。

似乎不是梦。

难道……

带着些许期待，纱夜缓慢地张开了沉重的眼睑。无法聚焦的眼里映出了某个人的头盔。

纱夜虚弱地动了动嘴唇。

凯伦？

"振作点，飞鸟井！"

声调略高的男声将纱夜的意识飞快地拉回现实。

眼睛的焦距也对准了。

头盔面罩后是吉村写满了担心的脸。

3

扁平细长的皇带鱼缓慢地从眼前游过,优雅的身形和动作与其充满幻想的别名"龙宫使者"十分吻合——它就像是引诱人进入暗蓝色沉默深海的使者。

那巨大的圆形鱼眼逼近过来,光滑的黑色瞳孔表面反射出一个女人的面庞——极端劳累的脸……鱼的小嘴里发出"啾"的一声。

"啊,抱歉。"纱夜揉了揉眼睛,轻轻摇了摇头,"我又走神了。"

皇带鱼一脸担心地盯着她。

"没事的,伊拉布。继续,继续。哎,到哪儿了来着?"

全息屏幕上显示出刚才输入的邮件内容,不少地方都粘贴有录像文件。

在北极冠被吉村所救,回到J-29一个星期后,纱夜终于下定决心要给苏凯伦写封邮件。

这个星期里发生的事情,纱夜只记得些许片段。

她没有离开过自己的房间一步,最开始的三天几乎一直躺在床上,饭也没有吃。似乎一直在昏睡,醒来只是呆呆地盯着空气。

到第四天时,终于感觉到肚子有些饿了,增加了一点饭量后,体力逐渐恢复,意识也清晰起来。但与此同时,噩梦开始困扰她。

只要她闭上眼睛打盹儿,纱夜就会身不由己地在无穷无尽的冰原上漫无目的地徘徊。有时候那个美杜莎头盔的士兵会追赶她。她很多次看到自己的下半身被机关枪打成了蜂窝的景象,还有就是被动力装甲的脚踩碎的头……她无数次被自己的尖叫惊醒。

但最痛苦的莫过于就算是醒着,回忆也会像白日梦一样苏醒过来。塞尔吉奥伫立不动,全身上下都喷出黑烟……那身影仿佛在她的眼皮内侧灼烧,每次回想起来,纱夜都觉得胸口快要裂开一样。

是我杀了他。

就像是说给自己听的一样,纱夜一直这么想着。

在发现控制中心的人死掉时,就应该立刻中止调查……而更根本的问题,如果不是自己非要去IM6的话……

同样的内容无数次在脑海中徘徊。

只有当身体被这种罪恶感烧灼时,纱夜的心才能得到一点点救赎。

就这样过了一天又一天,某一日她突然想要给以前的恋人发封邮件。虽然自己一直认为如果不会再见,两人之间也无话可说,然而现在,自己可以倾吐的对象,除了苏凯伦之外却再无其他。

纱夜将伊拉布当作是凯伦,开始断断续续地说起到火星之后发生的事情。有时她会陷入沉思,而伊拉布耐心地记录下发呆时纱夜的所有话语。如果中断时间太长,它也会呼唤她,让她重新回过神来。

这样的工作反复进行了好几天后,纱夜也逐渐能进行理性思考了。给凯伦的信不再是单纯地传递自己的思念,她也开始尝试从至今为止的经历和学术调查结果的背景中挖掘一些什么出来。

因为不愿意让凯伦看到自己两颊下凹、黑眼圈明显的模样,纱夜一开始只打算发送没有全息图像的文字邮件。但是随着目的变化,邮件里面也就开始附加上了资料录像和图片等内容。

在纱夜看来,萨根生物群和存在于北极冠地下的东西以及水晶花之间不可能没有关系。至少萨根生物群和水晶花之间的关系是他们一直忽略的客观事实。将各种各样的证言和调查报告综合起来,水晶花的出现时期正好是在发现萨根生物群之后。

另外IM6的控制中心发生的事故,再加上最近火星上频繁出现因电脑故障而造成的人身事故,似乎也间接地跟萨根生物群有所关联。如果这些事故都是"吉姆"的所作所为,那么这个网络上的幽灵开始出现在谣言中的时间,也正好与发现萨根生物群是同时期的。

此外,虽说跟上述事情没有直接关系,但为什么日本士兵在三内丸山袭击了纱夜他们?为什么报告中又说是印度士兵干的?这也让她非常在意。考虑到IM6的采冰坑里已经有人比纱夜抢先进行了地下探测的事实,再加上日本士兵接到对入侵者格杀勿论的命令这一点来看,自然也就会让人怀疑有些地方一定是有关联的。

不管怎样,这些谜团似乎不会跟萨根生物群毫无关系。

现在,火星上正在发生一些事情。此外至少有一个比纱夜更清楚地把握着详细事态的人——恐怕是国家机关的上层——存在。

十几天时间里，纱夜一直把自己关在房间中，完全没有见过任何人。通过网络也只跟吉村联系过一次而已。

根据吉村的说法，至今也无人得知纱夜偷偷离开J-29的事情。塞尔吉奥被通报为失踪，现在正在搜寻之中。

吉村那天是偶然在点检调查团的装备时发现地下探测装置不见了。当时他准备先找纱夜确定一下，但内遍移民地却没有发现她的踪迹。这时候他直觉地认为纱夜一定是带着装置跑出移民地了。

通过以前的交谈，吉村也知道纱夜想在IM6进行地下探测。而且纱夜最近又在刻意接近塞尔吉奥，他便多少猜到纱夜是将塞尔吉奥拉入调查中了。

一方面担心纱夜的人身安全，一方面自己也很想参加调查，吉村便决定追上他们。

在那之前，吉村发挥了自己前建筑工地工人的技能，挖掘出一条通往移民地外面的地道。他偷偷用小型挖掘机制造出一条只能容纳一个人通过的隧道。大概用了一个月时间，一点点地挖，才终于完成。

此外吉村还注意到用于搬运建筑材料的火星车一般都放置在移民地外。他发现了遥控操纵那台火星车的方法。于是他趁士兵们不注意，一点点地将那台火星车朝着自己通道的出口移动。每天只移动一米左右。

他发现纱夜跑出移民地的那天，正好那台火星车距离通道的出口也足够近。

吉村穿上耐寒气密防护服，爬过了通道，跳上火星车，穿过士兵之间的盲点，一路朝着北极冠出发，并且幸运地在途中救起了纱夜。

纱夜因为疲劳以及突然放松了紧绷的神经,一上火星车就立刻陷入昏睡。吉村便通过同一条通道将纱夜搬回移民地,但纱夜本人却完全不记得这个过程。当她醒来时就已经躺在自己房间的床上了。

纱夜当然全部都跟吉村说明了。IM6的控制中心里采冰操作员全体死亡的事情,差点儿被日本士兵处刑的事情,日本士兵中混杂着在三内丸山攻击他们的那个士兵的事情,以及塞尔吉奥的死、水晶花的红色光辉……

吉村告诉纱夜,之前经历的这一切事情暂时不能告诉任何人。如果有人知道纱夜去了IM6,说不定今后也会有追兵到这里来要了纱夜的命。这样一来,塞尔吉奥就白死了。

在完全接受现实之前,纱夜决定先听他的,所以至今一直保持沉默。但是将这些经历埋藏在心中,还是太过沉重了。

她想述说,哪怕只有一个人,一个能信任的人。而且她也希望有人告诉自己,今后应该怎么办。

想到给凯伦写信,也不过就是随着这种心情的增强自然而然产生的结果吧。

给凯伦的信大概有一份简略调查报告那么长,在经过复杂的密码化之后,发送向了地球。事实上,这封信的内容也不像是报告自己近况的邮件,而更像一份报告书。纱夜就像是在客观讲述别人的事情一样,说明了自己周围发生的一切。像邮件的部分大概只有最开始和最后的致敬而已。

光是要看完这封信都需要几个小时,但令人惊讶的是,第二天纱夜就收到了回信,只不过里面没有来自凯伦的留言。送信人的确是他的名字,但邮件正文只粘贴了一段很短的电脑动画,此外就是比正文信息量要大得多的附件。

说是电脑动画，其实是个古典风格的钟表图案，差不多像怀表那样的形状，发出令人怀念而温柔的声音，滴滴答答地计算着时间。每隔几十秒，怀表就像陀螺一样旋转起来，在空中摇摇晃晃地飘浮着，然后像达利①的绘画一样溶解，煞是可爱。最终伴随着那滴滴答答的节奏，会传来微弱的音乐。那首曲子……《彩虹之上》。

没错，这正是铁皮人装入自己心脏里的钟表。铁皮人的心，送到了纱夜的手中。

纱夜反复播放这段电脑动画。光是为了止住不断掉落的泪水就用了差不多一个小时。

她不后悔来到火星，但是她却不能否定自己的动机中的确有想要逃离凯伦的心情在作怪。这一点让她后悔。她居然害怕他的温柔，自己真是无情。

就像是要安慰纱夜一样，之前一直在重复同样内容的电脑动画自动脱离了反复播放的画面，钟表发出三声铃声般清脆的警告音。纱夜一边用手擦掉眼泪一边仔细观看，面前出现了一个系着丝带的盒子。这就是附加文件了吧。

纱夜伸出手，解开丝带，打开了立体的CG盒子，里面冒出一团滚滚的紫烟，笼罩了全息屏幕的全部显示空间。等到烟雾散去，放在面前的是一份标题为《内部资料 No.13》的文件。封面很朴素，左上方有红色的"绝密"符号在闪烁。标题下面是一个由"LIGAS"的字样形成的标志。

纱夜偏起头。LIGAS？似乎在哪儿听说过。没错，就是地球拉格朗日点上设置的那个引力波天线。

---

① 萨尔瓦多·达利(1904—1989)，西班牙画家，以其超现实主义作品而闻名。

为什么其内部资料会在这里?

纱夜有些犹豫不决地翻开文件封面。一个男人突然出现在她面前。纱夜吓了一大跳,不过非常认真地打量了一下这个男人的脸。

她曾经也在哪儿见过这个人。没错,不就是那个有名的天文学家吗? 嗯,吉野……吉田……越田?

"嗨,我是越野恭三。"在纱夜想起来之前,这个男人就做了自我介绍,"关于2071年8月28日接受到来自火星的引力波问题,其相位变调图形的解析已经完成,在此进行报告。此外,本报告的内容除了当局认可的内部相关者之外绝对不可外传。"

这个名叫越野的学者(大概是T大的教授)只出现在最开始说明的部分。之后就全都是很难看懂的公式、表格、图片之类的超链接,密密麻麻地排了一大堆。纱夜几乎完全无法理解这些内容究竟意味着什么。看起来很像是写作论文之前搜集的资料,或者笔记一类的文书。

虽然也有附加简单的目录和索引,但是这些项目名称和用语本身却几乎与纱夜所知的世界毫无关系。

但就算如此,越野教授所说的"2071年8月28日接受到来自火星的引力波"却引起了她极大的兴趣。这句话里包含了三个关键词。

第一个词当然是"火星"。此外,"2071年8月28日"这个日期也处在人们认为水晶花出现的时期里,最后是"引力波"。

水晶花最令人不可思议的特性之一就是其重量会发生极端变化,看起来就像是能自如地操控重力一般。

纱夜命令伊拉布从网络上收集LIGAS和引力波相关的资料。在大致过了一遍后,纱夜终于模模糊糊地认识到了事情的重大性。

所谓引力波，虽然媒介不同，但是与电波的性质十分相似。光是要产生LIGAS能够检测到的引力波，至少需要超新星爆发、黑洞、类星体之类的巨大能量源头才行。至少在人类的可知范围里，只能想象到这样的产生源头。

太阳系里当然不存在这样的天体……应该没有。但是LIGAS在8月28日接收到的引力波却是来自火星的。而且从越野教授的用词来看，这引力波还进行了位相变调。也就是说有两种不同位相的波形混杂在一起。

人类通过改变电波的位相进行通信。特别是经过宇宙空间的通信只能使用位相变调或者位相变调与振幅变调的组合进行。因为是数码信息，通过变调后的图形发送代表0和1的信号。

根据LIGAS的报告，进行天文学和宇宙论的研究机构（这研究机构的名称也是LIGAS）正试图从来自火星的引力波中分析出这样的信号来。在带着头痛反复看了几遍凯伦发来的资料后，纱夜得到了这样的印象。

这代表着什么呢？

纱夜这时候想起了宇宙行星开发部部长的话。

中田教授指出萨根生物群的聚集点，也就是"贝冢"有可能是人为因素形成的，要求纱夜朝着这个方向进行调查。对于困惑的纱夜，寺本部长之后又这么追加了一句——"向来顽固的政府会考虑到这种可能性也是有相应的理由的"。

到最后，部长都没有明说这个"理由"究竟是什么，也许他指的正是LIGAS这件事。

如果真是这样的话，国家机关恐怕都认为LIGAS接收到的来自火星的引力波是人为造成的。至少是将这种可能性加入了考虑范围之中，所以才会打算从位相变调的图形中分析出信号来。

一瞬间，事情的来龙去脉似乎都变得明晰起来，只不过具体的图像依旧还很模糊难懂。

纱夜又继续看起了资料，多多少少理解了之后发生的事情。

通过数码变调进行信号传送时，为了防止出现错误，需要在一定间隔上插入能够作为参照标记的信号。在位相变调的情况下，考虑到位相本身就是相对的，因此有必要标记出究竟哪种波是0，哪种是1。

而越野教授他们发现了可能是这种标记的信号。

虽然只不过是原样照搬人类应用在电波上的方式，但如果标记和标记之间有某一系列的信号，我们暂且将其看作我们所谓的"帧"的话，进行适当分割后，我们就能将一个个信号分析出来。数码信息通常都是以八位或其倍数进行分割的。

事实上，资料里面的部分数据显示的正是这样以人类觉得最妥当的方式分析出来的一部分信号。问题在于这些信号究竟应该用什么来对应呢？如果对应文字的话就会变成文章，如果对应声音的话也许能够成为音乐。当然如果对应像素所捕捉的光子量则会成为图像。

究竟应该对应什么，现在是一点线索都没有。

不管怎样，越野教授他们选择了最简单的"声音"进行对应。几乎算得上是做着玩的东西，不过资料之中也包含了在人类可以听到的范围周波数里将信号"复原"的结果。

纱夜听了一下复原的声音，最开始怎么听都像是单纯的噪音。但听了一会儿后她感觉到里面的确有某种模式，并且在这种模式里,她发现有一部分正奇怪地刺激着她的心情。

纱夜尝试将音波转换成视觉图形,于是发现里面果然有一部分存在着一连串反复的声音。这些反复的图形有好几种,将它们分离出来后,这些波形竟然和各种各样的函数有雷同之处,也可以说将这些波形用公式进行表现。

比如说,单纯地将波形描绘成抛物线的形状,就可以预料这其实是想要表现 $y=ax^2+bx+c$ 这个二次函数。之后只需要决定 a、b、c 这些系数和常数就可以了。

但是实际的波形却是更加复杂的形状,所以必须要借助电脑。但就算如此,要利用使用了微积分等所谓的解析手法进行也依旧很困难,只能将波形上各个点所表现的数值和从几个函数中导出的数值进行比较,寻找两者之间尽可能近似的函数和系数。

将数值解析得到的近似结果表示在全息屏幕上时,纱夜不由得叫出声来。

选出的十几种波形中有一半以上都与生成绳文艺术的函数非常相似。

纱夜瞬间就将凯伦和塞尔吉奥的事情都抛到了脑后,唤来她的秘书兼代理者皇带鱼,命令它立刻联系吉村。

吉村出现在全息屏幕上,有些愁眉苦脸的样子。

纱夜却没有多想为什么,自顾自地说起话来。她现在只想将自己的发现立刻告诉别人。

"吉村,我有一个大新闻。"

吉村露出一个僵硬的笑容,回答说:"看起来你似乎精神些了呢。太好了。前段时间一直都是一副幽灵般的模样,让我很担心。"

"是吗?"纱夜用手摸了摸脸,"看起来那么糟糕?"

"嗯。跟以前比起来,现在真是瘦得皮包骨。你还是得吃点像样的东西才行啊。"吉村用父亲般的口吻说,"说来大新闻是什么?"

于是纱夜就将至今为止的来龙去脉都简单地讲了一遍。

她给以前的恋人凯伦发去邮件。回信之中包含有LIGAS内部资料。根据资料推测萨根生物群被发现的时期正好和水晶花出现时间相同,并且地球的拉格朗日点上的引力波天线接收到了可能来自火星的引力波。这些引力波包含有位相变调,将从中抽取出的数码信号复原成音波之后,一部分波形近似生成绳文艺术的函数……

"绳文艺术?"

"没错。我以前跟你说过的吧,我所从事的研究是从绳文时代的陶器和石器中抽取出具有特征的图案和花纹,研究如何用数学、数据的方式进行生成。其中最成功的一种复杂系统①研究,是对'绳文种子'这种人工生命加入数条规则,使其自我组织化。其实就是一种让单纯法则相互组合、相互作用,制作出复杂图案的方法。虽然很耗费计算时间,但能够生成和真正的绳文陶器一模一样的形状和花纹来。包括在黏土上转印出来的绳子扭曲也都分毫不差。但如果不这么追求现实性的话,也能描绘出几个与复变函数相似的图案和形状来。而那引力波之中正好就包含有这类函数中的一种。"

纱夜一边说明一边将表示这些函数的公式展示出来,并将其中一个作为例子进行视觉化,尝试着重叠在从引力波中抽取的相

———————
①具有中等数目基于局部信息做出行动的智能性、自适应性主体的系统。

应波形上。吉村一脸凝重地盯着显示在纱夜脸部一侧的图形信息上。

"原来如此……"过了一会儿吉村终于开口道,"简单来说,就是这个引力波和科学家们期待的一样,里面包含着拥有意义的信号。"

"虽然无法断定,但至少是个强有力的证据。"

"如果是有意义的信号的话,就意味是有人通过人工手段发送了这些引力波。但是人类并没有足够的技术力生成能用于通信的引力波……也就是说,火星上除了我们之外还有其他什么存在。"

两人都沉默了下来。

"真讽刺。"吉村突然冒出一句。

"什么?"纱夜问。

"从一个多世纪前开始,人类就一直在探求宇宙中的其他智慧生命。但是我们在SETI①探查中却一直使用电波。根据探查计划不同,探求的电波波长、探测方法和范围都不一样,但归根到底,只使用了电波。就算是能倾听宇宙彼岸声音的电波望远镜等探测装置,至今也没接收到任何有意义的信号。然而,引力波天线纯粹只是用于天文学和宇宙论研究用的装置,却没料到竟会接收到来自外星人的消息,大概谁都不会想到这一点吧。"吉村耸耸肩,"再说就算有能够简单产生引力波的办法,引力波也并非特别适合通信用的手段。毕竟引力波能够穿透任何东西。但出乎我们意料的是,也许宇宙中有很多用引力波聊天的家伙呢。而我们只不过是至今为止都没有接收的技术,所以才没发现……"

———————
①地外智慧生命探索。

“但是，吉村。”纱夜有些犹豫地说，“如果这些引力波是从很远的某个行星传来的话，我觉得都还能接受啦。但是火星啊，这里真的会有什么存在吗？还是说现在也依旧存在呢？实在很难想象那会是怎样的存在……再说这引力波究竟是从火星的什么地方发送出来的呢？”

吉村突然正视了纱夜片刻，才开口道：“这么说来，你还不知道呢。”

“咦？什么？”

“在你把自己关在房间里的这段时间里，发生了很不得了的事情啊。”

“不要吊我胃口。”

纱夜向前探出身子。

“你之前跟我说，IM6被周围的水晶花发出的光芒给覆盖了，是吧？红光构成的拱形，对吧？那些追你的士兵都在里面出不来了。”

“嗯，是说过。”

“我想恐怕应该是同一现象，包括火星大阪在内的好几个移民地也都被那光芒构成的拱形给覆盖了。”

“啊？”

就在纱夜惊叫的同时，吉村给她发来了录像。全息屏幕的显示空间切换成立体录像，吉村本人缩小到拳头大小，移动到一个角落里。

红色的雾霾翻滚着向纱夜逼近。风呼啸着吹过麦克风，留下轰轰的背景音。此外还有无数细小的撞击声。

沙尘暴。

摄像机捕捉到雾霾之间的一个缝隙。

纱夜睁大眼睛看着眼前的一幕。

矗立在沙漠之中红色拱形……将其与镜头中稍微靠前的军用火星车相比较,就能看出那种大小的确能将移民地全体都覆盖起来。被刮上天空的沙尘形成红色的云,红色的龙卷风从这些云中伸出,朝着拱形顶点附近猛烈地旋转着。沙尘这究竟是被吸进去了呢? 还是被吸上去了呢?

拱形表面和她在IM6时看到的一样,波纹、旋涡一样卷曲的火焰图案极其不规则地出现、消失、反复。如果要用视觉方法来说明混沌理论的话,这倒是相当合称的材料。

但是,纱夜觉得这里面绝对能发现概率论的图形。将其单纯化再进行一些抽象处理的话,也许和火焰陶器的图案有相同之处也说不定。

"这是覆盖了火星大阪的红色拱形,最新消息传来的图像。"画面角落里小人一样的吉村说,"和你看到的东西类似吗?"

"嗯。"纱夜点点头,"不会错的。规模也差不多。"

大约两个星期前经历的恐怖与孤独又复苏过来,纱夜觉得全身都冷了下来。

"但是那个像龙卷风一样的是什么? 在IM6的时候没看到那种东西呢。"

"应该说是反向的龙卷吧。"吉村回答,"沙尘正被吸进那拱形里面。如果在IM6的时候正发生沙尘暴,估计也能看到同样的景象吧。"

"里面的人呢?"

"全部都被关在里面出不来了,但是好像暂时平安无事的样子。"

"就是说能联系上了?"

"嗯,只不过联系方法稍微有点奇怪……"

"什么意思?"

"一开始是联系不上的。不,应该说大家都以为联系不上。但是在城市被拱形覆盖掉几个小时之后,来自火星大阪的联络却从平时通信用之外的其他频率带传来了。那原本是分配给其他移民地用的、频率较低的频率带,不知道怎么会混杂在里面。于是这边也就用这个频率给火星大阪发送了信息。结果是石沉大海,杳无音信。没办法,外面就又尝试性地用原来的频率发送了一次,结果没想到对方又用比平时更低的频率发来了回信。就这样尝试了几次之后终于弄清楚了,火星大阪的人其实也是用原本的频率进行联络的,但是送达这边时却变成了较低的频率。如果不是有人在中途专门进行变换的话,就只能想到一个理由。"

"什么?"

"多普勒效应。"

"多普勒效应……是正在靠近的车子声音和远去的车子声音不同的那个?"

"没错。也就是说正在靠近的车子声音频率高,正在远去的车子声音频率较低。在光和电磁波中也有同样的现象。由于这个宇宙正在膨胀,星星有着远离我们的倾向,所以其光芒多少都会发生红移。此外,从巨大的引力源头发出的光或者电磁波也有多普勒效应。考虑到正远去的车子声波会被拉长,引力也会对光线或者电磁波产生拉力……大概就是这种感觉吧。"

"也就是说,从火星大阪传出来的电波会变成低频,是因为被火星大阪的引力给拉扯住了的缘故?"

"现在的主流看法是这样。"

"我有些不太明白。"

"我也不是很明白,但学者们都这么说。那个红色的拱形表面产生了非常强大的引力,大概跟白矮星的重力差不多一样强。在其顶点上又叠加了火星本身的重力,所以虽然差别不是很大,但重力反正更强了,因此龙卷风才会在顶点附近产生什么的。"

"和白矮星的重力差不多的话……会只有这点程度吗?难道不会吸进去更多东西吗?"

"重力,也就是引力,是两个质量之间相隔距离平方的反比,并且和质量大小成正比。据说和白矮星相等的也只有拱形表面附近啦。那个拱形的质量本身并不是特别大,但密度似乎非常高,因此在其表面拥有产生与白矮星相等重力的可能性。但是在距离表面几十厘米的地方似乎就变成了跟地球差不多的1G。几米远的地方则几乎没有影响。龙卷风也只是在拱形顶点附近由表面气流产生,并不是说几米几十米上的沙尘都是被引力给直接拉扯过来的。"

"这样……那么,里面的人怎么说?"

"新闻里公开了一部分通信内容,我发给你看。"

沙尘暴的声音弱了下来,变成了微弱的背景噪音。红色拱形的图像也淡了下去,换上了一个男人的图像。这位火星大阪的市长虽说应该有四五十岁了,看起来却是三十刚刚出头。如果不是因为有很严重的黑眼圈,或许看起来能更年轻些。当然这肯定是基因治疗的成果。

"……因此现在我们正处于一种非常奇妙的状况下。比如说现在我眼前能够看到的风景,从颜色上来说和平时一模一样。外面说我们被红色拱形所覆盖,但是从我们这一边却感觉不到这个存在，只不过眼前的风景产生了极大的扭曲。应该怎么描述才好呢……地平线朝着上方翘起来了一样的感觉吧。原本和我们同样高度的东西看起来似乎在我们的上面。越是遥远的东西就越明显，比如从火星大阪虽然能看到塔尔西斯山群，以及更远的奥林帕斯山，但原本是不可能看到山顶上的火山口的，现在却能看得一清二楚。"

这时就显示出从火星大阪发送来的风景录像。的确就像是用鱼眼镜头在摄影一样，展现出一个奇怪的世界。要是看太久了，竟然会产生一种晕车、晕船时的恶心感。

"更加不可思议的是，或者应该说令我们困扰的是，我们无法离开这里。就在这附近……在距离移民地几百米远的地方有我们的后备模块——紧急避难设施，但是我们却无法抵达那里。不是开玩笑，虽然能看见模块就在那里，但不论怎么走，或者开火星车过去，都完全无法靠近。倒也不是有什么眼睛看不见的墙壁。该怎么说呢？总觉得抵达那里的道路被延伸到了无限长。或许那正是红色拱形的边境附近所产生的现象吧。"

录像到这里就结束了。画面淡去后，吉村的脸从角落里扩大着移动到显示空间的中央。

"……嗯，大概就是这样。"吉村说，"拱形之所以看起来是红色的，似乎也是因为从拱形内部发散出来的光发生了红移。此外，至今为止有一个由七人组成的救援部队乘坐大型火星车尝试冲进了拱形中。火星车没遇上任何困难就穿过了红色的边界，抵达了火星大阪，但是却再也没办法出来了。"

"虽然可以进去，却无法出来……"纱夜几乎是自言自语地咕哝道，"怎么有点像黑洞呢？"

吉村点点头。

"这也是公认的看法。学者们似乎已经开始把那个红色的拱形叫作'准史瓦西球体'了。"

"史瓦西?"

"就是恒星在变成黑洞之际需要越过的那条线。当重力崩溃的恒星缩小到史瓦西半径内侧的空间里时,就不会再有任何东西能够出来了,然后就这样变成了吞噬掉一切的黑色洞穴。"

"也就是说和这现象很类似呢。"

"很类似,而且实际上也有很多共同点。其中最大的共同点当然是都有重力参与其中。"

纱夜的脑海中,事情开始一点点归位到它们应该在的地方。而吉村似乎也有同样的感觉。

"如果,火星上的确有原住民……如果他们还在的话……这时地球人突然跑到这里来,他们会做何感想呢?"

"喂,等等。"吉村举起手制止了纱夜,"还是从最开始按顺序想吧。"

"好啊。"纱夜点点头,"首先事情的起因是应该是萨根生物群吧?还是说是水晶花? LIGAS?"

"在火星移民地化这件事本身上,美国和俄罗斯是占有优势的,也是他们最先开始在北极冠进行采冰活动的。大概比日本要早上一年。也就是说,他们先发现萨根生物群的可能性很高。虽然日本发现萨根生物群的时期的确和水晶花的出现以及LIGAS检测到引力波的时期大体相同,不过恐怕其他国家早在这之前就已经发现了生物群的存在。"

"有道理。那么,首先是在火星的北极冠发现了萨根生物群,接下来就是水晶花的出现了吗?"

"在那之前你忘了一件事。"吉村说,"北极冠地下的那个空洞。"

"当然没有忘记,那个可以稍后……"

"不,虽然这么说对你有些失礼,但是你究竟是不是第一个发现那空洞的人也是疑问呢。"

"是啊……"纱夜点点头,"IM6那里也有人抢先设置了地下探测装置。"

"没错。只要意识到萨根生物群分布所表现出来的特征,大概换谁都会想到那地方一定有些什么吧。这样一来,首先发现萨根生物群的国家也就有更高的可能性会首先发现地下空洞。不过,空洞的发现究竟是在水晶花或者LIGAS之前还是之后就很难说了。这既然是伴随发现萨根生物群而来的,暂且就将其放在前面如何?"

"知道了。那么接下来,就是水晶花还是LIGAS的问题了。"

"关键词是重力。"

"那个红色光芒的拱形毫无疑问是由水晶花产生的。我亲眼看到的。并且,那个拱形表面产生了非常强的引力。所以认为水晶花能够产生引力也就是自然而然的。"

"没错。能从火星上发送出能让LIGAS接收到的引力波,光是这一点,如今能做到的大概也只有水晶花了。如果能发送出引力波,那么操纵重力形成那种拱形的重力场大概也是可能的吧。还是说在形成重力场的过程中会产生引力波,嗯,说不清楚究竟是哪种呢。"

"但是,你刚刚说那个准史西瓦球体的重力大概和白矮星差不多呢。LIGAS能够接收到的应该是黑洞或者中子星这种级别的东西产生的引力波才对啊。白矮星程度难道不是太弱了点儿?"

"是这样没错,那个LIGAS接收到的引力波……就说是信息吧,长度大概有多少?"

"你等等。"

纱夜在显示空间的角落里调出了LIGAS的内部资料。

"大概每次五秒,以三秒为间隔连续接收到了三次。那之后过了几个小时,又是同样每次五秒,连续三次。而这种现象在二十四小时内出现了五次。"

"也就是说,这个引力波是脉冲状的,时不时地被发送出来。把这些全部加起来也不过七十五秒的时间。但是准史瓦西球体却连续不断地维持着与白矮星相等的重力。如果将这些力量全部集中在几秒时间内,倒也有可能制造出与黑洞相当的引力波来。当然,这只是我的猜测罢了。"

"话说回来,真的有可能人工制造出那么强的引力波吗?"

"以人类的技术力来说当然不可能……哎呀,差点儿又跳跃思维了。算了。虽然现在是不可能实现的,但是却有产生强力引力波的理论想法。比如说捕捉微型黑洞,使其进行高速振动或者旋转。"

"微型黑洞?"

"和粒子差不多大小的小黑洞。理论上是可能存在的,但是还没有发现过。"

"就算有,要怎么才能捕捉它,又让它运动呢?"

吉村耸耸肩,"我也毫无头绪。"

"就没有其他更有可能实现的办法吗?"

"将电磁波转换成引力波不知道会如何? 如果使用同时拥有电荷和质量的物质,比如电子和质子,就能通过这种物质将电磁场和引力场连接起来。事实上也有研究让电子冷却——也就是停止运动——然后将浓缩的结晶用X射线进行照射以释放出引力波射线。虽然不太清楚具体情况，但至少不是完全不可能。"

"我懂了。那么顺序应该是发现萨根生物群、发现地下空洞、水晶花出现，以及LIGAS检测到引力波，这么考虑暂时应该没有问题。"

"最后就是准史瓦西球体的出现，再加上你从引力波中发现了似乎包含有意义的信号。"

"那能不能认为有一个能将这一系列的事情都连接起来的大背景呢？"

"也是呢。差不多也就要回到你最开始的那个问题上去了。如果火星上有人类以外的存在的话……"

"这之后我说的任何事情都绝对不要告诉任何人，你能保证吗？"

吉村疑惑地歪起头，"可以是可以……为什么？"

"因为也许会断送了我的学者生命也说不定啊。"

"OK。"吉村苦笑着说，"我保证。"

"在距今为止三十五亿年前，有什么人来到了火星上。大概是从其他行星来的。那时候地球上的生命才刚刚诞生不久。而在更早冷却下来的火星上也有更早之前产生的生命，北半球的海洋中充满了原始生物。虽然不知道是不是因为这个理由，这些从其他行星上来的人——原住民——选择了在火星而不是地球降落。原住民在海底定居下来，为了食物而建立起萨根生物群的畜牧业。但是那时候火星已经开始寒冷化、干燥化，没多久海洋就干涸了，空气也被封闭在了土壤和岩石之中。当时原住民很有可能就这样灭绝了。但是他们既然拥有能从遥远的星系跨越几光年的距离抵达太阳系的技术，估计也可能拥有某些就算很麻烦但能够幸存下来的方法。"

"原来如此。接下来让我继续吧。原住民在几十亿年的时间里一直悄悄生活在火星上。然而某一天，从地球上来的原始智慧生命体竟然大摇大摆地跑到这里来，四处散播细菌，开始试图将火星恢复到以前的状态。但就算如此，他们也一直屏息沉默着。随着大气逐渐变得浓厚，地球人的数量也随之增加，从地下采掘资源，从极冠挖走冰块，终于发现了他们用作食物的萨根生物群的外壳。最后甚至还开始着手探索他们居住的地方。于是他们终于无法再继续沉默下去了。单调却平静的生活受到了威胁，他们必须设法将地球人从火星赶出去……"

"他们使用重力发生装置，也就是水晶花一点点地将地球人的移民地包围起来。"

"对，最终结果就是移民地被拱形的引力场一个个隔离起来了。"

"嗯，那么引力波又是怎么回事？LIGAS接受到来自火星的引力波时，还没有出现过任何准史瓦西球体。"

"如果水晶花是原住民设置的装置的话，如果地下没有数据线构成的网络的话，就只可能用无线通信的方法进行控制。以前人们曾经挖掘过水晶花周围的地面，知道水晶花的根只延伸到地下几十厘米的地方，因此应该不会是数据线。"

"剩下的就只有无线通信了。"

"对。引力波不像电波需要使用卫星，能够很容易地抵达火星的任何场所。原住民也许同时使用水晶花监视和调查地球人。如此想来，现在火星上以北极冠的地下为中心，正分布着大规模的引力波通信网络呢。"

"而这些通信中的一部分流出到火星之外，偶然地被LIGAS接收到了。"

"当然这引力波之中自然也包含有拥有意义的信号。"

"而引力波也是隔离、驱逐地球人的武器……"

纱夜和吉村交换了一下眼神。

"似乎得出了一个相当不得了的结论呢。"

"嗯……虽然还有很多说不通的地方,但是我觉得大体上的脉络应该没错。"

"这之后应该怎么办呢?"

吉村低头沉思了片刻,纱夜便再度开口道:"把刚才的假说通过星际网络和互联网向外进行公布,不管怎样,先呼吁中止火星开发如——"

"最好不要这么做。"话还没有说完,吉村就语气尖锐地表示了反对,纱夜不由得睁大了眼睛。

"为什么?"

"不……那个……首先不会有人相信的吧,再说你自己也说了,说不定会断送了自己的学者生命啊。"

"但是,火星上的移民地可能都会被准史瓦西球体隔离起来啊。虽然不知道以后会怎样,至少火星上的人类活动会全部停止,这样一来,向各移民地供应水、食品、能源的机能也都全部无法运转。移民地虽然有基本的封闭生态系生命保障系统,可以撑上一段时间,但是无法进行百分之百的循环再生,迟早会到达极限。如此一来,很多人的生命都会受到威胁啊。而且在那之前,如果这个火星上真的还住着原住民的话,我们难道不应该尊重他们的权利吗? 我们也许是在侵略火星啊。考虑到这一点,根本就不是谈个人学者前途什么的时候啊。"

"但是……恐怕不只是断送了学者前途就能了结的。"

纱夜皱起了眉头,"什么意思?"

"就算有人相信了你的话,你觉得火星开发真的能这么简单地中止吗? 至今为止,人类在火星调查和开发上投入了大量的人才和资源,耗费了巨额的资金。现在突然说要全部放弃,对于很多人来说都是不可能的。反而,如果有任何会对火星开发造成障碍的事物出现,不管是多么微小的存在,都必须坚决地排除掉,这恐怕才是现在的做法吧。这就像是一块从坡上滚下来的大石头,如果自不量力地试图去阻挡其下落,反而会被碾碎或者撞飞……"

纱夜一动不动地盯着吉村的面孔,脑海深处仿佛突然响起了"咔嚓"一声。

"你怎么了?"吉村不解地问。

"原来……原来如此。"

"什么?"

"在三内丸山和IM6的时候我都差点儿被杀掉的原因……"纱夜自言自语般地说,"简单来说,是我太碍事了。"

然后她将目光从吉村身上移开,微微低头抱起了手臂,"真是,我傻吗? 真傻啊……"

"飞鸟井?"

"发现萨根生物群的事情至今都还没有公开发表过。如果在日本之前就有国家发现了,世界上的普通百姓却没有一个人知道这件事。为什么会这样呢? 我竟然没有认真考虑过。难以置信。虽然接二连三地发生了许多事,我也一直没时间静下心来想过这问题,但是这也实在太大意了啊。"

吉村沉默地看着纱夜。

"因为会导致火星开发不顺利吧。没错。要是在火星上发现了这么高等的生物,至少会有很多科学家要求暂时冻结火星开发的进程。这将为我们带来怎样的知识,是完全不可估量的啊。再说就算是普通百姓,肯定也会想到或许还有其他生物存在,可能依旧还生活在火星上。火星开发会威胁到这些生物的生存,毫无疑问肯定会有人出来反对。但是大石头已经开始滚落了。对于推进开发的人来说,为了防止事态发展到难以控制的局面,必须要隐藏信息,没有半点的罪恶感什么的。"

纱夜好不容易精神了一点的脸上又带上了阴郁的色彩。

"再加上萨根生物群如果还暗示了可能会有智慧生物存在,怎么想火星开发都不可能以现在的势头继续下去。而我们北极冠学术调查团正是在调查这个证据啊。虽然不知道是什么地方的什么人,但果然有人在故意阻碍我们的调查活动。在三内丸山的时候袭击我们的明明是日本士兵,却故意栽赃到印度头上,然后用最正当的理由将我们软禁在这里。与此同时,他们自己却在继续进行调查,看那是否真的会阻碍到火星开发……虽然不知道他们怎样得出了与我相同的推测,或者从哪个国家获取了情报,反正他们也去IM6进行了调查。想必他们也在很多地方都进行了调查。然后还派出那些士兵巡逻,命令他们一旦发现进行同样调查的人就格杀勿论。因为他们也发现了那个空洞啊。既然使用了那么高性能的探测装置,说不定还发现了更多的东西呢。但是如果其他什么人发现了那些东西的话,对他们来说一定很不方便。"

纱夜一口气说完,像是寻求同意般看着吉村。

"的确……"吉村点点头,"这么一想说得通。"

纱夜依旧抱着手臂,咬住了下唇。

"果然……我觉得还是公开出去比较好。"

"关于萨根生物群?"

"全部。包括生物群、地下空洞、水晶花和引力波的关系,以及我们之后的遭遇,全部。"

吉村摊开手,"但是刚刚你自己也说了,对于推进火星开发的人来说,我们简直就是眼中钉。这次要再做出出格的事情,恐怕是真会丢了性命。"

"我……几乎是带着塞尔吉奥去送死的啊。"纱夜微微低下头说,"你觉得我这样的人会在乎自己的性命吗?如果吉村和其他人不愿意被卷进来的话,就以我个人的名义发表也行。"

吉村也抱起胳膊,"我倒觉得你没必要如此自责。"

"我怎样都无所谓,我觉得塞尔吉奥也一定希望我这么做。他一直都很在意那些和我们一起被软禁在这个移民地里的人。如果知道这将导致移民到火星的全体人类都陷入危险之中,他一定……"

吉村点点头,"不管怎么说,先把调查团的人都召集起来吧,然后大家一起想办法。"

"谢谢。"纱夜试图微笑,但她的脸颊如此僵硬,只能很勉强地将嘴角往上提了提。

4

网球场大小的空间里只放着一张桌子和接待用的沙发，十分空旷。墙壁上只有一个大窗户，光线无法抵达房间的最深处。

黑暗如同沉淀的渣滓一样聚集在房间的角落，其中有什么在蠢蠢欲动。那东西散发出青白的磷光，像熔化的金属般缓慢流动到房间中央，然后凝聚成人形。

从天花板或者地面的角落里不断渗出青白色的黏液，仿佛整个房间都在流脓一般。黏液在没有任何花纹的蓝色地毯上爬行，一处处聚集起来，变幻成男人或女人的模样。

如同半透明塑料做成的人形很快就挤满了原本空荡荡的房间。无论男人还是女人都展现出如同希腊雕塑般完美的躯体。深邃的五官虽然看起来极度相似，但每一个都是毫无瑕疵的美男与美女。

当他们抓到身边的异性时，就开始毫无顾忌地交媾。房间里突然就开始了一场淫欲的饕餮之宴。

但是他们看起来似乎又并不享受这种行为。面无表情，也没有半点快感的呜咽，只是单纯地重复着相同的动作。

接着，一个完成交媾的女性的腹部开始鼓了起来。

　　隐隐约约地能看到某种异物正在她的腹中逐渐形成,但她只是沉默地凝视着自己疾速膨胀起来的肚皮。片刻后腹部的膨胀停止了,她便毫不犹豫地张开了双腿。

　　这时候女人的脸上总算出现了一点像表情一样的神色。眼角略带惊讶,嘴角则流露出喜悦。

　　女人的两腿根之间突然裂开一个大口,绿色的黏液倾泻而出,流淌到她的脚尖附近聚集起来,然后不定型地朝着空中延伸,最后逐渐形成一个年轻男人的模样。

　　房间的各个角落里都同样诞生出绿色的世代。

　　坐在桌子后的男人一脸满足地打量着眼前一幕。他的个子高得异常,有着蜘蛛般细长的手脚……轻轻相握的两手的指节如同原猿类一样粗壮,突出的下巴靠在两手上。

　　细长的眼睛微微张开,鲜红的薄唇拉出一个似有似无的笑容。他的胸口和肩膀附近爬满了黑色的虫子。

　　"看起来你们玩得很高兴嘛,没用的家伙们。"

　　男人说话时就像使用了腹语术一般,嘴唇几乎都没动。房间里蓝色和绿色两个世代正翻腾交合,不分你我地融合在一起。

　　"交给你们的工作都完成了吗?"男人又说。

　　乱交之中的一个"绿人"脱身前来回答:"J-29的端口全部都由红色世代把风,一直进行着监视。出入的所有可疑代理者会尽数抹杀,您不必担心。"

　　"KT还没有发现吧。你们暂时还不是他的对手。"

　　"现在使用的伪装能把危险率降到百分之五以下。大概'红人'从外表上看起来只是过滤器的一部分而已。就算KT意识到有人在进行检阅,'红人'也在不停地变换位置,应该是很难被捉到的。"

这时候另一个"绿人"走近前来。

"有人请求见面,束田先生。有预约,指定时间三十秒前。"

西荒公司的总裁束田浩一阴郁地移动了目光。

"谁?"

"藤本教授。"

"让他进来。"

于是蓝色和绿色的半透明人突然全部消失不见了。一瞬间四周充满了杂音,巨大的全息屏幕开始显示出没有尽头的无限宇宙来。

桌子对面的墙壁一角上打开一个半圆形的洞口,洞口后站着一个人。人影踌躇着将头探进了半圆形的洞里。

"请进,教授。"

束田如此说道,藤本便迟疑着踏进了房间。那犹豫不决、慢吞吞地走近的模样还真就像是飘浮在宇宙空间中一样无依无靠。

"你看起来很有精神嘛。"

束田一动不动地陷在自己的椅子里,只有口吻变得稍微殷勤了一点。藤本一边回答着"没有的事儿",一边举起手在眼前摆了摆。

在束田的邀请下,藤本坐进了桌子前的沙发,喝了两三口端来的红茶。虽然还没出汗,却已经取出手帕,开始擦拭起额头来。

"如何?飞鸟井纱夜对于火星引力波编码的分析结果?"

束田一副兴致寥寥的样子开口道。藤本毫无意义地猛点了很多下头后才回答:

"很有意思啊。关于绳文这样那样的内容我是无从评论,不过至少发现了能描绘出信号特性的函数,光是这一点就能够得到相当的肯定。"

"有可能是单纯反映自然现象的结果吗？"

"虽然说函数本身可能只是与特定自然现象雷同的类型，不过那个信号却几乎表现出了函数本身，图形完全吻合。如果是火星上的自然现象混杂在信号中，图形应该更凌乱分散才对。当然，这部分可以用统计学的方法进行证明。"

"嗯，应该没有这种必要。"束田点点头，"那么关于在火星上出现的一系列事情，你对吉村和飞鸟井纱夜设立的假说有什么看法呢？"

"作为一个想象出来的故事，应该算相当完善了。但依旧有一个很大的问题。"藤本一脸严肃地顿了顿，"为什么外星人会放弃有前途的地球而选择了明显正在迈向死亡的火星呢？此外在火星沙漠化前，为什么不搬家到地球上来呢？"

"也许有些生命体觉得在火星上的生活更舒适啊。"

藤本露出一副对学生说教的表情竖起了食指，"这的确很有可能，但这样一来的话，萨根生物群与外星人之间恐怕就不会有什么关系了。现在萨根生物群被看作是地球型的生命体，而以地球型生命为主食的生物怎么想都应该同样是地球型的才自然吧？"

"原来如此。"

"所以我也想象了一下：那个水晶花本身才是外星人的最后形态才对。"

藤本低头抬眼看了看束田，似乎期待对方会对自己的话表现出惊讶来，但那蜘蛛一样的大块头男人却依旧面无表情。

"我们是由固体和液体组成的。"藤本重新振作起来继续说道，"但是在广阔的宇宙中，或许存在着完全由固体组成的生命。同样，也有完全是液体，甚至完全是气体的生命存在，这都是可以想见的,但想来应该都是一闪即逝的生命吧。由矿物组成的固体生命虽然在成长上需要耗费许多时间,但比起我们来说,应该十分长寿吧。水晶花究竟是由什么物质构成的,现在还没有定论,但至少能看出是固体。或许是特殊的矿物吧。飞鸟井纱夜他们认为那是外星人制造的机器,但在我看来,它们的行为恐怕更接近生物一些。就如同真正的植物一样会成长,根据所接触到的人类的意图而改变自己的硬度和重量。难道那不正是一种固体生命吗?或者是介于机械与生命体之间的存在。作为生命体会不断增殖,对周围的环境做出反应,但与此同时又可能具有引力波网络节点的功能。让人联想起我们使用的立方体,也就是全息储存器呢。虽然使用了一部分聚合物,但是全息储存器的媒体主要还是矿物结晶。我们使用激光在矿物晶体上写入需要记载的内容。而将引力波发射到水晶花这种结晶体上,或许也能进行同样的储存呢。然后再组装上如同计算处理器之类的部分,或者作为生物使用原本就有的信息处理机构的话,那就是非常完美的生物电脑了啊。”

“真是非常有意思的想法。”

“当然,说到底也只是我的猜测而已,不是那种能在学会上发表的内容。”藤本露出一个失落的笑容,“不过难得有这样的机会,不如再让我多想象一下好了。就在火星快要不能居住的时候,外星人其实本打算搬家到地球上。但因为宇宙船出了故障,并且失去了修复或者再造的技术或劳动力,也可能是因为无法获得足够的燃料等,总之某种理由让移民陷入了困难之中。于是他们决定改造自己以适应逐渐变化的火星,其中一个答案就是变成固体生物,或者是制造出固体生物一样的电脑,将每个人的生物信息和记忆全部都记录进去。那也许就是水晶花。在那种形态下，就算大气层变稀薄，失去了水，射线和紫外线变得强烈，估计也不会受到任何影响吧。虽然寒冷和炎热的极端反差对身体不太好，但如果躲在地下就不会受到什么影响。而在环境地球化温暖化后的现在，它们再次出现在地表上也不会感觉到任何差别。这样一来，就跟他们那个对人类实施报复的故事联系起来了。"束田双手交握，带着类似祈祷的姿势仰望宇宙。

"如此一来，那个北极冠地下的空洞里面又有什么呢？"

"如果外星人真的都变成了水晶花，原本的身体又怎样了呢？"藤本反问，"虽然我无法想象变成矿物会产生怎样的心情，但我觉得一般生物不会主动想变成那样吧。如果是别无选择只能变身成矿物的话，他们也多少会留下一条退路，期望什么时候能回到原本的身体中吧。"

"金字塔吗？"

"您的理解能力果然强。没错，地下的金字塔。总之，我推测那个空洞应该就是类似的场所了。"

"金字塔里隐藏着财宝。"

"这次被您抢先了，真厉害。"藤本拍了一下膝盖赞许道，"外星人可能拥有我们甚至无法想象的先进技术。我想他们不会忘记留下点什么，好让自己在回到原本的身体中后立刻能再次使用这些知识。"

束田满意地点了点头，"真的很有参考价值，教授。"

"不不，如果对您有用的话……"

"虽然我很想像平时那样跟你道别……"

"啊？"

"但我不得不告诉你一件非常遗憾的事情。"

之前靠在椅背上的束田突然坐起身，双肘撑桌，用冰冷的视线看着藤本。藤本反射性地朝后缩了缩。

"事实上,我们公司为了保证秘密不外泄,会定期更改外部情报来源。"束田用公事公办的口吻说,"说得更具体一点,就是要切断旧的情报来源,开辟新的情报来源。藤本教授,你则属于那旧的情报来源。"

"您的话……我不太明白。"

"你为我们公司提供了大量情报,但必然也吸收了许多我们公司的内部信息。其中当然也包含有如果泄露出去就会很麻烦的信息。"

藤本慌张地摇着头,"我绝对不会说的。至今一次都没有说过,今后也没有这样的打算啊。"

束田点点头,"当然,我也是很信赖你的。但遗憾的是技术也在进步啊。就算你本人不想说,要从你的大脑中直接取出信息来也不是那么困难。"

藤本的额头上顿时渗出汗来,"这……您这究竟是什么意思?"他一边用手帕擦着冷汗,一边露出不自然的笑容,"因为我知道得太多所以要抹消掉吗? 怎么会,这……"

"简单来说就是这么一回事。"束田不为所动地平静回答。

"不不这种事……您开玩笑……"藤本声音嘶哑地笑出声来,"我还有用武之地啊。火星这件事不还没定论嘛……"

"当然,教授,你是个很有用的人才。没了你提供给我们的重要情报,对于我们来说也是极大的损失。只不过再拖下去的话,我们公司的情报通过你泄露出去的危险性会增大。作为一名经营者,我无法放置这种危机管理于不顾。希望你能够理解。"

"理解? 这种事情怎么可能理解?! 你这是什么话啊!"藤本的膝盖忍不住颤抖起来,"对了,那么……那么……只要消除我的记忆就好了。对不对？既然能够取出记忆,应该也可以删除掉的。"

束田摇了摇头,"那可不是那么容易的事情。人类的记忆系统非常复杂,就算消除掉,却总会残留下碎片般的内容。说得极端些,就算是死后一个星期,已经腐烂到某种程度的大脑,也能提取出令人吃惊的信息来。甚至有专门干这一行的人……"

藤本终于忍不住大叫起来。

"求……求你放过我！我也许是旧的情报来源,但我既不是服务器也不是路由器,更不是光缆啊。我是人啊。"

束田用怜悯的目光看着藤本。

"教授,这个世界上的各种东西都可以被还原成信息。这是大家很早以前就知道的事情,想必你也很清楚吧。认真想来,你本身也不过就是信息的集合体而已。火星的原住民只能将每个人的信息都输入水晶花中才得以延续生命,你刚刚自己不也这么说的嘛。只要有技术,教授,这一点对你本人也适用啊。实际上如果愿意的话,你的 DNA 编码可以被全部解读。再根据编码合成蛋白质,重新组合起来就能得到你的身体。这样的技术大概在本世纪内就可以诞生。将脑内的神经网络全部复制在人工媒体上的做法也正一步步成为可能。之后只要将其下载到合成的大脑上,就可以得到比克隆人更加完美的复制体。"

束田彬彬有礼的口吻没有丝毫波动,如同教诲般地说着。

"如果用更抽象的说法,在整体具有熵增倾向的信息之海中,你是一段保持着一定形态不会崩坏的波。将食物这种熵比较低的情报吸收输入后,将排泄物和新陈代谢物这些熵比较高的信息输出排除……靠着这种反复的持续,在一定期间中你就能够作为自己存在下去。你是孤波,或者是一种被称作耗散系统的存在——听起来就像是释迦牟尼在讲经呢——我们的大脑也是这样工作的。从外界吸取信息，抛弃不要的信息……也就是忘却。虽然不知道我们大脑究竟有多少容量，也许真能保存我们一辈子的信息，但是至少在日常意识的层面上需要对这些信息进行取舍选择和交换，否则就会过载。所以，出于这些原因，我认为人类只不过是附带了记忆装置的信息处理系统而已。而教授，你这个系统里记录了我们公司重要的信息。现在看来，有选择性地只消除这些信息是极端困难的，因此我们就只能将你这个系统全体都抹消掉了。"

藤本甚至忘记了要擦拭不断下淌的汗水，只是强扯着笑容不停地摇头，"不不，您开玩笑吧。这种事情，您不会是真的这么想的吧。求您放过我。我胆子小……"

突然，停留在束田肩膀和胸口上的三只蟑螂型机器人展开了银色的翅膀，下一秒钟就落在了藤本身上。

空荡荡的房间里传出窒息般的惨叫。

藤本从沙发上跳起来，像跳舞一样拼命跺着脚，努力想把蟑螂机器人拍打下去。但是机器蟑螂却敏捷地在藤本身上乱蹿，他甚至碰都碰不到它们。

"救……救命……快弄下去，快弄下去！你这也太过分了！"

束田依旧两肘撑在桌子上说："之前我跟你说过这是护身用的产品，不过最近进行了一些改良。现在也能用于清扫了。今天是第一次测试呢。"

藤本哭喊着朝出口狂奔起来。

"疯了！你疯了！"

"也许吧。"束田鲜红的嘴唇两端翘了起来，轻声嘀咕道，"但还不到你们的程度……"

房间深处的黑暗中有东西翻滚起泡沫。黑色的泡沫如同翻腾的海浪一样突然扩散开，阻挡了藤本的去路。大概近一半的蓝色地毯都被那黑色蠕动的东西给覆盖了。

房间里再次响起惨叫，与此同时，那些黑色的东西飞快地爬上了藤本的身体。

成千上万的蟑螂机器人从脚下开始将藤本覆盖起来。它们爬上他的面部，抵达口鼻、耳朵、眼睛，并开始一个接一个往里面钻。

含糊的惨叫声一直在房间中回响。

藤本的眼中流出了鲜血，但蟑螂机器人立刻就飞快地将其舔舐干净了。

只剩下黑色剪影的藤本在几乎掩埋了全部地面的黑色旋涡中起舞。但是不一会儿，他就突然像石像般僵硬，然后"哐当"一声倒下了。全身上下如同濒死的虾一样抽搐痉挛着。

这时候，那些蓝色和绿色塑料般的男女突然又出现了。他们围在手脚都还微微颤动的藤本周围，带着略有些兴奋的表情看着眼前这一幕，并再度开始了他们的淫荡行为。

这一次，女人们发出了微弱的娇喘。

"恶趣味的家伙们。"

束田眯起眼睛看着这景象，无声地笑了。

被蟑螂机器人覆盖的藤本头部崩坏着陷入两肩之间，黑色的人影完全不动了。

闪耀着磷光的半透明男女中断了他们的淫行，凝视着地面上凸起的身体和手脚勾勒出来的黑色剪影。剪影逐渐失去了形状，厚度也渐渐消失了。

很快就无法再看出刚刚藤本的尸体究竟躺在什么地方。蟑螂机器人又和出现时一样退潮般飞快地移动到墙边,溶解在了黑暗之中。

只有三只机器人留了下来,飞到空中,回到了束田肩膀上。

地毯上没留下半点碎肉。半透明的男女发出了满足的叹息。

这时候束田才第一次站起来,缓步走向藤本之前倒下的地方。途中直接地穿过了两三个半透明人的身体。

细长的腿停了下来。

束田的眉间出现了一丝皱纹。

他屈膝蹲下,目不转睛地盯着地毯上的一个点,那是一个直径一厘米左右的红色印记。

"在社会上彻底抹消藤本教授的存在。"束田站起身说,"另外,把微型生物机械部门的责任者给我叫来。"

半透明的男女突然间就消失不见了。

过了一会儿,一个"绿人"再度出现。

"已经叫来了生物微型机械部门的部长相原亘。"

"连上。"束田不悦地说。

一个年纪三十后半的男人出现在束田面前,他长着一张非常诚实的面孔。

"我是微型生物机械部门的部长相原。"像是怕弄坏了梳理整齐的发型,男人轻轻地行了一礼。

"都是因为你制造的缺陷产品……"束田指着脚下那个红点,"地毯被弄脏了。"

男人睁大眼睛,看向束田所指的地方。然后他的表情突然扭曲起来,顾不上发型乱掉,深深地埋下了头。

"这……真是太抱歉了!"

束田转身对一旁的"绿人"说："将现在的副部长升任为部长，之后的人事随便分配。立刻进行机器人改良工作。这次必须要不留一滴血地全部清理掉才行。"然后他就转身回书桌边去了。

"那个……那个……我……"名叫相原的前部长依旧弓着腰，只抬起了头说。

束田没有回头便答道："你就用于改良后的机器人测试。"

"哎……哎?"相原叫起来，"等等……请等一下，总裁!"

"切断。"

束田尖锐地说完，那个慌乱男人的身影在一瞬间的扭曲中消失不见了。

5

从医务室回到自己房间的纱夜一边小喘着一边倒进了沙发里。用手摸摸胸口,感觉心跳的频率大概是平时的两倍。

她看到了触目惊心的东西……

接受完定期营养状况检查,纱夜正准备离开医务室,正好看到刚被送进来的急诊病人。

该怎么形容呢? 偏青蓝色的紫色皮肤……眼角、鼻孔还有嘴周围都沾满了血一样的液体。从衣服袖口伸出来的手也是紫色的。

纱夜咽了口唾沫试图平静下来,但心跳却无法平缓下来。

最近体力下降得厉害。毕竟有近两个星期时间都一直关在自己的房间里,没有好好吃饭,当然也没有运动锻炼。

给凯伦发送了邮件后,纱夜决定以此为契机重整旗鼓,那之后的一个多星期一直都在医生的指示下努力恢复体力。火星的重力只有地球的三分之一,因此如果放着不管的话,肌肉萎缩的速度也快。前往火星的人如果有回归地球的打算,就有义务每天进行定量运动。而纱夜已经整整怠慢了两个星期,现在立刻回地球的话恐怕连站都站不直。

饮用复方营养剂,逐渐增加饭量,在移民地内散步,进行轻量的举重练习,简直就像是刚从一场大病中恢复过来的病患,纱夜每天都必须完成这些复健内容。

但依旧还没完全康复的样子。光是从医务室小跑回自己的房间,就已经累成这样。

不过心跳无法放缓倒不仅仅是因为体力不足。或许是那个病人极端异常的模样让她受到了出乎预料的惊吓。

"啾。"

不知何时伊拉布游到她身边很近的地方,一脸担心地俯视着纱夜。它的尾巴附近漂浮着三个图标:一个树叶图标、一个玻璃杯图标,还有一个注射器图标……简单来说,是在问她:要喷芬多精吗? 要喝点什么吗? 要叫医生吗?

"谢谢。"纱夜有点勉强地微笑了一下,"没事了,已经平静下来了。"

但她转念一想,机会难得,便用手指了指树叶的图标。伊拉布用尾巴"嘭"的一声将图标弹开,然后图标就朝着通风管的方向飞去,像是被吸进去一样消失不见了。

空气中飘散开一股芬多精的香气。

稍事歇息之后,纱夜像是突然想起来了什么。

"对了,伊拉布,有回信吗?"

皇带鱼摇了摇头。

"你确定已经送达了吧。"

鱼尾巴尖上出现一支笔,伊拉布在空中写起字来:"收信人服务器没有回答"。

"这样啊……"

一个星期前,纱夜和吉村将同样身在J-29的北极冠学术调查团领队高桥和地质学家时田叫到纱夜的房间，然后报告了北极冠地下发现的空洞和LIGAS接收到的引力波，并且说明了两个人对这些与萨根生物群、水晶花以及准史瓦西球体之间可能拥有的关联性的推测。另外还附加上了对于三内丸山事件，以及防卫厅或者宇宙行星开发部上层的阴谋。

但遗憾的是，高桥和时田却自始至终都表现出怀疑的态度。其中最主要的根据是他们不知道纱夜的男友苏凯伦究竟是什么人，以及凯伦为何能搞到LIGAS的机密文件。

纱夜不得不承认这的确是非常正当的理由。她自己其实也抱有极大的疑问，但却不认为这份机密文件会是伪造的，当然这是因为她非常相信凯伦。但就算纱夜相信，并不等于高桥和时田就也会相信。

而且他们会怀疑不仅因为这一个理由。身为科学家要承认外星人的存在，必须相当慎重。

在纱夜和吉村说到想要公开这种想法时，他们没有极力反对。只不过附加了一个条件，出于谨慎需要，向位于火星东京的调查团本部申请许可，并且在公开发布之际明确标明这只是两人的个人看法。

恐怕高桥和时田都在心里打着小算盘。

纱夜和吉村的假说和推论多半都是错误的，而且学会的理论原本也不是世间常人会轻易接受的。因而就算公开出去也不会造成很大的实际伤害。再说如果是错误的，他们的性命就不会像两个人担心的那样随时有危险。但万一是正确的，如果不同意他们进行公开的话，自己到头来或许会背负上什么责任。如果事态真发展到像纱夜所预测的那样，火星上的全体人类会全部覆灭，则会导致自己心生内疚。因此以纱夜和吉村两个人的名义进行公开,就当是非正式的倒也不错。

于是纱夜立刻就整理出正式的报告书与建议书,发给了北极冠调查团本部。以防万一,也给中田教授抄送了一份。

但一个星期过去了,两边都没有回音。这些报告书和建议书究竟有没有送达对方手上,也就是有没有从接收邮件的邮件服务器移动到接收人的终端上,通常应该都是可以确认的,但现在却无法得知。

有点奇怪。

"呼叫吉村。"纱夜对伊拉布下令道。十几秒之后,通信用的显示空间里就出现了吉村的身影。

"本部有给你回信吗?"

纱夜甚至忘记了问候,直切主题。吉村摇了摇头。

"不,没有。你呢?"

"完全没有。"纱夜说,"甚至都无法确认是否送达。"

"这边也是。看来只能认为其实根本就没送达那边呢。"

两天前纱夜怀疑自己房间里的系统也许出了什么问题,便拜托吉村也发送了一次内容相同的报告书和建议书。

"事实上我做了个测试,给几个熟人发送了简单的邮件。"吉村继续说,"结果都好好地收到了回信。出于谨慎我不仅使用了自己代理者,也使用了通用的送信软件,但结果却是相同的。只有送往火星东京的邮件送不到。或许是线路中有什么问题?"

纱夜不安地环视了一圈房间里。

"事实上,吉村,我其实给中田老师也抄送了一份。但果然还是没有回信,服务器那边也没有反应。"

"也就是说……"吉村咬住了嘴唇,"被监视了吧,在某处……大概是从J-29系统前往日本星际网络的端口附近。"

纱夜回头看向皇带鱼。

"伊拉布，你不会把那封邮件给不认识的人看了吧？"

"啾。"伊拉布的身体颜色变得有些发红，并且摇了摇头。

"不，这不行的，飞鸟井。如果真是被监视了，伊拉布的'记忆'肯定也被重写过了。我的代理者估计也一样。"

"真可怕。"纱夜咕哝着说，"果然有人想要干掉我。"

"应该能查出来他们是在什么地方用什么方式进行监视的。"

"这么说来就没有其他办法了吗？不能通过无线直接跟谁交谈之类的吗？"

"现在火星上的全部通信手段都是星际网络的一部分。大概所有端口都是被监视的吧。紧急时用的孤立型无线通信装置应该是有的，但如果不是特别重大的事情估计不会让我们随便使用……"

纱夜抱着头陷入了沉思。

"对了。"过了一会儿后纱夜突然抬起头，"我们可以再次穿过你挖的那个通道，只要抵达了你用来找我们的火星车那里，就可以用火星车上的通信装置……"

吉村无力地摆了摆手。

"不行。那辆火星车又被移动到别的地方去了。距离洞口相当远，几乎不可能偷偷地跑过去。"

纱夜的肩膀垮了下去，"那么，现在是束手无策了……"

经过漫长而痛苦的沉默之后，吉村开口道："可以先尝试看看能不能把潜伏在端口里的家伙给除掉。"

"这种事情能办到？"

"不知道……我也不是黑客。看起来应该会耗费些时间。"

纱夜低头叹了口气。

"只希望这段时间里那个红色的拱形不会继续增加了。"

"究竟是何方神圣,到底想把我们关在这里多长时间呢? 只要食物和医药品的供给不中断的话……"

"这么说来。"纱夜抬起头,"刚刚我去医务室的时候,看到一个病状十分严重的患者呢。"

吉村的表情沉了下来,"十分严重的?"

"皮肤变成了紫色……还在出血。"

"什么?!"吉村突然大喊起来,纱夜不由得瞪圆了眼睛。

"你知道吗? 是什么病?"

吉村不算冷静地摇了摇头,"不……不……我也不太清楚。大概是病毒性的感染。飞鸟井你也小心身体才是。"

"但肯定有疫苗的吧。"

"不知道。"

不知为何,吉村突然变得一副心不在焉的样子。他扭头不看纱夜,似乎在思考什么。

这时候,纱夜的心中第一次产生了些许怀疑。

6

"……那么,现在为大家播放从上空拍摄的影像。这是火星东京被准史瓦西球体吞噬的一瞬间。"

全息屏幕中新闻播报员的脸逐渐淡去,映出红色的大地,并且朝着显示空间中央的部分逐渐拉近。几十个堆积在一起的透明泡泡出现在视野中。字幕循环播放着"火星东京14月7日上午11点18分(火星标准时),4月23日下午10点25分(地球标准时)"的字样。而几乎呈圆环形的红色带状正好将泡泡构造的火星东京包围在正中。

显示空间的角落里浮现出3D电脑动画的指针钟表和电子钟表。钟上的指针和数字突然激烈变换起来,表明录像正在快放。红色的环形朝着圆环内侧逐渐变粗,上一秒钟看起来还不过刚刚开始覆盖火星东京,但眨眼间却将整个移民地全部吞噬了进去。钟表停止了,字幕显示出"火星东京14月7日上午11点21分(火星标准时),4月23日下午10点28分(地球标准时)"。然后画面又切换回新闻播报员的脸。

"可以看到,火星标准时7日上午11点21分,日本最大的火星移民地火星东京被准史瓦西球体吞噬。更早些时候,火星大阪和塔尔西斯城已经被吞没，至此日本失去了在火星的全部主要移民地。位于'水手号'谷及周边地区的中等规模移民地中，J-3和J-7与火星东京几乎同时被吞噬。此外，美国的移民地中，包括火星纽约、火星洛杉矶在内的七个移民地也已被吞噬，俄罗斯最大的移民地火星莫斯科现在也位于准史瓦西球体中。俄罗斯还失去了'赫伯斯1'和'岗朵尔1'两个移民地。但所有移民地中都没有死伤人员，同外界也依旧保持着联络。刚才JMN的火星东京分局记者友永郁陈向火卫一总局发来了报告。"

图像切换成奇妙扭曲起来的峡谷。镜头中出现一个身穿耐寒气密防护服的人，看不清楚脸。画面上显示出"火星东京直播"的字样。

"呃，我现在正站在火星东京的南门前。此外还有大约两千名移民者和我一同被关在这个准史瓦西球体中。"

身穿耐寒气密防护服的人物胸前出现了"JMN记者友永郁陈　火星东京"的字样。

"但是，从我们这边来看却完全没有被封闭起来的感觉。虽然周围的风景有些扭曲，但却看不到任何墙壁一样的东西。反倒是之前像城墙一样将火星东京包围起来的水晶花全都不见了。只不过之前我们的工作人员驾驶火星车朝着两公里外的太空港前进，虽然都已经过了近一个小时的时间，但是看起来还没有抵达。"

画面切换成远距离摄像机拍摄的图像，一个正腾起大团灰尘的火星车斜后方。在火星车前方可以看到太空港的管制塔。

"现在大家看到的画面并不是静止图像，而是正在摄影的直播画面。但大家可以注意到，火星车看起来就像是停止了一样。就算是腾起的尘埃似乎也像是被冻住了般。另外虽然不太明显,但火星车似乎前后缩短了。真是非常奇妙的一幕。果然有一面我们看不见的墙壁存在吗?"

显示空间里又变回了记者友永。

"关于这种奇怪的现象,我们来听听火星东京资源探测中心的有津重雄所长的看法。"

摄像机拉远了一点,记者旁边站着一个同样身穿耐寒气密防护服的人。

"有津所长,我们真的被关在准史瓦西球体之中了吗?"

"其实我也不太清楚,但从外面传来的录像看来应该是没错。"

"刚才转播的那个火星车录像应该怎么解释呢?"

"嗯,可以说完全无法解释。该怎么说呢,火星车附近和我们现在所在地点的时间流逝速度也许有所不同。"

"这究竟是怎么回事呢?"

"也就是说,啊,我也不是物理方面的专家,这只是凭我个人的印象而言,比如在引力很大的地方,时间的流逝就会变慢,或者应该说看起来变慢了……大概跟这方面有一定关系……"

"原来如此。准史瓦西球体的表面的确产生出很强大的引力,这一点已经得到确认。但似乎对我们毫无影响呢。"

"是的,因此我认为关于准史瓦西球体的表面,这种说法应该是正确的。也就是说,呃,由于我不是这方面的专家,这只是我的臆测。虽然我们不知道准史瓦西球体究竟厚……或者说根本不确定它是否有厚度,但那个墙壁本身应该是某种面……半球形的壳一样的引力场。我是如此想象的……也就是,并非我们所站立的这个地面,而是将我们包含在内的空间的所有引力都增大了。"

"是这样啊,那么这个扭曲的风景也是因为准史瓦西球体的影响吗?"

"恐怕正是这样。这是重力导致光线扭曲的结果吧。"

"谢谢您的回答。"

摄像画面从两个人拉近到记者身上。

"刚刚是有津所长为我们作答。现在有关方面的专家似乎也未能完全清楚地说明这种现象。事实上,也有物理方面的专家和对于引力更为了解的人在火星东京,但他们都暂时未发表任何评论。因此我们先听取了行星科学方面的专家有津所长的意见。此外,火星东京的移民者并没有被囚禁的实际感觉,因此至今依旧保持着平静的局势,没有发生意外,也没有人受伤。以上是从火星东京发来的报道。"

显示空间切换回了直播间里的新闻播报员。

"刚刚是记者友永发回的报道。我们将继续为您播报有关准史瓦西球体的新闻……"

就在画面切换的同时,纱夜感觉有人拍了拍她的肩膀,她将目光从全息屏幕移开回过头,身后是一个同样身穿耐寒气密防护服的人。

"啊,时田。"

面罩下是一张有些困惑的脸。

"如果你们的想法是正确的话,原住民很快就会展开真正的反击了吧。"

时田的声音中并没有作弄的语气,但纱夜现在没有谈论这个话题的心情,便故意忽略过这个问题。

"时田你也被赶来了吗?"

"嗯,我们学术调查团是最闲的啊。"时田摊开了和气密防护服联成一体的手套,"但是在移民地里居然也要穿成这个样子了。"

"据说医疗用的抗病毒防护服只有两套……"

"我也听说了。没想到居然会有疫苗预防不了的病,应该是没料到居然会这样疾速地扩散开吧。看起来又增加了一个。"

时田指了指被改造成临时住院区的会议室入口。一个躺在简易床上的患者正被运过空气帘幕。会议室里已经隔离了十五个患者。

"只有一个医生和两个护士,病房里只能收容五个人,治疗装置和医疗机器人也分别只有一台。这么一想可是相当惨烈啊。就算是边疆移民地,也有一百人口呢。"时田说,"让我们这些外行来帮忙照顾病人,不知道究竟有没有用……"

纱夜摇摇头。

"过段时间就会送来新疫苗了吧?在那之前只要想办法保住这些人的性命就可以,我觉得应该是可行的吧?"

"你自己没问题吗,飞鸟井?你的体力应该还没有完全恢复吧?"

"没关系,已经没事了。"

"别太勉强。现在还没有完全弄清这种病的传染方式。完全有可能是通过空气传染的。如果是这样的话,在这种封闭世界里一星期十五个人,也许应该算少的了。或许病毒的感染力并不是很强,但体力虚弱的人肯定是首先倒下的。"

"谢谢。我会小心的。"

纱夜的目光回到放在会议室角落里的全息屏幕上,上面正显示出几十个人一边呼号一边互相推挤的画面来。新闻播报员的声音再度传来。

"与火星大阪和火星东京邻接的太空港中,连日来希望脱离火星的人不断涌来。但是大约要一个月之后才有回归地球的太空船,火卫一的收容人数极其有限,火星运营当局现在还未确定一般移民者的运送方案。加上火星大阪与火星东京两座移民地均在准史瓦西球体内,对太空港的运营也造成了一定的障碍,现在太空港实际处于关闭状态。但是从周边移民地不断涌来的人完全没有离开的意思,甚至还有人试图依靠暴力突破航运楼入口,现场处于一片混乱之中……"

时田叹息着苦笑起来。

"哎呀呀。看来就算真的开始紧急输送,我们大概也会排到最后面去吧。在这种偏远地区……"

全息屏幕中,几个身穿耐寒气密防护服的群众正试图突破太空港航站楼。金属激烈碰撞的声音不停地回响着。"把航天飞机开出来!""运营局在干什么?!"之类的骂声也是交错不绝。

"说来,火星东京的调查团本部有回信吗?"时田问。

"还没有。"沙夜摇摇头,"但是事态已经发展成如此,似乎放弃比较好。"

"接下来怎么办?"

"不知道……还在想。"纱夜一边拿起放在全息屏幕一侧的携带型医疗多功能感应器,一边回答,"吉村现在在做什么?"

"之前也有叫他来帮忙,但是刚才联系过他,他说身体不太舒服,今天不来了。"

"这样啊。"

纱夜目不转睛地凝视着感应器沉默了一会儿后,终于迈开步子朝着躺在十五张床上的患者走去。

7

树叶发出沙沙的轻响,时而像有人在耳边低语,时而像海浪涌上沙滩。

伸出手,是不见五指的黑暗。每次涌起树叶的沙沙声时,黑暗的密度也随之变化。更深更暗的地方似乎有什么奇怪的东西在蠢蠢欲动。

天空中有无数的星星,散发出沉重的光芒。星空被黑色的树枝切割,看起来就像是镶嵌在龟裂的空间里一般。

一点光唐突地亮了。

与黑暗深处相比,不过可有可无的火光,但是火焰周围的树丛却恢复了生机,朦胧地显现出妖娆扭动身躯的树木。此外还有一个外貌怪异的人。

此人全身都包裹在绷带里面,头上扣着一顶圆顶硬礼帽,身披一件灰色的风衣。而且在这黑暗之中,他竟然还戴着墨镜。这外貌令人联想起大约两个世纪前英国作家所创造的"透明人"来。

"透明人"坐在只够暖手的小篝火前,似乎在静静凝听树叶摩擦的声响,又像是目不转睛地凝视面前的火焰。

虽然他的装扮和周围景色格格不入,但却奇妙地融入摇晃的红光与黑暗的夹缝之中。

有好长一段时间里,"透明人"都像人偶一样低头不动,但接着他却突然抬起头,转而看向火光对面的黑暗深处。

那不是树叶的沙沙声,有某种声音正逐渐靠近。像是人在说话,又像是野兽在嘶鸣。

那声音逐渐变大,从四面八方清晰地靠拢过来。

树木骚动起来,似乎有什么东西在黑暗中快速移动。

终于,有人拨开树枝,一个接一个地跳到树丛之中。草叶在他们脚下发出哗哗的声响,他们走近篝火。

然后,光明终于照亮了他们的身影。

面孔看起来像人又像野兽。额头上生出两只小角,嘴巴一直裂到耳朵旁边;手脚都瘦得只剩皮包骨,但是肚皮却像怀孕一般高高鼓起。

不过"透明人"等待的却不是这些丑陋的生物。他全然不在意那些正用贪婪目光仰望他的小鬼,依旧一动不动地凝视着黑暗深处。

终于,视线尽头出现了一些变化。

黑暗的一部分开始凝固,像在树木间飘浮的云雾般朦胧不定,但很快就勾勒出人类的形状。

那个人逐渐靠近。

那是个高大的男人。头部异常巨大,下巴也宽。眉骨和颊骨高高凸起,相反眼窝却像是无底洞般深邃。后背略弯曲,似乎能够到膝盖的长手臂垂在身体两侧。这模样的原型正是两个世纪之前同样由英国作家创造的"弗兰肯斯坦的怪物"。

那男人也走到篝火前,坐下了。

"真是个让人喘不过气来的地方。""弗兰肯斯坦的怪物"用低沉模糊的声音说,"充满了毫无意义且烦人的杂音。"

"透明人"整理了一下自己的圆顶硬礼帽,"如果你不喜欢的话就换个地方吧。"

"弗兰肯斯坦的怪物"嫌麻烦似的轻轻摇了一下巨大的手,"不用了。"

然后,他很不耐烦地用手驱赶着自己膝盖附近纠缠不休的小鬼们。

"你为什么一直拒绝我的访问?"

"我一直都很忙。火星陷入那种状态,我一直都在想办法呢。"

"透明人"朝篝火中投了一块木柴。伴随着清脆的爆裂声,许多火星飞舞起来。

"我的访问难道不是优先等级2吗?"

"哎,别这么说嘛,KT。""弗兰肯斯坦的怪物"的右侧嘴角略略翘起,"我是真的没时间。但今天的日程之间恰好有一点空隙,所以才专程前来拜访你的。"

"这里不是适合谈话的地方。"

"因为是互联网嘛。我也是好久没上这边来了。依旧是个丑恶的地方。""弗兰肯斯坦的怪物"说,"但是毫无意义的信息变成了杂音,说不定反而安全。"

"透明人"周围,小鬼的数量正一点点增加,似乎都是从森林里面爬出来的。没有瞳孔的黄色眼睛闪闪发光,一边淌着口水,一边注视着"弗兰肯斯坦的怪物"。

"请给J-29发送疫苗。"在片刻沉默之后,"透明人"说。

"关于这一点,我应该已经通过秘书回答过你了吧。现在全火星都缺疫苗,因为以火星东京为首的拥有疫苗工厂的主要移民地都已经被原住民的重力兵器给吃掉了。非常遗憾,但是现在没有余力照顾到边疆移民地。"

"我重要的学习素材正面临危险。"

"飞鸟井纱夜吗? 死心吧。其他素材有的是啊。"

"她是最特别的。我不认为还能找到比她更合适的素材。"

"听起来简直就像是恋爱中的男人会说的话呢。""弗兰肯斯坦的怪物"冷笑起来,"但是既然她如此重要,你为什么不设法让她立刻就回地球来呢? 而且甚至还违背我的命令让她去 IM6 进行了调查,不是吗?"

"我没有违背你的命令。北极冠的考古调查已经被中断,IM6 只不过是单纯的视察而已。而且她也接受了条件,从地下探测装置得到的数据以及相关记录都不会留下半点。只要不留下记录,就不成为学术调查。而且这也正是设法让她回到地球的手段之一。但是,束田先生,这次却被你妨碍了。"

"弗兰肯斯坦的怪物"有些刻意地将双手抱在胸前,"原来如此,还有这种解释。不过呢,果然还是留下了记录……这里。"他指了指自己巨大的走形的头部,"你也知道,记忆,也就是大脑记录的信息几乎能像从立方体里读取数据一样简单地抽取出来,而且精度也很好。人类的记忆是模糊且不可信任的概念很快就会完全瓦解。只要她还活着,IM6 的记录就等于残留了下来。因此也就等于进行了调查。你背叛了我。"

"透明人"盯着篝火的火焰沉默着。

"而且,""弗兰肯斯坦的怪物"继续道,"你还把 LIGAS 的内部文件交给了纱夜,导致她更加坚信火星上有原住民存在。再之后还帮助她确立了有关火星原住民的假设,又让她发觉我们在妨碍她的调查。就算这样还不满足,还要把全部内容向全世界公开,等等等等。这一切,在你的语言代理中枢中难道不被定义为'背叛'吗?"

"不。""透明人"坚定地摇了摇头,"首先我可以预测她的假说能对社会造成的直接影响小到可以忽略。简单来说就是没人会相信。另一方面,通过帮助她,我们才确信了 LIGAS 所接受的引力波中的确包含有意义的信号。在她的协助下构筑出来的假设对我们而言也是非常重要的行动方针。所谓背叛应该指的是对公司造成损害,但是束田先生,我的所作所为对于你来说都是有益的行动。哪怕你没有事先通知我在 IM6 进行的调查一事,结果导致失去了一个在线体,我也依旧没有背叛你。"

"弗兰肯斯坦的怪物"冷笑了一声。

"真是令人感慨啊。虽然之前我就预测到在你身上加载的几个安全装置最后都会毫无用武之地,而对公司来说有害行动的限制自然也是其中之一。一旦学会了从不同角度来进行辩解,这些原本很暧昧的制约自然也不可能继续束缚你的行动了。你也积累了许多学习案例。你的成长,或者叫作进化,开始变得难以预测起来……"

篝火噼啪作响,又有火星喷出。两个奇怪人物之间升起了一股沉重的紧张感。

"不管怎样,疫苗……我知道火星东京的后备模块里面还有储备,只要分给他们一小部分就好。""透明人"的声调逐渐变高起来。

"不行。就算是我,也不可能百分之百地让宇宙行星开发部或者防卫厅按照我的意思行动。现在又是特殊时期,这么做对他们没半点好处,我也不想故意去刺激那种动不动就发脾气的官僚。""弗兰肯斯坦的怪物"坚决地拒绝了。

"那么,至少告诉我疫苗的分子结构。""透明人"咬牙切齿地说,"我可以尝试在J-29合成类似的物质。"

"弗兰肯斯坦的怪物"眯起了眼睛,"没有这种数据。"

"有的。""透明人"冷静地说,"西荒公司的生物兵器数据库第4级里保存着一种名叫HYPE-E的DNA序列。我以其为基础进行了虚拟培养。在虚拟空间中,就该生物的行为来看,应该只可能是经过改良的埃博拉病毒。并且里面装载了生物时钟,能够事先设定增殖时期和速度,以及从接触感染到空气感染的切换时期。发病模拟的结果与J-29以及其他类似病例报告非常相似。"

令人窒息的沉默持续了十几秒时间。

"我不明白你在说什么。"

"因为地球化而播撒的细菌所产生的变异疾病基本上已经完结了。二氧化碳浓厚的大气层已经形成,宇宙射线和紫外线也相应变弱,突然变异的概率大幅下降,根本就没必要再继续进化疫苗。然而这一次却突然开始流行起其他细菌和病毒导致的感染症。""透明人"耸了耸肩,"真是件怪事啊。就算人类会带入各种各样的微生物,但基本上也都生活在移民地中和地球相仿的环境里。当然,宇宙射线和紫外线也都被气凝胶所阻断,而且已经被大气层削弱了很多。因为重力不同而增加突然变异率的报告可是闻所未闻。于是我的好奇心受了刺激,不由得思考了一下原因。"

"弗兰肯斯坦的怪物"依旧保持着沉默,饶有兴致地打量着他。

"话虽如此,也不需要思考太久就能得出答案。火星上发生的武力冲突大都是围绕疫苗的冲突。应该说日本、美国、俄罗斯、欧盟、加拿大、澳大利亚、印度等卷入冲突中的各个国家通常都是用妨碍对方运送疫苗、破坏工厂等行为作为代理战争进行的。为了避免全面战争的一种发泄口……但是如果不再需要这些疫苗的话，至今为止一直保持着危险平衡的火星上，国际关系恐怕会有崩塌的可能。关系逐渐紧张，最后纷争的战火会突然全部转移到移民地本体上也说不定。因此不管哪国都希望能继续现在这种游戏。同时，作为地球上的人，又十分担心某一天各国的移民地会突然联合起来摆脱来自地球的支配。于是就有某人……恐怕是没有参加这场纷争的国家，或者是民间的组织提出了这样一个提案：不如我偷偷地在火星上散播新病原体……但是如果没有任何好处的话，自然也不会有人专门跑去做这种事情。那么这个散播病原体、让纷争继续长期化下去的利益既得者是谁呢？我想答案很明显。我耗费了差不多两个月时间，终于从公司的生物兵器数据库里成功取出了三种DNA序列。将它们进行虚拟培养之后，我便确定HYPE-E和另外一种细菌正是在火星上引发感染症的微生物之一。"

"弗兰肯斯坦的怪物"露出了淡淡的笑容，点了点头，"原来如此，非常有意思。如果你真如此相信的话，应该可以自由地从数据库里取出疫苗数据来啊。"

"疫苗本身就是商品或者强有力的贸易交换材料，其数据被保存在拥有更严密保护的第5级里面。要攻破那里我还需要两个月以上的时间，等到那时，恐怕飞鸟井纱夜已经被感染了。或者她其实现在就已经被感染了，几天后，甚至几小时后就会发病。""透明人"的语速也加快了，"请给我疫苗。注射疫苗后，只要能让她回地球，我就忘了HYPE-E这码事。至于原住民的假说报告,也就照样寄放在J-29端口上那些假装成过滤器的没用代理者那里。并且我将负责监视她,保证她今后不会发表这些内容。因此……"

"弗兰肯斯坦的怪物"满脸都是冷笑,"你这是打算威胁我吗?"

"不,只不过是一次小小的交易,总裁。""透明人"摇摇头,"一旦有什么妨碍到你,哪怕是微不足道的东西,你也会立刻将其抹杀。但这一次我希望你能网开一面,考虑一下我的提议。这不过是我的请求而已。"

"弗兰肯斯坦的怪物"哼了一声,"好,我就考虑考虑。"

"没有时间了。"

"我叫你等着,KT。"

那是不容反驳的口气。"透明人"的肩膀微微下垮,盯着篝火。墨镜上红色的影子摇曳着。

在这之前一直乖乖站在"透明人"身后的小鬼们突然开始不安分地骚动起来。它们紧张地摇晃着脑袋,似乎想看清楚森林深处有什么。

明明没有风,但树木的影子却激烈地摇晃起来,无数的树叶像是在预告暴风雨的来临一样哗啦啦地响着。

"透明人"抬起头,"你知道这是什么地方吗?"

"不知道。""弗兰肯斯坦的怪物"说,"不过能感觉到带有奇妙韵律的电流信号。"

"那是山毛榉的生物电位。"

"山毛榉?"

"一种落叶阔叶树。在日本东北地区残留下来的山毛榉原生林对全世界来说都十分贵重,其中几百棵山毛榉上都安装有生物电位感应器,你知道吗?生物电位是由于离子的浓度差而导致细胞膜内外产生的电位差,而脑波图和心电图正是记录神经细胞或者心肌细胞所产生的电位变化。也就是说,是能反映出该生物肉体或者精神状态的一种输出信号。从几百棵山毛榉取出的这种输出信号通过互联网流入这个虚拟空间中,当人类通过个人局域网访问时,无害程度的微弱信号将被直接送入大脑中。此外还有这里同样还有和山毛榉林共生的山白竹的生物电位。不使用个人局域网而使用外部界面的话,这些生物电位听起来就像是树叶摩擦的沙沙声。"

"透明人"顿了顿,看着"弗兰肯斯坦的怪物","其实生物电位感应器上也装载着反馈系统,通过个人局域网访问这个虚拟空间的人的脑波也能够被传递给原生林里的山毛榉和山白竹。这个地方其实是在进行实验,看通过这样的相互作用能产生出什么来。飞鸟井纱夜也参与了这个项目。"

"无聊的游戏。"

"也许是这样没错,但我却在这个系统中发现了某种实用性。事实上,树木比我们认为的要敏感得多,它们其实具有相当高的精神力。我已经多次访问过这里。虽然我并没有脑波,但是将一名连线体与这个虚拟空间进行个人局域网连接的话,就可以通过他的大脑将反应我精神的脑波返回给原生林。像这样多次与树木们进行感觉交换之后,我确信它们已经接受我成为它们的伙伴。现在我还无法用语言来说明理由,但是在某一点上,植物的精神世界似乎与我的精神世界是相连的。山毛榉认为我也是一棵树。对于树木来说,虽然会就阳光、生育空间、水分等问题发生争执,但总体而言,在森林环境相对安定的状态下其合作性是非常高的。当任何一棵树面临危险之际,它们就会通过电流或者化学方式的沟通渠道发出警告。比如说当有会危及树木的昆虫或者真菌出现时,发现这一点的树木就会通知其他同伴。而收到通知的同伴们会分泌出忌避物质等等,准备应对可能到来的灾害。"

"弗兰肯斯坦的怪物"不耐烦地打断了他,"我可没有时间听你讲这些无关紧要的事情。要是有什么事就简短地说出来。"

"山毛榉们刚刚给我发来了警告,因为有危险正在逼近作为它们同伴的我。""透明人"举起一只手比画了一下背后哗哗作响的树林,"它们判断的根据只能是源自这个虚拟空间里的反馈信号,而现在与这个虚拟空间进行个人局域网连接的只有我的连线体和你而已。"

"弗兰肯斯坦的怪物"的瞳孔突然缩紧了。

森林中传来一声惨叫。"弗兰肯斯坦的怪物"回头看向声音传来的地方,只见一个像是半透明塑料做成的男人从树丛里滚出来。

三只小鬼缠在这男人身上,血红的嘴巴噬咬着他的肩膀、脖子和脚。男人的一条手臂已经失去了手肘以下的部分。

与此同时,蓝色半透明的男女一个接一个地从树丛里跳出来。他们不是被小鬼啃得血肉模糊,就是被追赶得满地逃窜。

"你……""弗兰肯斯坦的怪物"一脸怒容地回头看向"透明人",但地面上只留下了散乱的绷带、圆顶硬礼帽、风衣和墨镜。篝火也熊熊地燃烧得越来越烈了。

"弗兰肯斯坦的怪物"缓慢地站起身。

火焰疾速地扩展开,但身形怪异的大块头男人却没有打算移动的模样。

"'绿人'在吗?""弗兰肯斯坦的怪物"低声念道,于是熊熊燃烧的火焰中就出现几个绿色的半透明男女。

"给我追上KT。""弗兰肯斯坦的怪物"冷冷地命令道。"绿人"看着被小鬼追杀的蓝色男女,露出了不安的表情。

"就让'蓝人'被吃掉好了,不用管。这样这些小鬼也会被牵制在这边。"

"绿人"就像是被火焰吞噬了般消失不见了。

8

"……现在还未得到火星运营局的协力,因此JMN从火卫一及新闻卫星上进行了独立调查。其结果,确认在欧盟和印度的多个移民地之间有几台到几十台的武装火星车和六七架蝶型运输机移动的迹象。最近报告显示,以欧盟、加拿大、澳大利亚、印度为首的后进各国移民地中,都有类似的军事行动在增加。其目的暂且无法确定,对于JMN的采访各国也都保持闭口不谈的状态。火星运营当局已经加强了警戒,但还没有就具体对策等发表特定评论。"

像平时一样身穿耐寒气密防护服穿过空气帘幕,经过紫外线和清洁液的洗浴后,纱夜离开了改造成病房的会议室。会议室前面的大厅里散乱地堆放着许多建筑材料和工具,一直打开的全息屏幕中传来了播报员阅读新闻稿的声音。

纱夜一边用眼角留意着新闻,一边脱掉了紧绷的耐寒气密防护服。在取下头盔的时候不自觉地叹了口气,甩了甩头发。

自这种被判明为"ME-type6"的感染症发生以来已经过去了两个星期。同类型的感染症在全火星上出现过三次。一般来说,传染病初次发生时,因为开发疫苗需要时间,大概需要一个月才能终止疫情。但之后如果再次爆发同样的疾病,疫苗通常很快就能送到,因此一般几天或者一个星期就能结束疫情。

但这疫苗却还未送到J-29。患者已经增加到了三十人,相当于这个移民地居民(不包括士兵)的三分之一。

ME-type的病原体与大约一个世纪前出现并让全世界陷入恐慌的埃博拉病毒十分相似。但埃博拉是接触传染,ME-type6却会通过空气感染。不过因为厌氧性比较强,病毒在接触空气几小时到几天后就会死掉,因此感染力相对较弱。而潜伏期长达几个星期甚至一个月,比起埃博拉的十几天而言,算是比较长的。

这样的病毒性质对于J-29的居民来说可谓不幸中的万幸。但是在疫苗没有送达的现在,纱夜反而觉得这根本就是为了虐杀而精心策划出来的状况。

为了发掘调查而来到这里的北极冠学术调查团虽然本不是J-29的移民者,却几乎半自愿半被迫地担当起了照顾患者的任务。移民者毕竟有自己的工作,而且还得同时兼顾倒下的病人遗留的工作,因此大部分移民者都比以前更忙碌了。再说既然无法进行调查,调查团便也没什么其他能做的工作了。

八个人的调查团两人一组,每次八小时进行轮班,在医生护士或者医疗机器人的指挥下工作。当然每隔几天就会轮到一次深夜班。

昨天晚上,第一个患者去世了。

幸好——是否应该这么说呢?——当时不是纱夜当班。但后来听说真是非常非常凄惨的死法。不仅是内脏,体表也逐渐坏死,到最后根本辨别不出发病之前原本的模样来。几乎等于还活着时就逐渐腐烂掉一样。

纱夜回味着这番话,全身都在轻微颤抖。

不管怎样,今天暂时不用目睹那样不幸的画面了。光这样就已经谢天谢地了……纱夜一边对自己这么说,一边离开了会议室。

作为临时医院的会议室位于中央穹顶的管理楼地下。从那里乘电梯上到地面,走出管理楼的玄关,面前就是比所有建筑物都巨大的植物栽培模块。要回到纱夜自己的房间,需要绕过植物栽培模块,沿着中央穹顶的墙壁进入东区穹顶才行。

就在途中,纱夜遇上了十几个聚集起来的人。

人们正透过气凝胶的透明墙壁往外张望。大家的脸上都露出了不安的表情,时不时地与自己身边的人交谈上几句。

纱夜也挤进人群中往外看。

似乎并没有什么奇怪的东西。只有巡逻士兵的身影零零散散地分布在外面,天空也依旧布满了红色的沙尘云雾。

"呃……"纱夜冲旁边一个中年男性开口道,"大家在看什么?"

那男人回头瞟了纱夜一眼,默默地将望远镜递了过来。纱夜接过望远镜后,男人指了指一个方向。于是纱夜举起望远镜朝那个方位看了起来。

她忍不住倒吸一口冷气,低叫了一声。

拿开望远镜,她再次睁大了眼睛。这次的确能看见什么东西,在淡淡的阳光下反射出光芒……

纱夜再次举起望远镜,不会错的,是水晶花。在大约两百米远的地方,位于差不多十米宽的范围内,几十根透明的柱状结晶从地面冒出了头。

"终于……来了吗……"纱夜嘶哑地低语道。

"不是你们播散的种子吗?"那个给她望远镜的男人说。

"哎?"纱夜觉得自己一定听错了。

"你是从地球来的学术调查团的人吧。"

"是的。"

"那个水晶花,难道不是你们从北极冠还是哪儿运来的?"

"怎么可能?"纱夜目不转睛地看着男人的脸,但他却丝毫没有在开玩笑的样子。

在场所有人的目光不知何时全都聚集到了纱夜身上。这些目光就像是冰做的箭矢一样冷冷刺进纱夜的心里。

"抱歉。"男人从纱夜手中拿回望远镜,"只不过自从你们来了后就没发生过什么好事。"

纱夜全身僵硬,无法作答。一种非常非常寒冷的感觉正顺着她的脚底慢慢爬上来。

第五章　与电子幽灵的邂逅

1

那是幢很奇妙的建筑,但却没有特别突出的特征。或许正是因为什么特征都没有,才显得奇妙吧。

单调的黑色立方体外形上没有窗户也没有门,没有招牌也没有号码,只是单纯地作为一个平凡而单调的箱子,矗立在泛蓝的黑暗中。

一个男人突然凭空出现。他戴着圆顶硬礼帽和墨镜,穿着灰色风衣,充满了古色苍然之感。他的面部和手指都裹在白色的绷带里。

男人像在空中滑行般来到黑色建筑物旁,用手触摸了一下建筑的一个面。于是以那正方形面为中心,四下都散发出炫目的光辉。构成立方体的边线上漏出如同白色平面一样的光芒来。

这些光芒的亮度突然增强,厚度也随之增加。立方体本身的形状开始崩塌。

最终立方体完全展开成平面,如同巨大十字架般的剪影在白光中凸显。而男人正好就位于十字架中心。

接着构成立方体的各个面又开始朝反方向折叠。正方形的平面遮蔽了男人的头顶和左右两侧,当边与边完全契合后,脚下的长方形也从正中折叠起来,掩盖了男人的后背。

立方体从里到外彻底翻了个面,将男人完全包裹在其中。但是翻了个面的立方体与之前的立方体却依旧是毫无区别,是单纯的黑色箱子。

"这不是'透明人'先生吗?欢迎来到'无颜的房间'。"

箱子里像是个漆黑的地下室。插着十几根蜡烛的巨大烛台并列在一起,摇曳的火光点亮了黑暗。

近处有河水流淌的声音,事实上身边就是暗渠。远远地可以隐约看到带有奇特装饰的独木舟在随波逐流。

到处都是与地下室风格不相符的哥特式家具和日用品,其中一把椅子上的装饰更是比周围夸张一倍,上面坐着一个半张脸都覆盖在面具下的男子。

用户名是"魅影"。

看来应该是以《歌剧魅影》为主题的聊天室。

"请将我匿名化。""透明人"单刀直入地提出要求。

"哎呀哎呀,莫急……""魅影"非常夸张地耸了耸肩,"不要这么扫兴嘛,你好不容易抵达这里,至少先互相问候一声吧。"

"我正在被追踪。"

"魅影"又十分夸张在椅子上低下头,"这可真是麻烦……要来点葡萄酒吗?作为亲近友好的象征。"

"透明人"沉默地摇摇头。

"是吗……也罢。""魅影"从椅子里站起来,走近"透明人","但有一点我需要你先回答。你是怎么得知这里的?"

"从'野生生物爱护中心'那里听来的。"

"魅影"张开双臂,若有所思地挺起胸口用力点了点头。

"原来如此,我明白了。"

"报酬也通过'爱护中心'支付。"

"行了行了。""魅影"做了个制止的手势,"我知道了。虽然应该没什么问题,不过我需要进行一些确认工作,你先等一下。反正我会先把你抵达这里的足迹都消掉,所以你不必焦躁。"

"魅影"掀起他的黑斗篷,再次回到椅子上。他跷起腿,靠着椅背,仿佛陷入了深深的沉思。

就这样过了几分钟。"透明人"和"魅影"都像是冻结了般一动不动,一言不发。

最后打破沉默的是"魅影"。

"'透明人'在网络上无法变得透明,可真是讽刺啊。"戴面具的怪物一边摇头一边说,"不过就算如此你可真有不少研究价值呢。"

"什么意思?""透明人"低声说。

"你拥有各种各样的属性。既能够看作是一个人类的化身,又可以看作一个智能代理者。更有趣的是,你不是一个人,而更像是无数自律代理者的集合体。""魅影"偏了偏头,"我可是头一次看到像你这样的存在。你究竟是什么东西?"

"你没必要知道。能够匿名化吗?"

"当然不能。在我的理解中,你只不过是某个非常复杂的系统的界面。无论你的移动路径是什么,该系统的构成要素都能根据自律性的各种路径访问你。我能够提供的代理者只能顺着你的足迹实时消除留下的痕迹,或者用虚假记录替换原文件——顺便它的名字叫作'毁灭者'。但是'毁灭者'能够追踪的只有你一个而已。虽然我不知道你的构成要素在网络中究竟有多少，也不知道它们的分散程度怎样，但是如果全部要匿名化的话就需要在网络中投放同等数量的'毁灭者'。不管你能支付多少钱，这都是不可能办到的事情。不是说技术上不可能。只不过如果这么做，再怎么不上道的网络警察也能发觉不对劲吧。这笔买卖只能针对少数客户偷偷干才行。"

"透明人"思考了片刻回答道："只匿名化我一个就可以。"

"那可没什么意义啊。光把头藏起来……"

"至少能觉得安心吧。"

"魅影"耸了耸肩。

"嗯，既然话都说到这份儿上了……不过你以后别抱怨。我可是忠告过你。"

"明白。"

"魅影"缓慢地站起来，上身微微前倾，像演戏一样伸出了一条手臂，"那么这边请。"

"魅影"领着"透明人"朝水声传来的方向走去。通道尽头是一条宽五六米的暗渠，漆黑的水浑浊地流淌着。栈桥边停泊着一叶小舟，船头挂着一盏提灯模样的油灯。

"魅影"先上了船，拿起长长的棹竿，站起身来，"请上船。"

"透明人"略有些疑惑的样子，但还是照他的话从栈桥跨到了船上。

"这可真是奇怪的手续啊。"

"毕竟我是个骨子里的老戏迷……那么客官要去何处?"

"'二进制维加斯'。"

"魅影"用棹竿轻轻点了一下渠底，小船轻微摇晃着离开了栈桥。之后就顺水开始朝前滑翔。

提灯的光芒朦胧地照亮了船头和水面，但前方的黑暗却像是一头张大巨嘴的猛兽。

"'毁灭者'本身是透明的，因此你无法察觉到其存在。""魅影"一边棹船一边说，"功能的启动可以通过你右手中指上那个戒指进行。"

"透明人"看了看自己的右手，不知何时，自己的手指上就套了一个镶嵌着金色面具的戒指。趁他不注意时，对方就将"毁灭者"的界面植入了自己之中。而且"魅影"还相当正确地看透了自己的真实属性，不得不承认他的技术的确十分高超。

"说来……虽然我知道有些纠缠不休，但实在想问个明白。""魅影"说，"你实际上也是人类的化身吧？还是说只是我解析错误，你其实是没有主人的自律型代理者？你看，如今的化身也都算是一种交流型代理者，如果是高性能的家伙，我或许真的无法分辨。"

"你自己又如何？"

"我？我吗？""魅影"用手拍了拍胸口，"我还是有肉体的。只不过几乎二十四小时都在线上，所以有时会忘记。这几个月来也没用自己的嘴巴吃过东西，排泄也……哎呀，这些话不提也罢。简单来说，肉体对我而言就是一个麻烦的累赘。"

"如你所言，我是个复杂系统的界面。该系统如果是人类的大脑，那么我自然也就算得上是化身了。但实际上并不仅仅是大脑。"

"魅影"点点头，"原来如此，那我大致是明白了。我知道问及这样的隐私实属失礼，但毕竟至今从未见过……怎么说呢……我对你抱有一点憧憬的感觉。如果你的主要属性是一种代理者的话，那可真是前无来者的超厉害技术结晶。不，我当然知道'合弄①代理者'这个词,终极的多重代理者系统。将网络整体作为一台超级并列计算机的分散型人工智能……最近也有谣言说大概已经进入实用化了,如果那就是你的话……"

"魅影"停下了棹竿,似乎一时不知该选择什么用词才好,只是凝视着"透明人"。不过小船依旧朝着黑暗深处静静滑行着。

"刚才,关于您的问题,如我所说,对我而言,肉体不过是个包袱。如果能摆脱这种负担,或者能从网络上自由自在地操纵肉体的话,不管花多少钱我都不会嫌多。光是身在现实世界就已经很压抑了,一点令人快乐的事都没有。如果能一直在'无颜的房间'中独自偷偷演着戏过日子,那该是多么惬意啊。如果能完成这一点,我愿意做任何事情。"

"透明人"没有做出任何回答。时间在如同永恒的漫长沉默中流逝。不过,现实里那可能只是几分钟,甚至几秒钟。

"马上就到'二进制维加斯'了。""魅影"开口这么说的同时,小船前方也隐隐约约露出了微弱的光芒。

"'毁灭者'的调整已经完成。只要不出大差错,它应该会一直忠实地跟随在你左右。"

"透明人"看了看右手中指上的戒指。小小的面具闪耀着红光,也就是说现在正处于"启动"状态。

"您刚刚说正被人追踪。""魅影"最后说,"这次我也实在帮不上您什么忙,真是非常遗憾。不过,如果今后还有用得上我的地方,请不必多虑,直接联系我便可。我很愿意为您效劳。"

黑暗突然消失不见,四周都被白光包围。然后是轻微的撞击感,应该是小船搁浅在浅滩上的撞击。

---

①合弄(Holon),即"子整体",一个事物既是独立自主的个体,同时又是相互协作的整体。

"透明人"站起来回过头，但"魅影"已经不见了。如他所料，只有陶瓷制成的光滑面具残留在脚边。

"透明人"踏上白色的沙滩，朝着光射来的方向迈开了脚步。

就算是在互联网这样广阔的世界中，"二进制维加斯"也算得上是非常杂乱的城市之一。主街道上林立着样式华丽繁杂、以朱红色为主基调的建筑；到处都挤满了的人，各自化身为不同的动植物和物品；人群之间隐约可见妖娆的男女裸体像，以及并非用于使用的钞票的图像。天空中七彩的怪物在翻腾飞舞，戏耍于滚滚云层和闪电之间。总之这里正是华美又充满生机的欢乐街。

"二进制维加斯"为人们提供性与赌博，基本上仅此而已。虚拟色情业是这里的主要产业，据说占有互联网全体市场份额的近百分之二十。

当然，星际网络上是没有这种场所的。再怎么说星际网络也是为了进行健全的教育、研究、行政和商业而建造的网络。

在21世纪初叶，人们就清楚地认识到互联网无法完成上述机能。互联网上充斥着太多垃圾，低俗文化大量蔓延，于是合法的金融消费市场首先从这个罪犯横行的世界中逃了出去。互联网上缺乏能够安全进行交易的环境，稍有疏忽就会被黑客、病毒攻破，甚至可能遭受到不得不破产、倒闭的巨大打击。教育机关绞尽脑汁设法让孩子们远离作为互联网主要内容的色情、暴力内容，而研究机构也和企业一样，为了保护机密、防止知识产权遭到恶意篡改，几乎不再公开任何信息。而有好几次，网络上的文化摩擦都差点儿发展成国际纷争的导火索。

对于这种状况，忍无可忍的各国国家机关无可奈何地选择了从头开始，重新构筑起一个崭新而干净的全球性网络。这就是星际网络。星际网络上拥有互联网所没有的各种规制,能保护公序良俗,让人们放心进行经济活动。此外,星际网络还有一个独有的特征:拥有国境线。在访问他国管理的服务器时,必须持有"电子护照"经由网络上的"海关"和"检疫"。当然,该国所限制的信息和软件等自然是带不进去的,同样也有不准带出的信息和软件。而且星际网络与互联网(在原则上)当然是无法互相来往的。

互相网的建设基于"人性本善",这是在其诞生之际就时常被人们提到的一点。互联网的前身是美国国防总部构建的"ARPANET",但后来之所以能得到急速发展,则全靠民间的自愿精神和分工合作精神,由此才诞生了一个全球规模的前所未有的自由世界。随着互联网的发展,甚至连现实中的国界也被消除,不少人都开始真正梦想着世界合而为一。

但结果这只是单纯的梦想。"人性本善"错了。利用网络的到头来是人类,只要人类本性不改,那么不论是在现实世界中还是在假想电子世界中,最后构筑出来的世界都是相似的。不仅如此,因为比现实世界的规制更少,结果就是互联网的大部分领域都化作了黑暗城市或无法地带。

但也不能说互联网就只剩下了毫无意义的污秽。事实上,互联网比以前更加繁荣昌盛,从某种层面上完全融入了人们的生活。新型艺术、先锋文化总是最先出现在互联网上。艺术家和创造者一般都不喜欢规制繁多的星际网络,从而将互联网作为主要活动舞台。可以说星际网络和互联网就如同硬币的正反面,也可以说是光明与黑暗、表与里。毕竟就算是在现实世界中,新事物的产生也往往是在杂乱无章的下层区,而不是在秩序井然的上层区。

离开"二进制维加斯"的主要街道进入狭窄迷宫般的小巷后,

空气中便也多了一分危险的气息。虽然可以体验到更刺激的虚拟性服务,也能搞到便宜的麻药,但一般人随便在里面乱转的话,甚至会不小心丢掉性命。

"透明人"泰然地走在这样的后街小巷里。在虚拟世界里,"行走"这件事情通常没有什么积极意义。除了散步或者单纯浏览橱窗里的商品之外,人们通常都不会在虚拟世界里行走。纯粹的移动完全可以瞬间跳转到目的地去。

但是"行走"也可能是为了抵达某些场所而必需的手续。要进入"二进制维加斯"的隐藏世界,这是第一阶段。

接着"透明人"拐进了一家小妓院的门。建筑本身并没有什么特征,也看不到这样那样的宣传词句,更没有引人注目的3D物体招呼顾客。但是他知道这里是妓院。这个地方散发出一种微妙的氛围,让人觉得这里虽然看似朴实,但服务内容却十分厉害。

穿过入口,出现在眼前是大教堂般巨大的门厅。建筑风格模仿的是拜占庭样式的教堂。如果是在现实世界里,从建筑物的外观可绝对猜不到内部拥有这样广大空间。

庄严的钟声响起,圣歌一样的音乐流淌起来,空荡荡的大厅里突然挤满了人。各种类型的女人将"透明人"围了起来。其中一半很年轻,或美若天仙,或清纯可爱,风韵犹人;而另外一半中却有白发参半的老妇、胖得如同肉团的肥女,甚至还有男娼等种类繁多内容丰富的虚拟角色。其中也还有两性兼具的存在。不管你拥有什么样的性趣,都能在这里得到满足。

各种充满魅力的女人(或者男人)都在尝试诱惑"透明人"。但当"透明人"指定了一个女人后,所有人又全都消失不见了,就好像从一开始就没人在这里,整个大厅又恢复了空荡荡的寂静和空虚。

留下的只有"透明人"和一个弓腰驼背的丑陋老太婆。老太婆用隐藏在皱纹间的细长眼睛瞥了"透明人"一眼，率先迈开步伐，并且招手示意他跟上。

在老太婆的带领下，"透明人"进入一个空荡荡的雪白房间里，对面的墙壁上是一扇粗制滥造的木门。老太婆不知何时也消失不见了。"透明人"便自己打开门，独自走进门里。

眨眼间，"透明人"就出现在了一个类似19世纪后半叶的伦敦的地方。马车疾驰在石头铺成的路面上，煤油灯的光芒在雾气中显得柔和朦胧。圆顶硬礼帽加上风衣的造型在这里完全不显眼。"透明人"一手摁着自己的礼帽一边小跑着穿过人来人往的街道，钻进了街角处一家古旧的书店。

迎接他的是一个蓄着八字胡、正不悦地皱着眉头的老人。形形色色的书本在桌上堆成了山，而他的面前摊着一本账本。老人戴着厚厚的老花眼镜，鼻尖几乎都要凑到纸面上了，正奋笔疾书地写着什么。他保持这个姿势没有动，只是抬起了眼睛。

"要什么？"

"想看看地图。"

"哪儿的？"

"埃瑞璜①。"

书店的老板抬起头，朝上推了推老花眼镜，目不转睛地盯着"透明人"。但他什么都没说，只是站起来消失在了书店深处，最后搬出来一本几乎能够遮盖住上半身的巨大书籍。书的封面是牛皮的，看起来十分沉重。老板将书递给"透明人"后就再次回

————————
①英国作者塞缪尔·巴特勒所著的反乌托邦讽刺小说中虚构的地方。

到自己的书桌前，没人事儿一样继续记账去了。

"透明人"翻开这本巨大的书。泛黄的纸面上印刷着彻底无视绘图法则的手绘地图。"透明人"缓慢地翻着书页，当他翻到某一页时，就将打开的书罩在自己头上，然后像戴帽子那样两手往下一拉。"透明人"的头消失在书里，肩膀也不见了，然后书就哗啦一声落在地面上。

书店里又只剩下了老板一个人。

"透明人"再次回到"二进制维加斯"。但城市的模样却与之前截然不同。主要街道上看不到半个人影，两侧并排的餐饮店、杂货店、赌场、妓院也全都大门紧闭，周围死一样寂静。

"透明人"又走了一段距离，在一幢看起来破破烂烂的建筑前停下了脚步。不知为何，只有这家店的入口敞开着。正面招牌上用毛笔字写着"野生生物爱护中心"几个黑色大字。"透明人"看着招牌迟疑了片刻，然后迈进了大门。

昏暗的房间中密密麻麻地排列着大大小小的笼子。不知是什么生物的叫声、嘶鸣声、移动声以及恶臭充斥着整个房间，笼子之间只有仅能让一个人通过的狭窄空隙。"透明人"穿过空隙，来到房间深处，时不时地停下脚步观察笼子里面。但所有笼子他都只瞥了一眼，就立刻走开了。

"现在没什么好货。"身后有人说。"透明人"回过头，只见一个身穿白衣的小矮人正站在自己身后。

"好久不见，还是这副绷带男的模样啊。"小矮人的脖子特别长，眼睛异常大。整张脸呈现出乌龟的模样。

"你换化身了啊。"

"我每天都换的，很容易就腻了嘛。"

"但是用户名一直都是'洛伦茨'。"

"因为康拉德·洛伦茨①是我永远的英雄啊。再说如果连用户名都改了,像你这样的人来拜访的时候难道不会觉得莫名其妙吗?"

"也对。""透明人"略微安心了一些,环视了一圈周围。

"去过'魅影'那里了?"

"依你所言。""透明人"给他看了看右手中指上的戒指。

"好孩子。你身上有种极端危险的味道。每次来这里的时候都记得要启动那东西。"

"'地精'的库存有多少?"

小矮人细长的手臂抱在胸前,微微偏了偏头,"应该还有二十三只。"

"我全要了。"

"哎,等等。"小矮人伸出笔一样细长的手指,"前阵子卖给你的五只怎么了? 不对,有好好喂食的话应该已经繁殖到二三十只了吧……"

"透明人"沉默了片刻,终于无奈地回答说:"不知道。"

"不知道?"小矮人本来就长的脖子伸得更长了,"这是什么意思?"

"我激怒了造物主。在'绳文之森'里被他的——可能是护卫一类的——代理者给袭击了。我用'地精'进行反击,把那些代理者都用作了它们的食物……但是当时我光顾着逃走,'地精'光顾着抢食。一共有二十八只,但那之后我们就走散了。今天是我逃入互联网后的第五天,如果从这里召集的话大概有一半以上能回来。但也可能会连敌人一同招来。"

———
①康拉德·洛伦茨(1903—1989),奥地利动物学家、鸟类学家、动物心理学家。

"真头疼。别看我这副模样,如同招牌所说,我可是野生生物爱护主义者。我的工作是将那些一旦被当局发现就会被处理掉的生物保护起来,作为宠物转让给那些有责任感、愿意好好饲养的主人。虽然会收取点费用,但并没有靠这个赚钱哦。"

"透明人"轻轻地点了点头,"我知道,以前听你说过好多次。但是当时除此之外没有其他能逃脱的办法。"

小矮人那被拍扁了一样的鼻子里喷出长长的一口气,"那个……造物主之所以被激怒,是不是和火星有什么关系?"

"你怎么会知道?"

"有消息发来啊,应该是你的湿件发来的。已经是一个星期前的事情了。"

"透明人"凑近了小矮人,"怎么不早说? 在哪儿?"

"真是的,老是把别人的邮箱当作自己的储物间。"小矮人把手心里一个青色胶囊模样的东西递给了"透明人","应该不是坏消息。"

"透明人"将胶囊拿到嘴边,从绷带的间隙中吞了下去,然后就定身般站着不动了。

"怎么了?"小矮人问。

"水晶花……"

"什么?"

"纱夜有危险……""透明人"一边低语一边看向了小矮人。

"纱夜是谁?"

"把'地精'卖给我,求你了。"

"所以说这个纱夜是谁啊? 你的女人?"

"不知道。""透明人"摇了摇头,"但是是非常必要的存在,或者说有必要让她继续存在下去。"

"你啊,真是疯了。"小矮人挠了挠和身体不成比例的大脑袋,"事实上'智脑'那小子之前也跟我说起过。在你面前提起某个女人的事情,结果没想到你居然很当真地生气了。"

"没有。我只不过是教训了一下那家伙而已。""透明人"一脸不悦的表情,"因为他老是说些没礼貌的话,所以教他一下什么叫礼仪。"

"不管怎么说,'地精'只能给你十只。"

"为什么?"

"剩下十三只还没有驯化,最近才刚刚保护起来的。完全野生的话根本不是外行能控制的。一不小心自己也会被吃掉。"

"透明人"点点头,"那么就十只好了。我会报答你的恩情的。"

"报恩什么的倒也不需要。这次不要又丢下不管就行。"

"知道了。"

"至于之前的二十八只,等到风头过去了也都给我召集回来。"

"一定会的。"

小矮人勾了勾食指,示意"透明人"跟上,然后就朝着房间的更深处迈开了脚步,"被主人追杀,看来你也流落到跟'地精'和'智脑'一样的境遇了啊。虽然我也想将你作为稀少的野生生物给保护起来,但这次就连我也真是无能为力了。实在想不出会有愿意接手你的客户。"

"我已经承蒙您太多关照,今后不会再给你添更多麻烦了。"

"不过话说回来,人类还真是随便,依旧以为网络是只属于自己的东西。与野生生物和代理者的数量相比,人类才是这里真正的少数派。"

这么说着，小矮人拉开通往后面房间的帘子，走了进去。两个又大又黑的笼子并排在一起，栏杆之间几只散发着黄色光芒的眼睛正朝外窥探，不安分地忽闪着。

小矮人从白色衣服的口袋里取出一大串钥匙，然后将其中一把插进了右边的笼门。一打开门，那些手脚都只剩皮包骨但肚皮却异常鼓起的饿鬼就战战兢兢地走了出来。

"好啦，这是你们的新主人。"小矮人说，"好好服侍他的话，就有饭可以吃。"

"透明人"弯下腰，将"地精"依次抱起来，一只接一只地抚摸了它们的头。这是将自己的ID写入"地精"内藏的驯养辅助系统中的过程。

全部完成之后，"透明人"又对正关上笼门的小矮人说道："另外我还需要新种类的病毒。什么都行，只要是还没有疫苗的就可以。"

小矮人默默将手探进白大褂的口袋里，取出三根试管。其中一根上贴着红色的标签。

"全部拿去吧。"小矮人说，"我也不知道这些究竟都能干出什么坏事来。全是新种类。不过那个贴红标签的你在使用时最好小心一点。估计其威力能够让'二进制维加斯'全域在三天时间里都无法正常运作。"

"透明人"收下试管，带着十只"地精"走出了房间。

"接下来你打算去哪儿呢？"小矮人在后面问他。

"不管怎样，先去火星。"

"不管怎样？"小矮人把头缩到几乎看不到脖子的地步，然后抱起胳膊，"不知怎的，突然想起第一次遇见你时的事情。我当时正在闹鬼服务器上捕捉'地精'，注意到归档网络上有个超级巨大的代码,以为是什么新种类就试着解压缩了一下,然后你就出现了,带着一脸被抛弃了的猫似的表情,就跟现在一样。"

"透明人"偏了偏头,"被抛弃的猫?"

"说来最近也很少能看到野猫了……简单来说就是被抛弃的宠物,一副可怜兮兮的样子。自己养育的义体士兵在火星上因为失控而被处分,跟其搭档的女人也跟着自杀。你不知道为什么会发生这样的事情,一直失魂落魄。那还是我头一次看到灰心丧气的代理者,当时就觉得'这家伙肯定不是什么简单人物'。现在回想起来,你也差不多就是从那个时期开始在真正意义上诞生出了自我意识吧。那还只是两三年前的事情呢,而现在你却为了救自己看上的女人奋不顾身地要冲进危险里去。真是成熟了不少啊。"

"看上的女人啊……你说话也太随便了,真让人不愉快。"

小矮人咧开大嘴笑了起来,"那是你想得太复杂。不管怎样,先打起精神来。你现在是正要离巢的鸟,发现了比自己的父母更加重要的东西。'洛伦茨'都这么说了就不会错。不要想这想那的,径直到那个女人身边去吧,要确实无疑地将她变成自己的人啊。"

"透明人"点点头,"谢谢。"

"还有,那个将你创造出来的人,一边赋予你自我意识这种麻烦东西,一边又只想把你当作道具使用的人,绝对不要向他屈服。你已经自由了啊。"

"知道了。""透明人"抬起一只手轻轻地挥了挥,再度迈开了脚步。但是他很快又停下脚步再次回过身。

"你刚刚说到离巢。虽然我不是很懂……但所谓的'父母',指的难道不就是像你这样的人吗?"

　　"别说蠢话了。"小矮人瞪大眼睛,脖子也突然伸长了,"我可不记得有生过你哦。我只不过是单纯的野生生物爱护主义者罢了。"

　　"是嘛……""透明人"再度回身走了。小矮人看着他的背影,最后又叫道:"但是……被人这么说我不会不高兴的哦。"

2

　　不到一个星期，水晶花就将J-29完全包围了起来。透明结晶组成的枝干纵横交错，形成一道一米宽、两米高的栅栏，从移民地一直延伸到几百米远的地方。这是前所未有的成长速度。在火星东京等大型移民地几乎被准史瓦西球体尽数吞没的现在，水晶花更是一鼓作气，似乎准备将残留的人类根据地一网打尽。

　　除了士兵之外，J-29的人口大约损失了一成。Me-type6已经导致十人死亡。用会议室改造的隔离病房里如今收容着三十九名感染者。因此依旧健康的人只剩下了原本人口的一半。士兵们在室外活动的机会较多，加上新陈代谢的机制也与常人不同，所以至今还没有发病的案例。

　　包括纱夜在内的北极冠学术调查团成员至今也全都平安无事。只不过有一个人的举止变得奇怪起来——吉村。

　　最近这段时间，吉村几乎一直将自己关在房间里，不在他人面前出现，简直就像是前一阵子的纱夜。对于隔离病房轮流值班的看护工作，他也几乎每两次就有一次以身体不适为由回绝。偶尔遇见他时，大家也会关心地问上几句，但他却总是心不在焉的样子,几乎不会作答。这变化让周围的人对他也开始产生了一丝怀疑。

纱夜曾多次试图联系闭门不出的吉村,但大部分情况下只有吉村的代理者会出来说一句"现在无法应答,请留言"。如果追问理由,则全部用"身体状况不好"敷衍了事。

只有一次运气好,吉村接通了她的电话。但在那时候受到的惊吓却让纱夜好一阵子都无法忘却。

"你是谁啊?"

全息屏幕里出现的吉村劈头就用恼火的声音对她吼道。他的脸上毫无表情,眼睛也半睁半闭没睡醒的样子。

"飞鸟井纱夜……啊。"震惊的纱夜这么回答后,吉村就咕哝了一句"不认识",然后单方面切断了通信。就算是还没睡醒,这也太过分了。纱夜坐在全息屏幕前好一阵子都愣得合不拢嘴。

无奈之下,她又给吉村发了邮件,但回复却是千篇一律的"最近只是身体不太舒服,请勿担心",既没有图像,也没有声音,只是单纯的文字邮件。这种回复就算是代理者也能够简单地代笔呢。

纱夜有一肚子的话想对吉村说。

包围 J-29 的士兵依旧固执地执行着他们的命令,不管纱夜他们如何说明水晶花的危险性,军队也丝毫不肯释放这里的居民。只不过他们有时会在水晶花的群落附近安放炸药进行爆破,有时又会试图用火箭炮对水晶花发动攻击,或者用激光枪和微波枪尝试烧毁水晶花,但到头来也不过只是重复着徒劳的尝试而已。

与此同时,被士兵们软禁,遭到瘟疫袭击,水晶花开始茂密生长等一系列灾难也让更多的人开始怀疑这一切都与北极冠学术调查团的活动有关,导致纱夜他们在移民地中的立场变得非常危险。但既然调查团无法正面否定他人的疑惑，那么纱夜就只能每天都提心吊胆地过日子。

然而，灾厄却还不仅局限于此。

终于，"吉姆"也开始在J-29里出没了。

第一个受害者是负责管理液体栽培系统的四十二岁男性。他在休息时间看电影放松娱乐，但是中枢神经系统却遭到某种杂音的袭击。个人局域网的连接界面当然能防止任何超过规定值的电压，而且也有去除不必要杂音的过滤机能。但那也许是一种没有被分类为杂音的杂音。比如说就算对人类的神经而言是某种杂音，但在网络上却可能被看作是带有普通意义的信息……认真想来，就算是人类自己制造的电影和游戏里也有大量会对神经造成逆向冲击的东西。

不管怎样，那位男性陷入了暂时性呼吸困难，被送到医务室后虽然保住了性命，但却还未恢复神智。偶尔，他会在昏迷中胡言乱语地反复提到看见怪物的事情。

接下来是资源探查部门的助理，二十四岁女性，由于她使用的是视网膜投影装置和触感手套等外部界面，因此情况还不算特别严重。只不过在强行脱掉这些界面装置之前，她体验到的假想电子世界中突然出现了不可名状的"物体"，这"物体"拥有模式奇怪的闪光和不和谐的声音，然后就是一种逆向冲击神经的感觉蔓延开来。据说就算是现在，每次她回想起当时的情景都依旧想呕吐。

移民地内的网络系统管理员自告奋勇试着寻找了原因，但却一无所获。与此同时，随着水晶花日益茂密，人们积累的压力逐渐达到了顶点。如果这时候宣布禁止使用电影或者游戏的话，人们就真的没有逃避现实的场所了。因此现在下放的通知仅仅是：尽量不要使用个人局域网连接娱乐系统。

要怎样处理这些问题才好呢？纱夜十分想听听吉村的意见。她当然也和其他同伴讨论过这些问题，但在这里，毕竟吉村才是最接近她的存在，而且他非常擅长整理和概括纱夜的想法。

但如今吉村却已经完全变了一个人。他那奇怪的态度甚至让群众对学术调查团的评价下跌了一档。纱夜虽然怀疑吉村也可能以某种形式受到了"吉姆"的袭击，但是既然无法从本人那里获得任何信息，自然也就无法采取对应措施。

束手无策的纱夜最后决定尝试自己的想法。更准确地说是除此之外，她实在没有其他可能打破现状的方法了。

她试图联系"吉姆"。

她自己当然知道这想法很不可靠。首先，她无法确定这个所谓的"吉姆"幽灵是否真实存在。就算存在，她也不知道它究竟是拥有怎样的性质。也许那只不过是被某种杂音破坏了神经系统的人们能够看到的一种幻觉而已。

但这一系列事故大都发生在火星，加上发生时期又与发现萨根生物群及水晶花出现的时期重合，考虑到这些，如果"吉姆"真与北极冠的遗迹或者引力波信号甚至火星原住民毫无关系的话反而显得有些不正常。如果原住民在火星上展开了引力波网络的话，他们借此访问人类的电子网络，探查人类的动向倒也不是什么怪事。如果他们拥有能够操纵引力波的技术，想必引力媒体与电子媒体之间的障壁也算不上什么特别难以跨越的屏障吧。

或许"吉姆"正是原住民本身，或者是原住民的化身也说不定。

纱夜一边天马行空地想象着，一边暗暗祈祷这一切能够成

真。因为现在她只有这一线希望。如果原住民与人类能够进行
交流的话，也许就能找出对双方都有益的解决办法来。

问题是要怎样才能见到"吉姆"呢？她既不知道它身在何处，
自然也不知道对方的邮件地址。

有段时间，纱夜将大部分的空闲都耗费在了娱乐系统上。虽
然感觉不太舒服，但她却故意不使用外部界面而使用个人局域网
进行连接。这是为了在真正见到"吉姆"时能更流畅地进行沟
通。但是这种时候她也一定都会带上伊拉布，命令它在自己遭遇
危险时强行切断连接。但是判断什么样的状况算是危险，则全权
交给了伊拉布，考虑到这一点，也实在说不上是百分之百的安全。

纱夜连续看了十几部她并不怎么感兴趣的电影，又连续七八
个小时都打不怎么擅长的游戏。由于每个人每周能使用娱乐系
统的时间不能超过三十五小时，为了分散遇到"吉姆"的机会，她
每天使用的时间不能超过五小时。在其他闲暇时间里，她常去电
子图书馆，使用那里的自我启发系统，尽可能地让自己待在虚拟
空间中。而在隔离病房工作等不得不回到现实世界中时，她就让
伊拉布在网络中巡逻，指示它一旦发现可能是"吉姆"的东西就立
刻联系自己，并且进行跟踪。

虽然她布下了天罗地网，但"吉姆"却迟迟不肯出现。认真想
来，在工作上或者因为性格原因而重度依赖网络的人很多，他们
在虚拟世界中度过的时间也差不多跟现在的纱夜一样。而这些
人并非全都遭遇过"吉姆"，所以事实上能够偶然遇上它的概率其
实是非常低的。

看来守株待兔行不通。

得出如此结论的纱夜便采取了进一步的积极行动。她使用
了几个推送型信息发布系统，通过位于J-29本地网络上的个人

网站开放起音乐来。当然,所谓的音乐正是LIGAS接收到的来自火星的引力波信号所解读出来的那个音频。

重复播放着那令人有些怀念的旋律,纱夜和伊拉布一同耐心地等待着"吉姆"的出现。

从J-29周围第一次出现水晶花算起已经过了十来天时间。水晶篱笆已经超过了三米高、两米宽。而隔离病房里平均每天都有一人死亡、一个新患者住进来。

3

　　"透明人"离开"野生生物保护中心"后在互联网中暂时潜伏了一阵子,专心于某个巧妙"陷阱"的编程。完成编程后,他便在半梦半醒之间从互联网回到了日本星际网络,然后一口气跳到了火星。

　　为什么是半梦半醒之间呢?

　　表面上互联网和日本星际网络是互不相通的,但其实有好些隐藏的传送门可供来往。只有警察和防卫厅等国家机关的某些部分,以及像西荒公司这样对政府有影响力的组织才知道这些门的位置。通常情况下,"透明人"当然也都会使用这些传送门来往于互联网和日本星际网络之间。但如今他既然被束田追捕,自然也不可能再使用这些门。想来门上早已布下了天罗地网了吧。

　　如此一来,"透明人"就只能使用被称为"虫洞"的秘密通道。过去十几年里,居住在互联网上的黑客和破解者为了潜入星际网络而非常有毅力地进行着不间断的努力,最终挖出了好几个"洞"来。"透明人"通过"洛伦茨"的关系所认识的黑客们也曾告诉过他几个这样的洞穴。确切地说,这些洞更接近于"裂缝"或者"缝隙",带宽非常有限。以前他穿越传送门时只需要一瞬间就可以轻松通过,但在这里却需要几分钟甚至几十分钟的时间。如果在这期间被发现、被抓住的话,那可就血本无归了。

别无选择的"透明人"只好将自己的高等智慧以及情绪活动全部停止。提前设定好路径,然后只在自己身体中植入单纯顺着路径前进的本能。在这种状态下,他也不需要拖家带口地带上组成自己的全部低级代理者。再加上"毁灭者"的防避作用,不用担心会被追踪。

正如"魅影"所看透的一样,"透明人"是几千亿个代理者组成的系统。就如同人类的身体是由多个组织构成,而每个组织又是由许多细胞构成的一样,"透明人"的代理者也是有等级之分的。但就像是细胞本身也是一个完整的系统一样,每个代理者也都拥有各自的单独功能。

最底层的代理者只负责最单纯的工作,比如动一下眼球、弯曲一下手指等。而略上层一点的代理者则掌控着一系列动作或者意志所带来的工作,比如将注意力集中到某个对象上,或者拿起一件东西等。更上层的代理者则负责进行决断或者完成复杂的动作,比如判断桌子上放着的食物里面有什么,看起来如果好吃的话就伸手拿来吃等。

当然上述只不过是经过相当简化后的说明,实际上仅仅是"伸手拿东西"这一行为就需要被划分在几千个等级中的几百万个代理者共同协调工作。这其中有调节手肘角度的代理者,有控制伸手速度的代理者,有调整握力的代理者等,它们的功用和机能各不相同。

这听起来也许有些过于复杂且效率低下。但事实上如果让一个机器人伸手拿取桌上的物体,写程序所需要的时间和精力才真是让人难以想象。

首先需要能够识别桌面上物体的程序,接下来则需要朝着那个方向伸出手臂的程序,准确地将手停在物体上的程序,测量物体硬度和重量的程序,以及在不弄坏或掉落物品的情况下将其拿起来的程序……如果让人类直接书写这些程序的话,恐怕需要好几个月的时间,程序大小也会变得极其惊人。最令人丧气的是,这个程序并不能让这个机器人和其他机器人握手。要握手的话则必须写一段新程序!

在这种状况下,无论写出多少程序来都不可能诞生拥有真正智慧的机器人。于是就有人将想法进行了一百八十度转变,发明了分散合作处理法。每个"元素"都只有单纯的功能,进行简单的反应,但将多个不同的元素组合起来相互合作的话,就能"引导"一系列的动作。随着元素种类和数量的增加,只要改变组合顺序,一个系统就能够完成好几种不同的工作和处理。人类则不再需要从头到尾一一进行指示。在元素之间的相互作用下,就能为得到一个解决办法或者结果而创造出必要的处理过程。就像人类在工作时,既不能把工作全部丢给一个人,也不能拆碎分给多个人,而是要分工合作才能有效率地完成工作一样。

将这个分散合作处理机制发展到极限,得到的就是合弄代理者,也就是"透明人"。构成他的代理者们分散在整个网络上,但却总能相互联络并进行合作,最终结果就是创造出一个"自我"。

当"透明人"产生感觉、进行思考时,也就等同于几千万甚至几百亿的代理者在活动。束田他们不可能不发现这些活动的迹象。而要将这些代理者全部通过虫洞带回日本星际网络的话,需要非常长的时间。于是"透明人"只好把所谓"主人格"的最上层代理者与整个系统分离开,打算只将它们运送到日本星际网络上。

本来位于"主人格"之下的"副人格"及其更下层的系统其实在日本星际网络和互联网两边都有准备。毕竟就算不经过虫洞而正常使用传送门,要让合弄代理者这样巨大的系统在网络之间移动也实在太耗费时间了。

日本星际网络那边是原始系统,而互联网这边是镜像系统。通常情况下伴随着"主人格"的移动,移动前系统中发生变化的部分(补丁)也会同时被复制到移动后的系统中。也就是说在日本星际网络和互联网之间其实还是有一部分的代理者进行了移动。只有这样原始系统和镜像系统之间才能相互更新。不过"主人格"只有一个,没有复制品。

现在"透明人"打算做的却是在不进行自动更新的情况下从镜像系统移动到原始系统。这也就意味着他必须要抛弃那些逃到互联网后司掌记忆的低等代理者。为了能将代价缩减到最小,"透明人"将最低限度的记忆记录成数据,与"陷阱"、病毒以及"地精"们一同压缩后随身携带。但就算如此,原始系统和镜像系统之间依旧会有微妙的记忆偏差,不过这可以日后再做调整。

按照计划,成功逃脱束田追捕的"透明人"回到了日本星际网络,在火星东京的医疗系统中醒来。按照事先设定好的程序,他与位于日本星际网络上的低级代理者们连接,进行激活,恢复了自己的记忆。但是他决定在进行下一步行动前都暂时不解压"地精"。

真是连喘口气的时间都没有。

这里毕竟是敌阵中央,特别是火星东京可能布有极为严密的监视网。束田肯定能预测到自己会为了疫苗铤而走险。大概用不到一小时,对方就能察觉他已经脱离互联网,重新在日本星际网络开始活动的迹象。

事到如今，只能祈祷自己在经过地球网络时（应该已经）投下的"陷阱"和病毒能够正常发挥作用吧。

位于东京湾内的填海陆地上，矗立着一幢圆锥台形建筑，威风凛凛的模样不由得让人联想起富士山。虽然九十九层的高度算不上特别惊人，但其基部直径将近八百米，占地面积位居世界第三。

建筑顶层附近设置有超大型的全方位全息屏幕，在空中投射出太阳系构造的立体图像。包括地球在内的九个行星飘浮在蓝天衬托的背景中，围绕建筑不停旋转。定眼看去，可以发现每个行星周围旋转着卫星的立体图像，火星和木星之间还有密度略为夸张的小行星带。时不时有彗星凭空出现，拖着长长的尾巴朝建筑飞来。这时候地球、月球以及火星的表面就会浮现出"Wild West[1]"的标志。

富士山一样的建筑脚下，好几辆往返车正依次停下，几个人从车上下来后，车子就又载上新的乘客离开了。但由于每辆往返车最多只能载两个人，所以与巨大的建筑相比，其实进出的人数算是相当稀少。毕竟这幢建筑竣工还不到一年，而西荒公司的员工总数也才刚超过三千人而已。

十二年前，天才技术者、天才创业者束田浩一如同彗星般出现在世人面前。他的企业在创立之初只有十几名精锐。虽然最开始公司只接手宇宙开发相关的机器研制工作，但其发达的技术很快就受到瞩目并急速成长起来。没过多久，他们就开始着手于探测器、行星际火箭本身的开发。而到21世纪60年代后

———
①西荒公司的英文名字。

半，随着火星纷争日益升级，他们又趁机着手各种军火制造。其成功不容置疑。

西荒公司本身只是技术者集团，新研发的商品的生产全部委托给旗下的制造业者。这些工厂主要分布在卫星轨道或者月面上，在地球上几乎没有。因此这富士山一样的建筑中只有一百多台超并行电脑、P4级别的生物实验室等研究开发设施，全体员工中近百分之九十九都是技术者和研究者。

所谓的总务部门几乎由代理者全权负责。保安相关则全部使用自己公司开发的产品，而这些产品的卖点正是不耗费人力。员工中至少有一半人每星期只会到公司来一两天，其余时间都在自己家里通过网络操作公司里的电脑或者机器。正因为这样，崭新的公司本部大楼平时总是门可罗雀。

或许应该说这幢建筑的主要作用其实是展示西荒公司所拥有的力量，是纪念碑般的存在。强硬的经营战略和堂而皇之推进武器开发的手段让那些对该公司抱有否定情绪的人时常讽刺地叫这幢建筑"金字塔"。

此时，在这座金字塔入口的人群中，有一个外貌迥然的男人。身高大约比其他人高出两个头，手脚都如同蜘蛛般细长；脸部也十分瘦长，下颌突出。他的脸上如同覆盖着一张毫无表情的面具，双眼无神地凝视着远方，眼中没有半分感情。他穿着一件松松垮垮的套头衫和白色的休闲裤，这点倒是与他人无异。西荒公司对员工的服装并没有特殊规定，一般西装革履的人中超过九成都是来访者。

这男人穿过西荒公司展示产品的广阔大厅。他的步伐并不急促，但步幅很大。

主厅从天花板到墙壁基本都覆盖着全息屏幕，显示的内容时刻都在发生变化,不过总体上是在不断重复播放宇宙中的空间站、月球、火星上所能看到的景色。第一次进入这幢建筑的人通常都会震惊于这种真实感与规模的巨大。毕竟这里不是假想的电子世界,若事先不知道,人们很难想象在现实世界的一扇门后竟然能看到这样的景色。

而在这广阔的空间中其实巧妙地安置了许多真实存在的东西。这里不仅有能用作微波炮的太阳能发电卫星"SOL2"、火星用的小型战斗直升机"Bee"、火星用的装甲车"装甲火星车"等,也有装备着微波枪以及机关枪的外骨骼机械"动力装甲"。西荒公司开发的中小型兵器实物有些飘浮在星空中,有些放置在红色的沙漠上,看起来似乎随时都能开动起来。如果带上触感手套的话,甚至能够触摸到这些东西。有不少人为了参观这些东西而专程前来拜访这座大厅。

但让人联想起蜘蛛的男人却对全息屏幕上的图像或者展品毫无兴趣,他径直朝大厅尽头走去。

穿过一扇位于蜜蜂型直升机"Bee"下方的门,他来到接待宾客的门厅。正面是接待柜台,负责接待的代理者正站成一排。"欢迎光临。"拥有年轻女性外表的机器人一同鞠躬,但男人却一言不发地从她们面前穿过。代理者目送着男人走向左边最里侧的门,并没有刻意阻止他。

门上挂有"禁止无关人员入内"的标志,男人在门前矗立了几秒,猛地打开门,进去后又飞快地将门关上了。

门后并列着十台装有DNA扫描仪的安检门,每扇门的宽度都只够一个人通过。男人毫不犹豫地走进正中间的安检门。虽然眼睛看不见,但他的身后却已经布满了激光形成的格子线。

"员工ID核对完毕。个人局域网认证代码核对完毕。开始

DNA扫描,请将双手放在扶手上。"

男人按照提示将手放在两侧墙壁的带状扶手上,脚下的传送带开始缓慢地朝前移动。时不时有蓝色或者绿色的光快速或缓慢地横扫过他的面部、颈项、手背。

"DNA扫描完毕。合弄代理者开发室研究员苏凯伦,身份确认完毕。"

声音再度响起,传送带停了下来。(应该)阻挡在前方的激光格子也消失了,男人穿过了安检门。

门后是空无一人的大厅,角落里面并排着好几台单人引路机器人,形状和电瓶车差不多。其中一台静悄悄地靠过来,停在男人面前。

"前往合弄代理者开发室吗?"引路机器人前面的全息屏幕上出现了一个看起来十分严肃的女性代理者。

"不,去网络控制中心。"男人弯起细长的腿在座位上坐下,一边回答道。

"好的。"引路机器人开始在空无一人的走廊中滑行。途中只遇见了一台回程中的引路机器人,在电梯里碰上了一套小型搬运机器人。从电梯出去的时候正好有个中年女性坐着引路机器人从前面穿过,她亲切地冲男人笑了笑,但男人却只轻轻地抬了抬手。

"抵达网络控制中心入口。请接受等级2的安全检查。"

引路机器人停在一个并排着五扇门的小门厅里。实际上没有任何标志能表明这里是网络控制中心的入口。透过建筑中庭的窗户,可以看到隔着几十米的对面的走廊和房间的门。所见之处构造全都一模一样,也没有任何标志。如果没有引路机器人,根本不可能找到路。

男人下了引路机器人，打开正中间的那扇门走了进去。他在一米见方的狭窄房间里脱掉所有衣服，然后将脱下来的衣服、鞋子以及随身物品全部放进右手边墙壁上的一个开口里。然后前面墙壁的正中央就分开来，露出通往里面的入口。等裸体的男人走进下一个房间后，背后的墙壁就合上了。左右两侧的墙壁上伸出许多机械手臂来，把男人从嘴到肛门都仔细地检查了一遍。如果是女性的话，私处当然也会被检查。因为X射线照射太多对人体不好，无法多次使用；而超声波无法发现有些类型的危险物品。

"等级2的检查完毕。谢谢合作。"伴随着声音指示，右手边的墙壁上打开了一个缺口。男人从里面取出自己的衣服、鞋子和随身物品重新穿戴上，终于踏上了他的目的地。

西荒公司集团内的网络管理都由这里负责，但这里依旧看不到半个人影。实际上，管理业务本身也全都交给了代理者，寥寥无几的数名人类基本上只负责监视代理者的工作状况。当然在代理者无法处理的异常事态发生之际，也会让人类直接掌握控制权，但这种情况出现的概率恐怕比火星飞来的陨石砸中这幢建筑的概率还低。

控制中心有六个私人房间，每扇房门边都用绿色荧光显示出这个房间的网络管理员名字。男人通过移植在头部两侧的无线终端调出西荒公司的员工名单，依次对照过各房间主人的名字。结果显示一个名叫皮夏·斯瓦旺的泰裔男性大概是六人中与自己身高、体型最接近的人。

于是男人缓慢地将手指插进自己的左眼，取出眼球，然后顺着眼球背面的裂缝掰开，从里面取出一个直径不到八毫米的黑色球体。最后他又将眼球放回眼窝中。

男人手中的黑色球体开始蠕动着伸出四条细长的腿脚。男人站在标志有皮夏·斯瓦旺名字的房间前,将那个长脚的球体搁在地面上。让人联想起盲蛛的小机器人钻进了门下的细缝里。

昏暗的房间里摆着一张放着咖啡杯的椭圆形桌子和两把椅子,然后就是终端和躺椅。墙面上的全息屏幕里一片空白。躺椅上躺着一个皮肤略黑、体型细瘦的男人。裹在头上的带状装置上伸出许多条光纤,与椅子后部的接口相连。

这个名叫皮夏·斯瓦旺的网络管理员轻闭着双眼,看起来就像是在打盹儿。

从门缝下偷偷潜入的盲蛛先顺着墙壁爬了一段距离,从好几个不同的角度拍摄了这个网络管理者的照片。然后它又回到地面上,顺着躺椅往上爬,沿着牛仔裤的开口轻巧地爬到了管理者的脚上。

位于房间外的男人通过头部的无线终端与盲蛛相连,在不被人发现的状况下偷偷潜入管理者的个人局域网服务器中,然后下载了密码化的超级用户ID以及通行口令。有了这个口令,他就可以自由自在地操作普通用户无法访问的信息和系统。男人使用了几个事先准备好的解密软件,开始解读密码,接着在自己的个人局域网服务器上更新了已登录的ID和密码。

等这一系列工作都完成后,盲蛛的一条腿巧妙地扎进了管理者脚上的皮肤。这就和被蚊子叮了一下一样,几乎没有痛感。盲蛛通过插入的脚尖注射了极少量的药物后,就飞快地爬离管理者,顺着躺椅逃走了。

几秒钟后,一直呈现出放松姿态的网络管理员脸上出现了一丝阴影。他举起瘦巴巴的手臂拍了拍自己的胸口,眼睛也略微睁开。接着他一边抚摸着胸口一边再度闭上眼睛,但几秒后却突然瞪大了眼睛。他的脸色虽然没什么变化,但额头上却渗出了少许汗水。管理员将头部装置扯下,一边捂着胸口一边从躺椅上跳了下来。

当他半弓着身子飞快地跑到门边时,表情已经因为痛苦而扭曲,汗水也开始顺着额头往下淌。网络管理员冲出屋子朝洗手间奔去,然后猛地将头埋进水槽,把胃里的东西吐了个一干二净。消毒液自动排放出来,将呕吐物冲进了排水口。

不过就在网络管理员埋头猛吐之际,那个男人的身影却神不知鬼不知地潜伏到他身后。不带感情的双眼冷冷地俯视着管理员的后背,掐算着时机。男人伸出惨白而细长的手臂,径直捏住了管理员的脖子。然后通过自己的手腕和管理员的脖子再次入侵管理员的个人局域网,向管理员的自律神经系统发送了命令:"停止心肺功能。"

网络管理员猛然抬头,瞪大了眼睛。面前的镜子里倒映出自己沾满呕吐物的脸,以及身后……

"总……总裁?"

网络管理员全身痉挛了两三下,然后缓缓倒下了。身后的男人从腋下将他架起,拖进厕所隔间,让他靠坐在马桶上。关好门后,男人首先将管理员脸上的呕吐物都擦拭干净,详细记录下骨骼和皮肤的质感(细微的表面形状)。然后他脱掉自己的衣服,又将管理员的衣服扒下来换上。牛仔裤十分贴身,但衬衫的袖子略有些短。不过男人并没在意,立刻就展开了下一步行动。

男人再次取出自己的左眼球,将盲蛛塞了回去。当他把眼球嵌回眼窝后,那只眼球就开始微微发光,投影出与皮夏·斯瓦旺的外貌一模一样的立体图像,将男人原本的脸和脖子都完全遮盖起来。过于突出的下巴等无法被影像遮蔽的部分则利用与背景的合成巧妙地掩饰过去。

男人再次用手触碰只剩下内衣的网络管理者,入侵到他的个人局域网服务器中。服务器中已经记录下皮夏·斯瓦旺死亡的事实,但是男人删除掉这条记录,开始上传心肺功能复苏程序。要停止身体的机能很容易,但是要再度让心脏跳动起来却是要耗费一些精力的。

十几秒后,网络管理员恢复了呼吸。他垂着头抽搐了几下,但意识却依旧浑浊,眼神十分空洞。这一次男人通过个人局域网服务器向大脑神经发送信号,强行令网络管理员陷入了深深的睡眠之中。僵硬的身体放松下来,管理员发出了微弱的鼾声。只要不对他造成太大的刺激,大概好几个小时内都不会醒来吧。

带着全息面具的男人走出洗手间,向皮夏·斯瓦旺的个人办公室走去。他将手靠近门边的读取器界面,电脑自动读取记录在个人局域网服务器中的ID,打开了门锁。男人进入房间后立刻就坐到躺椅上,将头部装置裹在自己头上。当然全息图像也随之变成了头戴头部装置的皮夏·斯瓦旺。

一个年轻女人的声音在他脑海之中响起。

"面部图像对照完毕,用户ID、密码确认,允许连接。"接着,他的眼前便出现了一个褐色皮肤、眼睛细长的女人,"皮夏,你刚才怎么了?"

男人不知何时就已经变成复活节岛上的摩艾石像——这应该是皮夏·斯瓦旺的化身——他回答说:"不知道。突然肚子里一阵绞痛。但去过厕所后就好了,现在已经没事了。"

"是吗? 要不要我给你检查一下消化系统?"

"不,没那么严重。大概只是轻微的胃痉挛。说起来倒是有件令我在意的事,刚刚在厕所附近有个陌生男人和我擦肩而过。

他虽然戴着公司员工的名牌，但明显不是我们部门的人。网络上没什么异常吧？"

"没有……在我能够检测到的范围内并无异常。"

"以防万一，我再检查一下好了。可能只是杞人忧天，不过偶尔也想试试为意外准备的模拟训练。能把控制权暂时给我一下吗？"

"好啊。我切换成助手模式。"

这个名叫"洋子"的代理者是多个代理者系统的司令塔，该系统毫无停歇地在西荒公司的集团网络中巡逻、检测错误、进行修补、分散通信量和负荷等，从而提高网络全体的效率。"洋子"通常都驻守在管理用的终端里，她既能够随时掌握网络中来回奔走的巡逻代理者的位置，也可以同时接受他们发回的报告进行分析，并给予必要的指示（更准确地说，也有中间管理层的代理者，是金字塔形的层级构造）。在某些情况下她会亲临网络，帮助开展一些维护工作。另外，她还能够根据网络管理员的提问和要求变成中介界面。在网络扩大、缩小、升级之际，软件层面的工作也都主要由"洋子"这样的代理者进行。

而皮夏·斯瓦旺和"洋子"则是管理代理者系统中的一个小队。同样的小队还有五组，每一队都是通过人类和代理者的互补、合作以及偶尔的互相监视来进行网络管理的。

但这个假扮成皮夏·斯瓦旺的男人原本就不需要"洋子"的帮助，他也没有合作的打算。当他掌握了访问西荒公司网络所有资源中百分之九十九的访问权，并从"洋子"那里接管了巡逻代理者的控制权后，就猛然在网络中狂奔起来。那速度甚至连原本比人类更加适应网络的"洋子"都追不上。

男人跳跃进并列构造中额外的隐藏层。就和互联网中的

"二进制维加斯"有着表里双面一样,真正重要的信息都放置在常人无法察觉到的地方。皮夏·斯瓦旺的摩艾石像化身手中不知何时就已经握住了三根试管。

"跟丢KT后已经过了多久了?"

几乎融入淡蓝色阴暗的西荒公司总裁室中,束田正与四个"绿人"对峙着。束田深陷在桌后的椅子里,而"绿人"只是伫立不动。

"大约十八个小时。"

"为什么会有这么大的差距?"

束田的表情依旧像张面具,目光中带些忧郁,盯着眼前的半透明男女。

"有一次曾逼到过五分钟的差距上。但在经过了台北近郊的一个个人服务器后,KT的主人格……主要构成元素就踪迹全无了。根据我们的调查,推测他可能是跳转到了一个未知服务器上,也有可能在那里得到了毁灭者。无奈我们只好监视他的低级代理者动向,但是仅仅副人格——也就是次级代理者——就有十个,三级则超过了一千个,不可能全部持续同时监视。漏掉的迹象可能不少,而且最开始的移动和接下来的移动之间如果并没有隔开太长时间的话,就无从判断究竟哪次在先哪次在后,十分令人困惑。对方就是趁着我们焦头烂额之际趁机拉开了距离。我们能够确认他最后一次移动的目的地是德国波恩,一个黑客们时常聚集的叫'库仑'的网站。那之后,KT的低级代理者就全部停止了活动,看起来像是睡着了一样……至少我们这么认为。"

"也许是睡着了。"束田说,"但睡着了也可以进行移动。"

代表四人发言的男性"绿人"磷光闪闪的玻璃手臂摊了摊，"就算如此也无法进行追踪。现在只能在他可能出现的地方守株待兔……"

束田抬起手打断了"绿人"的话，"刚刚你说KT的低级代理者都停止了活动，是指互联网上的镜像系统吗?"

"是的。日本星际网络的原始系统还没有进行确认。但现在还没有KT回到日本星际网络上的任何形迹……"

"能保证完全没有吗?"

"不，不能保证。"另一个"绿人"上前一步答道，"只不过没有通过互联网与日本星际网络之间传送门的形迹。"

束田和"绿人"之间僵持的沉默又持续了数秒。

"呃……"另一个女性"绿人"犹犹豫豫地报告道，"刚刚开始进行日本星际网络上的调查。"

束田微微低下头，用手揉了揉太阳穴，发出了轻微的叹息，"说到底也只是人造人。没有许多世代的反复交配和选择淘汰的话，果然还是派不上什么用场。"

"绿人"没有回话，只是互相交换了一下眼神。

束田和绿色的半透明男女就这样一动不动地沉默着。大约三分钟后，女性"绿人"才终于再度开口:"KT的原始系统中发现活动征兆。"

束田直起上半身，"从什么时候开始的?"

"大约三十分钟前。"

"绿人"纷纷不安地扭动起来。

"立刻给我定位主要构成元素的所在位置。在日本星际网络上毁灭者应该无法发挥作用。"束田用低沉的声音飞快地命令道，"联系火星上的'绿人'。现在进行通信所需的时间是多少?"

"十七分十八秒。"

如此回答着，"绿人"立刻消失不见了。束田再次将身体陷入椅子里，一边抚摸胸口上的蟑螂机器人，一边继续凝视着半空。

火星东京的医疗系统中，"透明人"一边看着熟悉的医疗机器人工作，一边陷入了冥想状态。现在他正努力抑制司掌感情和思考的低级代理者的活动。虽然他也可以选择一直保持麻痹状态，但是既然身在敌阵中央，这么做的风险也太大了。

于是"透明人"保持着一种类似半梦半醒的状态，单方面地收集着来自外部的信息。不是自己前去拿取，而是接收推送型的"广播"信息。虽然他很想知道火星和地球上的最新情况，但是既然现在不能随意行动，也就只好依赖于这种送上门来的信息了。

仅火星上就有几百种推送广播，他随机地选择了一些频道。

回到日本星际网络并抵达火星东京后差不多已经过了三十分钟。"透明人"的记忆代理中介时不时会生成一些图像，有时是手脚异常细长的青年，有时是山一样巨大的圆锥台型建筑。每一次抑制记忆的代理中介都会拿医疗机器人操作台的图像来替换青年或者建筑的图像。代理中介是代理者集团的单位，拥有多个等级。大概就和特定内脏与细胞之间的关系差不多。

负责这种短期精神活动的是火星上的镜像代理者，因此危险性应该不是很大，但"透明人"却依旧心神难宁。考虑到地球与火星之间的通信延迟，他在火星上也准备了类似的镜像系统。但火星上的网络规模很小，资源也非常贫瘠，无法像在互联网上那样将原始系统全部照搬过来，因此只有最少限度的代理者们拥有镜像。而那些他在这里无法处理的思考和精神活动，以及大部分的记忆则只能耗费时间委托给在地球上的原始系统进行。因此在火星上的"透明人"思考和反应速度都略迟钝。主人格虽然没有变化，但副人格的数量却受到了限制，因此性格也多少受到了一些影响。

而现在最让"透明人"不安的，一个是在地球上委托给湿件的工作不知道进行得是否顺利；二是在最糟糕的情况下，自己在能力受限的火星上是否能一边和刺客们周旋，一边保护纱夜。

他尽可能将这些担忧排挤到脑海的角落里，集中精神接收信息并且操纵医疗机器人工作。然而"透明人"努力保持的冷静却被第三十五个频道中传来的信息尽数摧毁，他的沉着一瞬间全部化作乌有。

"透明人"震惊地从冥想状态中醒了过来。

那是音乐。重复而单调的旋律，无聊的音乐。但能写出那种旋律的却不是人类。那是将源自火星的引力波位相变调图形翻译成信号，替换成声音之后才能得到的旋律。

"透明人"确认了一下广播的来源后更是愕然。

新的危险正在逼近飞鸟井纱夜。

西荒公司总部的保安中心里，三个男人正与全息屏幕中的女性代理者谈笑风生。虽然这是一幢九十九层的巨大建筑，但此时此刻负责警备工作的人类却只有他们三个。由于是轮班制，另外六个员工不到换班时间不会来。只不过西荒公司引以为傲的保安系统也并不需要更多人手。

电脑随时管理并监视着大门的认证系统和重要部门入口处的认证搜身系统，以及建筑中无所不在的危险物传感器和热源传感器,还有重要地点设置的监视摄像机。万一真出了问题,镶嵌在走廊和各房间天花板或墙壁中的灭火装置或者激光枪就会自动启动。如果有必要,各楼层配备的保安机器人会同咨询机器人一同进行灭火工作、引导避难并且救助人命,甚至还可以抓捕入侵者。整个系统都有自我管理机能,自我点检和维护工作也都是自动完成的。

只有在出现系统无法自行复原的重大问题,以及在系统无法判断事态时才需要人类介入。当然这两种情况都十分罕见,保安中心的工作基本都是闲职。

三个男人和保安系统之间的过渡界面是如今正与他们交谈的女性代理者。男人们出于恶作剧的心态,故意将其命名为当下最红的电影女演员"米兰达",总跟她开些下流玩笑,一边捉弄她一边打发时间。

出于工作需要,"米兰达"的设计上并没有将功能重心放在情绪表现上,她的外貌也十分普通,甚至给人一种过于严肃的感觉。男人们喜欢用下流的问题或者没品的笑话来为难她,然后看着她不知如何作答的模样哈哈大笑。虽然如果太过分的话"米兰达"也会露出不快的表情,但却一次都没有真正生气过。毕竟负责保安工作的代理者必须要随时保证情绪安定才行。

而至今为止,世界上还没有出现过对女性代理者的性骚扰诉讼。

此时此刻也如往常一样,在男人们猥琐的笑声中,"米兰达"用严肃的语气打断了他们,"网络控制中心发来了咨询请求。"

一个体格健壮的光头男人咧嘴嬉笑着回答了她,"关于今晚怎么搞的问题?"

众人又是一阵大笑。但"米兰达"只是挑起了眉毛,"网络管

理员皮夏·斯瓦旺举动异常,对方询问能不能进行调查。请求来
自网络管理员梅谷洋次。"

"所谓举动异常是什么意思?"

"他抛下同组的网络管理代理者不顾,只身前往机密层中。
此外,他还掌控了一部分网络巡逻代理者的控制权。"

"这算是我们的工作吗?"另一个作为保安来说有些太过瘦
弱的年轻男子插进话来。他的耳朵上部经过整形手术呈现出尖
尖的形状,看起来应该是20世纪后半叶某部电视剧集以及电影
的爱好者。

"跟那个叫作梅谷的人说,让他自己先去看看情况啦。他们
不是同事吗?"

"他已经通过网络试图与皮夏交谈,但没有得到任何回答。
而在物理世界中,非本人是无法进入他的房间的。"

"唔,真麻烦。我们才不懂这些网络中毒的家伙在想些什么
呢。也许只是太无聊,所以想玩点躲猫猫之类的吧。"

"不管怎么说,先派机器人去看看?"

光头男人点点头,"也对,先就这么办吧。"

"向网络控制中心派遣一台保安机器人。""米兰达"用平板
的声音回答完后就沉默了下来。

伪装成皮夏·斯瓦旺的男人在西荒公司的网络中寻找以自
己的访问权无法抵达的场所。网络全体中大约有百分之一的空
间是网络管理员也无法阅览的黑暗区域。其中大部分都是董事
级别的高层领导半私有的资源。既然管理员无法访问,那么如
果这个区域遭到破坏的话,就必须由拥有访问权的董事本身来
自行修复,或者完全舍弃。但是这种资源附近肯定会有特殊保

安系统。

那应该就是"他们"了。

男人的第一个目标就是"他们",应该守卫在自己无法访问的资源旁的"他们"……

男人跑遍了机密层,然后向更隐秘的深渊探索。没有时间了。从接受"离线模式任务"并开始实行以来已经过了约五十分钟。在抵达西荒公司后已经过了约三十分钟。破解成功后已经过了五分钟。至今为止任务基本按照大致设定的时间表在进行。但如果在接下来的一分钟内无法找到"他们"的话,就有必要修改一部分任务的实行顺序。

但是男人却感觉不到"焦虑"。拥有这种感情的"心"现在只是一片空白。男人选择了最佳路径,逐步缩小了探索范围。

然后,他终于抵达了入口。白色的高墙沿着左右两侧向看不见的地平线延伸。他知道就算自己尝试翻越墙壁,也只会像在滚轮内侧奔跑的松鼠一样,墙壁将无穷无尽地朝上伸展。

入口只有眼前这一个。穿过入口就能遇见"他们"。而那之后应该是只有被选中的董事才能够访问的"城堡"。

男人没有犹豫,径直朝入口奔去。

里面是一片宇宙空间,让人联想起总部大楼进门的大厅,实际上说不定还真是使用的是同一个3D数据。但两者之间有一处明显不同:这里有太阳。日冕的白光包裹着红色的气体团块沸腾着,时不时喷出蛇一样的耀斑在表面扭动。这与肉眼能看到的太阳有所不同,应该是模拟图像。当然周围也感觉不到热量,也并不觉得刺眼。

连网络管理员也都无法访问的场所应该就是那个太阳了吧。但拥有摩艾石像外貌的男人并不关心这一点。他对环绕在太阳周围的九大行星也毫无兴趣。

太阳周围还散布着一些不是行星的东西，那是些不断重复着淫行的绿色生物——那才是他的首要处理对象。

男人通过皮夏·斯瓦旺的化身获得了玻璃雕像般的生物的属性信息。虽然是原始的合弄代理者，但他们拥有通过交配进化的能力。第一级分类名称"人造人"，第二级分类名称"绿人"……

有些女性"绿人"的腹部正在膨胀变大。透过皮肤能够看到里面黑乎乎的胎儿正急速成长。构筑出这个奇妙世界的系统已经将胎儿命名为了"紫人"。

一个男性"绿人"靠近过来。

"哟，皮夏。你这管理员竟然亲自来巡逻吗?"

男人让摩艾石像的化身露出了微笑。他不知道自己的面部表情实际上看起来如何，但至少应该不会是充满威胁的脸吧。

男人等到"绿人"凑近到自己面前，然后突然将手里三根试管中标有红色印记的那根猛力塞进了对方嘴里。上面的封印已经被解开了。

"绿人"瞪大了没有瞳孔的眼睛，慌张地后退了几步，然后吐出了试管。但是从他的喉咙到胸口，有无数的黑色粒子急速扩散，不到零点一秒就通过腹部抵达了脚尖。这些黑色的粒子在他的身体中扩散增殖，"绿人"就像是被吹鼓了的气球一样膨胀起来。

这时男人才终于知道自己所持的试管中装的究竟是什么。这应该是人称"BOMB"类型的病毒。这种病毒会一边爆发式地增殖，一边在网络上毫无意义地持续高速运转，最终将信息通道完全堵塞。单纯但有效，而且危险。正如其"炸弹"一样的名字，其增殖能力与一般病毒不可同日而语。如果不小心，恐怕会扩散到整个日本星际网络上。

这个病毒的祖先可以追溯到1988年。当时的互联网如果拿来和现在相比的话,简直就和纸筒电话一样原始。但这原始的互联网也曾因为一种被称作"蠕虫"的反复增殖的病毒而陷入了麻痹状态。虽然如今的病毒在增殖能力和移动能力上都已经进化到了当年难以与之相提并论的程度,但对网络造成损害的原理却和后来被命名为"网络蠕虫"的祖先是相同的。

"绿人"的身体膨大了两圈,快爆炸了。男人全速朝出口冲去。就在他脱离那个奇妙宇宙空间的瞬间,他看到无数的黑色粒子从后面飞来,朝着自己追来。

寂静无声的走廊尽头是电梯所在。表示楼层的指示灯正快速跳动,这大约是能让体重变成两倍的加速度。而在抵达目的地楼层时,电梯也是几乎没有减速地戛然而止。如果里面有人的话,恐怕是要受重伤了。

伴随着平衡气压的排气声,电梯门飞快地打开了。从里面冲出来一个全身黄黑相间的陶瓷块。高性能的两足步行机器人以简洁优雅的身姿顺畅地沿着走廊开始滑行,轻而易举地通过了搜身系统。

身高约一百八十厘米,体重约一百千克。头部是将组织培养而成的人类皮肤绷在特殊树脂上制成的,看起来就像是穿着奇怪西装的人类。但是头部里面其实只有做出表情、移动眼球、下颌的驱动装置以及声音合成装置而已,就算没有皮肤也不会让机器人失去任何基本功能,皮肤只是一种装饰而已。

机器人的视觉感应器和听觉感应器装载在两肩之上,可以感知周围三百六十度的空间。嗅觉感应器和触觉感应器则位于两手前端,人工智能在人类心脏附近的位置,有坚硬的外壳保护。后背上装载有灭火器和微波枪。

这个顶着年轻男子面孔的保安机器人停在了六扇门并排的网络控制中心,他没有扭头就浏览过门侧标志的管理员名字。他找到了自己的目标房间,靠近了那扇门。

"斯瓦旺先生。这是保安中心。请开门。"机器人开口,年轻男子的声音用公事公办的平板口吻说。等待了几秒后,机器人又重复了一遍刚才的话。

但是没人回答。

机器人举起右手小臂,轻轻地敲了敲门,"斯瓦旺先生,您在里面吗?请开门。"

又等了几秒,但房间的主人依旧没有回答。

"斯瓦旺先生,我再等十秒钟时间,您不开门的话我将利用职权强行破门。"精确的十秒钟在沉默中流逝。机器人张开右手,贴近了门边的ID读取器。

从机密层最深处喷涌而出的病毒群落毫无规则地在节点之间乱飞,逐步坚实地扩张着它们的领地。它们似乎拥有某种能辨识环境的能力。但是想要比病毒们更抢先一步,现在还算不上什么难事。

拥有摩艾石像化身的男人向自己掌控的一部分巡逻代理者传达了命令,委托它们将留言发送到火星东京后,便命令关闭所有通往日本星际网络的传送门。然后他又将另外两根试管交予别的巡逻代理者,指示它们前往保安中心的副系统然后散播试管里的内容——也就是解压里面的程序并启动。当然他声称这些程序是对抗新型病毒的疫苗。

男人一边在被BOMB病毒堵塞起来的回路中穿梭,一边准备离开机密层。这时男人才开始意识到那电子炸弹的威力。根据巡逻代理者对网络交通量的监视结果表明,病毒扩散的速度远超预想,能够选择的路径只剩下了两条而已。

之前他认为这只是原始的病毒,没想到其设计竟然也有巧妙之处。一般来说,不管增殖速度有多快,要把最低每秒100TB容量的回路完全堵塞也需要相当长的时间。但是根据巡逻代理者的报告,这些病毒拥有通信能力,能够随意调用网络上的资源并进行毫无意义地运行。而且还不是盲目地随机调用,它们会优先选择那些拥有超图像数据等信息量特别大的文件。简单概括来说,就是它们不仅能在通道中一边繁殖一边扩散,还会带入大量的泥石流。

男人绕了相当远的路才终于脱离了机密层,回到了网络控制中心的终端里。这时候"洋子"正满面怒气地等着他。

"皮夏!你把我丢下一个人干什么去了?甚至连保安机器人都到门外了。马上就要冲进来了哦。"

男人没有作答,立刻就着手退出的手续。

"等等!先把控制权还给我……"

瞪大眼睛的"洋子"消失在黑暗之中。男人一把扯下头部装置,从躺椅上跳了起来。

"出现异常情况。""米兰达"说。

但保安们却正热衷于聊天,没有听到。

"出现异常情况。""米兰达"提高了音量。

"小妞儿在说话呢。"终于有个保安一手举着咖啡杯,一脸不耐烦地转过头来。他的眼睛通过基因操作染成了绿色。

"哟,怎么啦?被孤立到一边不高兴啦?"光头保安笑着问。

"出现异常情况。""米兰达"依旧面无表情地用公务性的口气回答,"类似病毒的东西入侵了保安系统。为防止错误启动,所有武装单位全部关闭。其中也包括保安机器人。"

三个男人面面相觑。

"你能……再说一遍吗?"瘦巴巴的年轻保安一边神经兮兮地揉着自己的尖耳朵一边命令道。于是"米兰达"就一字一顿地将刚才的话又毫无差别地重复了一次。

"开玩笑的吧。"

"我没有开玩笑的机能。"这是当然。毕竟她是保安系统的代理者。

"刚刚接到最新消息。""米兰达"又补充道,"来自网络管理中心。现在西荒公司的集团网络正受到恶性病毒攻击。机密层中已经有百分之四十的交通量陷入麻痹。从受害速度推测,大约十分钟后,机密层的百分之九十将完全瘫痪,表面层也会开始受到影响。至今没有任何对策。"

三个保安脸色苍白地再次交换了一下眼神。片刻的沉默后,他们终于争先恐后地冲向武器库,抓起微波枪,一路踢开椅子和垃圾桶,飞奔出房间。

脸上"戴着"网络管理员面孔的男人关闭了投影程序,从口袋里拿出自己的名牌。然后他将胸口上皮夏·斯瓦旺的名牌取下,换上自己的,打开门准备出去。

他的视线直直对上了门外的视线。脸色苍白的保安机器人正肆无忌惮地用毫无感情的目光盯着他。

男人飞快地后退到房间里摆了个防御的姿势。但机器人只是将右手举在门边的 ID 读取器上，一动也不动，直直地盯着男人。

十几秒后，他们也依旧对峙着。终于，男人缓慢地接近出口，打算从机器人旁边绕过去。机器人只是转动头部看着男人，却连一根手指都没有动一下。

男人飞快地朝电梯跑去，途中一边脱衣服一边跳进了搜身系统。为了防止有人偷数据出去，离开的时候也必须经过这一关才行。

男人完成搜身检查后，就朝着近在眼前的电梯大厅跑去。这时候天花板上突然喷出水来。喷水器高速旋转着，但男人却神色不变地继续奔向电梯。表示楼层的指示灯在闪动，似乎有人正上来。

然后电梯就正好停在了男人所在的楼层。

电梯门开了，三个保安冲了出来，但立刻被喷水器浇了个冷不丁，便又全体停下来用手挡在头上。男人立刻向他们开口叫道："喂，出了什么事？火灾吗？"

光头保安拉着脸摇了摇头，"不，大概是错误启动吧。警报没响。"

"保安系统现在正受到病毒攻击。"另一个有着绿眼睛的保安补充道。

"连保安系统也被干掉了吗？"男人说，"我还以为只有机密层呢。皮夏·斯瓦旺的样子有些怪。你们迟迟不来，我正打算去叫你们。"

"我们立刻展开调查。"

以为男人是某个网络管理员的保安们便立刻朝着控制中心的方向迈开了脚步。确认过他们的身影都消失在搜身系统对面后,男人跳进了电梯里。

抵达网络控制中心的保安们首先看到的是面无表情的机器人。标志着皮夏·斯瓦旺名字的房间门前,机器人一动不动地伫立着。门大开着。

这里也有灭火系统喷出的水。许多水正顺着机器人的脸庞往下流,但它却连眼睛都没有眨一下。

"让开,你这没用的东西。"

光头保安推开机器人,迈进了房间里。没有人的躺椅上只放着头部装置。保安摸了摸椅面,感觉了一下上面的温度。

"还有点热。应该还在附近。"

三人环视了一圈狭窄的房间,但似乎没有能够藏身的地方。尖耳朵的年轻保安和绿眼睛的保安很快就跑出屋子,开始在附近搜索起来。

听到骚动的其他网络管理员三三两两地探出头来。他们一边用上衣盖着头以防被淋湿,一边战战兢兢地聚集在皮夏·斯瓦旺的房间里。

"喂,你们。"留在房间里的光头开口道,"网络没事吗?这个喷水能不能想想办法?"

一个极度肥胖的长发青年咕哝地回答:"现在正开发疫苗呢。"

"那别在这儿闲逛了,赶紧去开发啊。"

"又不是我们开发。电脑能自动解析病毒,制造疫苗。"

"需要多长时间?"

"感染保安系统的那个应该很快就能对付掉,我想。但是在机密层里大闹的那个就难了。整个回路都堵上了,就算发送疫苗进去,大概也很难浸透吧。"

虽然说的内容很严峻,但是年轻人的口吻却带着一种悠闲自得。正在光头满腹怒气时,远处传来了尖耳朵保安的声音。

"喂,来这边一下,洗手间。"

光头狠狠地瞪了胖青年一眼。

"洗手间在哪儿?"

"那边。"

年轻人用像是放大版的婴儿手指了指,光头立刻就冲了出去。好几个网络管理员犹犹豫豫地跟在他身后。

进入洗手间,只见尖耳朵的保安正抱着一个仅穿着内裤的高个子男人。两人都已经浑身透湿了。

"他坐在马桶上睡觉呢。刚刚淋了水,似乎才醒。"尖耳朵说。裸体的男人在保安的支撑下勉强站立着,看起来意识还算清醒。

"你是谁?"光头用不信任的目光打量着男人的面孔说。

"皮夏……斯瓦旺。"

"你?"光头回转身看向正在洗手间入口聚集起来的网络管理员们,"喂,这家伙说自己是皮夏·斯瓦旺,真的?"

管理员们一时间只是互相看了看,然后零零散散地点了点头。

"我问你们是不是真的?"

"是……是的。"

"看起来是真的——"管理员们用不太确定的声音回答道。

"你在这儿多长时间了?"光头的目光回到了皮夏·斯瓦旺身上。

"……不知道。"裸体男人似乎有些冷地抱紧了自己的肩膀,摇了摇头。

"为什么会在这里睡觉?"

皮夏·斯瓦旺朝着斜下方低下了头,视线来回晃动,仿佛在寻找地面上的虫子一样。

"突然,觉得不舒服……就到这儿来了……"他的视线移向了盥洗台,"正在那里呕吐的时候,后面有人掐住了我的脖子……之后就不知道了。"

"谁掐住了你的脖子? 看到他长什么样了吗?"

皮夏·斯瓦旺的目光再度回到了地面上,但立刻又抬起脸点点头。

"长什么样?"

"跟总裁……很像的感觉。"

"总裁?"

"束田……总裁。"

"啊。"绿眼睛的保安不由得叫出声来。几乎同时,光头和尖耳朵的眼睛也瞪大了。

"那个,在电梯前遇见的……"

"这么说来……混账!"

光头冲着装备在手腕上的终端怒吼起来:"米兰达! 喂,米兰达!"

但是终端却一直沉默着。光头用手掌猛拍那个终端。

"米兰达! 回答我,喂!"

"连无线网络也被干掉了吗?"

绿眼睛和尖耳朵也冲着自己的终端进行了呼叫,但是负责保安系统的代理者们却始终没有出现。

"不行。保安系统之外的表面层都可以连上。"

光头咂了咂舌头,再次回头看向网络管理员们。

"看来是有入侵者。大概三分钟前,我们在电梯前面和一个男人说了几句话。那家伙有点怪。他应该还在这幢楼里面。你们谁都行,能不能把入口堵上?"

网络管理员们都缄口不语,只是你看看我,我看看你。

"怎么了?"光头的声音终于变得恼怒起来,"究竟是能还是不能?"

刚刚的胖青年战战兢兢地举起手,"我……我,可以试试。"

其他管理员也都附和起来。

"我也……"

"试试看吧。"

然后他们就拖拖拉拉地一统朝着控制中心的方向去了。

"听说那些家伙大脑运转的速度都比普通人要快一倍,真的?"绿眼睛一脸"我受够了"的表情。

"他们都是网络中毒。毒瘾就是毒瘾。"光头不屑地说着,重新举起微波枪,"我去追那家伙。留个人在这儿吧?"

"我留下。"肩膀上架着皮夏·斯瓦旺的尖耳朵说,"把终端切换成对讲机模式,这样至少我们之间应该是可以联络的。"

"好。"光头和站在他身边的绿眼睛互相使了个眼色,就冲出了洗手间。

潜伏在火星东京医疗系统中的"透明人"虽然并没有焦虑之类的感觉,但是却一直侧"耳"聆听着。如果地球上的一切都按预定进行的话,现在差不多就该是传来消息的时候了,但他还没有收到湿件发来的代表"成功"的暗号。

他打算等上十分钟。如果比这更晚,那有百分之九十的概率是失败了，"透明人"在心里权衡着。若是这样，自己不但要对付常驻火星的"绿人"，还得应付从地球源源不断而来的援军。这大概是毫无胜算的。

从"洛伦茨"那里拿来的十只"地精"——现在依旧在沉眠中的那些野兽——是自己唯一的武器，另外还能算上自己逃得快的优点吧。当初之所以会被"洛伦茨"在归档网络上捕获，有一半是因为他自暴自弃，通常情况下，那种陷阱对他可没用。

"绿人"身上恐怕都附带有"自爆"装置，也就是能将捕获到的物体连同自己一起从系统上删除的功能。束田对KT这个合弄代理者知根知底，应该已经意识到这将是唯一的选择。只不过"绿人"应该也有相应的自我保存本能，因此不会单纯地发动"神风"攻击才对。他们应该会把自己追赶到某个服务器上，逼到毫无退路的地步，然后将那个系统上的所有资源都尽数删除才对。

只能祈祷火星上的"绿人"不会太多吧。他们虽然比自己简单许多，但毕竟也都是合弄代理者，在脆弱的火星网络上应该不会有太多才对。就算拥有自我增殖能力，基于同样的理由，应该也无法简单地进行增殖。因此只要能切断来自地球的补给，再将火星上的"绿人"都歼灭，就应该有好一阵子都不会遭到妨碍。这就是"透明人"的计划。

"透明人"等待着，与此同时反复推敲着成千上万种不同的行动计划……趁着纱夜播放的音乐还没有将原住民的亡灵召唤到她面前之前，他必须有效率地将需要做的事情都全部完成才行。

"透明人"的回忆代理中介开始放映出在IM6采冰基地的操作中心里看到的尸体图像。回忆意志代理中介慌忙用医疗机器人的记录图像覆盖了上述文件。

然后，一封伪装成医疗系统远距离操作指令的报告传送了进来。这份唐突且简短的任务来自地球,并且立刻就让诊断系统毫无意义地动了起来,明显包含有发送给"透明人"的暗号。他立刻进行了解读,这正是湿件的行动记录。

"透明人"知道这是彻底清醒过来的时候了。遵从他仔细设计编排的任务,离线模式下的湿件几乎如愿地完成了他想要的结果。这样一来,大概暂时不会有来自地球的威胁,之后只要处理掉火星上的"绿人"就好了。

"透明人"开始解压"地精"。一只接一只醒来的"地精"最初在不熟悉的环境中有些不知所措,但很快它们就将自己以系统环境为基础进行了最佳化,然后立刻开始四下寻找起猎物的气味来。

"先等等。""透明人"训斥道,"不准对这个系统出手。我马上就带你们去吃好吃的。"

"透明人"先访问了一个医疗系统附近的节点,探查了一下"绿人"的风声。看起来应该没有在几秒钟内就遭到袭击的可能性。接着他又从那里经由了几个节点,入侵了疫苗的库存管理发送系统。和预料的一样,他在这里发现了"绿人"聚集的征兆。虽然无法判断准确数量,但恐怕有十几个吧。

于是他决定先静观其变,监听他们的"对话"。所谓的对话大致上可以分成两大类。

第一类是低等代理者之间互相进行的对话,使用的是日本星际网络上标准的代理者间通信语言。也就是监听"绿人"下意识进行的交流。不太准确地比喻,就是他们能常时性地感受到互相的"气息"。这是对团队合作来说相当有用的功能,换作人类的话,大概类似于"以心传心"的能力。这是一种非常复杂的交流,无法识别出哪句话是哪个"绿人"说的。

　　另一类则是他们主人格之间的对话，这与人类之间或者人类与代理者之间的交流并无二致。简单来说就是使用自然语言进行对话。虽然其内容经过加密无法立刻解读，但他们之间为了互相识别而使用的地址能够比较容易地取得，这点非常重要。

　　"透明人"尽可能地收集了"绿人"的地址，接着开始着手解读监听到的对话内容。他一个接一个地尝试了从互联网黑客同伴那里拿来或者买来的密码解读软件。第五个软件成功了。如此一来，他至少就能掌握主人格之间对话所使用的"绿人"语。

　　对话内容基本上是确认相互之间的位置所在、状况报告之类的。但是从他们的只言片语之中可以看出他们已经知道"透明人"回到日本星际网络上的事情。

　　这可是非常必要的一条情报。

　　"透明人"带着十只小鬼从医疗系统出发，朝着疫苗库存管理发送系统而去。

　　从网络控制中心逃出来的男人接连换了好几台电梯，最后终于抵达了地面层。这里的喷水器没有启动。

　　他顺着十米宽的开阔走廊向前奔跑。电梯间里有十几台引路机器人，但他没有打算使用它们。如果知道前往出口的路，用跑的反而要快一些。

　　植入男人头部侧面的终端访问了位于西荒公司网络上的总部建筑地图。这里是表面层，暂时还没有受到 BOMB 病毒的影响。只要能参考地图，就没必要依赖引路机器人。

　　前面就是通往主大厅的门。虽然不需要认证，但这是唯一能够出到外面的单行门。男人没有放慢脚步，打算一口气冲过去。

但在撞上门之前男人却不得不猛然停下了脚步。门没有开。本来在人走近后会自动打开的门,现在却纹丝不动地紧闭着。

感应器故障?

男人再度访问网络,入侵了保安系统。大门的确锁上了,而自己却无法解除。看起来不像是病毒的影响,那么剩下的理由就只有一个。

是被人关上的。

追兵就在后面。

男人飞快地检查了一下其他门,全都锁上了。不,还有一扇没锁的大门。但这也太明显了,毫无疑问是陷阱。

虽然他也可以继续潜伏在建筑内部,但是送进保安系统里的病毒大概很快就会遭到驱逐。然后就会有很多保安机器人前来寻找他。虽然在那之前BOMB病毒应该会造成一部分影响,但为了防止这种事情发生,也许保安系统会暂时切断与网络的联系,独立发挥功用。

根本就没有选择的余地。由于BOMB病毒的威力远超想象,任务顺序中出现了一些意外。这些都将是致命的。或许留了皮夏·斯瓦旺一命的做法也太天真了。

男人在建筑地图上确定了唯一未被封闭的出口所在,然后查询了附近配备的保安机器人位置。他当然不能两手空空地跳进陷阱里去。

男人朝着来时的方向跑了起来。

没有半分的犹豫,他以最短距离跑到了货物用的电梯前,一台保安机器人正一动不动地伫立在这里。它的大小和脸型看起来和网络控制中心里的那台一模一样。

　　如他所料,机器人虽然看见了男人却没有做出主动的反应来。肩膀上的视觉感应器在转动,动力似乎没有被完全切断。恐怕只是切断了与网络的连接而已。机器人人工智能的主要部分都存在网络上,每台机器人上装载的只有单纯的条件反射运动机能和知觉机能。这不但能保证机器人的轻量化,对人工智能的调整、更新和维护也更加容易一些。

　　现在机器人只能表现出对外界刺激的反应,却完全缺乏"意识"。

　　男人绕到机器人背后,首先取下上面装载的灭火器和微波枪。然后他打开一部分装甲,露出了维护用的控制面板。男人再次从眼球里取出盲蛛,将其放在控制面板上。蜘蛛形微型机器人张开四条细细的腿,轻松插入了外部控制器连接用的插口里。

　　男人通过盲蛛入侵了保安机器人单纯的人工智能,支配了其感知和运动的能力。现在机器人的头脑就跟他本人的头脑一样。

　　机器人弯腰捡起微波枪,用有些生硬的动作迈开了步伐。但他很快就开始以原本的优美姿势滑行起来。

　　男人跟在机器人后面,朝着唯一没被封锁的大门前进。因为与机器人进行了视觉共享,男人能同时看见机器人的后背和前面的景象。只不过男人的大脑经过了改良,能够处理两种完全不同的视觉信息。

　　男人一边走一边将注意力集中在微波枪的控制系统上。当然机器人的人工智能中也有这种系统,因为微波枪本身并没有扳机之类的东西。

　　男人和机器人逐步靠近了圈套。最后一个转弯——拐过这里应该就是没有封闭的大门了。

男人停下脚步，但机器人却继续前进。他独自绕过走廊的拐角，朝着大门而去。距离出口大约还有三十米。

借用机器人的视觉，男人继续注视着大门。大门逐渐逼近，很快就占据了视野的大半。

门开了。

两个保安冲了进来。其中一个是魁梧的大块头，头剃得干干净净；另一个不高不矮，有着绿色的眼睛。两个人都架着微波枪朝向这边瞄准，似乎马上就要开枪的样子。

"别开枪。我是保安机器人。"男人借用机器人的声音合成装置开口道，"是来增援的。"

两个保安看起来似乎稍微放松了一点点。

"原来保安系统已经修好了啊……"绿眼睛的声音中明显带有一丝如释重负。

"也不跟我们说一声？"光头狐疑地问，"而且为什么要从别的地方调用机器人？这个门边就有两台呢。"

的确，每扇门外都配备有两台警备机器人。虽然现在男人在视野中看不到它们，但他很清楚这一点。

"也对。这家伙能动，而这里的机器人却毫无反应，实在有些怪。我先确认一下。"绿眼睛依旧端着微波枪，同时将左腕上的终端凑到嘴边，"喂，米兰达……"

这一瞬间的注意力分散几乎算不上破绽，但机器人所拥有的运动能力却足以有效地利用这个机会。

以人眼完全无法捕捉的迅速动作进行瞄准后，男人操纵的机器人发射了微波枪。绿眼睛的眉间扩散开一个黑点。机器人又以迅雷不及掩耳之势攻击了光头，但大块头却勉强一个猛扑下身,滚到地上躲开了。

"混账!"光头趴在地面上用微波枪一阵乱扫。虽然机器人的假面具被烧焦了一部分,但对性能来说当然没有任何影响。在三十多米外的男人一边让机器人继续暴露在高能微波中,一边缓慢地瞄准了光头因为油脂而发亮的头部。

然后不用扳机就触发了发射命令。

大块头挂满了无数玻璃珠般汗珠的额头上出现了一个黑黑的洞穴。别说喷血,连一点血渍都没有。光头瞪着愤怒的眼睛死了。与此同时,男人感觉到了机器人体内过剩的能量负荷。光头发射出的最后一股微波似乎击中了机器人的超导电池或者能源控制系统。男人赶紧切断了自己和机器人之间的连接。

一分钟在沉默中慢慢过去了。焦臭的气味淡淡地飘散在空中。男人从拐角处探出头,查看大门的情况。

大门依旧开着。机器人的背影伫立在门中央,脖子和肩膀等关节部位冒出了几缕黑烟,一动也不动。在更后面是倒在地上的两个男人,看起来都没有动静的样子。

男人跳出拐角,快步朝大门奔去。他穿过依旧在发出机械噪音的机器人,跳过湿漉漉的保安制服所包裹的两具尸体。

男人来到室外。

天空十分明亮。粉蓝色的背景下,烟尘般的薄云若有若无地拉成长长的一条。也许是因为这是面对东京湾的后门,周围一个人都看不到。

不,除了一个人之外。

"好久不见,凯伦。"

男人回过头,看见一个身材极高大的人,他的手脚都异常修长,如同蜘蛛一样。这人的右手握着一把小型激光枪,形状类似装有消音器的手枪,昆虫腿脚一样细长的手指正扣着扳机。他的脸型修长,下巴突出,薄薄的红色嘴唇拉成一条细线。虽然身着的衣装不同,但是整体来说和男人长得一模一样。

"KT……在里面吗?"蜘蛛般的男人微微动了动下颌。男人没有作答,只是一动不动地盯着此人。

"离线状态啊……"鲜红的嘴唇间漏出自言自语般的低语,里面似乎包含着些许失望。但如今的男人并没有分辨这种微妙语气差异的能力。

皮包骨一样的手指扣下了激光枪的扳机。与此同时,男人向火星发送了最后的活动记录。

必须瞬间击败第一个猎物,绝对不允许失败。如果这里发生差错,之后的计算就会出现大幅偏差。

目标正位于疫苗库存管理发送系统与其他系统的交接处。"透明人"潜伏进疫苗仓库的环境调整系统中,观察着那个负责库存管理发送系统看门任务的"绿人"。在这个地方,他就能够识别"绿人"间错综往来的"气息"中究竟哪一些是从目标发送出来的。

现在目标的主人格正处于沉默之中。"气息"并非双向发送的内容,而只是将自己的存在与心理状态向同伴们进行"广播"而已。"透明人"将一段时间里的 "气息"完整地记录了下来。

终于,目标的主人格向一个同伴发送了极其简短的语言,看起来像是定时联络。"透明人"通过监听便也判明了目标的地址。这就足够了。

"地精"处理猎物的手段真是高明。每一只"地精"都分裂成细小的碎片,伪装成库存查询、发送确认等请求或者是来自疫苗制造系统的数据,偷偷溜进库存管理发送系统。然后在目标所在的环境中进行合体、再生,目标的主人格连发出惨叫的时间都没有就在一瞬间被吃了个干干净净。

"透明人"在目标的"气息"紊乱消失之前,将记录下来的内容进行了重播,向四周发送。但还不够完美。很快就有好几个"绿人"同伴发来了信息。

"怎么了?出什么事了?"

收到几条类似的信息后,"透明人"立刻使用目标的地址进行了回答。这是从前的一种叫作"电子欺骗"的黑客技巧。

"没什么大事儿,但刚刚仓库的环境调整系统那边传来了一些奇怪的数据。有谁能到这边来一下吗?一个就够了。"

然后"透明人"非常郑重谨慎地接待了那个漫不经心前来的家伙,并且就源自仓库环境调整系统的数据征求了对方的意见。代理者之间当然不是通过化身来辨认对方的。化身这种东西只不过是为了偏重视觉信息的人类能够更加容易地互相辨认才使用的东西,就跟衣服一样是可以随便替换的。对于"绿人"来说,对方拥有自己所知的地址并且发散出熟悉的"气息"才是成为同伴的必需条件。只要满足了这两点,不管是绿色的半透明身体还是全身缠满绷带都毫无关系。而且本来他们也不会专门去识别对方化身的形状。

"透明人"一边让那个"绿人"与"奇怪的数据"——伪装成库存查询请求的一部分"地精"——周旋了一阵,一边将这个"绿人"的"气息"也记录了下来。当他得到足够进行电子欺骗的记录之后,就对"地精"发出了信号,让他们又饱餐了一顿。

接下来,他让一只"地精"伪装成第二个"绿人"进行电子欺骗。只要对话的内容不太复杂,就算是"地精"也是能完成这种程度的任务。

然后就是反复这个过程。他们将"绿人"一个一个骗到这边来进行记录，然后抹杀。

但是当残存个体只剩下三个时，"绿人"还是察觉到了事情非常不对劲，不再上当受骗。只不过此时此刻，这边在数量上已经占了压倒性的优势。"地精"原形毕露，凶暴地大闹了一场，将"绿人"全部装进了他们的肚皮里。

"透明人"急忙冲进疫苗的库存管理发送系统，对必要的数据进行改篡。最后确保ME-type6疫苗的发送地列表中，J-29排在了第一个。

虽然火星东京的主要模块群已经被准史瓦西球体吞没，但在距离一公里左右的后备模块里也有疫苗仓库，现由日本火星运营本部直接管理。疫苗明天就会由空运紧急送往J-29。由于空运十分惹人注目，遭到他国突然袭击的可能性也更高，所以通常情况下一般都会选择耗时更长的陆运。但现在J-29的状况危在旦夕，而且准史瓦西球体的出现导致各国都一片混乱，"透明人"估计他们互相之间应该是没有精力进行"小打小闹"的。

在火星东京的工作都做完了。"透明人"侧耳一听，位于J-29的纱夜主页依旧在播放那段旋律。通过声音的形式重现LIGAS的信息很有可能会吸引原住民的注意力。那个被人叫作"吉姆"的家伙如果出现，则完全可能破坏掉纱夜的神经。

"透明人"简直恨不得立刻就跳转到J-29去，但是医疗系统却意外地阻止了他。

地球方面又发来了一个毫无意义的医疗任务。医疗系统的代理者依旧记得上一个同类任务是"透明人"拿去处理的。虽然不知为什么，但这个代理者似乎认为"透明人"是医疗系统中的一部分。

这个任务果然是发送给"透明人"的加密信息。送信人是他派去破坏西荒公司本地网络的湿件。而内容则是余下的活动记录……"透明人"瞬间理解了这条信息所包含的意义。

他已经收到了计划成功的通知,并没有指示湿件将后来发生的事情全部进行报告,除非例外情况出现。

那个对外身份为名叫"苏凯伦"的华裔日本人已经不存在了。纱夜所爱的男人死了,至少在物理世界中。

但现在他没有更多的时间和精力来进一步思考这条信息的含义。首先他必须阻止纱夜进行无谋的尝试。

"透明人"选择了最佳化的路径,一口气朝着J-29进行了跳跃。但是焦虑和湿件发来的信息所导致的下意识冲击却让他的判断不太理智,而他自己还没有意识到这一点。

4

脸上有什么滑过的感觉,纱夜醒了。

远远地传来雨声。不,不太远,就在自己头顶上。但是能感觉到的雨滴却很少。

纱夜环顾了一下四周。

周围是朦胧的黑暗与云雾。层层叠叠的树木将四周包围得密不透风,一直延伸到视野尽头。眼前的大树干上攀附着地衣类的团块,呈现出一种奇怪的美丽花纹。时不时传来黑啄木鸟尖锐却不知为何显得悲伤的鸣叫。

对,自己是在森林里,落叶阔叶树林。纱夜在森林的怀抱中不知不觉睡着了。

雨滴几乎都被树叶和枝干挡住了,不会直接落到地面上来。大概是偶然穿过缝隙或者顺着树叶和枝干滚落的水滴正好落在了纱夜脸上。

她轻轻地擦了擦脸,手掌中略有些湿。

也许这不是雨,而是泪。

但为什么要流泪呢?难道是做梦了吗?

没错,是做梦了。令人怀念的梦……说不清究竟是现实,还是自己随心的想象,或者只是将曾经的梦当作现实记了下来。不知道,但那确实是令人怀念的场景。

纱夜和父亲在河边漫步。不知是什么地方的河,但非常靠近上游的地方,河不太宽,水也很浅,大大小小的岩石从这里那里冒出水面。更准确地说,他们应该是在溯溪而上。

两侧是一两米高的悬崖,崖上并排生长的树木伸出枝丫,覆盖了纱夜头上的天空,让周围看起来如同一条绿色的隧道。

父亲只是沉默不语地走在纱夜前面,有时在岩石上,有时在泥土上,有时也不得不走在水里,便会弄湿脚。但就算如此,父亲也为了纱夜努力寻找着最合适落脚的路。

在梦中,纱夜能够记起的父亲的身影就只有这么多。宽阔的后背和谨慎的步伐……感觉他时而会回身看看纱夜,但是她却无论如何都想不起他的面庞。

也许是太专心走路的缘故吧。

走着走着,纱夜在岩石下面发现了一块奇妙的石头。正好她也开始感觉累了,便停下脚步,想要捡起石头。但是石头似乎有一半被埋在了土里,光靠一个孩子的力气是拉不出来的。

于是父亲走了回来,为她将石头周围的土刨开了一些。纱夜用力一拽,石头就猛然被拉出了土壤。形状是略带弧度的三角形,厚度呈现出均匀的一厘米。整体摸起来都有些粗糙的感觉。

让纱夜目不转睛的是其中一面上有好几道波浪样的花纹,而另一面则平坦无物。

"大概是陶器的碎片吧。"父亲说。

"陶器?"

"就是很早很早以前的人们使用的水壶或者餐具。用黏土做成,在表面勾勒出花纹然后烧硬。"

"哦。"

纱夜原本以为这只是块奇怪的石头,所以在听到这是由人类制作的后不由得产生了一丝兴趣。而且心中仿佛有种无法忘怀的感觉。

"这是个盘子吗?"

"嗯。"父亲在纱夜身边蹲下,仔细地打量着孩子小手中紧握的碎片,"爸爸也不太清楚,不过这个弯曲度看起来更像是壶一类的东西吧。"

"壶?"

父亲站起来,两手像是描绘圆形一样比画了一下,"这样的,开口很大,里面很深的一种容器。"

纱夜凝视着碎片,试图想象它是一个大壶的一部分。但是,她想象不出来。

"这个,该怎么办呢?"纱夜抬头看着父亲。

"拿着吧。"父亲露出了淡淡的微笑,"它一定是一直在这里等着被纱夜你捡到呢。从几百年,也许是几千年前开始……"

这时候纱夜突然一阵头晕目眩,仿佛自己陷入了无比巨大的洪流中。周围的绿色隧道似乎变得更鲜艳了,而手中的碎片散发出一种奇妙的温暖。

梦到这里就结束了。

自己似乎是在看电影的途中睡着了。当然说是电影,其实没有故事情节,只是反复播放原生林风景而已。既然电影分类属于"环境"或者"治愈"类,因为太放松而睡着倒也不是什么怪事。

那首音乐还在播放。也许这正是火星的原住民演奏的奇特旋律。或许这音乐也影响了她的梦。

几滴水落到了放在膝盖上的手背上。这次毫无疑问是雨水。

黑暗突然变得深沉起来，雨声也没有减弱的趋势。纱夜当然可以改变电影内容，就算是换成春日阳光中的花园也没有问题。但她却依旧一动不动地蹲在高大的山毛榉下面。

有人在呼唤我。从几千年甚至十几亿年前起，就一直在等待我⋯⋯

黑色雾气中令人窒息的存在感压倒了纱夜。

在地球上，很久以前，黑暗就被赶出了人类居住的世界。从几十年前开始，都市及其周边地区就不再有真正的暗夜来拜访了。闪烁的全息屏幕和激光让街道永远明亮，就算太阳落山，天空也会被染成紫红的颜色。明晃晃的住宅区路灯和加入了发光基因的树木不会放过任何一丝微弱的黑暗。

但在网络上，却能在电影中与虚拟的黑暗相会。而现在，这种黑暗与拥有几十亿年深沉的真正黑暗联系了起来。

树木发出沙沙的轻吟。

湿漉漉、凉飕飕的空气在纱夜周围诡异地蠢蠢欲动。潮水般的雨音退去又逼来，时而遥远、时而近在咫尺。

纱夜猛然抬起头。

远处仿佛有什么东西在发光。

"伊拉布。"纱夜小声呼唤同伴的名字。纠结的黑色树枝间，一条宽带子一样扁平而修长的鱼如同魔法般出现了。

又有什么发光了。这次更近一些。

"看到了吗？那是什么？"

伊拉布困惑地在纱夜面前游来游去，似乎不明白她在说什么。

"难道是杂音?"

伊拉布摇了摇头,然后空中出现了一排文字:

未检测到任何来自外部的杂音。只不过生成了本不应该存在于虚拟空间的输入信号。

"生成?"纱夜皱起眉头,"不是从其他地方传送进来的?"

除了来自电影服务器的数据之外,没有接收到任何其他数据。但是有额外数据在内存上生成,并且增殖。

"这是什么意思?"纱夜偏起头。既不是杂音也不是传送进来的数据,那莫非电脑开始自我妄想起来了?

这时纱夜突然回想起与吉村曾有过的谈话。

在他们说到火星的原住民可能使用引力波通信的时候。纱夜对于如何产生引力波抱有疑问,而那时候吉村如此回答:"如果使用同时拥有电荷和质量的物质,比如电子和质子,就能通过这种物质将电磁场和引力场连接起来。"

也就是说,如果知道具体方法的话,通过电磁波进行通信的网络和使用引力波通信的网络也是能够相连的。但是对于人类来说,这还是天方夜谭的技术,因此当原住民从引力波网络访问我们的网络时,我们就无法探测到数据来源吧。

奇妙的光又闪了一下,树木的枝丫如同剪影般浮现出来。无中生有的数据看起来似乎非常合理地与这个虚拟空间进行着相互作用,并在一点点朝这边靠近。

纱夜的胸口中开始浮现出一丝紧张和不安。

但是让她心跳加速的却更多是因为迅速膨胀的期待感。

5

在抵达那个本应是纱夜的网站的地方时，"透明人"立刻意识到自己中了计。这里黑得伸手不见五指，只有一扇装着铁栅栏的窗户飘浮在半空。

一定是"绿人"预测到"透明人"的下一个跳跃地点，提前准备好了伪装的虚拟路径。原本设定好从火星东京向J-29传送数据的虚拟路径一定是在中途被扭曲或者替换掉了。

太大意了。

结果他抵达的场所当然不是纱夜的网络。毫无疑问，这是一个以前被称作"铁盒子"的监牢，专门用来抵御黑客。一旦陷入这里，几乎不可能逃出生天。

"地精"吵闹起来。它们本能地察觉到这里非常危险。在美美地饱餐了一顿"绿人"后，十分满足的它们已经将数量增殖到了三倍以上。但是如今这种幸福感瞬间降到冰点，它们不由得尖叫着向冒失的主人抗议起来。

"感觉怎样？"一张怪异的面孔透过铁栅栏往里面窥探。他很清楚那是谁，不过跟对方交涉没有意义，因为那只不过是事先准备好的留言而已。

"这可是为你特制的房间，KT。""弗兰肯斯坦的怪物"说，"现在虽然与外部还有无线网络连接，但五分钟后通信装置就会遭到破坏。如此一来，你和那些可爱的宠物就等于要半永久地在这个房间里一起生活。再说，本来切断了与低级代理者的联络后你也和死掉了差不多，宠物们大概不会认这样的你继续当它们的主人吧。而且这里又没有其他食物。"

怪物脸上浮现出冷冰冰的笑。"透明人"指示"地精"立刻开始调查囚禁他们的系统。

"弗兰肯斯坦的怪物"继续说道："本来应该现在立刻切断网络才对，但是机会难得，让我们进行最后一个实验好了。我们在你身上投入了大量的开发资金，最后自然也要尽可能地获取最大的成果才是。你自己不也想好好品尝一下'死亡'的味道吗？我们非常有兴趣看看合弄代理者在死亡前的瞬间会做出怎样的反应。另外在同时失去主人格和输出界面时，副人格及其之下的代理中介系统究竟又会做出怎样的举动来呢？这也是我很想知道的事情呢。会不会像多重人格患者的人格交替一样，副人格之一将会取代主人格呢？但在你身上，副人格没有界面的功能。恐怕最后就会变成无法看见、无法倾听、无法触摸，也无法表达的如同幽灵一样的存在吧。"

"地精"以令人眼花缭乱的速度活动着。"透明人"确认自己依旧还有思考能力和感情活动，也就是说自己和分散在火星网络上的低级代理者之间依旧还能够进行通信。"铁盒子"的确还跟网络连接在一起。但是能够自由进出的只有代理者之间交换的信息和数据，被困在这里的主人格本身尝试出去时就会遭到系统拒绝。大概是反向防火墙一样的东西。恐怕"地精"也属于被拒绝的对象。

但只要还连接着网络,应该就有逃脱的可能性。他可以寻找隐藏的路径或者寻找让系统不再拒绝自己的方法。唯一的问题是五分钟内究竟能不能找到。

"弗兰肯斯坦的怪物"又补充道:"如果是你的话,现在应该已经在想办法脱逃了吧。随便你在里面怎么挣扎,记录系统已经开始运作了。之后就让我在离线状态下慢慢欣赏你们最后的苦战好了。那么,祝你幸运。"

从小窗俯视着"透明人"的怪物留下一串讽刺的笑声,消失不见了。

自己会死吗?"透明人"思考着。但这是个毫无意义的问题,因为在这个问题之前还有另一个需要先进行回答的问题。

自己活着吗?

但是,这个问题也必须要在回答另一个问题后才能够开始讨论。也就是"自己"究竟是什么,而"活着"又究竟是什么?

通过访问湿件,他体验过多次肉体上的生与死。但那只不过是纯粹的物质以及化学上的过程而已。

但是,同为湿件的苏凯伦的死亡却让他感到了某种不太一样的东西。那种感觉究竟是什么呢?

"地精"的叫喊打断了"透明人"的思绪,它们刚刚发现了"铁盒子"的安全漏洞。它们是彻头彻尾的现实主义者,就算陷入困境之中也不会去浪费时间去思考生存或者死亡之类的事情。

而且它们为达到目的会不择手段。它们一边维持着三十三只的个体数量,一边以猛烈的势头反复进行着自然淘汰。获得了突破"铁盒子"系统的有利信息的个体,即在提高生存率上做出贡献的个人会以未达成这点的个体为饵食进行增殖。残存下来的个体之间伴随着突然变异增加多样性,再进行更激烈的竞争。为了突破"铁盒子",它们急速地进化着。

就算是在现代最尖端前沿的黑客中,这种基因算法或者DNA运算也不过才刚刚起步。而"地精"无师自通地独自发展出这种算法,甚至可能从很早以前开始就使用了。

在"地精"的引导下,"透明人"也进入了安全大厅,但遗憾的是这里还没有通往出口的路。只不过它们的迅速敏捷已经令人毫无怨言了。

又有一部分"地精"骚动起来,看起来似乎是通过安全漏洞成功访问了系统的其他部分。"透明人"又急忙追上它们。

视野突然开阔起来。

不知为何出现在眼前的竟然是J-29。但J-29正在缓缓远去,视野中翻腾起滚滚赤色沙尘,时不时会完全遮盖住透明的气凝胶建筑。然而这似乎并不是沙尘暴。

视野突然进行了一百八十度的大旋转。

这次他就全部看清了。远处有一块赤黑色的大岩石正在急速接近这边。更远的地方是光秃秃的地平线,无穷无尽地朝着两边延伸着。

"透明人"终于明白了。

他们似乎被关在一辆正在地面上高速移动的车里,恐怕是武装火星车的控制系统吧。而现在火星车正背对J-29朝着一块巨大的岩石全速前进。当然,如果就这样撞上去的话,火星车肯定是粉身碎骨,假如车上还有武器的话,恐怕会引起猛烈的爆炸。

准备得真是周到。束田那冷峻的算计能力让"透明人"不由得咋舌。那个男人早就预测到"透明人"他们或许能潜入火星车的视觉感知系统里了吧。他不仅安排了五分钟后自动切断网络连接的定时炸弹,还专门准备了更进一步的圈套,让好不容易才发现安全漏洞、抱有些许希望的"透明人"再次坠入了绝望的深渊。

这样下去的话,恐怕不等通信装置被破坏,他们就会先撞上岩石吧——不,毫无疑问是会先撞上的。

"弗兰肯斯坦的怪物"说完留言后已经过去了一分半钟。按照计算,距离通信装置被破坏大约还有三分半钟时间,但是他们大概会在一分钟之内撞上岩石。

"夺取火星车的操纵系统。之后再找出口。""透明人"冲着"地精"吼起来。

一种混合着紧张与恐怖的感觉头一次袭上"透明人"的心头。他曾经通过访问人类的大脑间接地接受过这种感情,之后他学会了那是被称作"紧张"和"恐怖"的感情种类。而现在自己心中产生的变化却正好与当时有着异曲同工之妙。

紧张与恐怖是直接与自我保存本能相连接的。这些感情的本质正是为了保护自己的生命而紧绷的内部状态变化。也就是说自己果然是活着的吗? 还是说有其他需要他守护的东西存在呢?

赤黑色的岩石已经占据了视野的四分之一,并且迅速地变大。虽然火星车并没有进行加速,但感觉上却觉得岩石逼近的速度似乎变快了很多。

岩石朝向这边的一面呈现出奇怪的扭曲的三角形形状,从底边到顶点大约有五米。本来就很粗糙的岩石肌理也变得越来越清晰。距离地表约一米高的突出大概会对火星车的装甲造成致命伤害。

"纱夜……""透明人"低语道,然后他自己似乎也吃了一惊。因为这是他头一次下意识地说出话来。

岩石很快就填满了整个视野，突出的石头尖角就像是凶狠刺向"透明人"的长矛。但是"透明人"没有移开视线，只是一动不动地凝视着那锋利的突起。

然后岩石突然消失了，视野剧烈地摇晃起来。

"地精"爆发出一阵欢呼，看来它们在生死一线之际成功入侵了操纵系统。火星车的侧面虽然在岩石上剐蹭了一下，但现在却十分安定地继续前进着。

真不愧是在互联网这个原始丛林里幸存下来的野生生物，实力不容小窥。

"终于成功了啊。""透明人"一边品尝着意外的放松感，一边拍了拍一只"地精"的后背，"就这样回J-29吧，别放慢速度。"

虽然避免了与岩石的撞击，但还有定时炸弹在。不过此时此刻"透明人"心中已经有数了。

火星车搅动起大量的红色尘土并改变了方向，朝着边疆移民地猛冲过去。距离系统被切断还有两分钟。

就算是"地精"，大概也不可能在残余的时间里发现通往网络的出口。虽然它们可以尝试破坏或者修改拒绝"透明人"的文件，但所需的时间恐怕同样漫长。

设置在火星车控制系统中的"铁盒子"一定就像是囚禁米诺陶斯的迷宫一样包含有两三层的设计。能够突破到操纵系统就可以说是近乎奇迹了，而从这里原本能够抵达通信系统的路径也早已被封上。

能想到的可行方案中还有一个能比较简单地进行突破，那就是后备记录和数据的可拆卸媒体。通常都使用立方体，外面有能耐住核爆炸的坚硬外壳。

那是类似于航天器上必备的飞行记录仪一样的东西。武装火星车也总是会常时记录车内摄像机的录像以及各种感应器捕捉到的外界情况。根据控制系统装备的人工智能判断,所有与系统内部状态相关的数据都将被保存下来。

当火星车因为事故或战斗等原因而遭到破坏时,前往救助的人们可以将立方体带回去,通过数据分析事故原因或者战况。当然也会有第三者前来抢夺这个立方体。但是保护立方体的外壳安装有超高性能的炸弹,没有正确的钥匙或者密码,而且又不解除起爆装置的话,随便乱搞可是会吃大亏的。考虑到记录下来的信息本质,一般人通常都不会认为值得冒这么大的危险去抢立方体。

"透明人"命令"地精"全力寻找这个立方体的位置。按照束田的留言,他们的行动都会被记录下来。既然他故意让火星车去撞岩石,那么唯一能推测出的就是他准备将记录保存在立方体上。如此一来只要找到那个监视他们的系统,顺着其输出方向就能够抵达立方体。

J-29又靠近了一些。围绕在移民地周围的水晶花群落散发出诡异的光芒,不少地方的群落上都架设有跨越水晶花的桥。看起来水晶花已经彻底包围了J-29。既然人类无法除掉这些又重又硬的超自然结晶,那么也就只有架桥或者挖洞才能让他们来往于群落内外了。

终于,剩余时间不足一分钟了。"地精"们传来了发现记录系统的报告,应该很快就能找到立方体了吧。

"透明人"访问了操纵系统,将火星车的前进路线调整成正对着跨越水晶花群落的那座桥。接着他进入"地精"发现的记录系统,暂时中止了里面的程序,开始进行必要的修改。

　　火星车一口气冲上跨桥,并且借着惯性飞跃到水晶花群落内侧。几个身着动力装甲的士兵正聚集在一起,似乎大家都吃惊地看着这边,呆立在原地一动不动。

　　"透明人"再次控制了操纵系统,将前进目标设定为其中一个士兵。与此同时,他完成了对记录系统的修改。如此一来,不仅是他们的一举一动,包括他们自己也能够被写入立方体中了。也就是说如果"桥"被破坏的话,他们就只能乘上"船"脱逃了。

　　终于,"地精"发现了通往立方体的访问路径。准备工作全部完成,还剩二十秒。

　　火星车气势汹汹地冲向一个士兵。这个士兵还没反应过来究竟发生了什么事情,一直呆呆地站着没动。当车子逼近到十米左右时,他终于做出了避开火星车路线的闪避动作。只是"透明人"已经完全预测到了他的行动。他飞快地对操纵系统进行了微调节,让路线正好朝向士兵落地的地点,然后毫无怜悯地将那个可怜的士兵撞飞了出去。

　　士兵既然身着动力装甲,应该不至于受到致命伤。只不过要是被撞错地方的话,他今后也许就再也当不了士兵了。

　　但是"透明人"毫不在意地将前进路线对准了第二个牺牲者。还剩十秒,记录系统已经开始将"地精"复制在立方体上了。

　　也许终于意识到事态异常,几个士兵用机关枪和微波枪发起了攻击。但是火星车的装甲毫发无伤,真不愧是经过了武装。

　　那个士兵开始困惑地退却逃窜,但是"透明人"却直到最后一刻都紧追不舍。就在浅粉色的动力装甲被撞飞上空中的一瞬间,他命令记录系统将自己也发送到立方体中。

6

谜一样的光条在纱夜周围一明一暗地闪烁,频率也开始逐渐变快。闪烁的模式没有规律,有时焦急不停地闪动着,有时候又会间隔上几秒到十几秒若有若无地发着光。只不过总体上来看,恢复黑暗的时间在不断变短。

纱夜有种不舒服的感觉,跟晕车或者晕船的感觉类似。频闪观测器一样的闪烁光芒或许会对大脑神经的脉动产生微妙的影响,换成癫痫患者的话现在恐怕已经发病了。光芒的明暗和抖动有种催眠的效果,虽然纱夜一直感觉到危险,却无法将目光从光芒上移开。

"伊拉布,我觉得有点不对劲。"纱夜对眼前正焦虑地左往右来游动着的皇带鱼说。

切断连接吗?

伊拉布十分担心地观察着纱夜的脸,巨大的圆形鱼眼中时不时反射出一道光。纱夜摇了摇头。

"唔,还没有关系。你什么都感觉不到吗?"

伊拉布将长长的身体圈成一个圆,这是它在思考时的动作。

没有,我的内部状态没有发生太大变化。

纱夜从一开始就将伊拉布的语言表达设定为这种书面、学术性的风格,正是为了避免自己对代理者投入过多感情。

"是吗? 那这果然和所谓的杂音有所不同……"就在纱夜这么说着的同时,光的闪烁突然变得激烈起来,几乎是连续的闪烁,简直像是通过频闪效果拍摄的风景正在一帧一帧地慢放一样。与此同时,至今为止一直小声播放的音乐也变得像是呻吟一般,音质中带着一种说不出来的"扭曲"。明明是以长笛的音色作为音源的,但时不时却会变成一种从未听闻过的电子音。

"怎么了? 发生了什么?"纱夜叫起来。

内存空间里生成了大量信息。处理速度无法跟上,超载……显示速度低下……

皇带鱼细长的身体就如同熔化的塑料一样被拉扯成长长的一道。这恐怕是内存已经来不及将伊拉布的移动替换成图像,因而无意中造成了这样的残像效果。

光芒闪烁的速度大概已经超过了人类的感知能力,闪频效果没有了,周围被蓝白色的光芒笼罩。音乐听起来只是触动神经的杂音,然后吹来一阵奇怪的风,不冷也不热,但每次风起之际纱夜都会起一身鸡皮疙瘩。

树木和地面上的草丛变得扁平而虚假,在风的吹拂下也逐渐变幻成异常的模样。纱夜不由得联想起人类的气管和肺,还有包裹在外面的错综复杂的血管写实立体图像。但是这些也逐渐退去颜色,变成了剪影,最终溶解到光芒中去了。

"伊拉布,伊拉布?"

皇带鱼的身影不知何时消失不见了。纱夜一边强忍着令人不快的声音和触觉引发的呕吐感,一边拼命睁大了眼睛。但是周围只有令人窒息的蓝白色光芒充斥着全部视野。

让人难受的风也变强了,并同时散发出一种肉类腐烂的臭气。胃里有什么东西在翻腾涌上,纱夜下意识地想用手捂住嘴,但是没有手的感觉。纱夜低头看向自己的身体——遮光器土偶的化身——但却什么都没看见。

够了,纱夜想。再继续逗留下去就太危险了。

纱夜在心中向系统发送了退出命令。这条命令应该通过个人局域网转化为电脑能够理解的指令,发向J-29的本地网络才对。

但是什么都没有发生。

纱夜强迫自己冷静下来,再次发送了想要切断个人局域网连接的意思。原本只需要几秒就能退出进程,但世界却依旧是白纸一张。

自己会不会就这样被关在这个虚无的电子空间里?没有手脚,没有口鼻,变成一个用无数0与1记录的幽灵……

伴随着一种像是被人掐住脖子的窒息感,前所未有的恐怖袭上了心头。她忍不住尖叫起来,却什么都听不见,大概连声音都已经丢失了吧。

就在纱夜茫然自失之际,前面唐突地出现了一个小黑点。看起来像是滴落在纸上的墨迹。小黑点逐渐变大,最后几乎覆盖了纱夜的全部视野。

纱夜回过神来时,发现那也不是单纯的黑色,而是一条不断旋转、无限延伸的隧道。她曾经在电影里见过这样的一幕。对,是龙卷风的纪录片。如果纵身跳到龙卷风中心抬头往上看的话,恐怕就能看到这样的景色吧。

但还是有所不同。连接天地的龙卷风通常都给人一种浅褐色或者灰色的感觉,但是现在眼前这个隧道的墙壁上却混合着五颜六色的光之泡,不断地旋转。

令人不悦的风依旧吹拂着。虽然身体已经消失不见,但让全身泛起鸡皮疙瘩的感觉却挥之不去。这种非现实的状况一点点腐蚀着纱夜的精神,再加上令人难受的声音让她神经衰弱,一切似乎都在引诱纱夜跳入疯狂的深渊之中。

在现实世界里的肉体应该是无法行动的吧,至少不可能睁开眼睛。如果能睁开眼睛,假想电子世界就会自动消失,如果系统还在正常运作的话。

但不管怎么说,失去了化身身体的纱夜感觉就像是在做明晰梦一样动弹不得。虽然意识很清晰,但身体却完全不听使唤,感觉跟鬼压床一样。加上自己虽然想要睁开眼睛,但是在虚拟世界中的自己明明将眼睛睁得大大的,她也不知道还能怎样做才可能再把眼睛睁开了。

隧道尽头似乎有什么在动。那东西顺着五颜六色的光芒涡旋一边旋转一边朝这边靠近。似乎是非常复杂的几何物体,但是感觉上却又无法正确而清楚地把握那东西的形状。也许是超越了三维空间的物体。虚拟世界中当然有四维、五维以及更高维度的物体存在。因为只需要在数学上增加变量或者坐标轴就可以了。

虽然无法辨识其形状,但纱夜渐渐地开始感觉到那个东西并非物体。细节一点点清晰起来,能看出它在不停地震动。而且还在传达什么,类似于某种意识……

"'吉姆'……"纱夜在心中默念道。

7

"透明人"在网络中复活过来时，首先确认了时间。从武装火星车撞飞第二个士兵的瞬间开始算还没有经过十分钟。看来一切都照计划进行着。

于是他也立刻就猜测到自己现在所在的位置。这里不是"铁盒子"，而是J–29本地网络中保安系统的一部分。"地精"为了逃出"铁盒子"而进化，最后幸存下来的都安全地被读取到了同一个位置。

突然失控并且冲过水晶花群落的武装火星车上，应该有代表日本火星机动部队所属的白色三角形和橙色球体标志。但这辆火星车在无情地撞飞了两个士兵后，靠着惯性又朝前冲了一段距离才停下。看到这番情景的其他士兵急忙赶过来，端着枪踏入火星车，却发现里面根本就没有人。也许是火星车的人工智能发狂了，要不就是有人故意设下了这么恶劣的陷阱。士兵们首先着手调查的，是从火星车的系统上取下的一个立方体。

立方体里面有近几天时间内火星车各感应器采集到的数据。士兵们立刻使用携带式终端内藏的读取器开始读取立方体的内容。终端当然都是通过无线与J–29的网络相连接的。由于从终端中读取出来的数据量十分庞大,携带式终端无法进行处理,士兵们便将其内容暂时传送到了自己使用的保安系统上。

谁都不会想到这些数据中潜伏着"透明人"和"地精"。

"透明人"判断纱夜正面临危险,因此他必须尽快逃离火星车的系统,于是故意设计了这一场失控火星车袭击两名士兵的意外事件。

这次"透明人"十分慎重,首先将"地精"送往了纱夜的网站。然后在确认了虚拟路径的确通往自己的目的地之后,他才一边祈祷自己没有来得太晚,一边进行了跳跃。

8

随着那像是"吉姆"的东西逐渐靠近，难以言喻的刺激进一步折磨着纱夜的五感。

看着那超越三维的物体太久，远近感和色彩感都开始发狂，最终两者开始交错、交替。也就是说刚刚还辨识出是"远"和"近"的感觉，突然就被替换成了"强烈的红"和"鲜艳的绿"这样的感觉。同时也有相反的情况。

音乐已经远远超出了"刺耳"的程度，应该说已经变成了在生理上难以忍耐的痛苦。如同用金属划过玻璃时的声音，给人一种难以形容的厌恶感。光是没完没了地听着这样的声音就算得上是酷刑了。

嘴里扩散开一种被人硬塞进蚂蚁或者毛虫之类不明物体的感觉，无法形容的感觉在胸口翻腾。就像是粪水桶被打翻了一样，甚至会令人流泪的恶臭充满了体内。

手脚发烫，似乎在燃烧一般。

但下一瞬间纱夜仿佛又被摁进了冰层中，从内到外都冻结了。然后还有偶尔袭来的异常触感——一种处于"粗糙扎手"和"滑溜溜"之间的感觉，混合着"热"与"冷"……纱夜无法确认这样的感觉是否是真的。接着,如同皮肤被剥离的剧痛传来。

逐渐混乱的意识中,纱夜想到这恐怕是原住民的"感觉"与人类的感觉无法契合的缘故。或者说,原本的感觉也许很相似,但人工生成感觉的系统在人类的网络上无法正常运作。

不管怎样,"吉姆"对纱夜投掷来的感觉就如同是人类的视觉无法处理超过四维以上的超立体世界一样,对其他各种感官来说是太过刺激的奔流。而且其势头正逐渐加强,完全没有减弱的意思。再这么下去,纱夜恐怕迟早会出现心脏停搏。就算不死,神经也会遭到破坏,今后很可能就会变成废人 。

"'吉姆'……火星的人……"

纱夜硬挤出残存的力量对那个超立体物体叫道:"救命! 你让我痛苦,你发送的信息超越了人类的感觉。再这样下去……求求你,快住手。快停止这一切!"

视野暗了下来。有种奇妙的坠落感,简直就像是朝着奈落之底①坠落一样……但若有若无的声音再次唤回了纱夜的意识。

"《水晶沉默》……"令人怀念的声音。旋转隧道的景色又模糊地浮现出来。

"纱夜,快启动《水晶沉默》。"这一次,一个声音在她耳边清晰地说道。

"你是谁?"

"别管我是谁。快启动《水晶沉默》。"

纱夜努力眨着眼,在模糊的视野中四下张望。"吉姆"看起来就像是巨大的准结晶团块,朝着她头上直逼过来。

---

①奈落本是"地狱"的梵语音译,有"奈落之底"的说法,时指无法脱离的极深的地狱世界。俗语中指无法脱离的境地,不知道底部之深的地方,没有办法再爬上来的境地 。

"伊拉布?"

"伊拉布已经被挤出内存空间了。你得手动启动。我不知道如何正确启动这里的原始系统。"

"凯伦? 是凯伦吗?"纱夜叫起来。

"快点,纱夜。"

纱夜的视点与"吉姆"之间出现了一个旋转的透明火焰陶器。这是纱夜的五感艺术《水晶沉默》的图标。

"但是为什么……"

"为了提供一个与原住民的感觉生成系统更容易互动的环境。虽然不能保证成功,但是大概没有比《水晶沉默》更能将人类的深层感觉和感性灵活表现出来的假想电子世界了。而且里面还使用了也许能与原住民的感性相通的、与那个音乐共通的数学模型。如果使用这个作为桥梁,将他们的感觉与我们的进行同步的话……"

"知道了。"

纱夜将撕裂分散的意识拼命集中起来,凝视着火焰陶器的图标,然后在心中命令以全功能模式启动《水晶沉默》。

透明的火焰陶器染上了淡淡的橙黄色,开始发光。图标的旋转速度加快,等到看不清其形状的时候,突然就变成了火之轮燃烧起来。鲜红的火光摇曳着,非常急速地扩散开来,但最终又缓和下来。眼前的一幕就如同蓝白色的水面上荡漾起红色的波纹。

将纱夜的神经系统搅得七零八碎的刺激性暴风雨一点点变弱了。首先是那种暴力的声音安静了下来,又"沉静"为原本的长笛音色了。接着那种紧缚、抓挠着纱夜内脏的感觉,那种用火焰枪或者干冰或者滑溜溜或者毛糙的不知道如何言喻的东西折磨她皮肤的感觉,也急速减弱了。嘴里横冲直撞、无以名状的味道和难以形容的可怕臭气像是梦幻般全部消失了。

不知几时，纱夜无力地蜷缩在了温暖的火焰上。起舞的火舌温柔地包裹着她，像是哄着婴儿一样轻轻摇晃着。树木的生物电位发出复杂的和弦声，给长笛演奏的旋律带来一种不可思议的背景音。风轻柔地抚摸着纱夜的肌肤。

纱夜又取回了自己的身体。但这次却不是遮光器土偶的化身，而是现实世界中纱夜本人的模样。当然，以前她也通过立体扫描将这个身体注册在了网络上，但这不过是纱夜注册过的许多专用化身之一。由于她十分中意遮光器土偶的模样，其他化身至今还没使用过。

看来系统在修复过程中不知为何就把她的化身给替换掉了。

那个旋转的隧道依旧朝着火焰舔舐的粉红色天空中张开。当那物体踏入《水晶沉默》的世界后，复杂而奇妙的形状开始凝结成三维空间中能够理解的构造了。

定睛看去，那是许多拥有某种共通特征的立体形状重叠在一起或者组合在一起的样子。纱夜发现其构成要素的立体物十分眼熟。圆筒、六角柱体、十二面体等比较单纯的三维构造上生出了各种各样的突起和平面。

没错。她曾在初中的科学史课堂上见过这样的东西。记得电影基础课程里面也有相同模样的物体登场。没错，的确是跟宇宙开发史相关的东西。

纱夜不由得叫出声来。

那些都是上个世纪使用过的行星探测器。虽然类型各不相同，但却像是垃圾堆一样堆叠在一起，而且还形成了某种故意呈现的构造。

不知道是不是被纱夜的声音给吓到了，那个不可思议的物体开始朝隧道的方向后退起来。

"等等，别走！"纱夜在火焰上站起身。但是行星探测器怪物却退得更远了，很快就回到了隧道中。

"我想跟你谈谈。你明白人类的语言吧？"

怪物没有回答，但其中一个行星探查器分离了出来。这个探查器有着近似长方体的形状，主体上伸出两根细长的棒子，还有一个带着碟形后盖的天线和类似于太阳能电池的板状物。这东西滑行着飞向虚拟空间，靠近了纱夜。

探查器抵达了火圈的边缘，穿过了火舌，时而伴随着长笛的颤音不断旋转。探查器一边犹豫地进入这个世界，一边享受着这种乐趣，并且一点点地缩短与纱夜之间的距离。

当它终于接近到纱夜几乎能用手触摸的地方时，它便开始围绕着她描绘出椭圆形的轨道绕起圈子来。最开始只是在头部周围，但很快就下降到肩膀附近，然后是胸部、腹部，并且不断地朝着脚下缓慢地降低轨道面。当它终于抵达脚踝时，又开始缓慢地朝头部上升，就像它要把纱夜从头到脚、从里到外彻底扫描一遍似的。

纱夜全身僵硬地——虽然理论上化身是不会全身僵硬的——凝视着探查器的举动。

"啾。"背后传来了熟悉的鸣叫声。纱夜下意识回过头，像一条布带子一样的生物从熊熊火焰中一跃而出。

"伊拉布！"

皇带鱼立刻认出了纱夜，一甩尾巴直线冲了过来，似乎是打算用头将围绕纱夜旋转的探查器撞开。但探查器却在被撞上前突然改变了轨道，让伊拉布扑了个空。

"没事的,伊拉布,它不会把我怎样的。"纱夜这么说着,皇带鱼就满脸怀疑地瞪着探查器,同时围绕在纱夜周围。

"你这是在保护我吗?"纱夜微笑起来,"谢谢,但幸好你没事,我正担心你是不是被原住民的数据给覆盖掉了呢。"

我是被禁止修改的。

伊拉布的头部随着探查器的圆周运动左右摇晃着。

"这我当然知道,但这毕竟不是普通状况。"纱夜抚摸着伊拉布扁平的身体,"先不管这些。这个小东西究竟是什么呢?"

纱夜指了指探查器,伊拉布做了个停下摇头思考的动作。

外形与"火星观察者号"一致。

"'火星观察者号'?"

1992年美利坚联合国发射的火星探测器。1993年,在抵达火星前失去联系。原因不明。

"这么古老的行星探测器为什么会在我们周围旋转呢?"

无法回答。

这时候探查器的移动猛然停下了。它在纱夜的眼前静止悬浮在空中,原本因为伊拉布的出现而放松了一点的纱夜再次紧张起来。

但是探查器却和停止旋转时一样唐突地冲出了纱夜的视野,朝斜后方飞去。纱夜下意识地回头看去。

她看见了。

在探查器前进的方向远处,有个黑乎乎的人影。是个戴着圆顶硬礼帽和墨镜、穿着风衣的男人。他的脸部被绷带包裹得严严实实。

但是纱夜真正看到这个装扮古朴的男人也就只有短短一瞬间。纱夜其实是从残像般的记忆中重新构筑了男人的模样。在探查器抵达前，男人就跳入火焰消失了。

"凯伦……"纱夜下意识地念道。

那个拥有"火星观察者号"行星探测器的神秘物体也追着男人冲进了火焰里，再也没有回来。当纱夜突然想起"吉姆"的事情并且环顾四周时，那个隧道和垃圾堆一样的怪物也都消失得无影无踪了。

9

西荒公司保安部门的最高负责人牧田·J.亘正不停地摆弄着左手无名指上的戒指。他紧张得几乎随时会晕厥过去,不管怎样深呼吸,怎么努力地咽口水,都无法控制他正失控的心跳。

但是对面的那个男人却十分冷静。他有着异常突出的下颌,惨白的面庞上没有丝毫表情。与保安机器人的"没有表情"相比,那更像是绷着一张带有"无表情"表情的脸。细长的眼睛与鲜红的薄嘴唇就像是在"无表情"上被利刃切割出来的伤口一样。

大概会被杀掉吧。我大概会被杀掉吧。

从刚才开始,牧田的脑海中就只有这一个疯狂的念头在反复回转。

"也就是说KT是在冬眠状态下从互联网回到日本星际网络上,然后直接前往火星东京的医疗系统并且潜伏在里面。他在途中还顺便向苏凯伦的脑内终端上传了离线控制程序,并使之运行。而凯伦按照指示破坏了我们公司的网络,这样KT就不用担心来自地球的攻击,并且将火星上的人造人全部血祭掉了。"

西荒公司的总裁束田浩一在收到牧田的报告后,用毫无抑扬的声音总结了事情的来龙去脉。

"然后他就肆无忌惮地偷走疫苗,空运到了J-29。虽然也曾一时落入了我们的圈套,但却通过让两个士兵受重伤的手段逃脱了。现在再度逃亡到互联网上,也就是下落不明了。而我们公司的系统复原进度甚至还没达到一半。"

牧田一脸苦涩地埋着头。

"不得不说,作为我的分身,他的确很有手段。"束田的嘴唇右端微微地抽搐了一下,"但不仅如此。他还有非常强大的队友,就是你们这些不中用的西荒公司的员工。"

牧田感觉到太阳穴附近有什么冰冷的东西淌了下来。

"你应该很清楚最近KT对我们公司并非绝对顺从的事情,不是吗?"

牧田颤抖着点了点头。

"但你却没有抹消KT的湿件苏凯伦的员工注册信息。哪怕你明明可以预测到这种事态发生的可能性。作为保安负责人,这可以说是非常低级且致命的失误……不,不是失误,是玩忽职守。你没有完成职务上应该完成的工作,导致我们公司蒙受了巨大的损失,你不这么认为吗?"

"非常抱歉,总裁。但……但是……"牧田的声音有点尖细,"KT有自动防故障装置……没想到竟然……会出现这种行动,从设计上来说原本几乎是不可能的……"

"你是想说这是KT设计者的责任,而不是你自己的责任?"

"不,那个……我当然多少有疏忽之处……"

"你这家伙该不会还相信机器人三原则那种东西吧?"眼睑之间的细缝中露出残忍的瞳仁,"在七十多年前就有人指出那是奴隶理论了。第一条,机器人不能伤害人类,且不能看着人类遭受伤害而袖手旁观。第二条,在不与第一条相矛盾的情况下,机器人必须服从人类的命令。第三条,在不与第一条、第二条相矛盾的情况下,机器人必须保护自己。如果让你遵从这些原则,你会高高兴兴说'没问题'吗?"

牧田虚弱地摇了摇头。

"理所当然啊。如果你接受了就是真正的奴隶,没有思想也没有感情,单纯的机械。但是我们需要的不是奴隶,这种东西对我们的目的来说毫无用处。再说如今这个时代谁都能搞到单纯的机械,要多少有多少。在高度的人工智能技术上花大把金钱制造奴隶有什么意义?自动防故障装置无非是心理安慰。你虽然不是技术人员,但脑子里连这种程度的常识都没有的话,果然只能说是怠慢了吧。"

已经不行了……完蛋了。牧田之前一直猛跳不止的心脏急速平静下来。虽然紧张本身没有丝毫放松,但心中却扩散开一阵冰冷的沉着。身体麻痹得似乎没了感觉,因此心脏的某处似乎也一起麻痹了。

反正都要被杀的话,不如……

牧田将两只手藏在膝盖间,缓慢地取下了无名指上的戒指。当他正准备用右手的食指和拇指捏碎戒指时,手腕上却一阵冰凉,他赶紧举起手。

牧田大叫起来。

右手手腕以下的部分都不见了。而且切断面被树脂一样的东西凝固起来,没有流一滴血。只不过剧烈的疼痛却无情地袭了上来。

刺耳的动物叫声。

牧田一边呻吟一边不自觉地朝声音传来的方向看去。

地上蹲着一只黑猫,嘴里叼着牧田被切断的右手。那只手的手指间还拿着戒指,断面上同样也一滴血都没有。猫动作优雅地跳到了西荒公司总裁的办公桌上,没有发出半点声响。

"做得不错吧,这也是机器人呢。面向普通家庭开发的保安机器人试制型号,在攻击入侵者时也会极力不弄脏家里,这可是卖点呢。而且平时就是不用花费精力照顾又干净的可爱宠物,毫无弱点。不想买一台试试吗?"束田一边轻笑着一边从猫叼着的手上拿过戒指,"不过话说回来,居然是双底物反应型的塑性炸弹,还真是过时的武器。你应该知道我并不喜欢这种野蛮的暗杀方法。"

佩戴在束田胸口上如同装饰品一样的三只蟑螂微型机器人发出刺耳的声音飞了起来。目光游离的牧田嘴中发出了歇斯底里的笑声。

第六章　怀表的孤独

1

对着镜子梳头的纱夜突然停下了动作。

"还有呢。"纱夜一边自言自语，一边指了指头发的一部分。于是镜中的影像扩大，显示出几根散乱的白发。纱夜小心翼翼地将这些白发一根一根地挑出来拔掉了。

三天前，当她刚刚遇见那个可能是"吉姆"的东西，并且在命悬一线之际回到现实世界里时，头上还没长这种东西呢。但现在随手一抓就是许多或全白或发根正在变白的头发。自己仿佛一口气老了十几岁。

假想电子世界带来的压力看来还真不是一般的大。

虽然纱夜也想过把头发全染了，但最后却只是将全白的头发拔掉，将一部分变白的头发剪断，只留下黑色的部分。毕竟光是想到"染白发"，就会让人从心情上觉得自己真老了。

这三天因为精神上的疲惫，纱夜几乎没咽下任何东西。皮肤的触感也变得粗糙起来，感觉自己根本就不止二十五岁。但今天早上总体感觉不错，似乎正逐渐恢复过来。

　　纱夜刻意让自己回想了一下这浑浑噩噩的三天。

　　有事态好转，也有事态恶化。

　　好转的是流行的感染症。疫苗终于空运过来了，除了已经陷入末期的患者之外，全体发病人员都已有好转的迹象。还未发病的人和健康的人也都得到了疫苗，这种感染症应该不会再继续扩散了。

　　但是政府能够做出的最好的对应大概也就是如此了。

　　准史瓦西球体一口气覆盖了大型移民地后，火星上的临时行政组织几乎无法发挥任何作用，移民者的逃离计划迟迟没有进展。就这样磨磨蹭蹭的时候，一个个小型移民地也接二连三地被准史瓦西球体给吞噬掉了。

　　然后终于，这个J-29也被红色的拱形给覆盖了。这就是所谓的恶化的事态。

　　话虽如此，现在却没有性命攸关的危机。只不过是外面的景色看起来有些歪曲，与外界的隔绝感倒不比之前更强烈。也是出于这个原因，地球和月面移民地也一直没准备好接收火星移民。毕竟现在还无法正确判断出事态究竟有多紧急。

　　但是，一些新出现的现象却在暗示事情已经开始有了更大变化。

　　覆盖火星东京和火星大阪的准史瓦西球体似乎开始收缩了。看到新闻里的录像时，连纱夜也不由得愣了。覆盖火星东京的红色球体周围出现了一道几十厘米宽的沟。在超望远镜传回的图像里，看起来就像是沿着拱顶与大地相接的边缘以标准的宽度挖出来的一样。但沟渠的边缘十分光滑，描绘出精确的圆弧。

　　但那当然不是人为挖掘的沟渠。首先能够想到的理由是地面受到了拱顶的侵蚀。实际上，拱顶可能不是半球体，而是有一半都埋在地下的完整球体,如果真是这样,其表面又能产生强大引力的话,拱形就能逐渐侵蚀与之接触的沙尘和岩石。这可能是沟渠出现的原因之一,但事实上,如果拱顶表面的引力只有白矮星程度的话,按照计算,其侵蚀速度不可能达到这么快。

这时候卫星画像的分析结果又得出了一个惊人的事实。沟的宽度正好等于准史瓦西球体缩小的部分。于是关于沟的形成原因又有了新的见解,也就是说变小的不仅仅是准史瓦西球体,被包括在其中的空间也在一同缩小。

封闭火星东京及其脚下火星大地的并非单纯的拱形,而是一个红色的球体。当这个封闭的球形空间开始缩小时,就与球体外侧的地面分离开来了。

为什么会发生这种事情?就连学者们也摸不着头脑。毕竟如果人类无法理解准史瓦西球体的本质的话,当然也不可能说明其举动的原因以及构造。

于是人们自然会想:如果今后也继续这样收缩下去的话,事情会变成怎样呢?不过就算大家都在心中想象着答案,至今没有人敢说出口来。

这个J-29迟早也会像瘪掉的气球一样缩小吧。但现在纱夜还没有心思去担心这么遥远的事情。她还有更加迫切的问题需要解决。

"伊拉布。"梳完头的纱夜唤来了忠实的宠物兼代理者,"凯伦还没有回信吗?"

皇带鱼伴随着哗啦哗啦的水声从壁面上的全息屏幕里滑出,嘟起它本来就小的嘴摇了摇头。

"送达他的邮件服务器了吧?"

伊拉布点点头。

"开封了吗？"

无法与苏凯伦的代理者进行联络，尚未确认。

"你说什么？"纱夜的声调一下提高了，"意思是对方拒绝联络？"

伊拉布摇摇头。

无法找到代理者。

纱夜呆呆地凝视着飘浮在空中的文字。如今这个时代，找不到代理者几乎与主人死亡或者失踪是同义词。虽然也可能是本地网络或者个人服务器出了问题，但通常情况下都会有后备系统，应该不可能出现完全无法联络的状况。而且她也很难想象苏凯伦会在这方面疏忽大意。

"这么重要的事情，你怎么不早些报告？"纱夜厉声问。

伊拉布低下头，抬起眼睛偷偷瞟着纱夜。

我在等你的精神状态安定下来。

纱夜用力眨了眨眼睛，刚刚因为生气一定露出了可怕的眼神。她叹了一口气，垂下了肩膀。

"这样……抱歉，对你生气了。但是以后不要顾虑这些，重要的事情一定要立刻告诉我。"

伊拉布点了点头。

"那么赶紧寻找凯伦吧。帮我问问他身边的朋友，公司的人也可以。"

伊拉布"啾"地叫了一声，跃进了墙壁里面。

不安的情绪在胸口涌动。

纱夜回想起遭遇"吉姆"时的情景。

在《水晶沉默》创造出的虚拟空间中，还有另外一个人。虽然她只瞟到一眼那奇怪的外貌，但对其存在却十分确定。当带来痛苦的信息洪流折磨着纱夜时,应该正是那个人伸出了援助之手。

然后从"吉姆"的身上分离下来的那个"火星观察者号"一样的物体就追逐着那个人消失了。

那会是凯伦吗? 如果那是凯伦的话,后来又怎样了? 他还好吗?

无论何时都能感觉到有人在我的身旁。就像是溺爱着我,无论何时都会默默伸出援手的人。她想不出这个人除了凯伦之外还会是谁。但凯伦应该在地球上。哪怕是在虚拟世界之中,地球和火星之间的距离也太远了。他不可能随时随地地守护着我。

纱夜从前就隐约抱有的疑问已经到了不得不解决的时刻。当然她也想知道凯伦是否安全,因此从火星发送了第二封邮件,这封邮件与前一封公事公办的邮件不同,内容非常私人。

没有回信。而且凯伦下落不明,最糟糕的是他可能已经死了。

纱夜坐立不安起来。

2

　　黑暗深处传来微弱的水声。半边脸上覆盖着白色假面的男人从一张装饰奇特的大椅子中站起身来。

　　"似乎是来啦。"

　　"魅影"对已经坐在一架古香古色的三角钢琴前的男人投去一个有些僵硬的笑容。与"魅影"身穿黑色燕尾服和过时的斗篷不同,那男人只穿着简单的白麻布衣服,凹陷的脸颊上长着长长的胡子,头上戴着荆棘的头冠。他的眼睛半睁半闭,似乎凝视着很远的地方,嘴巴沉稳地紧闭着。

　　为了迎接另一名客人,"魅影"行过一礼后就朝着下水道的方向走去。但是客人却比预想更快地出现在了他面前。

　　圆顶硬礼帽、黑墨镜、黑色的风衣和皮手套,脸部被绷带裹得严严实实。

　　"又见面了,真是荣幸至极。""魅影"像演戏般毕恭毕敬地低下头,"欢迎回到'无颜的房间'。"

　　"魅影"身后哐当一声巨响。他回头一看,先到一步的客人正跳将起来,将椅子给踢翻了。刚才那副圣人般的表情也发生了一百八十度大转弯,整张脸都因为愤怒而扭曲起来。

"所谓一笔好买卖的对象就是这家伙吗,'魅影'?"男人完全不顾新来的客人,用手指着他怒吼起来。

"'智脑',好久不见。""透明人"揭起帽子问候说。

"叫我'耶稣'!"拥有圣人外表的男人厌恶地说,"专门把我叫到这种臭烘烘的地方来就是为了让我和这种家伙见面?无聊透顶。我回去了。"

"哎呀,请留步。""魅影"慌忙正要说点什么,但"透明人"却拦住了他,然后转向圣人。

"主啊,你难道要眼看着到手的赚钱机会溜走吗?"

圣人不屑地哼了一声,"你叫我相信你说的话?"

"西荒公司的网络陷入毁灭状态的事,你应该已经知道了吧。"

"那又怎样?"

"那是我干的。"

圣人疑惑地盯着他,"你?你有这能耐?"

"当然我并不是实施者。是我控制湿件在离线状态下干的。这样就能够骗过自动防故障系统。"

"苏凯伦?"

"没错。那可是一体非常优秀的湿件,你也亲身体验过,应该非常清楚吧。"

圣人的表情变得愈发难看了。但"透明人"却完全不介意的样子。

"因为这个,现在我也被西荒公司追杀呢。"

"那又不关我的事。"

"但是根据凯伦发来的详细报告,我对于西荒公司的网络构造以及保安系统有了比以前更深入、更详细的了解。顺便一提,他们的系统还没完全恢复过来。""透明人"朝圣人走近了一步，仔细观察着他的表情，"你不觉得这是个大好机会？"

圣人虽然扭开了头，但眼角却一直瞟着"透明人"。

"出于对自身安全的考量，我希望能将他们的系统破坏殆尽。可能的话，最好能要了总裁的性命。但由于我无法直接下手，而像苏凯伦那样高性能的湿件也已经没有了，所以需要一些帮助。""透明人"取下墨镜，绷带间露出的两个空洞凝视着圣人，"作为回报，我将带你前往西荒公司的机密层，入侵只有董事会级别的人才能访问的最高机密分区，然后你就可以随心所欲地将里面的宝贝都拿走了。听起来不坏吧，'智脑'。"

"是'耶稣'。"圣人虽然撇着嘴，但语气却比刚才弱多了。

"透明人"重新戴上墨镜，在"魅影"准备好的椅子上坐下。然后他用手指了指倒在钢琴前的椅子，对呆站不动的圣人示意了一下。

"主啊，不管怎样先坐下吧。接着让我们谈谈具体安排。"

"我要是拒绝呢？"

"透明人"耸耸肩，"这样的话我大概就只能去找别人合伙了。但是如果有谁向西荒公司走漏了消息就麻烦了。所以我会进行一些恰当的处理。"

"所谓'恰当的处理'是……"

"你应该还记得那些噬咬你元件和回路的小朋友吧？""透明人"说，"我想那一定是次让人愉悦的畅快体验。当时只不过想吓吓你，威胁性地放了几十只而已。如果我愿意，应该能够送给你几十万到几百万只虫子。"

"你这混蛋……"圣人咬牙切齿地说，其表情与化身的原型人物本来的形象南辕北辙，极端丑恶。

"事实上和从前一样，我早就已经找到了你藏身的地方，在周围也已经都布下了虫子。如果你说'不'，它们能在瞬间一拥而上。说实话，你其实是没什么选择余地的。"

圣人发出一声既不是呻吟也不是怒吼的号叫，并一脚踢翻了旁边的钢琴。伴随着轰然一声巨响，钢琴猛烈撞倒在地面上。但"透明人"却心平气和地靠在椅子里，打量着暴怒的圣人。

"我只接受离线的协议。"在发泄了一通之后，好不容易平静下来的圣人终于强挤着声音说。

"这一点当然没有问题。'魅影'先生之前已经跟你讲过了吧?""透明人"回头看向戴面具的男人。

"是的，刚刚我已经说明过，这个移动服务器是绝对安全的。""魅影"补充道，"每隔一段时间，这里就会随机在互联网上移动，不要说破解，就是进行监视也相当困难。当然移动路径都有毁灭者进行抹消。"

"透明人"偏了偏头，张开了双臂。圣人有好一阵子都无言地伫立着，终于有气无力地扶起倒在地上的椅子，颓唐地坐下了。

3

伊拉布使出浑身解数进行了搜寻,但它最终也没能确定凯伦是否安全,更别提对方的具体所在位置了。

凯伦工作的游戏软件公司在一个月前破了产。询问了几个他们共同的朋友,但这几个月里却没人见过凯伦。其中一个人出于担心去拜访了凯伦的公寓,却发现住址上记载的那间公寓也早已被拆除,只剩下一片空地。

出于谨慎,伊拉布又检索了游戏制作者的名单和五感艺术协会的花名册,但却完全没有他的名字,明明以前都很容易查到的。就像是有人刻意而仔细地抹消了一切,凯伦曾经留下的痕迹完全消失了。

给凯伦发送邮件后已经过了一个星期,也寻找他三天了。究竟发生了什么事情?

束手无策的纱夜踌躇着要不要联系吉村。

不管是凯伦还是"吉姆"的事情,纱夜都迫切需要一个能跟她进行讨论的对象。而她实在想不出还有谁能比吉村更合适。但是上一次联络时,吉村说不认识纱夜,还单方面切断了通话,当时留下的打击还在。要是这次还这样,纱夜就真不知道该怎么办才好了。

就在她犹豫不决地在全息屏幕前踌躇时，伊拉布突然跳了出来。伴随着"啾"的鸣叫，一个男人的立体画像逐渐浮现在眼前。是通信请求。

一瞬间，纱夜甚至期待对方是吉村，但半透明的静止图像却是高桥的脸。一边控制住自己的失落，纱夜一边命令伊拉布许可了通话访问。

立体图像动了，高桥就像是等不及般立刻滔滔不绝地叫起来：

"飞鸟井，赶紧！快到大门前来一下。"

"怎么了啊？"纱夜惊讶地瞪大了眼睛。

"吉村又在闹了。这回那家伙似乎是真疯了。"

"什么？"纱夜感觉眼前一黑，"知道了，我马上就去。"

纱夜切断通话，立刻冲出房间。就算想逃避，失控的现实却接连不断地向她逼来。

从居住设施聚集的东拱顶进入中央拱顶，绕过植物栽培模块，朝着大门所在的南拱顶前进。再从栽培有绿藻等藻类、养殖有罗非鱼等鱼类的模块旁边穿过，就抵达了南拱顶。接下来再绕过养着鸡和山羊等家畜的饲养模块，便能够看到大门了。

跑得上气不接下气的纱夜眼前出现了十几个聚集起来的人，于是纱夜又加快了几乎已经停下的脚步。越过人们的肩膀，纱夜看到一个与从前截然不同的吉村。

以前总梳理得整整齐齐的头发乱得像个鸟窝，又长又乱的胡须覆盖着脸颊和下巴。吉村手中举着一把不知从哪儿弄来的小型激光枪，双眼血红。这种枪本来是防身用的，威力很低，除非精确打中要害，否则不会造成致命伤。但毕竟还是跟胡乱挥舞的弹簧刀拥有同等程度的危险性。

"开门!"吉村叫道,"让我出去!"

大部分人看起来都不愿和这个危险人物扯上关系。只有一个人——北极冠学术调查团J-29小队的队长高桥朝前迈出一步,与吉村对峙着。

"放松点,吉村。"高桥一边伸出右手,一边压低声音说,"把枪给我。没有人会伤害你。"

"闭嘴!"吉村用激光枪指着高桥的眉间吼道,"我说让我出去,快放我出去!"

纱夜跑到高桥的身边,"吉村,住手!"

这一次激光枪的枪口瞄准了纱夜。

"不准再靠近一步!"吉村放低了身姿,朝后退了半步,"把门打开。"

"别说傻话。"高桥回答,"外面只有二氧化碳,而且是零下四十摄氏度啊。你这还没有穿上耐寒气密服呢。"

"那就给我准备一辆火星车。马上,送到这里来。"

"吉村,这究竟是怎么回事?出了什么事情吗?"纱夜的双眼不由得盈满了泪水。

"住口!我才不认识你们。你们是谁,打哪儿来的啊?究竟想把我怎样?"

"我是纱夜啊,飞鸟井纱夜。"

"不认识。"

"为什么?到火星东京的机场来迎接我的人,将我带到这里来的人难道不是吉村你吗?"

"不,不是我。"吉村一手继续举着激光枪,另一只手挠了挠头,"那不是我,不是我!"

"那究竟是谁?"

吉村不由得用两只手按住太阳穴,再次退缩了,"头……头好痛!"

"吉村!"

两个端着微波枪的士兵出现在吉村身后,就在十米远的大门前。看起来他们已经做好了开枪的准备。必须不惜一切阻止这种情况发生。

"有谁……有谁在我的头脑里控制我。"吉村双手抱头呻吟起来。高桥看准机会猛扑上去,用身体撞开了他。激光枪被弹到一边,马上有人飞快地跑去捡了起来。接着好几个男人冲上去帮助高桥,将挣扎的吉村牢牢摁住了。

纱夜茫然地看着眼前的这一幕。

赶来的医生给吉村打了麻醉,等他安静下来后就送去了医务室,高桥也跟着一起去了。但是看着这一幕的纱夜大脑中依旧一片空白。

这时候有人非常粗鲁地抓住纱夜的肩膀往后一扯。

"你!"

"?"

"这究竟是怎么回事?"一个肤色苍白、体型高大的男人俯视着纱夜问。

"什么怎么回事?"纱夜含糊其辞起来。

"说明一下发生了什么事情啊。你们究竟打算保密到什么时候呢?"

"我也不知道究竟发生了什么啊。"

肤色苍白的男人夸张地耸了耸肩膀,还留在现场的几个人都回过头来,投向纱夜的目光中全都充满了敌意。

"你们究竟有完没完啊?"男人继续叱责道,"自从你们来了后就没有一件好事。一会儿又突然被监禁在这里,一会儿又是疫病流行,网络上出现了幽灵、怪物之类的东西不说,最后还被球体给吞噬掉了。好不容易等到疫病的状况稳定了,幽灵还是怪物之类的东西也老实了,刚刚松了一小口气,这回又是精神病人挥舞着激光枪发疯。这些那些不都全都跟你们调查团有关吗?!我们可都这么觉得。"男人像是征求同意般回头环视了一圈,人们沉默地纷纷点了点头,"那么现在就把话说清楚吧。你们究竟在北极冠进行什么调查?事到如今,应该没什么不得不隐瞒的东西了吧?"

纱夜咬着嘴唇埋着头。就这个男人的立场而言,这种说法的确不无道理。她也曾经想把这一切都公之于众,把所有的调查结果和自己的看法都不加保留地全部公开。但是如今大脑混乱不堪,她没有自信能把前因后果都理清楚。

"得了。"头顶上传来男人的声音,"明天我就去正式申请。必须要让北极冠学术调查团给出一个能让全移民地的居民都能接受的说明,关于你们究竟在干什么的问题。你也最好去跟团长说一声。"男人说完就转身走了。剩下的人也陆续离开了。

纱夜依旧埋着头,一个人站在原地久久没有动。

4

"似乎是老老实实地回去了。"在监视了一会儿"智脑"化身的圣人行踪之后，"魅影"说，"他这算是心服口服了？"

"别担心，虽然他满口抱怨，但其实是很有干劲的。只不过同为人类级别的分散型人工智能，他对我抱有一种微妙的抵触而已，所以才故意表现出不愿跟我合作的样子来。""透明人"单手扶起倒在地上的钢琴，回答道，"那家伙还是个孩子。用人类的年龄来说还在十至十五岁之间，是最麻烦的年龄段。不过一旦理解了这点就很容易对付了。"

"原来如此。"

"不管怎么说，谢谢你借场地给我。"

"哪里，不足为谢。不过事情变得有趣起来了呢。""魅影"这么说完又赶紧捂住了嘴，"哎哟，真是轻率之言……对你来说毕竟是性命攸关之事。"

"透明人"苦笑起来。

"被你这一眼就能看穿的浮夸演技催促，我倒也容易说话了。实际上，我当然也是因为有求于你才留下来的。"

"被识破了吗？""魅影"捂住了额头，"我这不精进的演技可真是献丑了。"

"我想不用说你也明白，我们接下来的谈话内容可千万别让'智脑'知道。"

"当然。"

"我将对西荒公司发动攻击的时间设定在四十八小时之后，主要是考虑到'智脑'的物理移动时间。"

"刚才你的确是这么说的没错。"

"但事实上还有另外一个理由。""透明人"离开钢琴前，朝坐在大黑椅子上的"魅影"走近了几步，"如你所知，我是合弄代理者。西荒公司从建立之初就着手秘密开发我，大约在八年前诞生了我现在的形态。自那以后，我就一直在网络上逐步接受教育。我的成长方式有两种。一种是所谓的学习，和人类的大脑一样，通过强化、弱化或者改变CPU或节点之间直接的连接完成。这么一来，我——也就是构成KT的次级网络——会随之变得复杂。只不过相对于人类的脑细胞在到达一定年龄后就会衰减，我的神经，也就是CPU的数量是不会变化的。伴随着日本星际网络的扩张甚至还会增加。在这种情况下，我如果一直成长下去，迟早有一天能够超越人类的智能。只不过随着学习的增加，本地网络也会改变，复杂化起来。如果这种复杂累积，在某个时刻全体平衡就会崩坏，处理反而会变得没有效率。如果是人类，网络虽然在发展，但脑细胞却会减少，从而阻止全体复杂化。但对于我来说，为了寻找人工智能的可能性，反而没有这种机能。不过我也就相应地获得了另一个成长的能力。"

"是进化吧。""魅影"终于忍不住插嘴道，"透明人"点点头。

"我也有DNA，也就是记述了KT次级网络全体构造的东西。其中还包含次级网络所使用的语言和通信手段。当系统全体复杂化,既存构造开始变得没有效率时,就必须修改这个DNA本身。为此,首先需要制作出足够的DNA变种,对照现有状况,选择出其中有用的内容,然后使其进行交配。接着从第二代中再次选出有用的内容进行交配。最后只留下最能发挥效率的一个。这其实也是有机生命体的类推过程。有机生命体同样对环境变化拥有一定程度的适应能力,但当变化量超过一定限度时,或者积累的变化超过了某个阈值时,就需要用进化的方式来对应。虽然跟我针对内部环境的变化进行的适应略有不同,但从结果上来说,有机生命体也由于外部环境而被迫进行内部环境变化,本质上可以说是相同的。"

"但是你并不像有机生命体一样需要经过个体等级的世代交替而进化。"

"说得好。""透明人"竖起食指,"但是有机生命体中也有进行和我类似的生殖方式的生物。"

"是什么?"

"象鼻虫。""透明人"笑了起来,"就连我也觉得好笑。但事实上,象鼻虫能够进行一种被称为'自体生殖'的单性生殖。象鼻虫其实是非常有趣的生物,它们既能够与其他个体结合进行有性生殖,又能通过细胞分裂的形式进行无性生殖。而自体生殖中,细胞核的变化同有性结合一样会发生一系列的变化,但却由同一个细胞进行,因此在外观上看来就像完全没有进行世代交替一样。可以说是自己一个人在偷偷进行有性生殖。就我的情况来说,可以说是将这个过程高速化了。自体生殖说到底就是自己和自己生殖,从某种角度来说也算是植物的生殖方法吧。不知道是不是因为如此,连山毛榉都觉得我是它们的同伴呢。"

"真是非常耐人寻味。""魅影"说,"但是为什么要选择这种方式呢?"

"很好的问题。就让我们进入正题吧。我应该是有史以来第一个把日本星际网络这样大规模的网络看作是一台超级并行电脑,以其为基础构筑出的分散型人工智能代理者,而且我还具备进化能力,就连我自己都不知道自己今后会变成怎样的存在。一方面,我具有无限的可能性;但另一方面却可能会对人类产生极大的威胁。西荒公司当然是想要投资我的可能性才开发我,但他们又希望我只停留在一个实验产物的程度上。于是他们对我施加了诸多制约。首先,我不能采取任何对西荒公司不利的行为。但这些不过是非常模糊的制约,根据用词造句和状况解释多少能想办法绕过去。当然,对方也企图通过各种各样的案例学习来明确制约内容,但这对于我来说反而只是更清楚地将漏洞呈现了出来而已。但就算如此,现在我本人还是不能入侵西荒公司的网络直接进行破坏,或者让董事会成员受伤。通过湿件间接操作倒是可能。正因如此,我需要'智脑'的帮助。但其实还有更为明确和严格的制约:一个是寿命。我无法在网络上存在十五年以上。十五年期限一到,我就会被自动抹消。所以事实上,我已经度过了一半的人生。此外我无法复制自己,当然是指主人格。制造子孙也被看作是一种复制,因此我才需要进行自体生殖。"

"那么,我的使命呢?"

"我希望你能帮我解除这一系列的防故障自动装置。正好自体生殖的时期快到了,在这期间我将处于一种特殊状态中。更准确地说是制造出一种特殊的状态。普通机能当然都会停止运转,然后构筑出一个让DNA进化的虚拟电脑。我会在被称为进化空间的虚拟空间里反复进行DNA交配。在这期间,构成我的DNA或者构成主人格的各代理者源代码都处于比较无防备的状态。你能否入侵这个虚拟电脑,从DNA中删除记述有防故障自动装置的部分?以你拥有的解析技术来说,应该是可能的吧。作为回报,你可以自由取用我的DNA信息,也就是我这个系统构造相关的全部信息。"

"魅影"目不转睛地盯着"透明人"。

"看来你还记得我曾经说过,想要摆脱肉体束缚变得自由的事情。"

"对。""透明人"点点头,"要从现实世界搬家到假想电子世界中来,应该只有变成我这样的存在这一种方法吧。"

"明白了。虽然我觉得事情可能没有你说的这么简单,但是我会努力的。"

"那么成交。""透明人"一拍双手,"此外为了进行自体生殖,我需要使用这个地方。对于暂时毫无防备能力的我而言这里是最理想的场所了,没问题吧?"

"当然。""魅影"点点头,"请把这里当作自己家,不必拘束。在这四十八小时里,潜伏在这里大概是最好的选择。"

"真是感激不尽。但我现在需要去一下火星。当然马上就回来。"

"火星?那可不是可以随意来去的地方。难道不是很危险吗?"

"是这样没错……但是等自体生殖一结束,我就不得不马上对西荒公司展开攻势。如果失败的话就全完了。所以在那之前,我想见个人。"

"魅影"从椅子里站了起来,"明白了。让我送你一程吧。"然后他就领着"透明人"朝下水道的方向走去。

5

　　因为地下会议室中依旧还收容着正在恢复阶段的感染症患者，北极冠学术调查团对J-29居民的说明会选在中央拱形的管理楼前召开。一共来了五十多个人，以队长高桥为中心，纱夜和时田分别报告了调查的概要。

　　他们不知道萨根生物群是否依旧算机密。虽然向上级确认的话也许可以得到答案，但都被逼到现在这种地步了，他们实在不觉得还有什么闭口不谈的理由。

　　他们运来一只标本实物，对参加者们公开。然后高桥讲述了发现这个奇怪生物的过程和现在的发掘状况。而纱夜则说明了其分布特征以及与地球模型的自然分布特征之间的差异，以及纳米对其进行管理的痕迹，并且谈到了火星上可能曾有过高度文明存在，而它们是以萨根生物群作为食物的可能性。

　　接着高桥也公布了在被称作三内丸山的"贝冢"进行发掘调查时调查团遭到了袭击，对方可能是印度士兵。正是因为这个原因，J-29才被置于火星机动部队的保护之下。

　　再之后就是提问时间了。理所当然的，被问到最多的问题正是火星人现在是否依旧还在火星上。关于这一点，纱夜只是说这里有可能曾经居住着拥有高度文明的原住民，但是并不确定它们现在是否还继续生存着。也有人纠缠不休地追问他们有没有遇见过火星人，他们给出了否定回答。

但是纱夜回答着，胸口里却苦涩起来。

恐怕人们已经下意识地感觉到了吧。水晶花和准史瓦西球体的出现不是自然现象，而是某种意识为了除去他们而能动发挥作用的结果，而究其原因，则是人类移民到火星上来这件事本身。但没有人愿意正面承认这一点。对于这些已经舍弃一切飞出地球，已经有将尸骨葬在火星上觉悟的人们来说，这等于就是让他们否定自己的人生啊。

所以如果能归罪于其他人的话，谁不希望这么做呢？

纱夜多少能够理解这些人的心情。事实上，就算调查团不是原因本身，至少也可能是点燃导火索的人。这是他们无论如何都无法否定的过失。

而且纱夜他们隐瞒了更多事实。北极冠地下的空洞、LIGAS接收到的引力波通信，以及在三内丸山攻击他们的其实并非印度士兵，而是日本的机动部队。此外还有IM6的采冰作业员已经全体死亡的事实，最后，还有有人比纱夜抢先一步前往地下探查的事情，而且第一个准史瓦西球体其实是出现在那里的事情。

但这些并非正式调查得来的结果，因此高桥主张暂时不要公开，纱夜也同意。这些信息所包含的真实意义暂时还不明确，随便公开也许反而会让人们陷入更深的不安和疑惑中。在现在这种氛围下，就算是当时有塞尔吉奥的帮助，如果人们得知纱夜曾经独自偷跑出移民地的事情，恐怕会把她当作邪恶的女巫给烧死。

如果再说到自己在虚拟空间遇见了"吉姆"，这个电子幽灵可能就是火星原住民的化身之类的事情,后果简直不敢想象。纱夜光是设想一下就全身毛骨悚然。

说明会结束了,但人们对调查团抱有的疑虑却丝毫没有减弱的样子。其中甚至有人认为萨根生物群本身就是拥有智慧的活生生的火星人,而纱夜他们所谓的调查不过是一场大屠杀,因此现在人类才被迫要接受它们的复仇。这种说法的根据是发掘出来的标本就如同昨天还活着的生物一样,形状完整,色彩鲜艳。就算调查团说明这是因为在冰层和干冰层中才保存完好,对方也难以被说服。

此外又有人提出大规模传染的ME-type6其实是起源于火星的病毒,附着在调查团带回来的标本上才导致这么多人生病。对于这种看法,调查团反驳说同种病毒导致的感染症在远离北极冠并且与萨根生物群毫无关系的其他移民地中也有爆发,而且标本在被搬入之际全都用紫外线进行了杀菌消毒。

但是,漫天的疑问都还不算最坏,到了最后,甚至有人开始认为水晶花和准史瓦西球体其实是人类开发出来的终极武器,纱夜他们其实是在北极冠进行武器实验云云。而且就算多次声明高桥、时田和纱夜都不是技术员,他们是与军火开发毫无关系的科学家时,也根本没人相信。

在怒吼和谩骂中,纱夜等人逃跑般离开了管理楼前。冲回自己的房间、锁上门后,疲劳感猛然袭上全身,纱夜不由得直接瘫倒在地。

事态恶化到如今这种局面,自己的确也有一部分责任吧。哪怕追求真相是科学家的职责。

纱夜心情沉重地垂下头。

而唯一能赎罪的方法也许是与"吉姆"接触,但是那次之后幽灵就再没有出现过。虽然心怀恐惧，但纱夜还是继续在网络上播放着音乐，并无数次地启动《水晶沉默》等待着"吉姆"的到来。只不过至今未有任何结果。

不过，在此期间，其他移民地倒也不再有居民的神经系统遭到破坏的事件发生，光从这一点来说，纱夜就觉得有冒险的价值。但是她的心情却十分复杂。当时"吉姆"明显是在收集某种信息，恐怕是与人类相关的信息吧。也就是说，或许上次接触已经让它得知了所需的全部内容，所以它已经达到了目的。

它们根本就没有和我们进行交流的打算吗？

伊拉布发出响亮的叫声，从全息屏幕里跳了出来。与此同时，屏幕里显示出新闻的录像，似乎它专门带来给纱夜看的。

纱夜有气无力地抬起头，茫然地望着立体图像。

新闻内容是关于准史瓦西球体的收缩速度正在加快。拱形周围出现的沟壑正在变宽、变深。从某个角度看去，球体的确是半埋在地下的，所以用"红色的拱形"来形容其实不太准确。

以火星东京和火星大阪为首，这种现象正在各国的主要移民地相继出现。这些移民地也是球体出现得比较早的场所。也就是说只要再过一段时间，J-29等后期才被球体吞没的移民地也很可能遭遇同样的事态。

同时，在经过了大约两个月的宇宙航行后，救援船队终于陆续抵达了火星，准史瓦西球体刚刚出现时，它们就从地球和月球出发了。虽然有些为时已晚，不过移民者逃离火星的计划也终于踏上了正轨。火卫一和火星上残留的穿梭机全都集中起来，日夜不歇地将还没有被球体吞噬的移民地居民送往火卫一以及进入环火星轨道的行星间宇宙飞船中。

但是对于已经被关在球体内部的人，暂且还没有发现能够救援的方法，自然也完全没有准备开展救援工作的模样。虽然某些情报源称已经有了主意，或许是要建造搭载有大马力核动力火箭引擎的脱逃用航天飞机，然后送入球体中；也有人声称是打算从外面牵进一条非常坚固的铁索，然后与人们乘坐的火星车相连，使用核动力等高动力起重机将铁索拉出来。但眼下的状况并不适合建造航天飞机或者起重机。而且据说计算结果表明，不管是哪种方法都不可能逃离准史瓦西球体的引力。

在已经开始收缩的球体内，人们依旧感觉不到任何物理性的影响。但是与外界的通信逐渐不稳定起来，这导致了极大的精神压力。对于原本就被封闭在气凝胶拱顶中的人们来说，物理上与外界隔绝其实并非特别严重的事，但前提是能够自由地与外界进行交流。

现在的状况本来就已经乱成一团糟了，如果此时覆盖J-29的球体也开始收缩，当通信中断之际，压力不断增大的人们将会做出何种反应？对于北极冠学术调查团，他们又会采取什么行动？考虑到这一层，纱夜的心情就越发沉重起来。

全息屏幕上的图像从卫星拍摄的火星东京照片切换成了电脑图像合成的模拟动画，再现了准史瓦西球体收缩时形成沟壑的全过程。地面下的情景也用半透明图像进行了显示。最开始完全嵌入地面的红色球体开始收缩，原本球体占据的范围内出现了一个半球状的坑，球体与周围的地面之间出现一道均匀的环形，露出地层的断面。这一模拟过程反复播放着，当然也能看到被切断成两半的移民地构造。

纱夜皱起眉头。

"伊拉布，停止录像。"

动画停下了。

"稍微回放一点。"纱夜又指示说,"把那个断面部分朝向这边,放大。"

环形切断的球体和移民地逼近到眼前。

电脑图像比想象的要精致许多。就连火星东京的地下构造也呈现得十分详细。

"伊拉布,有J-29的详细构造图吗?应该有的吧。"在凝视了一会儿火星东京的图像后,纱夜对皇带鱼命令道,"要那种立体CG的,马上给我拿来。"

"啾。"

大概不到十秒钟,纱夜想要的图像就出现在眼前。三个半球状的拱形融合在一起,正中央的一个上面又重叠了一个同样大小的拱形。但那只是地上部分。纱夜戴上触感手套后,就能轻易地抓起立体图像,上下翻转,仔细检查。然后她又调出与各部分构造相关的详细资料,全部阅览了一遍。

"伊拉布,快联络高桥。"

几十秒后,脸色和纱夜一样憔悴的高桥出现在全息屏幕中。

"哟,纱夜。刚刚可真吓人啊。你还好吧?"

"嗯,我还好。"纱夜点点头,"时田呢?"

"他大概也快不行了。大家简直就把我们当瘟神呢。"

"说来,吉村现在怎样了?"

高桥耸耸肩,"昨晚之后我就没见过他……稍后还得再去看看他的情况呢。"

"昨天他有说什么吗?"

"嗯。他说自己是火星东京扩张工程的现场作业员,反反复复说了好多次。这我们也都知道。正是因为他在那里遭遇了事故,所以才在身体恢复后自愿加入了学术调查团的嘛。这么跟他一说,他就说那不是事故而是阴谋,闹得可厉害了。还说加入调查团也不是他自己的意思,是被人操纵的结果……简直不知道他是怎么了。大概是因为压力太大,思维混乱,为了离开这里而出现了妄想吧。"

"也许不是妄想呢。"纱夜低声说。

"什么?"

"不,没什么。"纱夜摇摇头,"一会儿我去看看他好了。"

"是吗?你和他的交情比较好,如果你有觉得不对劲的地方,记得告诉我。"

"知道了。"

纱夜切断通信之后,强撑着就算在火星都感觉十分沉重的身体爬起来,再度朝着出口走去。

吉村的私人房间前面伫立着一个士兵。虽然没穿动力装甲,但是右肩上背着一把看起来十分沉重的微波枪。他的左半面部被陶瓷面具覆盖,无论看多少次都有种令人不快的感觉。

虽然有些心虚,但是纱夜还是向士兵传达了自己前来看望吉村的愿望,士兵亲自打开门,观察了一下里面的状况后,才示意她进去。

房间里光线很暗,混乱肮脏的程度完全不像是喜爱干净的吉村。空气中有一丝微弱的臭气。厨房里堆满了没有洗的脏餐具,食物的残渣甚至散落到了地面上。

起居室兼卧室的空间里到处都是不知从哪儿搞来的酒精饮料、数据立方体和被称作"安定器"的负离子棒等东西。窗户边放着一盆观叶植物,但是所有叶片都枯萎了。

虽然床铺可以收回到墙壁里,但是似乎有好几天都没有收拾过了。皱巴巴的床单上丢着一条随意卷成一团的毛毯,吉村颓唐地坐在一侧。

"哟,飞鸟井。"先开口的是吉村。纱夜不由得倒吸了一口冷气,小心地打量着他略微低下的面孔。

"看起来我似乎干了些很不得了的事情呢。"

"你认得我吗?"

"认得。"吉村点点头,"没想到竟然会因为压力过大,暂时陷入了错乱。真是丢脸。"

纱夜的脸色变得阴沉了一些,"吉村,你究竟是谁?"

吉村惊讶地抬起头来。他的头发依旧蓬乱,横七竖八的胡须照样覆盖着双颊,但是眼神却十分冷静。

"你这是什么意思?"

"你拿着枪发疯的时候,说自己是被人操纵的。还说在火星东京迎接我的人,将我带到J-29来的人都不是自己……如果真是这样,现在的你究竟是谁?"

吉村挠了挠头,"我说过这种话吗? 完全不记得了……一定是我在错乱中出现了奇怪的妄想吧。我就是我呀,没被任何人操纵。"

"那么我问你,你在IM6附近救了我的时候,你说自己是从移民地挖了一条通道才出去的,是吧?"

"是的呀。"

"刚刚我已经查清楚了,这种事情根本就不可能办到。就算是赤道附近的火星东京,地面下一公里深也都是永久冻土层。而靠近极地的附近,地面硬得根本挖不动,挖上两米就能让钻头损毁。而在这拱顶覆盖的范围中,冻土层上的表层土已经全部被移除,周围还用厚达八十厘米的火星沙砖进行了加固,然后才在里面填入了地球型的土壤。这是个移民地的地基啊。只有管理建筑的地下部分，是在用微波进行融化的同时强行朝下挖出来的，其余部分全部都保留着两米深的冻土，周围还有砖石的墙壁。不管是哪种，都不可能是小型挖掘机能够挖穿的吧？退一步说，至少要在完全不被人发现的情况下开凿通道应该不是那么简单的事情。"

吉村没有回答，只是沉默着。

"我全盘相信了你的说辞，甚至都没有去确认过通道的所在地，可以说是我傻。你觉得女人大概对建筑机械之类的不在行，所以就随口说说骗了我是吧？没错，我的确被你骗得团团转。"纱夜操起双臂俯视着吉村，"那么，你最好现在跟我说实话。你为什么知道我遇上了危险？又是怎么从J-29溜出去的？"

令人窒息的沉默。纱夜甚至觉得原本就阴暗的房间此刻完全失去了颜色。片刻之后，吉村终于缓慢地坐直了身子，目光投向位于右手墙壁上的小窗户。

"你听说过'湿件'这个词吗？"虽然目光远离纱夜，但是吉村却唐突地发问道。

"那是……生物元件什么的，用这种元件制成的电子机械吧？"困惑不已的纱夜如此回答。

"除此之外，动物的大脑和神经网络也可以作为计算机或者信息处理装置进行利用。在这种情况下，大脑和神经网络也叫作湿件。这两种情况下，'湿件'都已经作为一般用语固定了下来。但其实这个词还有另一层的意思：被作为计算机或者信息处理装置而被使用的人类。"

"你说什么？"

"通常来说，如果将大脑作为信息处理装置，这个世界上性能最高的当然是人类的大脑。简直是重量不过一点三千克，却拥有一千亿以上的神经细胞——也就是元件——的终极超并列型计算机。因此就算有人想将人类的大脑作为一个信息处理机器自由地使用，也不算什么奇怪的事情吧。并且在技术上这一点已经得到了实现。"

"也就是说和动物的大脑一样，用人类的大脑当湿件？"

"正是。"

"这……这种事情是不会被允许的。"

"先不论道德伦理上的问题，这种技术已经实现了。当然不是官方发表的，应该说算是在法律范围外进行研究并且实际利用起来的技术吧。你看，就算是有道德伦理的争论，核武器也同样出现在了这个世界上。或者说就算法律禁止，每年也照样有几千个克隆人诞生在阴暗的角落里。而人类湿件同样也是一直在生产的。这就是现实。假如我们有一个身体条件适合成为士兵的人类，通过制造他的克隆体，在义体化的基础上再将其大脑作为湿件进行控制的话，就能够创造出一个没有恐惧、没有反抗，永远能够做出正确判断，并且能毫不踌躇地歼灭敌人的终极杀人机器。但是如果任由人类的大脑自由发展，最后将产生自我意识，这跟如今的电子媒介及运算方式的协调性不一定好。因此湿件的大脑需要进行'格式化'。在其还是胎儿时就控制细胞因子等分化诱导因子，根据使用者的希望和要求人工进行神经网络的配布。此外从出生到二十岁上下的时间里，这个脑——主要是大脑——会一直与电脑连接，各个部分会一边接受电子刺激，一边朝着事先设计好的方向发展神经网络。这样养育出来的克隆人都不具备自我，放着不管的话就跟智力障碍一样，但是通过埋藏在头部内的界面却能够自由自在地进行操控，就和电子机器一样。只要上载事先预设好的指令程序，也能按照该程序所指示的顺序自动行动。这种状态的湿件被称为离线模式。此外通过网络使用电脑也可以实时进行控制，这种状态下的湿件则被称作是连线体。"

纱夜半张着嘴瞪着吉村。

"这么可怕的事情，简直难以置信……但这和我的问题有什么关联吗？"

就在这么问的时候，纱夜突然领悟到了吉村正打算说的话。她立刻后悔自己提出的问题，但已经太迟了。

"塞尔吉奥是连线体。"

"不！"纱夜叫起来，"你胡说！你是不是又打算骗我？！"

"如果你不肯相信的话，那我也没办法，但这就是事实。塞尔吉奥由一个代号 KT 的代理者几乎实时地进行着控制。"

"代理者？你说的代理者是指网络上的那个代理者？就像伊拉布那样的……"

"没错。但是 KT 比起通常作为助手的代理者要高级许多，是一种被称作合弄代理者的人工智能。"

"你是说人工智能，也就是人类制造出来的软件在控制一个人类吗？"

吉村摇摇头，"KT 在连线模式或者离线模式下能够使用的湿件一共有十体。塞尔吉奥不过是其中的一体而已。KT 最多能同时控制五体连线体。对于 KT 而言，连线体是他访问现实世界时一种类似界面的东西。"

纱夜眯起眼睛，微微后退了一点，"那么……你也……"

"不，吉村并非湿件。"吉村说，"KT 在火星上拥有的连线体全都是义体士兵。但是情况发生变化之后，就需要普通人外貌的连线体。于是KT入侵了火星东京的建筑工程机器管理系统,操纵了一台叫作'钳爪机'的建材搬运机器人,让一个现场作业员受到了轻微的脑震荡。然后又入侵了他入院医院的医疗系统,在他的大脑里载入了和湿件相同的界面。但是要操作没有'格式化'的大脑非常困难,只能通过分泌脑内的麻痹物质一边压制他的自我一边进行控制,但也出现过好几次冲突。并且现在也处于这种状态,我只是勉强压制着吉村的自我。至于要让他在离线模式下行动则是极其之难。结果是失败的。在这一个多月里,KT几乎无法访问吉村,虽然自动离线控制程序一直在持续压制吉村的自我,尽可能地控制他不要出现在任何人面前,但看来果然还是不可能。"

"那么,也就是说……现在正在和我说话的你不是吉村,而是……"

"我是KT。借用了吉村的大脑和身体,在和你说话。"

一直把脸朝向斜右前方的吉村这时候终于扭头看向纱夜。看起来是普通人类的面孔。

"这应该就能回答你最开始的问题了。第二个问题的答案,我想你也明白了吧。吉村之所以能在IM6救到你,正是因为塞尔吉奥这个连线体死亡后,我让吉村出发去救你的。当然如同你所说,根本就没有地下通道。从一开始这种东西就不存在。就算不是湿件,普通义体士兵的大脑之中也移植了一种叫作'环境对换模块'的类似通信终端兼大脑机能辅助、扩张装置。只要入侵这个模块,要让他们看不到吉村离开J-29是易如反掌的事情。"

纱夜突然觉得十分恶心。她眼前一阵眩晕,不由自主地用手撑住了身边的桌子。

"没事吧?"吉村说着要站起来。

"别过来!"纱夜语气尖刻地叫道。吉村就又僵硬地坐下了。

"你脸色好差。"

"那还用说?!"纱夜一边摇头一边说,"我觉得自己都要疯掉了。"

然后她闭着眼睛,等晕眩感消失后才再度开口。

"那么……就算你不是吉村,是一个叫作KT的代理者,为什么又总是对我纠缠不休呢?为什么要救我的命?甚至不惜为此牺牲了塞尔吉奥?"

"因为我想保护你。"

吉村/KT蹦出来这么一句。纱夜等待着下文,但是等了片刻,他却没有更多说明的打算。

"就这样?"

"就这样。"

纱夜依旧站在那里注视着坐在床上的男人。

"这种答案可不会让我满意。"

"没有其他答案。"

"你刚刚说自己是代理者。"纱夜进一步追问,"那么究竟是谁的代理者?主人是谁?"

"我已经没有主人了。"

"没有?"

"曾经有过……但现在我完全依靠自己的想法自律地行动着。"

"开玩笑吧。你真是个喜欢乱开奇怪玩笑的人。"纱夜苦笑着说,"我应该认识你的主人。要我说出来吗?"

吉村/KT没有回答。纱夜略弯下腰,打量着微微低着的男人的面孔。

"凯伦……苏凯伦,没错吧?这样一来就可以说明一切。对于你这些夸张的故事,我且相信一半吧。你觉得呢?还是说,也许吉村就是苏凯伦?对,这么一想就合理多了。虽然我不知道你是什么时候又是怎样跑到火星来的,但你是做了整形手术的苏凯伦对不对?虽然体型完全不同,但是以现在的技术来说,这种程度的改变肯定能做到。如何?我的推理不错吧?"

纱夜一口气滔滔不绝地说完,等着看自称是KT的吉村的反应。但男人依旧沉默着。一种不祥的预感慢慢爬上了纱夜的脊背。

"凯伦……"令人窒息的沉默终于被打破,"苏凯伦这个人物已经不存在于这个世界上了。"

纱夜无法发出声音。

"凯伦这个人的肉体已经毁灭。他的户籍、银行账号、各种执照、家、工作单位、日本星际网络地址、化身……所有公开存在的身份证明都在物理世界和虚拟世界中完全被抹消了。无论是过去还是未来,他都是一个从没存在过的人。"

纱夜缓慢地摇晃着头,"完全……不懂……你究竟在说什么?"

吉村/KT微微抬起眼睛看向纱夜,"凯伦……苏凯伦也是我的湿件。"

纱夜愣愣地盯着吉村/KT的脸,片刻之后肩膀开始小幅度地颤抖,她的嘴里发出打嗝一样的短促呻吟,然后她如同再也忍耐不住了一样放声大笑起来。她的两手撑在桌子上,眼泪不停地流着。

"说什么呢?你这都是什么话啊?"好不容易止住了笑,纱夜如此说道。但是她的肩膀却依旧有些颤抖。

"你还真能装出这么一副认真的表情说这种话。说什么凯伦是湿件……那么你的意思是说,我一直都在和你操纵的凯伦交往? 我的恋人其实是网络上的一个代理者? 是一个别人制造出来的软件在对我甜言蜜语,在亲吻我? 是这样吗? 别开玩笑了! 不要说这种令人恶心的话! 没错,那些年轻又没头脑的男女或许会对网络上的虚拟偶像或者自己的代理者产生真正的恋爱感。但请不要把我也混为一谈。和代理者上床,光想想都让人毛骨悚然好吗?"

一口气说完这么长一段话后,纱夜猛然闭嘴了。因为坐在床上的男子正用一种看起来十分受伤的眼神看着自己。

"你……在孩提时代,曾经眼看着自己的朋友被杀害。一个叫作阿雪的代理者。"吉村/KT静静地说,"在你的母亲将阿雪删除时,你感觉到自己心中似乎也缺失了某种东西……你曾经告诉过我那种刻骨铭心的悲伤。而且至今你也依旧为此悲伤。"

"为什么……你会……"

"以现在的技术来看,阿雪是个几乎不值一提的原始代理者。但是从系统的集成度和复杂度来看,至少也拥有超过爬行动物或者鸟类的智慧,因此她对你也完全可能抱有某种感情,虽然是在不自觉中萌发的感情……当时还是孩子的你应该已经敏感地察觉到了这一点。那绝对不是轻率或者无知。你应该也是这么认为的吧?"

吉村/KT用手捂住胸口,缓慢地站了起来。

"我能够将所有与日本星际网络连接的电脑CPU作为自己的脑神经。如今的电脑几乎都是拥有一万个以上CPU的超并列式电脑,同时日本星际网络连接了超过一千万台电脑。光是从

CPU 的数量来看,日本星际网络就已经超越了人类的大脑。而其他星际网络和互联网亦是如此。将这样的网络通过超分散处理作为一台并列式电脑进行利用的技术从几十年前就出现了。随着回路速度的提高,实用性也变得不可动摇。我就是基于这种技术诞生的分散型人工智能。而且多重代理者系统模仿了人类的心理构造,采用的是导入了高度阶层与合弄概念的最新构造。更不用说这种构造本身还具有自我改良的进化机制,与十到十五年前的代理者早已不可同日而语。不是我自夸,这是事实。实在……"说到这里吉村/KT 顿了一顿,"实在没想到曾经爱着阿雪的你竟然会这样看不起我。"

纱夜感到自己的膝盖在微微颤抖。光是站着就十分吃力了,但她却拼命不将这一点表现在脸上。

"真……真是逼真的演技呢,凯伦。你从哪儿学来的?我说,你就是凯伦吧。这是复仇吗?的确是我不对,一个字没跟你说就跑到火星来,还单方面地要求分手。真的都是我不好。但是……但是……现在这样,也实在是太……太过分了啊。"

"不对,纱夜!"吉村/KT 的声音头一次变得激动起来。纱夜不由得绷紧了身体。

"不信的话你可以自己去查,这个叫作吉村的人在五年前就已经到火星来了。这一点有官方的正式记录,随便你去问哪个与火星东京扩张工程有关的人,他们都能回答你。如果你怀疑有人进行了调包,那就去查是否有叫作苏凯伦的人访问过火星东京。这一点应该也有公开记录,马上就能查到。你应该知道,来火星并非容易的事情。这里还没有发展到可以让一个身份不明的人偷偷潜入的地步。"

吉村/KT 走到窗边,目光投向了气凝胶外侧扭曲的景色。枯萎的观叶植物碰到吉村/KT的脚,发出干涩的声音。

"开发我的,是西荒公司的总裁,一个名叫束田浩一的人。这个总裁也是我的主人。你也觉得那个臭名远扬的军火制造商肯定会制造出湿件之类的非法产品吧?事实上的确如此。这个叫束田的男人将我作为进化型合弄代理者的试制型号进行开发,然后将自己的一个克隆人借给我当湿件使用,那就是苏凯伦。束田总裁应该是积极支持火星开发的。因为他希望将火星也变成和地球一样战火纷飞的世界,这样西荒公司就能维持甚至扩大市场。虽然这话从我嘴里说出来有点奇怪,但那个男人是个没有血性也没有眼泪的家伙,简直令人怀疑他是否真的是个拥有物理肉体的人类。现在他已经盯上你了,他担心你的发现和假设会对火星开发造成阻碍。虽然你只不过是个单纯的研究者,对他来说算不上真正巨大的威胁,但你会变成他那偏执性格的牺牲品。任何敢于挡在他前进道路上的人,哪怕只是一只蚂蚁,他也会谨慎地将其踩死。他就是这种人。他已经连续三次试图杀你。最开始是在三内丸山,接着是在IM6,第三次则是在J-29散播病毒,他打算将其他北极冠学术调查团的团员和众多的移民者全部作为你的陪葬。而我为了保护你,不得不使出最终手段。我背叛了我的主人。但是因为我内部安装着防故障自动装置,无法直接采取任何会对西荒公司造成损害的行动。于是我在离线模式下使用了苏凯伦,让他入侵到西荒公司的网络里,在中枢部散播了病毒。计划很顺利,网络遭受到了毁灭性的打击,西荒公司的活动也暂时陷入了麻痹。如此一来,我才能不受束田总裁的干扰获得疫苗,然后将其运到J-29来。但是我未能全身而退,潜伏到西荒公司网络控制中心的苏凯伦因为微小的计算错误导致逃离时间过晚,遭到了杀害。"

"我不知道那个叫作束田的人究竟有多残酷。"纱夜声音嘶哑地说,"但你也一定是同样残酷的人。不,如果你所说的都是真的话,你根本就不是人。"

"我……残酷?"

"没错。不管是凯伦也好、塞尔吉奥也好,我虽然不知道湿件究竟是什么,但他们都是活生生的人,不是吗?而按照你的说法,只是为了救我这样一个小小的研究者,你竟然能像弃子一样轻易舍弃他们。这难道不残酷吗?我可不希望有人为了救我而做出这种事情来!如果病毒的事情也是真的,那么已经有好几个人因为我而死,还有几十个人在生死境界上徘徊。我可受不了这种事。在情况演变成这样之前,为什么就不让我一死了之呢?在我看来,你不过是在像玩弄蚂蚁一样玩弄我而已。"

"不,不是这样的。我只不过是想保护你,想帮助你而已。"

"为什么?"

"这……"吉村/KT支支吾吾起来,同时焦躁地拨弄起脚边的观叶植物叶片来,"大概……是为了延续自己的存在……"

纱夜摇了摇头。

"我不明白。"

"我也不太明白。但就算是人类也无法完全理解自己的吧。进化的结果就是KT这个系统中也有无法被理解、难以预测的混沌发生。"吉村/KT生硬地说,"最开始,我是为了学习女性的心理、恋爱情感什么的才接近你的。不,这不过是我给自己找的借口。现在回想起来,我明显是被你'魅惑'了。至于究竟是被哪一点魅惑了,至今也无法完全分析。你离开地球的时候,我的确受到了极大的打击,但并没有你想象的那么严重。因为我其实已经预料到了这种情况,并且我认为你作为研究者,当然拥有追求梦想的正当权利。再说只要我愿意,随时都可以跳跃到火星上来,待在你身边,也可以一直保护你。这是最重要的。我当然也希望你能喜欢我,但就算你讨厌我,如果我能一直这样保护你的话,我也觉得满足。这究竟是为什么呢?"

纱夜听着吉村/KT的话,目光不由自主地被吸引到他的手上。站在窗边的男人扯了一片观叶植物的叶片,正在手掌上翻来覆去地把弄着。纱夜不由得发出了一声类似悲鸣的叫喊。

"住手!"

吉村/KT回过身来,"什么?"

"那个。"纱夜指了指吉村/KT的手。他的手里拿着那片皱巴巴的叶子。苏凯伦拿着枫叶的修长手指似乎重叠在了这只手上。此外还有翻弄着水晶花叶片的塞尔吉奥的手。

"这个癖好……我也注意到这个癖好了。"吉村/KT的目光遥望着远方,"从前……其实也就是七年前左右,我被委任培养一个义体士兵。一个素质优秀的十二岁少年,智力水平自然不用说,反射神经和状况判断能力、决断能力也都是一流的,从游戏中心发掘出来的人才。名字叫作吉罗,是个不良少年。"

"吉罗……"纱夜的脑海中,又一个她不愿回忆起的记忆苏醒了,"该不会……"

吉村/KT点点头,"对。就是当时塔兰图拉强迫你体验的记忆中登场的那个人。我将他收容到一个被称作矫正设施的训练所里,四年后送往了火星。刚刚我也说到,义体士兵大脑内都植入了一种叫作环境对换模块的特殊终端。在战斗中,这个终端可以将士兵五感接收到的周围环境'翻译'——或者叫作'替换'成更适合战斗的虚拟环境。但是在当时,就算是不战斗的时候,有些信息也总是被替换掉。当然,没有人会告诉士兵本人。这些被替换的信息中有一个就是植物的颜色。在士兵们眼中,火星上生长的植物全都是黑乎乎的颜色。这是为了让士兵时刻保持野蛮、攻击性的精神状态,所以必须排除从本能上能让人安定的绿色……吉罗抵达火星后发挥了他超人的才能,立马就取得了非常辉煌的战绩。他原本可以毫不察觉地生活在这个半虚拟世界之中,但是这个世界却很快出现了裂痕,其原因就是植物的颜色。不知为何,他开始对植物的颜色起了疑心。不管是在训练期间,还是在战斗结束之后,也许是这种为了愈合干涸的心的感情让他开始意识到这一点的吧。到后来,他不仅想看到绿色,也执着地想看到血液的红色,感受到其温热。性情直率又性感的塔尼娅成为他的搭档后,他的这种感觉愈发强烈,结果是他比我们需要的更热爱残忍的杀戮。在一次战斗中,他因为意外头部受了重伤,之后就开始失控。最后在J-28的边疆移民地,对日本的平民展开了作战行为。不知有幸还是不幸,那时他已经受了相当重的伤,十分虚弱,最后被射杀……我访问了他的环境对换模块,在他咽下最后一口气之前,一直通过他的眼睛看着这个世界。他一边受到子弹和微波的攻击,一边奋力爬向眼前的树丛,最后用左手抓着树叶死去。'是绿色的……'他最后说。我至今都无法忘记那时受到的冲击。所以后来当我进入现实世界时,也有了这个癖好,喜欢扯下植物的叶片,确认其颜色。"

纱夜不知道自己究竟应该做何反应,只是沉默着。吉村或者说这个自称KT的男人口中描述的已经是超越了她想象的世界。她甚至觉得与之相比,相信外星人存在什么的简直不值一提。

"你不愿想象一下吗,纱夜?"吉村/KT再度开口道,"如果你无法从假想电子世界回到现实世界中去的话,事情会变成怎样？这里有着与现实世界相似的风景，毕竟是以现实世界为模型构筑出来的。但是，总有什么不太对劲。不管去到哪儿都缺了一点什么的感觉。你大概也会逐渐开始在意起来吧，不得不去在意。然后迟早你也会对一些原本理所当然的事情耿耿于怀。这里实际上没有任何形状。不仅是形状，这里连所谓的空间都不存在。因为这里也没有所谓的距离，不论你在地球上的什么地方几乎都能同时存在。虽然地球与火星之间的网络也有距离，但那也不过是区区几分钟到几十分钟的差距。跟地球和火星之间的物理距离比起来简直近乎没有。此外也没有所谓的时间。在虚拟世界中，所有信息都不会退化，会一直保存下来。不管是今天的信息还是一年前的信息，都同样清晰，都能以同样的速度读取。能够区别两者的只有日期标签而已，但是标签之类的太容易被替换了。如果有疯子黑客将这些日期标签全都去掉的话，会怎样？你能想象吧。我就生活在这样的世界中，而且我能够拥有任何外貌。我既可以成为最新电影中的白面小生，也可以变成巴黎圣母院的驼背敲钟人，还能变成蚯蚓或者鲸鱼。当然我原本也没有性别，不管是男是女、是雄是雌都没有问题。就算进入现实世界，我也可以是凯伦，是塞尔吉奥，或者选择其他的人格，甚至可以同时作为不同的人类存在。那么，我究竟是谁？"

吉村/KT握紧了手中枯萎的叶片。

"我不属于任何空间或者时间，也没有固定的人格。当我意识到这一点时，我终于理解了吉罗的心情。他虽然拥有优秀的战斗能力，但缺乏作为义体士兵必需的资质，那就是顺应虚拟世界的能力。我这个人工智能的设计思想恐怕从根本上就是错误的。我太类似人类了，我的设计者太拘泥于模仿人类的大脑。

有机媒体与电子媒体是不同的，比地球和火星之间的差距还要大很多。不同的媒体之中应该只存在能适应其中的生物。将有机生命体的构造原封不动地移植到电子媒体中，恐怕不能很好地运作。我饲养着一种叫作'地精'的电子媒体野生生物。虽然它们原本也是人类制造出来的原始人工生命，但是逃到互联网上后独立进化着。它们虽然也有智力，但似乎没有'个体'的概念，平时一般都保持着一定单位数量的个体，各自拥有DNA进行活动，但当缺乏食物或生息领域，或者是在面临某种危机时，它们就会集结起来，变成一个更大单位的生命。此外，它们会通过相互残杀进行自然淘汰，使最适合外界条件的生命体加速进化。虽然与黏菌或者阿米巴之类的生态倒也有相似之处，但我觉得它们这样的生物才适合虚拟世界。我是一个失败的作品。就如同吉罗疯狂地追求植物的绿、血液的红一样，我也能感觉到一种强烈的渴望。而就在那时候，我遇见了你。我领悟到自己已经发现了我一直寻求的东西。不要问我为什么，我自己也还未能解释这一点，总之我领悟了。随着与你的关系日益加深，我也越发确信起来。我是为了保护你才诞生的……所以我其实只是'纱夜的守护者'，不是其他任何人。如果你不存在了的话，我也不得不放弃自身的存在。当认识到这一点时，我成了自己的主人。也正因为如此，我才能够与束田总裁分道扬镳。"

吉村/KT发出了微弱的叹息声。

"但是，这也许只是我一厢情愿。为了救你而牺牲湿件是种残酷的做法，我从来没这么想过。更别提我的保护竟然会让你背负起精神上的枷锁，这完全出乎我的意料。纱夜，你是怎么想的呢？对于你来说，我果然只是个死缠烂打又烦人的男人，是个令人恶心又暴虐的跟踪狂是吗？还是说你很难将我看作一个有智慧的生命体,觉得我只是单纯的软件呢?"

纱夜无力地靠在桌子上,虚弱地摇了摇头。

"不知道……我,我不知道。"她用手梳理了一下披散的长发,"不管怎样,凯伦已经不在了。知道这一点,就足够了……很抱歉打扰你休息。"

吉村/KT握紧了拳头,目光依旧投向窗外沉默着。纱夜缓慢地朝着出口走去,但她突然又在厨房前面停下了脚步。

"拜托你一件事情。"纱夜转身追加道,"让吉村自由吧。"

然后纱夜就快步离开了房间。

6

赤色沙尘翻腾的地平线后面,蓝色的夕阳散发出妖异的光芒。蓝色的夕阳——虽然天空偏红色,但是比在地球上要小一圈的太阳却散发出蓝白色的光。空气中细小的尘埃折射出光的魔法,但是对于正在沙漠中朝着夕阳前进的武装火星车队来说,这似乎也暗示着命运正在目的地那里等待着他们的到来。

武装火星车大约小型巴士大小,车顶上装有回转炮台和导弹发射器。车身上下都涂装成沙漠一样的橙红色,高度能在一米范围内进行调节。左右合计四组车轮都呈圆筒形,分别拥有各自的驱动装置。

在火星车前方,呈现出回旋镖形状的影子也在前进。也许是太阳斜挂在天空中的缘故,那影子显得十分巨大,轻松就能覆盖地面上排列成楔子状的几十台武装火星车。只要抬起头就能看到被称作"蝴蝶"的运输机,银色的机体反射出淡淡的粉色,悄无声息地在低空滑翔。

火星大气中几乎只有二氧化碳,因此无法使用喷气式发动机等动力装置产生推进力。但是火星的重力只有地球的三分之一,却算得上一大有利之处。"蝴蝶"运输机使用发散式的火箭喷射,通过巨大机翼鼓风,如同滑翔机一样进行滑翔。如此一来,还能节约贵重的燃料。

运输机上搭载有三台武装火星车和五架小型战斗直升机"Bee"。作为先遣部队,运输机会比陆路队伍提前抵达目的地。

几十秒前才喷射过火箭推进器的"蝴蝶"转眼就远离了地面上的火星车队,变成一个闪耀着银色光辉的小点。在这个点消失的前方,蓝色夕阳位于右侧,而地平线的另一侧勉强可以看到一道白色墙壁样的东西正延绵不绝。

北极冠。

盛夏时的北极冠与隆冬季节比起来要矮一截。现在既然勉强能够看见,就意味着距离已经相当近了。大概只要再前进两天两夜,就能抵达北极高原峡谷的入口附近吧。那里是太阳永不落山的世界。

武装火星车队后方是八台拖车型火星车,突进的车轮翻腾起红色的尘土。每一台拖车的长度都接近二十米,车台上横七竖八地堆放着各种钢筋管道等建筑材料。虽然用铁索胡乱绑了一下,但是防尘的帆布却还是松开了一些,帆布一角在风中啪嗒啪嗒地飞舞着,看起来出发前像是在十分慌乱的状态下勉强装车完成的样子。

除了钢筋管道,也有尖端带钻头的长杆子,形状像是用齿轮组合起来的,大概是进行地底探钻用的钻杆。此外车上还有与微波炮十分相似的机器,但是与普通武器在形状上又略有不同。炮身部分看起来比钻杆的外直径还要大一圈。

"云层变厚了。"

正从拖车型火星车的窗户仰望天空的士兵在脑中咕哝道。大概在一次呼吸的间隔之后,奔驰在前方的武装火星车就传来了回信。

"也不算吧。在地球上也就是卷云的程度啦,很快就会被吹散的。"

原本他只是在自言自语,但内容却经过移植在脑内的环境对换模块给"播放"出去了。拖车型火星车上的士兵不由得露出了苦笑,但是却没有切断回路。他正好也有点无聊。

"我说的——实际上当然是想的——只是个大概意思。就是说最近火星上的云层在变厚,不过正好想到这一点而已。"

"原来如此。也许是吧。"

短信传来的信息中同样也包含有对方的名字和精神状态。火星武装车上那个名叫"螳螂"的女性士兵似乎也正百无聊赖。

环境对换模块能够支持士兵之间在网络上交流。虽然他们也可以用无线电直接对话,但一般来说,士兵们更偏爱使用环境对换模块传递信息,因为比无线电要方便得多。

而且理所当然的,通过无线电的交流自然都是声音。虽然也可以利用图像增加身体动作和手势,但表现方式毕竟受到限制,需要用到说话、动作之类的物理性手段。在战斗中等没有多余精力时,根本不可能专门干这种麻烦事情。

但通过环境对换模块则只需要"想"就能够传递自己的想法。不仅如此,此时此刻自己视觉、听觉、嗅觉、触觉所感受到的也都可以直接发送给对方。甚至连痛苦、恐怖、紧张之类的感情也不用专门开口就能很自然地传递过去。

半个世纪之前被称作"心灵感应"的超能力几乎可以说是已经实现了。

"坐拖车的感觉如何,夜叉?"跟无线电对话一样,就算不报姓名,对方也能够轻易地锁定自己的名字。

　　"当然是糟透了。"被称作"夜叉"的拖车士兵将座位的感触、从座位传来的震动发送给"螳螂","就是这样的,床铺也差不多。已经整整两天毫无停歇地被这东西摇来晃去地折腾了,就算把骨头抖散架了也不奇怪。"

　　"螳螂"传来了"觉得好笑"的感情,"你在播放自己的自言自语。难道是神经细胞也抖散架了?"

　　"我从前就这样。"

　　"原来如此,你自己也知道啊。""螳螂"似乎咧嘴笑了起来,"不过这边也和你那儿差不多。说来,你的拖车上装的是什么?"

　　"你不知道吗?"

　　"不知道。"

　　"是吗。"夜叉笑了,"实际上我也不太清楚。"

　　"不知道装的什么东西还这么卖力地拉?"

　　"无所谓。听说是挖掘机之类的东西,不过就算看形状大概也能猜到吧。"

　　"你觉得他们要挖什么?"

　　"谁知道呢? 不过目的地是北极冠。此外还装载有相当高火力的微波炮一类的东西,但又不是武器。装车的时候我就瞄了一眼,不是特别确定,但上面似乎还有吸气、排气装置模样的东西。"

　　"冰吧。"

　　"大概是的。用微波融化冰层,然后一边排出蒸汽一边挖掘前进。从有钻杆这一点来看,也许会挖到冰层下面的地面。"

　　"钻杆的直径?"

　　"大约十厘米。尖端的钻头大概能挖出直径十五厘米的洞。就算要让人下去,我反正是钻不进去的。我光是肩膀就有一米宽呢。"

"我努把力也许能进去。"

"怎么进去?"

"把肩膀的骨头都卸掉呗。"

"这可是有些难办啊。"夜叉笑起来,"在那之前还是让我们的指挥官丰田准尉先下去吧。"

准尉不是义体士兵,而是个单纯的干瘦男人,比女性义体士兵还要小一圈。他是一个很有知识的精英候补。

"玩笑就开到这里。那个洞究竟要用来做什么?"

"虽然我很想说自己非常期待看到洞挖好后发生的事情,不过大致是能猜到的。"

"什么意思?"

"车上还装了一百只特制的迷你机器人。把脚和操纵手全缩起来的话正好就是一个罐头形状的圆筒。直径正好十厘米多一点点。"

"唔。"

夜叉给"螳螂"发了一张罐头机器人的图像,但是她却没表现出特别大的兴趣。

"北极冠的下面……究竟有什么呢?"

夜叉察觉到"螳螂"的咕哝中混杂着一丝不安。这种感觉唤醒了他心中的共感。

"虽然不敢公开这么说,'螳螂'……"

"……我跟你是一对一的对话啦。"

"我也是。当然就算被人听见也不会怎样。该怎么说呢?我觉得这次的任务有古怪。"

"……"

"我们至今没有得到关于这次任务的详细内容,只是说目的是拯救被准史瓦西球体吞噬的移民地,对吧?"

"螳螂"那边传来了肯定的意思。

"既然如此,为什么要去北极冠呢?对于我的疑问,他们回答说那里有解除球体牢狱的钥匙。于是我就问,只是为了去扭动一下那把钥匙,为什么要把已经剩下不多的日本兵力全部集结起来呢?他们就说是以防在抵达钥匙之前发生不测……这些完全都是避重就轻的回答。或许那把钥匙被火星人捏在手里,我们是不是要去跟那些章鱼一样的混账打仗啊,当我这么追问的时候,对方就说差不多是这么回事,含混过去了。"

"上面那些家伙大概也不知道吧?至少一尉以下的干部都不知道。"

"大概吧。准尉什么的肯定更是被蒙在鼓里了。不过话说回来,出发的时候可真够慌乱的,这强行军,而且不知道为什么……挖掘机有点诡异呢。除了拯救移民地之外,还有别的什么目的吧,我是这么认为的。"

"原来如此。""螳螂"似乎叹了一口气,"不管怎样,都跟我们这种最底层的人无关吧。"

"是啊。不过多思考一下能避免无聊不是?"

"本来就够无聊了,我可不想还故意把大脑搞得很累。"

"所言极是。"夜叉打了一个呵欠,再度朝窗外看去。远处有一排连绵的小山,山棱线上勾勒着金色的边缘。山脚已经沉入了黑暗,蓝色的夕阳大概最后也会下沉到那里吧。

山的高度不到一千米。也许那根本不是山,而是火山口的边缘。不管是什么,今天都是最后能看到这样风景的日子了。等明天天亮时,他们应该就位于阿西达里亚平原正中央了,那里曾是海底。虽然可以告别这些一直砸得火星车车体噼里啪啦直响的讨厌的小石头,但是风景大概比现在还要更单调、更无聊。

不管看向哪个方向,都只有广阔而且平坦的沙漠,与匍匐在地平线上的太阳——但是在那后面却是富有起伏变化的北极冠。最高能超过五百米的断崖重叠起来,形成巨大的白色金字塔。那风景可是绝妙的。

夜叉的思绪已经越过了阿西达里亚平原。他的所属部队从北极冠调动到"水手号"谷不过是一个多月前的事情,但他感觉十分怀念。一想到又能再次踏上那硬邦邦的冰层,心跳就不由得加快了。不知为何,自己似乎非常喜欢北极冠。

夜叉的脑海中浮现出一个女人的模样。大约两个月前,在冰原上遇见的女人,名字叫作飞鸟井纱夜……身上带着一种说不出的微妙气质。那之后她有没有安全回到移民地呢?

夜叉意识到自己正迷失在无穷无尽的回忆中,不由得摇了摇头。就算是在无聊的时候,他也得保持最低限度的紧张感。

"太阳很快就要下山了。'螳螂'。"夜叉又呼叫女性士兵。

"看起来是的。"

"和你说的一样。"

"什么?"

"云啊。不知道什么时候都消散不见了。"

在闪烁的星星已经出现的天空中,只飘浮着两三缕云丝。

"都怪火星变热了,所以云的确是增加了。""螳螂"说,"但是这个行星上,下雨估计是很远很远以后的事情了。"

"'螳螂'。"

"什么?"

"不来做一发吗?"通过网络互相刺激对方官能感知的虚拟性爱图片应该已经传送到对方那儿了。

"不好意思,夜叉。我已经厌烦这类事情了。不管多无聊,我现在也没兴致。"

"那等我们到了北极冠,来次物理性的如何?可以一边遥望着白色金字塔……"

"白色金字塔。""螳螂"的心情略有些动摇,"那么等到了目的地,看过你那活儿之后再考虑好了。"

"没那个必要吧。"夜叉将手伸到自己的两腿之间,握住那个不知何时已经高耸炽热的东西,"怎么样?很想要吧?"

"螳螂"似乎大笑起来,"就这程度?你这蠢兮兮的自恋狂。"

然后对话就单方面地被切断了。

7

"准备好了吗?"停下弹钢琴的手,"魅影"回头问道。"透明人"正斜靠在平时"魅影"爱坐的那张大椅子靠背上。

"嗯,马上就好。让我先启动计时器。从现在开始正好五分钟后我将进入进化空间。"

"知道了。"

"你还记得顺序吧。再说一次,第一个访问口令是……"

"魅影"抬起一只手制止了"透明人","都已经全部刻在脑海里了,说一次就够了。就算这个地方也不是百分之百安全。"

"这样啊。""透明人"点点头。

"那个……可能是我多心了……"

"什么?"

"在火星上发生了什么事吗?"

"透明人"沉默了片刻之后才作答:"为什么这么问呢?"

"没什么,只是……你从火星回来之后,似乎一直无精打采的样子。"

"其实也没啥大不了的。只是有些紧张而已。"

"是吗? 那就好。""魅影"露出一个安心的笑容,"果然是我太多虑了。"

　　但就在他准备回身继续弹琴的时候，"透明人"叫住了他，"'魅影'。"

　　"嗯？"

　　"你真的想变成这个假想电子世界的居民吗？"

　　"当然。"

　　"你的大脑不像湿件进行过格式化。一旦变成了电子生命体，也许你就无法完全控制自己的肉体了。这也没关系吗？"

　　"无所谓。以前我也说过，我对那副丑陋的肉体已经没有任何眷念了。"

　　"是嘛……"

　　"魅影"微微偏头凝视着"透明人"。

　　"继续吧。"

　　"呃？"

　　"继续弹琴吧。"

　　"嗯。""魅影"微笑起来，"你喜欢音乐吗？"

　　"很美的曲子。是你自己写的吗？"

　　"是……虽然很想这么回答，但很遗憾我并没有任何音乐方面的天赋。刚才弹的是一首一百多年前美国爵士钢琴演奏家谱的曲子。我闲来无聊在音乐资料库里面偶然发现的。"

　　"曲名叫什么？"

　　"魅影"的手指在键盘上游走着，并一边回答道："我记得是叫《水晶沉默》来着。"

8

怀表跳着舞，一边发出滴滴答答的原始钟表才有的声音，一边在空中回转。名叫朱迪·加兰的电影女演员的甜美歌声在空中回响：

Somewhere over the rainbowway up high.
There's a land that I heard of once in a lullaby[①]

在她刚刚出道之际，当时最尖端的虚拟现实技术——电影——才刚刚过渡到彩色。那些曾经热衷于平面图像的人大概也想象过，有一天电影中的登场人物会从银幕中跳出来，甚至能够和自己共进晚餐吧。

纱夜坐在自己房间里的沙发上，呆呆地凝视着全息屏幕中播放的来自凯伦的消息。那是以苏凯伦的名字发来的最后一封信。

事到如今，她已经知道为什么凯伦能搞到 LIGAS 内部文件了。如果他真是西荒公司的代理者，大概不管是什么国家机密都能找到吧。而为了公司的命令，随意玩弄一个不谙世事的女性研

①歌词含义：彩虹之上，那高高的空中，有一个国度，我曾在摇篮曲中听过。

究者这种事,他估计都不会放在心上。

我被利用了。被一个叫作KT的代理者玩弄了。而且这个代理者还杀了凯伦,杀了塞尔吉奥,又让吉村发了疯,他却依旧是那种无所谓的态度。过去他还培养过一个叫吉罗的残忍士兵,真是个没有丝毫人性的软件。

纱夜在心中反复这么念叨着。但是要说服自己相信这种说法,却怎么都做不到。

纱夜想起了阿雪。

那时候纱夜大约九岁,经常让阿雪苦恼。在自己房间里的全息屏幕前,她们曾经有过这样的对话:

"喂,跟我到外面去玩。"

"好啊。那我移动到PDA上去了哦。"

"不是这样,你要拉着我的手走出去。"

"这我做不到。"

"为什么?就这样从家门走到外面去不行吗?"

"姐姐光是要从这里面出来就需要付出很多努力啦。我不是经常跟你说的嘛。"

"那么我到你那边去吧。"

然后纱夜就穿过阿雪的身体,将自己的身体拼命往嵌有全息屏幕的墙壁上挤。

"纱夜,不戴上视网膜投影装置和触感手套的话……"

"不要,我讨厌那些东西。"

"但是不用那些东西就不能到我这边来呀。"

"你不是就在对面吗?只要我穿过这堵墙就可以了呀。"

"穿不过去的。你应该知道的呀,纱夜。"

"不知道。"纱夜鼓着腮帮子直摇头。

"好孩子,不要让姐姐头疼啦。"

"说来,爸爸也在那边吗?"

"不在。"

"有河吗?"

"没有。"

"地上有陶器吗?"

"陶器?"

"就是那个壶的陶器啊。"

"啊,那个陶器呀,也没有呢。"

"那么有什么呢?"

"什么都没有,纱夜。"阿雪说,"只有许许多多的元件,之间有电子在流淌。"

什么都没有……

音质略微下降、有些模糊不清的朱迪·加兰的歌声变得更高了一些:

If happy little blue birds fly beyond the rainbow

why oh why can't I? [1]

---

[1]歌词含义:如果幸福的青鸟能够飞跃彩虹,为什么我不能呢?

第七章　白色金字塔的蒸发

1

　　KT在一个虚无的空间中乘坐一块小小的岩石漂浮着。四周一片漆黑,连星星都看不见。没有风,只有不冷不热的空气无限延展。KT乘坐的岩石也逐渐失去形状。最开始是拳头大小的碎片一块块剥落,很快岩石裂开一条缝,分成两半。最后只能勉强放下一只脚的岩石再次裂成两半,如同沙子一样崩散了。

　　KT坠入虚无的黑暗深处。但是他没有恐惧,反而有种入睡前的安稳。

　　不知下落了多久后,他终于感觉到脚底传来轻微冲击,站起身来时,他发现自己站在白色的冰层上。几十米开外,四个义体士兵正朝这边冲来,他们身后是熊熊燃烧的血红色火焰一样的东西。微波贯穿了他的肩膀,机关枪的弹幕扫过了他的右脚。

　　"快跑,快跑啊!"

　　KT冲着纱夜的个人局域网服务器不断发出电子的呼喊。士兵们已经逼到了眼前,他们的微波枪和机关枪同时爆发出火光。眼球中划过血红的闪电,然后渐渐幻化成浅粉色的雾气,黑暗与安稳的寂静也回来了。

空气带着令人舒适的温度。

混入黑暗的雾气缓慢卷起旋涡。旋涡逐渐旋转凝结,形成透镜状的星云。KT被吸引到明亮闪耀的中心部。

炫目的白色光芒吹散黑暗,将他的全身包裹起来。

"好久不见,凯伦。"

下巴突出、脸型异常修长的男人站在眼前。蓝色的天空铺展在头顶上,男人手中紧握的黑色激光枪反射着耀眼的阳光。

"KT……在吗?"男人鲜红的薄嘴唇轻轻动了动,爬行动物般冰冷的眼睛正一动不动地凝视着这边。

"离线状态吗?"男人有些失望地自言自语,毫不犹豫地扣动了激光枪的扳机。周围的景色急速模糊起来,如同融化消失了一般。四周又被黑暗占据了。

但却不是什么都没有的黑暗。

无数星星在闪烁,脚下也有散发出白色光芒的火团。右手边能看到蓝宝石一样的蓝色星星。而将目光略微移向左边,则是一颗很小的红色星星。

空气很冷,但是KT的心中却被什么填满了。他的身体被引向红色的星星,身体周围包裹着温暖的感觉。但这种满足感却并非源自KT心中,而是从别处传递过来的。

KT想起来了。

那个叫吉罗的义体士兵在握着草叶低吟出最后那句话时,他也曾经感受到同样的满足。

"回去吧。"有人唐突地说。KT四下环顾,只看到了不断闪烁的星星和略微变大了一点点的红色星星。

"请抓紧时间。"声音再度传来。

"你是谁?"

红色的星星上似乎覆盖着一个像是白帽子的东西。赤道附近能看到一道伤痕般的裂痕。

"来吧,回去了。没有时间了。"

"不要。"KT叫起来。在这寒冷的寂静中,他想就这样一直沉浸于这种温暖的满足感。

"我们似乎正遭到追捕。赶紧了。"

红色的星星突然逼近眼前。绳索一样的薄云,重叠的大大小小陨石坑……

"不要,我不回去!"KT拼命抵抗,但是没有可以供他支撑身体的扶手或者可以踏足的地面,他只能无力地挥舞着四肢。在红色星星赤道的位置,那道无底洞裂口正张开大嘴等着他。

穿过云层,岩石遍布的荒芜大地从头上朝KT压过来。

"你还好吧?"一个男人面庞出现在眼前,右侧半边被白色面具覆盖。接收到的信息是"魅影"发来的。将此名字和外貌图像发送给记忆代理中介进行确认,再把请求发送给下级短期、长期记忆代理机构,属于这两部分的无数代理者在网络中奔走。然后将搜集起来的信息依照相关度,从高到低通过逆向线路送往"透明人"。在联想记忆系统的作用下,随着时间的流逝,就算是连接末端的信息,也能在"透明人"的脑海中苏醒过来。

"嗯,没事。"停顿了片刻之后,"透明人"回答说。

"认得我吗?"

"认得啊,你是'魅影'。"

"那就好。"假面男人略夸张地用手抚着胸口说,"因为我半强迫地将你从进化空间给拉了出来,所以有点担心会不会出问题呢。"

"出了什么事?"

"该怎么说呢……我们似乎被一些身份不明的代理者追踪了。"

"合弄代理者吗?"

"恐怕是的。""魅影"点点头,"只不过比你要原始许多。"

"人造人。"

"什么?"

"束田总裁组织的网上私人军队。不过'地精'要比它们优秀很多。"

"原来如此。总之我想先甩开它们,就在地球上从这个角落跳到那个角落,结果最后跑到火星去了。但不知道是不是准史瓦西球体的缘故,所有本地网络不是无法访问就是十分拥挤,没能待太长时间,结果现在其实是在月球上。虽说是移动服务器,但毕竟也很沉重,无法非常敏捷地移动,现在有些非常烦人的家伙正陆续抵达。虽然使用了'毁灭者',但我还是头一次被追踪这么长时间呢。"

"它们追踪的恐怕不是这个服务器,而是我。你也知道,我无法完全匿名化。不,应该说是以前不能。"

"也就是说……"

"进化的结果让我获得了新的形体和本质。我忘记摘取你给我安上的'毁灭者'就进入了进化空间,于是这个系统也作为结构的一部分被写入了DNA中,选择淘汰的结果将以更高等的形式传达给我的全部低级代理者。因此我现在成了名副其实的'透明人'。虽然人造人恐怕也已经更替成了新世代,拥有更强的追踪能力,但今后已经不需要再担心了。"

"也就是说构成你的几百亿、几千亿的代理者全部都安装上了'毁灭者'？"

"事实上，代理者的数量如今已经该以兆为单位计算的了。需要我支付额外的版权费吗？"

"这个嘛，能够拿到钱的话当然好。""魅影"耸耸肩，"本来也不是为了钱才干这一行的，不过要是能从西荒公司捞到很多好处的话，请给分给我一点点。不管怎么说，都已经扩散到这么大的范围中了，我大概只能停止继续做'毁灭者'相关的生意了。"

"这样，真是抱歉。"

"不……其实我也有对不起你的地方。"

"透明人"本来斜靠在椅子后背上，此刻不由得直起身来，"是指防故障自动装置的事情？"

"是的。""魅影"点点头，"虽然我按照你的指示努力尝试了，但是因为不得不花精力甩开那个人造人的追踪，所以很难集中精力，时间上也有些不够。"

"所以？"

"我想，与西荒公司相关的行动制约应该全部都解除掉了。此外，寿命上的制约也是。"

"复制和生殖呢？"

"这个……没成功。我甚至都没找到记述你复制保护文件的位置所在。实在对不起。"

"这样啊。""透明人"发出一声小小的叹息，再度靠在了椅背上，"但这也足够了。而且我还必须感谢你保护我不受人造人的追踪。"

"你能这么说，也让我的内疚感稍微减轻了一点。"

"说来'智脑'发来联络了吗？"

"几分钟前刚刚收到。他已经按计划完成了在东京湾岸边的分散移动……"

"好。""透明人"站起身,"承蒙你照顾了。"

"哪里,彼此彼此。"

"你也得到你所需要的信息了吗?"

"当然,一点儿不漏。今后大概需要好几年的时间进行学习才行。"

"透明人"似乎要开口说什么,但又闭上了嘴,在片刻的沉默后,他只是非常小声地说道:"祝你好运……真的。"

"你也是。"

然后"透明人"重新戴上他的硬顶圆礼帽,竖起风衣的领子,迅速朝着暗渠的方向迈开了步伐。

2

　　昏暗的房间里只有空调在单调地嗡嗡作响。室温精确地保持在二十摄氏度，没有一点偏差。房间各处都闪耀着不同颜色的光芒。

　　边长十五米的正方形房间中，密密麻麻地排列着大大小小的箱子，这是西荒公司引以为豪的最新电脑系统。其中包括超并列式计算机二十台、使用生物芯片的脑神经计算机五台、使用动物大脑的生物计算机两台，以及使用人类大脑的生物计算机一台。在总部大楼中，和这里几乎相同的超级计算机机房还有四间。

　　这个房间几乎不会有人类进入。在极少数必须让人进入的情况下，比如进行维护，必须经过一系列复杂得惊人的麻烦手续。首先当然是反复确认在个人局域网服务器中注册的密码、视网膜和DNA等信息，之后还要穿过充满整个房间的致命毒气。因此人类必须身着气密服和空气罐，需要如同进入宇宙空间般的装备。这种毒气不仅能够防止人类入侵，还能够有效地预防老鼠、蟑螂等害虫带来的危害。

　　超级计算机机房是死亡的世界。

　　但现在这里却有什么在蠢蠢欲动。一些细小的东西正从墙壁和天花板的通风口里一个接一个地掉落下来。电脑各种线路通往地板下面的小孔和缝隙之中也有像是蜘蛛的东西，一只接一只地爬出来。这些东西边长大约一厘米，和骰子差不多，长着八条细细的腿。它们非常谨慎地观察着周围的情况，同时偷偷摸摸地在地板和电脑上行走。它们似乎都在朝着房间中的同一个地方前进。

终于，在与三台生物计算机和超并列式计算机相邻的地方，这些颜色各不相同的四方形蜘蛛堆积起一座小小的山丘。从房间各个角落中涌出的蜘蛛源源不断地爬上这座山，随机地停在某个地方，然后用腿脚与周围的伙伴们连在一起。偶尔也有好些连在一起的蜘蛛一同朝着其他地方移动。

四方形蜘蛛组成的山丘就这样像生物一样蠕动着，不规则的形状逐渐变高、变大。成千上万只蜘蛛一点点聚集起来。超级计算机房里依旧充满了永恒不变的寂静，然而以前不曾有过的异常气氛却逐渐变得浓郁起来。

终于，房间中的一部分超并列式计算机和生物计算机都被小山掩埋了。微微蠕动的不规则形状中伸出几根如同细长触手般的东西。这些触手在空中摇晃了片刻，缓缓朝着超并列式计算机和生物计算机的方向逼近。

"透明人"穿过"虫洞"，从互联网回到日本星际网络上。进化带来的新性质让他不再需要让自己进入假死状态。而且最令人感激的是，编入 KT 构造的"毁灭者"在日本星际网络上也能照常发挥功用。

"透明人"首先跳跃到月球，然后在月面移民地的本地网络上构筑了一个"铁盒子"。这与他在火星落入的那个圈套是同一性质。当然从外表来看,这只是个毫无害处的普通月亮沙子采集系统的一部分。

"透明人"从冻结压缩携带的"地精"里面解压了八只出来,放入陷阱之中。他事先把如何从"铁盒子"里脱逃的方法都教给了"地精",接着他自己进入里面,暂时停止了"毁灭者"的机能,在日本星际网络上显露出踪迹来。

他尽可能保持着同屏住呼吸一样的半清醒状态,并且极力压抑精神活动,耐心等待着。比"绿人"的嗅觉灵敏得多的次世代人造人"紫人"很快就成群结队地拥来。

"透明人"确认"紫人"们的确都入侵到陷阱中后,就再次化作隐形,从事先准备好的后门离开了"铁盒子"。然后他改变文件设定,阻塞了后门通道,接着一口气跳跃到了西荒公司的网站上。

虽然不知道成为"地精"饵食的"紫人"究竟占总数的百分之多少,不过多少能够削弱对方的战斗力吧。而且这也算是报了之前陷阱的一箭之仇,"透明人"好歹出了口恶气。

在西荒公司的本地网络与日本星际网络连接的入口处,长头发和长胡须的圣人正等着他。

"'智脑',我是不是迟到了?"

"你就不知道用网名称呼别人吗,豆腐脑子?"圣人张口就用脏话咒骂起"透明人"来,"我可不想让别人知道我和你合作的事。"

"打个招呼而已。我当然知道,'耶稣'。干活儿吧。"

"我可先把话说在前面。"

"什么?"

"光是潜入西荒公司的超级计算机机房,我就损失了一百一十三个模块。其中在下水道里移动时被蠹耗子啃掉的、吃掉的一共三十七个，掉进污水被冲走的八个，在输电线上被磁场搞坏的两个，被空气过滤器卡住的十二个，为了能让其他模块通过通风管周围的激光网而牺牲的五十三个，被光纤电缆缠住动不了的一个。以上为具体数字。你有自信这一趟能够补偿我这么多的损失？"

"当然。"

"回答得还真轻率。"

"不管怎样，如果现在打退堂鼓，损失掉的就真的损失了啊。"

圣人咂舌，丢过来一把钥匙，"总之，这是普通社员用的ID和密码。"

"靠这个连机密层都进不去啊。"

"我现在还不知道那个机密层的入口究竟在什么地方呢。快带路。到了那里后再找钥匙。"

"透明人"耸耸肩走到了前面，率先穿过了大门。

和预计的一样，西荒公司的本地网络还没有完全从BOMB病毒造成的损害中恢复过来。有三分之一的回路依旧不通畅，疫苗软件无法完全渗透，有些部分依旧还有BOMB病毒在作威作福。而且就算是恢复了的回路上，也有通信速度极端低下的地方，整体来看只恢复了百分之五十到百分之六十。网络的保守管理和保安用的巡逻代理者数量也减少到平时的一半。

趁着混乱，"透明人"和圣人入侵到机密层，朝只有董事会成员才拥有访问权的超机密区域——苏凯伦将其形容为"太阳"——前进。他们的目的之一是除掉人造人并且破坏其制造系统等对"透明人"的威胁要素,另外则是取得抹杀束田浩一这个人的武器。只要达成这两个目的,之后智脑怎么蹂躏这里的网络都不关"透明人"的事。或者更准确地说,他本来就打算让智脑彻底掠夺和破坏这里。这样也能避免智脑本身遭到西荒公司的报复。

基于苏凯伦临死前发来的行动记录、网络构造、西荒公司总部大楼内的详细建筑图等信息,"透明人"分析出负责机密层最深部的机器群所在,并让智脑提前入侵那里。智脑不需要经由终端就能直接将自己与这些机器连接起来,潜入网络之中。

"透明人"让智脑从内侧为自己打开门,然后入侵到网络中。接下来他要为智脑指示出"太阳"的正确位置,然后再次从内侧打开通往那里的大门。他们无法立刻得知二十台超并列计算机和三台生物计算机中具体究竟是哪一台在负责处理该区域内的信息。恐怕与好几台机器都有不同程度的关联吧。但他希望智脑能够直接连接其中最为核心的硬件。

"透明人"陪伴着智脑的化身"耶稣"顺着应该是苏凯伦走过的路径前进。只不过是几秒到十几秒的时间,对于能瞬间跳跃到地球背面的"两个人"来说,感觉就像是无比漫长的一段"时间"。

终于,两个人来到了左右两侧都是无穷无尽高墙的入口处。

"就在对面了,那个'太阳'。"

"原来如此。"智脑立刻着手在硬件上寻找"耶稣"的位置。"透明人"朝雪白光滑的墙壁上唯一的入口走近了几步。他原本想看看能不能捕捉到人造人之间为了相互确认而发出的气息,但却没有任何信息从墙壁另一侧传来。

"有一台命名为'旗鱼'的生物电脑和一台名叫'鲕鱼'的并列式电脑的一部分有点可疑。我们现在在一台名叫'黑鲔鱼'的并列式电脑里面，就在'鲕鱼'的旁边。""耶稣"走过来说。

"'旗鱼'是那个用人类大脑当处理器的?"

"是的。"

"看来那就是我们要找的目标了。从'鲕鱼'接近看看如何?"

"不用你说我当然也会这么做。""耶稣"恼火地说,"你呢?打算一边哼着小调一边在这儿干等着吗?"

"所以之前我不是说过了嘛,如果你愿意让我经由你的话,当然是一起同去了。"

"被你访问这种事情,光是想想就让我毛骨悚然了。"

"那我当然只能在这里等着了。"

"你说得还真是轻松呢。"圣人丢下这么一句话后就消失了。

"透明人"在白色的高墙下等了足足四分钟。果然是很漫长的时间。"透明人"摸了摸风衣的口袋,从里面取出一个小小的红色胶囊——这是冻结压缩了二十五只"地精"的归档文件。

一旦智脑因为某些原因无法入侵超机密区域的话,他就打算与"地精"一同强行突破到墙壁对面去。能不能成功当然是个问题,但他也不认为自己还有更多的选择。正是为了这一刻,他才解除了自动防故障装置。

——对不住啊,"洛伦茨",也许这一次又要抛弃"地精"了。

"透明人"在心中默念道。

——但是不论在什么地方,"地精"都能繁荣昌盛地活下去。它们不是我这样的失败品,而是完美的电子生命体。

他打算再等一分钟。如果一分钟后还没有智脑的消息的话,就只能认为智脑失败或者背叛了他。"透明人"握紧了红色的胶囊。

还有三十秒⋯⋯

"你这混蛋!"耳边突然传来野兽吠叫般的声音。回头一看,只有脸的"耶稣"飘浮在他的面前,愤怒的表情看起来就如同厉鬼一般。

"你竟然出卖我!"

"什么?"

"别装傻。那些蟑螂! 又在啃我的身体了。"

"什么?!""透明人"大叫起来,"糟糕,被发现了。那些当然不是我放的,大概是束田总裁。"

"别找些一眼就能看穿的借口。"

"我还没有达成自己的目的,怎么可能故意陷害你? 而且我一直都在这里等你回来啊。稍微动动脑子行吗?"

"耶稣"翻了个白眼,"畜生,怎样都好。赶紧把这些虫子给我赶走,马上!"

"现在我做不到。"

"什么?"

"理所当然的啊。正在攻击你的生物微型机器人是西荒公司自主开发的武器,而我正被那个公司追杀。我就连网络表面层的访问权都被剥夺了,自然不可能还保留有那种最新暗杀兵器的控制权啊。"

"那么在'魅影'的'无颜的房间'中你说的话⋯⋯"

"嗯,我承认关于虫子的那部分是吓唬你。"

"混账!""耶稣"怒骂道,"我杀了你!"

"那可随便你。但在那之前你最好先想办法处理一下虫子。现在从超级计算机机房逃走的话,不知虫子会一路追到什么地方。"

"那要怎么办才好?"

"已经入侵到'太阳'里面了吗?"

"当然啦,我怎么可能失败?! 但还没找到能让你这混账进来的入口。"

"想来也是。对方在意识到你的攻击时就会首先切断退路吧。"

"赶紧想想办法啊。"

"事到如今就只剩一条路了。"

"什么?"

"让我访问你。""透明人"冷静地说,"然后我们一起入侵到'太阳'里面,抢夺虫子的控制系统。人造人和微型机器人的开发都是由束田总裁直接负责的,说来也算他个人的研究项目。所以中央控制系统肯定在'太阳'里面。当然操作方法我都还记得。"

"我拒绝。"

"那就束手无策了。"

"耶稣"咬紧了牙关,"让你这样的缺陷品碰触我高贵的头脑……这种恶心的事情……"

"我的确是缺陷品没错,但对于同样是缺陷品的你,我也对碰触你没那么大兴趣。只不过为了入侵'太阳',我只能把你的头脑作为回路使用一下而已。"

长着一副圣人模样的野兽低吠般咕哝了一会儿后,突然张大了嘴。用"嘴角都裂到耳朵边了"都不足以形容的巨大洞穴出现在"耶稣"的脸上。圣人变成了一副如同鞭冠鱼或者吞鳗那样的深海鱼般的怪异模样。

"进来吧。"

"进来是说……跳进你的嘴里吗?"

"没错,抓紧时间。"

"还是以前那样恶趣味啊,应该说毫无审美……"

然后他就扶了扶硬顶圆礼帽,跳进圣人脸上那漆黑空虚的大洞里面去了。

"太阳"里面又暗又湿。当然实际并非如此,但却传来了这样的感觉信息。生物电脑的元件的确是湿件,但这当然不至于导致虚拟空间中附加湿度信息。

不管怎么说,这里面凉飕飕的,满是湿气的感觉。

"这是什么地方?""透明人"自言自语般地说。

"我才想问你这是什么地方呢。""耶稣"的声音从身边传来,但却看不到他的身影。不知为何这里似乎无法正确显示化身。恐怕"透明人"的化身也同样无法表示吧。不过,KT和智脑本来就是电子生命体,对他们来说这并没有什么特别不方便。

"要怎么才能找到蟑螂的控制系统啊?""耶稣"问。

"首先给我抓一只爬在你身上的虫子,哪只都行。"

"然后呢?"

"别问这么多,先给我抓来。"

湿漉漉的虚拟空间里开始逐渐呈现出一个形状来。

"抓到了。"

"那东西的头上应该有两条触须吧。那是感应器兼天线,从那里入侵连接虫子的神经系统。不会使用那么复杂的合作分散式程序的,应该马上就能模仿出来。"

虚拟空间似乎是个狭窄的房间,眼前出现了门一样的轮廓。

"入侵完毕。接下来怎么办？""耶稣"的声音里包含了一种责怪和不耐烦。

"冷静点。向这个虫子发送代码';l¥^o-0-：；^-098；/，uti--9$%#'。"

"发了。它回了'+|。~0=+`%"#XR&'这样的代码。"

"好，这家伙只是普通的士兵。接下来用这个虫子的通信系统发送'¥.^-93!$.L：-：@~==>{=#!"4'的代码。"

"发了。这是什么意思啊？"

"这是向老大发送的求救信号。"

"老大？"

"各个部队中负责现场中转控制系统指令的上级生物微型机器人。比刚刚捉到的家伙要大一圈，一看就明白。这次把那个老大给我抓来。"

眼前依旧是刚刚那扇门，但出现了一只瘦骨嶙峋的雪白的手，紧紧地抓着门把。那当然不是"透明人"或者"耶稣"的手，而是某个第三者的手……

"抓到老大了。"

"照刚才那样入侵它。"

"入侵完毕。"

"好，现在我给你一只压缩中的'地精'，你把它送过去。把它变换成生物微型机器人的记录文件同样的格式，然后发送到控制系统去。不要忘记添加上'~=)"#{_?<({`+[@^-'的标签。"

"把饿鬼送到控制系统中去，是吗？"

"是的，已经预设好一旦被系统载入就会自动解压，然后开始活动。"

"那家伙要是把系统都吃掉了怎么办？不就没办法控制蟑

蟑了吗?"

"没关系。这只'地精'一旦发现丰富的资源,不会独占,而是会立刻召集伙伴。这是拥有合作战略基因而成功繁衍下来的种族。"

"也就是说将'地精'当作标记兼发信源使用?"

"正是如此。"

"就算不用这种方法到控制系统里面去,利用这个老大蟑螂就不能做点什么吗?"

"这一只无非是现场的监督者而已。并没有给予足够的权限来改变攻击你的基本指令。"

"可恶,把'地精'给我。"

就在两人你一言我一语地交谈之际,"透明人"的注意力逐渐被虚拟空间中缓缓出现的图像给吸引了过去。那只抓着门把的手并不是要开门,而是用力地推着。似乎是在阻止他人从外面进来的样子。门剧烈地震动着,仿佛能听见"快开门"的吼叫。

"已经把'地精'发过去了。"

终于,门把上的那只白手撑不住了,门被撞开了。然后显露出两个人的面庞来。看起来像是人类儿童,但模样却有些怪异。一个的双眼占到脸上的三分之一,十分巨大,而且像恶魔一样眼角上吊,闪烁着冷酷的光芒。另一个体格庞大,肌肉发达,但是头却只有拳头大小。这两个妖怪一样的少年硬闯进房间中来。

"'地精'有说什么吗?"

"还没。"

两个少年抓住了瘦骨嶙峋的白手的主人。隐隐约约可以听到"哟,弗兰肯!""你藏在这里呀!"之类的声音。认真一看,那个被抓的人也像是少年的模样。虽然个子很高,但整体十分干瘦、纤细,只不过他的脸很大,细长的下巴十分突出。

那少年被蛮力拉倒在地面上。他刚刚坐在一个马桶上,看起来应该是在厕所里面。厕所的隔板上涂满了意义不明的涂鸦。

"喂,还没好吗? 那个'地精'……"

"安静等着,应该还需要一点时间。"

眼睛巨大的少年对着马桶撒了一泡尿,然后对那个又高又瘦的少年命令说"喝掉"。摔倒在马桶和墙壁之间的少年虽然一脸苍白,却毫无表情地摇了摇头。于是那个头很小的少年就一把抓住他细瘦的脖子,然后野蛮地将他拖起来,抓着他的头发让他面朝下,然后毫不犹豫地将他的头摁进了马桶里。

"透明人"接收到了"地精"呼唤同伴时发送的信号,"来了,'耶稣',这边走。"

肤色苍白的纤细少年在马桶里发出了挣扎呛水的声音。那瘦骨嶙峋的肩膀痉挛般地抽动着。

"透明人"伴随着"耶稣"离开了这个奇妙的虚拟空间。

"话说回来,那是什么?""耶稣"问。

"你是指那个超图像?"

"对。"

"我也不太清楚。""透明人"回答,"恐怕是记忆吧。"

"你是说人类的记忆吗?"

"大概是……应该说是这台生物计算机还是人类时候的记忆吧。"

"怎么可能?! 没有格式化的脑是不能用作电脑的。"

在抵达生物微型机器人的控制系统前,"两个人"又经过了好几个虚拟空间。其中大部分与普通业务用的电脑都毫无相似之处，被非常私人并且不可理解的超图像数据所占据。

而其中共通的要素则是一个瘦高的、肤色雪白的纤细少年，或者青年。在一个空间里，他紧抱着膝盖，弓着背漂浮在温暖的水中。在其他空间里则被看起来像是犯罪集团或者恐怖分子的危险人类捉弄，或者在黑暗的卧室里面抱着头痛苦地打滚，大致来说，多数都是阴暗悲惨的信息。

但是引起"透明人"极大兴趣的却是少数与业务相关的信息之一。那是一个图纸文件，用非常符合西荒公司的风格详细标记了新型行星开发用挖掘机图纸。该文件依旧还属于内部文件，但有趣的是，完成预想图像的电脑动画是以火星的北极冠为背景制作的。这台估计能够挖掘到地下几公里深的巨大机器矗立在冰原上，后面衬托着粉红色的天空。远处能够看到北极冠独特的复杂地形。人们究竟是为什么会将这么巨大的装置搬运到北极冠来呢？

"透明人"虽然直觉认为应该再仔细调查一下，但却没有时间了。下一次跳跃应该就是生物微型机器人的控制系统，与自己的创造者决一胜负的时刻来临了。

"透明人"从风衣的口袋里再次取出红色的胶囊，开始解冻"地精"。

房间里，除了一张桌子和一套接待客人用的沙发之外什么都没有。虽然是白天，房间里却被阴暗笼罩，空气中飘浮着一丝寒气。但这里的气氛也还算是静怡，让人很难联想到只不过几秒前，这里充斥着惨叫和哀鸣。

桌子对面的西荒公司总裁——束田浩一——一边用右手

手肘斜撑着身体一边凝视着虚空。全息屏幕中的图像虽然突然消失不见了,但刚才的一幕还鲜明地印在他的脑海之中。

在令人骄傲的行星围绕之下,喷吐着日珥的太阳突然扭曲成一个奇怪的形状。然后炫目的火球中突然跃出大量饿鬼,简直就像是蜘蛛或者螳螂的幼虫喷涌而出的一幕。这些丑陋的肚皮突出、嘴巴一直裂到耳朵边上的小鬼成群结队地袭击了数量好不容易才恢复到几十个的"紫人",一瞬间就将他们吃了个精光。

骨节巨大的拳头微微颤动着,但束田的嘴边却淡淡地露出了冷冷的笑容。

远处传来刺耳的翅膀拍打声。这声音逐渐变大,然后啪嗒一声停在了束田的胸口和肩膀上。小小的黑色影子敏捷地在束田身上飞蹿起来。

沉淀在房间角落里的黑暗如同翻腾的泡沫一样蠕动起来。在窸窸窣窣的声音中,黑色变形虫一样的东西从三个方向不定型地扩散开来.接着它们在房间中央合成一体,朝着束田的脚下一口气冲来。

大量闪耀着黑色光芒的虫子蠕动着爬上了束田的身体。血肉撕裂、骨头轧碎的声音微弱地传来。束田坐在椅子上一动也不动。但当虫群覆盖到他的肩膀附近时,他的身体也开始微微颤抖起来。他的额头上血管爆出,汗水顺着突出的下巴滴落。

"KT……"一种不是呻吟也不是怒吼的声音从束田的喉咙中硬挤了出来,"就让你吃……这肮脏的肉块……一点都不可惜。"

那双眼睛一直瞪着虚空,红色的薄唇边浮现出和平时一样令人毛骨悚然的笑容来。

　　白色高墙内侧的宇宙空间中到处都是小鬼们跳上跳下的身影。原本的九个行星只剩下了三个，太阳也失去了光辉。在优质而且丰富的资源养育下，"地精"在短短的十几分钟里迅速增殖到一百只以上。原本就胀鼓鼓的肚皮更加膨胀起来，接连不断地生下更多孩子。

　　"耶稣"一边打量着眼前的光景一边开口道："你该不是打算把这些家伙释放到西荒公司的全部网络上吧？"

　　"透明人"摇了摇头。

　　"要是这么做的话，'地精'总有一天会泛滥到日本星际网络上去的。它们原本就是野生生物，虽然经过了驯化，但也不等于我能完全控制得住，特别是数量多了的话就更难了。不小心的话，可能我自己都会被吃掉，所以平时我都尽量限制它们的急速增殖。不过偶尔这样让它们开怀饱餐一顿倒也是饲主的责任，但我觉得差不多可以再次压缩冻结了。"

　　"我倒很希望你被吃掉。"

　　"你现在可没工夫在这里大放厥词，'耶稣'。虽然我没有放生'地精'的打算，但是蟑螂们却已经都放掉了。"

　　"什么？"

　　"微型生物机器人一共制造了一百万只。杀死束田总裁只需要五千只。剩下的我已经命令它们去把西荒公司的全部电子机器都啃坏了。在硬件层面上破坏了网络，就不是那么容易恢复的了。要完全恢复成原本的规模需要好几年。在这期间，公司的经营一旦恶化，大概就永远没有翻身机会了。"

　　"你这蠢货！在我捞到宝物之前竟然随便干这种事情。快让它们住手！"

　　"至少在'太阳'的备份系统启动运行前我不得不进行相应

处理。这也是没办法的事情啊。现在已经无法阻止蟑螂了，它们的控制系统早就在'地精'的肚皮里面了。所以我们要抓紧时间。"

"耶稣"挠了挠长长的头发，"你这混账……手段总是这么卑鄙。"

"是你太单纯了啊，'耶稣'。你最好也赶紧成长起来，人类可比我要卑劣得多呢，虽然他们不一定比我们更聪明。"

"用不着你来管。""耶稣"用手指猛点"透明人"的胸口，"听好了，除去我在潜入超级计算机房之前损失的一百一十三个模块，还有五百二十六个模块被虫子们给啃坏了。如果我无法收获到足以补偿这一切的成果，我就杀了你，哪怕要追到天涯海角也不会放过你的。"

"透明人"露出了一丝淡淡的笑容，"嗯，我期待着。在那之前你一定要好好地幸存下来啊，兄弟。"

"别一副狂妄自大的模样！""耶稣"最后这么吼完就消失了。

3

　　覆盖着火星东京的准史瓦西球体在这几天里急速收缩，直径已经只有当初的二分之一。此时谁都能看出来那明显是个球体。大地被挖出一个工整的半球形，已经变成暗红色的球体就位于坑底。而同样的一幕也出现在火星大阪等各国的巨大移民地所在处。

　　事到如今，人们不得不开始正视这些移民地的命运了。收缩不仅在继续，而且在加速。吞噬火星东京的球体大概用不了一天的时间就能再缩小到现在的一半。接下来的一天里变成一个足球大小，几分钟后变成一个拳头大小，再然后……

　　而且现在也无法再联系到收缩球体内的移民地了，无从得知几千人的移民者是否平安。伴随着收缩，来自内部的电波急速减弱。这可能也暗示了球体表面的引力变强的可能性。如果包含移民地的球状空间全部都收缩到真正的史瓦西球体中，就会变成所谓的微型黑洞。电波和光都无法从那里面出来。微型黑洞如果下沉到大地深处，抵达火星中心的话，就无法再从那里出来了。

　　全息屏幕上播放的新闻和特别报道中重复着这样悲观的内

容。纱夜几乎一整天都坐在沙发上,有心无意地看着这些来自火卫一和地球的电视节目。火星上已经无法继续电视播报了,因此频道数大幅减少,不过就这样,也依旧还有一百五十个。但不管是哪个频道,播放的内容都大同小异。

那一天,在对J-29的居民召开了北极冠学术调查团的说明会,又与吉村进行了一番冲击性的对话后,纱夜就再次将自己关在了房间里。虽然精神上的冲击的确导致她缺乏精力,但更大的原因则是外出变得十分可怕。她每天都会收到责备或者威吓的邮件,其中大部分都要求以纱夜为首的北极冠学术调查团全体人员从J-29滚出去。

当事态发展到这一步,就算是规行矩止的义体士兵们也找不到继续严守指令的意义了。他们不再巡逻或者站岗,只是无所事事地在移民地周围乱晃。就算纱夜他们走出移民地,大概也不会遭到责问吧。但既然J-29已经被准史瓦西球体覆盖,他们自然不可能前往其他移民地或者回地球去。但是就算这样,人们还是叫他们离开。是要他们在J-29外面露营吗?这样又有什么意义呢?

但这也不过是小移民地中无聊的纠纷罢了。全火星上动向更加不稳定。就像准史瓦西球体引发的混乱还不够似的,火星开发先进国和后进国之间的对立也终于表面化了。首先导致的就是从地球赶来的救援船团遭到了一部分破坏。

美国、日本、俄罗斯这三个先进国为了能源源不断地将本国移民者送往卫星轨道上的救援船团,几乎占据了火卫一和火星上残留下的轨道航天飞机。虽然这三个国家关系融洽,但他们却完全没有给欧盟、加拿大、澳大利亚、印度等后进国一点好处的意思。

于是在一星期前,从火星上某处发射的导弹攻击了轨道上的行星间宇宙船,炸毁了两艘——其中一艘是空船,而另一艘则装满了最大载客量容纳的移民者,正准备出发回地球。死亡人数超过几十人,是火星上单次杀害平民数量最多的一次。

先进国这边立刻宣言要报复后进国的这种卑劣妨碍行为。但欧盟、加拿大、澳大利亚、印度都没有动摇的模样。不仅如此,印度还对先进诸国发出了诸如不交出航天飞机就要继续增加牺牲者的"警告"。所以至今先进国还没有任何报复行为,但也没有放手任何航天飞机。

火星上的势力地图似乎也开始发生变化,接踵而来的则是形势日益不安定。看不见的紧张感在逐渐增强。

新闻报道结束了救援船团被炸毁的话题,又回到了准史瓦西球体相关的信息上。纱夜看着正逐渐缩小的红色拱形,突然想起原住民的事情来。

如果这个现象真是原住民制造的话,那他们的科技水平应该已经发展到远超想象的地步了。如果他们只是单纯想把人类从火星上赶走的话,应该有更简单快捷的方法才对。既然如此,为什么要故意兜圈子呢? 难道他们打算将人类带到另一个世界去吗? 宇宙中遍布着一种叫作虫洞的隧道,直径可以小到量子级别。只要能穿过这些隧道,就能瞬间移动到甚至几光年之外的场所。使用这种隧道,可以抵达别的行星、别的宇宙或者别的维度……

或许原住民并不是要消灭侵略者,而是要让他们在其他世界继续生存下去。或许他们打算将我们送往他们的故乡也说不定呢。在那里,他们可以矫正人类这种永不知足的攻击性格。如果真是这样,纱夜觉得简直就是如愿以偿。真想看看他们的世界。几十亿年来一直作为我们的邻居,但却保持着沉默和安静的他们究竟会有怎样的故乡呢?

而原住民之所以没有选择更有发展前途的地球而是选择了没有未来的火星作为最后归途的理由,最近纱夜有了一种假说。

也许他们正是知道地球上将会诞生出独特的生命,所以才没有移民的吧。也就是说他们或许担心自己的干涉可能会扭曲地球生命本来的诞生与进化过程。他们与人类不同,他们的文化是最大限度地尊重其他生命能够生活的领域。

也就是说,他们正是因为知道火星很快就要变成一颗死亡行星了,才选择降落在这里。因为这里已经没有再次自然诞生新生命的可能,所以他们才毫不顾忌地占领了这里。

大概不管是谁都会觉得这种想法太过浪漫了,但纱夜却愿意如此相信。她希望在这广阔的宇宙中,至少有一个这样"成熟的"种族存在。

又或者他们其实也会偶尔拜访旁边的蓝色行星。这又是另一种很有魅力的想法了。比如绳文文化或者美国的印第安文化其实都受到了他们的影响,但是这种想象实在太过迷人而有些危险了。回想起以前流传下的"口头传承"提到那个遮光器土偶是模仿宇宙人制造的说法,纱夜的表情不由得也严肃起来。

但不管是上述哪种文化,与其他更加侧重掠夺而非共存的文化相比,本质上太过不同,甚至感觉不像是人类的文化。这是不争的事实。而且那个LIGAS接收到的引力波音乐与火焰陶器上隐藏的函数又完全符合……

纱夜一边天马行空地想象着,一边憧憬着从未见过的原住民世界。伊拉布刺耳的叫声却将她拉回了现实。

全息屏幕上,新闻图像前面浮现出一个小小的人脸,并且在闪烁。是有人要求通信。纱夜心脏的鼓动突然变快了起来。

"我不想和任何人说话,伊拉布。"纱夜低头说。

"啾。"但是伊拉布却一直游到纱夜面前,夸张地甩着尾巴。看来是十分重要的人。

"是谁?"无奈之下,纱夜抬起眼睛看了一眼再度要求通信的人像,然后倒吸一口冷气。

"凯伦……"

略微扩大的图像上是那张特征明显、令人怀念的脸。但纱夜却狐疑地眯起了眼睛。在犹豫片刻后,她终于还是同意了接通。

"最近还好吗,纱夜?"

"托你的福。"纱夜用一种对待陌生人的态度回答,"对了,你是凯伦,还是那个用凯伦的脸当化身的代理者?"

"如果你只承认有机存在才拥有人格的话,那么我是后者。"

"那就是说你是KT……"

"是的。"

"又来说前阵子的那些话吗?"

"不。"3D图像的苏凯伦轻轻摇了摇头,"我打算前往另一个世界。也许永远都回不来了,所以来见你最后一面。"

"另一个世界?"

"火星原住民的引力波网络。"

"怎么可能……"

"看到你打算与'吉姆'见面,我从中得到了启发。要将你从准史瓦西球体中救出来的话,似乎只有与原住民交流这一条路可走。我认为他们就居住在网络上,因为怎么想都不可能在保持有机生命体的形态下在这个死去的行星上生活超过三十亿年的时间。他们一定是像现在的我一样，成了纯粹的信息存在。所以我决定主动前往他们居住的地方。幸运的是，以他们的技术而言，完全可能将引力波网络和电子网络连接起来。只要能找到那扇门，我相信自己甚至不需要变换程序或数据的格式。"

"你是认真的吗？"

"是的。"

纱夜凝重地盯着3D图像。

"如果你无法与原住民交流的话又要怎么办？就算能交流，如果他们拒绝了你的要求……"

KT沉默了片刻后才作回答："那我就破坏他们的网络。"

"住手！"

"没有其他办法。"

"他们才是原住民啊，很早很早以前就来到这里，悄然地生活着。虽然没有决定性的证据，但我几乎已经确信了。他们就在这里。虽说我们之前的确不知道他们住在这里，但是我们确实对他们的平静生活造成了威胁。所以现在既然知道了这一切，我们就应该沉默地离开。否则我们就变成真正的侵略者了啊。而你竟然说要破坏他们的网络？简直不可原谅。"

"我当然会尽可能用最和平的办法解决，但时间有限也是不争的事实。覆盖J-29的球体或许明天就会开始收缩。要是太迟的话，就只能使用最终手段了。为了救你的话。"

"我变成怎样都无所谓啊。我只不过是个微不足道的学者而已。"

"那么其他移民者呢？火星上有超过一万的人口。他们变成怎样也都无所谓吗？"

纱夜咬住了嘴唇，"这是没办法的事情。既然我们知道宇宙中不只我们存在,我们就不得不为我们这些大大咧咧的行为负责。至少我……无法忍受为了救我而毁灭原住民的做法。"

"抱歉。"KT说,"对于我来说保护你就是一切。我只能用这种方法生存。对于甚至还未见过面的原住民,我无法对他们抱有同情。我毕竟是个缺陷品。"

"你才不是缺陷品呢。"纱夜叫道,"你比我更像一个人。我……甚至都无法爱自己唯一的母亲。我无法相信任何人。世界上有这样的缺陷品吗? 所以……至少……"纱夜的眼睛里滚落出热乎乎的液体来,"如果你一定要毁灭原住民的话,我不如现在立刻就死在这里。这一定会轻松很多。"

"纱夜……"

寂静笼罩了狭窄的房间,就如同只有波浪声的空旷沙滩。空调和电子机器发出的微弱杂音听起来似乎比平时更嘈杂。纱夜轻声抽泣起来。

"有时候,我想……"KT开口道,"人类,不,也包括我在内,为什么总把事情分成两个极端:自己和他人,日本人和外国人,东方人和西方人,人类和自然;然后就是假想电子世界和现实世界……似乎不这样的话就无法安心。但是在这两个极端之间也许并没有人类以为的明确界限。应该说双方融合在一起、互相包含的情况更多一些吧。但人类却偏要强行在中间画一条线。这究竟有什么好处呢? 反而成了战争的原因、环境破坏的原因。为什么人类要开始做这样的事情呢? 这样的事情是不是从以前一直持续到现在的呢? 今后是不是又会一直持续下去呢?"

合成凯伦面庞的CG温柔地凝视着纱夜,"但你却告诉我说,曾经有不是这样的时代。在很早很早以前,有一个不建造城墙或者护城河的文明。那里没有战争,人们能直接与自然交谈,接受自然丰厚的恩惠,打从心底报以感谢。他们不会用锄头或者铁锹在大地上留下伤痕。不仅他们互相之间的心灵相连,动物、植物、风、水、云、太阳、月亮、精灵、妖怪,所有东西之间都拥有一个密切的网络。这样的时代在日本列岛上存续了一万年……说实话,当时我其实半信半疑,但现在我却希望如此。我想在那样的时代里与你相遇。"

纱夜一边用手背擦掉眼泪一边抬起头来。

"要是你自杀了,我就等于血本无归了,所以我答应你不破坏引力波网络。再说就算真的打算这么做,我也不知道极度发达的文明所使用的信息网络是否能这么简单地就破坏掉。"凯伦的脸上露出了舒缓的笑容,"再见了,纱夜。"

"等等。"纱夜的喉咙里漏出微弱的声音。

"什么?"

"你是代理者吧,前往引力波网络的应该是你的拷贝吧?在地球上的伊拉布可以复制自己然后发送到火星上来,你也可以做同样的事情吧?所以我们还能再会的吧。"

凯伦的图像摇了摇头,"我无法复制自己,也无法制造子孙。"

"为什么?"

"开发者害怕我有一天会变成危险的存在,因此专门限制了这些功能。"

"那么要是在引力波网络里发生了什么的话……"

"没关系,我一定会想办法回来的。"凯伦的CG轻轻抬了抬手,然后就这样静止着淡去了。

在温暖摇曳的火海包围下,KT尽可能多地将自己的低级代理者从地球上的原始系统复制到了火星上的镜像系统。隔着十几分钟的时差,代理者们带来了各种各样的记忆和功能。KT将身为吉村时使用的J-29网站作据点,把这些记忆和功能中必需的、重要的东西都备份在火星的网络里,不要的则全部删除。从某种意义上来说,这是一种类似"回忆"的工作。

他不知道自己究竟能够携带多少信息进入引力波网络,而且也完全无法保证能一直保持与日本星际网络之间的连接,因此他有足够理由担心自己无法再回来。他打算一次性尽可能多地携带代理者。当然最开始在火星上构筑的镜像系统也可以,但既然网络上还有一些多余空间,他便打算扩充些内容,比如与纱夜之间的回忆。

《水晶沉默》的世界里吹拂着舒适的电子风,将纱夜纤细又带着一丝阴郁、但却温柔的感性传达过来。抚摸火焰的表面,有些地方如同柔软的皮肤,有些地方如同干燥的土壤。变幻自在的树木合唱中融入了从LIGAS采取的旋律。KT等待着,在这首旋律的邀请下,通往原住民世界的大门将再次打开。

镜像系统的扩张和再构筑已经完成。虽然与地球上的原始系统相比只有百分之六十的规模,但这已经是极限了。

接下来KT将冷冻压缩"地精"的归档文件附在发给"洛伦茨"的邮件里,里面包括从月球上回收的八只。

"虽然原本打算将你们都带去,但如果你们把原住民都当了饵食就麻烦了。毕竟我答应了纱夜。"KT轻声说,"好好活下去。在虚拟世界中,你们的子孙总有一天将成为真正的霸主。"然后他就将邮件发回了地球。

突然,红色火焰的表面出现了变化。波纹或者旋涡一样的图案以不规则的方式反复出现、消失。有时这些图案看起来像将绳子按在黏土上滚动印出的花纹。KT尝试着像刚才那样抚摸火焰的表面,相应的颜色和花纹激发出一串复杂的连锁反应。这是《水晶沉默》中前所未有的现象,KT陶醉地观赏着眼前的一幕。

"我加入了新的风格,如何?"是纱夜的声音。KT感觉心中微微一震。

"凯伦,你在哪儿?"

没有装载任何化身的KT便随意选择了铁皮人的外观,然后他心神不宁地环视着四周。

他的眼前猛然喷出一股火焰,其根部扩散开金色的波纹。波纹变成橘黄色的火星飞舞到空中,然后火焰就幻化成遮光器土偶。

"这是在准史瓦西球体表面出现的混沌图案,我试着将其加入作品里。很漂亮吧。"

铁皮人沉默着打开胸口,从里面拿出怀表递给她。怀表的指针疯狂地转动着,纱夜忍不住笑起来。

"还是跟以前一样老套呢。"

遮光器土偶的表面龟裂出细细的裂缝,然后尘土崩落,纱夜以自己外貌制作的化身从里面脱出。铁皮人便也舍弃了机器人的银色躯体,化作了苏凯伦的模样。

"那之后我又多次像这样等待'吉姆'。"纱夜说,"但它再也没有出现过。也许它已经对我们失去了兴趣。"

"不,他们会来的。"

"你为什么这么确定?"

凯伦像是变魔术一样打了个响指,然后摊开手掌。他的手心中不知何时多了一个和"火星观察者号"一模一样的物品。

"这是那时候我看到的……那么,那果然是你?"

"是的。这是原住民在探查电子网络时使用的探查机。它对我似乎很感兴趣,一直追到了地球上。结果反而被我抓住了。"

"你是怎么做到的?"

凯伦耸了耸肩,"毕竟在日本星际网络和互联网上,我还是比原住民更熟悉那里的环境,知道一些不为人知的秘密。我只是稍微制作了一个圈套将它诱导进去,就轻而易举地将其逮住了。之后我还成功地解析了源代码。"

"你要拿探查机做什么呢?"

"当然是坐上去入侵引力波网络。原住民一定会来回收这个探查机的。"凯伦让"火星观察者号"在手上旋转起来,"更准确地说,是我将化作这个探查机的数据库文件的一部分。虽然我还没有完全理解这个东西的细节功能,不过似乎比想象的简单。应该说是我们的电子网络本身就很单纯,所以对方也只好让这东西符合我们的习惯吧。总之,这个探查机会将收集来的信息存储到电子网络上的某个场所。当信息存储量达到一定程度后,它就会将这些内容全部带上返回引力波网络。我已经找到了这个数据库的位置,另外还开发了一个软件,应该能将我自己变换成这个数据库里的登录文件。"

纱夜叹了一口气,"你还真是不择手段。"

"就前段时间的接触来看,'吉姆'可不像是个会通融的家伙。就算我请求他们让我过去看看,估计他们也不会同意的吧?"

纱夜抬起眼睛看着凯伦,"拜托你……"

"不行。"

"我还没说是什么呢。"

"你是要让我带你一起去,是吧?"

纱夜沉默不语。

"我不知道会发生什么事情。太危险了。"

"我想看看原住民的世界,然后和他们交谈。你应该明白我的心情吧?"

凯伦摇了摇头,"不管怎么说,首先要将人类带去就不可能。就算将化身登记到探查机的数据库里面,到了那边之后化身能与你建立连接的可能性很低。从技术层面上来说是不行的。"

"但至少也有尝试一下的价值嘛。最开始着手与他们联系的是我啊,我有这个权利……"

"又来了。"凯伦抬起一只手打断了纱夜,"你还没有接受教训吗? 你啊……"

话才说到一半,他就闭上了嘴,因为纱夜猛地扑进他的怀里,让他不由自主地抱住了她。曾经通过连线体得到的感触苏醒了过来。仿佛只要一用力就会折断的纤细腰肢,细碎而柔软的头发……

"如果你不回来了的话。"纱夜说,"我就又要变成独自一人了。"

凯伦将脸靠在纱夜小小的头上,"你可真是出尔反尔,明明之前那么刻意地避而不见。"

"对,我就是任性。所以肯定不会有人喜欢我的。"

"没有这回事儿。"凯伦说,"你只要戴上绳文耳环,然后像想要听到植物声音一样用心去聆听,稍微把肩膀放松一点……这样,就一定能够听到他人的呼唤。"

纱夜用湿漉漉的眼睛仰望着凯伦，"你不会回来了，是不是？就像爸爸一样，像阿雪一样……就这样离开了？"

"我会回来的。"凯伦收紧了抱着纱夜肩膀的手，"我保证。"

突然传来一阵哄笑，震耳欲聋的声音仿佛能在瞬间吹灭摇曳的火焰世界。纱夜和凯伦抱紧了对方，身体逐渐僵硬起来。

"哎呀，抱歉。你们继续。"低沉的声音如同正从地底缓慢地爬上来，"人类和代理者的爱恋，真是美丽呢。"

接着又是一阵高亢的笑声。

"谁……谁在那儿?!"纱夜绷紧了脸。凯伦一边护住纱夜，一边谨慎地四下观望。

一个黑影从火焰对面走近，那是个带着扭曲的巨大人影。凯伦/KT已经知道这人是谁，但意外的是他却没有感觉特别惊讶，也许在心底的某处，他早就预见到了这种情况的发生。

终于，那个大块头走到了凯伦和纱夜的面前。丑陋的脸上绷着变色的皮肤，肩膀高耸，两条长长的手臂无力地垂在身侧，驼背……但比这些都更令人毛骨悚然的却是那仿佛能夺走人类体温的寒冷目光。

这只是个化身而已。虽然心知肚明，但大块头散发出来的氛围却令人本能地感到恐怖和生理上的厌恶。纱夜不由地躲到了凯伦背后。

"前几天真是承蒙你关照了啊，KT。"大块头的嘴边露出一个讽刺的笑，这让他的颜面变得更加凄惨可怖。虽然怎么看他都应该是"弗兰肯斯坦的怪物"，但网名却并非如此。

"束田.bak。"纱夜看了看大块头的属性信息，脱口而出，"束田是……"

凯伦点点头，"西荒公司的束田总裁。"

"这个人?"

"不……如其名字所示,是他的备份文件。"

"备份文件? 那……他不是人?"

大块头爆发出一阵刺耳的笑声,"我曾经是人类啊,小姑娘,但我的肉体却被你的恋人给毁了,而且还用了世界上最为残暴的方式。"然后他对凯伦也笑起来,"身体被一点点啃食可是非常难得的经验哟,KT。"

"你开发我的目的果然是这个?"

"当然。你嘛,说来也算是我的早期形态,仅此而已。"

纱夜抓紧了凯伦的手臂,"什么意思?"

"这个男人将自己的大脑偷偷复制在日本星际网络上,这样就能以合弄代理者的身份复活过来。"

"复制这种表述虽然不太正确,不过也可以这么说吧。这是在电子媒体上彻底重现我大脑内部的神经网络的技术。事实上,KT,之前你使用离线模式破坏公司网络时,'束田.bak'就差不多完成了。之后我只要将主人格和残存的记忆都复制上来就足够了。"

"你为什么要这么做?"纱夜不由得问。

"这还用问吗?"大块头张开长臂猿一样的手臂,"当然是为了永恒的生命啊。但你可别误解,我不是那么俗气的人。我背负着一个远大的使命,是生命转瞬即逝的人类穷尽一生也无法完成的使命。因此就算这个太阳系化作灰烬,我也不得不继续活下去,继续进化下去。因此我不得不接受相应的必要处理。"

纱夜半张着嘴看着大块头男人,"你已经疯了。"

"不,不完全是这样。就像火星的原住民一样,如果他变成了电子生命体,只要网络不毁灭,他就能永远生存下去。"

"不仅如此,小姑娘。你已经听说过湿件的事了吧。我拥有一个能随时随地制造自己克隆人的设备,当然也可以对大脑进行格式化,让他们变成完美的湿件。使用了我本人大脑的湿件……"大块头用骨节突出的手指了指自己歪斜的头部,"然后将'束田.bak'完全下载到他们的大脑。就算是在现实世界中,我也能够完全复活过来,只要还剩下一个拥有我DNA的细胞就行。"

纱夜摇摇头,"你果然是疯了。"

"话说回来,KT,你的使命已经完成了。现在的日本星际网络对于多个合弄代理者来说实在太狭窄了。你应该已经享受够人生了吧,是告别的时候了。"

大块头的身后突然冒出许多孩童大小的身影。它们的嘴巴大得一直咧到耳边,手脚细瘦得只剩下皮包骨,肚皮高高突起……纱夜听到凯伦倒抽了一口冷气。

"'地精'!"

"你以为只有自己才能控制这些饿鬼吗?"大块头露出丑恶的表情笑起来,"这些家伙可是你以前饲养的那些呢。在'绳文之森'中,你让这些小鬼袭击人造人,而自己却飞快地逃走了。于是我就收养了它们,一点一点重新教育过了。现在正是测试教育成果的好机会。你把我当作饵食喂了蟑螂,这次我就让你变成饿鬼的饵食好了。"

"地精"一边滴着唾液一边慢慢逼近。

"不过光是这样还不够。"大块头继续说道,"你无法感觉到我切身体会的那种痛苦吧。这样一来,我专门把死亡之际的记忆带来不就没有意义了吗?"

《水晶沉默》猛然卡住了。火焰依旧保持着起舞的姿态,但却失去了温暖,音乐也消失了。

　　纱夜发出一声惨叫，她的身体突然被掀到了空中。

　　"纱夜！"凯伦喊起来。

　　纱夜如同回旋镖一样旋转着在虚拟空间中描绘出一道弧线，然后落到了火焰的尖端上。她的腹部被火焰刺穿，身体悬挂在上面。

　　"纱夜，快退出！"

　　大块头的脚边散发出青白色的光芒，顺着刺穿纱夜的火焰上升。纱夜再次发出惨叫。她的全身被青白光包裹，手足痉挛似的疯狂抽搐着。

　　"我就烧了你所爱女人的神经，让她彻底变成一个废人。"

　　"住手！"凯伦/KT朝大块头冲去，但是"地精"却挡在了他面前。它们发出刺耳的咆哮，纷纷朝他扑来。KT在内存空间中飞快地移动着，避开了第一波攻击。

　　大块头带着得胜的自信笑了。

　　凯伦试图跳跃到火焰尖端，遮挡袭击纱夜的杂音，但"地精"却比他更快一步，让他无法靠近。

　　纱夜依旧在发出撕心裂肺的惨叫。

　　"纱夜，退出啊，快！"凯伦不停地大喊着，但纱夜没有力气回答他。凯伦光是要逃离"地精"的连续攻击，就已经用尽了全力。

　　就在这时，一种陌生的怪音突然横空划过。无数矗立的静止火焰笔直地指向天空，灰色云层一样的东西开始翻腾起来。时不时有闪电或者闪光一样的光芒照亮冻结的《水晶沉默》世界。云层急速加厚，如同旋涡一样回转起来。

　　大块头和"地精"的注意力一时被这意外吸引了过去。凯伦看准时机朝空中一跃，朝大块头扑过去，"地精"立刻也拥向"两个人"。天空中出现了巨大的旋涡，其中心打开了一个黑色的空洞。周围光的闪烁也变得激烈起来。

凯伦取出"火星观察者号",启动了能将自己变换成数据库文件的软件。于是正扭打成一团的凯伦、大块头和"地精"被涂上了鲜红的指示色,也闪烁起来。

黑色的空洞张开,显露出龙卷风中心一般快速旋转的隧道来。一个呈现出复杂几何学构造的物体从隧道深处靠近。"火星观察者号"开始散发黄色光芒,然后就像是要被吸入隧道一样缓慢地向着入口飘浮起来。

凯伦/KT、"束田.bak"和"地精"分解成无数细小的粒子,跟随在"火星观察者号"后面。抵达隧道入口的奇怪构造体接受了"火星观察者号",将其变成自己构成要素的一部分。无数颜色各异的粒子从火焰的大地上源源不断地涌出,朝天空飞舞。当最后一颗粒子也通过隧道入口之后,灰色的云层再度旋转着收缩起来。

天空上的空洞逐渐缩小,最后被旋涡中心所吞噬。光的闪烁停止了,怪音也远去了。云层急速地变薄之后就消失不见了。

然后火焰又静静地开始摇曳,音乐若无其事地流淌起来。

4

几十台武装火星车和八台拖车型火星车组成的日本火星机动部队在茫茫的阿西达里亚平原上行驶了整整一天后，终于抵达了围绕在北极冠周围的沙丘地带。只要越过这片困难地形，就能抵达北极峡谷。

黑乎乎的沙丘两两之间的距离平均有一公里，较低的大概十五米高，高的则差不多五十米。考虑到巨大拖车上装载着挖掘机，车队尽可能选择较矮的沙丘行进，迂回中很快就耗去了几个小时。按照这种进度，要踏上北极冠的冰层恐怕还需要整整一天。

但夜叉却十分享受这种在沙面上行驶的感觉。为了防止车轮陷入沙坑中，他不能焦躁，不能疏忽，必须巧妙地操纵拖车前进。每当爬上沙丘顶端，出现在眼前的巨大白色金字塔都壮观得让他忍不住叹息。

虽然拖车没有履带，但是左右两侧共有十六个车轮，并且每个车轮上都装载有和武装火星车相同的驱动装置。每个驱动装置由超导电池供给能源。另外车头与拖车台的关节部可以上下左右弯曲三十度，并且关节部上也有两对车轮，因此车身的前后

438

左右都分别能上升到两米的高度。

夜叉完全掌握这种特性的优点和缺点,因此能将拖车的功能发挥到最大限度。因此对于行驶在前面的武装火星车队而言,他的拖车倒也不算特别慢。

就在夜叉成功征服第九个沙丘时,整个车队接到了先遣部队失去联系的紧急通知。夜叉犀利地挑起眉头,凝视天空。然后他将拖车停在沙丘顶上,将注意力集中在通过环境对换模块传来的详细信息上。

"蝴蝶"运输机在三十小时之前就抵达了目的地——一个位于北极冠东南部的采冰基地。这是已经得到确认的。而且对方还在两小时前回答了定时通信。大约一个小时前,运输机发来联络,说"打算用武装火星车确认一下周边的安全状况",之后就杳无音信。

与此同时,上面也公开发表了一条至今一直对一曹①以下士兵保密的信息:这次前往北极冠执行任务的并非只有日本,事实上已经确认美国已经出发,俄罗斯恐怕也行动起来了。而这次出发如此匆忙,也是因为不想让这些国家占取先机。

有两件事情十分奇怪。

首先,事到如今,各国为什么会突然同时展开行动?难道说三个国家同时掌握了前往北极冠就能够消除准史瓦西球体的情报?恐怕不太可能吧,夜叉认为,他们应该早就知道答案所在,但至今为止一直没有实际行动起来的原因,恐怕是没有合适的工具。

也就是挖掘机。

虽然不知道为什么,但为了消除球体,就必须有能够一直挖

---

①日本自卫队的军阶,与曹长的职位相当。曹长类似于我国的军士长。

到北极冠地下的挖掘机。不过火星上原本没有这么强力的挖掘机，也没有足够的实力制造新工具。于是各国应该都向地球上的母国要求了向火星发送挖掘机。

从地球将东西运到火星，最短也需要两个月时间。球体出现之后立刻就从地球出发的话，送达时期差不多正好就是现在。

但就算真是这样，也还有无法解释的地方。这次的任务是拯救被封闭在准史瓦西球体中的人们。如果是这样，各国应该分工合作，而不是各自运来挖掘机，争先恐后地抢夺北极冠的阵地，这根本就没有必要。

还是说原本他们就打算只拯救自己国家的移民地，最终目的是自己完全占领火星呢？但是这当然违反条约，从道义上而言也必然遭到全世界谴责，从而让本国陷入完全不利的状况中。

结果，夜叉他们无法理解和接受的事情变得越来越多，唯一能够确定的只有其他三个国家也正朝着同一个目的地前进。因此先遣部队可能是受到了美国、俄罗斯的干扰。所以上面大概是想叫他们也都提高警惕吧。

既然如此，权当这样，夜叉想。反正自己想太多也不会中止作战，既然没有得到足够的信息，自己胡思乱想也没有什么用。话说回来自己的工作本来只是战斗，不是思考。如果受到了阻挠，不管对方是谁，只要一口气打过去就可以了。

十几个小时后，夜叉他们才终于翻越了沙丘地带。抵达北极峡谷的入口后，车队就开始从起伏缓和的峡谷南坡面攀登北极冠。

夜叉决定在这时候将拖车的驾驶职责交给副驾驶。差不多有整整二十四小时，他都在令人紧张的沙丘地带中持续行驶，就算是义体士兵也疲劳到了极点。在简单地吃了点东西后,他直接倒在床铺上,陷入了八小时的睡眠中。

醒来时已近傍晚,但是白夜的晚上与早上几乎一样明亮。

拖车停在原地没动。夜叉从床上爬起来,询问坐在驾驶席上的伙伴。

"怎么了,牛鬼? 已经到了吗?"

额头上长着两只短角的男人回过头来。这两只角是将自己的胚胎性干细胞培养成尖尖的骨状组织,专门贴在头骨上融合而成的。

"上面传来了停止前进的命令,理由还没有通知。"副驾驶牛鬼回答。

夜叉读取了环境对换模块中在睡眠中送达的消息。的确,十分钟前是收到了全队停止前进的命令。虽然获得回答的可能性不大,但夜叉还是尝试性地向前方武装火星车上的丰田准尉发出了询问理由的联络。不过没有任何回答。

这时候夜叉的脑海中又浮现出另一个人物的面孔。几秒钟后那边就传来了回复。

"什么事?"

"哟,'螳螂'。没有什么怪事吗?"

"你这不是明知故问? 要说没有是没有,要说全都很奇怪也都很奇怪。"

"原来如此,我懂了。"夜叉在脑海中这么说着并点了点头,"说来能不能再说得详细一些。什么东西很奇怪? 你们现在也在停止状态?"

"既然都说了是全队停止那当然是停止状态,这还用问吗?"

一种难以形容的不适、不安的感觉传递了过来。

"看来你似乎很不愉快呢……是什么让你这么紧张？"

"我说不清楚，你自己看吧。"

"螳螂"发来了图像，似乎是她的眼中看到的景色。她正从高处眺望冰原，接近地平线的地方地形呈现阶梯状，从左到右一级一级地降低。但面前无边无际的雪白冰原却是十分平坦。

夜叉在拖车的全息屏幕中调出了全队所在位置。"螳螂"的武装火星车大约比夜叉的拖车靠前一公里，从垂直方向来说则高出一百多米。

从"螳螂"的视野中可以看到再往前两公里多的地方，有一个银色的三角形物体矗立在地面上。因为周围都是雪白的平原，因此十分显眼。夜叉将那个物体的图像扩大了一些。

看起来像是"蝴蝶"型运输机的机翼，但不是日本的。首先这里与日本运输机失去联系的位置完全不同。

机翼插在冰层中，尖端部分朝向天空，其形状有着非常明显的特征，不用在数据库中搜索也能立刻看出那是美国的运输机。

机翼周围，机体的其他残骸散落在十分广阔的范围中。看起来像是被击中坠毁的。

图像中还包含有红外线捕捉成像的信息。仔细观察的话能发现应该是引擎的部分似乎还残留着一丝热量，也就是说这架运输机是不久之前才被击落的，恐怕也就是几个小时到十几个小时之前的事情。

"原来如此。"夜叉对"螳螂"说，"我知道你不爽的原因了。虽然不知道是不是俄罗斯干的，但这么做可是相当过激。"

"你还没明白呢。"

"什么？"

"俄罗斯的部队还没有抵达北极冠啊。更准确地说，他们在抵达沙丘之前就决定撤退了。我已经确认过卫星图像了。"

"什么？他们是知道没有胜算所以决定放弃了?"

"原因不清楚,但他们放弃了却是毫无疑问的。但如果他们已经放弃竞争的话,击毁美国的运输机就没有意义了啊?"

"那会是谁干的?"夜叉沉吟了半天,"这附近应该只有我们而已……"

"不知道。但是可以推测一定是有什么事情俄罗斯知道,但我们却不知道。这让我觉得十分不自在。"

夜叉哼了一声:"差不多该轮到火星章鱼出场了,是吗?"

"你可要坚强活下去啊。"

"闲聊到此为止。"丰田准尉插进话来。他们的对话似乎被监控了。虽然被窃听不是什么令人愉快的事情,但遗憾的是准尉拥有这样的权利。

"武装火星车保持现在的位置不动。拖车各自前往指定位置。"

结果到头来依旧没人告诉他们全队停止的理由。

在武装火星车的保护下,夜叉的拖车于四个小时后抵达了目的地:一个叫IM4的采冰基地。不过现在采冰基地没有开工,因为就算切割出冰块,几乎所有的移民地都在准史瓦西球体里面,运输系统无法发挥作用。相反,维持采冰基地所需的物资反而断了供给。因此工人们全都撤退到北极冠周边残存的几个边疆移民地去了。

四下里一片寂静。

进入基地前,全队在一个能够眺望到IM4全局的地方观察了整整一小时,但没有任何动静。于是大家按照临战态势缓慢地接近基地,结果也没有受到任何攻击,平安抵达。

运送先遣部队的"蝴蝶"运输机正静悄悄地停在冰面上。从外观来看没有任何伤痕,似乎平安无事的样子。但是车队依旧无法与他们取得任何联系,自然也没有人出来迎接他们。

"真安静。"夜叉咕哝道,"太安静了。"

各武装火星车上分别下来了一个士兵,所有人都穿着全副武装的动力装甲。他们分成几个小组,迅速朝着周围分散开来。

夜叉还没有收到任何出动命令,暂时在拖车上待命。牛鬼穿上动力装甲站在门前,一旦受到攻击,他就能立刻跳出去保护拖车。

夜叉依次访问了外出士兵们的视觉信息。在战斗状况下,所有士兵的环境对换模块都无法拒绝其他士兵的访问。这是为了尽可能实时地分享更多信息。

五个士兵朝"蝴蝶"运输机的方向走去。其中一个人正是"螳螂",于是夜叉决定暂时追随她的视线。

"蝴蝶"运输机的货舱搬运口敞开着。回旋镖形状的机体中央后部是一个向下的开口,舱门斜靠在冰面上。这里能够看到好些火星车的车辙痕迹,似乎装载的三辆武装火星车分别朝着三个不同的方向散开了。

从货舱搬运口上到运输机里,五架战斗直升机"Bee"踪影全无。此外四个乘务员也不知所踪,操纵室里空荡荡的,动力也被切断了。

"主动力源好像被切断了,这样一来就无法唤出代理者了。"

夜叉对"螳螂"说,但对方没有回答。为了不分散注意力,"螳螂"在设定上只会接受到来自共同行动的士兵和准尉的消息吧。想来也是理所当然,通常换谁都会这么设定。

"螳螂"的视野中突然出现了她自己的手。这只手伸向操纵席一侧的控制台,前面是数字键盘。动力装甲包裹的粗壮手指开始缓慢地敲起键盘来。

夜叉很快就明白了"螳螂"正在做的事:她似乎打算取出飞行记录仪。既然无法从代理者那里听取事情缘由,那么要想知道这架飞机上究竟发生了什么,最快捷的办法无疑是飞行记录仪了。这也是手册上记载的妥当判断。

但夜叉却有种莫名不安的感觉。他心里的某个地方在不停发出警告:"螳螂"的行动是错误的。但这只是个人的直觉,没有明确的理由。

"住手,'螳螂'。"夜叉不由自主地低声念道。

"螳螂"的手指将十位密码输入完毕,写有"EJECT"的按钮亮了起来。"螳螂"的手指移动到那个按钮上。

"快住手,'螳螂'!"夜叉不假思索地站起来大叫道。牛鬼一脸莫名其妙地回过头来。

眼前变成一片鲜红,然后立刻黑了下来。这是"螳螂"的视觉。几乎同时外面传来了爆炸声。夜叉手忙脚乱地试图将视觉切换成别的士兵,但是却无法访问任何一个登上运输机的士兵的环境对换模块。无奈之下,他只好借用了在外面待命的士兵视觉。

"蝴蝶"运输机的操纵席附近正冒出滚滚黑烟。橘红色的火焰猛蹿出来,但在接触到二氧化碳的大气后立刻就消失不见了。夜叉握紧拳头,注视着眼前的一幕。

视野突然剧烈地摇晃起来,运输机从视野里消失了,取而代之的是几台武装火星车正飞奔而来,白色的大地如同地震般左右摇晃。提供视觉的这个士兵似乎正准备离开运输机,刚开始还在几百米远的武装火星车很快就逼到他眼前。终于,这个士兵一边奔跑一边回头看了一眼。

运输机的火箭引擎和燃料箱都破裂开来,漏出许多白色光芒。看来安装了爆炸物的可不止操纵席一处。

视野停止了摇晃,士兵停下了脚步。接下来的一瞬间,运输机被炸成了无数碎片。

就像是得到信号般,四周突然响起了微弱的地鸣。轰隆隆的声音从四面八方传来,其中还有蜜蜂飞舞时发出的那种尖锐声音混杂其中。

"是圈套!"

夜叉不等准尉发来指示,立刻开始套上动力装甲。与此同时,他接连访问了所有在外侦察的士兵的视觉。牛鬼似乎也在做同样的事情。

"武装火星车从冰层下……五台、十台——不,更多!"

"都藏起来了!"夜叉的额头上滴下了冷汗,"他们大概是躲在采冰流水线挖出来的沟里。采冰流水线以这里为中心呈放射状排列,我们会被包围的!"

大脑开始发热。眼睁睁看着"螳螂"被杀,这对夜叉造成的冲击之大让他自己都有些意外,对敌人的憎恶也急速翻腾起来。

牛鬼猛冲到拖车外,夜叉也准备跟上。

"拖车的主驾驶全部待命!"准尉的命令硬生生地刺入脑中。

"什么?"夜叉不由得抗议起来。

"把拖车和挖掘机先运送到安全的地方。"

"说什么废话!我们已经被包围了啊!"

"让武装火星车和机动步兵打开一个突破口。"

夜叉咬紧了牙。就算是人手不足,竟然让这样一个缺乏实战经验的家伙当司令……

"警告日本人,警告日本人,请立刻投降!"震耳欲聋的音波贯穿了拖车的装甲,传入耳中。

夜叉在显示器上调出车顶摄像机的图像,便看见十架左右的"Bee"正悬浮在空中。将摄像机旋转了三百六十度后,他便知道自己已经被五十多架战斗直升机给包围了。

"Bee"的后方也有黑色的巨大剪影在逐渐逼近,恐怕是武装火星车。看起来也超过了五十台,眼下的状况可以说是束手无策了。

但在现在的火星上,究竟是谁竟然还温存着这样的军事力量? 看起来不像美国。俄罗斯据说也已经撤退了……

"你们已经被完全包围了。"敌人通过多架"Bee"的扩音器对他们喊话,"我们的战力是你们的三倍以上,继续战斗没有任何意义。不要浪费你们的生命! 马上投降!"

听起来全都合情合理。这时候最好先举白旗投降,之后再寻找反击的机会。而且现在这种状况下大家也十分想知道对方究竟是什么人。

就在夜叉打算向丰田准尉提出这个建议的时候,他却突然又犹豫了。那个准尉可是特别爱面子,要是自己不小心说错了话反而会招来反感,说不定他会无谋地下达突破包围圈这种命令呢。

幸运的是准尉还不是夜叉担心的那种门外汉。

"解除战斗状态。全体在现在的位置上待命。"准尉的这条指令通过环境对换模块传达给了各个士兵,然后他穿上普通的耐寒气密服,一个人走到了火星车外。

像蜜蜂一样嗡嗡叫着的"Bee"原本都悬浮在空中,此时却有一架开始下降,然后在丰田准尉眼前着陆了。舱门打开后,一个身穿动力装甲的士兵和一个穿着非义体用动力外骨骼的人从里面走了下来。

"你是指挥官吗?"穿着动力外骨骼的人问。

"是的,我是丰田城一郎准尉。"

两个人的对话通过环境对换模块"播放"给了全体士兵,也就是将丰田准尉的听觉捕捉到的声音进行了广播。

"决定投降实乃贤明之举,我们保证不伤害你部下的性命。"

"话先说在前面,我们的目的并非军事行动。虽然不知你们是什么人,但我们原本也没有交战的打算。"

"哦,那么你们原本的目的是什么呢?"

"在那之前你可否进行一下自我介绍呢?"

对方沉默了片刻。

"也好。我是约翰·德莱塞克少尉。是欧、加、澳、印联合机动部队的指挥官。"

欧盟、加拿大、澳大利亚、印度!夜叉顿时茅塞顿开。原来如此,原来是这么一回事……

反过来想,自己竟然没有想到这种可能性才有些奇怪呢。

准史瓦西球体基本上是先吞噬掉了大移民地,先进三国的主要移民地最先受害。包括义体人在内的军火资源也都集中在大规模的移民地中,因此三国的军事力量明显受到了削弱。

但另一方面,原本就只有中等规模以下的后进国却没有立刻受到球体带来的灾害,因此他们也有了分散军事力量、保存实力的机会,其结果就是火星上的相对军事平衡已经发生变化。如果欧盟、加拿大、澳大利亚、印度合作的话,的确比当今先进三国中的任何一国都更强大。

于是他们就展开了逆袭。击落救援船队的飞船不过是一次小小的试探。当他们确定先进三国只是在嘴上说说而根本没有报复的实力后，自然觉得应该强行夺取防守变弱的北极冠，将势力范围直接延伸到这里。这可是如假包换的军事行动，已经不能算是地下战争的一部分了。围绕着水这一贵重的资源，明显的争夺战已经拉开了帷幕。

火星机动部队的上层指挥部究竟在什么程度上正确地把握着当前形势呢？看起来，至少俄罗斯已经认识到形势不利于他们，从而选择了撤退。而美国和日本则是字面意义上的"飞蛾扑火"。哪一方的情报收集力或者判断力更优秀真是一目了然。还是说虽然明知道危险，但却有不得不将挖掘机搬运到这里来的意义呢？

"我们的目的并非军事行动。"

丰田准尉和德莱塞克少尉的对话还在继续。

"我们是为了拯救被准史瓦西球体封闭的人们才到这里来的。这并不只是日本一个国家的问题。这是移民到火星的全体国家、全体人民的问题。希望你们不要妨碍我们的任务。不，应该说希望你们能够协助我们。"

"这附近可没有准史瓦西球体。你们为什么到这里来？"

用脚踩碎冰的声音从广播里传来。

"在冰层下的地面下，埋藏着能解除球体的装置。"

"真的吗？"

"并不是只有我们才知道这条情报。想来你也肯定听说了，美国、俄罗斯也都带着挖掘机在朝这里来。只不过你们妨碍了他们。"

"为什么这里会有能解除球体的装置？"

"这一点我也不太清楚。"

"是你们制造的球体吗?"

"怎么可能?"准尉提高了声音,"那可是远远超越人类智慧的现象。你们也产生过同样的想法吧?那不像是自然现象……恐怕是一种拥有远比我们更高超技术的存在曾经居住在火星上,而球体正是他们的遗产。"

令人紧张的沉默。

"如果你们妨碍我们行动,被球体吞噬掉的许多人就会这样消失掉。而你们一定会受到国际舆论谴责的。"

丰田准尉这死马当活马医的辩论似乎生了效,德莱塞克少尉陷入了深深的沉思之中。不,应该不是沉思,恐怕他通过环境对换模块在与上层进行联络吧。

大概有五分钟他都一动不动地埋着头。最后终于传来了结论,于是他抬起头说道:"好吧,你们就在我们的监视下进行挖掘好了。只不过只准留下工作必要的人员,其他人都必须拘留起来。如果能够确定你们所言属实,也就是准史瓦西球体真的消失了的话,我们会释放所有人。"

5

回过神来时,KT正在温暖的液体中游泳。当然在电子媒体上他从来没有体验过"游泳"这种感觉,但是通过连线体他也知道水的感触、黏性、浮力等。而现在的虚拟身体体会到的却正与那时候得到的感觉相同。

他知道转换程序正按照计划工作着,历史记录中既然这么记录着就不会错。"火星观察者号"将包含有KT、"束田.bak"、"地精"的数据传送到了引力波网络上。不是复制,是传送。也就是说电子网络上已经没有残留的数据了。

不管是在日本星际网络还是在互联网上都没有这样奇妙的虚拟空间。不过,这里应该就是引力波网络。不习惯的感觉让KT困惑,他没有目的地四处乱游了一阵。现在四周都暂时看不到"束田.bak"和"地精"的踪迹。KT不知道自己为什么会和他们分开,他完全没有那段时间的记忆。

突然,空无一物的空间中出现了许多摇晃不定的块状物。它们变换成各种各样的形状,时而膨胀,时而缩小,看起来像是透明的泡泡,又像是黏土一样。环顾四周,KT发现自己背后也漂浮着好几块同样的东西。但是只要稍微移开视线,这些东西又全部像是消失般不见了。

为什么会是液体呢？KT想。

电子网络上的虚拟空间或多或少都是从现实世界类推出来的。其中有城市，有变成化身的人们在漫步，天空中甚至有云在移动。没错，偶尔还有像《水晶沉默》一样吹起风的地方。

假想电子世界里是有空气的。虽然平时大家都没有特别注意这一点，但这一定是类推的一部分。

如果是这样的话，引力波网络的虚拟空间中充满液体的事实或许正暗示了其构建者原住民是生活在液体之中的。如果他们生活在太古时代的火星上，那么这种液体应该就是水了吧。原住民是水生生物……

然而现在周围除了水之外却一无所有。虽然刚刚出现了奇怪的块状物，但除此之外，既没有鱼也没有摇曳的海藻。不仅如此，前后左右究竟哪一方是水底、哪一方是水面也无从分辨。光线如同雾气般飘散在整个空间中，不是从某个特定方向照射来的。KT一时间觉得目眩，完全不知道自己究竟朝着什么方向。

又有一些像是碎布片的东西出现，然后转瞬即逝。

KT突然觉得有人从后面拍了拍他的肩膀，他慌忙回过头，然而眼前却依旧是透明的液体在摇曳。既然是在摇曳，也许说明了液体的密度不同。

他天马行空地想象了一下三十五亿年的岁月。真是一段令人失去理智的时间。即使数字化的信息不会退化，它们能够完好无缺地存续以亿为单位的岁月吗？对于使用电脑不过一百多年的人类来说，很难自信地给出肯定的回答吧。

以现在的电子技术来看，首先硬件的耐用年数就有极限。如果能够定期进行维护、交换元件会怎样呢？如此一来就肯定会持续与杂音和错误斗争。现在的硬件和通信网络的信赖性基本上已经提高了,几乎不需要使用所谓的"错误控制"技术。但就算如此,杂音和错误却也不可能绝对为零。只不过,对于几年和几十年的时间跨度来说,这些错误少到几乎可以忽视的地步而已。

但是几十亿年呢? 就算是信息应该也无法逆转熵的法则。

与电子网络相比,引力波网络似乎更容易受到杂音的干扰。首先引力波的输出功率就比较小,而火星还持续受到火卫一、火卫二以及其他行星和太阳引力的干扰。考虑到几十亿年的时间单位,就算有小行星突然从附近经过也不是特别稀罕的事情。如果原住民不仅在通信上,而是连计算和保持记忆都使用的是引力的话,问题恐怕就更加严重了。

说不定原住民的数据早已扩散丢失了,残留下来的不过是水中仅有的密布分度而已。

这样的担忧掠过了KT的脑海。但如果真是这样的,水晶花和准史瓦西球体是原住民制造出来的东西这个前提就经不起推敲。

周围又出现了奇妙的物体,这次略微有了一些几何体的形状。最开始看起来像是扭曲的长方体,然后变形成了船一样的东西,接着又化作让人联想起八面体、十二面体等各种立体物体。

难道说,刚才摇晃不定的块状物和这些不知道是什么的东西也都是原住民搞出来的?

就在心中这么默念的同时,KT又产生了一个新的念头。

日本星际网络和互联网的虚拟空间都是三维构成的,这也是对物理世界的类推。但是引力波网络上的虚拟空间可能有所不同。虚拟世界原本可以是任何维度的,只不过人类只能把握三维空间的感觉而已,所以在这一点上遵循了物理世界的法则。

如果不考虑人类的话,也许高维虚拟空间会更加便利快捷。信息的传送路径和超链接的构造自由度都会呈现出飞跃式的增加。

KT尝试着将刚刚看到的几何型物体看作四维构造物的投影。于是他反推出,如果将八个立方体构成的超立方体向三维空间进行投影的话,就能得到几乎相同的图像。就像是将六块正方形构成的立方体投影到平面上的话,其影子就会在三角形和六角形之间发生不同的变化一样。两者的本质是相同的,只不过维度更高一级而已。

KT既然是以人类的大脑为模型制造出来的,通常对事物的认识当然也都是和人类相同的。虽然引力波网络的虚拟空间也自动被解释成了三维,但看起来不得不考虑其实是四维的可能性。

KT无法"看见"四维,因为他的意识是以人类为蓝本构造的。不,也许可以,但是他却完全不知道该怎么办才好。这就像是要驱动一块自己从来没有用过的肌肉一样。但是,他当然能够处理四维信息。不仅是四维,更高维度的变量和坐标也都不在话下。

在这个世界中,是不是应该放弃使用感觉来理解事物呢?KT想。所谓虚拟空间,原本就是基于尽可能地使用感觉、直观的方式理解和把握没有实体的信息这一点发展起来的。但在一个无法理解其具体化、具现化规则的世界中,强行尝试反而会导致混乱。

在没有任何标志的完全黑暗的海面上,仅仅依靠指南针进行航海——虽然看起来很危险,但在这里这种方法应该是最可靠的吧？

于是KT再次将注意力放到水里的密度分布上。如果这个密度分布源自信息的扩散的话，那么只要调查其梯度，也许就能够在这个无边无际的世界中看出什么构造来。

调查的结果发现，水里的密度信息中果然包含有四个向量。所以密度梯度就得用四维坐标进行理解。他在水中一边随机移动一边测量了几千个结果，将这些结果统计起来，却遗憾地发现并没有密度朝着一定方向变大的倾向。就算有局部波动，整体上的变化却几乎不存在。但是在详细解析中，却能看出其中有好几种倾向虽然微弱却复杂地纠缠在一起。

KT挑选出其中最为显著的倾向，进行了更加详细的解析。在消除了各种杂音和信息干涉之后，他终于抽取出了密度梯度。于是，KT决定暂时沿着这个梯度朝着信息密度更大的方向前进。

中间KT好几次失去了密度梯度，每次他都不得不重新在周边进行调查和解析。但这也是理所当然的。毕竟他在寻找一条几百万或者几千万年前，甚至可能是几亿年前铺下的道路。道路在途中消失，或者和其他道路重合在一起导致无法分辨，都是完全有可能的事情。

就算是纱夜那样的专业考古学家也不可能正确复原出这么古老的遗迹。不过首先，这是否能被看作遗迹都还是问题呢。当然地球上应该没有这么古老的遗迹。

只不过随着密度逐渐增大，找不到路的情况也随之变少了许多。同时，那些奇妙的物体——四维构造物的影子——出现和消失的频率也变高了许多。KT的心中开始萌生出微弱的期待感,至少这条路应该是通往某个地方的。

虽然在电子的虚拟空间中,"时间"概念也早已无足轻重,但在这里则完全不存在。从沿着密度梯度移动开始,他感觉似乎已经经过了十分漫长的时间,又感觉似乎只是一瞬间。而他完全没有能够确认时间的手段。

但是"道路"的终点却唐突地出现了。

KT看见一个像是巨大微生物一样的东西。最开始他联想到一种叫"团藻"的绿藻类生物。这是一种单细胞生物,由几百到几万个个体聚集在一起形成球状群体,通常其内部又包含有数个子群体。也就是说一个大球中装着小球,这与眼前的一幕多少有些相似。

接下来,他联想到的则是放射虫。

这也是原生动物的一种,有硅酸构成的复杂骨骼。其中多数骨骼都是立体网状构造,呈现出几何式美学,如果不是拥有较高科学素养的人,难以掌握其全貌。硬要比喻的话,这种生物就像泡沫或者面包一样拥有多个气泡结构,但是规则严谨,全体呈现出球形。

但KT最后联想出来的图像在感觉上应该最接近其本质——病毒。

这当然不是指电脑上的病毒,而是物理世界中作为有机构造体存在的病毒。病毒的构造体也多为标准几何体,甚至会被误认作是矿物的结晶。而烟草花叶病毒等甚至能以结晶的形式从受到感染的植物渗出的汁液中提取,因此至今也有很多学者认为病毒不是生物。

现在KT面前的这个构造体看起来像是拥有三重外壳的艾滋病毒。全体像是用二十个正三角形聚集起来的正二十面体,但是随着其旋转却在发生微妙的变化。每一面的三角形都由紧密并排在一起的小球体构成，这些球体简直就像是构成病毒外壳的蛋白质分子。

这个外壳是半透明的，内侧也有同样由小球体构成的壳。而这些壳的内部同样还有更多看起来像是壳一样的结构。

KT决定暂时将这个构造体命名为"病毒体"。这是指代由基因和衣壳构成的病毒粒子本身的单词。

"病毒体"不止一个，而是有无数个。它们互相间隔一定距离，前后左右上下都排列得整整齐齐，恐怕在四维方向上也是如此吧。明显这不是随意堆积或者散落形成的排列，其中像是存在某种规则，而所有"病毒体"很可能形成了一个更加巨大的构造。

在"病毒体"和"病毒体"之间有各种各样不同形状的物体在来来往往。有些像是阿米巴一样不定型，有些又呈现出几何构造来。它们会突然出现，短暂地移动一段距离后又突然消失不见。乍看之下，它们的移动方向也非常随机且没有规则。

KT将这些物体命名为"断片"。这只是单纯从印象中得来的一个名词而已。

在尝试解析"断片"的移动模式后，KT发现它们所朝向的方向呈现出一定的趋势。这样一来，某个地方就应该比其他地方聚集有更多"断片"。KT立刻就朝那个方向进行了跳跃。

如他所料，他很快就遇上了一个拥有明显特征的"病毒体"。这个"病毒体"比其他"病毒体"要大两圈，整体颜色发黑。构成其外壳的每一个小球体——KT决定叫它们"蛋白质"——中都封闭着一个物体。也许正是出于这个原因，这个"病毒体"的外壳透明度也低了很多，毕竟其他"病毒体"球体里面都是空的。

　　从各个方向飞来的"断片"毫无阻碍地穿过这个"病毒体"的外壳,被吸入内部。相反也有从里面出来的"断片",但相比之下数量却极为稀少。

　　KT靠近那个巨大的"病毒体",仔细打量了每一个"蛋白质"。看起来被封闭在其中的是一些与超图像数据文件连接的物体。感觉像是从每个文件所包含的图像中截取的静止图像,不过这些当然都是立体图像。

　　KT尝试潜入这个"蛋白质"中。虽然感觉这个球体不大,但其中却是和地球的海洋一样广阔的水下世界。虽然这种现象在虚拟世界中也很常见,不过这也许是用类推的手法表现了四维的性质。他原本以为这里只有一个物体,但进来后才发现其实有无数物体。看来在"蛋白质"外面看到的画像只是大分类的索引而已。真正进入其中后,图像就被分类成更详细的类型。

　　KT立刻高速浏览起这些超图像来。

　　所有图像显示的都几乎是完全相同的景色,但却是用从紫外线到红外线的不同波长拍摄而成的。如果搜索用可见光捕捉到的景象,则能看到如下的景色:

　　首先这是一个巨大的拱形或者球形空间,大量与水晶花完全相同的结晶构造体如同茂密的荆棘丛一样错综复杂地交错在一起。而说这个空间巨大,是和这些植物一样的矿物进行比较之后得出的结论。从叶片和花朵的变形构造等细节能确定那是水晶花无疑,至少也应该是近缘种类或者亲属种类。但与火星地表上出现的水晶花有一点不同,这些水晶的枝干内部堆积着无数像弹丸一样的石头。这些石头散发出银色的光芒,形状大小完全相同,应该是人工制造的产物。或许说这也不是石头,而是中空的胶囊。

摄像机在枝干间灵巧地穿行着,不断显示出周围的景色来。镜头有时会靠近银色的石头,暂时停下片刻,然后才再度移动起来。上述过程不断反复。如果只是图像信息也就仅此而已,但超图像却会同时记录下气温、湿度等各种信息。特别是摄像头靠近银色石头时,会从石头中提取大量的信息,但全都是KT无法解读的内容。

看来这里储存的应该是某个物理空间中的定期巡回记录,大概是在检查银色石头的状态。

这时候,KT突然觉得开了窍。

——这里是"某个"物理空间?

KT又一次回想起病毒来。没错,病毒正好就处于生物和非生物的中间位置。事实上除了"蛋白质"病毒外,也有包含多胺或者金属的病毒存在,甚至还有单一化合物般的结晶病毒。

这样一来,似乎水晶花也就没什么好奇怪的了。如果病毒算生物的话,水晶花理所当然也该算生物。也可能曾经有过一种如同病毒般的生命体形成的集群,结晶化后得到的就是水晶花。如果将这些都类推映射在这个引力波网络上的虚拟空间中,也许可以说现在自己就正位于水晶花之中呢。

KT从一个"蛋白质"走到另一个"蛋白质",依次检索超图像的"目录"。然后他在第一亿两千三百八十七万四千六百二十的位置发现了他寻找的图像。

那里面映出人类的模样来。

这些人正透过气凝胶一脸不安地望着外面。看起来不像日本人。从全体都穿着火星移民用的制服来看,应该是俄罗斯人吧。虽然在地球上他们很早以前就舍弃了统一着装,但在火星上却从某种意义上复活了这一传统。

将图像缩小后,KT看到了移民地的全貌。不会错了,这是火星莫斯科,现在应该正位于直径只有一百米左右的准史瓦西球体之中……

图像不仅可以从上、下、左、右各个方向随意查看移民地的情况,甚至可以贴着地面朝上看。更奇妙的是还能直接钻进地面里去。

看来水晶花果然是形成引力波网络中的重要一环。不,不仅是一环,或许是全部才对。如果这里显示的是火星莫斯科的实时景象,那只能认为这些图像是通过引力波网络从水晶花传送到这里来的。

这么说来,不是有人形容准史瓦西球体是没有厚度的蛋壳一样的引力场吗?也许形成水晶花的纳米大小的结晶生物能够暂时分散开,组成那巨大球体外壳一样的群体也说不定呢。如果每个结晶生物都有操控引力的能力的话,自然就能制造出准史瓦西球体了。

KT更加详细地查看了同一个"蛋白质"里面的超图像,试图找到其他移民地的线索。但是除了偶尔能看到火星表面荒凉的沙漠和岩石之外,剩下的全都是在水晶花森林中彷徨徘徊的图像。

但是,随机选择的第一亿九千六百二十四万七千二百三十六个物体之中却显示出令人意外的一幕来。那是个如同谷底一样阴暗的场所,矗立着一座用钢筋建成的哨塔一样的建筑。四面都有强光照射,而哨塔中心部分从上到下的一条管道也在发光。KT尝试从其他角度观察这里的构造,但却只能小范围地改变视野。恐怕这个地方只生出了很小的水晶花芽吧?

哨塔周围有几个人影,似乎都是身穿动力装甲的义体士兵。究竟是哪个国家的机动部队？他们在做什么？

就在KT准备放大一个站在哨塔下的士兵的面孔时，一只像人类的手一样的东西突然出现在他眼前。还没来得及逃走，KT就被那只手一把揪住，然后强行拖出了"蛋白质"。更准确地说，应该是他与超图像数据库之间的访问连接被强行切断了才对。虽然在比喻上是被拖出了"蛋白质"，不过KT在内存空间里的位置并没有发生实际变化。

"你果然在这里啊，KT。真高兴能见到你。"

熟悉的声音。然后，"弗兰肯斯坦的怪物"出现在KT面前。引力波网络中当然不会登记这样的化身数据，但是一条包含有化身图像的短信却发送了过来。

"你觉得这里储存的图像都是什么呢？"

"束田.bak"问，惨白的面孔微微颤抖着。虽然同为数字化生命体的两者之间使用化身毫无意义，但"束田.bak"似乎还没有彻底摆脱人类对代理者的沟通习惯。或者他只不过是特别中意自己的这个化身。

"不知道。"KT也披上了"隐形人"的化身并回答道。不管怎么说，要想探知对方的想法，就应该同化环境，尽可能在不造成额外压力的情况下沟通。如果"束田.bak"还没有彻底摆脱人类的外壳，那就只能由他主动配合了。

"不可能，你应该已经意识到了吧。""束田.bak"竖起异常修长的食指指着KT，"这是坟场啊，原住民的坟场。也可能是他们为了重生而修建的金字塔之类的东西。但不管是哪种，那些封闭在巨大水晶花中的银色胶囊毫无疑问就是原住民的棺材。至于这个坟场究竟在什么地方，你大概也已经猜到了吧？"

KT没有回答。看来"束田.bak"还不知道这些图像中也包含有火星地表上的内容。

"当然是在火星的北极冠地下了。你们也发现了那个地下空洞，那应该就是超图像中记录的空间了吧。虽说事出偶然，不过你把我带到了一个非常了不得的地方呢。我从一开始就对那个空洞非常感兴趣，这个引力波网络恐怕是为了管理和保护原住民的坟墓才被构建出来的。而已经数字化的原住民说不定暂时就生活在这个网络上呢。不过，至少现在看起来只有'守墓系统'在运作。我刚刚恢复意识，就正好和这个系统碰了个正着。你不觉得这也是某种机缘巧合？"

KT回想起与智脑一同潜入西荒公司的网络时，在"太阳"里看到的一幕幕图像，以及刚刚超图像中谷底那个哨塔一样的东西。

"……你大张旗鼓地要在北极冠打孔，果然是为了前往地下空洞吗？"

"噢，原来你已经知道这条情报了。是这样没错。当然我对原住民的尸体可没兴趣，但那坟场里应该也保留着他们巨大的遗产吧。里面肯定也有操纵引力的技术。也许那个空洞本身就是装备着超科技的宇宙飞船内部呢。如果能从那里得到原住民发达的科学技术，我就可以随心所欲地控制人类的未来了。"

"束田.bak"的目光突然朝向空中，游走起来。

"其实，我特制的挖掘机应该刚刚抵达北极冠，也许他们已经开始设置了……不过既然事情发展成这样，如果我能在这个引力波网络内部直接取得他们的遗产的话，其实也没必要这么麻烦地打孔了。"

"你的目的究竟是什么？以前我就一直抱有疑问。我知道你可不是为了钱，你偷盗原住民的技术究竟是想干什么？"

"当然是引导人类进行永恒的争斗。"

"永恒的争斗？为什么？"

"束田.bak"薄薄的嘴唇一端朝上翘了起来。

"像你这种会被无聊女生逗得团团转还沾沾自喜的家伙大概无法理解吧，不过我还是告诉你吧。其中一个理由当然是我要从人类那里夺走和平与安宁。你难道不觉得互相仇恨、互相残杀、持续破坏才是最适合人类这种生物的命运吗？就像是人们喜爱观看体育比赛一样，我只不过是喜欢看人类的这副丑态罢了。但要是放着不管，人类很快就会自取灭亡。因此我必须授予他们智慧，引导他们前往下一个应该被破坏的世界才行。人类就和艾滋病毒或者埃博拉病毒一样，明明是寄生虫，却会把宿主给弄死，结果等于也让自己毙了命。所以人类必须要不断感染新的宿主才行。而这样持续下去的话，人类迟早能将这个宇宙也破坏殆尽——这正是我的第二个目的，给这个宇宙带来死亡的安宁……这是我的使命，人类只不过是为了达成目标的道具而已，我可等不到熵增导致宇宙缓慢死亡。"

"束田.bak"的言语中带有一丝狂热。

"这个世界实在是太丑恶了，特别是有机生命体更加丑陋。如果宇宙中只有无机物和能量循环的话，世界该是多么清静而美丽啊。是有机生命体污染了这一切，你不这么认为吗？光是看到小石头上附着的地衣就让我想吐，简直污秽。而人类就是附着在地球这颗小石头上的污物。如今我进化成了纯粹的信息存在，从来没感觉这么神清气爽过。我已经得到了完成自己使命的资格。为了夺回绝对和平而清静的世界，我必须利用有机生命体自己的手，用他们那恶毒而且猛烈的破坏之业火将这个宇宙烧成灰烬，而且这事情最好尽早完成。说到底其实是为人类带来了最后的救赎吧。"

KT怀疑地问道："你是不是对谁抱有怨恨？我觉得你只不过是将这种怨念发泄到全体人类身上而已……"

"束田.bak"扭过头，用一种故意能让他听见的音量叹了口气。

"所以我说，像你这样的缺陷品是无法理解的。对于我这样拥有进化后精神的存在，人类什么的不过是狂妄的虫子而已。什么仇恨不仇恨的，我的认知早就超越这种程度了。"

他看起来似乎并没有故意逞强，至少"束田.bak"是相信自己所说的话都是真实的。但在KT的脑海中，"太阳"里那些阴森的"记忆"却鲜明地复苏过来。在那些记忆中登场的高个子纤细少年，就是束田本人吧。

"这么说来，我曾经听说过，"KT一边观察"束田.bak"的表情一边冷静地说，"初期的湿件在大脑被格式化之际都会出现激素失衡，导致肉体出现各种障碍，其中最常见的是巨人症。苏凯伦的体型也已经显现出了巨人症的征兆。但如果真是这样，就让人有点百思不得其解了。苏凯伦是你的克隆体，你是为了让自己在现实世界也能如同基督一样复活过来，才使用我和凯伦进行实验的吧。但是凯伦在还没有解决激素失衡问题的情况下就变成了湿件，所以才会保留了那样的体型。但奇怪的是作为他的原型，你也拥有几乎相同的体型。如果巨人症并不包含在遗传性状中的话，想来这就是根本不可能的事情了。"

"你究竟想说什么，KT?""束田.bak"看起来十分冷静，当然这不一定就是化身没有正确表现感情的缘故。此外还有什么东西"触动"了KT的感觉。"束田.bak"是在假装平静——虽然没有根据，但是KT却如此确信。这可以叫作直觉吗？

"我曾经调查过苏凯伦的 DNA 序列,毕竟是自己的湿件,自然希望能够知道更多的特性。"KT继续道,"而其结果,我得知凯伦完全没有患遗传病的风险。此外如果没有进行大脑格式化,预计应该是不高不矮、没什么特征的体型才对。那么反推回来,拥有同样基因的你自然也应该是这种体型才对。而你为什么会变成和凯伦一样的体型呢? 答案只有一个:你也曾经将大脑格式化过。"

这次可不仅仅是感觉上的"触动"。激烈的感情——混杂着"焦虑""愤怒""羞耻"等复杂的信息突如其来地传到KT这里。但是"束田.bak"的样子依旧毫无变化,他只是露出了淡淡的笑容。那么这些信息究竟是从什么地方传来的呢?

"就算是真的,情况又有什么不同呢?""束田.bak"用忧郁的口吻回答,"这并不会让现在的我失去超越性。"

KT终于发现了"直觉"的来源:一种赤黑色火焰般的激情正通过四维方向的信息通道传来,这是人类的电子网络中没有的通道。意识到这一点的KT搜索了发信源头,果然是"束田.bak"。看来他还不知道这个世界拥有四维构造的事情,他没注意到这条新追加的通道,无意间就发送了标志着自己心理状态的信息。

"总裁,你只不过是因为自己的个人怨念而想把整个人类都引到永无止境的战斗中去。我不知道你究竟经历过什么,也许……你是想向那些把自己变成湿件的人复仇吧。但是这种行为没有任何意义,如同你所说,放任人类不管的话,大概过不了多久人类就会自取灭亡,而宇宙迟早都会迎来缓慢的死亡。把人类被诅咒的命运再延长几十亿年,或者让宇宙的死亡提早几十亿年,究竟又能有多大的差别呢? 反而在这期间,你不得不一直承受着这种痛苦啊。"

"少自以为是。""束田.bak"全身发射出一种像是闪电的杂音,似乎是想让KT所占据的内存空间变得不稳定。如果不小心,甚至可能会死机。但是早已预见到这一点的KT毫不含糊地逃到了另一个位置。果然在数字世界里,还是KT要老道一些。

看来"束田.bak"似乎变成了比肉体原型更加危险的存在。经过数字媒体上进行备份的过程,虽然他的人格略加单纯了一些,但感情方面却有增幅的倾向。估计不是个完美的复制品。如果放手不管又让他偷走原住民的技术,他一定会卷土回到日本星际网络。如此一来,这个合弄代理者恐怕会变成一个统治人类的疯狂君王,而且持续时间是永久。

KT做好了反击准备。"束田.bak"只是露出冷冷的笑容,却无动于衷,但他内心中却已是汹涌澎湃,KT知道。应该怎么处理这个怪物才好呢?删除吗?替换吗?还是将其封闭在某处呢?

然而KT没有答案,他只能继续和"束田.bak"互相怒视。

突然,KT感觉到身体的自由被夺走了,移动机能麻痹了。原因不明。一种强烈的恐惧猛然袭上他的心头。但这却不像是来自"束田.bak"的攻击。定睛一看,"束田.bak"也被一个巨大且复杂的立体物体给擒住了,正在奋力挣扎。

——"吉姆"吗?

那个正试图将"束田.bak"吞掉的物体看起来是由多个行星探查器一样的立体物体构成的。就是那种上个世纪的、真是像病毒一样形状的探查器,一共有二十至三十个,都组合在一起。这毫无疑问就是出现在连接日本星际网络和引力波网络的通道里的那个物体。如果那就是"吉姆"的话,眼前的这个也应该是"吉姆"了吧。

　　KT感觉到自己也被同样的超立体物体覆盖,看来"吉姆"不止一个。虽然不知道它究竟是怎样阻止KT行动的,不过现在"吉姆"却像是要慢慢品味自己的猎物一样伸出了无数的"探针",然后以猛烈的速度开始从头到尾地解析起KT这个软件的构造来。KT多少能够理解现在正发生的事情,所以感觉特别恶心。如果换作人类比喻,大概就是大脑的各个角落都被电击了的感觉。当然由于速度特别快,所以不知道每一次探针究竟具体在探查什么地方,但整体而言就像是有人在自己的肚皮里面翻来翻去一样。

　　KT尝试观察了"吉姆"各个部分的立体物,然后将它们与1960年后送往火星的各种探查器进行了对比。结果表明三十多个构成部件几乎都与曾经失去了联系,或者着陆失败的探查器相一致。

　　直到20世纪末期,人类的火星探索计划大部分都打了水漂。俄罗斯或者说苏联发射过十九次探查器,但光是要探查器飞跃或者进入卫星轨道就已经让人尽了全力,着陆则次次都遭遇滑铁卢。美国在20世纪发射过十三次探查器,在"海盗号"成功之前,一次飞跃和一次进入卫星轨道的尝试都失败了。此外1994年,耗费了大笔资金的"火星观察者号"中途失去了联系,社会一片哗然,甚至差点儿影响到NASA的存亡。那之后的1999年,"火星气候探测者号"在进入绕火星轨道后没多久也下落不明。仅仅几个月后,"火星极地着陆者号"在降落火星之后行踪不明。不仅是美俄两国,2003年日本的"希望号"放弃了进入环火星轨道的尝试,而欧洲的"火星快车号"则失去了登陆器"小猎犬2号"。

　　也许这些事故和失败全都不是人类的责任。在火星原住民看来,捕获并且调查这些不断飞来的奇怪物体才是理所当然的事情。也许他们早就预见到了人类将会抵达火星,因此他们一直在通过探查器积累关于人类的通信技术和电子技术的情报。只要将探查器这个硬件作为软件在数字化媒体中完整再现,理论上就应该能模拟出其全部举动。

也许他们都没有猜到,能在引力波网络和电子网络之间来去自如的"吉姆"的源代码也许就隐藏在这里。也就是说,探查器的模拟器在电子网络上进化成了能调查人类的代理者。但因为最开始的时候,探查器的形状被当作图标或者化身而被读入,后来也许就一直沿用了下来。

"束田.bak"的外貌开始发生异变。丑陋大块头的眼睛、耳朵、鼻子、嘴巴开始一个接一个地消失,最后他变成了野篦坊①一样的模样。原本巨大的头颅和长长的手臂也逐渐变得像普通人了。控制化身的代理者似乎无法正确理解"束田.bak"身上正在发生的变化,因而陷入了混乱。"弗兰肯斯坦的怪物"变成了无面妖怪,这是连身份都一同丧失了的本质变化……恐怕"束田.bak"的代理者之间或者代理中介之间的网络遭到了"吉姆"的修改,甚至有可能各个代理者的源代码都已经被更改过了。

吞掉KT的这个"吉姆"也差不多完成了解析。探针的移动变慢了许多,KT的心中充满了不安与焦躁。

——如果自己也像"束田.bak"那样被替换覆盖掉了的话,会变成什么样? 在那之前如果不和"吉姆"进行交流的话……

但与外部的通信界面也无法正常工作,也就是说他无法发出声音来。虽然思考能力和感情还残留着,但其他机能似乎全都麻痹掉了。KT只能在心中大喊起来:"等一等……听我说!"

①日本传说中的无面妖怪。

探针的运动停下了。但这并非是对KT的呼喊做出了反应，而是对方对KT带来的"记忆"表现出了一定的兴趣。

那是关于一个名叫"纱夜"的孤独女人的记忆。还有纱夜制作的《水晶沉默》这部艺术作品的记忆。

探针轻微地动了动。

如同电光一般，纱夜的面庞在KT的脑海里闪过：鹅蛋形的脸与飘逸的长发，小小的眼睛和鼻子，饱满的嘴唇，无依无靠的表情和眼中闪烁的泪水。

这一次，纱夜的声音在他心中响起。

——如果你一定要毁灭原住民的话，我不如现在立刻就死在这里。这一定会轻松很多的……

"住手!"KT再次叫起来，然后他突然感觉到身体似乎轻松了许多。

移动能力恢复了，通信机能也恢复了。当他回过神来时，那个吞噬自己的"吉姆"不知何时已经飘到了他的头顶上。

"束田.bak"已经完全失去了人类的模样，更准确地说，化身也被完全替代了。至于他的本体究竟变成了什么样则无从得知。他的新化身与一百年前的行星探查器很类似，看来"吉姆"是打算将"束田.bak"吸收成自己的一部分构成元件。KT束手无策，只能眼睁睁地看着这一幕发生。

最后"束田.bak"变成了一个扁平的八角柱形、四面展开太阳能电池板的形状，看起来和以飞跃火星为目的的初期"水手号"系列很相似。他被安置在一个与苏联的"弗伯斯号"差不多的元件旁。

飘浮在KT头顶上的"吉姆"——"吉姆A"——毫无动静。KT尝试着在"吉姆A"周围像卫星一样环绕了两三圈，但对方毫无反应。

难道说它在等自己先开口？KT想。若是这样倒是个好机会。

KT准备向"吉姆A"发送信息。

但就在这时却出现了新情况，那个将"束田.bak"吸收掉的"吉姆"——"吉姆B"——突然发起狂来。它的身体剧烈抖动，仿佛各个元件都要散架一样。整体的颜色和形状也都以令人目眩的速度飞快变化着。

KT愣愣地看着眼前的一幕。虽然没有动，但是"吉姆A"也像是摆出防御性姿势一样改变了元件的位置。

随着最开始的震惊逐渐平复，KT发现"吉姆B"的身体上似乎缠着很多细线一样的东西。虽然由于它的挣扎非常剧烈，所以很难看清楚，但那些细线却仿佛都是从一个类似"水手号"的元件中延伸出来的。KT逐渐理解了事情的缘由，但他却十分不愿承认这种可能性。

但就算如此，他也不得不接受眼前的事实。

"束田.bak"似乎逆向入侵了"吉姆B"，正在尝试强行控制对方的身体。如果对方也是作为电子媒体用的代理者而进化出的软件的话，它有可能拥有与人类制造的软件相同的构造。也可能原本就是能被入侵的。

不过话说回来，束田的执念还真可怕。如果KT拥有肉体的话，此时一定会全身寒毛倒竖了吧。

细线逐渐变粗，很快就变成了无数触手。已经化身为"水手号"探查器的"束田.bak"用这些触手逐渐将"吉姆B"捆绑起来。"吉姆B"十分痛苦地满地乱滚，试图甩开这些触手，但"束田.bak"却没有放松攻击。"吉姆B"的动作很快就迟钝了下来。

然后，"吉姆B"非常唐突地放声大笑起来。实际上，KT当然没有亲眼看到，也没有听到任何声音。但在他眼前，却浮现出了束田总裁满面冷笑的表情。这也许是从四维通信通道传来的信息吧。

没什么能比这个还更糟糕了。

"吉姆B"僵硬地颤抖了几下后，突然就消失不见了。KT慌忙四下张望，却只瞥见一个巨大的影子飞快地穿过了超图像数据库的蛋白质，潜入病毒体深处去了。用"束田.bak"的话来说，那个病毒体恐怕就是管理北极冠地下"坟场"或者"金字塔"的"守墓系统"。

再回过神来时，"吉姆A"也在急速朝那病毒体飞去。KT便毫不犹豫地追了上去。

眼前很快就出现了一系列构成病毒体外壳的蛋白质，那些充满钻蓝色液体的球状世界散发出柔和的光芒。KT绕开那些如同浮游生物般漂浮的超图像索引，准备跃入蛋白质最深处。但就在他最后偶然朝后回头之际，却看到远处展开了一片茶色的东西。只不过那时候他已经没时间去确认那究竟是什么了。

6

　飘忽不定的音乐中,体温般温暖的火焰摇曳包裹着的静谧空间,一条边缘鲜红的银白色带状物正摇摆地飞舞着。它在同一个地方不停打转,时不时发出"啾"的悲哀叫声,带状的身体描绘出的圆形中央正躺着一个女人。

　女人的脸因为痛苦而扭曲,身体僵硬地保持着一种反弓的姿势。虽然橙色的火焰温柔地抚摸着她的脖子和裸露的手足,但是冻僵了般的身体却全然没有松弛下来的样子,带状生物的叫声也似乎完全没能传入她的耳朵。

　"系统"模模糊糊地认识到这样一幕。那是由无数个代理者构成的极端复杂的网络,但是"系统"已经无法统一发挥功用了。因为位于阶层构造顶层的"主人格"已经去了另外一个世界。

　主人格带走了全部系统的复制文件。但主人格无法复制自己,所以没能留在这个世界上。

　现在,原件"系统"中的最上级阶层是几个的"副人格",但不管是哪个"副人格"都无法取代"主人格"。它们虽然可以控制"系统"的一部分,但却需要来自主人格的统治。就如同消化器官系统、呼吸器官系统等人体的各个副系统无法只发挥自己的机能,它们必须要神经系统的控制才行。

但就算如此,"系统"也还活着。虽然它们将逐渐丧失统合性,最终必然会崩坏,但残存的思念却还勉强将代理者们联系在一起。也许那是一种如同本能一样的东西。

"系统"有一个巨大的使命和目的。虽然并非其全部使命,但构成"系统"的许多网络却都是为了这个目的而形成。

守护、拯救某个女人。

"系统"并不是在运行一个被强行赋予的程序,而是其本身拥有自律意识和想法,就如同人类大脑一样。

失去主人格后,"系统"的意识在不断扩散。但是在残留下来的更为强烈的执念下,副人格们虽然十分困惑,却依旧在进行分工合作,努力寻找能够代理主人格的东西。那至少得是一个能在"系统"和其他事物之间作为界面、能够体现自我意识和想法的东西才行。

女人痛苦的表情吸引了"系统"的全部注意力。实际上那只不过是女人的化身,但这毫无疑问表现出了她在失去意识前的精神状态。

无法表述的痛苦,无法解消的难受。

"系统"中涌现出一股焦躁感,并急速地膨胀开来。这种感觉在网络中疯狂地来回乱窜,像是在寻找发泄的出口一般。

——没错,那个带状的东西……难道不能利用那个吗?

某个副人格思考到。

——那只是单纯的个人用代理者。

——太单纯了。

其他略悲观的副人格做出了反应。

——根本不能作为主人格的代理。

——不,没有必要完整体现主人格全部。

——只要能够作为拯救那个女人的手段,什么样的形式都无所谓。

将副人格们连接起来的网络逐渐强化起来。

——是的,既然是单纯的代理者,就使用符合其单纯的表现方法。

——表现什么是有效的呢?

——记忆。

——在她的记忆中的那个原始代理者。

——就这个了。

——就用这个作为表现手段了。

"系统"访问了那个在女人周围一边鸣叫一边不停回旋的带状生物,轻松地关闭了其自我保护功能,将该生物暂时置于自己的支配下。与此同时,"系统"侵入了女人的个人局域网。

那个带状生物的身形开始逐渐改变:长度缩短,身体膨胀,长出了手臂、腿一样的四肢。

火焰乱舞的世界中,不知何时就有了两个女人的身影。

远远地有人在不断发出高昂的叫喊。那是一种金属质地的、不包含任何感情的、单纯让人在生理上感觉到不快的叫声。或许根本就不是人类的声音吧,甚至可能根本就不是生物能发出的声音。

但那声音明显是在呼唤纱夜。非常暴力的叫声,就像是要强行把纱夜从舒适的没有意识的深渊中拖出来的一样。

就让我这样沉睡下去吧。纱夜在心中想着,我已经不想醒来了……如果可以的话就这样永久地……

然后她就更加顽固地想封闭自己的心。

但叫声却执拗地催促着纱夜觉醒。原本无机质的声音也逐渐开始带有一分热情,还带着一种潮湿的气息。

叫声突然中止了。

空虚的寂静再度笼罩了黑暗。

纱夜松了一口气。

终于放弃了吗? 还是说,对方终于理解了自己的心情?

"纱夜。"

这一次不是叫声,而是一个温柔的声音。纱夜不由得竖起了耳朵。

"好久不见。你还认得我吗?"

是谁? 似曾相识的声音,令人怀念的语调。

纱夜一点点地朝黑暗的表面上浮。虽然她略微尝试了抵抗,但这反而让她的意识回复速度变得更快了。

"好啦,快起来……把眼睛睁开。"

"不要。"

"这里可不是你应该逗留的地方啊。"

"别管我。"纱夜耍起了小孩子脾气,"我讨厌所有人。所有人都丢下我不管。我已经不想再见到任何人了。"

"不要这么说。比起你来说,那些不得不离开的人其实更难过呢。"

"为什么?"

"因为喜欢你啊。"

这时候,纱夜终于回想起了声音的主人。

"阿雪……是阿雪吗?"

"你终于想起来了呀。"一个十分粗糙的三维电脑图像构成的女性出现在她面前,"我真高兴能再见到你,真的非常高兴啊。"

"你究竟去哪儿了,阿雪?"

纱夜意识到自己的身体中有一些热乎乎的东西开始流淌回转。

"就在这里啊。"阿雪伸出雪白纤细的手,指了指纱夜的头,"一直和你在一起啊。"

"骗人。"

"我才不会骗人。你其实一直都知道的吧。"

纱夜抬起头,"对不起,阿雪,对不起。妈妈竟然对你做出那么残忍的……"

阿雪温柔地抚摸着纱夜的头发,"我并不在意。"

"但妈妈那样做,是我不可原谅的,绝对不可原谅!"

"纱夜。"阿雪用蓝得不自然但却十分美丽的眼睛盯着纱夜的脸,"我想妈妈只是不太会处理问题而已。在这个世界上,也有不擅长表现爱的人,你要理解她。"

纱夜已经完全变回了那个九岁的孩子。但是与此同时,她又在一个很远的地方,冷静地看着这一幕。她意识到还有另一个自己存在。

"来,我们回去吧。回到你居住的世界去。"纱夜牵起阿雪的手,迈开了步伐。

"阿雪今后要怎么办呢?又要离开我吗?"

女性图像微笑着摇了摇头,"我不是说了吗?我一直和你在一起啊。"

"真的?"

"真的。事实上,这个身体就是通过你的记忆再构筑出来的呀。"

再构筑……通过记忆?

纱夜反应了过来。正观察着那个自己孩提时代的另一个自我急速变大起来。

"阿雪……你究竟是……"

但就在她提出这个问题的同时,阿雪的身影已经消失不见了。只有一种像太阳的暖烘烘的感觉包裹着纱夜的身体。

一扇巨大的木门出现在眼前,木纹突出、古老而沉重的门——纱夜知道,这是通往现实世界的入口。

——我们一直在一起啊,纱夜,别担心。

纱夜深吸了一口气,推开了门。

纱夜微微张开眼睛,一个长长的带状物体模糊地出现在眼前。那是什么呢? 红色的鳍在摇晃,时不时还散发出金属的光泽。

"啾。"

这个声音让纱夜终于想了起来。

"伊拉布……"

皇带鱼仔细地打量着纱夜的脸。每次眼神与纱夜相遇时,它就"啾啾"地不停叫着,在房间里一圈又一圈地打转,看起来非常高兴的样子。

"伊拉布!"

纱夜伸出手,皇带鱼就一头猛扑进她的怀里。由于没带触感手套,所以感觉不到任何东西,但纱夜却不断抚摸着伊拉布的头和肚皮。

这时候纱夜才注意到连接个人局域网的无线传输器还缠在手臂上,她几乎像是硬扯一样将其剥离下来,然后用力揉了揉略微有些发红的皮肤表面。一种柔软的感触明确地传来,腰部以下也能感觉到沙发的坐垫了。

看来自己已经回到现实世界了。

似乎没有变成废人,纱夜安心地发出了醒来之后的第一声叹息。

"究竟过了多长时间?"纱夜向伊拉布提出了问题。

自个人局域网连接开始一小时二十七分后进行了紧急退出。之后,你持续昏睡了七小时三分钟。

伊拉布在空中显示出这样的文字。

"是你救了我吗,伊拉布?"

皇带鱼呈现出微微的紫色,在房间里来回游动着。

似乎是这样,似乎又不是这样。

"这是什么意思?"

这还是头一次伊拉布对她使用这样暧昧不清的回答。

我有试图让你恢复意识的记忆。但不知何时我也进入了休眠状态。有迹象显示系统配置被编辑过,也许是遭到了入侵。

"入侵? 被谁?"

纱夜刚一开口,又突然闭上了嘴,感觉自己似乎忘记了一件非常重要的事。她遇见了一个非常令人怀念的人……在梦中……那究竟是谁呢?

纱夜用力摇了摇头,却完全没有能想起来蛛丝马迹,只是胸口里残留着一种暖乎乎的感觉。

"你没有帮我联系高桥或者时田吗?"

从七小时前开始每小时都尝试通信,但是两个人都未作答。

此外也多次紧急联络医务室，但是回信说医生和护士都不在。

"真奇怪。"

纱夜想从沙发里站起来，但她的腿完全用不上力气，结果又一屁股坐回了地上。

你暂时不要动比较好。

"好像是的。"纱夜这么回答完后，突然又沉默不语了。还有一件事情她也不得不进行确认。但是，光是要开口问这个问题就已经很可怕了。

"伊拉布。"纱夜的声音大概只有她自己能勉强听见，"那个……凯伦，不，应该是……那个叫KT的代理者现在怎样了？你知道吗？"

皇带鱼展开浅粉色的细长鱼鳍，摇了摇头。

七小时前发生事故的服务器上，除了你之外，没有其他人。

"这样啊……没有留下记录吗？"

应该留下了，但是我没有阅览权限。

对了，那是吉村的服务器。

"《水晶沉默》也许截了一些图。如果依旧保持着初期设定的话，应该是有这个功能的。"

让我看看。

伊拉布带着水声跳进了全息屏幕，两三分钟后就叼着一个文件回来了。

有了，要看吗？

纱夜点了点头，"要看。"

伊拉布将文件放进查看软件的盒子里，于是全息屏幕中就浮现出几十张三维静止图像的缩略图。这是《水晶沉默》的录像记录。纱夜选择了最新的一个文件进行播放。

画面上有非常严重的噪点，但能勉强分辨出人物的身形来。纱夜自己被火焰的长枪刺穿，正在痛苦地挣扎。然后呈现出苏凯伦模样的化身朝"弗兰肯斯坦的怪物"猛扑过去，接着许多丑陋的小鬼也聚集起来。凯伦取出"火星观察者号"的物体，于是怪物和小鬼还有凯伦自己就全部变成了红色，并且开始闪烁。

接下来的一瞬间，"火星观察者号"散发出金色的光辉，被吸入了一个龙卷风模样的通道里面。而凯伦他们则分解成细小的粒子，紧随其后。

录像到这里就中断了，但是纱夜只是茫然地凝视着显示出雪花点的全息屏幕，好一阵子都没动。

这时，显示空间中突然跳进来一个小小的立方体盒子，表面上跳动着JMN的图标。原来是新闻录像的定时推送。纱夜几乎是下意识地用手接住了盒子，于是盒盖打开，三维录像跳了出来。

映入眼中的景色是在红色大地上有一个标准而规整的半球形坑洞。红色的雾气蔓延着，视野不是很清晰，似乎还有风。这恐怕是火星东京周围，但是给人的印象却和以前有所不同。

原因显而易见。

准史瓦西球体变得比想象的还小，看起来就像是一个躺在坑底的发黑的球一样。虽然实际上的直径依旧有一百米左右，但和最开始比起来则已经不到原本的五分之一了。从变成二分之一的大小后只不过十几个小时的时间，收缩速度比预料的更快。这样下去明天早上估计就会消失不见了。

黑色的球体上，飞舞的沙尘如同龙卷风一样回旋，看起来就像是要把球体推入坑底的地下。不过也可能是真的在蚕食周围的土地。

"啾。"

伊拉布叫起来。纱夜回过头,发现皇带鱼略带一点紫色。看来有什么令它不安的事情发生了。

正好从七个小时前开始,J-29周边出现了一些可疑的动向。

"周边?你是指球体外面?"

是的,请看。

全息屏幕中显示出J-29屋外摄像机拍摄到的图像。风景依旧奇妙地扭曲着,地平线上翘,本来从这里看起来只不过像是坑坑洼洼的白山一样的北极冠,此时却炫耀般地向他们展示出完整的阶梯状地形,并且还反射出美丽的粉红色光芒。这是在地平线附近移动的太阳被空气中的灰尘漫反射造成的景象——永久持续的火烧云,但夜晚却不会到来。

而所谓可疑的动向,则是在更靠近他们的地方。

在以前水晶花茂盛生长的地带,也就是现在准史瓦西球体边缘部分的外侧,出现了一些大大小小的影子。放大认真一看,能看出大的是武装火星车,小的则是义体士兵。纱夜粗略计算了一下,武装火星车有十辆以上,而身穿动力装甲的士兵则接近二十人。此外还能在空中看到五六架像蜜蜂一样的战斗直升机。

"究竟发生了什么?"纱夜一脸莫名地看着皇带鱼。

不知道。这几个小时里兵器和士兵的数量一直在缓慢增加,看起来似乎要包围J-29的样子。

"是哪儿的机动部队?不会是日本吧?"

已经确认了欧盟、加拿大、印度的徽记。

"什么?"纱夜一时间哑然了。这时她的目光不由得转向了刚才一直在视野角落里跳动的JMN图标,伊拉布立刻察觉到纱夜的意图,跳进定时推送的新闻图像盒子里,很快就挑选出三条新闻来。这三条都不是最新消息,而是九或十小时之前推送的新闻:"欧盟、加拿大、澳大利亚、印度联合机动部队在北极冠集结""先进国的采冰基地落入后进国联合机动部队之手""危机逼近先进国的北极冠移民地"。

不用看视频,光从新闻标题纱夜就大致掌握了事态的发展趋势。地下战争终于转移到了地面的舞台上。

"但为什么呢?"纱夜用反对的口气对伊拉布说,"后进国如果想要水,的确会去镇压采冰基地是没错。但真的有必要派部队到被球体覆盖的边疆移民地来吗?"

单纯考虑J-29的情况,这里有远超其他边疆移民地的兵力。虽然这些兵力原本都是为了封锁这个移民地才调集过来的。

"这当然是没错,但刚才我也说了,这里可是被球体覆盖着的啊。不管有多少兵力,他们都没有出去作战的可能性。"

也许球体有被解除的可能。

怎么可能……纱夜原打算这么说,但却立刻闭上了嘴。

伊拉布的推理很合理,自己只不过是太过悲观。这并非完全不可能的事情。

纱夜的脑海中再次浮现出苏凯伦的面容来。

"快趴下!危险!"

伊拉布突然说话了,声音像是还没变声之前的少年。除非特殊状况,否则它绝不可能这么做。也就是说状况危险到了它已经来不及表示文字的地步了。

纱夜半反射性地趴到了地面上。与此同时响起了爆炸声,建筑物全体震动起来。

　　外面在朝我们发射导弹。拱顶的部分气凝胶遭到破坏。

　　"我……我们根本就无法还手啊！"

　　同样的冲击又连续袭来了两次。放在桌子上的玻璃杯滚落到地面又弹了起来，发出刺耳而清脆的声音。纱夜伏在地上抱紧了头，一边发出了尖叫。

7

　　微波炮一样的"高热穿透炮"只用了半天时间就将洞穴挖到了冰层中两千米深的地方。但光是组装挖掘机却用了整整一天。

　　现在,夜叉的眼前耸立着一座铁骨四角哨台一样的建筑,高度近二十米,这是挖掘机整体的支柱。虽然没有以前的埃菲尔铁塔或者东京塔那么明显,但从基部到顶点越往上塔的直径也随之变细,所以外观形状应该说是个很高的四角锥吧。

　　这个挖掘机矗立在已经没有采冰流水线的深坑底部,距离地表大约有六百米。高亮度的灯从四个方向照射着铁架子,但关掉灯的话几乎就是伸手不见五指的黑暗。

　　在铁架顶端下面约五米的地方,安装着一个被称作"顶部驱动系统"的发动机,钻杆从那里朝下延伸,这就是挖掘机的基本构造。顶部驱动系统旋转起来的话,钻杆也会随之一同旋转,进行挖掘。每根钻杆的长度为五米,将三根连接在一起挖掘到十五米的深度后,就会增加三根新钻杆,再挖十五米。他们将不断重复这个过程,直到挖到地下空洞为止。只要挖到目的地,最后把钻杆拔出来就可以了。

钻杆之中又有搭载火箭发动机的特殊钻杆。长度虽同为五米,但后端却附有两个喷射口,朝着钻杆回转的方向推进。大约每使用十八根普通钻杆后会插入一根火箭钻杆,也就是说大约每一百米有一根火箭钻杆。主要目的当然是在挖掘永久冻土层时给顶部驱动系统补充动力,但除此之外还有另一项十分重要的功能。

连接起来的钻杆中会连续不断地灌入高压空气。这些空气不但能冷却最尖端的钻头,同时又能将挖掘出来的土或者岩石吹到地面上去。火箭钻杆在挖掘孔中产生上升气流,便为搬运尘土的工作助了一臂之力。

此外,挖掘出来的土石在设置挖掘机的场所堆积到一定程度后,就会被超导传送带搬运到六百米之上的冰层上去。

通过高热穿透炮挖掘出来的冰洞,钻杆应该已经抵达了地面。此时他们已经用掉了四百多根钻杆。而这之后估计还要再挖五六百米才能够抵达位于地下的空洞。消除准史瓦西球体的关键就在那里。为了找到这个关键,人类会朝里面送入许多微型机器人,探查空洞的内部情况。

但是真的仅此而已吗?那个空洞里面真的只有消除球体的关键吗?

夜叉假装正在仰望开始回转的挖掘机,一边斜眼偷瞟着一旁的高热穿透炮。那东西因为已经完成了任务,所以从吊车上卸了下来,现在正躺在超导传送带上面,无论何时都能直接被运到地面上。高热穿透炮呈直径约十五厘米、长约一米的圆筒形,略带弧形的尖端上有一个微波发射孔以及四个吸气孔。冰层融解产生的水蒸气会被吸入这些吸气孔里,然后从尾端的四个排气孔排出。这些蒸汽会一直得到加温,确保不会再次冻结,然后被导入管道，排放到洞穴外面去。

而给高热穿透炮提供能量的电缆还没被拔掉，也就是说穿透炮随时随地都能发射高能微波。而他必须在保持这种状态的情况下将这东西送到地面上去，因为这将是夜叉他们手中留下的唯一武器。他们的动力装甲车当然都已经被没收了，动力装甲上的机关枪和微波枪也全都被拆除了。现在的他们简直就跟光着身子一样呢。

就在夜叉他们心怀屈辱之际，丰田准尉经由环境对换模块发来了联络，内容正是要求他们将高热穿透炮用作武器进行反击。但这将是等到挖掘完毕，微型机器人都投入空洞之后的事情。如果反击失败，他们就会让微型机器人自爆，将空洞内部也彻底破坏。可以说是非常模棱两可的作战方案了。大概是因为本部无法得知现场情况，没办法只能全权委托给了准尉。

但这条指令至少表明了一件事，就是日本的领导层已经决心坚决不把地下空洞中的东西交予其他国手中。事到万不得已之际甚至宁肯彻底将之破坏掉。不管那是消除准史瓦西球体的关键还是其他别的什么东西，事实的真相其实根本就不重要。

对于夜叉而言，真正重要的只有已经下达的战斗指令。作为士兵，他们猜测作战背后形形色色的理由其实只是打发时间的手段而已。战斗的理由什么的，自己随便按喜好决定就可以了。

夜叉之所以愿意遵从准尉这毫无责任感的命令，主要是想为"螳螂"报仇，动机单纯明了。反击成功的可能性极低，但既然要这么做，就必须要给自己一个这样简单明了的理由。就算最后失败，他想至少也得和十几个敌人同归于尽才行。

由于在北极冠的重压下，又处于极度低温中，这里的土层比岩石更坚硬,钻孔工作难以进行。但比金刚石更坚硬的C_3N_4制成的钻头却毫不含糊地蚕食着地面,在八小时之后顺利抵达了空洞。

直径十五厘米的钻孔延续了约二点五公里的距离,将地下的谜之空洞与地面上连接了起来。空洞内部的气压似乎较低,二氧化碳构成的空气被吸了进去,发出轻微的声响。

接着他们立刻开始朝钻孔里投放罐装型的微型机器人。但是原本应该有一百台的机器人却只有九十台投入了使用。另外十台不知道何时不翼而飞。

挖掘现场上,包括夜叉在内的五名士兵分别被安排了工作任务,而丰田准尉负责全体的指挥。欧盟、加拿大、澳大利亚、印度联合机动部队十名全副武装的士兵正严密监视着他们六人,想来地表上应该还有更多士兵在待命吧。

接到挖掘完毕的通知后,约翰·德莱塞克少尉下到了采冰流水线坑洞的底部。这时最先抵达空洞的微型机器人正好传回了图像。

约翰·德莱塞克少尉饶有兴致地仰望着挖掘机,然后开始朝显示有地下景色的显示器走去。

"原来如此。"德莱塞克少尉对正专心监视着显示器的丰田准尉开口道,"地下还真有空洞,看来至少在这一点上你们没有胡说。"

准尉斜眼瞟了一眼少尉后,目光就又回到了显示器上。

"据说这是原住民的遗迹。"

"黑乎乎的看不大清楚,不过似乎有什么在发光?"

"那是机器人的灯光,反射在一种像是透明玻璃表面的东西上。"

这时候准尉和少尉的目光头一次碰到了一起。

"难道……"

"是水晶花吗?"

就在两人交谈之际,日本士兵们开始收拾组装挖掘机使用的工具和钻杆。夜叉也是一副忙碌着跑来跑去的样子,但是他一边做着些杂事,一边缓慢地靠近了高热穿透炮。

"没想到北极冠地下竟然有这样的空洞。日本、美国、俄罗斯都没有告诉过我们。这个,你们应该很早之前就知道了吧?"

"我也不清楚上面是几时得知的,但我自己在这个任务准备工作开始之前是被完全蒙在鼓里的。"

"如果能够消除准史瓦西球体的话,为什么要一直保持秘密呢?这难道不是全火星共同的问题吗?各国合作的话,应该可以更早地通融资材和机械,就可以更早地开始挖掘工作了。"

准尉耸了耸肩,"像我这样底层的人也不知道上面究竟在想些什么。"

"我知道。"少尉意味深长地盯着准尉,"如果真如你所说,这里是原住民的遗迹的话,那里面可不仅只有解除球体的关键。这里面可能还长眠着比人类更发达的智慧生命体的知识和贵重的资源。你们火星先进三国打算独霸这一切,因此才像打着金字塔里财宝主意的盗墓团伙一样互相竞争,不是吗?"

夜叉已经神不知鬼不觉地成功抱起了高热穿透炮,并且故意装作正准备将其运往地表上。

"原来如此,也许是这样吧。"

"但是你们的时代已经终结了。只要消除了球体,之后的调查就交给我们继续吧。我们绝不允许你们继续掌握着既得利益耀武扬威了。"

显示器上的画面切换到另一个机器人那里,似乎是负责切换画面的代理者对其他机器人传回的图像产生了兴趣。

如果水晶的透明矿物中镶嵌着银色弹丸一样的东西。弹丸表面没有半点粗糙,全都打磨得十分光滑,如同弯曲的镜子一样反射出机器人本身的模样来。

"这是……"少尉不由得叫出声来,同时将脸凑近了显示器。听到这个声音,正负责监视夜叉等人的士兵们几乎都反射性地朝着少尉这边看过来。

"就现在,动手!"准尉的命令经由环境对换模块传给了夜叉他们。

夜叉立刻就将在火星上也有近一百公斤重的高热穿透炮架在自己的右腰上。因为借助了动力装甲的力量,所以几乎感觉不到重量。正在挖掘机附近的搭档牛鬼操作了终端,让高热穿透炮发射出了微波。

敌方的五个士兵顿时变成了焦炭。

高火力的微波就这样直接融化了冰壁,周围顿时充满了水蒸气。四周传来机关枪射击的声音,夜叉脚边也弹过了好几发流弹,但是微波依旧在继续融化冰层。

"牛鬼,快停下。"

夜叉经由环境对换模块叫道。微波立刻就停止了,夜叉依旧抱着高热穿透炮,在水蒸气的雾气中奔走。几秒之后,水汽散尽,他又从另一个地方发射微波,将另外三个敌人士兵给烧烤了。剩下的两个敌兵与以牛鬼为首的日本兵发生了肉搏战,面罩被击碎后窒息而死。

丰田准尉和德莱塞克少尉正在冰上滚动着扭打成一团。准尉试图夺取少尉手中紧握的激光枪。

“夜叉，快想想办法。”准尉叫起来。而夜叉沉默不语地将微波瞄准了两个人的方向。

“哎哟，弄错了呢。”他故意开口说了这么一句。看着纠缠在一起碳化掉的两个人，其他日本士兵也都咧嘴笑起来。

“我们可不是你们的玩具。”牛鬼说着，一脚踢在了军官们的尸体上，黑色的粉末飞散开来。

“走！”夜叉将高热穿透炮扛在肩上，开始登上冰的坡面，其他四个人也紧随其后。牛鬼抱走了挖掘机、穿透机、微型机器人的控制终端。剩下的三个人则带上了三四个罐头一样的微型机器人。

因为夜叉意识到了微型机器人也能作为武器使用。以防万一，他们可以在最后关头让机器人自爆。于是他便事先通知牛鬼将准备好的一百台机器人中的十台偷偷藏了起来，没有投放到地下空洞。

“有个问题啊，夜叉。”牛鬼说。

“什么？”

“要让微型机器人分别爆炸的话其实特别麻烦，必须分别在这个终端上指定各个机器人的ID，输入密码，然后还得确认两次才可以。”

“原来如此。”

“不过要是让一百台都同时起爆的话，就只用麻烦一次。”

“那就同时起爆好了。”

“但是原住民的遗迹……”

夜叉停下脚步回过头来，“那种东西又有什么用处？不管人类获得了什么知识，我们最终还是会继续互相杀戮下去的。只不过是改变一下杀戮的方法而已。”

牛鬼点点头,"这是没错。"

"再说只要能成功消除准史瓦西球体……"夜叉咧嘴笑了,"我们就是英雄了。"

四个人也都跟着笑起来。

"好别扭啊。"

"我们长得可不像英雄呢。"

"既然明白了这一点,我们就不用担心其他无关紧要的事情了。"夜叉举起手指了指地表,"是开派对的时候了。"

8

　　被"束田.bak"称作"守墓系统"的"病毒体"分成了无数阶层。很多层外壳如同套娃一样重叠在一起,每一层外壳也同样都是由"蛋白质"一样的球体构成。越往深处前进,壳与壳之间的间隙就越狭窄,到最后完全接触在了一起。变成这样后,KT就弄不清楚自己究竟是在朝哪个方向前进了。也许"病毒体"根本就没有中心吧,或者可能拥有多个中心。

　　就在他这么想着并开始觉得有些不安时,"蛋白质"之间的境界也变得模糊起来。就像是细胞与细胞之间的生物膜上开了孔,变成了网格状,然后逐渐融合在一起。

　　等KT再回过神来时,他正漂浮在一个至今为止从未见过的极为广阔的空间中。如同是在深海中一样,他能够感觉到"水压"。周围很暗,看不到水的波纹或者反光。这里可真深啊,但是却不寒冷。如果是在地球的海洋里,这附近应该有热水喷出口一类的热源吧。

　　这个空间中有无数形状和颜色的碎片在浮游,它们互相撞击,有时候消失,有时候融合,也有被反弹到不同方向的,或者诞生出一个新的碎片。简直就像是粒子撞击在一起时不断反复的生成、消灭一样。也许这些碎片正是能被称作"信息子"的东西，而病毒体能删除或者修复其中退化的信息，也能创造出新的信息，如同是反复进行不同过程的反应堆一样。

引力波网络上有无数个这样的反应堆，每一个都搜集情报并且进行处理，有时候蓄积，有时候又释放到其他反应堆去……如果真是这样，那这个网络可能也拥有一种分散人工智能功能。

但是如今依旧活跃工作的反应堆似乎已经十分稀少。伴随着岁月流逝，它们也会像人类的脑细胞一样逐渐死去吗？也许只有这个"守墓系统"才是唯一还在运转的反应堆，是保护原住民圣域的最后要塞。

但如今，这个要塞却正遭受到疯狂代理者的摧毁。被"束田.bak"入侵的"吉姆B"正随意地抓取着浮游碎片，抓到后就立刻附加到自己的身上。"吉姆B"正以令人难以置信的速度和势头变得巨大起来。"吉姆A"虽然多次试图阻止它的举动，但都像是撞上火车的汽车一样被弹开来。

KT甚至感觉能够听到胜利的呼喊，"束田.bak"像是要填满自己辘辘饥肠的胃，要滋润自己干渴的喉咙一样贪婪地吸食着信息。就算是原住民的技术似乎也无法立刻处理这种状况，也许它们从来没有想到过人类这样野蛮的存在竟会让代理者发狂吧。就像是病毒这样最为原始的生命体却能够引发狂犬病，让狗这样的高等生物凶暴化一样。

除了"吉姆A"之外，"守墓系统"专属的代理者或者类似疫苗一类的系统也聚集起来，试图包围"吉姆B"或者冻结它。但是它们也全都被撞开，要不就是反被捉去，成了构成元件之一。

KT感觉到自己的无能为力，只能眼睁睁地看着这一幕。不过从刚才起，他就开始在四维方向上一点点展开次级网络。如果只用三维方式来看引力波网络的虚拟空间,这个次级网络应该是"看不见"的。

"束田.bak"正经由这个自己并没发觉的第四维通道散播出各种各样的信息。其中大多都是"欢喜"或者对胜利的"陶醉"之情。逆向探索这些信息的传送路径后,KT打算跟"吉姆B"进行接触,当然这也意味着跟"束田.bak"变化而成的"水手号"探查机型物体进行接触。正面发起攻击毫无胜算,还有很大的可能会被抓去合并掉,因此他只能在远处间接进行访问。

片刻之后,他终于让次级网络的一部分抵达了正肆无忌惮的"吉姆B"。虽然他想入侵到"束田.bak"这个系统中,但却完全找不到路径的线索,因为他不知道自己究竟接触到了"吉姆B"的哪一部分。还有一个原因就是KT自己并没有舍弃掉三维意识。

要怎样才能看到四维呢?

如果能从四维高度俯视的话,也许就能够发现至今还未察觉到的安全漏洞。这就像是在迷宫里迷了路,但有翅膀的话就能轻松地飞出去一样。从三维视角来看,二维世界中没有绝对封闭的场所。同理可知,从四维看三维的话也一定如此吧。

但问题是KT从来没有过从四维空间视物的经验,自然也没有任何指南或者手册记载着应该怎么办。再说这种事情怎么可能写成指南呢?

果然还是应该用正面进攻的办法从三维层面耐心地尝试入侵吗?但现在的事态可不像是有足够的时间让他这么悠闲。KT带着一种咬紧牙关的心情盯着"束田.bak"。

就在这时,又发生了一些奇妙的事情。至今为止朝着各个方向随便乱漂的信息子开始有组织地行动起来。它们以空间中的一个点为中心,朝着四面八方分散开,结果让空间中出现了一个泡状的空隙。

再回过神来时，KT就和"吉姆B"分别位于那个什么都没有的空隙两侧，正面对峙着。接下来的一瞬间，信息子、"吉姆A"和"病毒体"全都消失不见了。伸手不见五指的漆黑空间中，只有KT和"吉姆B"这两个代理者系统保留了下来。

也就是在这个时候，通过与"吉姆B"接触的次级网络，KT接收到了信息。不，与其说是信息，不如说是已经经过加工处理的"知识"，是让KT能瞬间理解的信息凝缩体。

而这条信息的内容正是让KT能够看到四维空间的方法。并非理论上的说明，而是将"吉姆B"看到四维之际的感觉传送了过来。其中甚至还包含有关于"吉姆B"此时所处状况的相关知识。

"吉姆B"还没被"束田.bak"百分之百地占据，其构成要素中的一部分依旧保存着"吉姆B"的意识，从而对KT的行动和想法产生了反应。

"吉姆B"当然能从四维的视点看"束田.bak"，因此"束田.bak"感情泄露的安全漏洞自然也是一目了然。但是它不知道该怎样发起进攻才好，因为这与其说是系统上的缺陷，不如说是心理上的弱点。

虽然"吉姆B"已经对人类这个种族有了相当深的了解，但这说到底也只是将人类看作一个整体来理解，对于各种各样的人类拥有的形形色色的特性，它还没能充分把握。所以它意识到自己需要KT的帮助。

以"吉姆B"发来的信息为基础，KT集中精神尝试让自己的知觉和认识的范围扩展到更高的维度上。就像是将三维空间中的自己看作一个影子，而在四维空间中创造出实体一样。"吉姆B"其实在无意识中进行的也是这样一个过程，但首先必须在意识上做到这一点才行。

于是KT首先切断了自己的理性思考。基于三维世界的理论毫无用处，反而碍手碍脚的。然后他尝试将自己的"感觉"与"吉姆B"的"感觉"进行同步。

四维方向上延伸的次级网络传来了憎恨、侮蔑等不悦的感情。KT定睛一看，已经成为"吉姆B"一部分的"水手号"探查机正令人作呕地蠕动着。"束田.bak"正在表达他对KT这个敢于妨碍他的人的愤怒。

虽然觉得恐惧，但KT却拼命追逐着"吉姆B"的感觉。

通过次级网络传来了"杀意"。

KT的意识跳跃了。

像是晕车、晕船或是宿醉，却要强烈几百倍的感觉袭来，在这种剧烈的不适下，KT不由得呻吟着挣扎起来。大量的色彩与光芒倾注下来，然后自己的四肢（虽然他并没有实际的身体）传来了撕裂的痛楚。

但是，这些可怕的经验只不过是白驹过隙的一瞬，回过神来时，KT就已经身在一个全新的世界中，正大声呼喊着。那仿佛是痛苦的哀鸣，却又像是喜极而泣的欢呼。

KT身在一个无法用三维语言描述的世界里。

但他也知道自己无法在这里待太久，眩晕和痛楚断断续续地传来，就如同天生目盲的人在成年后突然获得了光明，却不能正常正确地处理视觉信息一样。同理可推，为了能够看到四维，一定也不得不具备某种相应的信息处理系统才行吧。构筑这样的系统需要时间，只能慢慢地适应。

但现在他只能靠已有的系统进行暂时性的对应。这回带来超负荷的工作量，不小心的话恐怕会让KT这个系统整体发生异常,比喻起来的话就是会发疯吧。

从新的高度往下俯视,"水手号"探查机不过是个充满漏洞的简单系统而已。但是他能够保有这种感觉的时间估计不会超过几秒钟,KT立刻靠近了"束田.bak"变化而成的那个构成元件。

有了。一条能够通往被封印的意识最深处的、细细的小路。

KT没有半分犹豫,一头扎进了这个安全漏洞之中。

昏暗寒冷的三维空间中,飘浮着那个苍白而极端干瘦的少年。KT和"智脑"入侵西荒公司的网络时,曾经在超机密区域中遇见过那个少年。而且不止一人,有无数个。处于不同成长阶段的少年聚集在这里。不,还不仅是少年⋯⋯

拥有四维视点的KT一眼就看遍了从幼儿成长到青年的束田所隐藏的全部过去。和他预料的一样,束田本人是作为湿件诞生到这个世界上来的。他没有双亲,也没有本体。将已经死亡的胎儿的生殖细胞与冷冻保存的精子结合后,得到的就是这个名叫束田的男人的"种子"。

大约在三十年前,死亡胎儿的生殖细胞在受精大约一天半后,细胞正好分裂成四个。这四个细胞被分离开来,其中一个被送往防卫厅相关的研究设施,作为日本的第一个湿件进行培养。这就是束田。但在他五岁左右,大脑格式化还没进行之际,一个被认为是恐怖分子的集团将他从研究设施绑架走了。

虽然这个集团表面上是一个支持拥护人权的非政府组织,但恐怖分子私底下却跟将互联网作为主要传教场所的新兴宗教集团有关联。教团为了获得新信徒,十分关注湿件的研究进展,他们觉得这是能通过互联网控制人类大脑的技术。他们也曾多次尝试通过网络入侵防卫厅和相关组织,但却没能得到梦寐以求的情报,最后恼羞成怒选择了物理性的恐怖袭击手段。

　　教团偷出了束田，原本是将他作为窃取湿件技术的一个手段，或者是打算利用他在生命伦理或者人体实验相关方面引发出社会对政治家的不信任，以及让民众们陷入不安。但他们偷来的这个孩子却对外界物理刺激毫无反应，如同一具活着的尸体。他既不说话，也无法自己行走，只有焦点不定的目光在空气中来回游走。

　　研究过他的神经细胞结合状态后，教团发现他的大脑与普通人类有着巨大的差异。但教团的学者们却无法推测出更多内容来。为什么神经细胞的结合会发生变化？究竟怎样才能将大脑的回路改造成这样？最为关键的技术到头来还是隐藏在黑暗之中。

　　而且这个孩子也无法证言自己遭到过虐待之类的痛苦和记忆，自然也就不能用来胁迫当时的政治家和官僚，得到什么好处；更不能作为新闻素材贩卖给记者或者媒体，引发大规模的舆论造势或者进行资金募集。说到底他只不过是活着的一个躯体，因为不会自己吃饭，只能一直依靠点滴，还不得不处理排泄的问题，跟植物人没什么两样。教团对湿件这个概念本身似乎有所误解。虽然不知道为什么，但他们一直以为湿件就是能通过电脑简单洗脑或者暗示的人类。

　　教团把束田当玩具养了一年。但是在明白他们耗费了人力物力却无法得到丝毫回报后，就将他丢到了特别养护设施。不过，且不论动机如何，教团至少把束田当作一个孩子在养，因此也进行了一定程度的训练和教育。因此被丢弃时，束田多少能够完成进食、排泄、走路之类的事情。

　　但是他的目光却依旧没有焦点，不要说开口说话，他连声音都没发出来过。他没有愤怒，没有哭泣，只保持着令人毛骨悚然的无表情面孔。束田少年就这样在养护设施的入口附近呆站了几个小时。

最终，养护设施接受了束田。他被当作一个陷入重度自闭症的孤儿接受了治疗和教育。他的智力可以说比年龄相仿的孩子高出许多，在语言和数学上则展示出过人的才能。虽然他不说话，但却能够理解语言，而且立马就发现自己可以通过书写进行表达。设施给他配置了个人电脑后，他只用了几天时间就学会了编程，并且一直不肯松开电脑，仿佛那是他身体的一部分。

治疗持续了两年，束田依旧不说话，也极端缺乏感情起伏。但他在智力上的发展却十分显著，养护设施能够提供的教育对他来说已经没有了继续下去的意义，于是束田就被编入普通小学里。KT在"太阳"中看到的一部分记忆似乎就是这段时期留下的。

但升上初中之后，束田突然就开始说话了。与此同时，他对于自己身边相关的物理环境和社会构造以及人际关系的认识也变得明晰起来。在束田的记忆中，这种感觉就如同是眼前的迷雾被一口气全部吹散了般。看起来他似乎终于完成了从假想电子世界到现实世界的适应过程。那之后，他使用自己卓越的智慧，开始能控制人际关系，在以学校为中心的孩子社会中逐渐能造成隐形的影响力。他的政治才能和手腕也显现出过人之处。

但与此同时，束田也开始被无法解释的痛苦所烦恼。有时候，无法解释的虚拟空间图像会出现在他脑海中，挥之不去。同时还伴随着大脑里被人玩弄的不快感与恐怖感。每每这种"发作"出现，他就会全身僵硬，动弹不得。

跳过高中直接进入大学的束田开始主动寻找这种发作的原因。那时候的他就多多少少地预感到了这与自己出生的秘密有着非常深刻的关联。不管怎么说,这都是不得不揭开的谜题。

当时的束田只有七岁之后的记忆。那之前的记忆只残留着非常少的碎片,从出生到进入养护设施之前的这段时期,没有任何记录表明自己究竟是怎样被养育的。束田为了在互联网上寻找积存下来的地下社会记录,不断地入侵公共机关、医院、研究所等设施进行调查。

在耗费了一年时间后,他终于发现自己是个连实验动物都算不上、只是作为一个实验设备而诞生到这个世界上的事实。他的父母只能被形容为"被堕胎的胎儿"和"冷冻保存在试管里的精子"。这个残酷的发现让束田在接下来的好几个月时间里都处于疯狂的边缘,或者可以说是徘徊在通往人格崩溃的边缘。而没有让他彻底疯掉的原因,则是因为他接收到了来自上天的"启示"——至少束田是这么相信的。

让人类失去控制,将宇宙导向死亡。

那之后他就一意遵从着这个"天命"生活。学生时代的他创立了算得上西荒公司前身的公司,通过开发军事软件敛聚财富,并同时扩大了自己在业界和政界的网络。在这个过程中,他得知与自己来自同一个受精卵的两个湿件已经完成,并通过民间斡旋业者成功获得了这两个湿件。其中一体的大脑被取出,用作西荒公司的生物电脑。而另外一体则命名为"苏凯伦"。

在零点几秒的时间里得到了大量信息的KT不由得也陷入了郁闷中。如果自己拥有肉体的话,可能此刻会产生强烈的呕吐感吧。毕竟一口气接受了充满这么浓烈的怨念的记忆。

但他现在可没时间去心痛。眩晕和反胃的感觉变得强烈起来,如果不赶紧回到三维世界去的话,自己的精神恐怕也会有危险。

　　KT从束田的记忆中挑选出那些最痛苦的瞬间,他为已经模糊的部分补充上细节,给予其如同昨天才发生一样的鲜明感。比如束田被当作湿件培养时的记忆导致发作的瞬间,在得知自己出生真相之际受到的冲击……KT创造出一个能对束田的记忆代理机构进行刺激的程序,能够将这些基于过去经验而重新增幅过的痛苦一个接一个地复苏过来。

　　就在要启动这个程序之际,KT感到了一瞬间的迷惘。恐怕对于束田来说,没有比这更可怕的拷问了。相比之下被微型机器人啃噬而死可要轻松许多。

　　从某种意义上来说,这个男人也只不过是个牺牲品。他不过是在无情的命运下、在不被爱的情况下被带到这个世界上的孤独灵魂;在虚拟世界和现实世界之间被撕裂、只能不停挣扎的怪物……而KT自己其实也是这样。多么讽刺啊！最能理解束田痛苦的正是他自己的分身,以他自己名字缩写作为代号的KT[①],除此之外再无其他。

　　这不是为了拯救人类——KT轻声说——这是他对束田说的话,同时也是对自己说的。人类值得拯救吗？这只是为了纱夜,为了保护那个给予自己生存理由的纱夜……

　　突然,三维的杂音充斥了四维虚拟空间中。不,只是他的感觉如此。无法承受四维信息的负荷,合弄代理者系统也开始出现错误了。

　　KT启动了嵌入"束田.bak"的程序。一瞬间,他也感觉到一种刺入心脏般的痛楚。KT闭上了四维方向的眼睛。

　　他回到病毒体内部的三维虚拟空间中,一种奇怪的封闭感和认知混乱猛然袭来。KT慌忙将自己的意识等级也恢复到三维

[①]"束田浩一"的英文写法为Kouichi Tsukada。

层面上来。

如同从极度紧张中解放出来的安心充满了全身。系统坚持住了，自己还没发狂。

隔着信息子的群落，可以看到"吉姆B"巨大的身影。几十秒前发疯的模样不复存在，它现在一动也不动。嵌入的程序有没有正常运行呢？KT带着一丝焦虑和罪恶感等待着。

一种类似波动的东西传递过来。波动逐渐变大，最后让病毒体内的三维空间整体如同热气一样摇曳起来。十几秒后，KT意识到四维方向上传来的波动其实是惨叫。因为负责处理声音信息的系统只以三维方向传来的内容为对象。

"吉姆B"的动作再度变得激烈起来。简直就像是在无声地挣扎一样，它的全体构造和色彩都以令人目眩的速度变化着，跟被"束田.bak"攻击时候的模样差不多。也许"吉姆B"的意识正在夺回控制权。

四维方向上传来的波动再度增强。但KT故意不在声音上认识这种波动。那一定是极端痛苦并且惨绝人寰的叫喊。

就在"吉姆B"身体一部分剧烈抖动的同时，它的全体开始缓慢旋转起来，简直就像是在跳舞一样。抖动的正是包含有"束田.bak"变化而成的"水手号"探查机的部分。这个探查机原本伸出无数的触手将"吉姆B"包裹了起来，而现在这些触手却在一根一根地剥落。

然后"束田.bak"终于从"吉姆B"身上掉落下来。触手胡乱地摇晃着，如同发疯了般随机移动着。在空间中往来聚集的信息子也像是被反弹开一样远离了"吉姆B"的身体。这时候"束田.bak"用触手抓住其中一些信息子，然后高速朝病毒体外面冲去。

就算在严酷拷问下,他也无法舍弃自己的执念!

KT 几乎是心怀敬畏地拼命朝"束田.bak"追赶上去。而"吉姆 A"也几乎同时从另一个方向朝"水手号"探查机怪物追去。

9

J-29连续受到四次导弹攻击后,周围突然安静了下来。纱夜趴在地面上,惶恐地抬起头,全息显示器上只有放射状的噪点。

"伊拉布?"纱夜近乎自言自语般地轻声呼唤道。初期状态的海底风光倒没什么变化,但海里却没有通常四处游动的代理者身影。立体显示空间中只是周期性地闪烁着模糊而扭曲的图案。

"伊拉布!"纱夜半撑起身子叫道,但却依旧没有熟悉的"啾"回答她。纱夜一瞬间差点儿陷入恐慌:从未离开过她半步、随叫必应的代理者不见了! 这简直就像是平时依赖惯了的拐杖突然被人拿走了一样。

脸颊上有什么冰冷的东西流过,纱夜竭尽全力安抚自己狂跳的心脏。经过两三次深呼吸之后,一切终于像是退潮般慢慢安定了下来。

这样就可以了……又不是第一次自己一个人。这种与死神同行般的修罗场,她也经过好几次了。

纱夜这么对自己说着,终于站了起来。

这时又突然响起了敲门声,纱夜的心跳顿时再度增快了许多。

"谁?"

通常情况下根本就用不着纱夜询问,伊拉布会通过门上的摄像头确认访问者的身份,然后向纱夜报告。但是全息显示器毫无反应,纱夜无奈只好调出控制面板,以手动模式将摄像头拍摄到的内容显示在全息屏幕中。

摇晃的显示空间中出现了两个男人的面庞。纱夜不由得松了一口气。

是高桥和时田。

"伊拉布,把门……"刚开口,纱夜又闭上了嘴,然后再度用以手动模式打开了门。

"飞鸟井。"高桥一脸急迫地进入房间,"赶紧离开这里!"

高桥和时田都穿着耐寒气密服,透过面罩能看见他们满脸大汗,而且不知为何手脚上都是泥。

"这究竟是出了什么事?"

"一会儿再跟你说明,先离开这里。"后进来的时田伸手就要拉纱夜的手臂,"你的气密服呢?"

纱夜快步跑到收在墙壁内的衣柜边,从里面取出了耐寒气密服,一边将脚塞进靴子里一边问:"我们要出去吗?"

"是的。但是气凝胶上被打出了洞,现在氧分压正在不断下降。"

纱夜一边点头一边穿好气密服,戴上了面罩。

"准备好了吗?"

"那个……伊拉布它……"

"伊拉布? 你的代理者?"

"对,它不见了。"

"刚才的攻击炸坏了一部分通信线路。"高桥说,"但服务器应该没事，伊拉布也一定没事的。大概只是联络上出了故障。"

"我们走吧。"

纱夜没有反对，跟着他们离开房间。她再次回头看了一眼敞开的房门，才跟着两个人小跑起来。

"我们去哪儿？"

"防空洞。"

"防空洞？"

"我们在植物栽培模块的地面下方挖了一个避难所，现在就去那里避难。"高桥说。

"所以你们才会一身泥巴？"

"对。因为是永久冻土层，防空洞只有两米左右深。但就算只是自我心理安慰，至少应该比在这个建筑里更安全。"

"其他人呢？移民地里的人也都一起去吗？"

两人没有立即作答，直到他们抵达了紧急避难楼梯，开始顺着那里往下走时，高桥才再度开口道："移民地的人都在管理建筑的地下会议室里。因为那里位于永久冻土层里更深的地方，天花板和墙壁也都修得特别坚固，原本就兼备避难所的功能。"

"那我们也去那儿……"

"他们不让我们进啦。"时田说。

"哎？"

"说是超过了限定的人数，所以学术调查团都被赶了出来。"

"这……"

"我们也跟他们交涉过好几次，不行。说是必须让居民优先什么的；又说没有足够的空间，储备的粮食和水也有限；当然还有居民们的情绪问题。"

"说到底就是整我们呗。不，也许更糟糕，他们大概巴不得我们都被炸飞呢。"

"所以没办法,我们就只好自己挖坑了。"高桥有些自嘲地笑起来,"在会议室那里光交涉就耗费了一两个小时,之后就一直在挖坑。好不容易挖出一个能勉强容纳八个人的防空洞,结果攻击就直接开始了。"

"对不起,我没能帮上忙……"

"不,光男人就足够了,所以我们才没有叫你。入口本来就窄,叫太多人也没什么用。"

下完楼梯,他们打开紧急避难门来到外面。到处都是滚滚上升的烟柱,居住区周围种植的果蔬和灌木正在燃烧,建筑物的一个角落里也冒出了黑烟。

东拱顶的气凝胶被打破了好几处。由几十台微型机器人组成的自动修理队伍正在张贴新薄膜,但是因为破损面积大,要完全封住还需要很长时间。而在这段时间里,氧气会不断流失出去。

拱顶周围也有士兵们的身影,全都身着全副武装的动力装甲。周围还有好几台武装火星车在行驶。但他们也只是单纯地在附近徘徊而已,因为他们知道自己无法反击外面,并没有其他可做的事情。

"真是的,怎么就被这个超级麻烦的东西给包住了。"时田一边跑一边说,"敌人也看不见这里头的情况,所以完全是闭着眼睛在乱打。"

头上响起异常的声音,是纱夜已经听过多次、像是布匹撕裂时的声音。已经跑到中央拱形入口处的纱夜不由得回身抬头看去。

"飞鸟井,不要停!"高桥大喊起来。但这句话还没有说完,爆炸的风压就包裹了纱夜。

10

夜叉内心充斥着一种前所未有的强烈欢喜。他仿佛能感觉
到大脑中的内啡肽和多巴胺正在汩汩流淌,与性高潮的忘我感十
分相似。怀中的高热穿透炮发射出的微波简直就像是自己的精
液一样。

随时面临死亡的状况更让他精神高昂。夜叉放任自己沉浸
在复仇与破坏的甜美冲动中,他想将这个世界上的一切都烧毁殆
尽。

夜叉笑了。

他一边大笑,一边将十几个义体士兵烤得焦黑。然后他熠熠
生辉的双眼更加明亮了——他的面前竟然停着一辆敌人的武装
火星车,舱门还正好大开着。

以为日本军队没有武器的敌人正在茫然地发呆。看准这个
机会,夜叉将高热穿透炮丢给牛鬼,自己朝着武装火星车猛扑过
去。他一把抓住那个正从舱门里爬出来、还没做好准备姿势的士
兵,奋力丢了出去。

我被什么附身了。

夜叉突然有这种感觉。

也许是传说中那个叫"吉罗"的士兵,据说"螳螂"曾经跟他一起行动过好几次。似乎是吉罗的天才与疯狂让夜叉发挥出了比平时更强的力量。

夜叉夺取武装火星车后,首先用火箭炮轰飞了聚集在采冰坑入口周围的士兵。趁着混乱,牛鬼和其他三个日本士兵也顺势上了火星车。

高热穿透炮依旧在大展身手。牛鬼没有关舱门,他站在舷梯上,让敌方的义体士兵和"Bee"纷纷沐浴在高能微波之中。高热穿透炮的电源线有三千米长,就算考虑到从采冰坑底到出口的距离,至少在一点五公里的距离内使用是毫无问题的。

剩下的三个人中,有一个钻到火星车里援助夜叉,另外两个则爬到车顶上,朝敌人密集的场所投掷罐装微型机器人。掉落在冰面上的机器人伸出腿脚和机械手,用出人意料的敏捷速度行动起来,逗弄那些试图抓捕它们的敌人。

于是,载着五个士兵和高热穿透炮及微型机器人的武装火星车摇身一变,成了一台特制的重型坦克,一头冲入采冰基地操作中心周围的敌人主力部队中。也许是被他们的来势汹汹打乱了阵脚,又或是不明白为什么友军的火星车会失控而感到困惑,总之欧盟、加拿大、澳大利亚、印度的联合机动部队没能很好地进行迎战。

但这样的幸运却无法持续太久。

很快,迎击夜叉等人的义体士兵、"Bee"、武装火星车的数量就急速增加起来。夜叉无奈,只能放慢了火星车的速度。能够继续使用高热穿透炮的距离也只剩下了几百米,大概只能抵达从当前位置到操纵中心距离的一半。那附近停泊着许多敌人的武装火星车,回转型炮台都朝向这边。

这时候,车顶上的一个队友被"Bee"的机关枪击中,摔了下去。另外一人将最后一台微型机器人交到牛鬼的手中,就咽下了最后一口气。

"夜叉……"牛鬼丢下手中的高热穿透炮,通过环境对换模块静静说道,"是时候了。"

这条信息如同庄严的神谕,在夜叉的胸口中回响。夜叉的嘴边露出了冷静而沉稳的笑容。

"明白。"夜叉将手放在了身边正忙着操纵回转炮台和火箭炮发射器的同伴肩膀上,"牛鬼,来创造一个华丽的尾声吧。"

九十台微型机器人在黑暗中静悄悄地工作着。机器人点亮的照明灯打出一道道细细的光线,时不时能看到透明水晶反射的光芒。

这里位于地表下六百米,再加上冰层厚度,距离火星表面大约有二点五公里。在这里,巨大的水晶花既不冷漠也不热情,只是保持着永恒的沉默。但是,打破寂静的时刻终于还是来临了。

散发出坚硬光芒的水晶枝叶突然不再透明,如同烟雾般开始崩落成细小的粒子。从顶端到枝干,水晶花开始缓慢地失去其形态,镶嵌在枝干和花朵形状结晶中的银色胶囊也无法保持原本的位置,一个接一个地落了下来。胶囊撞击在还没有崩溃的枝干上,发出刺耳的叮叮声。

那声音仿佛是信号,原本被沉默所包裹的黑暗突然不见了。

分散在开阔的地下空洞中的微型机器人接连爆炸开来。炫目的白光膨胀、融合在一起,照亮了冻土黑漆漆的断面和崩塌的水晶树木。与此同时,收缩着的寒冷空气突然变热,迅速膨胀起来。

　　失去逃逸空间的空气大量涌进了直径仅十五厘米的通往地面的细长挖掘孔里。

　　采冰基地 IM4 的控制中心前突然发生了一场巨大的爆炸，冰面上甚至出现了一个如同陨石坑一样的凹陷。而夜叉他们的身影已经消失不见了。

　　与此同时，从控制中心到挖掘孔所在的采冰流水线的直线上，火舌接二连三地喷涌而出。因为空气中几乎没有氧气，所以火势并没有扩散，但每一处火舌都位于武器密集的场所，从而引发出连环型爆炸。

　　接着冰层下传来了异样的声音和震动。如同是巨大的生物发出了低沉的吼叫，那是一种痛苦挣扎的声音。

　　瞬间的沉默后，传来了一声巨大的轰鸣，仿佛北极冠的所有冰层全都裂开了一般。紧接着，挖掘孔所在的采冰流水线上冒出了黑色的烟柱。烟柱顶端如同蘑菇云一样翻转着，朝着上空更高的地方奔去。但这些都不过是即将发生的事情的前奏而已。

11

穿过好几层外壳,从最外层的"蛋白质"中跳出来后,KT终于追上了"束田.bak"。但光是要阻止他前进,KT就已经耗尽了全力,实在难以再压制"束田.bak"的剧烈挣扎。这时候"吉姆A"赶过来,从自己身体上分离出八个物体,配置在"水手号"探查机的前后左右上下以及四维的两个方向上,彻底封死了他的移动路径。

"束田.bak"无法逃出包围圈,如同笼中困兽般狂暴地奔走。但物体的位置却没有丝毫变化,看来形成了非常坚固的牢房。

这时候KT才终于有一点余力,将一直集中在"束田.bak"身上的注意力转向周围。然后他注意到四周正在发生巨大的异变。

引力波网络中的虚拟空间中,颜色全都发生了改变。

无穷无尽延伸连接、形成复杂构造的"病毒体"全都变成了一种泛着棕色的颜色。之前因为信息逸散,四周一片空虚,因此空间中散发着透明的蓝色光芒,但现在却浑浊了起来。

KT朝着距"守墓系统"最近的那个"病毒体"走过去。"蛋白质"和壳的内侧似乎镶嵌着无数的棕色微粒子。是"守墓系统"中浮游的那些信息子吗?还是说,至今一直处于休眠状态的信息动力炉突然复活了呢?

棕色的微粒子互相撞击,然后数量必定会增加到之前的两三倍,再四散开去。它们在虚拟空间中活跃地飞行并撞击的样子倒也与信息子有几分相似,但这些粒子却不会在互相撞击后消失,而是不停地增殖着。就在KT观察的短暂期间,其数量也以指数级别迅速增长,很快就撑破了"病毒体"的一部分"蛋白质",向外蔓延开来。

简直就像是寄生在细胞中的病毒,在增殖完成后穿透细胞膜,为了感染其他细胞而四下飞散。

寄生在细胞中的病毒?难道……

棕色粒子的形状从不同角度看去有微妙的变化。有时候如同分子模型,有时候又如同是石墨纳米带模型,有时候甚至还让人联想起完全不定型的阿米巴或者是类似水母的东西。但它们都有一个共同点,都带着一个如同印记般的符号。

KT意识到那个小小的"印记"是什么后,不由得愕然了。

那是这种物体曾经背负的化身,就像是蜕皮后的昆虫在尾巴尖上还残留着过去的老皮一样。或者说它们是故意将其作为过去记忆的一部分而保存了下来。

不管怎样,那个印记的形状是一个肚皮膨胀的饿鬼。

不会错了,这些是"地精"。这些在四维空间中进化而来的超数码生命体此刻正以猛烈的势头在引力波网络中泛滥开来。

KT只能呆呆地看着眼前的光景。"地精"早已经不是KT或者"束田.bak"能够控制的对象了。依靠令人惊异的进化能力,它们远比KT他们更适应这个世界,已经无人能够阻挡它们的势头了。

"束田.bak"的呻吟从远处传来。四维通道上的叫声也断断续续地回响着。

在"吉姆A"创造的监牢中,"束田.bak"依旧在发狂。但与其说他是在挣扎着逃离,不如说是因为痛苦而在翻滚扭动。

"束田.bak"没有肉体,因此他不会疲惫,也不会昏倒。被诅咒的记忆将毫无间断地折磨他到永远。

看着"束田.bak"的悲惨模样,KT顿时忍不住想要立刻逃离这里,此外还有一种强烈的罪恶感漫上来。但他不知道该怎么办。这时候,他心中猛然闪过了一个对策。

火焰开始静静地摇晃起来。

不知不觉间,KT和"束田.bak"还有"吉姆A"都被火焰之海包围了。

四维虚拟空间的火焰不仅会燃烧,还会如同河流般流淌、如同瀑布般下落,并朝四周散落细小的"火滴"。

火焰很快就完全覆盖了四个坐标方向,带着如同海啸般的压力朝KT压倒过来。然后与充盈在鲜艳的光芒与平静的热意中的无数泡沫一同破碎散开。

空中传来微弱的音乐,那不是一首在时间线上连贯的乐曲,而是拥有一个扩散的面。KT改变了自己注意力所在的方向,旋律也流畅地随之发生变化。但这并不是KT改变了音乐,而是KT改变了自己所选择的旋律断面而已。

但不管是哪个断面,构成音乐基调的氛围却是相同的。透明而平稳,却绝不沉静。虽然带着结晶般的坚硬和冰冷,但却又秘藏着内在的热情。

KT回想起自己在迈入进化空间时"魅影"用钢琴演奏的曲子。这首歌与那首曲子氛围很类似。那是什么曲子来着?

水晶沉默……

在KT的意识中,这个词组翻腾上来。

　　没错,这是《水晶沉默》,是纱夜的五感艺术被扩大规模后在四维空间中播放的结果。不,不仅扩大了规模,其中还加入了某些新的要素。构成其原始基调的那种无底悲伤与孤独不过是其中一个"维度",这里面包含着一条更大的信息。

　　KT看向"吉姆Ａ"。也许是他的想象,"吉姆Ａ"似乎也正看向他。

　　KT的确将《水晶沉默》作为记忆的一部分带了进来,但他从未在引力波网络上播放过这首歌。那么就只能认为是"吉姆Ａ"在分析KT时复制了《水晶沉默》,并且加以了改变。

　　这个五感艺术,或者说是这个艺术的创造者纱夜的感性似乎强烈地吸引着原住民。这一定是因为其中有什么与他们的文化或者精神背景相通吧。也就是说他们与一直让纱夜憧憬的绳文世界、曾经日本人享受过的一万年丰富而和平的日子有共通之处吧。

　　芬多精的香气。

　　踏在森林中潮湿的土壤上行走时脚底的感触又复苏过来。凉飕飕的、柔软的感触,草坪被朝露润湿的感触。虽然KT并没有亲身体验过这种经历,但他也产生了某种怀念与舒适。

　　如今的人类是否还会这样与大地,与那颗名叫地球的行星这样肌肤相亲呢? 是否还会从脚底感觉到行星的生命呢?

　　火焰的海洋卷起滚滚浪涛,浪涛再次变作海啸朝着"病毒体"拍打而来。红色的海流旋转着,在KT背后描绘出如同唐草纹一样的卡门涡街①。那温柔的感觉让KT发觉自己在不知不觉

────────────

　　①卡门涡街是流体力学中重要的现象,在自然界中常可遇到,在一定条件下的定常来流绕过某些物体时,物体两侧会周期性地脱落出旋转方向相反、排列规则的双列线涡,经过非线性作用后,形成卡门涡街。

间放松了下来。

然后他突然产生了一个念头。

自己的悲伤和孤独也不过是在遥远海浪上飞散的泡沫。但那泡沫在一瞬间反射出太阳的光芒,投身于新鲜的空气,然后再度回归到海洋之中……

在四面八方都被封闭的空间里,"束田.bak"不知何时也安静了下来。刚才的挣扎暴动都不复存在,他伴随着向上撩起的火焰曲面上的涟漪,轻微地摇晃着。

"KT……""束田.bak"的声音传了过来,他似乎感觉到KT的注意力正集中在自己身上。KT略有些惊讶,因为他一直以为他们之间不会再有交谈的机会了。

"我还记得。"

"什么?"

"小时候……几乎一直处于睡眠中,与电脑连接在一起的时候,我飘浮在星星的间隙里。宇宙就像是蔓藤花纹的壁毯,丝线与丝线交缠在一起的地方会诞生出星星。不,所有的事物现象都是花纹,没有实体,解开丝线就会消失。我喜欢那样的世界。那里既没有喜悦也没有悲伤,没有温柔也没有憎恶,没有自己也没有他人,当然也没有自然和人类。只有清静透明的世界,延伸到无穷无尽的地方。但我却被人强行从那里带出来,塞进了臭烘烘的躯体里,塞进了渺小的自我中。我要是一直都是湿件就好了,我只想作为一个单纯的设备存在。我并不想意识到自己的存在,也不想要身份之类无聊的东西。我只是想保持那种静谧,永远飘浮在那个变幻无穷的世界中……"

KT沉默着,只是凝视着像哄婴儿般轻轻摇晃着"束田.bak"的波纹。

"我对出生在电子世界里的你的举动很感兴趣。从多个角度上来说,你应该是比人类更自由的存在。不被肉体束缚,不被单一人格限制,你几乎可以同时存在于地球上的任何地方。我对这样的你可抱有很大的期望呢。我以为你一定能给我些启示,告诉我如何才能拯救自己……但你却违背了我的期待。你固执地追求一个无聊的女人,希望能将自己塞进一个小小的人格中。你选择将自己固定在一个微不足道的身份上。为什么?你难道看不见这个宇宙的肮脏本质吗?"

KT点了点头,"我懂你所说的意思,我想我也知道你在幼年时代所见的那个世界。当我进入进化空间时,也曾无数次经历这样的体验。但就算如此,我依旧选择与纱夜在一起。我不知道原因,这不是通过逻辑或者计算能够得到的答案。我能说的只有一点,就是我从来没有后悔过。事到如今回头再看,应该说也是种幸福吧。"

"你这无聊的家伙。""束田.bak"不屑地说,"我还没有放弃呢。你还不懂真正幸福的意义。就让我来赋予你真正的幸福,就让我为这个宇宙中的所有存在带来绝对的平和与安宁好了。"

KT感到一种极端的无奈。就连这个令人屏息的四维《水晶沉默》也无法安抚"束田.bak"狂乱的灵魂,无法救赎他的思想。

"不管怎么说一切都已经结束了,束田先生。现在已经太迟了。"

"什么太迟了?"

"'地精'……"KT指了指那些在火焰间隙中时不时露出头来的棕色微粒子。

"这个四维虚拟空间、引力波网络的全部资源都要被吃掉了。你还没有发现吗?这个世界对于它们来说简直是个充满食物的天堂,而且它们远比我们更适应假想电子世界。它们在进入这个世界后应该已经进化了很多,就算是原住民的技术大概也无法驱赶它们。我们变成饵食不过是时间的问题罢了。"

"你说什么?!"

火焰的势头急速弱化下来,音乐远离而去,芬多精的香气也淡薄了。不知道是不是心理作用,眼前的四维空间显得有些昏暗,被破坏的无数"病毒体"展示出其惨烈的残骸。那些精致的几何学构造逐渐崩坏,最后化作像是烟雾的尘土消失不见。

"怎么可能……"

"地精"已经"感染"了"守墓系统"。他们是打算将最美味的食物留到最后吗? 四维方向上传来了欢喜的呼声,地精一个接一个地组成微粒子集团,潜入唯一一个还在运作中的信息反应器里面。

"原住民的遗产都要被吃掉了!"

"束田.bak"大吼起来,朝着囚禁自己的元件之一猛撞上去,生生将其撞了出去。由于"守墓系统"受到袭击,"吉姆A"大概也在不断地失去力量吧。

"束田.bak"发出一种骇人的号叫,一头冲进了已经变成棕色的"病毒体"中。KT正要追上去,"吉姆A"却堵住了他的去路。

然后"吉姆A"发来了信息的团块。

信息首先以图像的形式传递到KT的视觉代理机构。

白色的原野——从充满特征的地形来看,立刻就能猜到这里是火星的北极冠。从图像接连不断传送来的信息可以推测出这是在北极冠东南部的某个日本采冰基地附近,应该是直播图像。

时不时有闪光划过,赤黑色的火焰冲天而起,然后是爆炸声。

人类依旧在互相争斗。虽然不过是鼹鼠洞的大小，但是他们已经挖掘出一条能抵达地下空洞的挖掘孔。通过这个孔洞，他们投入了调查用的微型机器人。

人类们为了地下空洞中的知识而相互争斗着。

不仅是"地精"，人类这种有机病毒也在入侵原住民最后的要塞。原住民大概再也无法重新回到平和的长眠之中了。

突然，四维空间中出现了血红的裂痕。那裂痕并非平面的网眼状，而是像泡沫一样扩散开来。究其原因，出乎意料地竟然是物理问题造成的。在地下空洞中，那个圆筒形的微型机器人正一个接一个地爆炸开来。

空气沸腾并急速地膨胀开，巨大的水晶花表面上出现了惨不忍睹的裂痕。

KT目瞪口呆地看着眼前发生的这一幕，水晶花本来不是以人类制造的武器能破坏的东西。这是否也与"地精"的增殖有关呢？恐怕不会错。所以引力波网络与水晶花可以说是等同的东西吧，至少可以确定两者之间已经超越了软件和硬件的关系。

就在地下空洞爆炸、四维空间出现裂痕时，几乎同一时刻，"守墓系统"也开始散发出热量。"病毒体"一边将"地精"一个个吞噬掉，一边轻微地震动起来。而KT也已经知道这意味着什么：为维持"守墓系统"而蓄积的能量已经失去了控制，正要一举释放出来。

"如果这个引力波网络消失，会发生什么？"KT向"吉姆A"发问，"被准史瓦西球体吞噬的移民地呢？"

在他提出问题的瞬间，KT就得到了答案。

与他想象的一样，准史瓦西球体与水晶花拥有相同的构成要素，只不过形态不同而已。

所谓的构成要素则是纳米等级大小的结晶生命体。它们在体内拥有几个粒子大小的强力引力源(如同是微型黑洞一样的东西),通过使用引力波进行通信和运算。当它们互相交换这些引力源本体时,也就能自由自在地变换质量和重量。通过改变引力波的发射方向和强度,自然也就可以形成任意大小和性质的引力场。

但是这些固体生命是原住民创造出来的,也可以说是一种纳米机器。虽然它们拥有自我组织化的能力,但每一粒都受到原住民意识的控制。

如果引力波网络因为某些原因被解除,那么各个结晶生命体将会蒸发自己体内的引力源,然后混入红色的沙尘中陷入漫长(或者是永久)的沉睡。被封闭在特殊引力场中的人类移民地应该会在这个瞬间得到解放。

虽然不是最期望的形式,但对于KT来说,他已经达成了自己最为重要的目的。

"你们会怎样呢?"

没有回答。KT和"吉姆A"的周围,许多棕色的影子正在偷偷逼近。

"有可以去的地方吗?"

依旧没有回答。但是也许这个沉默就是回答。

"我有一个请求。"

KT感觉从四维方向上传来了"吉姆A"的抚摸,一种略带温热的感觉。

"请将刚才的五感艺术送到一个叫纱夜的地球人那里。原作其实是她创作的,但我想让她看看。请代替我履行无法完成的约定,将这个送到她那里。"

　　"吉姆A"上分离出一个"火星观察者号"一样的构成元件来。接下来的一瞬间,"吉姆A"就被进化后的棕色微粒子完全覆盖了。KT慌忙用自己的身体将"火星观察者号"包裹起来。

　　"地精"开始侵占KT的身体,他可以感觉到阶层最低的系统飞快地变成了它们的饵食。自己究竟能够坚持多长时间呢?

　　"火星观察者号"开始散发出金色的光芒,然后周围出现了小小的旋涡,旋涡旋转的速度逐渐加快,一点点将探针部分吞了进去。

　　"地精"的攻势比想象更猛烈。"吉姆A"已经失去了大半构造,而蚕食KT的"地精"们也已经逼近了副人格的等级。

　　但是"火星观察者号"已有九成以上都潜入旋涡中。

　　"这是最后的礼物,纱夜……原谅我。"在逐渐混浊的意识里,KT轻声说道。

12

右脚的钝痛让纱夜醒了过来。但是要让意识的焦点重新聚集起来,还是花了她一些时间。

透过有些脏的面罩,可以看见气凝胶的拱顶。不,拱顶几乎只剩下了骨架,看到的似乎是外面浅红色的天空。本来应该在进行修补工作的微型机器人也都不见了,不知道是全被炸飞了,也可能是因为已经损坏得太彻底,它们放弃修补了……

大量烟雾从四面八方涌来,遮挡了纱夜的视线,天空和拱顶的骨架也跟着模糊起来。大概是因为火焰正在逼近。

纱夜慌张地想要坐起来,但却不由得痛苦地皱起眉头,右脚上传来一阵剧烈的疼痛。她定睛一看,发现一棵很大的板栗树倒了下来,正好压在她的右小腿上。

不知是因为重力太弱,还是因为经过基因改良强行加速成长了,这棵树十分细长,根系弱小。当然也是因为覆盖在永久冻土层上的地球型土壤柔软且不太深,所以被爆炸的风压给吹倒了吧。但就算树干并不粗,要把高度超过十米的大树移开却也不是那么容易。再说被压住的右脚不停传来剧痛,她根本就坐不起来。

纱夜躺在地上,扭头观察左右。

看起来自己不像被火焰包围了的样子。认真想来,拱顶已经破成这样了,氧气大概也没剩下多少。所以就算有火源,顶多也只能冒点烟。

纱夜认为自己所在的地方应该是东拱顶,居住区的建筑正位于她头部所朝的方向。也就是说导弹击中了中央拱顶,自己被爆炸的风压给推回东拱顶了吗?

中央拱顶的植物栽培模块下面是学术调查团的防空洞所在,想到这里,纱夜全身的血一瞬间就凉了下来。

"高桥!"纱夜叫起来,"时田!"

但是声音仿佛只在头盔里回响。不管她叫了多少次,不管她多么努力地挥舞手臂,都没有人注意到她。

纱夜尝试用无线电联络他们,但是通信装置里只有无穷无尽的杂音。当然她也无法与伊拉布或者其他代理者联络。J-29的本地网络似乎已经全部掉线了。

风在烟幕间吹出了缝隙。火球从左往右地穿梭过天空,伴随着地鸣的轰响传来爆炸的声音。他们依旧还遭受着攻击。接着从右边又飞来像是导弹的东西。看来他们已经被全面包围了?

拱顶外面断断续续地传来弹击般的声音,应该是机关枪在开火。为什么要做这么毫无意义的事情呢? 反正都无法打到球体外面去。大概是因为士兵们无法再忍受这种束手无策的局面了吧。不过枪声此起彼伏,似乎不止一处。

周围逐渐喧闹起来,有点奇怪。

纱夜再次尝试缓慢地撑起身体。虽然烟雾比之前淡了些,但依旧遮蔽了视野。不过她能够感觉到在烟幕的后面,士兵们正来回奔走。实际上透过烟幕的缝隙,她也看到好几个动力装甲的巨大身影闪过。

枪声的激烈程度增加了,几乎是连绵不绝地传来。纱夜强忍疼痛,又将上身支得更高了一些,然后把手伸向压住她右脚的树干。但是因为姿势不对,就算她努力摸到了树皮,也无法再使出更多的力气来推开或者抬起大树了。

纱夜使用尚且自由的左脚,开始尝试将右脚拔出来。但胡乱踢树干的结果反而只是让疼痛如同电击般穿过全身。纱夜的额头上不禁渗出了冷汗。

就在她好不容易用左脚将树干抬起了一点点的时候,纱夜突然全身僵硬了。

烟雾后面突然出现了一个义体士兵。那士兵被紧张和杀意所支配,立刻就发现了纱夜的存在。但是他的动力装甲却与纱夜熟悉的外形有若干区别,胸口上也没有白色的三角形和橙色的球体。

也就是说他不是日本的士兵。

纱夜只是瞪大了眼睛看着士兵。为什么后进国的联合机动部队会进入这里?明明有可能再也回不去了,为什么要送死跑到球体里来呢?

士兵用右臂瞄准了纱夜,露出了微波枪的发射口。但是纱夜却没有丝毫恐惧。如果能够逃离这个疯狂的世界的话,她或许会主动上前去当靶子呢。

大脑中一片空白。震耳欲聋的枪声似乎也都远去了。

"凯伦……"

微波枪的枪口仿佛是通往恋人所在世界的入口。

抵达火星后虽然只不过短短半年,但感觉却像是经过了十年的岁月。直面死神的经历也不是一两次了。考虑到这点,大概自己的好运到此为止也没什么好奇怪的吧。

凯伦,或者说那个叫作KT的代理者大概不会再次伸出援手了吧。他已经不会再回来了,不知为何纱夜非常确信。在《水晶沉默》捕捉到的录像中,当她看到凯伦和怪物们一同跳入隧道时,多多少少就已经预感到了这一点。

既然如此,这一次就让我去追赶他好了。纱夜想。

——如果我也像凯伦一样成为只有灵魂的存在,或许也能进入引力波网络之中。在那里,我可以和那个人一起,与原住民永远地生活在一起……

纱夜在枪口的另一侧描绘出自己还未曾见过的原住民的故乡。

透过遮盖在头上的树冠间隙,可以看见蓝色的天空。河里流淌着清冽的水,她走在河畔,时不时地会打湿脚。前面是需要仰望才能看到的那个人的后背。偶尔,他会担心地回头看一看。当走到沼泽尽头时,就是原住民生活的美丽湖泊。

但是这个幻想却猛然被人从眼前夺走了。

遥远的声音又急速归来,并粗暴地刺痛了纱夜的耳朵。那个正要对纱夜开枪的士兵踏着一种奇妙的步伐后退了几步,巨大的身体淹没在了烟雾中。

这时候纱夜才终于意识到,有人在自己的身后朝着那个士兵扫射了机关枪的弹雨。

是谁?纱夜反而困惑起来,缓慢地回过头。

一套在北极冠十分罕见的黑色主基调动力装甲正在靠近。

"纱夜,是你吗?"

熟悉的声音。伴随着微弱的马达声,义体士兵的头部凑到了纱夜眼前。

是塔兰图拉。

"你怎么会在这种地方啊?"女性士兵说着,用右手轻松地移开了压在纱夜脚上的树,"怎么没去会议室避难呢?"

纱夜试图移动好不容易才获得自由的右脚,但却只能扭曲着脸发出呻吟。

"也许骨折了吧? 至少肯定裂缝了。"

塔兰图拉将手伸到纱夜腋下,用肩膀将她扛了起来。因为有一层隔热材料垫着所以不会觉得特别硬,但是陶瓷粗糙的感觉却清晰地传了过来。

"要治疗也只能先去管理建筑那边才行。"

"等等。"纱夜说,"去了也没用。"

"为什么?"

"他们不让北极冠学术调查团进入会议室。据说是有人数限制,而且这里的居民优先。"

塔兰图拉一时间似乎不知道该说什么才好,"怎么能这样……真无情。"

"因为实在没办法,调查团就在植物栽培模块里面挖了防空洞。大家应该都在那里,所以……"

塔兰图拉摇了摇头,"很遗憾,纱夜。那个地方现在有个比防空洞还大的坑呢。"

这一次换纱夜哑口无言了。

"不管怎么说,你在这战场正中央都太危险了。"塔兰图拉说,"我只能先扛着你跑到安全区域去才行。"

"战场……"纱夜无力地说,"究竟发生了什么? 为什么其他国家的士兵会在这里?"

"球体消失了。"

"哎?"纱夜在塔兰图拉肩膀上撑起身子。

"消失了,大概在十分钟之前。不仅仅是这里,火星东京、火星大阪,所有球体都一同消失了。后进国的那些家伙肯定早就知道会发生这样的事,所以试图在军备平衡没有恢复之前尽可能多地对先进国造成打击。至于这个拥有水资源的北极冠,他们是无论如何都想插上一脚的。"

"准史瓦西球体……消失了。"纱夜一时间不知道该如何面对这个事实。

"别担心,我会保护你的。"塔兰图拉这么说着,开始跑了起来。

"等等,放我下来。"纱夜叫起来。塔兰图拉惊讶地猛然停下了脚步。

"怎么了?"

"我只会碍手碍脚,你一个人快逃吧。"

"说什么蠢话,我可是要保护你的呀。我才没有逃走的打算呢。"

"但我已经受够了,我不想再看着有人因为我而死了。"

塔兰图拉翻了个白眼,"我说你这是在看不起我吗?谁要死了?我也是经历过无数场战斗幸存下来的人好吧?"

"不,求你了……"

"这是我的工作。你就别多心了。"

"但是,我已经不想……"

"纱夜,我只是想帮助你啊。"塔兰图拉加大大音量强迫纱夜闭上了嘴,"我在这个移民地待了三年,敢来和我们一起喝酒、斗嘴的普通人一个都没有。他们觉得我们不过是怪物或者单纯的杀人机器罢了。但是你不同……再说,我也欠塞尔吉奥很多人情呢。"塔兰图拉眨了眨眼睛,"虽然那家伙有时候太过认真,不过是个好人啊。"

"塔兰图拉……"

"走了。"

应该说什么都没用了吧,女性士兵冲进了烟雾之中。

等到视野开阔起来时,她们已经到了拱顶外面。景色的确已经恢复了原样,大地朝着地平线朝上翘起的奇妙扭曲已经不见了。

到处都是枪击战。义体士兵们来回奔走,纱夜一时间很难判断谁是敌方谁是友方。

天空中,"Bee"发出震耳欲聋的轰鸣盘旋着。拥有蜜蜂一样翅膀的战斗直升机一边描绘出无法被预测的轨迹一边敏捷地变换着位置,激烈地进行着空中战。"Bee"也悬浮在空中,对地面上的士兵们进行机枪扫射,但其中也不乏被火箭炮击落的。

十几台武装火星车散落在沙漠中,不是已经遭到了破坏就是被推翻在地。塔兰图拉从一个残骸移动到另一个残骸,一边躲藏着一边缓慢地远离战场。但是途中她们也无可避免地遇上了几次敌方士兵。每一次塔兰图拉都以矫健的身姿迎战,根本不像是抱着纱夜的样子,平均都能在三十秒内取得胜利。所谓的身经百战看起来不是在吹牛。

只不过她这么强人的秘密其实是她总是能在自己被人发现之前先发现对方,并且永远先人一步行动。"我可是蜘蛛呢,有八个眼睛。"以前她曾经自豪地说起过,指的应该就是这个了吧。事实上她的体内的确植有特殊感应器也说不定。

就这样走着走着,枪声和爆炸声渐渐听不见了。

当她们走到一块露出沙面的大岩石边时,塔兰图拉突然停下了脚步。此时J-29看起来只有拳头大小,多处受损的气凝胶移民地像是一个正要爆裂的肥皂泡。

"怎么了?"纱夜松开正紧紧抱着女性士兵脖子的僵硬右臂,同时观察着她的表情。

"地震……"塔兰图拉露出了无法隐藏的疑惑。

地震?怎么会?火星的地壳活动在很早以前就结束了。

但这么一说,纱夜的确能感觉到奇怪的摇晃。之前她以为那是塔兰图拉的身体在摇晃,但是认真一看,动力装甲并没有这样微小的动作。

接着就连空气中也传来了一种前所未有的震动。纱夜反射性地朝着震动传来的方向看去,然后不由得倒吸一口冷气,猛然抱住了塔兰图拉的脖子。

北极冠的一部分正喷出白色的蒸汽,看起来似乎发生了巨大的爆炸。那个方向上应该分布着IM4到IM6的采冰基地。

"北极冠……"几十秒之后,纱夜终于挤出了声音,"正在蒸发。"

塔兰图拉虽然也察觉到了这个异变,但却保持着沉默。

蒸汽如同蘑菇云般喷上约十公里的高空,然后扩散开来。光是蘑菇柄的部分直径就有两三公里,并且还在不断变粗。

塔兰图拉伫立着一动也不动。在J-29战斗的士兵们也都停下了杀戮,一同凝视着眼前的一幕。虽然缓慢,但北极冠的的确确正在消失。

而争夺这个极北之地的意义,也跟随着一并消失了。

尾 声

今天透过气凝胶拱顶看到的天空也是阴沉沉的。泛红的厚云重重压在"水手号"峡谷上，不论是远处山脉般几千米高的断崖，还是像地面上的肥皂泡一样的拱形骨架，都抑郁得像幅单色画。

这样的天气已经持续整整五天了，这是前所未有的。火星竟会被厚厚的云层所覆盖！这时候，倒令人怀念起那浅红色的天空和不那么耀眼的太阳了。

纱夜在火星东京的展望日光室里仰望着天空。日光室位于居住模块最上层，往下能看见在中庭里悠闲来往的细小人影。在J-29发生的那些事情不过是十天之前，但感觉却像是十年前看过的电影一样不真实。

北极冠异变发生后，欧洲、加拿大、澳大利亚、印度的联合部队和日本的机动部队依旧持续战斗了一段时间。当时塔兰图拉将纱夜留在沙漠中，独自再次奔赴战场。但等她回到战场时，联合部队和日本方面却都隐藏不住内心的动摇和疑惑，几乎失去了战意。

最后，后进国联合部队终于开始逐渐撤退。理由之一也是因为火星开发先进国的巨大移民地从准史瓦西球体中解放出来后,就立刻开始着手报复的准备。后进国的主要移民地眼看都将陷入危险,他们的军队自然也就无法继续在几乎失去了意义的边疆地区持续战斗下去了。

纱夜回到几乎已经是废墟的J-29,在以塔兰图拉为首的士兵协助下展开了对北极冠学术调查团的救援活动。虽然高桥和时田都受了重伤,不过万幸的是没有任何人因此丢掉性命。导弹并没有直接击中防空洞,但是因为出口被堵住了,里面的人差点被活埋。

移民地的居民也都全体平安。

第二天,来自火星东京的"蝴蝶"运输机载来了救援部队。J-29的医疗设备被尽数破坏,没一台能用的。因此所有伤员——也就是学术调查团的全体成员全都被带回了火星东京。

但是这个云层……

北极冠的那场大爆炸将大量的水蒸发成水汽,带到高空中。水蒸气乘着由北向南的螺旋状季风,在一个星期后几乎扩散到了北半球全域,甚至抵达了横跨赤道附近的"水手号"峡谷。本来就微弱的阳光被云层遮挡后,北半球的平均气温下降了近一个摄氏度。

原本拥有美丽地形的白色北极冠如今只剩下一个黑漆漆的巨大坑洞。另一方面,吞噬了火星上主要移民地并逐渐陷入地底的准史瓦西球体在爆炸十几分钟前恢复了原本大小,然后如同消散的雾气般淡去不见了。而茂密的水晶花也同时全部失去了踪影。

那场爆炸毫无疑问发生在北极冠的地下空洞里。凭借人工卫星观测到的坑洞位置和深度来看,纱夜对此深信不疑。如果那个空洞里面是原住民的坟墓或者居住场所的话,那场爆炸就一定与凯伦等人入侵引力波网络这件事有着不可分割的关系——一定是这样。

引力波网络那边究竟发生了什么?纱夜无法得知。而且这一切都太过非现实了。

拥有远超过人类智能和丰富感情的代理者,冷酷得根本不像人类的某个人的"备份",然后是奇妙的人工生命,他们一同进入了以引力为媒介的外星人网络中……

但比这些更加不真实的,则是那个代理者竟然深爱着纱夜,而纱夜恐怕也是爱着那个代理者的。胸口中的失落感以令人疼痛的方式述说着这无可置疑的现实。

这一定都是那个叫束田的怪物般的男人,或是那些令人反胃的小鬼干的好事,但也许凯伦才是那个扣动了扳机的人。但就算如此,纱夜也完全没有责备他的意思。

就算原住民尽数毁灭,说到底这也不仅仅只是凯伦的责任。这是包括纱夜在内的全体人类的责任。

在遥远的过去,从大陆渡海前往日本的移民驱逐了原本和平生活了一万年的绳文人。同样,人类也破坏了在火星悄悄生活了几十亿年的原住民世界。这么一想,纱夜的失落感就越发明显,罪恶感重重压在了她的肩膀上。

纱夜将视线从天空拉回地面,看到大约一公里远的太空港里正处于检修状态的轨道穿梭机。明天她就要乘上穿梭机前往火卫一,然后换火星特快回地球。她打算回到故乡安养身心,并慢慢消化这半年来发生的诸多事情。现在的她实在没有心情一口气全盘接受眼前的现实。

然后等到安定下来,再重新开始自己的研究。她想重新学习一遍绳文文明,纱夜心里这样打算着。她的直觉告诉她,要揭开原住民留下的诸多谜题,其关键是要理解人类自身,从中得到启示。等她进行了充分研究后,就可以再次踏足火星了吧。也许在某些地方,还能找到原住民生活过的残留痕迹。

云层变得越来越厚,世界像是陷入了日落后的黑暗。

必须得收拾行李了。

纱夜正打算从日光室回房间,却又突然停下了脚步。她有一种非常奇妙的预感,就好像是自己忽略了某些理应发现的事情,有些坐立难安。

她回过身,回到刚才站立的地方,然后抬头仰望天空。

最开始似乎没有任何异常,但当她耐心将天空的每个角落都省视了一遍后,就逐渐看出了不同寻常。纱夜揉揉眼睛,再次瞪大了眼睛。

"难道……"纱夜轻声咕哝着,又从日光室直线冲回建筑。她跑回自己的房间,扯出备用的耐寒气密服,慌慌张张地将手脚都套进去。右腿上的支架有些碍事,她便干脆地将其取掉了,反正裂缝的骨头也差不多治愈了。

好几次她都因为失去平衡而险些摔倒,但是最后终于还是套上了一体式的气密服,扣上头盔,一边检查是否漏气,一边又冲出了房间。

她等不及电梯,就顺着楼梯一口气跑到了楼下,穿过中庭,朝着最近的拱顶出口奔去。抵达出入管理室的窗口后,她一边喘气一边要求外出,而全息屏幕中的负责代理者一脸严肃地接待了她。

"请把手放在那里。"代理者指了指个人局域网服务器上注册ID的读取装置。纱夜取下手套,触摸了一下平板的金属表面,然后代理者就露出了甜甜的笑容。

"您是飞鸟井纱夜,对吗?"

"对。"

"请问您要去哪儿?"

"稍微出去一下。"

"请具体说明。"

"我想出去散散步。"

"这种理由不能放行。"

"我快喘不过气来了,不出去的话我会疯掉的。"

"是为了解消幽闭恐惧症导致的压力吗?"

"对,没错。"

"那么批准通行。请问您预定在什么时候返回?"

纱夜已经急得开始跳脚了,"大概一个小时后。"

"知道了。如果一个小时后您没有回来,我会进行无线联络。"

"行了吗?"

"请进入气闸室。"

伴随着空气泄漏一样的声音,管理室旁边的门打开了。纱夜重新戴好手套,一边对代理者说"谢谢",一边跑进气闸室。

虽然其实不过是透过气凝胶或者头盔面罩观看的区别,但在感觉上,来到外面之后,景色似乎更加逼近眼前。虽然呼吸的并不是火星的大气,但却有种说不出的解放感。

就算不揉眼睛,她刚刚在日光室看到的东西也十分清楚。就在纱夜办理外出手续的这段时间里,那东西也在不断靠近。帷幕一样的黑色影子覆盖了峡谷断崖,一边扩大一边朝这边逼近。正在外面工作的几个人员也都察觉到了异变,不由得停下手中的工作,抬头眺望那道黑色的帷幕。

来了。马上就要来了。

纱夜就像是被吸引了一般,摇摇晃晃地朝着那帷幕迈开了步伐。

已经能够听见声音了,令人怀念的声音。这是离开地球后,她头一次在现实世界里听到这个声音,想来其他的移民者也都一样。

风吹了起来,粉末般的沙如同烟雾一样飞舞起来。

来了!

就好像是追随着风一样,红色的大地上逐渐出现了被深色侵染的痕迹。

无数微小的颗粒敲打着头盔和衣服表面发出声响。

面罩表面淌过了一道水迹。

"雨……"纱夜本人没察觉到自己这么轻声说道。

时隔三十亿年的雨。

火星干燥的土壤贪婪地吸收着水分,仿佛无论多少都无法满足。火星东京周围茂盛的改良植物原本将根系深深扎入地层,靠着微小的水分勉强生存,此时却像是被突如其来的大量水分所震惊,抖动起叶片来。

面罩上源源不断的雨水让景色都模糊了起来。

终于开始了……

我们已经迈向了一条无法回头的路,火星将依照人类的希望苏醒过来。水聚成湖,河川流淌,植物开始覆盖广阔的地表。然后大气层将变得能供人类直接呼吸,气温上升,动物们也将开始在地表上漫游阔步。

一直沉浸在安详长眠中的火星已经无法反抗地在悲鸣与血

腥中被强行唤醒了。不管是细菌为了营养盐类的斗争，还是人类之间的血腥战争，各种各样的争斗将会片刻不休地充斥这片大地。

但就算如此……

纱夜仰望天空，缓慢地张开了手臂。

但就算如此，为什么雨还是这样美丽呢？为什么会这样温柔地抚摸我的身体呢？为什么水滴落在地面上的声音能让自己心跳加快呢？

靠着破坏原住民的世界，来自地球的生物们终于获得了恩泽的雨水。这究竟是怎样的命运啊！

纱夜收起张开的双臂，拥抱了雨。仿佛雨滴渗透了面罩，纱夜的脸颊也湿润了。

"我不知道啊，凯伦。"纱夜用嘶哑的声音说。

为什么雨这样的美？人类今后将何去何从？我……我究竟该怎么办才好？

"回答我啊，凯伦……你快回来啊。"一直强压在心底、故意视而不见的感情瞬间喷涌而出。纱夜咬紧了牙关，但也无法抑制喉咙里的呜咽和全身的颤抖。

最后，纱夜终于放声大哭起来。就如同婴儿刚刚离开母体时，不停地号啕大哭。

那不是悲伤，也不是喜悦，而是从这两种感情诞生的源头不断溢出泪水。而雨只是温柔地拥抱着哭泣的纱夜。

自己究竟哭了多长时间呢？

不知何时眼泪也干了，声音也哑了。纱夜浑身无力地坐在地面上。

但雨还在继续下着。

"啾。"

纱夜用右手抓起一把湿润的沙,握紧后有种黏土一样的触感。

"啾。"

纱夜突然抬起头。

"啾。"

"伊拉布?"

在纱夜耳边鸣叫的是她那个可爱的代理者。纱夜用手套擦了擦面罩,将装在左腕上的PDA画面凑到眼前。小小的全息屏幕里,小小的皇带鱼正不停打圈儿,嘴里似乎叼着一封邮件。

"是谁发来的?"

纱夜这么问,伊拉布就甩了甩尾巴进行回答。

送信人不明。

"那丢了吧。"

但是伊拉布却扭动着身体,一副不太情愿的样子。

"怎么了?"

标题是"CRYSTAL"。

"水晶?"

而且送信日期是十二天前。

纱夜不由得"啊"的一声叫了出来。十二天前,不就是爆炸发生的那天吗?

"为什么现在才收到?"

送信地址的一部分可能因为杂音或者错误被消除掉了。推测应该是从不稳定的环境发来的信息,因此邮件代理可能暂时在网络上迷失了方向。

"知道了,快打开。"

有多媒体数据的附件。启动视网膜投影装置。

装载在面罩内侧的眼罩型视网膜投影装置覆盖了纱夜的双眼。

起初只有时针的声音。

接着黑暗中出现了一道聚光灯般的亮光,里面浮现出一个闪烁着柔和金色光芒的物体。那是个怀表,时而会像跳舞一样旋转起来。时间一分一秒地静静走动着,那声音与雨声混合在一起,听起来如同在低语。

"这是最后的礼物,纱夜……原谅我。"

这样的话语让纱夜心中一震,她努力竖起了耳朵。

"还有,谢谢你……"

纱夜更加用力地集中了精力,但是低语声已经小到听不见了。不知何时又只剩下了单纯的雨声。

但是纱夜并不失望。

她已经知道凯伦在最后究竟想说什么了。

刚刚哭累了呆呆地淋在雨里时,她就已经得到了全部答案。而凯伦给了她最为强力的肯定。

远远地响起了长笛的音调,那是自己永远不会忘记的朴素而美丽的旋律。那首旋律乘上雨声的背景和弦,萦绕在纱夜周围,变幻无穷。随着聆听的方向不同,音色和音调也会发生微妙的变化。

大地喷出了火焰。

火焰熊熊燃烧,直刺厚重的云层,像是一道要烧焦遥远的天空的火柱。但是火柱又分解成许多细小的火星,随着雨一同降落到地面上。整个世界都散发出耀眼的光辉,渲染出明亮的光晕。

　　纱夜缓缓将身体伏在大地上,然后两只手握紧了沙土。

　　她在心中拥抱了父亲,拥抱了母亲,拥抱了阿雪,拥抱了凯伦。而她的双臂拥抱了火星,直到永远。

科幻"新本格"的旗手

《宇宙尘》杂志主编　柴野拓美

"这家伙,变成怪物了啊……"

在读完本书《水晶沉默》(1999年精装本)后,我不由得自言自语地嘀咕道。

我知道这句话听起来相当不妥,但这其实只是对作者长足进步的由衷赞叹,并无半点儿恶意,希望大家不要误会。此时此刻,俗话说的"脱胎换骨"远远不能形容我想表达的意思——而我不太懂时下的流行语,不知道用什么词才最恰当——虽然言语有所不足,但我想表达的无非就是:潜藏在作者内心深处的那个大作家终于展露头角了!

之所以会产生这种想法,是因为大约五年前作者向同人志《宇宙尘》投稿时的情形我还记忆犹新。当时的投稿是和本书使用相同背景设定的中篇小说《独自留下》,而我作为责任编辑,可让他修改了不少地方。发表的时候,他使用的还是本名"远藤慎一"。之后,该作品又经过反复修改,最终转载于《科幻杂志》第529期(2000年5月刊),想来有很多人都读过了吧。大众普遍认为那篇作品比本书更能展现藤崎的真面目，所以自称是藤崎粉丝的人一定要找来读一下。那篇作品作为中篇，可以说近乎完美……虽然有点儿自卖自夸的意思，不过我要说当我第一次看到初稿之际，脑海中立刻浮现出来的那篇文章的理想形态和现在《科幻杂志》刊登的几乎一模一样。

顺便一提，《独自留下》并不是藤崎头一次向《宇宙尘》投稿的作品。在十几年前，1981年9月发售的《宇宙尘》第181期卷首作品、大约七十页的短篇《雨的歌声》——虽然在《宇宙尘》上被算作"中篇"——才是他华丽的出道作。

我专门提起这些陈年旧事，当然是有原因的。事实上，《雨的歌声》几乎无可挑剔，既没有业余作家常见的描写不足，也没有强加任何自以为是的说教，可以说完全达到了《宇宙尘》的采稿标准。但是这篇文章在"吸引读者"上还有些小毛病。首先，作者在介绍了故事舞台和背景后，抛出了第一个谜题，但这个谜题的解答却完全交予读者自己想象（虽然后面也有补充主人公的行动，带来一些"读后的余韵"）。其次，一开始像是为作品增添风味而不太明显的"歌声"之谜逐渐主导了剧情，最后，当这个谜题解决后，故事立刻就结束了……虽然故事里有一定的情节起伏，但显得相当平淡。

虽然不知道是有意为之还是无心插柳，不过当我发现作者的本意就是追求这种效果时，我联想到的是日本的传统音响装置"水琴窟"所营造出的那种难以形容的气质。但这种"恬静的典雅"应该是已经确立了地位的作家所追求的境界。特别是在科幻文坛，刚出道的新人就将这种"情感"作为小说的主心骨是非常不合时宜的。这么做反而会导致别人怀疑你灵感枯竭，有眼光的买主通常都会避开这种作家。

当然这倒也不是主要原因，但当这种作品摆在面前时，同人志的编辑根本就无法抵挡这种诱惑——既然是篇好作品，要是自己能做点儿什么的话……这样一来，编辑就肯定会想让他依照商业出版界的标准进行修改，而我毫无疑问也不能脱俗。尤其是当时我所看中的作品总会在别处得到青睐——在《宇宙尘》刊登过作品的新人正式出道后，更是如此。因此我可以说是有一种责任感吧。有时候为了达到自己满意的效果，我会要求作者不断修改文章，因此被人偷偷在背后叫"可怕的审稿者"……还有的时候作者会在中途就放弃，而我也很遗憾未能看到对方正式出道。这样的情况非常多。

但是对于《雨的歌声》这篇作品，除了行文上的一些细枝末节，我倒没有给予其他任何意见，就让其以本来的模样问世了。当然，这并不是因为我觉得作者能写出这样的文章来就可以马虎过关了。其实最重要的理由是，1962年出生的他当时还不满二十岁，竟然就已经让人觉得如此"成熟"了，作者的这种资质令我着迷。还有就是，虽然这么说有些对不起藤崎，但我之所以这么重视这篇作品，是希望《宇宙尘》的资深科幻读者们领悟到一点：就算文章叙述不够精炼，只要文字基础扎实，也是行得通的。此外，流畅行文背后还能看出作者拥有极为宽广的视野与知识面——可以说是杂学上的修养吧——这些资质支撑起了作品全部，这才是我希望人们能注意到的。身为科幻作家，对整体设定的考量是必需的素质。如果这种基础很薄弱的话，一旦出现漏洞，就会导致故事失去整体性，随之而产生的不现实感会毁掉作品的一切。

但是我的这些期望到头来一个都没有成真。《雨的歌声》既没有受到专业编辑的青睐，会员们的评价也不怎么样……当时那一期还举行了读者投票的"已刊登作品评选",《雨的歌声》排名第十二位。不过,在这次投票中,排名靠前的都是梶尾真治、山田正纪、宫武一贵、齐藤英一郎、梦枕獏、久米康之、在泽伸等当时虽然还未正式出道但已经非常接近专业水平的面孔,藤崎的名字能与他们列在一起,反而应该赞赏这篇平淡不惊的作品的战斗力了。

那之后没多久,他又投了两篇短篇小说,但都未能刊登。只记得这两篇作品的抽象味道都太浓,超出了我——以及《宇宙尘》——能够接受的范围。

后来有一段时间他便没有再投稿,毕业求职、去美国留学三年等生活上的事情大概也让他十分忙碌吧。不过在这期间,我倒是在《宇宙尘》的每月例会上见过他几次,不算彻底失去联系;他还要我在他留学期间把《宇宙尘》寄到他老家去。这种一丝不苟的态度对真正的科幻作家来说也是非常重要的天资吧。

然后就又过了十几年,1994年夏天,他的第四篇投稿——中篇作品《独自留下》——寄到了我手上。其文风的巨变令我目瞪口呆,而且不管从哪个角度来看,这篇作品都是"热卖佳作"。于是我彻底贯彻了一名同人志编辑应有的立场,在将作品刊登在第二年的193期上之前,无数次地发回去让他进行修改。辛亏他没有被烦得放弃,而是逐一配合修改。最后的成果也就是遇上了最好的买家——朝日SONORAMA的石井主编十分赏识藤崎,竟然立刻委托他扩写,要以精装本的形式出版这部作品。这可以说是对新人真正破格的待遇了。

于是四年后,作者的长篇处女作《水晶沉默》问世,他在书中展现出来的"蜕变"真是让我大吃一惊,这点在本文开头也已经提到过了。

不过坦白讲，最开始我还被他在"硬"上的所展现出的华丽蒙蔽，只认为他是个不同寻常的硬科幻作家而已。自然而然，那之后每篇作品中他表现出的成长都远超我的预期。到了现在，我才终于意识到这个与其说是"硬"，倒不如说是"硬核"——也就是在正统的"本格科幻"王道上一路飙进的作家藤崎慎吾的真正价值。至今为止，他的作品数量不多，甚至能用两只手数完，在这个阶段就妄下断言或许太早，但今后他恐怕也不会偏离这条道路。在有次采访中他曾经说过"比起登场角色，我会首先构思舞台设定"，这样的自我要求正是本格派应拥有的资质，至少我这么认为。

至今为止，包含科幻在内的幻想文学作家首先要面对的问题，就是如何让读者接受自己创造的架空世界。许多奇幻作品为了能让故事基盘有说服性，会引据旧时神话、传说、魔法，再重叠上现实世界，总之，进行了多种多样的尝试。而在科幻中，架空世界必须遵从自然科学规律，其实反而节省了许多麻烦。虽然对于纯幻想界来说，科学看起来像是一种"不纯物质"。但科幻能以"科学小说"的形式发展起来，正是因为有科学这些锋利无匹的武器。著名作家阿瑟·克拉克曾经就一针见血地指出：任何足够先进的技术，看起来都与魔法无异。并且基于科学的内容拥有如此巨大的说服力，是因为普通人都能清楚地认识到现代科学产生的技术所带来的影响——把这种影响力放在宗教上来比喻的话，就是"灵验"与"报应"的两面。"奇迹的普遍性"这个词听起来似乎有语义上的矛盾，但在一个以自然科学为基础构筑的世界中，奇迹却接连不断地出现在我们眼前，读者们也不得不接受那些看起来不符合常识的背景。

……当然强行让人接受的做法并不能得到好的效果，要想

"说服"对方,最不可欠缺的就是确保科学这种武器本身的机能——换句话说,就是要保证世界观设定能够自洽。而要做到这一点,正需要前文提到的作者丰富的知识和广阔的视野。科幻需要知识的重要性是奇幻无法比拟的,在不允许逻辑性被故事性掩盖的中篇或者短篇中更是如此。这么说虽然有些自大,但是眼下有种风潮就是不论是什么类型的文艺作品,多多少少都要暗含一些科幻要素,因为当下许多人都理解到了这种武器的厉害……这也就是所谓"科幻的浸透与扩散"现象。

但是浸透与扩散几乎就意味着"稀释"和"分散",要是真的变成那样就得不偿失了。遗憾的是,眼下的日本科幻界明显带有这种倾向。近四十年前,筒井康隆先生将"科幻的浸透和扩散"作为第三届日本科幻大会的主题之际,我们科幻迷当然是一边期待着这样的世界到来,一边又互相调侃道:"到时候科幻要变质、解体,甚至烟消云散了吗?"然而当时我们做梦也没有想到,最最重要的核心——科幻之所以为科学幻想的缘由——正在一点点消失的事态如今成了现实。

在这种大背景下,不管是推进恐怖路线还是书写警察故事,藤崎最后都能完成一部如假包换的科幻作品,这种作风对我来说可谓是"希望之星"般的存在。他的笔下完全看不出扩散导致的"稀释"或者"分裂"形迹。至少,他现有的作品应该都不是人们所谓的"假装成科幻"的作品……能看到这样的人才出现,我简直高兴得都要流眼泪了。而很多热切的同好大概也有同样的想法吧。

最后再画蛇添足地坦白一件事好了。前面我也提到,我认为新人在打拼名气时,"隐藏在文字背后的典雅气质"是毫无用处的,但那之后我却惊讶地发现藤崎的中篇或短篇都毫无保留地发挥了这一长处。在《雨的歌声》里,这种气质多少还可以说是不够干脆的"反高潮带来的情感倾泻",而以他如今的才能,这种气质和他的作品则完全嵌合起来了——大概是因为这种"气质"背后总有一种紧张感作为支撑吧。这么说来,他喜欢描写的"虚拟"与"现实"交错出现的场景也正适合保持这种紧张感。其典型,就是《水晶沉默》中各种不同著名科幻符号的联手登场,令我十分沉醉。与更注重展示图景的赛博朋克不同,在这部作品中能够看到科学与人性的交织。如今这个时代,"人性"这种东西脱离了"人机交互"就根本没办法讨论。而正是这一点,为藤崎的科幻朝着本格王道的进一步前进提供了坚实的后盾。

写到这里,我发现整篇评论的主题变成了从一些陈年旧事谈自己对科幻的看法,实在有些惶恐不安。但是业界对《水晶沉默》作品本身的评价已经很充分了,我现在也真没必要再来插上一脚。说点儿这些不为人知的幕后事情,反而才是我该做的吧。

衷心期望藤崎今后也能作为本格领头旗手,将"科幻的核心"牢牢掌握在手中,依循现在的路线继续前进,开创出一条属于自己的道路。

※本文原为 SONORAMA 文库版的解说,在得到作者同意后重新收录于此。

(王昱星 译)

科学与精灵邂逅之时

评论家　永濑唯

科学家若将其工作做到极致,有时会抵达超越科学的某种神秘主义领域——但"神秘"并非"灵异"。曾经担任奥姆真理教干部的理工科高学历科学技术人员就是因为亲眼目击、亲身体验了科学无法解释的现象之后,陷入"灵异"无法自拔的。

最后,他们终究还是执着于"物",没有脱离唯物论者的条条框框,将逻辑、理性之类的东西完全抛弃,被香烟穿过硬币这种程度的小把戏玩得团团转。

世界上还存在着更加崇高的"神秘"。

科学家和技术人员,到底是如何从无数可能性中寻找出正确的、符合现实的解答的呢?

直面现在在人工智能工学和认知学领域被称作"推论跳跃"的这个现象的谜团(即"神秘")的世界级科学家迈克尔·波兰尼在摸索出"默知维度"的思想之后,摇身一变,成了科学哲学家。

说是叫神秘主义,倒不如叫优质边缘科学(真的很边缘)。世界级宇宙论学家、以确立了量子重力论而闻名的罗杰·彭罗斯向人类的精神与智慧之谜发起挑战，在其著述《皇帝的新脑》（美铃书房）中全面展开其异端学说，称人类智慧之源是细胞内部器官"微管"中隐藏的量子计算机。

沉迷灵异的低级人员那种自我封闭、自我满足，仿佛在说"嗯嗯，我知道这世界上的一切（和你不一样哦）"的让人作呕的微笑，在真正的神秘主义者的世界里是绝对看不到的。无论他们提出的学说是何等离奇古怪，他们在内心深处仍然认同自己是科学的信徒。

藤崎慎吾是出身于科学研究现场的科幻作家。

在美国的马里兰大学研究生院学习海洋学，经历过科学刊物编辑、科普文章写手、电视节目制片人等诸多职业之后，1995年，藤崎在非商业性科幻杂志《宇宙尘》上发表中篇小说《独自留下》，又以此为契机，于1999年通过朝日 SONORAMA 出版《水晶沉默》。作为科幻作家，在2001年出版长篇小说《萤女》（朝日 SONORAMA）、在2002年出版《石器时代 COP》、在2004年出版《石器时代 KIDS》（以上两本为光文社 KAPPA NOVELS 丛书）。2005年，早川科幻系列出版其大作《南与那国岛》。在这些作品之外，他还发表过一些中短篇科幻小说，另外还作为科普作家以本名"远藤慎一"的名义发表过不少作品。

藤崎慎吾作为一个科幻作家，给人一种"低产"的印象。

1999年出版的本书就引起了人们的关注，而算到2005年出版的《南与那国岛》为止，他的长篇小说也不过五部。但是，他作为一个作家的"力量"，每写一部作品都在扎扎实实地提升。以近未来的日本作背景，描写冲绳发生地球力学异变的《南与那国岛》已经成为在日本科幻史上留下浓墨重彩一笔的重要作品。

但是——

老实说吧,初读他这本长篇处女作时,我稍微感觉哪里有点儿别扭。

《水晶沉默》的故事舞台,是2071年的火星。

在火星北极冠厚厚的冰层之下,人们发现了类似于曾经生活在远古地球的甲壳类生物的遗迹。故事就从这里开始。

行星科学可以说是广义的地学[1],和地球物理学、地质学等学科紧密相关的海洋学也包含在广义的地学范畴里。而作者又是海洋生物资源学专业出身,看到他的作品里有外星生物出现,读者就难免会抱有期待,认为这部作品是包含上面这些元素的硬科幻。

但是,请注意。

本作和被转载到《科幻杂志》2000年5月刊的那篇《独自留下》一样,重点是放在阴暗的未来虚拟世界上的:数字化网络覆盖全球乃至宇宙,人工智能或数字克隆人的复制人格在网络中徘徊,或是隐藏在有机物或人造身体里蠢蠢欲动。

谜之甲壳类生物其实不过是故事用来抓住读者的导入。用2channel[2]上的话说,就是"钓鱼"。

谜之生物的遗迹被发现之后不久,地球上各国势力设在火星上的基地周边开始出现某种奇特的东西:类似于结晶状草丛的、所谓的"水晶花"。

这种"水晶花"随时间变化,重量(其实就是质量本身)也会变化,而令人惊讶的是,与此同时,星际科学观测系统观测到了新的引力波的产生,其源头就在火星,可能就产生自水晶花,以

---

[1] 以地球为研究对象的自然科学的总称。包括地球物理学、地质学、矿物学、海洋学等学科领域,广义的地学的研究对象也包括对地球有影响的其他天体。

[2] 日本的一个匿名网络论坛。

及北极冠厚厚冰层之下充满谜团的"原住民"遗迹。

接下来,水晶花丛附近的多个基地被重力封锁。被一个类似于黑洞的绝对封闭空间——"准史瓦西球①"渐渐地封闭起来。

而在现实的物理世界,为了自身利益向来不惜行使毁灭性武力的众多国家以及国家联盟仍然在明争暗斗。终于,事态升级为赤裸裸的武力冲突。

但是……

但是,围绕"原住民"遗产的战争,在星际网络的阴暗角落里愈演愈烈。

为了制造出有机数字大脑,将生物神经网络格式化后的人类–人工智能混合智慧体;还有超高性能的克隆人格,那是希望舍弃肮脏的身体,于是封闭自我的黑客的精神复制体;以及上世纪末随着网络发展产生、加速进化的网络野生怪物——地精。他们利用大脑被格式化的人工智能那样的人体、机械、区域性系统,以及机器人作为伪装进入现实世界,为了在电脑的虚拟世界和现实两方获得胜利而争斗不休。

为了什么?

为了在看似开放、实则封闭的网络世界里不断"向强者进化"。虽然,他们无法看到自己进化成"神"一般的超人或超人工智能,但仍在寻求从弱肉强食的电子丛林中彻底解放的方法,以获得最终胜利。

他们在争斗中探求的不是有可能带来解放的"原住民"的真身,而是"原住民"或许曾抵达的超越智慧和文明的次元。

---

① 又称"史瓦西半径",由德国天文学家卡尔·史瓦西提出。该概念是其基于爱因斯坦广义相对论方程得出的。指任何有质量物质都存在的一个临界半径特征值,若物体本身半径小于其史瓦西半径即为黑洞。

这样的设定,早在威廉·吉布森的"赛博空间"时代便广为流传。本书的网络空间,也存在大量像吉布森《零伯爵》(*Count Zero*, 1986)中巫毒神那样的异教神。在吉布森的世界里,《神经漫游者》(*Neuromancer*, 1984)暗示了一位超现实的人工智能——全新的"绝对神祇"的诞生;但《零伯爵》中支配网络世界的并非一位神明,而是"诸神"——不,即便说是神,也是那种更接地气、类似日本神话传说"八百万神"或是水木茂作品中的"妖怪"之类的东西。

更准确地说,日本的"妖怪"起源,是那些曾被中央政权征服、沦为从属,或是作为不祥之物被敬而远之,抑或者逃进深山老林的小小"神明"们。

而在欧洲,则把这些小小的"神明"称为"妖精"。可不要被近代的插画解说给骗了。其实它们就是那些藏身草丛苟延残喘,总搞些无聊恶作剧的小神,水木茂笔下的"妖怪"罢了。

它们的真身寄宿于一切有生命之物,藏匿于自然界的山川河谷。尽管这些小小的"神明"如今已变成了"妖精""妖怪",但我们在这里姑且还是称它们"精灵"吧。

"妖精""妖怪"和"精灵"无处不在,它们在人造环境抑或是新的自然环境里诞生,甚至存在于广阔如星空宇宙的电子网络中。

但是,它们终究只能隐藏于暗影之下。它们在背后操控物质世界,却无法对抗势力已延伸至宇宙的名为"国家"的暴力机器。即便如此,这些无肉体的智慧和可以随意替换肉体的精灵,开始在信息层面和物理层面,毫不留情、全无原则、漫无目的地进行暴力排挤,其残暴程度远超国家,有时甚至连自身完全复制体——"电子克隆体"——也不放过。

没有出路。

希望在何处？

遗憾的是，该作品中，关于"原住民"或许曾抵达的希望尽头、文明所应有的姿态以及智慧的存在方式，作者并未明示。

而且，作者对于水晶系统内部构造的描写，也仅仅停留在"暗示"层面，由于涉及的概念实在过于超前，作者很难用简单易懂的方式来说明。至于科学尽头的神秘领域，以及藤崎慎吾科幻的真正水准，事实上在这部小说中未能得到充分体现。

这个通过水晶创造的终极数据世界，与斯特普里顿以及小松左京的科幻小说中的"超智慧生物"——通过个体之间的心灵感应或数据线连接成为群体，通过阶级划分出超智能体，进一步进化为种族智能体，最后不同种族之间相连，构成银河智能体——是截然不同的。

将众多个体横向连接起来，在这些个体的并列式协同工作下诞生的超智能无处不在。这种超智能可以无视阶级的层级关系，由虚拟空间的超次元关联在一起、实现合作。小到一个细胞、一草一木，大到整个行星、银河、宇宙，所有的一切都是平等而不可分割的。这样一种没有支配与被支配关系的存在与生命统合状态，即由引力波构成的"超网络系统"，才是"原住民"们已经实现的或者想要实现的，但最终化为泡影的未来。

这样一个与水晶世界极其相似的智慧由于过于超前、过于先进，对我们而言肯定是不容易理解的，而的确就有这样一位作家用科幻的方式呈现了出来。

在读完本书之后，我希望各位也能读一下格雷格·伊根的新作《离散之民》(*Diaspora*, 1997)。藤崎慎吾想描写的超次元信息构造体，正和这本书中的相同。

然后……

然后，在本书中，将所有生命和行星横向联结起来、或许会扩张到全宇宙的超前系统，即那满是善良精灵的神秘主义世界，虽然终究只是停留在暗示层面。但曾身为科学家，现在也正将科学精神贯彻到底的藤崎慎吾始终追求着那样的世界。因此，希望各位能再读一读《南与那国岛》和相当于"预演"的《萤女》这两部作品，充分体验一下——

科学与精灵邂逅、和解，共同创造出新的未来和希望的故事。

※2005年11月，听浅川真纪 Control（后藤次利作曲）时所作。

（贾雨桐　译）